KB106392

행복 지혜의 추구

행복 지혜의 추구

발행일 2024년 7월 17일

지은이 배호순
펴낸이 손형국
펴낸곳 (주)북랩
편집인 선일영 편집 김은수, 배진용, 김현아, 김다빈, 김부경
디자인 이현수, 김민하, 임진형, 안유경 제작 박기성, 구성우, 이창영, 배상진
마케팅 김회란, 박진관
출판등록 2004. 12. 1(제2012-000051호)
주소 서울특별시 금천구 가산디지털 1로 168, 우림라이온스밸리 B동 B113~115호, C동 B101호
홈페이지 www.book.co.kr
전화번호 (02)2026-5777 팩스 (02)3159-9637

ISBN 979-11-7224-189-6 03810 (종이책) 979-11-7224-190-2 05810 (전자책)

행복한 선진 한국을 위해 필요한 행복 교육의 요체

행복 지혜의 추구

배호순 지음

북랩

머리말

지난 10여 년 이상 행복에 관한 독서에 열중하며 행복 관련 명언들을 수집하며 그 속에 담긴 내용들을 종합하고 분석하면서, 이 명언들에는 행복을 부단히 추구해야 하는 우리에게 매우 의미 있고 가치 있는 무언가, 즉 교훈적이면서 깨우침을 제시하는 길잡이와 같은 생각거리를 제시하고 있다는 확신을 갖게 되었다. 이 같은 명언들이 읽는 사람들에게 전하고자 하는 의미심장하고 명료한 내용을 결국에는 우리가 삶의 진리라고 인정하고 그 내용을 삶의 과정에서 유용하게 활용하는 것이 명언을 남긴 당사자들의 뜻에 부합되는 것이라고 생각하게 되었다.

이 책을 집필하기 전에 특별히 눈길을 끌었고 반복해서 읽고 되새겨 보도록 신호를 보냈던 명언들로는, "자신을 관리하고 절제할 수 있는 자는 지혜로운 자이다"(붓다), "지혜가 없는 곳에는 행복도 없다"(소포클레스, 그리스 시인), "깨달음 상태에 도달해야 행복을 누릴 수 있다. 자율능력을 획득한 자, 자신 안에서 자신의 행복과 평화를 발견하는 자만이 행복을 누릴 수 있다"(바가바드 기타, 힌두교 경전), "행복은 주어지는 것이 아니라 쟁취, 성취, 정복해야 하는 것이다. 자신을 통제 및 관리할 수 있어야만 자신만의 행복을 추구할 수 있게 된다"(버트란드 러셀, 영국 수학자이며 철학자) 등이 있는데, 이들을 통하여 우리가 행복을 누리기 위해서는 지혜가 필요하다는 결론을 내릴 수 있게 되었고, 그것이 바로 삶의 지혜이며 그를 활용하여 행복을 얻을 수 있도록 우리를 인도하는 역할을 수행하는 것이 바로 '행복의 지혜'라는 결론에 도달한 것이다.

이 책의 주제인 '행복 지혜'라는 용어는 현존하는 14대 달라이 라마(텐진 갸초)가 사용하기 시작한 것으로, 불교의 세계에서는 누구나 행복의 지혜를 습득할 수 있는 것으로 인식하고 있다고 본다. 대체로 세계인들은 이타주의적 이기심에 뿌리를 둔 행복은 불교(대승불교)로부터 확산되었다고 보며, 타인들을 위한 배려와 나눔은 결국에는 자신을 행복하게 만든다는 점에 합의하고 있다고 볼 수 있다. 이에 보통 사람들의 이타주의적 봉사는 결국에는 자신을 위한 것이라는 관점에서 본다면, 타인을 위한 봉사나 친절, 선행, 배려 등이 결국 자신과 사회를 행복하게 만든다는 경지에 도달하게 되면 누구나 행복 지혜를 터득한 것으로 인정할 수 있다.

* * *

향후 삶의 과정에서 새롭게 등장한 지식이나 경험을 활용하여 각자의 행복한 삶의 수준을 지속적으로 업그레이드시켜 나가고, 그 경험을 후대에 전달하기 위하여 새롭게 등장하는 현자들이 새로운 명언을 지속적으로 추가해 나가게 되면, 그것들이 누적되면서 새로운 명언들이 통합되며, 미래 사회에서는 그것들이 좌우하는 보다 본질적인 행복 지혜가 출현할 수도 있을 것이다. 더군다나 고전적인 명언에 초점을 둔다고 해서, 행복에 관하여 부단히 연구한 결과를 누적시켜 온 행복 관련 지식이나 이론들, 즉, 행복 과학, 긍정심리학, 행복경제학, 새로운 행복철학(신 스토아 철학 포함) 등의 출현과 그들의 업적을 경시할 수 없다는 점도 중시해야 할 것이다. 이를 기반으로 급격하게 변모하는 인류사회의 사회문화적 흐름을 중시하고 그에 적절한 미래지향적 행복론이 등장하게 될 것이라고 예상할 수도 있다.

최근에 지구촌에서 거론되고 있는 행복 교육이라는 개념은 보다 넓은 의미의 행복 지혜 습득에 목적을 두고, 삶을 보다 슬기롭고 현명하게 살아갈 수 있도록 변화시킨다는 가정에 기반을 두고 있다. 성인이 되면 남들처럼 행복하게 살고 싶다는 평범한 욕망을 누구나 가질 수 있다고 보고, 그러한 개인들은 결국 모든 개인들이 살아가기에 행복한 사회를 달성하는 데에도 적극적으로 참여할 수 있을 것이다. 말하자면 공식적인 학교 교육을 통하여 일반인들이 누릴 수 있는 행복 지혜 습득에 관하여 체계적으로 교육하게 되면, 그 교육 효과로 인하여 대부분의 개인들이 시행착오를 범하지 않거나 최소한의 시행착오만으로 행복감을 느끼며 행복한 삶을 누릴 수 있게 될 것이라는 합리적인 기대와 희망을 갖게 될 것이기 때문이다. 청소년들은 성장하면서 부모나 주위의 성인들로부터 영향을 받아 점차 삶의 지혜를 얻게 되고, 성인이 되어가면서 세상을 살아가는 지혜를 깨달아가고 보나 행복하게 살아갈 준비를 하게 되며, 섬자 남을 낮지않게 자기다운 행복을 누리면서 살아가는 것이 평범한 사람들의 일반적인 경우라는 것을 어렵지 않게 인식하게 될 것이다. 그렇지만 21세기에 들어선 이래로 우리 사회 전반적으로 보면 실제로는 그렇지 못한 사례가 너무도 많아, 이를 헌법 정신에 근거를 두고, 학교 교육과 사회교육이 융합되어 시행될 필요가 절실하다고 인식하게 되었으며, 나아가 국가적 미래 차원에서 보아 더욱 수준 높은 국민적 행복을 추구하기 위하여 행복 교육은 우리 사회의 시대적 요구라고 판단하게 되었다.

* * *

우리 국민들은 비교적 단기간 내에 가난을 떨쳐 버린, 한국인만의 기개와 도전정신이 가득한 노력으로 이루어낸 것임을 널리 인정받고 싶어 하며, 앞으로도 과거와 같이 멈추지 않고 계속해서 전진할 것이며, 부족하고 빈약했던 문제들을 하나둘씩 해결해 나갈 것이라는 희망과 포부도 넘치고 있다고 판단된다. 한국인으로서 새로운 정체성을 정립하며 과거에 비하여 보다 더 잘 살고 싶어 하고, 보다 더 행복하게 살고 싶어 하는 것은 이제 대다수 국민의 공통적인 관심사라고 간주해도 무방한 것이다.

그러기에 이제는 우리가 행복을 누릴 수 있는 지혜를 습득하고 터득하는 데 매우 가성비가 높으며 실질적인 지혜나 명언들을 적극적으로 활용함으로써, 행복 지혜가 자라고 발달하여, 행복을 느끼고 창출하며, 나아가 행복한 삶을 누리는 데 도움이 될 수 있다는 확신을 가져도 좋다고 보는 것이다. 그러나 국가 간 비교(유엔 세계행복보고서)에서 한국이 경제적 수준에 비하여 기대에 미치지 못할 만큼 50위 아래의 저조한 행복지수를 최근 13년 이상 보여 주고 있어, 이에 자극을 받은 수많은 한국인들은 실제보다 격조 높은 행복한 삶을 더 더욱 원하고 있다고 추정할 수 있다. 그럼에도, 최근 수십 년 동안, 누군가가 나서서 씨앗을 뿌리고 시작하지 않는다면, 자연스럽게 국민들이 보다 행복해질 때까지 얼마나 더 많은 시간을 무작정 기다리기만 해야 할 것인가를 고민해야 할 것이고, 그러한 경우에는 앞으로 보다 행복한 한국 사회를 기대하는 것 자체를 아예 포기할 수밖에 없게 될 수도 있다는 우려를 금할 수 없었다. 그러던 차에 국민의 행복 수준 향상을 목표로 국가사회적 차원의 행복 교육을 일찍이 시행해 오고 있는 선진국들의 사례를 접하게 되었고, 그를 롤 모델로 삼아 우리도 국가적 차원의 행복 교육을 시행하는 것이 선진 국민으로서 너무도 당연한 것이며, 행복 교육을 하루라도 빨리 개시하는 것이 우리 사회의 미래에 더욱 도움이 될 것이라고 확신할 수 있게 되었다.

그러기에 우리 사회 구성원 개개인들이 나름의 행복을 누릴 수 있는 지혜를 습득하는 데 중점을 두면서, 장기적인 비전을 가지고 특히 학교 교육을 통하여 건전한 행복관을 정립하는 일에 도움을 줄 필요성을 절감하게 되었다. 그와 더불어, 사회적 차원에서도 선진

국민에 적절한 행복 지혜를 습득하고 실천할 수 있도록 안내하고 지원하는 사회적 여건을 조성하게 되면, 머지않아 우리의 행복 수준이 지구상에서 선도적 선진국 수준으로 향상될 것이라는 긍정적 예감을 갖게 된 것이다. 한 마디로, 국민을 대상으로 한 행복 교육을 통하여 행복 지혜를 습득하고 터득할 수 있도록 교육하는 일에 역점을 두고 그에 적절한 여건을 조성하는 것이 우리 사회의 미래 세대를 위하여 매우 가치있고 바람직하다는 희망과 비전을 갖게 되었던 것이다. 그러한 관점에서 이 책이 지닌 행복 교육 차원의 유용성을 매우 긍정적으로 예상할 수 있었기에, 남 다른 소명 의식을 가지고 집필에 몰두하게 되었고, 행복의 지혜에 몰두하는 동안 상당 정도 행복 지혜를 터득하는 보람을 느끼면서 행복한 순간들을 경험하기도 했다.

2024년 5월

배호순裵浩栒

차례

제1부 행복의 근본 인프라

제3부
행복 교육; 행복 지혜를 향한 최선책

내용 구성

개괄적으로 보자면, 제1부에서는 우리의 행복 문화 개관, 동서양 행복관 대조, 행복의 지혜에 관한 배경과 인프라 등을 개인적 행복에 중점을 두고 다루었으며, 제2부에서는 선진국 지향 논리에 입각한 사회적 행복에 중점을 두고 우리 사회의 관련 이슈들을 다루었고, 제3부에서는 미래지향적 관점에서 행복한 선진 국민에 적합한 행복 교육의 당위성과 사회적 요구, 접근 논리 등과 함께, 동서고금의 현자들의 명언을 기반으로 한 행복 지혜에 초점을 맞추어 개념 정립 및 함양 방안 등을 집중적으로 다루었다. 각 부별로 다룬 주요 내용을 간략하게 소개하자면 다음과 같다;

제1부는 제1장, 제2장, 제3장, 제4장으로 구성되어 있다, 먼저, 제1장 '행복 지혜의 흐름'에서는, 행복에 관한 논의와 의사소통을 위하여 '행복감'과 '행복한 삶'을 중심으로 개념을 정립하였고, 행복을 좌우하는 주요 변수들을 고찰하였으며, 인류의 행복 추구에 관한 역사적 고찰과 미래 지향적 예상을 하여 전반적인 추세를 파악할 수 있

도록 안내하였다. 특히, 우리의 행복 문화의 뿌리인 동시에, 인류 최초의 행복에 관한 언급으로 추정되는, 복에 관한 개념 정의(〈참전계경〉의 팔리훈 중에서 여섯 번째와 일곱 번째 교훈 내용)와 함께, 행복한 삶을 고취하기 위한 대민 정치로 파악되는, 홍범구주 중 아홉 번째 정책 내용인 오복사상(5복과 6극)의 내용이 실질적인 행복론의 기원이라고 볼 수 있다는 점을 규명하고 있다. 그리고 동양적 행복론과 서양적 행복론을 대조시켜 소개함으로써, 긍정심리학 배경의 행복론에 과도하게 구속된 견해로부터 탈피하여 파격적으로 비교적 새로운 관점의 행복론을 정립하는 데 중점을 두었다. 특히, 우리의 고전적이며 전통적인 행복관의 뿌리를 파헤쳐 소개하는 매우 보기 드문 시도를 통하여, 그동안 지나치게 중국에 의존하는 잘못된 행복론에 대하여 정면 도전하고, 오히려 우리가 중국에 오랜 랫동안 심대한 영향을 미쳐왔다는 사실(약 2천 5백 년 이상, 배달국 시대와 고조선 중기까지, 중국은 존재하지 않았고, 고대 중국인(화하족)들은 우리의 선조들, 배달국과 고조선의 지배를 받아왔다는 역사적 사실)에 근거하여 왜곡된 고대사를 바로 세우는 동시에 동양인의 행복 문화의 근원이 바로 우리 역사에 있다는 사실을, 현존하고 있는 전통적인 복문화의 뿌리를 오늘의 우리 현실에서 실증적으로 제시함으로써 새삼 확인하였다.

그리고, 2장, 3장, 4장에서는 한 개인의 행복 추구에서 핵심적인 영향력을 발휘하는 변수 중에서 근본적인 개인 변수라고 볼 수 있는 강녕, 자아 성찰, 자기 관리 및 자아실현에 관하여 동서고금의 명언들에 기반을 둔 행복 관련 지혜를 다루었다. 구체적으로는, 제2장 '강녕은 행복의 근간'에서 신체적이며 정신적인 건강의 중요성을 다루었고, 제3장 '자아 성찰의 길; 자기 마음 다스리기'에서는 부단히 자아 성찰하며 세상에 적응하고 교류하며 살아가야 한다는 점과 더불어, 제4장 '자기 관리 및 자아실현의 길'에서는 한 개인이 태어나 부모 슬하에서 양육 받기 시작하면서 세상에 능동적으로 적응하며 자신을 성장 및 성숙시켜 자아실현함으로써 행복 지혜를 습득하고 그를 활용하여 효율적으로 행복을 누리는 지혜를 동서고금의 고전적 명언들에 기반을 두고 고찰하였다.

제2부는 제5장 '만남을 통한 사회적 자아 성찰', 제6장 '사랑의 실천; 사회적 자기 관리', 제7장 '사회적 행복과 삶의 질'로 구성되어 있다. 여기서는 '사회적 존재로서 행복 추구' 문제를 집중적으로 다루었는데, 먼저 하나의 사회적 존재로서 세상에 태어나 타인들을 만남으로써 사회생활이 본격적으로 개시된다는 관점에서, '만남을 통한 사회적 자아 성찰'이라는 제목을 필두로 하여, 개인이 공동체 사회에서 서로 만나서 교류하고 공감하며 관계를 맺기 시작하며, 다양한 관계 하에서 서로 배려하고 나누며 생활해 가는 과정에서 사랑의 실천을 경험한다는 관점에서 사회생활을 통한 행복의 추구를 중시하는 '사회적 행복' 개념을 특별히 강조하였다.

한마디로, '사회생활을 중심으로 한 행복의 근원'인 '소통과 만남', '배려와 나눔' 등의 사회적 교류 중심의 행복 탐구에 관한 새로운 관점 습득이 필수적으로 요구된다는 점을 강조하였으며, 이러한 관점에서 우리의 행복의 중요 부분을 차지하고 있는 사회적 행복의 역할을 정확하게 이해하게 되고, 국가사회적 차원의 행복 수준의 향상을 위한 공동체적 노력이 절실하다는 점을 강조하였다. 그리고 긍정심리학에서 깊이 있게 다루지 않았던 '사회적 행복'이라는 비교적 새로운 개념을 통하여 개인들이 하나의 사회적 존재라는 사실을 새삼 확인할 수 있게 전개하였다. 또한, 과도하게 심리학적 관점에 치우쳐 정립된 서양 사회의 웰빙 중심의 행복관과는 달리, 사회적 존재로서 사회생활을 통하여 영향을 주고받으며 느끼고 창출하는, 인간관계 및 상호작용과 관련된 전통적 행복 개념(오복)을 이해함으로써 보다 진지하고 생생하게 사회적 행복에 관하여 느끼고 활용할 수 있도록 전개하였다. 특히 우리 사회의 커다란 사회 문제인 '저출산/고령화 문제와 사회적 행복' 관계를 오늘의 사회적 현실에 입각하여 진지하게 다루고 있다.

또한 유엔의 '세계행복보고서'에서 한국이 지난 13년 동안 상대적으로 저조한 행복 수준을 보여 온 원인을 파악하고, 그에 따라 사회적 갈등을 해소 및 완화하며 상호신뢰감 증진, 빈부격차와 불평등의 해소, 삶의 질적 수준 향상을 목표로 하는 국가적 차원의 행복 수준 향상 노력의 필요성을 강조하며, 일곱 개의 '더 행복한 한국' 프로젝트(아이디어 수준)를 제안하고 그 실현 가능성을 예상하였다.

그리고 사회적 행복 수준 향상을 위하여 필요한, 효율적이며 인간적인 소통과 만남(소통과 만남을 위한 현명한 스마트폰 활용), 신뢰할 수 있는 사회적 교류를 위한 배려와 나눔에 직접적으로 도움이 될 것으로 추정되는, 사회적 행복의 중요한 부분을 차지하고 있는 돈에 대한 마음 다스리기에 중점을 둔 '경제적 행복' 문제를 다루고 있다.

제3부는 제8장 '교육을 통한 행복 증진', 제9장 '행복 지혜로의 디딤돌', 제10장 '삶과 연계된 행복 지혜의 함양'으로 구성되어 있다. 여기서는 학교 중심의 행복 교육과 관련한 '행복의 지혜'에 관하여 다루며, 체계적인 행복 교육을 통하여 행복한 삶을 추구할 수 있는 능력과 기술을 함양주고 그 핵심인 행복 지혜를 습득하여 생활화하도록 계도하고 권장하는 데 중점을 두었다. 그리고 동서고금의 명언

들을 분석하고 종합하여 얻은 5개 영역(강녕, 자아 성찰, 자기 관리와 자아실현, 소통과 만남, 배려와 나눔)의 삶의 지혜와 그를 행복으로 안내하고 연계하는 행복 지혜를 함양하고 생활화하는 체계적인 준비와 노력을 특별히 강조하였다.

행복에 관한 가장 총괄적 역할을 수행하는 '행복 지혜'라는 개념은 이 책의 가장 핵심적인 개념 중의 하나이다. 행복을 추구하는 과정에서 삶의 지혜에 기반을 두고 행복 생성 및 유지를 위하여 핵심적 역할을 하는 '행복 지혜'의 습득을 위한 중요 접근 방안으로서, 학교에서의 '행복 교육'에 관한 체계적인 안내에 우선적인 초점을 두고 전개하였다. 학교 중심의 본격적인 행복 교육에 대비한 정당화 및 타당화 근거를 제공하면서 행복 교육의 바람직한 방향과 목표를 비롯한 교육 전략 등을 제시하였고, 그를 위하여 지혜(삶의 지혜)와 행복의 지혜 간의 관련성에 관하여 정리하였다. 그리고 동서고금의 유명 인사(15인)들의 행복 추구에 관한 명언들과 널리 알려진 중요한 삶의 지혜(25개로 축약)들을 제시하였다.

행복은 주어지는 것이 아니라 누구에게나 태생적으로 잠재되어 있는 행복의 씨앗을 스스로 삶의 과정에서 탐색하고 발아/생성시키며 가꾸어 나가야 하는 특성을 지니고 있다는 점을 중시하며, 매일매일 살아가는 일상사 관련해서 지혜의 습득에 초점을 두고 부단히 노력해 나가야 할 것을 권유하고 있다. 또한, 꾸준하게 자아 성찰과 신앙생활에 충실하며, 고전을 독서하고 부모 및 조부모를 비롯하여 이웃이나 친척 어른들의 경륜과 경험들에 경청하고, 특히 과거 성현들의 경험과 명언들을 소화하여 삶의 현장에서 지속적으로 적용해 볼 것을 추천하고 있다. 그리고 직면하는 문제들을 해결하는 데 필요한 것과 회피하고 버려야 할 것(고통과 불행의 회피 및 예방 관련 지혜)

을 파악하는 삶의 지혜를 쌓아 나가야 하고, 그를 지혜롭게 활용하기 위한 자기 관리 능력을 함양할 것을 요구하고 있다.

그리고 시행착오를 겪으며 점차 삶의 경험을 쌓게 되면, 누구나 어렵지 않게 지혜가 자라고 그를 행복을 추구하는 데 적용하게 되면 곧 행복 지혜를 습득 및 터득하게 되어 크고 작은 행복을 맛보고 누릴 수 있게 된다. 그러기 위해서는 일상생활 과정 전반에 걸쳐, 가정으로부터 직장과 사회생활에서 요구되는, 사람들과 소통하고 만나는 지혜, 만나 교류하는 사람들과의 배려와 나눔에 필요한 지혜를, 점차 성장하고 성숙해지면서 경험과 성찰을 통하여 습득하게 되는 것이 일반적인 경우이다. 그리고 누구나 대체로 전반적인 사회생활 과정에서는 삶의 지혜의 습득 및 터득에 보다 관심을 두고 노력할 필요가 있고, 더 나아가 행복 지혜 습득을 위한 노력은 일상생활 과정에서 지속적으로 추진해야 할 필요가 있다는 점을 강조한다. 즉 삶의 과정에서 부단하게 자아 성찰하며 행복을 누리는 경험을 쌓게 되면, 대부분의 경우 지혜가 자라고 발달하게 되는데, 일생 과정 중 다양한 상황에서 발생하는 당면 문제를 해결하기 위하여 지혜를 적용하고 응용하면서 행복감을 느끼고 행복한 삶을 누리는 방향의 경험을 통하여 행복 지혜를 습득하게 되면, 마침내 자연스럽게 자기답게 행복 지혜를 활용하는 습관을 형성하고 그에 기반을 둔 고유한 행복관을 형성하게 되어 행복을 누릴 수 있게 된다는 점을 강조하였다.

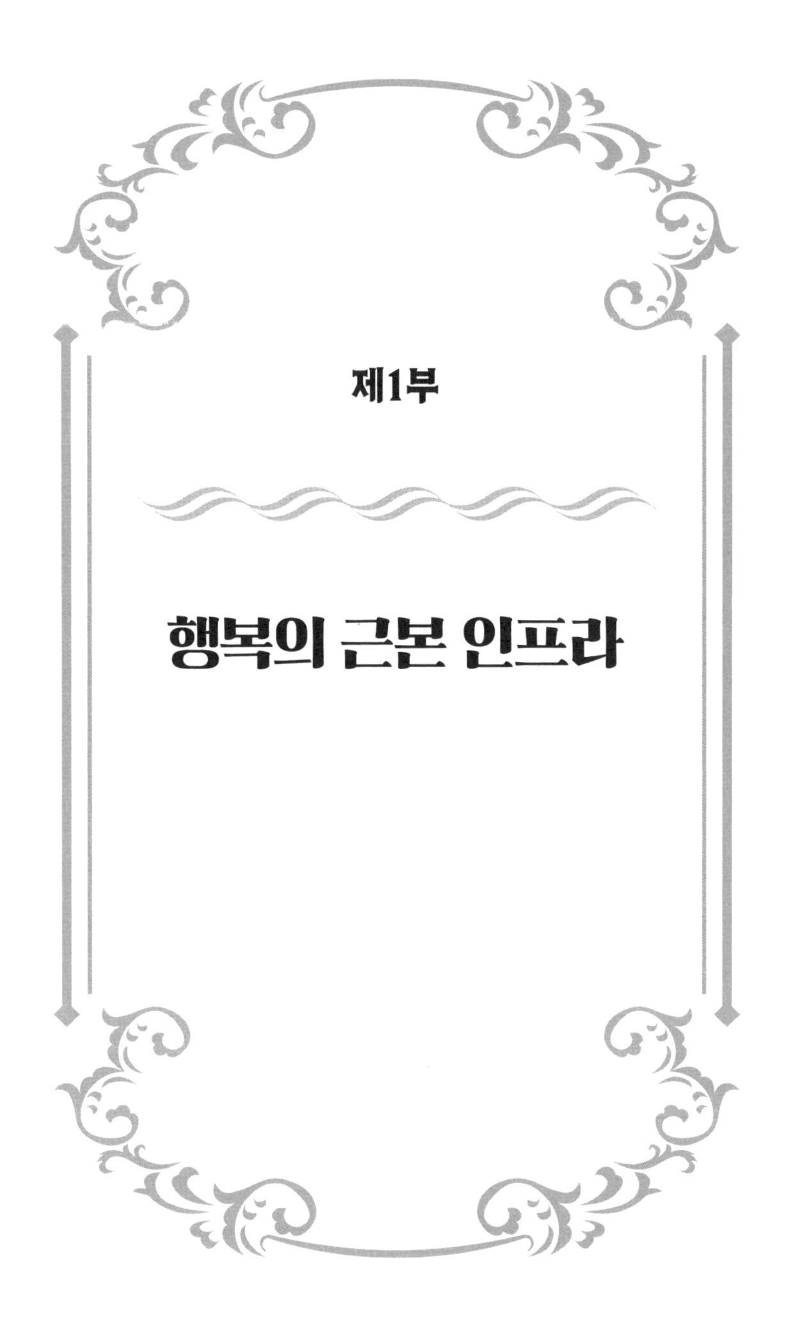

제1부

행복의 근본 인프라

제 1 장

행복 지혜의 흐름

'행복감'과 '행복한 삶'의 양상

서양 사회에서는 어린이나 성인을 막론하고 "너 지금 행복하냐?", "행복한 하루 보내십시오", "행복한 가정 이루세요" 등과 같은 표현을 자주 사용하고 있다. 그러나 우리 사회에서는 행복이라는 말은 여전히 낯설게 느껴지고 있고, "새해 복 많이 받으십시오", "건강을 되찾았으니 정말 복 받았습니다", "좋은 일을 하니 복 받으실 겁니다", "하는 일마다 잘되니 정말 복도 많군요" 등과 같이 행복이라는 말 대신에 '복福'이라는 표현을 여전히 많이 사용하고 있다. 사실상 1945년 8월 해방 이전에는 우리 사회에서 '행복(幸福, happiness)'이라는 단어는 비교적 생소한 것이었고, 행幸, 불행不幸, 유복有福, 다복多福, 박복薄福, 홍복洪福이라는 말과 함께 복 받은 사람, 복이 많은 사람, 복도 없는 사람, 복스럽게 생겼다, 복 받게 될 것이다 등과 같은 용어에 오랫동안 익숙해져 있었다. 이처럼 엄격하게 말해서 행복이라는 개념은 우리 사회의 일반인들이 별로 사용하지 않았던 개념이라고 보아야 한다.

대체로 일시적 안녕감이나 쾌락을 중시하는 서양과는 달리 동양 사회에서는 삶의 과정에 관한 종합적이고 역동적인 복락福樂에 더 많은 의미를 두고, 비교적 장기적인 관점의 안녕감이나 만족감(복을 누린다, 다복한 인생을 보낸다) 등에 비중을 두고 있었다고 말할 수 있다. 그러나 최근에 엄청난 속도로 발전하고 있는 교통통신과 그로 인한 동서양의 교류로 인하여 지구촌 사회가 글로벌화하여 우리의 의식도 동서양 구분 없이 다양한 정보와 지식을 대하면서 살고 있기 때문에, 서양의 행복관이나 동양의 행복관이 알게 모르게 서로 영향을 미치며 뒤섞이고 있는 것이 현실이다. 그러고 보니, 서구에서 유입된 행복이라는 감정이나 그 의미도 이제는 그동안 우리가 사용해 온 복(복락)이라는 개념과 구별하기 어렵게 되었기에, 전통적인 복을 행복과 같은 의미로 사용하는 것이 무난할 것으로 보아, 앞으로는 '행복'이라는 단어를 우리 문화에서의 '복'과 같은 의미로 사용하고자 한다. 서양의 문물과 문화의 영향을 받아 최근에야 '행복'이라는 개념이 우리에게 익숙해지기 시작했고, 특히 21세기에 들어서는 '행복'이라는 개념이 서양 문물의 도입에 편승하여 우리네 생활에 파고들어 지대한 영향을 미치고 있어 과거에 우리가 사용해 왔던 '복(복락)'을 상당한 정도로 대체하고 있다고 보아 '행복'과 '복'은 사실상 동의어로 인식하고 있고 전 국민이 그렇게 습관화되었다고 보는 것이 타당하다고 판단하기 때문이다.

이에 우리들이 일상적으로 언급하고 있는 '행복감정'에 관한, 지난 5천 년 이상 등장했던 명언, 속담, 저술, 연구 결과, 기록물 등을 개괄적으로 정리하고 종합해 보면, 대체로 즐거움(쾌락, 재미, 기분이 좋은 상태 등을 포함), 만족감, 성취감, 몰입감, 해소 및 회복감, 자유감 및 해방감 등을 대표적인 행복감정(행복한 순간의 감정/정서 상태)으로 사용하고 있다는 점을 알 수 있다. 이들 중에서 가장 큰 비중을 차지하고 있는 행복감으로는, 즐거움, 명랑함, 상쾌함, 희열감, 환희감,

편안함, 여유감, 안도감 및 안정감, 안녕감, 역동감 등과 같은 행복감정이 비교적 보편적인 것으로 인식되어 왔다. 또한 이처럼 대표적인 행복감정으로 인식되고 있는 즐거움과 함께 목적이나 의도하는 바를 달성하였을 경우에 느끼는 성공감, 성취감, 정복감, 자신감, 자긍심 등을 포괄하는 만족감이 중심이 되는 감정도 중요한 행복감정이라고 인정해야 한다. 이와 더불어 의욕과 성취동기의 지원을 받아 의도하는 바를 성취한 후 느끼는 기쁨, 희열감, 여유, 보람, 흐뭇함, 자존감, 달성감 등과 같은 감정도 만족감과 유사한 행복감의 중요한 측면이라고 보아야 한다. 그리고 이들 감정과 함께 작동하는 것으로 볼 수 있는 행복감정으로는 자부심이나 자신감, 자율감, 열중감, 몰입감 등과 더불어 신비감, 황홀감, 심미안적 희열, 신바람, 삼매경에 빠지는 경험 등을 느끼는 경우에도 행복감정을 만끽하는 또는 행복감을 맛보는 순간이라고 볼 수 있다.

이와는 달리 우울하고 불행한 상황이나 고통, 부상 및 병환으로부터 회복되는 경우를 비롯하여, 궁금증, 회의감 등을 해소하는 경우, 규제나 통제로부터 해방되는 경우, 갈증, 기아 상태 등과 같은 생리적 욕구를 해소하는 등의 경우에 느끼는 안정감, 후련함, 회복감, 자유감, 해방감, 만족감 등의 감정들도 행복감의 중요한 부분을 차지하고 있다는 점도 인정해야 한다. 이와 같이 복합적인 심리 및 정서 상태와 관련된 행복감정에 관해서는 20세기 후반에야 긍정심리학이라는 새로운 전문 분야가 등장하여 인간 심리와 관련된 행복감에 관하여 보다 체계적인 연구가 이루어지고 있으나 우리가 느끼는 다양하고 역동적인 행복감정에 관하여 특정한 긍정적 정서와 심리적 강점에만 중점을 두고 접근해 온 연유로 일반인들이 기대하는 바와 같이, 한국인의 정서에 적절하게, 행복감을 만족스럽게 설명해 주고 있다고 보기 어려운 실정이다.

이와는 달리 행복감정을 생물학적으로나 의학적 관점에서 보면, 우리의 두뇌를 중심으로 몸 안에서 분비되는 세로토닌, 옥시토신, 도파민이라는 신경전달물질(뉴로펩타이드)이 작용한 결과 우리가 느끼게 되는 감정 상태를 행복감이라고 말할 수 있는데, 특히 뇌 안에서 진통 효과를 발휘하는 엔도르핀이 분비되면 그 영향을 받아 세로토닌과 옥시토신이 분비되어 낙관적이고 편안한 심리상태를 느낄 수 있게 된다는 것이다. 즉 뇌 과학 분야에서 세로토닌이나 옥시토신이라는 물질이 분비되면 행복한 감정 상태를 느낄 수 있다는 메커니즘이 발견된 이후 이를 일종의 행복 물질이라고 칭하게 되었고, 우리가 느끼는 대부분의 행복감들은 몸 안에서 행복 물질이 분비될 때 누릴 수 있는 감정 상태라는 인식이 널리 보급되어, 과거와는 달리 행복감과 행복 물질 간의 인과관계에 관하여 깊은 관심을 갖게 되며 오늘에 이르게 된 것이다.

다른 한편, 삶의 연속선상에서 매 순간마다 변하는 감정 상태에만 국한하지 않고 보다 장기적이며 일상적인 관점에서 삶의 여러 모습을 고찰해야만 진정한 행복감의 본질을 더 정확하게 파악할 수 있다는 점을 최근의 행복에 관한 연구 경향에서 파악할 수 있다. 개인마다 행복을 매우 주관적인 속성을 지닌 것으로 치부하여 의사소통하는 데 애로를 겪기도 하는데, 이는 우리가 생각하는 행복감이 개인마다 다양하게 느끼고 각기 다르게 표현하는 속성이 있는 동시에, 개인마다 행복을 행복으로 인정하고 수용하는 기준이나 조건이 각기 다르기 때문일 것이다. 그러기에 행복에 관하여 논하고 그 본질을 이해하기 위해서는 우선적으로 행복한 순간의 감정 상태를 표현하는 대표적인 행복감정들을 통하여 행복을 논하지만, 장기적으로 또는 결과적으로는 행복한 삶(인생)에 관하여 언급하고 인생 전반적으로 추구한 '행복한 인생, 행복한 삶'에 더 큰 의미를 부여해 왔던 것이 우리네 문화라고 보아야 한다. 말하자면, 우리들의 순간적 행복감정이 지속되지 않지만 장기적으로는 반복되거나 누적되면서 삶의 형태나 삶의 방식으로 표현하게 되면서, 한 개인이 인생 전반에 걸쳐 '어떠한 행복감을 주로 추구했는가'와 관련시켜 '행복한 삶'의 특정 측면, 양상, 속성, 내용에 중점을 두면서 살아왔다고 종합적으로 평가하고 표현하기도 하는 것이 우리 사회문화의 특성이라고 볼 수도 있다.

* * *

이에 따라 평범한 일상에서 사람들이 거론하는 행복감과 관련하여 다양한 양상의 행복한 삶을 개괄적으로 분류해 볼 수 있다.

첫째로, 한 개인이 행복을 성취하거나 달성하여 느끼는 감성적인 즐거움이나 쾌락을 하나의 행복감으로 정리할 수 있다. 이 경우에 행복은 '즐거운 삶'과 '평안한 삶', '만족하는 삶'이라고 표현하는 접근방법을 의미하는데, 이 경우에는 행복이란 '만족감에서 강렬한 기쁨에 이르는 모든 감정 상태를 특징짓는 안녕의 상태'라는 정의에 기반을 두고 정리한 결과라고 정리할 수 있다.

둘째로, 행복한 삶의 모습을 감정이나 생각, 견해 등을 표출하는 삶의 과정과 방식에 초점을 두고 전반적인 특성에 관하여 언급하는 경우를 말하는데, '지혜로운 삶', '자기다운 삶', '몰입하는 삶'의 방식을 포함하는 개념으로서 자율적이며 독자적인 자기다움을 추구하며 자부심이나 자신감, 자율감, 열중감이나 몰입감 등을 느낄 수 있고, 그를 가능케 하는 신념, 태도와 가치관 등을 적절하게 구비하고 효율적으로 활용하는, 개인마다의 고유한 의미와 가치를 실현한 상태에서 얻는 행복한 인생의 과정이나 단면에 비중을 둔 삶의 양상을 의미한다.

셋째로, 타인들과의 원만한 관계를 유지하며 자신이 추구하는 특정 가치와 의미를 강조하며 보람, 만족감, 성취감을 느끼고, 보상을 받으며 주위 사람들이나 소속 단체 및 사회로부터 인정받고 좋아하는 경우 등을 말한다. 이 경우는 주위의 타인들을 배려하고 그들을 대상으로 베풀며 그들과 더불어 살아가는 경우에 '의미 있는 삶', '보람 있는 삶', '가치 있는 삶', '사랑하는 삶', '베푸는 삶', '존경받는 삶'을 살았다고 인정하면서, 자아실현 과정이나 결과로써 느끼는 성공감이나 만족감, 사회적 인정감, 흐뭇함 등과 같은 타인들과의 관계 중심의 사회적 관점에 초점을 둔 정서 상태를 행복감이라고 볼 수 있다.

이처럼 행복이라는 감정은 매우 주관적인 동시에 복합적인 속성을 지니고 있기 때문에 아주 세밀한 수준의 개인적 행복감정을 논하기에는 사실상 불가능하다는 관점을 수용하는 전제하에서, 행복의 다면성과 복합성을 고려하여 우리가 행복한 삶을 누렸다고 인정하기 위해서는 최소한 다음과 같은 다양한 삶을 경험한 경우에만 가능하다고 종합해 볼 수 있다. 다시 말해서 우리가 일상생활 과정에서 자연스럽게 표현하는 삶의 모습들이 실제로 행복한 삶의 여러 측면(차원, 속성, 내용, 형태)을 대변하거나 표출해 주는 것인 동시에, 모든 개인들이 실제로 추구하고 경험하며 의사소통하는 데 사용되는 표현 양식이라고 볼 수 있다. 그러므로 이들 삶의 모습들을 조화롭게 구비하게 되면 전반적으로 행복한 삶을 누렸다고 인정할 수 있다.

또한, 다른 한편으로는 다음에 열거된 특정한 삶을 통해서 다양한 모습의 행복을 누릴 수 있다는 의미로도 인식할 수 있다. 예를 들면, 어느 개인이 평안한 삶을 살았다고 자타가 인정한다면 그는 평안함이라는 행복의 속성이나 행복감에 초점을 둔 행복한 삶을 누렸다고 표현하고 소통하며 인정하는 것을 의미한다는 것이다.

따라서 우리의 다양한 행복감정과 관련해서 개념화하여 소통하는 다양한 삶의 양상을, 앞에서 시도한 바와 약간 다른 각도에서, 좀 더 세분화한 접근방식으로 정리해 보자면, 다음과 같이 크게 다섯 가지 분야로 표현해 볼 수 있다. 말하자면,

첫 번째 분야에는, '재미있는 삶', '안락한 삶', '평안한 삶'이 해당한다. 여기에는 즐기는 삶, 기뻐하는 삶, 즐거운 삶이 포함된다고 볼 수 있다. 이러한 삶의 양상에서는 욕구 충족, 쾌락, 재미, 즐거움, 쾌감, 편안함(안도감), 안정감을 추구하면서 건강이나 안녕감에 기반을 둔 행복감을 중시한다고 보며, 이 경우에는 '강녕(康寧; 신체적으로 건강하고 정신적으로 안녕하기)'을 추구하는 삶의 지혜에 중점을 둔다고 정리할 수 있다.

두 번째 분야에는, 성찰하는 삶, 거듭나는 삶, 깨달아가는 삶, 자신을 발견하고 스스로 지혜를 탐구하는 삶, 자기다움을 찾아가는 비전 있는 삶, 지속적으로 반성하고 다시 태어나는 환골탈태(대오각성)하는 삶을 지향하는 데 중점을 두는 경우들이 포함될 수 있다. 말하자면, 나비, 뱀, 바닷가재와 같이 환골탈태하며 성장하고 발전하는 삶, 향상하고 진화해 나가는 삶을 추구하는 개인들에게는 자아 성찰이나 자아실현을 위한 지혜에 초점을 둔다고 볼 수 있다.

세 번째 분야로는, '사랑하는 삶', '베푸는 삶', '더불어 사는 삶'의 양상이 포함된다고 보는바, 이에는 가족과 이웃을 포함한 사회와의 원

만한 소통과 나눔을 중시하는 삶, 사회에 대한 책무를 다하는 떳떳한 삶, 이웃들과 나누고 불행한 자들을 배려하고 선행을 베푸는 삶, 덕을 베풀고 나눔을 중요시하는 삶이 포함되는바, 5복 중심의 전통적인 행복관에서의 '유호덕(攸好德; 도덕/윤리 지키는 일을 낙으로 삼는 일과 더불어 이웃들에 대한 덕을 쌓고 베풀기)'을 강조하는 삶을 위한 지혜에 초점을 두는 경우라고 볼 수 있다.

네 번째 분야에는 '의미 있는 삶', '열중(몰입)하는 삶'이 포함될 수 있다. 이에 성취하는 삶, 보람 있는 삶, 가치 있는 삶이 추가될 수 있는데, 몰입감과 열중감, 보람, 가치와 의미, 만족감, 성취감, 희열, 사회적 인정감, 보상받는 행복감을 추구하기 위하여 자아 성찰과 자아 실현을 포함한 '고종명(考終命; 주어진 책무와 사명을 완수하기)'에 필요한 행복 지혜에 초점을 두는 삶이라고 볼 수 있다.

다섯 번째 분야로는 '자기다운 삶', '만족하는 삶'이 포함될 수 있는데, 여기에는 후회하지 않는 삶, 남부럽지 않은 삶, 자유로운 삶, 독자적인 삶, 자율적이며 차별화된 삶이 추가될 수 있다. 이와 같은 양상의 삶에 많은 관심을 둔 개인들은 슬기로운 처세, 자부심 및 자신감, 비전을 실천하고 개성 및 독자성 추구에 중점을 두면서, 자아실현을 중시하되 특별히 자신의 행복관을 실현하는 삶을 누릴 수 있는 태도(가치관)에 초점을 두고, 자아를 실현하면서 '고종명' 하는 삶에 중심을 두는 행복 지혜나 행복을 누릴 수 있는 능력의 습득과 함양에 보다 많은 가치를 부여할 것으로 판단된다.

이와 같이 다양한 행복 감정들과 결부시켜 여러 양상이나 형태의 삶, 또는 각기 다른 내용의 삶으로 표현되는 보다 넓은 의미의 '행복한 삶'을 상정할 수 있고 이들 행복을 실현하는 삶을 살 수 있도록 삶의 지혜를 활용하는 것 자체가 지속 가능한 '행복 지혜로의 길'이라고 말할 수 있다. 그러기 위해서는 이러한 여러 형태나 내용의 자기만의 진정한 행복을 추구하는 데 필요한 비전을 정립하고 그에 따른 기반, 원동력을 구비하기 위해서, 개인마다의 삶에 필요한 교양, 소양, 자질, 태도, 가치관, 책무성, 권리의식, 자율능력 등을 조화롭게 구비하고 향상 발전시키는 데에 중점을 두어야 할 것이다. 이러한 노력이 넓은 의미의 삶의 지혜이며 행복 지혜를 터득하고 습득하기 위해서 요구되는 핵심적 내용이라고 말할 수 있다.

* * *

이제껏 고찰한 바와 같이, 행복이란 단순한 감정으로부터 복합적인 감정까지를 포함하는, 마치 무지개처럼 여러 종류의 색깔을 동시에 표출하는 측면이 있는 동시에, 여러 개의 꽃이나 열매가 함께 피는 나무와 유사한 측면도 포괄하는 개념으로 이해해야 한다. 한 마디로 행복감의 다면성과 복합성을 수용하고, 이들 감정이 융합적이고 역동적으로 작용하는 것이 우리네 삶의 속성이라고 보아야 할 것이며, 행복에 대하여 보다 본질적인 측면을 이해하기 위해서는 우선 특정 요인으로 한꺼번에 모든 행복감을 느끼고 누리기가 어렵다는 점을 인정하는 동시에, 어느 특정 감정 상태가 지속되기를 바라거나 특정 감정만이 행복감이며 행복한 삶이라는 편견으로부터 벗어나야 한다는 점을 말해 준다.

전반적으로 보면, 우리의 행복감 개념은 서양인들의 개념에 비하여 보다 넓고 심오한 동시에 보다 복잡한 개념이라고 할 수도 있다. 그러기에 우리는 더욱 다양한 삶의 모습 중에서 행복해 보이는 특정한 행동이나 감정, 또는 삶의 모습에만 치우치기보다는, 평범한 삶의 과정에서 순리에 따라 여러 속성의 삶을 조화롭게 누릴 수 있도록 노력하는 것이 진정한 행복을 누릴 수 있는 삶의 태도라고 보아야 한다. 긍정심리학이나 뇌 과학 등에 관하여 관심이 없을지라도 그에 개의치 않고서 우리가 살아가는 과정에서 당장의 즐거움, 만족감, 성취감, 몰입감 등과 같은 순간적인 감정들을 여유롭게 누릴 수 있도록 하는 동시에, 다양한 행복감이 지속되고 누적되면서 보다 성숙하고 고상하며 안락한 삶으로서 행복한 삶을 추구해 나갈 필요가 있다.

그리고 이와 같은 행복한 인생을 당장에는 완벽하게 실현하지 못할지라도 거시적이며 장기적인 관점에서 자신만의 행복관(행복을 추구하는 삶의 방식과 가치관)에 충실하게 살아가며, 진지한 마음으로 기다리고 준비하며 보다 품위 있고 인간적인 삶, 즉 진정으로 행복하다고 스스로 만족하는 삶을 부단히 추구해 나가는 삶의 태도를 갖는 것이 행복한 인생을 살기 위한 우리 모두에게 바람직한 자세라고 생각해 본다. 마지막으로, 이와 같은 관점에서 향후 우리 사회를 주도해 나갈 후세들, 특히 학생들이 지나치게 순간적이고 감성적인 당장의 쾌락에만 치우친 편협한 행복감을 추구하면서 서양인들의 행복한 삶만을 무조건 추종하는 일은 삼가야 할 것이다. 이와 더불어, 평상시에 꾸준히 마음을 챙기고 반성하고 성찰하려는 노력 없이 그럴듯한 외형만을 보고 피상적이며 편향된 행복관에 빠져들거나, 다수가 추구한다고 해서 무조건 모방하고 추종하거나 왜곡된 행복관을 아무 생각 없이 습득하고 모방하는 일들이 없도록 학교 교육을 위시로 가정교육, 그리고 사회교육을 통하여 한결같이 예의주시하며 바람직한 방향으로 안내하고 격려하며 지도해나갈 책무(행복 교육)가 모든 기성세대에게 주어져 있다는 점을 잊지 말아야 할 것이다.

무엇이 우리의 행복을 좌우하는가?

우리는 살아오면서 주위 사람들과 자신의 일상생활에서 보고 듣고 경험한 바에 입각하여 행복한 삶을 사는 사람들을 분별해 내고, 행복 관련 인과관계를 나름대로 추정하곤 해 왔다. 보통 사람들에 비하여 보다 행복해 보이는 사람들의 특징을 관찰하거나 짐작해 보고, 무엇이 우리를 행복하게 하는가, 우리의 행복의 원인은 무엇인가, 행복을 얻기 위한 조건은 무엇인가 등을 자문하며 각자 나름대로 행복한 삶에 영향을 미치는 요인들을 추구해 온 것은 매우 자연스럽고 인간적인 양상으로 볼 수 있다. 개인적인 경험과 통찰에 입각하여 특정 요인이 우리들의 행복한 삶에 영향을 미치며, 행복과 불행이나 그 정도를 크게 좌우한다고 믿고 주위의 타인들과 이야기하면 사람들이 대체로 경청하고 동의하기도 하는데, 그 이유는 듣는 자신의 경우에도 예외 없이 적용되는 이야기라고 판단하기 때문인 것으로 보인다.

그 많은 이야기들 중에서 인류의 행복을 결정하는 요인이 무엇인가를 다룬 인류 최고最古의 서사시로서, 현재 우리가 이야기하는 행복의 조건이 그 핵심이어서 특기할 만한 것으로는, 유럽문명의 근원인 고대 수메르문명 유석 중에서, 기원전 2천6백 년경에 기록된 점토판 내용에서 발견된 "길가메시 서사시"는 비교적 널리 알려져 있다. 이 서사시의 핵심 내용(마지막 부분)인 즉, 영생을 얻고자 노력하는 주인공인 '길가메시'에게 이미 영생을 얻은 자가 충고하길, "별것 없다. 다시 네 고향에 가서 의미 있는 일을 하고, 친구들과 함께 맛있는 것 먹고, 아름다운 여인하고 사랑을 나눠라"라고 답변했다는 이야기 줄거리에서, 누구나 죽을 수밖에 없는 운명을 타고난 인간들도 행복한 삶을 누릴 수 있다는 점을 지적하며 그 조건으로 '사랑, 우정, 의미'를 강조하고 있다(길가메시는 실존 인물이었으며 후에 수메르 지역 우루크의 왕이 됨).

이와 함께 최근에 잘 알려진 사례를 들자면, 갑자기 요절하여 우리의 관심을 더욱 끌었던 스티브 잡스(애플사의 창업자, 매킨토시, 아이폰, 아이패드 등 개발)가 생전에 말하기를, "돈만 추구하는 인생의 허망함과 자신의 건강을 관리하지 못한 일 등을 후회하며, 의미 있고 가치 있는 일, 가족과 친구들을 사랑하는 일이 무엇보다 중요하다"라는 발언을 통하여 자신이 마침내 돈 못지않게 건강, 의미, 사랑과 우정 등이 행복한 인생의 주된 조건임을 깨닫게 되었음을 고백함으로써 일반인들에게 감동을 주기도 했다. 이처럼 고대 '길가메시'를 위시로 하여 현대 '스티브 잡스'에 이르기까지 인류가 행복에 도달하기 위해서 필요한 조건이나 행복을 설명해 주는 요인이 상당히 유사하다는 점을 근거로 삼아 행복의 결정 요인이나 행복의 조건에 관하여 지속적으로 관심을 가져왔다는 점을 확인할 수 있다.

'길가메시 서사시' 이후 4천5백여 년 동안 수많은 철학자나 신학자들이 철학 이론이나 신봉하는 종교에 따라 우리의 행복을 좌우하는 조건에 관하여 각기 다른 관점에서 다양한 이야기를 통하여 자신들의 주장을 펴왔던 것은 잘 알려져 있다. 고대 사회에서는 샤먼(무당, 제사장, 신과 인간의 중개자)에 의존하여 신의 도움을 얻어야 행복을 누릴 수 있다는 원시 종교적 신앙심으로부터 시작하여, 중세 사회에서는 신과의 합일合一에 도달해야만 행복을 누릴 수 있으나 살아서는 완전한 행복을 누릴 수 없으며 개인의 행복은 신이 주관한다는 생각이 지배적인 영향력을 미쳤던 것은 주지의 사실이다. 그러나 개인이 수신修身하는 노력을 통하여 깨달음을 얻게 되면 행복을 누릴 수 있다는 인식은 불교와 유교, 힌두교 등 동양의 종교와 서양의 그리스 철학으로부터 발아하여 중세를 거쳐 현대에까지 우리의 삶에 지속적으로 영향을 미쳐왔다.

15세기 이후 중세를 지나 근대사회에 이르러서야 계몽주의의 등장과 과학 기술의 발달의 영향을 받아 합리주의, 낭만주의가 일반 개인들의 생활에 영향을 미치게 되면서, 신에 의존해 왔던 개인의 자유와 행복에 관하여 보다 많은 관심을 갖게 되었으며, 특히 개인의 자유와 사회적 복지가 정치인의 화두가 되었고 개인의 자유로운 의사 표현을 강조하여 학문, 예술, 문학 등이 크게 발전하게 된다. 이와 더불어 지식과 이성의 발달로 인하여 수준 높은 지성인들을 위시로 하여 일반인들에 이르기까지 자신들이 경험한 바에 입각하여 무엇이 자신의 행복을 결정하는가에 관하여 활발하게 주장할 수 있게 된 것이다. 이처럼 개인의 행복한 삶과 행복한 사회에 관하여 일반 개인들까지도 진지한 관심을 갖기 시작하였고 행복한 인생에 관한 폭 넓은 논의를 전개하면서 무엇이 우리의 행복을 좌우하는 것인가와 더불어 행복을 예언하거나 설명하는 요인에 관한 높은 관심을 갖게 된 것은 근대를 거쳐 현대에까지 지속되어 왔다. 일반 개인들의 의식 수준이 향상되고 삶의 수준이 향상되면서 무엇이 우리의 행복을 좌우하는가에 관하여 일반 개인 수준에서, 보다 이해하기 쉽고 좀 더 친근감을 가질 수 있는 방향으로 행복을 추구하기 위한 관심도가 지속적으로 증대되어 왔고, 그로 인하여 20세기 후반에는 행복학(또는 뇌 과학, 긍정심리학 등)이 등장하여 행복에 관한 심도 있는 연구를 주도할 수 있게 되었다.

이와 같은 체계적인 연구 노력은 보통 사람들의 경험을 기반으로 하여 보통 사람들 중심으로 행복에 보다 큰 영향을 미치는 비교적 보편타당한 행복의 조건들을 파악해 보고자 하는 논의가 활성화되었기 때문에 가능했던 것으로 볼 수 있다. 그러는 동안 이를 위해서 과거 수천 년 동안 철학자나 사상가, 종교인, 작가, 예술가 등이 언급하여 다수의 공감을 얻었던 내용이 실제로 행복에 관한 연구에 크게 도움이 되고 있다는 점만은 분명해졌다는 것이 파악되고 있다. 말하자면 최근에 등장한 행복에 관한 전문 분야, 즉 이론적이고 실증적인 관점의 연구 분야라고 인정받고 있는 행복학 분야에서 과거 유명 인사들이 언급했던 행복 관련 명언들을 다양한 접근방법으로 검증하게 되었고, 그 결과를 실용적 관점에서 활용하기를 권장하고 있어 일반 개인들의 행복한 삶을 준비하고 유지하는 데 적지 않은 시사를 주고 있다는 점을 지적할 수 있다.

그동안 동서고금을 막론하고 빈번하게 사용해 온 행복 관련 명언들 중에서 인류가 오랫동안 행복을 설명하거나 예측하는 데 사용했던 조건이나 내용 요소들 중에서 우리에게 보다 친숙하고 빈번하게 회자되었던 것들을 예거하자면 다음과 같이 정리할 수 있다;

가) 사랑; 행복하려거든 사랑하라, 사랑이 곧 행복이다, 인생에는 한 가지 행복이 있을 뿐이며 그것은 사랑을 주고받는 것이다.

나) 희망; 희망이 있다는 것 자체가 바로 행복이다, 행복하다는 것은 소망을 가지는 것을 말한다.

다) 자유; 자유가 없이는 행복을 얻을 수 없다.

라) 인간관계; 행복의 90%는 인간관계에 달려있다, 행복은 결국 사람들 간의 관계에서 온다, 돈독한 인간관계 유지가 행복을 보장한다.

마) 우정; 모든 재물을 다 가진다 해도 친구 없이 살기를 택하는 사람은 없을 것이다, 소수의 친구들만 있으면 그것으로 충분하다. 이는 음식에 적은 양의 조미료만 필요한 것과 같은 이치다.

바) 마음의 평온; 진정한 행복은 깊이 있고 즐거운 내면의 평화이다, 행복은 평온한 마음 상태이다.

사) 건강; 건강은 행복의 기본 전제조건이다.

아) 삶의 방식; 행복은 선택이 아니라 우리가 자신을 만나는 방법이다, 행복은 삶을 대하는 개인의 태도와 살아가는 방식이라고 할 수 있다.

자) 재산, 수입, 경제적 수준 등이 행복한 삶을 보장해 준다 등.

이 외에도 일(직업), 감사하기, 긍정적 사고, 의미 추구, 목적의식,

회복탄력성, 몰입하기, 취미와 오락, 선행과 봉사, 감정 조절하기, 웃음, 사명 완수, 지혜로운 선택, 소통하기 등이 이에 추가될 수 있다.

따라서 우리에게 귀에 익은 행복의 조건들을 조화롭게 추구한다면 행복에 이르게 될 것이라는 상식적인 주장도 가능하다고 볼 수 있으며, 인생 전반에 걸쳐 여러 요인들이 복합적이며 역동적으로 작용한 결과로써 행복을 얻게 된다는 전제하에서 행복의 다면적인 속성을 수용하고 행복을 논하는 것이 바람직하다고 본다. 행복을 결정하는 핵심적인 조건을 잘 알고 있다고 해도 개인마다의 취향, 가치관, 삶의 방식, 성격 등과 더불어 경험, 경제적 수준, 사회문화적 여건 등에 따라 행복 수준이 달라질 수 있다는 점도 고려해야 할 중요한 점이다. 그러나 실제로는 한 개인이 살아가면서 주어진 환경 여건하에서 지속적으로 세상과 교류하며 판단하고 선택한 결과로써 순간적으로 또는 장기적으로 행복이 좌우된다고 볼 수 있기에 주요 결정 요인들과 관련하여 자기 자신의 주인은 바로 자신이라는 전제를 기반으로 하여 자신의 행복은 자신에 달려있다는 점을 중요시해야 할 것이다.

정리하자면, 행복은 개인마다 각기 다르게 느끼고 인식하며 판단하느냐에 의해 좌우되는 매우 주관적인 속성을 지니고 있다. 이 점을 중시한다면, 다만 결과론적으로 특정 요인이 행복에 크게 영향을 미쳤다고 추정할 수 있을 뿐이지 그 개인의 행복과의 인과관계를 밝히고 요인들의 영향력이나 비중을 파악하기는 그리 쉽지 않다. 동일한 여건하에서도 개인마다 각기 다른 행복 수준을 누릴 수 있다는 것은 행복의 조건만으로 개인의 행복 정도를 예단하기 어렵다는 점을 말해 주기 때문이다. 그러므로 앞에서 언급된 행복의 주요 결정 요인들을 참고로 하면서, 삶의 전반적인 과정에서 진지한 자아 성찰의 노력을 거치며 긍정적인 삶의 태도를 바탕으로 자신을 지혜롭게 다스리는 능력을 함양하는 노력, 즉 삶의 지혜로서 행복 지혜를 습득하는 일상적인 노력이 결국 자신만의 행복을 누릴 수 있게 해주는 보다 중요하고 핵심적인 요인이 될 수 있을 것이라는 점을 강조하고 싶다.

이에 따라 과거 수천 년 동안 진리처럼 간주되었던 행복에 관한 다양한 명언(언명, 언급, 선언 등)이 향후에는 과학적이고 합리적인 과정을 거쳐 상당한 정도로 그 타당성을 인정받고 일반인들에게 보급될 것으로 예상되어 진정으로 행복을 원하는 보통 사람들에게도 유용한 길잡이가 될 수도 있다고 보아, 향후 우리 사회의 행복 수준도 점진적으로 향상될 것이라는 희망을 가져볼 만하다. 그와 동시에, 그 이전에 실제 삶의 현장에서 교육자나 부모 세대들은 자신들이 살아오면서 경험했던 수많은 시행착오를 근거로 삼아 무엇이 우리의 행복을 좌우하는가에 관한 각자의 소신을 중시하면서도 후세대 개인들의 취향, 가치관, 목적의식, 삶의 방식, 환경 여건 등을 고려하면서 보다 진지한 태도로 교육에 임할 필요가 있다고 본다. 그리고 후세들이 기성세대에 비하여 더욱 수준 높은 행복한 사회에서 각자 나름의 행복한 삶을 누릴 수 있도록, 그들로 하여금 자신의 인생 전반에 걸친 행복한 삶을 진지한 태도로 준비할 수 있도록 권고하고 안내하며 개인들에 적합한 바람직한 행복관을 함양할 수 있도록 지도하는 데 직접 또는 간접적으로 참여하는 것이 기성세대의 당연한 책무라고 생각해 본다.

우리 행복 문화의 뿌리

현재 남아있는 기록에 의하면, 우리 역사의 뿌리이며 큰 줄기로 인정하고 있는 고대 신시배달국과 조선(고조선, 옛 조선) 사회에서는 통치자가 체계적이며 적극적으로 백성들을 인간답게 살아갈 수 있도록 교화(교육)했다는 사실을 확인할 수 있다. 말하자면, 배달국의 환웅과 고조선의 단군이 모든 백성들을 완전한 인격체로 대우하며 자유와 평등 의식하에서 개개인이 행복한 인생을 살아갈 수 있도록 교화하려고 지속적으로 노력하였다는 점을 어렵지 않게 파악할 수 있다. 특기할 만한 것은 이러한 노력을 경주한 환웅(신시배달국, 18명 1,565년간 존속)들과 단군(조선, 47명 2,096년간 존속)들은 일관성 있게 유불선의 근원이 된 역법(주역)과 음양오행설을 비롯하여, 농경 유목인을 위한 만물의 이치와 천문 관련 지식의 전수에 중점을 두며, 백성의 안위, 건강, 도덕 등을 위한 교화 활동에도 중점을 두었다는 것이다. 구체적으로는, 최소한 기원전 3,900년 경 환웅 시대로부터 체계적으로 이루어진 백성 교화에 포함된 내용으로는, 호흡법을 포함한 수련, 질병 치료, 농사경영, 음식요리, 의복제작, 도기제작 등을 교화의 주된 내용으로 삼으면서, 백성들이 불행을 사전에 예방하는 데에도 배려하며 지역공동체에서 살아가는 데 필요한 삶의 지혜를 깨닫도록 노력한 점 등이 전해지고 있다. 그러한 노력의 결실로서 수천 년 동안 우리 민족 고유의 행복관인 오복五福사상이 우리 삶에 깊숙이 자리 잡아왔으며 사회적으로는 중요한 미덕으로 권장되어 왔다는 것을 확인할 수 있다(〈삼국사기三國史記〉, 〈환단고기桓檀古記〉를 포함한 〈천부경天符經〉, 〈삼일신고三一神誥〉, 〈참전계경參佺戒經〉 등과 중국의 〈서경書經〉, 〈춘추春秋〉, 〈사기史記〉 등의 기록을 직간접적으로 참조).

* * *

오복사상의 뿌리에 관하여 이해하기 위해서는, 수천 년 동안 전승되어 온 환웅 천황의 교화 내용을 체계적으로 기록한 〈참전계경參佺戒經; 온전한 사람을 추구하기 위한 훈화 논리와 내용을 담고 있는 일종의 경전〉에서 복을 누리는 삶과 인간다운 삶을 살아야 한다는 점을 강조하고 있었다는 점에 우선 주목할 필요가 있다. 이 경전은 그 당시 지구상의 어디에도 존재하지 않은, 배달국의 지도자인 환웅이 최초로 시도한 일종의 백성에 대한 정신교육 내용을 체계화한 것이라고 볼 수 있다. 단적으로 말해 〈참전계경〉에 기록되어 전승된, 환웅의 백성에 대한 교화 내용은 거시적으로 보면, 그 후 발생한 인류의 모든 종교의 근원이 되는 동시에 인간사의 지혜를 담고 있다고 정리할 수 있다. 이를 지지하는 구체적인 근거(두드러지게 오랜 역사를 지닌 우리만이 간직하고 있는 핵심적인 근거)를 고찰해 보자면, 〈천부경天符經〉은 우주 만물의 조화에 관한 가르침이 주된 내용인 '조화경造化經'이라고 칭하고 있으며, 〈삼일신고三一神誥〉는 조화경에 입각하여 백성들의 마음을 밝히고 세상을 밝혀 성통공완(性通功完)을 이루기 위한 교화 내용을 담은 '교화경敎化經'으로 인정할 수 있고, 〈참전계경〉은 〈천부경〉과 〈삼일신고〉에 근거한, 우주만물에 관한 조화경과 인간다움에 관한 교화경을 바탕으로 바람직한 사회를 건설하며 지혜롭게 백성을 다스리기 위한 실천 위주의 통치 이념을 표현한 '치화경治化經'이라고 정리할 수 있다.

특히 백성을 교화하기 위한 목적으로 시행된 환웅의 교육 내용을 정리한 대표적인 '치화경'인 〈참전계경〉은 8개 훈화 내용영역(팔리훈八理訓 또는 팔훈八訓; 성誠, 신信, 애愛, 제濟, 화禍, 복福, 보報, 응應)과 366개 내용 요소들로 구성되었는데, 인류의 바람직한 삶과 백성을 편안케 하는 데 필요한 항목들로 구성되어 있다. 여덟 개의 훈화영역 중에서 여섯 번째와 일곱 번째 영역인 '복福'과 '보報'에 관하여 심도 있게 다루고 있는데, 이 내용은 근원적으로 〈서경書經〉의 핵심 내용인 '홍범구주洪範九疇'의 마지막 항목인 '오복과 육극(五福과 六極)'의 내용과 합치되는 것으로 파악된다. 말하자면, 오복의 근원이 〈참전계경〉의 내용 요소들이라고 볼 수 있으며, 후세에 배달국과 고조선을 포함한 아시아 대륙 전반(중국 포함)의 정치와 백성의 삶에 지대한 영향을 미쳐 온 것으로 추정할 수 있다. 이는 중국의 춘추전국시대에 기록된 〈서경〉을 통해서도 확인할 수 있는바, 〈서경〉의 주된 내용인 '홍범구주'의 배경에는 단군이 하나라 우임금(부친이 고조선 관리였으며 단군의 친족으로 알려지고 있음)에 전수한 통치 이념이 영향을 미쳤으며 그 통치 이념에는 〈참전계경〉의 정신이 그 핵심을 차지하고 있음을 확인할 수 있다.

간략하게 정리하자면, 우리의 오복사상은 세간에 잘못 알려진 것처럼 중국으로부터 전해져 내려온 것이 아니고, 배달국의 환웅이 개국 개천한 이래 백성을 대상으로 체계적인 교화 활동을 펼친 내용이

전해져 내려왔고, 그 내용은 그 후 중국에도 영향을 미치며 전해 진 것이라고 보아야 타당하다. 환웅의 교화 내용은 그 당시 문자가 널리 사용되지 않아 구두로 전해져 오다가 고구려(을파소)와 발해 시대(대야발)에야 기록 정리되어 〈참전계경〉이라는 명칭으로 전해져 내려오고 있으며, 그 내용은 우리나라를 포함한 중국 전반에 직접 또는 간접적으로 전해져 영향을 미쳐왔다는 사실이 〈서경〉을 비롯한 여러 서적을 통하여 추론할 수 있다.[1]

우선적으로 오복과 관련된 핵심 내용은 〈참전계경〉의 8개 훈화 내용 중 여섯 번째와 일곱 번째 훈訓에 나타나고 있는데, 먼저 여섯 번째 훈인 '복福'이란 착함(넓은 의미의 선善으로 개인들이 받게 되는 경사이며, 착함이란 선善하며, 순順하면서, 화和하며, 너그럽고(寬), 엄한 것(嚴)을 포괄하는 의미이다. 구체적으로 '복福'이라는 내용 영역은 6개 내용 요인으로 구성된 바, ① 복은 어질어야 받는 것, ② 복은 착해야 받는 것, ③ 복은 하늘의 이치와 도리에 순응해야 받는 것, ④ 복은 화합해야 받는 것, ⑤ 복은 너그러워야 받는 것, ⑥ 복은 엄해야 받는 것(사사로움을 돌보지 않고, 의리가 엄하며, 정직을 주장하고 청렴결백을 주장하는 것, 불신과 불의를 물리치는 것, 용기가 있는 것 등)으로 규정하고 있다. 또

---

1 그러나 관련 서적이나 기록물은 중국이 추후에 배달국과 조선으로부터 독립하고, 진나라와 한나라를 거치고 당나라가 패권을 잡으면서, 우리의 역사를 자신들 입장에서 왜곡하기 위하여 배달국(환웅)과 조선(단군)의 역사를 의도적으로 폐기하였기에 구체적으로 확인하기 어려운 실정이라는 점도 합리적으로 파악되고 있다; 과거 배달국 시대에 피지배자 입장이었던 자신들의 수치스러운 역사(2천5백 년 이상)를 추후 승자(지배자)의 입장에서 왜곡하기 위하여 진, 한, 당(秦/漢/唐)나라, 그중에서도 특히 당나라가 직접 우리의 고대사 관련 근거를 철저하게 폐기/말살(고구려 패망 후 고구려와 고조선 등의 모든 역사가 정리된 경관(오늘날의 도서관)을 의도적으로 불살라 없앴다는 역사적 사실에 주목할 필요가 있다)하였을 뿐만 아니라, 그를 승계한 명과 청나라까지도 신라, 고려, 조선 정부로 하여금 관련 근거 서적이나 자료를 폐기하도록 줄기차고 집요하게 강요하였다는 점은 널리 알려진 역사적 사실이다.

한 〈참전계경〉의 일곱 번째 훈訓인 '보報'란 하늘이 악한 사람에게는 앙화(재앙)로 갚고, 착한 사람에게는 복으로 갚는 의미라고 정의하고 있다.

이와 더불어 주목할 것으로는 〈서경〉의 '홍범구주'라는 '큰 정치를 위한 지침'인데, 그 주요 내용은, ① 오행(五行), ② 오사(五事), ③ 팔정(八政), ④ 오기(5紀), ⑤ 황극(皇極), ⑥ 삼덕(三德), ⑦ 계의(稽疑), ⑧ 서징(庶徵), ⑨ 오복과 육극(五福과 六極) 등으로 구성되어 있다. 이 중에서 아홉 번째 항목인, '오복과 육극'의 내용은 단군왕검이 '홍익인간 제세이화(弘益人間 在世理化)'정신으로 어질고 큰 정치를 행하라고 새롭게 건국한 제후국(거수국)인 하나라와 상나라(은나라)에 전승시켰다는 통치 이념에 포함되어 있는 것으로서, 인본주의 사상인 홍익민주주의 정신에 입각한 인류 최초의 행복관을 직접적으로 기록하고 있는 내용이라고 볼 수 있다.

* * *

우리의 행복 문화의 핵심인 '오복五福'에 관하여 고찰해 보면, 수(壽; 장수하기), 부(富; 부자가 되기), 강녕(康寧; 신체적으로 건강하고 정신적으로 안녕하기), 유호덕(攸好德; 도덕/윤리 지키는 일을 낙으로 삼는 일과 더불어 이웃들에 대한 덕을 쌓고 베풀기), 고종명(考終命; 주어진 책무와 사명을 완수하기)을 포함한 다섯 가지 복을 누리는 생활을 의미한다는 것은 우리 사회에서 최근까지도 비교적 널리 알려져 있다. 그러나 '오복사상'은 중국과 조선에서 시대와 사회가 변하면서 상당 정도 변형되어 전해지기도 하였는데, 수백 년 동안 통속적으로 변모한 오복은 조선조와 중국 학자들의 문집 등에 기록되어 전해지고 있다.

구체적으로는, 오복 중 세 가지 항목인 '수', '부', '강녕'은 시종일관 큰 변화 없이 유지되었다고 볼 수 있고, 과거 우리 사회와 중국에서 복 받은 삶을 이야기할 때 공통적으로 '부귀, 장수, 건강'이라는 개념이 기본적으로 포함되는 비교적 폭 넓은 개념으로 소통되어 왔었다. 그러나 서민들 입장에서는 신체적 건강과 직결된 '건강한 치아를 갖는 것'이 복 받는 것이라는 실생활과 밀접한 생각이 강녕 대신에 포함되어 있다. 그 외의 덕목인 '유호덕'과 '고종명' 대신에 '귀(貴; 사람들로부터 존귀하게 인정받는 것)'와 '자손중다(子孫衆多; 많은 자손을 두고 사는 것)'로 교체되어 있는데, 이는 서민들이 벼슬을 하거나 지역사회에서 사람들로부터 인정받기를 원하면서도, 보다 실질적으로는 농사에 필요한 노동력을 확보하기를 원하는 바를 반영한 것으로 보인다. 말하자면 농경사회에서 서로 돕고 덕을 베풀며 살아왔기에 그 중요성을 크게 인식하고 자손을 많이 두어 노동력이 많아지면 농사일에 도움을 받고 부를 축적하기에 유리하다는 실용적인 가치를 보다 더 중시하였기에 나타난 현상이라고 해석할 수 있다.

이와 더불어 '육극六極'이란, 일반인들에게 널리 알려지지 않았지만 오복을 효율적으로 추구하도록 보조하는 수단적 개념으로서, 일상생활 중 발생하기 쉽고 당면할 가능성이 있는 불행한 사건이나 어려운 상황을 의미하며, 인간다운 삶을 위해서는 특별히 '육극(흉단절凶短折, 질疾, 우憂, 빈貧, 악惡, 약弱)'과 같은 불행과 재앙을 미리 예방하고 피하도록 경고하는 내용의 항목들이다. 육극 중에서, ① 흉단절은 비명횡사, 변사, 요절을 말하고, ② 질疾은 고질병으로 고생하는 일을 의미하며, ③ 우憂란 집안에 근심걱정이 그치지 않는 상태, ④ 빈貧은 가난으로 고생을 면치 못하는 상황, ⑤ 악惡은 악한 일을 저지르거나 추한 모습으로 생활하는 상태, 그리고 ⑥ 약弱이란 몸이나 정신이 너무 유약하여 생활에 지장을 가져오는 상태를 의미한다. 여기서 특기할 만한 것은, 흉단절, 질, 우, 약 등의 항목은 오복 중 '강녕'과 '장수'와 직접 관련된 내용으로서, 신체적인 건강과 정신적 안녕, 장수를 추구하기 위해서 특별히 예방하고 경계해야 할 사항을 경고삼아 교화시킨 내용인데, 이는 '강녕'이라는 덕목을 매우 중시하는 의미로 해석할 수 있다. 그리고 빈貧을 피하기 위해서는 '부富를 추구'해야 한다는 점과 '악惡'을 피하기 위해서는 '유호덕'을 중요시해야 한다는 점을 강조하고 있는 것으로 해석할 수 있다.

* * *

한편, 최근 중국 북동쪽 요동 지방에서 발굴되고 있는 홍산문화(요하문명)의 유적에 의하면, 우리 민족(한족韓族, 구이족九夷族, 동호족東胡族, 동이족東夷族 등으로 칭함)이 아시아 대륙을 지배해 왔고, 환국[2]에 이어서, 배달국, 고조선을 거쳐, 부여와 삼국시대에까지 4천여 년 동안 그 패권을 유지하면서, 중국 황하문명에도 심대한 영향을 미쳤던 것으로 파악되고 있다. 이와 더불어 중국이 왜곡한 역사와는 달리 우리가 보존해 온 역사적 근거에 의하면, 중국의 3황5제(三皇五帝) 시대는 우리의 홍산 문화를 비롯한 배달국 문화의 영향을 지속적으로 받아 오면서 형성된 것이었으며, 추후에 형성된 황하문명에 비하여 1천5백여 년 이상 오래된 것임이 파악되었다. 특히 중국이 국가 시조로 숭배하고 있는 '복희'와 '여와'는 우리 배달국 환웅 중 제5대 환

2 기원전 7~8천여 년 전부터 배달국 개국 이전까지, 약 3천3백 년 이상 존재했던 12개 환국 중 하나이었고, 그 환국들의 직접적 또는 간접적인 영향을 받아 수메르문명, 이집트문명 등이 생성되었다는 역사적 가정을 합리적으로 추론할 수 있다.

웅 '태우의' 천황의 자녀들이었다는 점과 중국이 국조로 내세우고 있는 염제 신농씨를 비롯한 황제 헌원은 동이족이며 배달국의 지배층 구성원들과 친족관계였고, 자우지(치우)천황은 배달국의 14대 환웅이었다는 점, 특히 발굴된 하나라와 상(은)나라 유적에 의하면 고조선의 영향을 직접적이며 지대하게 받았다는 점 등을 고려해 보면, 중국이 우리의 배달국과 고조선으로부터 심대한 영향을 받으며 살아오다가 점차 독립해 나가 진시황 이후, 또는 한漢나라 시대에 이르러 독자적인 국가를 세웠던 것으로 추정할 수 있다.[3] 이와 같은 합리적 추정에 근거해 보면, 춘추전국시내에 작성된 〈서경〉은 그 당시까지 천자국(天子國; 패권국가)이었던 배달국이나 고조선의 다양한 영향을 받아 온 상황에서 작성된 내용을 주로 다루고 있다고 볼 수 있는데, 그 내용에는 단군이 제후국인 '하'나라의 우왕에게 전해 준 것으로 알려져 있는 '홍범구주'와 '팔조금법八條禁法'을 비롯하여 '음양오행설'과 '치수법治水法'을 포함한 통치 이념이 포함되어 있다는 점으로도 추정할 수 있다.

그중에서도 〈서경〉에 기록된 '홍범구주' 등을 중심으로 백성들을 대상으로 교화한 내용을 유추해 보면, 환웅이나 단군은 유라시아대륙을 지배하던 상황에서 한, 예, 맥족 뿐만 아니라 화하족(중국의 3황 5제 시대로부터 하, 상, 주 시대를 포함)을 비롯한 여러 민족들에 이르기까지 홍익 민주주의 정신을 3천여 년 이상 일관성 있게 강조하면서,

3 이러한 판단은, 중국이 우리의 역사를 왜곡하여 자신들 입장만을 중시한 고대사를 일방적으로 내세우고 있는데, 이에 대한 세계 역사계의 동의를 받기 어렵고 매우 신뢰할 수 없으며, 오히려 왜곡하지 않은 우리의 역사적 근거에 따라 추론하는 것이 우리의 본분이며 보다 진실된 역사를 복구하는 데 더욱 도움이 될 것으로 확신하기 때문이다. 이러한 주장은 최근에 미국, 영국 등의 아시아 지역 고대사 전문가들이 중국의 우리 역사에 대한 왜곡과 날조 행태를 정확하게 파악하기 시작하였다는 정보에 근거한 것이다.

백성들로 하여금 하늘을 공경하고 도리를 지키는 인간다운 삶을 누릴 수 있도록 체계적으로 교화하면서 통치했다는 사실을 확인할 수 있다. 그중에서 주된 교화 내용인 '팔훈(八訓 또는 八理訓이라고도 칭함)'이 배달국(환웅)과 고조선(단군)을 거쳐 고구려와 발해 시대에까지 전해져 내려왔다는 사실을 우리의 고유한 경전인, 〈천부경〉, 〈삼일신고〉, 〈참전계경〉의 존재로 파악할 수 있다. 이와 더불어 중국의 고대사의 핵심 부분인 3황三皇(복희씨, 신농씨, 여와씨 또는 수인씨 등이 모두 동이족 출신이고 배달국의 지배층이었다)과 5제五帝(황제 헌원, 전욱 고양, 제곡 고신, 제요 방훈, 제순 중화 등도 동이족 출신이며 배달국 지배층과 관련된 인물들임) 시대로부터 하, 은(상), 주 시대를 거쳐 〈서경〉이 집필되기 이전까지 중국이 배달국과 고조선으로부터 직접 또는 간접적인 영향을 받아왔다는 점을 바탕으로 추정해 보면, 환웅과 단군의 교화 내용이 '홍범구주'에 매우 심도 있게 반영되었으며 고조선의 높은 수준의 문화적 영향도 받았다고 판단할 수 있다(특히, 하나라와 그 후에 등장한 상나라(은)는 고조선의 제후국이었다는 점은 고고학적으로 명백하게 밝혀진 역사적 사실이다.[4]

정리하자면, '홍범구주'를 포함한 배달국과 고조선의 문화는 차후에 아시아 대륙에서 발원한 선교(도교)와 불교뿐만 아니라 유교에도 크게 영향을 미치게 되어 한국과 중국을 포함한 도교와 유교 문화권

4 배달국 이래로 춘추전국시대까지 등장했던 여러 국가들은 대부분 동이족이 세웠다는 점도 중시해야 한다. 이는 하광악(〈동이원류사〉의 저자)을 포함한 소수의 양심적인 중국인 역사가들이 주장하고 있는 내용인바, 특히 중국인 사학자 겸 언어학자인 주학연은 그의 저서, 〈진시왕은 몽골어를 하는 여진족이었다〉에서 고조선(한, 예, 맥, 선비, 말갈, 몽골, 여진 등으로 구성됨)이 그 당시 중국에 미친 지대한 영향력을 인정하고 있으며, 심지어 공자의 부친이 고조선의 단군(숙량흘)의 아들(서자)이었으며, 공자가 조선 지배층에서 적응하지 못하고 중국(노나라)으로 이주하여 모친과 친족들로부터 교육받으며 당대 최고의 학자로 성장했다는 역사적 사실도 밝히고 있다.

에 오랫동안 자리 잡아 존속되어 왔다. 오복 중심의 행복 문화는 군자다운 삶을 누리기 위해서 '도道'를 깨달을 필요가 있고 그 경지에 도달하기 위해서는 살아가면서 다섯 가지 복(五福)을 누리고 여섯 가지 사항을 사전에 예방하며(육극六極), 인간답게 살아갈 것을 권장하는 내용이 그 근간이라고 할 수 있다. 그 주된 내용은 아시아 전역에 생활문화로 정착되어 최근에까지 백성들의 의식 속에 깊숙이 자리 잡아 유지되어 온 것으로 파악된다. 특히 〈참전계경〉의 여섯째와 일곱째 강령인 '복福'과 '보報'의 내용 요소는 '홍범구주'의 '오복' 중의 '강녕', '유호덕', '고종명'이라는 내용과 직간접적으로 관련되어 있다고 판단할 수 있어, 우리의 행복 문화는 배달국 시대부터 조선 말기(20세기 초)까지 존속되어 온 것으로 추론할 수 있게 된다. 또한 중국이나 일본의 고대 사회에서도 우리와 같은 맥락에서 오복이라는 행복관이 자리 잡게 된 것이라고 추정할 수도 있다.[5]

또한 우리의 전통적인 행복 문화를 대변하고 있는 오복사상은 신시배달국의 개국으로부터 명백하게 이어져 내려온 환웅천황의 통치 이념에서 그 근원을 찾을 수 있고, 환웅이 백성을 교화한 내용을 정

5 그 당시 배달국과 고조선은 선진 강대국이었으며, 중국의 핵심 부분이나 일본은 고조선의 영역(제후국)이었다는 역사적 사실을 인정해야 하나 그들이 강자가 되고 우리가 약자가 된 이후, 최근 1,300여 년 동안, 그들이 배달국과 고조선으로부터 당했던 피지배 사실을 은폐하고 말살시키려고 줄기차게 수단방법을 가리지 않았다. 특히 최근에까지 공산당 중심으로 일본과 제휴하여 고조선의 존재 자체를 부인하고 실재하지 않았던 나라로 집요하고 체계적으로 역사 왜곡(고조선과 부여 이후 고구려, 백제, 신라가 중국 본토에서 장기간 번창해 왔다는 사실을 포함)을 저질러 왔다는 사실을 정확하게 인식해야 한다. 그뿐만 아니라, 국내의 다수의 관리들이나 학자들마저 정체성을 망각하고 아무런 대책 없이 그들의 주장을 인정하고 지지해 왔기에 우리의 고대사를 복구하기가 매우 어렵고 민족적 자긍심을 가지고 고대사를 후세에 교육시키지도 못하는 실정에 처해 있다는 점을 명확하게 인식할 필요가 있다. 말하자면 당나라 통일시대 이후 천 년 이상 우리의 찬란했던 고대 역사를 잃어버린 상태에서 살아왔기에 민족적 정기와 기상이 매우 미약해졌고 미래에 우리의 역사를 되찾아야 한다는 국민적 사명감이나 의지를 찾아보기 어려운 '역사를 잃어버린 상태'에서 탈피하지 못하고 있는 실정이어서 매우 안타깝다.

리한 〈참전계경〉에 그 뿌리를 두고 있다는 점은 분명하게 밝혀져 있다. 이는 그 당시 배달국 말기와 고조선 초기의 제후국이었던 중국(하나라, 상나라)에도 전해져 〈서경〉의 내용에 반영되어 오늘에 이르렀다고 볼 수 있고, 역사적으로 고찰해 보면 결코 중국이 우리에게 전해 준 것이 아니고 그 반대였다는 사실을 중시해야 한다. 이에 따라 우리의 '복 문화'의 근원을 두 가지로 정리할 수 있는데, 먼저 배달국 시대의 환웅천황의 '훈화 중심의 정신적 교화 내용'이 전승되어 기록된 〈참전계경〉의 내용 중에서 팔리훈(8개의 훈화 중 6~7번째 항목이 '복'의 의미를 규정하고 있다는 점)과 더불어, 고조선의 홍범 정책 관련한 실제 생활에 초점을 둔 '통치에 관한 치화 내용'이 기록된 〈서경〉의 '홍범구주' 중 아홉 번째의 '오복과 육극'의 내용이 우리의 '복 문화'의 핵심 뿌리라고 정리할 수 있다. 이와 동시에, 이 문화는 자연스럽게 중국에 크게 영향을 미친 것으로 추론할 수 있는데, 앞에서 언급한 바와 같이, 중국 역사의 초기에 등장한 '하나라'와 '상나라'(고조선의 제후국)에 배달국(환웅)과 고조선(단군)의 직접적인 영향력이 작용했기 때문에 우리의 '복 문화'도 자연스럽게 영향을 미친 것으로 추론할 수 있는 것이다. 구체적인 근거로는, 단군왕검이 중국(하, 상)에 '홍범구주'를 포함한 '치수법'과 '팔조금법' 등을 전수하였다는 역사적 사실을 우선적으로 제시할 수 있다.

또한 기록에 의하면 그 당시 통치자(환웅과 단군)의 교훈 내용의 핵심에는 인간이 도를 깨우치기 위해서는 복을 누릴 수 있어야 하고, '오복'을 누리기 위해서는 '육극'을 예방하거나 회피하려는 노력이 필요하다는 지혜가 포함되어 있다. 그 외에도, 백성들의 삶의 질을 높이기 위하여 의, 식, 주를 포함한 사회생활 전반에 걸친 교화 내용은 환웅이 배달국을 개국한 기원전 3,900여 년 전 당시 유라시아 전역에 걸쳐 매우 선진적이었으며 오늘날의 어떠한 행복관에도 뒤지지 않을 뿐만 아니라, 인류 역사상 어떤 국가나 문화권에도 존재하지 않는 매우 심오한 내용이었던 점을 어렵지 않게 추론할 수 있다.

여기서 특별히 주목해야 할 것은 '오복'만을 일방적으로 강조하지 않고, 복을 누리기 위하여 균형 있게 '육극'을 예방하고 회피해야 할 것으로 교화한 것은 진정으로 백성들의 입장에서 행복한 삶을 추구할 수 있도록 삶의 지혜를 깨우치는 데 중점을 두었다는 점을 시사해 주며, 나아가 고대 사회로부터 전승해 오는 '홍익인간 제세이화'의 정신과 '홍범구주'의 깊은 뜻을 실천하는 데 주력했다는 것을 헤아릴 수 있게 해 준다. 이로 말미암아 최근에 웰빙을 비롯한 서구사회의 행복론 등에 별다른 생각 없이, 무조건적으로 동조하며 살아온 현대인들이 우리의 DNA에 내재된 전통적인 행복관의 심오함, 합리성, 실용성에 관하여도 제대로 이해하고, 각자가 더욱 수준 높은 행복관을 습득하여 보다 양질의 삶을 살아가는 데 참고하며 민족적 자긍심을 갖는 기회로 삼는 것도 필요하다고 본다.

종합하자면, 최근에는 남녀노소를 막론하고 대부분의 개인들이 서구식 삶의 방식과 행복관에 적지 않게 영향을 받으면서 살고 있겠지만, 자신이 태어나 성장하고 교육받고 사회화되면서 우리 문화적 환경 속에서 자신도 모르게 익숙해진 우리만의 전통적인 행복관의 영향을 장기적으로 은근하면서도 진지하게 받아왔을 뿐만 아니라 그 문화를 더욱 선호하며 자신도 모르게 잠재의식이 발로하여 오복 중심 행복 문화를 지지하는 삶의 방식을 갖게 될 수도 있기에, 앞으로 기회가 주어지면 우리만의 '오복'이라는 행복 문화에 대한 특별한 관심을 가지고 자신의 행복관을 업그레이드하고 확장하는 기회로 삼는 것도 매우 자연스러운 것으로 보아야 한다. 또한 우리 민족은 과거 인류 역사상 가장 오래된 합리적인 행복 문화에 입각하여 지속적으로 교화된 민족, 특히 천손 민족이라는 긍지를 가지고 지구촌의 어느 민족에 비하여 뒤지지 않는 평화롭고 행복한 국가를 추구해 왔었다는 사실을 인정해야 한다. 그리고 과거 수천 년 동안 고도의 문화적 영향을 받으며 살아왔던 일종의 문화적 유전자를 바탕으로 삼아 우리가 추구하고 있는 선진사회의 삶의 방식에 적합하도록, 후세들의 행복 지혜를 지속적으로 향상시키는 행복 교육에도 관심을 가져야 한다는 책무감을 갖는 것이, 우리 사회뿐만 아니라 지구촌이 앞으로 보다 행복한 삶을 누리는 데 크게 도움이 될 것으로 확신해 본다.

현존하는 전통적 행복 문화

해방 이후 세계와의 교류가 활성화되면서 우리보다 앞선 물질문명을 무조건적으로 수용하는 데만 급급하며 수준 높은 우리만의 인간관계를 중시하는 전통적인 행복관과 행복 문화(복 문화)의 가치를 좌시하고, 제대로 가꾸고 보존하는 노력을 기울이지 못했던 것을 자성하는 일도 행복한 사회를 건설하기 위하여 필요불가결한 선결 과제로 인정할 필요가 있다. 구체적으로 열거해 보면, 수천 년 전부터 지역공동체 사회(동네) 중심으로 농사일을 중시하면서 사냥이나 가축 방목 등의 업무를 효율적으로 수행하면서 공동체 사회공동체 사회의 구성원으로서 역할을 효율적으로 담당하고 이웃과의 원만한 관계를 중시하며 평화롭게 살기 위하여 다양한 노력을 기울여 왔기에 우리만의 전통적인 사회문화(조직, 제도, 관습, 행사 등)를 창출하고 유지 발전시키며 살아왔다는 역사적 사실을 부정하기 어렵다. 그중 몇 가지만 열거하자면, 제천 의식이나 명절 중심의 동네 차원의 다양한 행사들, 두레나 품앗이와 같은 생업을 위한 상호협력 및 지원 제도, 이웃사촌이라는 말이 의미하는 바와 같은 친밀한 인간관계의 계승 노력 등이 유럽이나 아프리카 등의 경우와 비교해도 조금도 뒤지지 않을 정도라고 판단할 수 있기에, 수준 높은 사회적 행복을 추구했던 우리만의 노력이라고 인정하지 않을 수 없다. 간단히 말해서, 한국의 공동체 의식, 이웃에 대한 배려, 진정성과 인정이 넘치는 소박하고 편안한 인간관계를 중시하던 우리만의 고유한 '복 문화'와 행복관의 본질도 덴마크인들이나 아프리카인들의 것과 크게 다르지 않은 인간 본질적 속성이며 세계적인 가치를 구현한 것이라는 점을 국민적 긍지를 가지고 새롭게 소명하고 그를 새로운 가치관으로 고취해 나가는 노력을 통해서 우리의 행복 수준을 제고시킬 수 있다는 신념이 우선적으로 요구된다는 점을 인정해야 한다.

이러한 맥락에서 장기간 행복을 추구해 온 한국 사회의 진면목을 알기 쉽게 조명해 주는 우리만의 독특한 문화적 단면에 주목해 볼 필요가 있다. 특히 환웅 시대(신시배달국, 밝달국)로부터 단군의 고조선 시대와 부여 시대를 거치는 오랜 역사를 통하여 파악하고 확인할 수 있는 사회문화적 속성에서, 지배자들이 백성들의 평화롭고 안전하며 화목한 삶을 중시하면서 지향한 사회생활에서 원만한 인간관계를 크게 강조하며 개인들의 행복한 삶을 위하여 필요한 교화 및 교육활동을 강조했던 역사적 흔적들을 확인할 수 있었다. 말하자면, '천손 민족'으로서 하늘과 우주의 원리(도道)를 실현하는 진리 안에서 살아가는 '도'를 깨달아 진리와 합일되는 상태를 행복으로 규정하고, 행복에 이르기 위해서는 지속적으로 자신을 수련(수신, 修身)할 것을 교화하는 통치자(배달국의 환웅과 고조선의 단군과 같은 강력한 제사장이며 통치자)의 영향력이 적지 않았고 그들의 통치철학에 의해 백성의 행복한 삶이 일찍이 강조되었다고 볼 수 있다. 특히 〈천부경天符經〉과 〈삼일신고三一神誥〉를 기반으로 한, 〈참전계경參佺戒經〉에 기록되어 전해져 오고 있는 환웅과 단군의 '백성의 행복한 삶을 위한 교화 내용'이 지구상에서 가장 오래전부터 형성되어 오늘에까지 전해져 내려왔다고 추정할 수 있다.

보다 본격적으로 우리의 '행복 문화'의 뿌리를 이해하기 위해서는 앞에서 **"우리 행복 문화의 뿌리"**에서 다루었던 내용을 참고할 필요가 있다. 그중에서 직접 관련된 부분만을 간략하게 소개하자면 다음과 같다. 즉, 우리의 '복 문화'의 근원을 두 가지로 정리할 수 있는데, 먼저 배달국 시대의 환웅천황의 '훈화 중심의 정신적 교화 내용'이 전승되어 기록된 〈참전계경〉의 팔리훈(8개의 훈화 중 6-7번째 항목이 '복'의 의미를 규정하고 있다는 점)과, 고조선의 홍범 정책 관련한 실제 생활에 초점을 둔 '통치에 관한 치화 내용'이 기록된 〈서경〉의 '홍범구주' 중 아홉 번째의 '오복과 육극'의 내용이 우리의 '복 문화'의 핵심 뿌리라고 정리할 수 있다. 이와 같이 '복 문화'의 근원이 분명하게 표명되고 확인되었고, 오랜 역사를 지닌 사례는 지구촌 사회의 역사를 총괄하여 유일무이하다고 추정할 수 있다.

우리 '행복 문화'의 두 가지 근원

1. 중요한 고전인 〈참전계경〉의 8개 훈화(팔리훈八理訓) 내용 중 여섯 번째와 일곱 번째 훈訓에 나타나고 있는 내용이 곧 우리 '복 문화'의 뿌리라고 말할 수 있다. 그중에서 먼저 일곱 번째 훈訓인 '보報'란 하늘이 악한 사람에게는 앙화(재앙)로 갚고, 착한 사람에게는 복으로 갚는 의미라고 정의하고 있는데, 복이란 착한 사람에게 주어시는 하늘의 보납이라고 정의하고 있다. 이에 따라 여섯 번째 훈인 '복福'이란 착함(넓은 의미의 선善으로 개인들이 받게 되는 경사이며, 착함이란 선善하며, 순順하면서, 화和하며, 너그럽고(寬), 엄한 것(嚴)을 포괄하는 의미인데, 이를 보다 구체적으로 설명하자면, ① 복은 어질어야 받는 것, ② 복은 착해야 받는 것, ③ 복은 하늘의 이치와 도리에 순응해야 받는 것, ④ 복은 화합해야 받는 것, ⑤ 복은 너그러워야 받는 것, ⑥ 복은 엄해야 받는 것(사사로움을 돌보지 않고, 의리가 엄하며, 정직을 주장하고 청렴결백을 주장하는 것, 불신과 불의를 물리치는 것, 용기가 있는 것 등) 등과 같이 여섯 개의 내용으로 분석해 볼 수 있다.

2. 고조선 초기 단군왕검이 '홍익인간 제세이화(弘益人間 在世理化)' 정신으로 어질고 큰 정치를 행하라고 새롭게 건국한 제후국(거수국)인 중국의 하나라와 상나라(은나라)에 전승시켰다는 통치 이념인 '홍범구주'라는 '큰 정치를 위한 지침' 중에서, 아홉 번째 항목인 '오복과 육극'의 내용은 인본주의 사상인 홍익 민주주의 정신에 입각한 인류 최초의 행복관을 직접적으로 기록하고 있는 내용으로 인정할 수 있다(서경). 전통적인 오복五福사상 중 먼저, '오복'은 강녕康寧, 수壽, 부富, 유호덕攸好德, 고종명考終命 등으로 구성되어 있고, '육극六極'의 내용은 흉단절凶短折, 질疾, 우憂, 빈貧, 악惡, 약弱으로 구성되어 있다.

다시 말해서 배달국 시대부터 현명한 통치자로 인정되는 환웅천

황은 백성들을 교화 및 교육시켜 상호신뢰하고 협력하는 공동체 사회를 건설하고 유지시키기 위하여 진지하고 체계적인 노력을 기울인 것으로 파악된다. 이러한 노력은 고조선 시대를 거쳐 부여 시대와 삼국 시대(고구려, 백제, 신라), 발해와 고려 시대를 통하여 면면히 지속되고 강화되면서 계승되어 왔다고 말할 수 있다. 특히 중국의 영향을 받으면서 개국한 조선 시대에 들어서는 유교적이며 성리학적 배경의 지배 논리로 인하여 전통적인 오복사상과 사회의식이 상당 정도 변질되었지만 거시적으로 보아 그 근간이 유지되어 최근(20세기 초)에까지 무난하게 전승되어 왔다고 판단할 수 있다.

배달국 환웅 시대부터 복(행복)을 중요시하던 우리 민족만의 독특한 '복을 추구하는 사람들의 사회적 의식'은 사회 구성원 개인들의 삶의 현장을 중심으로 잠재하면서 발현되고 표현되어 왔다고 말할 수 있다. 이에 따라, 우리의 '복 문화'가 발현되고 있는 일상생활 중에서, 살아 숨 쉬고 있는, 삶의 여러 현상과 단면들을 열 가지로 정리하여 아래와 같이 간략하게 소개한다.

1. '복福' 자를 이름(성함, 성명)에 포함시키면 보다 많은 복을 받을 것이라는 일반 서민들의 '행복한 삶에 대한 소박한 기대감'을 표명하는 오래된 전통은 여기에 그치지 않고 생활 전반에 걸쳐 반영되었고 모든 개인들의 삶의 모습으로 표현되어 왔다. 다시 말해서, 복을 추구하는 사회문화 의식, 곧 '복 문화'가 가장 명료하게 표현되는 우리 사회만의 현상으로 우선적으로 지적할 만한 것은, 개인들의 이름(성명, 성함)에 '복'이라는 문자를 사용하여 작명作名함으로써 복을 추구하는 의도를 숨김없이 반영하고 있다는 점이다.

말하자면 우리 사회에서 주위 인물들의 이름에 관하여 관심을 두고 되돌아본다면 최근(20세기 초반)까지도 여전히 예상하는 것보다 많은 사람들(남녀 포함)의 이름에 '복' 자를 사용하고 있는 사례들을 어렵지 않게 발견할 수 있다. '복' 자가 들어있는 이름을 널리 사용해 온 유행(사회적 현상)은 조선조 후반에까지 유지되어 왔으나 일제 강점기를 지나면서 오늘에 이르러 크게 감소했음에 불구하고 선제석인 흐름은 여전히 유지되었음을 알 수 있는데, 그 사례로서 20세기 후반과 21세기 초에 이르기까지 우리 주위에서 어렵지 않게 발견할 수 있었던 이름들을 열거해 보자면,

복경, 복걸, 복기, 복길, 복녀, 복덕, 복동, 복돌, 복란, 복래, 복례, 복룡, 복만, 복민, 복분, 복성, 복순, 복수, 복술, 복신, 복실, 복슬, 복영, 복운, 복임, 복자, 복주, 복철, 복칠, 복화, 복향, 복희, 복혜….
구복, 경복. 귀복, 금복, 기복, 다복, 대복, 덕복, 동복, 만복, 문복, 민복, 서복, 소복, 순복, 슬복, 시복, 새복, 신복, 선복, 숭복, 승복, 수복, 상복, 선복, 성복, 언복, 연복, 영복, 오복, 원복, 요복, 용복, 윤복, 은복, 응복, 인복, 정복, 종복, 준복, 중복, 재복, 지복, 진복, 창복, 천복, 청복, 춘복, 충복, 창복, 칠복, 팔복, 천복, 태복, 한복, 항복, 향복, 호복, 화복, 환복, 황복, 훈복, 행복, 현복, 형복. 홍복 등이 있다.

2. 우리의 일상생활 중에서 가시적으로 표현되고 있는 것들로서, 널리 사용하고 있는 생활용품, 예를 들면, 그릇, 수저와 젓가락, 의복, 베개와 이불, 소지품이나 장식품, 장롱을 포함한 가구, 전통

주(음료 및 술) 등에 '장수長壽', '수壽', '부귀富貴', '부富', '강녕康寧', '복福', '덕德' 등의 글자(문자)가 새겨져 있는 경우(상표에 복을 사용하는 경우 포함)가 허다하다는 것을 현재에도 사람들이 사는 곳이라면 매우 쉽게 파악할 수 있다. 이는 현재 전국적으로 존재하는 재래시장들에서도 어렵지 않게 발견할 수 있는 실정이다. 이와 함께 전국적으로 고을(동네) 이름에도 '복' 자가 차지하는 경우가 적지 않다는 현실도 인정할 수 있다. 이러한 특성이 우리 사회문화적 배경의 중요한 부분을 차지하고 있다는 점과 더불어, 복과 관련된 의미가 오랫동안 우리 서민들의 삶에 녹아들어 전해져 왔고 우리 문화의 중심을 차지하고 있었다는 점도 무시할 수 없다. 이와 더불어, 우리 사회의 구석구석에는 오복의 요소 중에서도 특히 '강녕, 장수, 부'를 추구하는 실생활 관련 개념이 우리들의 삶과 의미 있게 결부되어 있는 경우가 허다하다는 점, 나아가 부귀영화富貴榮華를 추구해 오던 문화를 통하여 우리 민족이 행복을 기원하며 복된 삶을 추구하며 살아왔다는 사실을 실감 나게 확인할 수 있게 한다. 이는 곧 우리 사회가 하나의 문화공동체로서 '복'이라는 의미를 공유해 온 '복 문화(행복문화)'를 오랫동안 공유하고 유지해 온 흔적인 동시에 귀중한 실증적 증거라는 것을 어렵지 않게 파악할 수 있다.

3. 우리의 실생활에서의 대화에서 널리 표현되고 있는 내용들 중에서 대표적인 것으로는, '자네는 주위에 좋은 사람들이 많고 사람들의 도움(덕)을 많이 받는 것을 보니 인복人福을 많이 타고 난 사람인가 보네'라든지, '그 친구는 부인이 직장에서 인정받고 계속해서 승진하면서, 가정에서도 좋은 엄마 노릇도 잘하고 있다는 것

을 보니 처복妻福을 타고났나 보네', '그 사람은 하는 일마다 다 잘 되어 돈을 잘 버는 것을 보니 돈복(財福)을 타고났군', '자네 부모님들은 백세 가까이 되어도 건강하신 걸 보면, 수복(壽福)을 타고 나신 게 분명하네' 등이 일반인들의 행복에 관한 견해나 생각이 의사소통 목적으로 자연스럽게 표현되고 있는 사례라고 볼 수 있다. 더 나아가, 보다 구체적으로 들여다보면, 일상생활 중에서 어렵지 않게 발견할 수 있는 평범한 의사소통 맥락과 문화적 공유 현상은 우리만의 고유한 '복 문화'가 오랫동안 살아 숨 쉬어 온 생생한 현장을 대변해 주고 있다고 말할 수 있다.

4. 가정에서 자녀 교육 목적으로 '복'을 사용해 온 우리네 실정은 우리의 삶과 복을 깊이 있게 관련 지워 활용하고 있는 일반인들의 의식의 일부분을 명료하게 드러내고 있다고 판단할 수 있다. 예컨대, 어린 자녀들이 식탁에서 수저나 밥그릇을 제대로 올바르게 놓지 않고 아무렇게나/뒤집어 놓는 경우에나, 밥그릇에 밥/밥풀을 남겨 놓아 깨끗하게 치우지 않는다든지, 아무 데나 침을 뱉으면, 어머니(할머니)들은 어김없이 '복 달아난다', '복 나간다'라고 야단을 치는 사례를 어렵지 않게 발견할 수 있다. 반면에, 거짓말을 한다든지, 남의 물건을 훔친다든지, 자기보다 어린아이들을 괴롭히거나 폭행하는 등 비행을 저지르는 아이들에게는 '너 그러면 복을 받지 못할 거야'라고 경고를 보내곤 하는 경우를 볼 수 있다.

5. 가난한 친구를 꾸준히 도와준다든지, 길을 잃은 사람에게 친절하게 길을 알려 준다든지, 길에서 주운 물건을 주인에게 돌려준다든지, 어른들의 심부름을 잘한다든지 하는 경우에는 어김없이 어른

들은 '아주 착하구나, 너는 커서 복 받을 것이다'라고 칭찬하는 경우를 우리 주위에서 가끔 경험하게 된다. 이들 경우에도 어김없이 사회적으로 바람직한 행동을 격려하는 의미로 '복'을 연계시켜 사용하고 있는 사회문화적 단면을 보여 주고 있는 것으로 파악할 수 있다.

6. 아이가 태어난 후에 집안 살림이 호전되어 간다든지, 가장이 승진을 한다든지, 사업이 잘 된다든지, 아이가 공부를 아주 잘한다든지 경우에는 '복덩이가 태어났다'라고 표현하는 것을 어렵지 않게 볼 수 있다. 이와 유사하게 신인 선수가 팀에 들어 온 이후 기대 이상 크게 활약하여 승리를 자주 하게 되면 그 경우에도 그 선수를 '복덩이가 들어왔다, 너는 우리 팀의 복덩이다'라고 크게 환영하는 것을 주저하지 않는 사례도 흔하게 볼 수 있다. 한편, 색다른 의미인, '복부인'은 많은 재물(목돈)을 활용하여 부동산 투기 등을 통하여 부를 축적하는 비교적 이재理財에 능한 부인을 칭하는 경우에도 '복'이라는 의미를 부여하기도 하여, 사회적으로 폭넓게 사용해 온 '복'의 의미를 새삼 반추해 보게 한다.

7. 치매를 앓거나 노환에 시달리는 어르신을 어려운 살림살이에도 불구하고 며느리가 효심을 다하여 모시는 경우에는 주위에서 '그 며느리는 틀림없이 복을 받을 것이다'라고 서슴지 않고 칭송하는 것을 볼 수 있다. 이는 가족 간에 널리 적용하기도 하는데, 부자간, 부부간, 형제간, 친척간, 나아가 이웃들 간에도 적용하여 '지극한 효행이나 선행을 다 하면 마땅히 복을 받는다'는 정서를 친사회적 행복 차원에서 적극적으로 표현해 오고 있는 것으로 보

인다.

8. 일반인들에게 호감을 주면서, 어느 정도는 미모를 갖추고 있는 인물(현대인들의 세련된 미모와는 거리가 있지만 중년 이상의 한국인들이 선호하는 얼굴형에 가까운)에 대하여 묘사할 경우에 '복스러운 얼굴', 또는 '복스럽게 생겼다'라는 표현은 19세기 말엽까지도 널리 사용되었고, 최근까지도 간혹 긍정적인 의미로 사용되고 있는 실정이다. 이 경우에 '복스럽다'는 용어는 복을 받을 가능성이 있거나 이미 많은 복을 받은 것으로 짐작되면서 호감을 주는 얼굴형을 묘사하기에 무난한 표현(사전적으로는 '복이 있어 보인다')으로 정착되어, 복이라는 의미가 용모에 관한 일반인들의 의사소통에도 사용되어 온 것으로 추정된다.

9. '복떡'은 생일, 혼인, 환갑 등의 행사나 이사를 하거나 동네 큰 행사가 있을 경우에 주민들에게 기쁨과 복을 나누며 주민들 간의 유대를 강화하기 위한 목적으로 활용해 오고 있는 복 문화의 일부라고 볼 수 있다. 또한 '복주머니'란 유용한 생활용품으로 사용해 온 주머니를 복을 담는다는 상징적인 의미로 사용함으로써 선물로 주고받기도 하며, 개인 차원의 소중하고 의미 있는 물품을 넣어 간직하면서 복을 추구해 온 전통적인 문화를 공유한다는 관점에서 주목할 만한 '복 문화'의 일부라고 볼 수 있다. 이와 함께, '복조리'란 일반 가정에서 살림 도구(밥을 지을 때 사용)로 널리 사용해 온 조리라는 도구에, 복을 걸러내어 들어오게 하여 복을 담아 둔다든가, 복을 받기 위한 비교적 신성한(?) 도구라는 상징적 역할을 부여하고 있다. 일반적으로 매년 가정마다 연초에 걸어놓거

나, 또는 연말까지 장식물로 보관하는 전통이 전해지고 있다(최근까지도 정초에 복 받기 위한 준비물로서 복조리(두 개 이상)를 구입하여 장식물로 사용하고 있는 사례가 적지 않다).

10. '기복신앙祈福信仰'은 고대 불교로부터 시작되어 정착된 신앙 활동의 일부를 표현하는 용어로서, 비교적 최근에 도입된 기독교에서도 그대로 적용되고 있는 실정이다. 즉 일반 시민들의 복을 추구하는 집념을 기도 활동과 연계시켜 활용하는 실태를 표현하기 위하여 등장한 용어라고 볼 수 있다(경우에 따라서는 원시적 종교의 흔적으로서, 큰 나무나 거대한 바위를 대상으로 복을 내려달라고 기도하는 사례도 잔존하고 있는 실정이다). 예컨대, 부처님이나 예수님께 자신의 병을 치유해 달라고 요구하거나, 원하는 바를 성취하게 해달라고, 또는 복을 받게 해달라고 기도하는 것을 중요시하는 신앙생활을 의미한다. 한국에 전래되어 정착하여 토속신앙이 된 대부분의 종교에서 개인마다 복을 간절히 추구하는 활동이 종교활동으로 승화(?)되기도 하였다고 보는데, 아마도 이러한 종교활동을 활용하여 복을 추구하는 현상은 한국에서만 볼 수 있는 독특한 신앙 활동이라고 볼 수 없는 만국 공통의 현상이라고 볼 수 있지만, 한국의 기복신앙은 매우 독특한 측면을 지니고 있다고 볼 수 있다. 한 마디로 오랫동안 전해 내려온 우리만의 복 문화가 다양한 종교 관련 신앙 활동과 어렵지 않게 조우하여 생활화되어 왔다고 보는 견해도 있으며, 신앙적 기도 활동과 복을 추구하는 활동이 자연스럽게 혼합되어 나타난 현상이라고 볼 수 있지만, 새로운 종교가 성공적으로 이 사회에 정착하기 위해서 오히려 권장해 온 것이라는 주장도 있다.

앞에서 다룬 바와 같이, 우리들의 일상생활 중에서 우리만의 고유한 전통적이면서도, 복합적이며 오묘한 의미가 담긴 '복'이라는 용어를 다양하게 사용하고 있는 현상을 통하여 우리들의 일상생활에서 '복'이 차지하고 있는 한국 고유의 '복 문화'의 진수를 엿볼 수 있다. 이와 동시에, 그 역사가 상상하기 어려울 정도로 오래되었고 우리의 의식과 생활 속에 여전히 깊숙이 자리 잡고 있다는 점을 파악할 수 있게 한다. 특히, 앞에서 우리 '행복 문화의 근원'으로 지적한 〈참전계경〉의 '팔리훈'에서 규정했던 '복'과 '보'의 의미들이 앞에서 소개한 사례들, 특히 4, 5, 6, 7항목의 경우에 그대로 반영되어 꾸준히 발현되고 있다는 점을 주목할 필요가 있다. 이처럼 한국적 상황에서의 복을 추구하는 의식이 오랫동안 한국만의 사회문화적 맥락이나 의미를 통하여 잠재되어 왔으며, 5천 년 이상의 장기간 한국인들의 DNA로 내재되어 오면서, 자연스럽게 일상생활에서 언행으로 표현되고 삶의 양식으로 드러난 현상(사회문화적 밈meme 작동)들이 한국만의 고유한 '행복 문화'를 여실히 대변하고 있다고 정리할 수 있다.

동양과 서양의 행복관 대조

최근 수년 동안 한국 사회에서 불고 있는 웰빙(Well-being, good life; 좋은 삶) 열풍은 가히 세계적이라고 하지 않을 수 없다. 이처럼 대다수의 국민들이 열화와 같이 건강에 집착하며 웰빙에 관심을 두고 있는 우리 사회문화의 이면에는 5천 년 이상 '강녕(康寧; 신체적으로 건강하고 정신적으로 안녕한 상태)'을 중시해 온 우리만의 고유한 행복관이 일종의 유전자(DNA)로 잠재되어 작동하고 있기 때문이 아닌가 추정해 본다. 지난 100여 년 동안 일제 침략과 외래문화의 무분별한 수입으로 인하여 그동안 유지해 온 우리 전통문화와 고유한 행복관을 망각하거나 상실하였으나 이제는 생활수준이 어느 정도 향상되고 삶의 질에 관하여 관심을 갖게 되면서 그 빈자리를 비교적 유사한 웰빙이라는 서구식 행복관으로 채우려는 몸부림이라고 보아도 무방할 것이다.

웰빙 열풍은 제 2차 세계대전이 종료된 이후 냉전 시대를 거치면서 서구사회에 개인주의와 자유민주주의가 정착되고 개인들의 평등과 자유를 추구하는 삶의 방식이 널리 보급되면서 새롭게 정립된 행복관에 그 뿌리를 두고 있다. 또한 우리 사회에서도 경제적 수준이 향상되고 민주화가 이루어지면서 개인적 평등과 자유를 갈망하던 사회적 요구에 부응하면서 웰빙 개념이 우리가 추구하던 행복과 유사한 의미로 실제 삶의 방식에 융합되었기에 나타난 사회현상으로 볼 수 있다. 그중에서도 괄목할 만한 것은 인류가 건강 개념을 보다 폭넓고 균형 있게 추구하는 것이 진정한 행복을 위해 바람직하다는 명분이 지구촌사람들의 신념에 자리 잡게 되면서, 웰빙 논리와 자연스럽게 결부되는, 건강을 우선적으로 중시하는 '웰빙 중심 행복관'을 추구하는 경향을 보이고 있다는 것이다.

우리는 지난 180여 년 동안 일제 침략을 받고 한국전쟁을 치르고 전쟁복구와 경제개발 등 엄청난 변화를 경험하면서, 살아남기 위하여 추진한 산업화와 도시화에 따른 사회문화적 변화 속에서 살아왔었다. 그 대변화를 겪기 이전에는 고조선 시대 이래로 전래되어 온 것으로 알려진 전통적인 오복五福사상(오복과 육극(六極)을 포함한 개념)을 비교적 충실하게 보존해 온 것으로 볼 수 있다. 여기서 '오복'이란 강녕(康寧; 신체적 건강과 정신적 안녕 유지하기), 수(壽; 장수하기), 부(富; 부자가 되기), 유호덕(攸好德; 도덕/윤리 지키는 일을 낙으로 삼는 일과 더불어 이웃들에 대한 덕을 쌓고 베풀기), 고종명(考終命; 본분과 책무를 떳떳하고 충실하게 완수하기) 등을 삶의 과정에서 종합적이며 균형 있게 추구하는 것이 복된 인생이라는 우리 민족 고유의 행복관을 대변하고 있다. 오복과 균형 있게 강조된 '육극六極'이란, 널리 알려지지 않았지만 오복을 효율적으로 추구하도록 보완하고 지원하는 수단적 개념으로 볼 수 있다. 다시 말해서, 일상생활 중 당하기 쉬운 불행한 사건이나 어려운 상황을 의미하며, 인간다운 삶을 위해서는 특별히 '육극(흉단절凶短折, 질疾, 우憂, 빈貧, 악惡, 약弱)'과 같은 재앙이나 불행을 미리 예방하거나 피하도록 노력해야 진정한 행복을 누릴 수 있다는 교화 내용으로 해석된다. '육극'을 구성하는 내용 요인들은, ① '흉단절'은 비명횡사, 변사, 요절을 말하고, ② 질(疾)은 고질병으로 고생하는 일을 의미하며, ③ '우(憂)'란 집안에 근심걱정이 그치지 않는 상태, ④ '빈(貧)'은 가난으로 고생을 면치 못하는 상황, ⑤ '악(惡)'은 악한 일을 저지르거나 추한 모습으로 생활하는 상태, 그리고 ⑥ '약(弱)'이란 몸이나 정신이 너무 유약하여 생활에 지장을 가져오는 상태를 의미한다.

동양 사회의 행복관을 대표하고 있는 오복사상은, 〈서경書經〉에 기록된 바에 의하면, 중국 고대의 하나라의 우임금이 정한 9개 항목의 정치도덕인 '홍범구주洪範九疇' 중 아홉 번째 항목에 포함되어 있고, 상(은)나라 멸망 시 고조선에 망명해 온 기자(箕子)가 전승시킨 것이라고 거짓 주장하고 있다. 그러나 '홍범구주' 자체는 원래 단군왕검이 태자 부루로 하여금 하나라 우임금(부친이 고조선 고위 관리 출신이며 단군의 친족으로도 알려짐)에게 직접 전수시킨 내용에 근거하고 있고, 환웅 시대로부터 단군 시대에까지 전해져 내려온, 홍익 민주주의에 근원을 둔 백성 교화와 통치 목적의 '큰 정치를 위한 철학'을 정리한 내용인 것으로 밝혀졌다. 당시에는 동이족이 세운 하나라와 상나라(두 나라 모두 고조선의 제후국/거수국이었음)를 단군 조선이 지원하기 위하여 오행치수법을 포함한 정치이념인 '홍범구주'을 전수하면서 고조선과 같이 큰 정치를 펴나가기를 요구하였던 배경을 이해할 필요가 있다.

보다 근원적으로 고찰하자면, 오복사상은 환웅의 배달국과 단군의 고조선 시대 이래로 중시해 온 '홍익인간 재세이화(弘益人間, 在世理化)'에 따른 홍범의 통치 철학에 근원하고 있다는 확실한 근거는 고조선 시대까지 구두로 전해 내려온 교화 내용을 고구려(재상인 을파소가 정리)와 발해(대조영의 아우인 대야발이 정리)시대 이래 정리해 놓은 〈참전계경〉의 내용에 포함되어 있다는 것이며 그를 뒷받침하는 것은 〈삼성기〉, 〈단군세기〉 등이다. 특히 오복은 〈참전계경〉의 8개 영역(366개 항목)으로 이루어진 백성에 대한 교화내용 중에서 여섯 번째 영역인 '복福'과 일곱 번째 영역인 '보報'의 내용이 모체가 되어 후세에 백성들이 실천하기 편리하도록 다섯 가지 핵심내용으로 정리한 것으로 추정할 수 있다. 그러므로 오복을 중시하는 사회문화적 전통은 배달국의 환웅천황이 백성들에게 신체적으로나 정신적으로 건강한 삶을 유지하고 공동체 안에서 상호 협조하고 덕을 베풀며 행복하게 살아갈 수 있는 방법들을 구체적으로 교화시켰던 내용에 그 뿌리를 두고 있고, 그를 고대 배달국과 고조선 사회뿐만 아니라 그 제후국이었던 중국 사회(하나라와 상나라를 비롯한 춘추전국시대의 여러 제후국들)가 충실하게 실천해 왔다는 것을 역사적 사실로 인정할 필요가 있다.

* * *

한편, 서양의 행복관에서는 그리스문화의 영향을 받아 '합리적 쾌락 추구'를 기반으로 하면서 유대 문화가 접목이 된 기독교문화에서 '사랑'과 '구원(은총)'을 중시해 왔지만, 고대 그리스 시대를 제외하고는, 중세에까지는 특별히 개인의 건강을 중시해 온 흔적을 찾아보기 어렵다. 유럽 사회에서는 오로지 신에 대한 바람직한 태도, 구원받는 데 도움이 될 수 있는 삶의 방식에만 지나치게 관심을 두었기에 개인들의 자율적인 건강관리나 대인관계에 관해서는 비교적 소홀했던 경향을 파악할 수 있다. 사회문화적으로도 신앙생활 관련 생활 태도를 중시하다 보니 개인들의 건강관리나 대인관계 등에 관한 확고한 원칙이나 지침이 자리 잡기 어려웠다고 볼 수도 있다. 그러한 배경하에서 중세 이후 르네상스를 경험하고 인본주의와 계몽주의를 강조하면서 개인의 자유와 권리를 중요시하게 되었고, 복지사회를 추구하기 시작한 근대 후반에야 경제 수준이 향상되면서 개인의 고유한 삶의 방식에 관심을 갖기 시작하였다. 이와 같이 동양에 비하여 비교적 역사적으로 일천한 서구사회에서의 개인적 행복을 중시하는 추세는 산업화와 도시화를 거치면서 개인들의 삶의 수준을 향상시키려는 노력의 일환으로 추진되었고, 특히 개인의 건강에 초점을 두고 비교적 포괄적이며 추상적인 웰빙 개념을 도입하게 된 것으로 보인다. 말하자면 20세기에 들어서 두 번의 세계대전을 경험한 뒤에야 민주주의와 개인주의에 입각하여 개인의 존엄성을 중시하면서 실질적인 행복 추구권을 구현시키기 위한 목적으로 설립된 '세계보건기구(WHO)'의 영향과 더불어 20세기 후반에 새롭게 등장한 긍정심리학이 웰빙을 중요한 연구 테마로 삼게 되면서 활발하게 전개되었다. 그 당시 웰빙 운동은 마치 서양 사회의 시대적 요구인 것처럼 인식되어 미국을 포함한 서구인들의 삶의 방식으로 수용되다시피 하였고, 고대 그리스 시대 스토아 철학에 근거한 긍정심리학 이론의 지원을 받을 뿐만 아니라 세계화의 영향을 받아 빠르게 전파되어 세계적으로 정착되고 있는 실정이다.

1948년에 설립된 WHO는 건강(보건)을 '신체적, 정신적, 사회적 웰빙이 완벽한 상태'라고 정의하면서, 신체적 건강 못지않게 정신적인 건강도 웰빙의 중요한 요소라고 인정하였다. 이처럼 정신건강도 중시한 WHO는 아마도 5천 년 전부터 동양에서 중시해 온 '강녕(오복 중 하나로서 신체적 건강과 정신적 안녕을 행복의 중요한 조건으로 강조)'이라는 개념을 수용한 것으로, 또는 그 영향을 받은 것으로 추정할 수 있다. WHO는 그 후 21세기 초반에 이르러 건강개념 중 정신적 건강을 더욱 확대하여 지적 건강(Intellectual Health), 정서적 건강(Emotional Health), 영적 건강(Spiritual Health)으로 개념 정립하는 동시에, 사회적 건강개념을 보다 구체적으로 경제적 건강(Economic Health), 문화적 건강(Cultural Health), 사회적 건강(Social Health)으로 확대시켜 분류하며 건강을 균형 있게 추구함으로써 행복한 삶을 누릴 수 있다고 표방해 오고 있다.

이러한 영향을 받으면서 경제적으로나 문화적으로 삶의 수준이 향상됨에 따라 최근에는 웰빙 개념이 점차 확장되면서 구체화되고 있는 경향을 보이고 있는데, 이는 서구인이 몰두하고 있는 웰빙이라는 개념이 과도하게 추상적이면서도 모호하기 때문에 나온 반작용으로 볼 수도 있다. 그 대표적인 주장을 하고 있는 미국의 긍정심리학자들인 톰 레스&짐 하터는 행복 관련 조사 결과(세계적인 여론조사 기관인 '갤럽'연구팀이 지난 20세기 중후반부터 21세기 초반까지 50여 년간 세계 150여 개국에서 표집한 1,500만 명을 대상으로 한 대규모의 조사 연구 결과를 종합 정리하여 얻은 결론으로서, 행복의 요인을 5개로 정리한 내용인 그의 저서 〈무엇이 우리를 행복하게 하는가〉에서, 일반인의 행복은 '직업적 웰빙(Career well-being), 사회적 웰빙(Social well-being), 경제적 웰빙(Financial well-being), 신체적 웰빙(Physical well-being), 공동체적 웰빙(Community well-being)) 등을 통하여 성취할 수 있다고 주장하고 있다. 그들은 추상적이며 모호한 웰빙 개념을 비교적 구체적으로 정의할 필요가 있다는 점을 강조하며, 그러한 접근 노력이 실제 웰빙을 추구하고 실천하기에 효율적이라는 점을 주장하고 있다.

구체적으로 보면, 행복은 다각적인 웰빙이 조화롭게 추구되어야만 제대로 누릴 수 있다는 사회적 기대감을 표현하고 있는 것으로 보인다. 레스와 하터에 의하면, 먼저 직업적 웰빙은 '현재 하고 있는 일을 얼마나 좋아하는가'와 '자신의 직업(직장)을 통하여 원만하게 자신을 실현시키고 있는가'를 의미하고, 사회적 웰빙은 '관계의 힘'을 강조하는 의미로서, '가족을 위시로 하여 친구, 친지, 사회생활 관련자들과의 원만한 관계를 형성하고 유지하는가'를 중시하는 개념으로 정의하고 있다. 또한, 경제적 웰빙은 '행복은 돈 없이는 오지 않는다'라고 주장하며 '재정적 안정감'을 강조하고 있고, 육체적 웰빙은 '건강해야 행복하다'는 점을 강조하면서 '잘 먹고, 더 움직이고, 잘 자야만 행복을 유지할 수 있다'고 개념정의하고 있다. 그리고 공동체적 웰빙은 '줄수록 커지는 행복이 있다'는 점과 더불어 '지역사회 전체를 행복하게 만들어야만 개인이 소속되어 있는 공동체에서 행복을 누릴 수 있다'는 점을 내세워 개념 정의하고 있다.

* * *

다른 한편, 오복 중심의 동양적 행복관에서는 오래전부터 쾌락을 중시하는 개인적 행복에 중점을 둔 서양과는 대조적으로 일찍이 사회적 행복과 공동체적 행복(고종명, 유호덕을 조화롭게 추구하면서) 안에서 개인들의 부귀, 장수, 건강 등을 균형 있게 추구하는 '사회인으로서 개인의 행복'을 강조했다는 점을 주목할 필요가 있다. 그런데, 이는 우리의 고대 사회에서는 개인적 인격과 자유를 인정하면서 서양과는 달리 과도하게 특정 종교에 구속받지 않는 상태에서 사회적 행복을 동시에 강조하는 비교적 조화로운 문화를 형성해 왔다는 점을 오복개념을 기반으로 추정할 수도 있다. 특히 개인의 행복 차원에

시 서양과는 달리 '강녕'을 강조하는 동시에 '유호덕'이나 '고종명'을 내세워 사회적 책임을 중시하며 공동체적 행복이 없이는 개인이 행복을 제대로 누릴 수 없다는 점을 고대 사회에서부터 강조해 왔다는 점은 매우 특기할 만하여 근대 이후 서구사회에서도 이를 벤치마킹한 것으로 추정할 수 있다.

이와는 달리 서양 사회는 신성神性을 중시하면서 종교의 자유가 없이 개인의 존엄성과 자유를 보장받지 못하던 고대와 중세 시대에 행복을 누리기 어려웠던 일종의 '암흑시대'를 경험하였다. 그 후 르네상스를 거치면서 개인의 자유와 존엄성을 중시하기 시작하게 되었고, 근대 사회에 들어서야 사회적 복지를 중시하며 개인의 건강을 강조하는 차원에서 행복 추구권의 개념을 정립하게 되었다고 볼 수 있다. 이를 기반으로 20세기 중반 이래 서양에서는 개인적 행복을 중시하면서 개인의 인권과 자유를 보장받기 시작하였으나 자유시장 자본주의 경제 체제로 말미암아 경제적 행복을 과도하게 강조하면서 사회적 불평등이 심화될 수밖에 없었고, 그로 인한 반작용으로 자연스럽게 이기적이며 쾌락적인 행복관에 크게 치우치는 현상이 발생하게 되었다. 말하자면 중세 암흑시대에까지 억눌려왔던 개인의 자유와 존엄성을 인정받게 되었고 그에 입각한 행복 추구권을 허용하는 사회적 분위기가 조성되는 획기적인 변화를 경험했던 것이다. 그러나 개인들이 합리적 판단과 자율적 자기 관리 능력을 함양하기 위한 기회를 제대로 누리지 못하였기에 대체로 사회적 기대 수준에 미치지 못한 낮은 수준의 자율능력 상태에서, 개인주의적 행복 추구만을 강조하게 되면서 지나치게 이기적으로 쾌락만을 추구하는 사회적 병폐가 증가할 수밖에 없었던 것이다. 이러한 상황에 처한 미국과 유럽을 포함한 대부분의 선진국들은 개인의 합리적 판단 능력을 제고시키기 위하여 고심하지 않을 수 없게 되었기에 사회적 행복 수준을 향상시키는 데 국가적 노력을 기울이고 있는 실정이다.

전반적으로 보면, 웰빙은 대체로 개인마다 추상적이며 모호한 개념(좋은 인생이나 바람직한 삶)으로 인식되는 동시에, 현실 위주 쾌락지향적이며 건강에 치우친 개인주의적 행복관이라는 인식이 지배적이라고 할 수 있다. 그러나 오복사상은 이와 대조적으로 행복한 삶의 주요 부분에 초점을 두며, 개인만을 중시하지 않고 그가 속한 공동체 사회의 행복도 고려하는 보다 장기적이며 포괄적이고 조화로운 민주사회주의적 행복관이라고 판단할 수 있다. 또한 오랫동안 우리가 추구해 왔던 오복 중심의 행복관은 그 당시 백성의 품위 있고 인간다운 삶을 추구한 매우 선진적인 통치 이념에 그 근원을 두고 있었다는 점을 인정해야 한다. 즉 개인의 '강녕'이나 '부'와 '장수'만을 중시하지 않고 공동체 의식을 중시하는 '유호덕'과 '고종명'을 균형 있게 중시하고 있어, 비교적 순간순간을 중시하며 직선적이며 신체적 웰빙을 강조하는 행복관에 비하여 보다 체계적이고 조화로운, 보다 거시적이며 미래지향적인 행복관이라고 볼 수 있다.

다시 말해서 오복五福사상이 정신적인 안녕을 유지하기 위해서는 주위의 타인들과 원만한 인간관계를 동시에 중시하는 조화로운 측면을 지니고 있다는 점들을 고려한다면, 우리의 전통적인 행복관은 개인의 행복과 함께 사회적 행복을 동시에 추구해 온, 그 당시에나 지금에도 매우 선진적인 수준의 행복관이었다는 점을 지적할 수 있다. 즉, 오복을 구성하는 다섯 가지 덕목은 현대의 행복론에 입각해서 보아도 행복의 필요조건들을 무난하게 포괄하고 있는 내용 요인들로 구성되어 있다는 점을 어렵지 않게 파악할 수 있고, 그 덕목들은 서구사회에서 추구하는 웰빙의 핵심 요인들과 많은 공통점을 지니고 있다는 점에 주목할 필요가 있다.[6] 그리고 오복사상이 최근의 선진국에서 추구하는 사랑과 사회복지를 강조하는 행복관에 비하여 조금도 손색이 없는 바람직한 행복관이라는 점도 합리적으로 추론할 수 있다.

그러나 무분별한 서구문화의 수입과 더불어 산업화와 도시화의 물결에 파묻혀 전통적으로 인간성을 중시하고 인간관계를 강조하던 사회문화가 급변하고 있으며, 그 자리에 개인주의와 자본주의 경제체제의 영향으로 인하여 황금만능주의 사고가 파고들어 온 것이다. 돈이면 무엇이든지 할 수 있다는 생각과 행복도 결국 돈에 의해서 좌우된다는 인식이 급속도로 파급되면서 서구인들과 유사한 삶의 방식을 추구하게 된 추세를 어렵지 않게 파악할 수 있게 된 것이다. 그로 인하여 우리 사회의 행복지수는 세계가 주목할 정도로 경제 수준에 비하여 매우 낮은 수준에 머물고 있어, 대다수의 국민들이 개인 고유의 행복관을 상실한 채 공허한 상태에서 무조건 서구사회만을 모방하고 대중들에 동조해 온 것을 입증해 주는 결과가 아닌가 생각해 본다. 말하자면, 그동안 자본주의 경제 체제를 취하고 있는 서양 선진국들이, '돈이 많을수록 더 행복할 것이다'라는 인식이 잘못된 것이며, '돈이 행복을 크게 좌우하지는 않는다'라는 연구 결과들을 공유하고, 그로 인한 사회 문제를 해결하기 위하여 다각적으로 노력하고 있다는 상황은 이제 남의 이야기만이 아닌 바로 우리 사회가 처한 입장을 보여주고 있어 특별히 관심을 갖지 않을 수 없게 되었다.

6 미국의 톰 레스와 짐 하터가 주장하고 있는 웰빙의 핵심 요인들, '직업적 웰빙, 사회적 웰빙, 경제적 웰빙, 육체적 웰빙, 공동체적 웰빙은 오복의 내용과 매우 유사하다는 점을 어렵지 않게 파악할 수 있다; 즉, 직업적 웰빙=고종명, 사회적 웰빙=유호덕, 경제적 웰빙=부자되기, 육체적 웰빙=강녕과 장수, 공동체적 웰빙=유호덕 등과 같이 상호 유사하다는 점을 인정해야 한다는 것이다.

최근에 수행된 행복경제학 관련 연구 결과에 의하면, '대부분의 불행은 돈 문제나 빈곤보다는 사회적 관계의 문제와 신체적/정신적 건강 문제 탓일 수 있다'라는 내용들을 내세우며, 웰빙을 기반으로 인간관계를 중시하는 공동체적 행복을 널리 강조하기 시작한 것도 이러한 맥락에서 이해할 필요가 있다. 한 마디로 우리 고유문화를 망각한 상태에서 서양 문화의 판박이 노릇만 하고 있으니까 보다 심각한 사회 문제 속에 빠져드는 아주 당연한 결과를 초래하는 것이 아닌가 숙고할 필요가 있다는 것이다. 다시 말해서 웰빙은 개인마다 각기 다른 의식 수준에서 각자가 추구하는 삶의 가치와 목적의식에 입각하여 보다 바람직한 삶, 또는 보다 좋은 삶을 스스로 설정하고 추구하면서 실천해 나가야만 하는 행복관이라고 볼 수 있기 때문에, 최근 수 십 년 동안 동양인들의 삶의 방식에는 근본적으로 요구되는 개인주의적 가치와 분위기 등에서 준비하고 대응할 기회가 많지 않았고 문화적으로도 그 뿌리가 다르다는 점을 인식할 필요가 있다.

* * *

거시적인 관점에서 보면, 20세기 후반 이래로 동양과 서양의 행복관은 점차 유사해지고 있는데, 우리의 현실을 주의 깊게 관찰해 보면, 요즈음 우리 사회에서는 대체로 우리의 전통적인 행복관에 관심을 두지 않고 있고, 우리 고유의 행복관이 존재하는 것조차 무관심한 실정이라고 보아야 한다. 그뿐만 아니라 상당수의 기성세대를 포함한 젊은 세대들은 전통적인 것은 무조건 '구습이며 파기해야 할 것'이라는 천박한 인식을 공유하고 있는 것처럼 보이고 선진국 특히 미국의 문화라면 무조건 모방해야 되는 것처럼 행동하고 있고, 그러한 사회적 풍토를 바탕으로 어느 나라도 갖지 못했던 지혜롭고 우수한 전통적인 행복 문화를 스스로 버리고 있는 실정이라고 보아야 할 것이다. 특히 젊은 세대는 서양의 행복관을 무조건 모방하고 추종하는 것이 당연하다는 듯, 또는 자랑스럽다는 듯이 웰빙 중심의 행복관에 무조건 빠져들고 있는 실정이다. 그로 인하여 글로벌화된 지구촌 사회에서 국적이 분명하지 않은 행복관이 우리 사회에 무분별하게 도입되어 점차 세력을 넓히고 있다는 점도 중시할 필요가 있다.

구체적 사례를 보자면, 최근에 빠른 속도로 유행하고 있는 행복 관련 용어의 출현을 보면 그 실상을 어렵지 않게 파악할 수 있다. 즉, 다각적인 '웰빙' 선풍에 따라 '욜로(YOLO; You Only Live Once; 단 한 번뿐인 인생을 열심히 즐겨라)'라는 이기주의적이고 쾌락지향적인 행복관이 널리 유포되고 있는 반면에, '워라밸(Work and Life Balance; 일과 삶의 균형 추구)', '소확행(小確幸; 작지만 확실한 행복 추구)' 등과 같은 실용주의적 관점에서 웰빙을 추구하려는 젊은 세대들이 점차 증가하고 있는 실정이다. 그리고 경제적으로 부유해지고 있는 국민들의 경제 관련 행복관을 나타내는 탕진잼(탕진하는 재미), 가성비(가격대비 성능에 대한 만족도) 등도 유행하고 있어 우리 사회의 행복 문화가 서구형으로 변화하고 있다는 것을 실감하게 된다.

정리하자면, 한국 사회는 최근에 들어 더욱 적극적으로 DNA(또는 밈)가 다른 행복관을 무조건 추종하고 있고, 그것도 모자라 서구 사회에도 뒤지지 않을 만큼 웰빙에 열광적인 태도를 보이고 있다. 우리의 사회문화적 배경과 전통적인 삶의 방식을 고려하지 않고, 선진국을 모방하는 데 급급하면서 '영혼이 없고 주체성이 없는, 뿌리가 빈약한 행복관을 별다른 생각이 없이 숨 가쁘게 수용하며 추종하고 있는 것이 아닌가' 하는 안타까운 생각을 금할 수 없다. 그동안 우리가 5천 년 이상 준수했던 오복 중심의 행복관은 백성의 품위 있고 인간다운 삶을 추구한 매우 선진적인 통치 이념에 그 근원을 두고 있었다는 점을 인정해야 한다. 특히 동서양을 막론하고 과도한 이기주의적 쾌락 추구의 풍조로 인하여 다양한 사회 문제가 야기되고 있는 현시점에서는 강녕을 기반으로 삼고 '이기적 이타주의 정신'에 입각하여 인류가 서로 배려하고 나누는 삶을 누릴 수 있도록 '공동체적 행복'과 '사회적 행복'을 강조하는 미래지향적인 행복관을 추구할 필요성이 절실하게 되었다. 이에 대응하여 서구식 행복관을 맹목적으로 모방하기보다는 오복과 웰빙이 근본적으로 공통점을 가지고 있기에 우리 사회가 웰빙을 커다란 거부감을 느끼지 않고 용이하게 그리고 열성적으로 수용하고 있지 않은가 생각해 볼 수도 있다. 말하자면, 서구식 행복관도 근원적으로 우리의 행복관과 뿌리가 같을 수도 있다는 관점에서, 웰빙의 긍정적인 면을 중심으로 보다 수준 높게 수용하여 우리 문화에 적절하게 생활화하면 된다는 열린 자세와 더불어 우리의 전통적인 오복사상을 온고지신溫故知新의 정신으로 거듭나게 하여 모범적으로 실천하고 전파시킬 필요가 있다는 포용적인 자세가 필요하다. 나아가 그를 현대적 의미로 되새기며 홍익민주주의의 이념에 따라 세계인들이 함께 기본적인 행복을 누릴 수 있는 방향으로 행복관을 선진화시키기 위하여, 미래 사회에서 후세대가 주도적인 역할을 수행할 수 있도록 교육하고 후원해야 할 것이다. 그리고 이를 기반으로 하여 자율적인 판단 능력과 자기 관리 능력을 제고시키는 데 중점을 두고, 삶의 지혜에 근거를 두고 체험하여 습득한 행복 지혜를 중심으로 한 행복관을 정립할 수 있도록 지도하고 안내하는 선진형 행복 교육이 절실하게 요구된다는 점을 지적해 둔다.

인류의 행복 추구, 개관;
현재와 미래

I

20세기에 들어서 두 차례 세계대전을 치르면서 무고한 개인들이 엄청나게 희생되었고, 개인의 존엄성과 자유가 보장되었는데도 불구하고, 공산주의와 나치즘, 파시즘을 위시로 한 허황된 이상주의를 내세우며 등장했던 전체주의적인 독재정치를 경험하면서, 현대 사회의 세계인들은 자신들이 저지른 '전대미문의 시행착오'로부터 벗어나기 위한 몸부림을 쳐 왔다. 이를 통하여 세계인들은 개인이 살아가는 삶의 과정에서 행복을 추구하기 위해서는 개인의 자유를 보장받는다는 것의 의미, 즉 진정한 자유, 자유의지, 자율성 등이 얼마나 중요한 조건인가에 관하여 새삼스럽게 인식했던 것으로 판단된다. 이러한 역사 흐름을 배경으로 현대 사회에서는 과학 기술의 발달과 산업혁명이 성공적으로 전개됨에 따라 가속적으로 산업화와 도시화가 진행되었고, 20세기 후반부터 21세기에 접어들면서 학문과 의학 기술 발달 등으로 말미암아 질병 문제를 해결하며 개인의 수명 연장이 가능해지면서 삶의 질적 수준이 향상되었으나, 저출산 고령화 현상 등과 더불어 독거인(1인 가구)이 급증하는 등의 사회 문제가 밀물처럼 다가오고 있어 오히려 행복에 관한 관심도는 더욱더 증대되고 있는 실정이다. 그러는 과정에서도 지구촌 사회에서는 정치적으로나 사회적으로 풍요로운 복지사회를 추구하면서, 개인적으로는 고도의 과학 기술의 혜택을 직접적으로 누리기 위하여 보다 건강하고 안정된 생활, 즉 다각적인 웰빙(Well-being, Good life)이나 복락福樂을 추구하는 경향이 세계적으로 보편화되고 있는 경향을 보이고 있으며 한국을 포함한 아시아 국가들도 이에 적극적으로 동참해 오고 있다.

21세기에 들어서 특히 과도한 개인주의로 인하여 주관적이며 즉각적인 쾌락을 추구하는 풍토가 확산되며, 이기주의적 만족에 치우친 편협한 행복관이 사회적으로 확산되는 경향을 보이기 시작하였다. 이에 대응하여 행복한 사회 안에서만 개인의 행복을 조화롭게 추구할 수 있으며 건전한 행복관에 입각한 합리적 판단 및 선택을 강조하면서 자신을 지혜롭게 다스릴 수 있는 개인 고유의 행복관을 자율적으로 추구할 필요성을 인식하게 된다. 말하자면 최근 들어 이기적이며 쾌락주의적 행복관이 만연함에 따라 그 반작용으로 개인의 자유의지와 자아실현을 통한 만족감과 성취감을 추구하는 동시에, 개인이 소속한 공동체에 대한 책무성을 강조하는 방향의 행복교육 운동의 필요성이 긍정심리학의 영향을 받아 크게 대두되었다.

이와 같은 현대 사회의 대전환 추세에 의하면, 변화의 물결은 결국 개인들의 잠재 능력을 개발하고 인간 고유의 호기심에 입각한 탐구 정신을 자극함에 따라 과거와는 다르게 엄청난 속도로 과학 기술과 예술의 발달을 가져오게 되었다고 볼 수 있다. 그를 기반으로 다양한 학문이 정립되고 그에 따른 기술 발달에 따라 산업혁명이 성공할 수 있었으며 그로 인하여 감당하기 어려울 정도의 사회변화를 초래하게 되었다. 말하자면 20세기부터 본격적으로 전개된 자유주의와 개인주의로 인하여 자본주의가 성행하면서 지구촌 사회의 변화가 가속화되며 급기야는 과도한 이기주의적 개인주의가 만연하기에 이르렀으며, 그로 말미암아 불평등사회가 조장되었고, 상호불신 풍토의 만연, 빈부격차의 심화, 퇴폐적인 쾌락주의 등 다양한 사회 문제가 발생하게 되었다. 한마디로 개인의 인권을 존중하며 부를 추구하면 행복해질 것이라는 인류의 가설, 즉 개인마다 독자적으로 부를 축적해 부자가 될수록 더욱 행복해질 것이라는 기대가 의도하는 만큼 제대로 적중하지 않았고 오히려 예상치 않았던 사회 문제들을 초래했다는 점에 지구촌 사회가 적지 않은 혼란에 빠지게 되었기에 수많은 현대인들이 크게 당황하기도 한다. 말하자면 산업화와 자본주의 발달로 인하여 돈으로 모든 것을 해결할 수 있다는 인식이 팽배하면서도 돈이 행복을 보장해 주지는 않지만 행복을 위해서 필요한 존재라는 인식도 점차 확산되고 있는 실정이다. 또한 근세 이후 지속적으로 사회문화적 여건이 향상되면서 개인의 자유와 권리가 보장되었으며, 교육 수준, 경제 수준이 향상되었다고 하나 개인들의 자율적이며 이성적인 판단 능력이 기대 수준에 미치지 못하고 있는 실정에 놓여있다고 판단된다. 선진국을 포함한 대부분의 국가에서는 주어진 자유의지, 선택 및 판단력을 제대로 활용하지 못함으로써 개인들의 행복 수준이 향상되기 어려운 실정에 처해 있다는 점을 이제는 더 이상 간과할 수 없다는 것이 대부분의 선진국들의 입장이다.

이와 함께 과학(학문) 발달의 원동력으로 작용했던 합리주의와 실증주의를 강조하게 된 사회문화적 배경에서 개인의 행복도 측정 가능하다는 신념이 만연하게 되면서, 행동과학적 접근 논리에 따라 다양한 종류의 행복지수를 구안하여 활용하면서 행복 수준을 향상 및 증대시킬 수 있다고 믿게 되었는데, 이는 21세기에 들어서 시행하고 있는 유엔의 국가별 행복 보고서에도 반영되어 있다. 특히 유엔이 개별 국가들로 하여금 국민의 행복 수준을 체계적으로 향상시킬 수 있도록 자극하기 위한 목적에서 정치 행정적으로 접근할 필요가 있다는 권유에 따라서, 즉 국민의 행복 추구권을 지원하기 위하여 관련 복지정책이나 교육정책을 체계적으로 도입 운영할 필요가 있다는 점을 강조하게 되면서, 행복에 관한 행동과학적 접근이 세계적으로 널리 확산되어 보편화되고 있는 실정이다.

최근에는 개인주의적 관점의 이성적 접근만으로는 지속적이며 심도 있는 행복을 누리는 복지사회를 구현하는 데 심각한 취약점이 존재한다는 점을 인식하기 시작한 서양 문화권에서는 감성적이고 인간관계를 중시하는 동양 문화권의 행복관에 관심을 가지게 되었다. 특히 불교에서의 명상瞑想 및 선禪기법과 유교에서의 인간관계와 인, 의, 예, 지, 신(仁, 義, 禮, 智, 信) 정신을 중시하는 윤리의식을 개인주의적이며 실용주의적인 관점에서 활용하려는 노력이 점차 증대되면서 동양인들이 오랫동안 추구해 온 복락 중심의 행복관과 그를 실천하는 지혜에 특별한 관심을 갖기 시작하였고, 나아가 그를 적극적으로 수용하려는 태도를 보이고 있다. 특히 미국 사회에서 20세기 후반부터 동양의 명상법을 개인의 정신 심리 치유 방법으로 적극 활용하기 시작하였고 21세기 초반에 전국적으로 3천여 개의 명상(선)센터가 운영되고 있는 실정은 개인들의 행복 추구 열풍에는 동서양을 가리지 않는 실용주의적인 논리가 작용하고 있다는 사실을 말해 주고 있다.

이와 대조적으로 동양 문화권에서는 근대 이후 서양의 과학 기술을 수용하고 자본주의적 자유시장경제 중심의 경제발전을 꾀하면서 서양의 역사와 사회문화를 배경으로 한 행복 철학이나 서양인들의 행복관을 적극적으로 모방하고 수용하려는 경향을 어렵지 않게 발견할 수 있게 되었다. 또한 그동안의 동양과 서양이 빈번하게 왕래하지 않고 접촉하지 않았던 과거와는 달리 지구촌 사회가 실현되고 있어, 자의 반 타의 반 밀접하게 상호 모방하고 서로 영향을 미치며 살아가게 되어있어 개인들의 행복관 차원에서도 실질적인 세계화가 속도감 있게 진행되고 있는 것으로 파악되고 있다.

II

미래학자들은, 최근의 세계적 추세에 대응하면서, 자본주의 팽창에 기인한 과도한 이기주의적 쾌락 중심의 행복관이 당분간은 기승을 부리겠지만 장기적으로는 퇴조하게 될 것이고, 개인적 웰빙을 기반으로 하면서 사회적 책무를 중시하는 건전한 이성에 입각한 행복 추구를 지향하는 방향으로 전환이 이루어질 것으로 예상하고 있다. 따라서 이기적 쾌락 중심의 행복관으로 인하여 야기되는 사회 문제들을 해결하며 평범한 시민들의 삶의 수준을 향상시키고 사회적 행복 수준을 제고시키기 위한 지구촌 차원의 특별한 노력이 필요할 것이라고 예측하고 있다. 특히 미국의 미래학자인 제임스 데이토(James Dator) 교수를 포함한 다수의 미래학자에 의하면, 행복한 삶을 추구하기 위하여 동서양의 행복론의 융합과 진화를 통하여 이성과 감성을 조화롭게 추구하며, 경우에 따라서는 감성과 영성(신성)을 조화롭게 활용하는 수준 높은 합리적 자기 관리 능력의 습득이 필요할 것이라는 점을 강조하고 있다. 즉 개인이 자유와 권리만 강조할 것이 아니라 각자의 사회적 역할을 중시한 의무와 책임을 강조할 필요가 있으며, 그래야만 인간들 간의 화합이 가능하여 생존해 나갈 수 있다고 주장하며, 그와 같은 미래 사회가 도래할 것에 대비하여 서양 사회가 아시아의 유교 문화적 근검절약 가치와 인간관계 논리(윤리)를 중시하며 사회적 책임을 균형 있게 추구하는 문화적 특성을 수용할 필요가 있다고 주장한다. 그와 함께, 상당수의 미래학자들은 고대 한국 사회에서의 홍익 민주주의와 인간 존중 사상 등에 기반한 인본위적인 유불선(유교, 불교, 선교/도교) 사상을 수용하며, 명상과 깨달음을 통하여 합리적이며 지혜로운 자기 관리 능력에 중점을 두는 방향으로 노력해야만 과도한 이기주의적 쾌락만을 과도하게 추구하는 행복관으로 인한 사회 문제들을 해결하거나 치유해 나갈 수 있을 것이라고 진단하고 있다.

이와 더불어 개인의 행복은 결국 개인의 이성에 좌우된다는 점을 강조하던 그리스 시대의 스토아 철학자들의 견해를 현대에 맞게 새롭게 적용하려는 복고적 노력(신스토아 철학의 도래)이 미국과 유럽으로부터 일기 시작하였으며, 이성적 자기 관리 능력의 함양을 통한 긍정심리학적 접근 등과 상통하는, 동서양의 행복론이 만나 공통적이며 인류 보편적인 행복을 추구할 수 있는 지혜를 탐색해 나갈 것으로 예상된다. 특히 이성적 자기조절 능력의 힘을 활용하여 긍정 정서로의 전환 능력을 길러나가는 긍정심리학자들의 다양한 프로그램과 웰빙 프로그램, 행복 교육 프로그램 등이 그 열매를 맺게 되며 학교 중심의 행복 교육이 점차 보급되고 사회적인 차원의 행복 교육도 크게 전파될 것으로 예상할 수 있다. 또한, 뇌 과학의 발달에 힘입어 뇌를 합리적으로 훈련시키는 과학적 노력과 더불어 인위적인 처방과 훈련 방법들을 통하여 행복을 뇌가 느낄 수 있게 하는 다양한 방안들이 활성화될 것으로 예상된다.

이러한 추세에 따라 동서양의 행복철학과 그를 실천하는 방법들이 자연스럽게 상호보완적으로 융합되어 보다 수준 높은 행복 철학(보편적인 행복관)이 등장할 것이며 그를 실천하기 위한 개인들의 행복관도 진화될 가능성이 적지 않은 것으로 예상된다. 말하자면, 보다 보편적 인간주의를 지향해 나가는 것이 동서양의 문화적 차이를 극복하며 인류 사회가 추구해 나갈 행복관의 주된 방향이라고 예상할 수 있다. 인류 역사 전반에 걸친 반성을 통해서 그동안 인류가 저질렀던 실수나 시행착오로 인하여 누적된 폐단들을 반면교사反面教師로 삼게 될 것이라고 말할 수 있다. 이와 동시에, 바람직했던 측면(경험, 문화 등)을 상호 벤치마킹하려는 과정을 거치면서 인간관계를 중시하며 합리적 이성에 의한 자기 관리 능력을 중시하는 행복관은 자연스럽게 동양의 행복 논리와 융합시키며 거듭나게 될 것이다. 다시 말해서, 행복을 누리기 위한 핵심적이고 공통적인 방법론을 서로 공유하고 그 공통 요인을 확장해 나가면서 결국에는 인류 보편적인 행복관을 지향해 나갈 것으로 전망할 수 있다. 개인들이 이기적인 쾌락만을 추구하지 않고, 합리적 판단 능력을 중요시하며 자율적 자기조절 능력을 강화하는 방향의 행복 교육을 바탕으로, 인간도 결국 자연의 일부로서 자연과 화합하는 삶을 추구하며 조화로운 인간관계를 강조하는, 인간 중심의 보편성 있는 동양의 전통적인 행복관이 크게 각광을 받을 것이며, 이러한 추세는 미래 사회의 세계인들의 삶의 방식에 의미 있게 영향을 미칠 것으로 예상할 수 있다.

그리고 이성적인 측면과 감성적인 측면을 통합적으로 관리하고 다스릴 수 있는 행복 지혜(행복의 지혜)를 습득하고 연마하기 위하여 지속적으로 학습할 수 있는 방향으로 개인들에 대한 행복 교육을 체계화할 것이며, 결국에는 대부분의 사회에서 이를 요구하게 될 것으로 전망할 수 있다. 그리고 그를 기반으로 동서양이 행복에 이르는 노하우를 개방된 마음으로 상호 교류하고 보완하는 것이 바람직하다는 합의에 도달하는 과정에서 개인들이 보다 품위 있고 인간다운 삶을 누릴 수 있는 선신형 복지사회를 실현시킬 수 있나는 확신을 갖게 될 것으로 예상할 수 있다. 또한 이에 대응하기 위하여 지역별 국가별 고유한 사회문화적 특징이나 전통을 무시할 수 없지만 거시적으로는 지구촌 차원에서 인류사회가 지향해야 할 행복에 보다 진지하게 접근하게 될 것이다. 구체적으로는 개인들이 강녕과 웰빙을 추구하고 기본적으로 인간답고 품위 있는 삶을 누릴 수 있도록 노력하면서 상호 이해와 관용 정신을 기반으로 삼고, 상대방의 입장에서 공감하고 소통하려는 노력을 중시하게 될 것이다. 그리고 각기 다른 배경의 여러 사회문화적 배경에 대한 이해와 수용 노력도 증대될 것이며, 공동체를 중시하며 평화를 중시하며 이기적 이타주의自利利他에 입각한 사회적 차원의 행복, 즉 행복한 사회 안에서 개인들이 만족하며 평화롭고 안녕된 생활을 누릴 수 있는 방향으로 노력할 필요성을 점차 인식하게 될 것으로 예상할 수 있다.

제 2 장

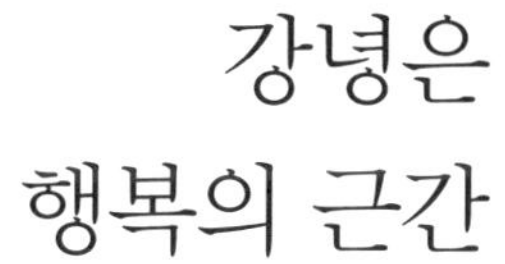

강녕은 행복의 근간

'강녕'은 행복의 기본 인프라

요즈음 한국 사회에서는 건강에 좋은 상태를 향유하고 그와 같은 조건을 조성하거나 그러한 여건하에서 사는 것이 웰빙(Well-being) 상태이며 일종의 행복한 상태라고 인식하는 경향이 강하고, 매스컴이나 주위 친지들로부터 몸에 좋다고 하는 정보를 얻게 되면 무조건적으로 모방하는 것이 당연한 것으로 여기는 사회적 분위기를 조성하고 있다고 본다. 이처럼 우리 사회가 일종의 '웰빙 열풍'에 빠져있는 현상은 경제적으로 선진국 수준에 도달하며 건강을 유지하는 데 몰두할 수 있는 여유를 갖게 되었고, 사회 전반적으로 그러한 상태를 누리는 것이 자연스러운 것으로 인식되었기에 가능한 것으로 보아야 한다. 평생 동안 중시해야 할 행복의 조건은 개인마다 다르다고 할 수 있으나, 인생 전반적으로 추구하는 행복의 핵심 부분을 차지하는 기본적인 조건으로는 우선 '건강해야 한다'는 것이다. 여기서 건강은 인간이 인간답게 살아가기 위하여 가장 기본적이며 필수적인 요건이라고 보는 바, 이는 사실상 사회문화적 차이가 있다고 해도 결국에는 이 조건과 직접적으로나 간접적으로 관련되지 않은 조건들은 찾아보기 어려울 것이다. 강녕康寧은 우리 고대 사회에서 오래전부터 사용되어 온 개념으로서 보다 넓은 의미의 건강 개념으로서, 최근에 서구사회에서 강조하고 있는 웰빙과 매우 가까운, 일종의 '보다 포괄적인 웰빙' 개념이라고 볼 수도 있다. 그러나 이와 같이 높은 수준에 도달하기까지에는, 오랜 세월 동안 강녕(신체적 건강과 정신적 안녕을 포함한 넓은 의미의 건강)을 중시하는, 오복과 육극(五福 & 六極)을 추구해 오던 전통문화의 영향을 받았기에 가능하다고 보아야 할 것이며, 우리 사회와 개인들의 생활문화에 그와 같은 문화적 유전자(DNA, 밈)가 잠재되어 있기에 자연스럽게 발현된 것이라고 추정할 수 있다.

어찌되었든 오복과 육극은 원래 배달국과 고조선으로부터 구두로 전해져 내려오며 생활화되었고, 그 당시 유라시아의 패권을 지닌 배달국과 고조선의 강대한 영향력에 힘입어 중국사회에도 전해지고 나아가 동양 사회에도 전파되어 온, 동양인의 행복관을 대변해주는 개념이라고 볼 수 있다. 보다 구체적으로 고찰해 보면, 오복 개념이 배달국 이래 중국 전반(한반도를 포함한 고조선 통치영역)에 영향을 미쳐 오던 중 훗날 등장한 공자의 유교사상과 접목되어 동양인들의 일상생활에 더욱 깊숙하게 파고들었던 것으로 파악된다. 말하자면, 유교에서 강조하는 인, 의, 예, 지, 신(仁, 義, 禮, 智, 信)이라는 덕목을 준수하여 도道를 깨닫기 위한 전제조건으로서 추구하는 오복사상은 일반인들의 삶과 관련한 행복관으로서 중요한 역할을 수행해 왔다고 볼 수 있다. 즉 일반적으로 도를 추구하는 과정에서 복을 누리게 되고 도를 깨닫게 되는 개인은 필연적으로 복福을 누릴 수 있다는 논리를 강조하는 유교적 생활문화의 산물로도 간주되기도 한다.

오복 중에서 '강녕'에 관하여 우선적으로 고찰해 보면, '강녕'은 신체적 건강과 정신적 건강(심리적이며 정서적인 안녕)을 아우르는 개념으로서 동서고금을 막론하고 행복의 전제조건으로 강조해 왔고 자기 자신을 관리하는 데 우선적으로 필요한 덕목으로 인식된다. 자신의 건강을 유지하고 관리하는 일 자체가 자기 자신을 관리(자기 규제 및 통제)하는 기본이며 핵심이 된다는 것으로서, 자신의 건강을 관리하지 못한 '강녕하지 못한 상태'로서는 결코 '장수長壽' 하지도 못하고, 부자가 되기도 어렵고, 나아가 '유호덕' 하거나 '고종명' 하기도 어렵기에 결국 행복한 인생을 누리기 어렵다는 관점에서 출발한다. 다시 말해서 행복한 삶을 대변하는 '부귀영화(富貴榮華)를 누리기' 위해서는 우선 건강해야 한다는 것을 우리 조상들은 잘 알고 있었고 그를 제대로 실천하는 방안으로 '오복과 육극'을 균형 있게 생활화해 온 것으로 추정할 수 있다.

여기서 '육극'이란 일상생활 중 당하기 쉬운 불행한 사건이나 피해야 할 어려운 상황을 의미하는데, 인간다운 삶을 위해서는 특별히 '육극(六極; 흉단절凶短折, 질疾, 우憂, 빈貧, 악惡, 약弱)'을 미리 예방하거나 방지하도록 노력하는 것이 요구된다는 점을 경고삼아 사전에 지혜롭게 대처할 수 있도록 교화시킨 내용으로 추정할 수 있다. 그 내용을 구체적으로 보면, ① 흉단절은 비명횡사, 변사, 요절을 말하는데, 8세 이전에 죽는 경우를 '흉凶', 20세 이전에 죽는 경우에는 '단短', 30세 이전에 죽게 되는 경우에는 '절折'이라고 칭하고 있고, ② 질疾은 고질병으로 고생하는 일을 의미하며, ③ 우憂란 집안에 근심걱정이 그치지 않는 상태, ④ 빈貧은 가난으로 고생을 면치 못하는 상황, ⑤ 악惡은 악한 일을 저지르거나 추한 모습으로 생활하는 상태, 그리고 ⑥ 약弱은 몸이나 정신이 너무 유약하여 생활에 지장을 가져오는 상태를 의미한다. 여기서 주목할 만한 것은, 흉단절, 질, 우, 약 등의 항목은 오복 중 '강녕'과 직접 관련된 내용으로서, 신체적인 건강과 정신적 안녕을 추구하기 위해서 특별히 경계해야 할 사항을 경고삼아 교화시킨 내용인데, 이는 복을 누리기 위한 생활을 위해서 '강녕'이라는 덕목을 특별히 중시한 결과라고 해석할 수 있다. 그리고 빈貧을 피하기 위해서는 부富를 추구해야 한다는 점과 악惡을 피하기 위해서는 정신적 건강 차원에서 유호덕攸好德을 중요시해야 한다는 점을 대비시키는 한편, 강녕과 결부시켜 자연스럽게 '장수長壽'를 강조한 교화내용으로 해석할 수 있다. 즉 강녕을 생활화해야만 장수할 수 있고 부자가 될 수 있는 동시에, 정신적으로 건강해야만 '유호덕'할 수 있는 동시에 '고종명' 할 수 있게 된다는 합리적인 주장을 근거로 '오복사상'이 상호 연계되는 삶의 원칙으로 작용하였던 것으로 추정할 수 있다. 말하자면, 우리 조상들은 일찍이 행복한 삶을 위해서 강녕이 가장 기본적인 덕목인 동시에 일상사에서 가장 중요한 덕목임을 깨달았던 것이라고 추정할 수 있다. 그러기에 '우리 인생에서 가장 중요한 재산은 돈이나 명예가 아니고 건강이다', '복 중에서도 가장 큰 복은 건강이다'라는 격언이 오래전부터 전해져 내려오고 있는 것이 아닌가 생각해 본다.

* * *

한편, 고대 서양 사회에서는 그리스의 헬레니즘적 철학의 영향을 크게 받아 개인들이 쾌락을 추구하는 것에 초점을 두었고, 소피스트를 비롯한 철학자들이 합리적으로 쾌락을 추구할 것을 강조했지만, 일반인들이 신체적 건강에는 크게 관심을 두지 않았던 것으로 판단된다. 고대 그리스 시대에 스토아 철학 지지자들은 개인의 이성을 강조하며 대중이 쾌락 추구만을 강조하던 사회적 추세를 비판하면서, 합리적으로 자신의 건강을 관리할 수 있는 삶의 지혜를 추구할 것을 강조하였으나 기독교 중심의 신본위적 정치의 영향으로 인하여 각광을 받지 못하고 쇠퇴하게 되었다. 다시 말해서 개인의 적절한 건강관리마저도 신의 뜻에 따라야한다는, 즉 개인들의 건강도 신의 뜻에 의해서 좌우된다는 통념이 지배하는 신정神政 체제가 지속되면서 완벽한 쾌락과 행복 추구는 다음 세상來世에서나 보장된다는 행복관을 강요받으면서 일종의 암흑기를 살았던 것이다.

그러다가 중세 이후 르네상스의 영향을 받아 신정 체제에 대항하여 인본주의적 사상에 기반을 두고 개인의 자유와 권리를 강조하기 시작하면서, 개인들의 사상적, 예술적 표현 등을 허용하게 되었고, 그로 인한 활발한 표현활동이 보장되고 개인의 자유스러운 삶을 보장하면서 개인들은 각자의 고유한 삶의 양식을 추구할 수 있게 되었다. 말하자면 중세 동안 기독교 중심 신정의 지배를 받으면서 신앙생활에 중점을 두고 개인의 자유로운 표현과 건강관리 노력이 통제를 받아오다가 신정 체제가 종료된 이후 르네상스의 영향을 받으면서 근대에 이르러서야 개인들이 자신만의 삶의 방식을 구가하기 시작하였고 그러한 맥락에서 개인들이 건강에 관하여 보다 더 많은 관심을 갖게 되었던 것이다.

그러기에 서양 사회는 동양 사회에 비하여 1,500년 이상 지체된 상태에서 개인의 건강의 중요성을 깨닫게 되었다고 판단할 수 있다. 르네상스 이후 인본주의와 계몽주의의 큰 물결이 유럽 전역에 번지면서 철학, 과학, 예술 분야 등에서 새로운 인재들이 등장하였고 그들이 본격적으로 서양문화를 새롭게 구축하게 되었다. 그중에서도 주목할 만한 인물은 독일의 철학자 아르투어 쇼펜하우어였는데, 그는 특별히 건강의 중요성을 강조하면서, 건강이 행복의 중요한 요인이라는 점을 설파하게 된 이래로 일반 서민들까지도 건강이 행복한 삶에서 중요한 역할을 수행한다는 점을 인식하게 되었다. 쇼펜하우어는 "행복은 건강이라는 나무에서 피어나는 꽃이다. 건강한 몸과 마음을 유지하기 위해 스스로를 단련하라", "건강은 행복의 기본 전제조건이다", "건강이 행복의 가장 중요한 요인이다" 등의 명언을 남기면서, 행복한 삶을 추구하는 과정에서 건강을 유지하는 일이 매우 중요하다는 것을 일반인들로 하여금 깨닫게 하려고 선각자적 관점에서 진지하게 노력했다고 인정할 수 있다.

18세기 후반 이래로 과학이 발달하고 산업혁명이 성공하며 경제수준이 크게 향상되면서 현대인들은 건강에 관하여 예전에 비하여 보다 진지한 관심을 보이게 되었는데, 그것은 세계보건기구(WHO)의 역할이 적지 않았다고 평가할 수 있을 뿐만 아니라, 이와 더불어 개인심리학의 발달로 인한 개인들의 바람직한 삶의 형식인 '좋은 삶(Good life)'으로서 웰빙(Well-being)이라는 새로운 개념을 도입하여 생활화하기 시작하였기 때문이라고 정리할 수 있다. 다시 말해서 예전에 비하여 더욱더 건강을 삶의 과정에서 중시하게 된 계기를 최근에 유행하고 있는 웰빙이라는 긍정심리학적 개념과 WHO가 주장하는 건강 개념과도 매우 유사한 관점에서 행복의 핵심 조건이라고 인식하게 된 이후라고 보아도 무방하다. 1948년 창립 이래 WHO에서는 건강이 행복의 기본 전제조건이라는 선언 하에서, 건강을 ① 육체적 건강, ② 정신적 건강, ③ 사회적 건강으로 분류해 오다가 21세기 초반에 이르러서는, ① 육체적 건강을 기반으로 삼고, ② 정신적 건강을 더욱 확대하여 지적 건강(Intellectual Health), 정서적 건강(Emotional Health), 영적 건강(Spiritual Health)으로 개념 정립하는 동시에, ③ 사회적 건강개념을, 보다 구체적으로, 경제적 건강(Economic Health), 문화적 건강(Cultural Health), 사회적 건강(Social Health)으로 세분화하고, 다각적인 차원의 건강을 균형 있게 추구함으로써 진정한 웰빙을 추구하며 행복한 삶을 누릴 수 있다고 표방해 오고 있다.

또한 미국 하버드대학의 조지 베일런트 교수는 행복의 일곱 가지 조건 중에 건강과 관련된 네 가지 조건(금연, 금주, 운동, 알맞은 체중)을 포함시키고 있고, 미국의 톰 레스와 짐 하터는 웰빙을 행복의 필수조건으로 종합하고 그중에 '육체적 웰빙(Physical well-being)'을 포함시키고 있다는 점에 유념할 필요가 있다. 또한 '건강한 신체에 깃드는 건강한 정신'이라는 로마 시대 시인인 유베날리스의 명언과 함께, "우리 행복의 적어도 10분의 9는 오로지 건강에 달려있다… 건강한 거지도 병든 왕보다 훨씬 더 행복하다"라는 진술과 함께, "'명랑함'이 건강으로부터 오고 즐거움을 보장해 주기 때문에 건강이 행복을 위해 핵심적인 역할을 수행한다"는 쇼펜하우어의 주장에도 주목할 필요가 있다. 그리고 현대 사회에 살고 있는 시민이라면 생리학, 의학, 보건학, 뇌 과학 등을 포괄하는 '행복 과학(행복학)'의 관점에서 건강을 보장하는 식생활과 운동의 생활화가 면역체계를 정상적으로 작동시키고 '행복 물질'이라는 베타 엔도르핀, 세로토닌, 옥시토신 등을 생성시키는 기능을 수행하는 일종의 '행복의 기본 인프라'와 같은 역할을 수행하고 있다는 사실을 중시하는 동시에, '건강 없이는 행복을 얻기 어렵다'라는 격언에도 새삼 경청할 필요가 있다.

* * *

최근에 서구사회의 웰빙 열풍의 영향을 받아 건강에 좋다는 음식이라면 무조건적으로 선호하거나 맹목적으로 추구하는 현상은 전반적인 사회적 행복 차원에서 보아 매우 긍정적으로 수용할 만하다. 그러나 보다 면밀하게 고찰해 보면, 우리 사회에서 자신의 체력 관리를 위하여 웰빙 음식을 선호하는 분위기를 제외하고는 좀 더 체계적으로 자신의 육체적 건강을 관리하는 동시에, 자신의 정서 및 감정을 조절하고 관리하는 방법을 학습할 만한 기회와 여건이 만족스럽게 조성되어 있지 않은 것으로 보인다. 특히 원만한 사회생활을 추구하는 동시에 자신의 행복한 생활을 위하여 필요한 적절한 수준의 마음 관리에 관하여 필요한 지식을 습득하려는 노력은 여전히 선진국 수준에 미치지 못하다고 볼 수 있으며, 대부분의 청소년들이나 현재의 성인들이 자신의 감정을 조절하고 관리하는 능력을 습득하지 못한 상태에서 사회에 진출하고 사회생활을 영위해 오고 있는 실정으로 파악된다. 그러기 때문에 사회적으로 적지 않은 문제를 유발해 왔고, 국가적 수준의 행복지수가 기대에 크게 미치지 못하고 있으며, 지속적으로 사회적 갈등이 야기되고 있고, 청소년 범죄를 포함한 여러 범죄가 빈발하고 있으며, 사회인들 간의 고소나 고발 빈도가 선진국들에 비하면 엄청나게 많이 발생하고 있는 실정이다. 특히, 청소년 범죄의 대부분이 감정조절 능력이 부족한 데서 기인한다는 점도 유념해야 하고, 아주 적은 숫자의 사이코패스나 소수의 미성숙한 부적응 청소년들이 사회 전반에 미치는 영향력이 예상보다 크다는 점에도 주의해야만 하나 실상은 그렇지 못한 실정으로 인식된다. 한마디로 사회생활에서 타인들을 이해하고 배려하며 상호협조 하며 살아갈 수 있는 행복한 사회를 구현할 수 있게 된다는 점은 신체직 건강 못지않게 건전한 마음(정신적 건강)을 갖도록 교육하고 지도하며 안내하는 사회적 풍토를 조성해야 할 필요성을 특별히 강조하고 있다.

우선적으로, 과연 우리 사회가 자라나는 청소년들에게 스스로 신체적 건강을 유지하고 돌볼 수 있도록 제대로 교육해 오고 있는가를 진지하게 되돌아보아야 한다. 이와 함께 학생들로 하여금 자신의 정서와 감정을 적절하게 처리할 수 있고 자신의 정신건강을 위하여 무엇을 어떻게 해야 하는가를 개별적으로 숙지할 수 있도록 적절하게 교육하고 있는지 현실을 냉정하게 반성할 필요를 느낀다. 이에 청소년을 포함한 성인들마저도 서양의 영향을 받아, 몸에 좋다는 것이면 남들을 모방하면 무조건 건강이 저절로 해결된다는 식의 사고방식으로 유행에 휩쓸려, 서양의 문화를 수용하는 데 급급하지 않은가를 반성하고 각성해야 할 것이다. 과연 우리 국민들이 각자의 신체적 건강과 더불어 정신적 건강을 유지할 수 있도록 가정을 비롯한 학교교육, 사회교육의 혜택을 어느 정도 받으면서 성장해 왔는가와 더불어, 성인이 된 이후에도 과연 자신이 강녕을 유지하면서 행복한 생활을 꾸려가기 위한 삶의 방식을 합리적으로 추구하는 노력을 얼마나 기울여 왔는가를 되돌아볼 필요가 있다. 무조건 유행에 빠져들지 않고 자신의 신체적 조건과 가정환경 등을 종합적으로 고려하여 현명하게 자신의 건강을 향상하고 유지해 나갈 수 있는 지혜를 터득해 왔는지 반성해 볼 필요가 있다는 것이며, 이러한 반성을 통하여 보다 진지하게 행복을 추구하는 태도를 다져나가는 노력이 필요하다는 점을 지적해 두고 싶다.

구체적으로는, 바람직한 식생활 습관, 규칙적인 운동, 숙면의 생활화를 중심으로 한 건전한 생활 습관 조성 및 유지에 중점을 두면서 쾌적한 주거 환경을 조성하는 일에도 지속적인 관심을 가질 필요가 있다. 이와 함께 '건강한 신체에 건강한 정신이 깃든다'는 격언을 수용하고 정신적 건강을 유지할 수 있는 노력을 기울이는 수준에까지 이르게 되면 '강녕이 행복의 근본적인 조건'이라는 진리를 실천할 수 있는 본격적인 단계에 도달할 수 있을 것이다. 이러한 예상에 대해서, '식습관을 바꾸고 난 뒤 정신건강이 눈에 띄게 좋아졌다'는 실증적 조사 결과를 근거로 내세우며, 영국 BBC의 행복 관련 다큐멘터리에서도 이를 지지하고 있다는 점을 참고할 필요가 있다. 말하자면, 건강한 신체는 긍정적 마음을 갖도록 지원하는 동시에, 긍정적 마음은 신체적 건강 유지에 크게 도움이 된다는 신념을 바탕으로 강녕의 조화로운 추구가 가능하게 되면 행복의 기본적이고 핵심적인 조건들을 균형 있게 추구하는 지혜로움을 습득할 수 있게 된다는 것이다.

신체적 건강과 정신적 건강 간의 상호작용 원리를 실생활에서 습득하게 된다면, 신체적 건강 유지를 기반으로 긍정적으로 생각하고 판단하게 되면서 배우자를 포함한 가족들에 대한 사랑이 원활하게 이루어지며 친족들이나 친구들과의 원만한 관계를 유지하는 일도 어렵지 않게 실천할 수 있을 것이다. 이와 더불어 긍정적 마음이 신체적 건강을 지켜준다는 사실을 깨닫게 되면 주위 사람들에 대한 관심도 갖게 되고, 그들에 대하여 친절을 베풀기 용이하며 그들과의 교류를 통해서 감사하는 마음을 갖게 될 가능성이 높아질 것으로 예상할 수 있다. 또한 자신의 일터를 포함하여 지역사회에서 도움이 필요한 사람들에 대한 선행과 봉사활동도 자연스럽게 이루어질 수 있을 것이다. 그렇게 되면 타인들에 대한 봉사나 선행은 곧 자신에 대한 보상으로 되돌아오게 되어 항상 긍정적인 마음과 건강한 생활이 가능하게 된다는 확신을 가질 수 있게 된다. 이와 같은 건강한 신체와 건강한 정신 간의 상호작용의 중요성에 관해서는 별다른 설명이 더욱 필요치 않으나, 자신이나 주위 사람들이 건강을 잃고 불행을 경험하는 경우에 어렵지 않게 이해하게 될 것이며, 나아가 자연스럽게 생활화가 가능하다는 것을 학교와 지역사회를 기반으로 교육할 수 있게 될 때 우리 사회의 행복 수준은 향상될 수 있다고 예상할 수 있다.

이와 같은 관점에서 출발하여, 우선 자라나는 후세대들이 우리 성인 세대가 경험했던 시행착오를 더 이상 범하지 않고 각자 나름의 건강(보건)생활을 누릴 수 있도록 교육해야만 우리 사회의 행복 수준이 향상될 수 있다는 비전을 가질 필요가 있다. 이를 기반으로, 평범한 일상에서 어렵지 않게 맛볼 수 있는, 작고 평범한 행복을 비롯하여, 살아가는 과정에서 자연스럽게 다양한 행복을 누릴 수 있는 선진국민이 되기 위해서는 우선적으로 자신의 건강(강녕)을 스스로 관리할 수 있는 행복 지혜를 습득해 나갈 수 있도록 안내하고 유도할 필요가 있다는 것이다.

이와 함께 육체적 건강과 정신적 건강을 유지하고 향상시키는 것이 소년기로부터 노년기에 이르기까지 인생 전반에 걸쳐 추구하는 삶의 행복에 지대한 영향을 미칠 수 있다는 점을 이해하는 일로부터 그 기반을 다져 나가야 한다. 말하자면, 우리의 모든 청소년들로 하여금 강녕이 행복의 중요한 조건인 동시에 강녕을 누리는 것 자체가 행복한 삶이라는 점을 깨닫도록 교육하고 그를 생활화하도록 돕는 사회문화가 우리 사회에 정착될 수 있도록 기성세대가 책무감을 가지고 접근해야 한다. 그리고 작고 확실한 노력을 습관화하고 생활화할 필요가 있다는 당위성을 바탕으로, 행복 교육 차원에서 인생 전반에 걸친 거시적이고 장기적인 관점에서 청소년들이 스스로 행복한 삶을 기획 설계하고 실천할 수 있으며 지혜롭게 건강한 삶을 누릴 수 있도록 체계적으로 지도하고 안내해 나갈 필요가 있다.

건강을 위하여 바람직한 식생활을 영위하기 위해서는 합리적인 계획을 수립하여 장기적이며 체계적인 영양섭취 계획을 수립할 필요가 있는데, 기초체력과 정신건강을 동시에 해결할 수 있는 기준에 따라 영양 관리가 필수적으로 요구된다. 가족 중에 성장기에 있는 아동이 있거나 임산부가 있다든지 또는 노년기에 들어선 가족이 있는 경우에는 필수 영양소를 섭취하는 것을 중요시하는 동시에, 치매 예방에 도움이 되는 음식을 섭취할 수 있도록 특별히 배려할 필요가 있다. 여러 가족 공통으로 적용되는 필수적인 영양소, 비타민, 미네랄 등을 균형 있게 섭취할 수 있도록 하는 식생활 습관화 노력이 필요한 것은 당연한 일로 간주되고 있다. 한 마디로, 신체적으로나 정신적으로 웰빙을 추구하기 위해서는 기본적으로 웰빙 음식을 추구하는 식문화를 적용하여 절대 필수 영양소를 합리적으로 섭취하는 식생활을 습관화할 필요가 있는 것이다.

2023년 미국의 "오늘의 영양사(Today's Dietitian) 잡지"에서 선정한 '10대 슈퍼푸드'는 대체로 앞에서 언급한 필수 영양소들을 균형 있게 섭취할 수 있는 음식들이 포함되어 있다고 보아 권장할 만하다. 열 가지 슈퍼푸드는 다음과 같다.

① 발효식품(김치, 된장, 청국장, 젓갈, 요구르트, 치즈, 와인)

② 씨앗류(치아시드, 햄프씨드, 아마씨드)

③ 블루베리

④ 아보카드

⑤ 견과류(땅콩, 호두, 잣, 아몬드)

⑥ 녹색 잎채소(시금치, 케일)

⑦ 수생 채소(해조류 중 갈조류-미역, 다시마, 톳, 감태, 김, 우뭇가사리, 모

자반)

⑧ 녹차

⑨ 고대 곡물(카무트, 고대 밀)

⑩ 비유제품 우유(콩, 귀리, 아몬드, 호두, 코코넛 씨앗과 같은 곡물에서 추출한 우유)

이와 함께 과거 2002년 미국의 뉴욕타임즈가 선정했던 '10대 슈퍼푸드'인, 귀리, 녹차, 적포도주, 마늘, 시금치, 브로콜리, 블루베리, 연어, 토마토, 견과류(잣, 호두, 땅콩, 아몬드) 등은 한국에서도 널리 알려져 한국인의 필수영양 섭취에 도움을 준 것으로 인정할 수 있어 여전히 추천할 만하다. 그리고 국내 노화 연구자인 박상철 박사가 추천한 한국의 장수 노인들을 대상으로 파악한 장수 음식으로, 들깻잎, 발효음식(김치, 된장, 간장, 청국장, 고추장) 등을 추천하고 있어 중장년 이후 세대에게 적극 권장할 만하다.

또한, 신체적 건강 유지를 위하여 적절한 음식을 합리적인 계획 하에서 섭식하는 일 못지않게 신체적인 건강과 정신적 안녕을 위해서 정상적인 배변 활동을 중요시할 필요가 있다. 우리가 흔하게 접하고 있는 TV 광고문인, "잘 먹고, 잘 자고, 잘 비워야 복이지요!"는 우리의 일상생활 중에서 음식 섭취와 적당한 운동으로 정상적인 배변 활동을 습관화할 필요성을 알기 쉽게 말해 주고 있다. 특히 음식으로 배변 조절하기 위해서는 가공식품과 패스트푸드를 최소화하고, 통곡류, 야채, 과일 등 균형 있게 섭취하며, 충분한 수분 섭취와 두유 섭취 등을 전문가들이 권장하고 있으니 참고할 만하다.

그리고 시간이 흐를수록 수명이 연장되고 있어 100세 이상 장수하는 인구가 점차 증가하고 있는 것이 우리만의 실정은 아니다. 장수를 전제로 한 강녕을 합리적으로 설계하기 위해서는 앞에서 언급한 식생활(적정한 필수영양소 섭취 등 식생활 중심의 웰빙)에만 치중할 것이 아니라, 보다 거시적이고 포괄적인 관점에서 숙면 취하기(잠 잘 자기)와 더불어 신체적 활동을 적정하게 유지하는 문제(적당한 운동, 걷기, 맨손체조, 규칙적인 게임 등)에 관하여 보다 많은 관심과 시간을 투입하여 준비성 있게 대응해야 할 것이 요구된다. 특히, 최근 들어서 매스컴에서 숙면과 운동의 필요성을 강조하고 적극 권장하고 있어 무척 다행스런 일이라고 판단된다. 그러나 여기서 그칠 것이 아니라, 강녕을 유지하는 데 필요한 인프라와 같은 주요 신체 기능에 대해서도 그 어느 때보다 많은 관심을 기울여야 한다는 점을 지적하고 싶다. 좀 더 구체적으로 지적하자면, 식생활과 관련된, 신체적 운동과 관련한 근육 관리와 함께 치아 관리, 관절 관리, 눈(안구)의 관리 등이 특별히 요구된다는 점을 지적해 두고 싶다. 이외에도 신체의 주요 기관들의 기능을 정확하게 파악하고 각 기관에 적절한 관리와 보호(자신의 몸은 결코 타인에게 의존해서는 안 되며 자신이 직접 케어해야 한다는 원칙하에서)를 주치의들과 상의하여 적극적으로 그리고 진지하게 관리해 나가는 지혜를 습득해 나갈 필요가 있는데, 이와 같은 지혜로운 관리가 없이는 백세 장수 시대에 원만하게 적응하면서 행복한 삶을 누릴 수 없을 것이라는 점을 명심해야 할 것이다.

그중에서 몇 가지만 지적하고 싶은 사항들은, 우선, 치아 관리로서 70대 이전까지 20개 이상의 치아(자연치)를 건강하게 유지 관리해 놓아야 치매 예방에도 도움이 된다고 하며, 정기적으로 전문의의 도움을 받아 철저히 관리하는 습관이 요구된다. 다음으로, 눈(안구) 관리에도 적지 않은 관심과 배려가 요구되는바, 눈을 혹사시키게 되면 즉각적으로 또는 수년 이내에 처벌(?)을 받게 된다는 단순한 법칙을 준수하면서, 정기적으로 안과적 진료를 받고, 스마트폰 사용 절제, 과도한 영화나 게임 등으로 눈 건강을 해치지 않도록 노력할 필요가 있다는 것이다. 또한, 노년기를 포함한 성인기의 근육량은 면역력과 비례한다는 연구 결과도 있어 맨손체조 등 건강 유지를 위한 규칙적이며 적당한 운동 습관을 조성하고 유지하는 노력이 절실히 요구된다.

내 몸이 건강해야 행복이 보인다

자신의 마음을 이성적으로나 감성적으로 다스리기 위해서는 우선적으로 자신의 신체적인 특성을 파악하고 그에 적절하게 맞춤형 패턴을 습관화하여 자신의 몸을 합리적으로 다스릴 수 있어야 한다. 이와 동시에, 신체적인 건강 상태를 유지하지 않으면 감정 조절이나 욕구 조절에도 문제가 발생할 가능성이 높고, 나아가 전반적인 행복을 기대하기 어렵게 된다는 사실은 이제 상식에 불과하다. '건강한 육체에 건강한 정신이 깃든다'는 격언에 기반을 두고 살아가기 위해서는, 신체적으로 건강한 상태를 유지하지 않으면 건강한 정신 상태(안녕감)를 유지하기 어렵다는 점에 특별히 관심을 가져야 한다는 것이다. 정리하자면, 건강한 신체를 유지하기 위한 자기 나름의 규칙을 정하고(규칙성, 루틴) 그를 실천하는 과정 자체가 중요한 생활의 일부가 될 수 있도록 생활패턴을 형성하는 노력이 우선적으로 필요한 것이다.

"건강이 행복의 가장 중요한 요인이다"라는 독일의 철학자 쇼펜하우어의 정신을 이어받아 설립된 것으로 추정할 수 있는 세계보건기구(WHO)는 건강을 웰빙의 기본 전제조건으로 선언하고 여러 국제기구 중에서도 가장 강력하고 실제적인 활동을 해 오고 있는 것으로 세계인의 인정을 받아왔다. 특기할 만한 것은 WHO가 창립되던 1948년 당시에는 일반적인 건강이라는 개념을 '신체적 건강, 정신적 건강, 사회적 건강'으로 구분하였으나, 21세기부터는 건강개념을 보다 확장하고 포괄적인 개념으로 분화하여 사용하기 시작하였다는 점이다. 말하자면, 정신적 건강을 지적 건강(Intellectual health), 심리적 건강(Psychological health), 정서적 건강(Emotional health), 영적 건강(Spiritual health)'으로 세분하였고, 사회적 건강을 사회적 건강(Social health), 경제적 건강(Economic health), 문화적 건강(Cultural health)으로 세분화하여 보다 넓고 심오한 의미로 건강의 중요성을 강조해 왔다. 그러나 실제로는 신체적 건강에 대한 활동이 가장 큰 비중을 차지하고 있는데, 이는 정신적 건강이나 사회적 건강을 신체적 건강을 무시하고는 사실상 추구하기 어렵기 때문인 동시에, 모든 형태의 건강들이 신체적 건강을 기초로 삼아 누릴 수 있는 것이기 때문이라고 보아야 할 것이다. 그러므로 신체적 건강은 행복의 중요한 조건의 하나로서 이들 세분화된 여러 건강 개념들과 밀접한 관련 하에서 작동해야만 진정한 행복감을 누릴 수 있다는 점을 주장해 왔으며 그 영향을 받아 최근에는 넓은 의미의 '건강 중심의 웰빙'이라는 관념이 세계적으로 확산되고 있는 실정이다. 이러한 맥락에서 보아 우리 사회에서도 '규칙적인 운동으로 건강 관리하는 일(Physical fitness)'이 삶의 일부로 정착할 수 있어야 한다는 '웰빙의 생활화'를 강조하는 붐이 조성되고 있고 신체적 건강을 전제로 한 건강에 대한 거시적인 관점의 인식이 고취되기 시작하였다는 것은 환영할 만하다.

오래전부터 우리 사회에서도 '규칙적인 운동은 최고의 보약'이라는 격언을 바탕으로, 최근에는 서구사회의 웰빙 선풍의 영향을 받아, 자신의 건강관리를 위하여 규칙적으로 운동을 하는 사람들이 증가하고 있는 실정이다. 말하자면, 지속적이며 체계적으로 운동과 건강 간의 관계를 연구해 온 선진국에서는, 운동을 즐기는 사람은 불안과 우울 수준이 그렇지 않은 사람에 비하여 더 낮다; 운동이 스트레스와 불안 증세를 줄여 준다; 운동은 조울증과 정신분열증에도 도움이 된다; 운동은 뇌 기능도 향상 시킨다; 운동은 노화 방지에도 도움이 된다; 운동을 하면 항 스트레스 호르몬인 엔도르핀의 분비가 촉진되고, 이 호르몬은 뇌에서 나오는 통증 신호를 차단하며 기분, 감정, 수면과 식욕에 영향을 주는 천연 마약인 세로토닌을 생산한다 등과 같은 매우 실용적인 연구 결과와 아이디어 및 제언을 내놓고 있다. 또한 국내의 건강 관련 연구기관에서도 이와 같은 연구 결과를 확인시켜 주고 있다. 특히 영국의 국영방송인 BBC가 행복 관련 실증적 연구 결과들을 종합하여 '기분 좋게 운동할 수 있는 비결(10가지)'을 제시하고 있어 참고할 만하다. 말하자면,

① 가장 즐길 수 있는 운동을 하라(몸을 계속 움직일 수 있는, 심장을 더 많이 뛰게 하는 운동).
② 애완동물을 키우라.
③ 몸매 관리는 젊은 사람의 전유물이 아니다.
④ 깨어 있는 시간 동안 몸을 최대한 많이 움직이라.
⑤ 동네에서 걷기를 좋아하는 사람들을 모으라.
⑥ 나갈 수 없다면 집 안에서 운동을 하라(헬스용 자전거 등).
⑦ 요가를 배우라.
⑧ 집안일을 하라.
⑨ 운동을 너무 심하게 하지 말라.

⑩ 즐겁게 운동하라 등이다.

이제는 신체적 건강관리를 통하여 신체적 면역력을 증강시켜 질병을 예방하는 동시에 노화 방지와 정신적 건강을 관리하는 효과를 거둘 수 있다는 것은 널리 알려진 사실이다. 운동이 전반적인 건강 수준을 높여주는 동시에 정신건강까지도 향상시킨다는 주장은 구체적으로 항 스트레스 호르몬인 엔도르핀과 세로토닌의 분비를 촉진하기 때문이라는 과학적 연구 결과로도 검증되었다. 그러기에 규칙적인 건강관리는 자신의 건강을 향한 욕구를 충족시키는 동시에 정신적으로도 스트레스를 해소하는 항우울제 역할도 수행할 뿐만 아니라, 시간을 관리하는 동시에 인간관계가 원만해지고 다양한 사회적 교류가 가능하도록 해주고 타인에 대하여 배려하고 감사하며 봉사하는 활동 가능성이 높아진다는 등의 부수적인 효과를 얻을 수 있다는 점도 널리 인정받고 있다.

한편 미국의 긍정심리학자인 톰 레스와 짐 하터는 웰빙의 5개 영역 중에 육체적 행복(Physical well-being)을 설정하고 그 기능에 대하여 '건강해야 행복하다'라는 표어를 내세우면서, 행복한 삶을 위해서는 "잘 먹고, 더 움직이고, 잘 자라"라는 표어를 명심하고 실천하는 생활을 습관화하는 데 중점을 둘 것을 강력하게 권장하고 있다. 그들은 규칙적인 운동을 하고 운동으로 인한 상쾌한 기분을 유지하며, 좋은 식습관(웰빙 음식)으로 활력을 얻어 효율적으로 업무수행에 임하고, 숙면을 취해 뇌의 활동을 원활하게 유지하는 데도 신경을 쓸 수 있어야만 육체적 웰빙 상태를 누릴 수 있게 된다고 주장하고 있다. 이들 내용은 그의 주장이 있기 전부터 선진국을 비롯한 많은 국가들에서 기본 상식으로 통할 정도로 전파되어 온 실정인데, 고령화 사회에 진입한 한국에서도 신체적 건강이 없이는 진정한 행복을 누릴 수 없다는 인식이 노년층뿐만 아니라 젊은 세대들에게도 확산되고 있는 실정이다.

이와 같은 맥락에서 숙면과 건강 간의 관계를 연구해 온 결과에 의하면, 배고픔, 운동 부족, 수면 부족 중에서 가장 심각한 것은 수면 부족 상태라는 결론을 얻고, 수면이 전체적인 건강 유지에 치명적 영향을 미칠 수 있다는 점을 지적해 주고 있어 경각심을 불러일으키고 있다. 우리 사회에서는 먹는 것에만 치우친 웰빙을 과도하게 치우치고 있는 것이 아닌가 하는 생각에서 향후 학교 교육에서도 숙면을 취하는 일이 건강관리에 얼마나 중요한가를 진지하게 교육할 필요가 있다는 점을 재삼 강조해 둔다. 우리 사회에서도 오래전부터 숙면을 취하는 것은 보약과도 비교할 수 없는 매우 값진 것이라는 격언을 배경으로 숙면을 취하고 충분한 수면을 취할 수 있도록 생활 습관을 갖는 것은 일종의 '복 받은 삶'을 누리기 위한 기본 인프라라고 보아야 한다.

이에 따라 영국의 BBC의 행복 관련 다큐멘터리의 내용 중에서 발췌한 "좀 더 행복한 수면을 위한 방법(15가지)"를 소개하는바, 수면이 신체적 건강뿐만 아니라 정신적 건강에도 중요한 영향을 미친다는 관점에서 유념해 둘 필요가 있다. 즉,

① 일상생활에 변화를 추구하라.
② 수면 일기를 쓰라.
③ 일정한 시간에 충분히 수면을 취하라.
④ 신체 중심부의 체온이 떨어지면 숙면을 취할 수 없다.
⑤ 잠자기 한두 시간 전에 뜨거운 물로 목욕하지 말라.

⑥ 잠자기 세 시간 전에 식사를 하면 잠이 잘 온다.
⑦ 낮에 15분간 꿀맛 같은 낮잠을 자라.
⑧ 우유가 든 음료를 마시면 잠이 잘 온다.
⑨ 침대는 말할 것도 없이 가장 중요한 가구다.
⑩ 침실은 어두운 것이 좋다.
⑪ 잠자기 전, 아이 방에 있는 컴퓨터나 TV를 끄라.
⑫ 수면 전에 카페인 섭취에 유의하라.
⑬ 자기 전에 술을 마시는 행동을 삼가라.
⑭ 일과 사생활의 균형을 잘 잡으라.
⑮ 제한적 환경 자극 요법을 활용하라(방음이 잘 되는 방에 안락한 잠자리 활용) 등이 있다.

이와 더불어, 구체적으로 영국의 자유언론인 리즈 호가드는 BBC의 행복 관련 실증적 연구에서 '음식으로 행복을 증진시킬 수 있다'는 결론을 제시하며, '뇌 화학' 관련 연구 결과에 바탕을 두고 적절한 수면 및 운동과 함께 식습관은 전반적인 건강 상태에 중요한 영향을 미칠 뿐만 아니라 행복에도 기여한다고 주장하고 있어 흥미롭다. 이는 한국에서도 웰빙 음식에 대하여 특별히 관심을 가지고 건강에 도움이 되는 영양소를 섭취하는 데 중점을 두고 몸에 좋은 음식이 웰빙을 보장해 준다는 강한 신념을 가지고 식생활에 대응하는 경향이 확산되고 있다는 사실과도 관련되어 있다. 그런데, 뇌에서 분비되는 화학물질 중 특히 음식에 의존하는 화학물질이 우리의 기분을 조절한다는 연구 결과에 의하면, 정신과 육체의 건강을 유지하기 위해서는 세로토닌, 베타 엔도르핀 분비에 영향을 미치는 포도당, 탄수화물, 단백질 섭취에 초점을 둔 음식물을 중심으로 한 식습관이 필요하다는 것이다.

동서고금을 막론하고, 하이테크로 무장한 현대 도시 생활에서도 사람들은 여전히 식사 시간에 가장 큰 행복을 느끼며, 먹고 마시는 것이 사람의 기분을 상당 부분 좌우한다는 점에 대체로 동의하고 있다. 고로 수면, 운동과 함께 식습관은 전반적인 건강 상태에 중요한 영향을 미칠 뿐만 아니라 정신적 건강에도 직접적으로 기여하는 것으로 알려져 있다. 영국의 BBC는 '행복에 관한 다큐멘터리'에서 잘못된 식습관 개선에 중점을 두면서 '음식으로 행복을 증진시킬 수 있는 비결(15가지)'를 제시하고 있어 참고할 만하다. 말하자면 다음과 같다.

① 탄수화물을 먹으면 세로토닌 수치가 올라가서 기분이 좋아진다.
② 매일 식사 시간에 단백질을 섭취하라.
③ 다양한 색깔의 채소를 즐기며, 설탕과 소금 등 화이트 푸드를 감축하라(베타 엔도르핀 수치를 강화하라).
④ 가끔 외식을 하라.
⑤ 아이스크림을 즐겨 먹으라(뇌의 쾌락 중추를 활성화하기 때문).
⑥ 좋아하는 음식은 가끔씩만 먹으라.
⑦ 식사를 규칙적으로 하라.
⑧ 아침 식사는 꼭 하라.
⑨ 아침에는 저지방 요구르트, 과일, 견과류 등으로 만든 부드러운 식사가 좋다.
⑩ 어류는 뇌에 가장 좋은 음식이다.
⑪ 간식거리(특히 포도당)를 가지고 다니면서 섭취하라.

⑫ 인스턴트 음식은 먹지 말라(비만을 비롯하여 난독증, 주의력 결핍과 다 활동장애(ADHD), 자폐증 등의 정신질환이 유발될 수 있기 때문).
⑬ 신선한 과일과 채소를 먹으라(하루에 최소 다섯 번).
⑭ 굴을 먹고, 마늘을 규칙적으로 섭취하라.
⑮ 물을 하루에 6~8잔 마시고, 가능하면 유기농 식품을 섭취하라.

또한 호가드는 행복한 표정으로 미소 짓고 웃는 일이 생활화되면 스트레스 해소와 진통 효과를 얻게 되고 긍정적인 마음으로 감사하고 용시하는 생활 습관을 갖는 것이 건강을 크게 증진시켜 준다는 결론을 내리고 있다. 한편 미국의 심리학자 제니퍼 잭슨은 신체적 건강이 행복에 미치는 영향이 지대하다는 전제하에서, "운동이 스트레스를 완화시키고 좋은 기분을 느끼도록 화학반응을 일으킨다는 점을 활용하여 운동을 통하여 긍정적인 정서 상태를 조성하고 유지하도록 함으로써 자신의 몸을 다스릴 수 있어야 한다"고 주장한다. 또한 우리가 먹는 음식이 감수성에 직접적인 영향을 미친다는 점을 응용하여 신선한 과일, 야채, 껍질을 벗기지 않은 곡류와 콩류를 충분히 섭취하여 양호한 건강 상태를 유지하고 그를 활용하여 긍정적인 정서 상태를 유지할 수 있도록 자신의 마음을 다스릴 필요가 있다고 주장한다. 이와 같이 신체적 건강을 다스리기 위해서 요구되는 음식, 수면, 운동, 마음가짐 등에 세심한 관심을 가지고 바람직한 방향으로 습관화함으로써 원만한 대인관계에도 도움이 될 뿐만 아니라 자신의 목적과 비전을 추구하는 원동력인 인내력이나 지구력, 의지력, 집중력, 추진력 등과 업무수행의 효율성 증진 등의 효과도 거둘 수 있다고 영국의 과학자(화학) 데이비드 해밀턴은 주장하고 있다.

우리 사회에서도 일반인들이 식사, 수면, 운동과 관련한 웰빙을 추구하는 생활 습관에 적응하고 있는 동시에, 요즈음에는 삶의 기본 조건인 의, 식, 주 관련 웰빙의 조건들을 통합적으로 고려하는 생활을 꾸려나가려고 노력하는 시민들이 증가하고 있는 추세를 보이고 있다. 특히 개인들이 신체적 건강이나 정신적 건강을 유지하기 위해서 무엇을 어떻게 해야 바람직한가에 관해서 요구되는 지식과 정보를 열심히 탐색하고 그를 활용하는 생활방식을 추구하는 것이 점차 보편화되고 있다. 그러한 사례의 하나로서, 적지 않은 시민들이 풍수지리적 관점에서 삶의 공간, 즉 주택의 입지와 환경 여건에 대한 높은 관심을 갖기 시작하였는데 이는 보다 넓은 의미의 웰빙을 추구하기 위해서 불가피한 한 것으로 간주하는 이들이 증가하고 있다는 추세를 말해 주고 있다. 인간을 자연의 일부로 보고 자연친화적 관점에 따라 삶의 방식을 추구해 온 동양 사회에서는 오래전부터 생활화해 온 풍수지리 등을 자연스럽게 활용해 오고 있으며, 근래에는 서양 사회에서도 그 합리성을 인정하고 일종의 웰빙 환경을 추구하기 위하여 적극적인 태도를 보이고 있는 것은 강녕이 행복의 기본 전제조건이라는 점을 동서양이 공통적으로 인식하고 있기 때문이라고 주장할 수 있다. 말하자면 친자연적 생활 태도는 고대 중국의 노자나 장자 등이 주장해 왔던 도가적 논리가 우리의 삶에 자리 잡아 왔고 행복한 삶을 위한 인간적인 자연환경의 중요한 부분을 대변해 주고 있는 풍수지리적 논리를 오랫동안 사용해 오고 있다는 점에 서구인들도 관심을 갖게 된 것으로 볼 수 있다. 건강생활을 위해서는 친자연적 환경을 웰빙으로 간주하고 건강에 적절한 주거환경을 합리적으로 추구하는 것은 이제는 행복을 추구하는 개인들의 자연스러운 삶의 방식으로 인정해야 한다.

다른 관점에서 보면, 우리 사회에서는 대부분의 경우 피상적인 건강 개념에서 크게 벗어나지 못하고 있으며, 건강과 행복 간의 관계에 대해서는 깊이 있게 생각해 보지도 않는 경향이 있다는 지적도 있다. 이와 더불어 청소년을 포함한 일반 시민들은 건강(몸)에 좋다면 너무도 쉽게 현혹되는 경향이 있고, 경우에 따라서는, 몸에 좋다고들 하니 나도 해당되는 사항이라고 하여, 부화뇌동하며, 무조건적으로 모방하는 사회적 동조 현상을 어렵지 않게 발견할 수 있다는 지적도 지속적으로 제기되어 왔다. 이에 필자는, 그 원인 규명 차원에서 학교 교육에서 건강을 어느 정도 중시하는지 되돌아보고 그에 적극적으로 대처할 필요가 있다는 점을 지적하고 싶다. 특히 지적하고 싶은 것은, 요즈음 학교에서 체육수업에 대한 홀대가 심화되었기에, 지식교육 이외는 상급학교 진학에 도움이 되지 않는다는 천박한 생각에 온 사회가 매몰되어 있는 것이 아닌가 하는 점이다. 그러한 연유로 학생들이 외형적으로 체격은 좋아졌으나 내실은 기초체력이나 정신력(의지, 인내, 용기, 투지 등)이 약화되고 있을 뿐만 아니라, 비만이라는 질병(WHO는 비만도 질병으로 규정하고 있다)에 빠져드는 청소년이나 성인의 숫자가 늘어나고 있는 실정이며, 그를 해결하기 위하여 다양한 다이어트를 시도하는 것이 오늘날의 우리네 모습이다. 그와 더불어 건강 유지에 소홀한 사람들은 대체로 나이가 들어 중장년기에 들어서면 면역력이 약해지고 성인병에 시달리는 사례도 점차 증가하고 있다는 지적이 지속되어 왔다. 이와 같은 국민적 차원의 허술한 건강 관념으로 인하여, 남들이 건강에 좋다는 것이라면 무조건적으로 모방하는 현상이 발생하기 일쑤이다 등등. 이에 대하여, 우리 사회와 학교는 학생들로 하여금 행복의 핵심 요인인 강녕을 중시하는 행복관을 터득하고 생활화할 수 있는 기회와 여건을 제대로 조성해 주지 못하는 엄청난 실수를 저지르고 있다는 점에 대하여 범국민적 차원에서 경각심을 가지고 대응해야 할 것이다.

그리고 아무리 과학적으로 규명된 것이라 할지라도 개인마다 각기 다른 성질이 있어 모든 개인에게 동일하게 맞지 않을 수 있는 처방도 있다는 점을 무시해서는 안 되는바, 평소에 자신의 신체적 건강을 스스로 보살피며 자신의 감정과 욕구를 조절하는 자신만의 방법을 강구하는 노력을 기울이고, 나이가 들어도 건강 유지에 문제가 없도록 사전에 노력하는 습관을 형성할 뿐만 아니라, 건강을 기본으로 자신만의 고유한 생활 습관과 삶의 방식을 구축하는 일이 필요하다. 그중에서도 자신만의 특성을 고려한 강녕 관리를 위해 노력하는 것이 곧 행복을 누릴 수 있는 기본을 다지는 일이라는 점을 명심하며, 보다 진지하게 미래지향적인 행복관에 입각하여 행복 지혜를 습득하고 생활화할 수 있도록 청소년 및 국민을 대상으로 한 교육을 추진해야 할 때가 도래한 것이다.

정신적 안녕은 행복의 필수조건

최근에 청소년뿐만 아니라 성인들까지도 자신의 욕구를 제대로 조절하지 못해 후회할 일들을 저지르거나 순간적인 잘못으로 반사회적이며 반인륜적인 범죄를 저질러 불행을 자초하는 사례가 비일비재하여 매일 뉴스의 상당 부분을 차지하고 있다. 일시적으로 분노(화)를 통제하지 못해 폭력을 행사하거나, 돈에 눈이 어두워 심지어 부모 또는 친지를 대상으로 강도짓을 한다든지, 술이나 담배를 비롯한 기호식품을 즐기는 쾌락에 빠져 남들에게 피해를 주는 것 자체도 무시하는 사례가 빈발하고 있는 실정이다. 또한 쾌락 추구에 몰입하여 엄청난 사고를 저질러 자신과 무고한 시민들을 다치게 하는 사건을 저지른다든지, 도박, 술, 오락, 약물 등에 중독되어 비정상적인 나날을 보내고 있다든지 등등. 자신의 감정을 다스리지 못하여 불행 속에서 살아가는 다양한 사례들을 우리 주위에서 어렵지 않게 발견할 수 있다.

이와 함께, 자신의 지위나 권력, 이해관계 등을 바탕으로 보다 많은 돈을 벌고자 하거나 보다 높은 지위를 얻기 위한 탐욕에 눈이 어두워 불합리하고 반인륜적이며 반사회적인 행위를 저지르는 사람들이 일평생 쌓아 올린 경력이나 권위 등을 일시에 망가뜨리는 사건 등 이루 헤아릴 수 없는 사건과 사고가 수없이 발생하고 있어 우리 사회의 부정적인 측면을 극명하게 드러내고 있다. 이와 같은 사례들은 대부분이 당사자들이 쾌락을 추구하거나 욕구를 충족시키기 위해서 이성을 잃고 자신의 감정을 제대로 다스리지 못해서 발생하는 사례들이라고 정리할 수 있다. 이처럼 우리 주위에서 부단히 발생하고 있는 수많은 사건들의 이면에는 불행의 원인으로 간주되는 욕망, 번뇌, 스트레스, 갈등, 분노 등을 개인들이 상식적이며 순리에 맞게 원만하게 다스리지 못하거나 해결 방안을 생각하지 못하고 부정적인 정서 상태에서 이성을 잃고 과도한 감정의 폭발 상태에서 행동함으로써 발생하는 결과라고 볼 수 있다.

개인이 자신의 욕망을 다스리기 위해서는 누구나 경험하는 욕망이 우리의 생존을 위해 존재한다는 점을 이해하는 것으로부터 시작할 필요가 있다. 우리가 살아가는 과정에서 당면하는 상황에 감정적으로 대응해야 할 필요가 있는 경우가 허다한 것도 이해할 필요가 있는 동시에, 이와 같은 삶의 과정에서 작용하는 욕망의 속성에 관하여 정확하게 파악하고 그에 대처하는 자기 나름의 방안, 말하자면 상황에 맞게 자신을 적절하게 통제할 수 있는 자제력을 길러 나가도록 노력할 필요가 있다는 것이다. 그러한 자제력, 즉 자기 자신의 욕구나 감정을 스스로의 이성에 따라 다스리는 방안을 갖도록 다양한 상황에 대응하면서 경험하는 성공과 실패의 과정을 통하여, 자기 자신에게 맞는 보다 적절한 방안을 체득하거나 소유하게 될 때에 자신도 모르게 얻은 정신적 안정감이나 편안함이 곧 정신적 건강을 보장하고 행복감을 누릴 수 있게 해 주기 때문이다.

이에 관하여 프랑스 철학자 프레데릭 르누아르는, 우리는 생존을 위한 세 가지 역량을 키워왔다는 전제하에서 욕망을 적절하게 관리하지 못하고서는 행복을 누리기 어렵다는 결론을 내린다. 르누아르에 의하면, 누구나 욕망에 대한 적응력을 키워 와 습관성을 갖게 되었고, 부정적인 욕망에 대하여 민감하게 대응하고 자신이 원하는 욕망을 추구해 왔으며, 욕구를 만족시키는 경우에도 순간에 그치고 또 다시 불만에 빠지는 속성을 가지고 있다는 것이다. 말하자면, 욕망을 충족하려고 노력하므로 당장은 충족하게 되나 그 만족은 오래가지 못하고 곧이어 새로운 욕망이 생겨난다는 속성을 중시하지 않고는 욕망(감정)을 다스리기 어렵다는 점을 강조하고 있는 것이다. 철학자인 르누아르는 로마 철학자 루크레티우스의 말을 인용하여 자신의 뜻을 명료하게 전달하고 있다. 즉, "욕망의 대상이 멀리 있는 한, 그 대상은 우리에게 다른 무엇보다도 우월한 것처럼 보인다. 그런데 그것을 손에 넣는 순간 우리는 다른 것을 욕망하기 시작하며, 이와 같은 갈망 때문에 우리는 늘 숨이 가쁘다"라는 내용이다.

이에 대하여 덴마크 철학자 바뤼흐 스피노자는 일찍이 "인간이라는 존재는 본질적으로 감정에 의해 움직인다, 감정이 다른 감정들과 맺는 상호연관 관계를 파악할 수 있어야 하며, 우리의 욕망과 감정에 대한 심도 있는 탐험을 통해서만 자유와 행복으로의 여정을 시작할 수 있다"고 말한다. 스피노자에 의하면, 모든 인간은 자신의 감정이나 욕망을 다스리기 위해서는 보편적인 인과법칙에 복종하면서 반드시 이성의 도움을 통해서, 오래도록 자기 자신을 알기 위해 노력하여 감정이나 부적절한 생각에 무의식적으로 휘둘리지 않도록 노력할 필요가 있다는 것이다. 이와 더불어 르누아르에 의하면, 스피노자가 주장하는 이성의 역할은 나쁜 욕망을 판단하고 그것을 억압하는 것이 아니라, 보다 뿌리를 잘 내린, 그래서 우리에게 더 큰 기쁨을 가져다줄 수 있는 새로운 욕망을 솟아오르게 하는 것이라는 점이 특기할 만하다. 그러기 위해서는 "각자는 자신을 행복하게 하거나 불행하게 만드는 것, 자신에게 적합한 것이나 그렇지 않은 것, 자신의 기쁨을 증폭하고 슬픔을 감소시키는 것이 무엇인지를 발견하기 위하여 자신을 알아가는 법을 익혀야 한다"고 주장하고 있다. 정리하자면, 우리의 생각, 욕망, 감정을 좌지우지하는 원인과 결과의 연관성을 이해하는 일과 더불어 자신을 이해하는 일이 우선적으로 요구되는 중요한 일이며, 그와 같은 이해를 통해서만 이성이 발달하고 그 도움에 의해서 자유를 얻을 수 있고 행복을 누릴 수 있는 문이 열린다는 것이다.

한편, '욕망을 제대로 다스리지 못하면 오히려 스스로 구속을 받게 된다'는 주장과 '욕망을 다스리게 되면 자유로울 수 있다'는 주장(석가모니 등)을 바탕으로 욕구의 구속으로부터 해방되기 위한 금욕주의 방안도 필요하나, 과도한 금욕은 또 다른 문제를 유발하기 때문에 욕망을 적절하게 해소하고 통제하는 자기 나름의 방안을 강구할 필요가 있다. 말하자면, 자신의 감정을 과도하게 통제하는 것보다는 적절하게 표현 및 분출하도록 하여 스트레스를 해소하는 것도 행복을 위한 현명한 접근방법이라고 알려져 있다. 이에 대하여 영국의 저널리스트인 올리버 버크먼은 "사람들이 과도하게 욕구를 추구하기 위한 목표에만 매이지 않고 삶의 과정을 중시하는 경외심을 가지고 사랑, 기쁨, 분노, 두려움, 슬픔과 같은 인간의 기본적인 감정도 수용할 필요가 있다"라고 그의 저서 〈행복중독자〉에서 주장하고 있어 주목할 만하다. 다시 말해서 '긍정적인 감정뿐만 아니라 부정적인 감정까지도 수용하는 삶의 태도가 필요하다'는 버크먼의 주장은 인간이 항상 희노애락喜怒哀樂이 겹치는 감정들을 삶의 과정에서

의연하게 수용하는 생활 습관을 가짐으로써 회복탄력성을 함양하며 보다 성숙하고 행복한 순간을 경험할 수도 있다는 주장을 펴고 있는데, 이는 근원적으로 불교문화적 행복관과도 일맥상통하는 것으로 보인다. 구체적으로는, 적절하게 웃고 울거나 소리를 질러 감정을 표출시킴으로써 누적되는 감정상의 앙금을 해소하는 것도 감정을 다스리는 데 필요하다고 보는데, 그런 목적으로 오락(엔터테인먼트), 게임하기, 음악 듣기, 산책이나 운동하기, 예술 활동에 참여하기 등을 습관화 내지 생활화할 필요가 있다는 것이다.

다시 말해서, 자신의 욕망을 추구하며 욕구를 해소하기 위한 균형 잡힌 삶의 패턴을 형성할 수 있도록 노력하는 일이 곧 자신을 지혜롭게 다스리는 능력을 갖게 해준다는 의미를 가진다. 또한, 생활 속에서 적절한 감정의 표현이 다양한 형태의 '예술의 경지'와 만나게 되어 우리의 감정을 승화시키고 삶의 수준을 향상시키게 되면 결국에 행복감을 누릴 수 있다고 예상할 수 있다. 대부분의 사람들이 순간적으로 감정을 조절하지 못하여 과도한 감정에 치우친 판단을 하게 되고 그로 인하여 불행한 결과를 경험하면서 체험을 통한 반성을 기반으로 하는 성장통成長痛을 극복하여 결국에는 자신의 감성을 긍정적으로 활용하고 다스릴 수 있는 삶의 태도를 취할 수 있다는 신념(자신감)이 요구된다는 것이다. 그래서 오랫동안 사람들이 '과유불급過猶不及'이라는 명언이나 '중용지덕中庸至德'을 자신의 감정을 다스리는 지침이나 교훈으로 삼아왔기에 지혜로운 생활 습관을 형성하여 행복감을 맛볼 수 있는 삶이 가능하게 되었던 것으로 판단된다.

미국의 발달심리학자인 아브라함 메슬로가 제시한 '욕구의 위계' 상으로 보면, 가장 상위에 위치한 자아실현욕구를 달성하기 위해서 가장 낮은 단계의 생리적인 욕구의 해소가 우선적으로 요구된다는 것이다. 메슬로가 인간의 욕구를 '결핍의 욕구'와 '성장(존재)의 욕구'로 크게 구분하고 있는데, 생리적 욕구, 안전의 욕구, 소속과 사랑의 욕구 등은 '결핍의 욕구'에 해당되고, 심미적 욕구, 자아실현욕구는 '성장의 욕구'에 해당된다. 비교적 장기적이며 통합적으로 삶의 과정에서 추구하는 인생의 목적을 추구하는, 의지력을 포함한 모든 활동에 가까운 '성장의 욕구'를 충족하기 위해서는 우선적으로 '결핍의 욕구'를 충족시켜야 한다는 주장을 펴고 있다. 즉 자신의 삶의 목적 달성의 차원에서 가장 우선적으로 생리적 욕구 해결에 관심을 가지고 대응하는 것이 인간의 발달상의 순리이며 삶의 진면목이라고 주장하고 있다. 결핍의 욕구를 해소하거나 다스리기 위해서는 앞에서 다루었던 것과 마찬가지로, 바람직한 식습관, 적절한 운동량, 숙면을 취하는 일 등이 필수적으로 요구된다고 보아야 한다. 그러한 요구를 만족시키지 않고서는 욕구나 욕망을 관리할 수 없다는 점을 깨닫도록 청소년 시절부터 적절한 행복 교육이 필요하다는 점을 지적해 두고 싶다.

이와 함께, 정서 순화와 감성 통제 노력을 바람직하게 습관화하도록 노력하는 일과 더불어 욕구의 조절과 분노 조절을 포함한 감정의 조절과 적절한 감정 표현 방안을 강구할 필요가 있다. 자신의 감정을 스스로 조절할 수 있는 경지에 도달해야만 마음을 다스릴 수 있다는 관점에서 보면, 자신의 마음을 다스리게 되면 정서적으로 안정되고 그로 인하여 집중력이나 업무 수행 능력의 향상을 가져올 뿐만 아니라 원만한 대인관계가 가능하기 때문에 행복한 삶을 누릴 가능성이 높아지게 될 것이라는 주장은 매우 타당하다. 즉, 자신의 감정을 조절할 수 있고 욕구를 적절하게 해결하는 생활 패턴을 조성해야만 넓은 의미의 '자신의 감정을 다스릴 수 있다'고 말할 수 있고 그

대가로 웰빙을 누릴 수 있게 된다는 주장이다. 이는 유대인들의 〈탈무드〉에서도 강조되고 있는 내용으로서, “보다 강한 사람은 자기감정을 억누를 줄 아는 사람이다”라는 명언에 누구도 이의를 제기하기 어려울 것이다.

다른 한편으로, 감정을 다스린다는 것은 감성적인 면을 이성으로 통제하고 판단할 수 있다는 의미로서, 욕구를 통제하고 감정을 조절하며 적절한 형태의 자아방어기제(Self-defense mechanism)를 적용하는 일과 관련되어 있다는 것이 미국 하버드대학 교수인 조지 베일런트의 주장이다. 행복론의 대가인 베일런트에 의하면 감정을 조절 및 통제하며 자아를 표현하는 과정에서 자아방어기제가 작동함으로써 감정을 관리할 수 있다는 것이다. “자아가 방어기제 없이 발달하리라고 생각하기는 어렵다”라고 전제하면서 방어기제의 성숙이나 진화 또는 발달이 인간발달과정의 중요한 부분을 차지하고 있고, 따라서 성숙한 수준의 자아방어기제를 갖게 되는 것이 행복의 요건이라고 주장한다. 사람이 살아가는 동안 자아방어기제가 계속해서 성장하는데, 기대하는 바와 같이 무난하게 성장하게 되어 가장 높은 수준의 ‘성숙한 자아방어기제’에 도달하게 되면 이타주의, 예측, 유머, 분출, 승화, 억제 등의 행동 기법을 주로 사용하여 원만하게 감정을 조절 및 통제할 수 있는 경지에 도달할 수 있게 되고 행복한 감정 상태, 즉 웰빙을 누릴 수 있게 된다는 것이다. 베일런트는 방어기제의 성숙 정도가 감정을 다스리는 패턴에 직접적인 영향을 미치고 결국에는 행복한 감정 상태에도 영향을 미치기 때문에 정서적 성장 발달 과정에서 자아방어기제가 적절하게 성숙하고 발달할 수 있도록 유념해서 긍정적 정서를 함양하도록 지도해야만 성인이 되어서 무난하게 자신의 감정을 조절할 수 있고 원만한 대인관계를 유지할 수 있게 될 것이라고 주장하고 있다.

이와 같은 주장들에 의거하여, 학생 시절부터 각자가 자신의 감정 조절 능력을 함양하고 습관화하여 '자기 자신을 다스릴 수 있는 자제력'을 갖게 될 수 있도록 정서 교육에 보다 관심을 기울여야만 성장하는 청소년들이 정신적 건강을 유지할 수 있게 되고 그를 기반으로 바람직한 행복관을 형성해 나갈 수 있을 것이라고 예상할 수 있다. 이에 대응하여 우리 학교의 교육과정상 지식 위주의 교육으로부터 과감하게 탈피하여, 예술 분야, 문학 분야, 윤리도덕 분야 등과 관련한, 건강한 정신 함양에 요구되는 다양한 교육활동을 전개하여 학창 시절부터 선진사회를 주도할 시민에 걸맞는 국민 정서를 함양하고, 선진국 수준에 적합한 교양을 갖춘, 신체적으로나 정신적으로 건강하고 품위 있고 예의 바른 국민을 길러나갈 수 있도록 개혁해 나갈 필요가 있는 것이다. 이와 같은 비전 있는 교육개혁을 위한 범국민적 투자 없이는 우리의 후세대를 행복한 선진사회의 시민으로 양성하기 위한 행복 교육을 시도하는 것조차 어렵게 될 것이고, 그로 인하여 우리의 미래 사회에서는 보다 행복해질 것이라는 희망과 꿈이 자랄 여지마저 사라질 것이다.

행복하려면 자신의 감정부터 다스려라

일상생활 중에서 우리의 '강녕(康寧; 신체적 건강과 정신적 안녕)' 상태가 균형을 잃거나 파괴되면 누구나 평상시 누리던 정상적인 상태로 회복(복원)하려는 생리적 반작용으로 인하여 불안이나 스트레스를 느끼게 마련이다. 이러한 비정상 상태를 스스로 해결하기 위하여 개인마다 나름의 최선의 방안을 강구하려고 노력하는 것은 매우 자연스러운 인간 현상이라고 볼 수 있다. 평상시 정상적인 생리 상태인 '호메오스태시스(Homeostasis; 생리적이며 정서적인 차원의 항상성과 안정된 상태)'를 유지하는 것이 웰빙, 특히 정신적 안녕을 위한 기본 전제 조건이라고 볼 수 있지만, 우리가 살아가면서 직면하는 다양한 문제들로 인하여 안정상태가 무너져 비정상적인 상태가 되었을 때 신속하게 대응하는 메커니즘을 가진 유기체로 태어난 것이다. 그러기에 이 경우에 이성적(인지적) 접근과 감성적(감정적) 접근을 결합한 자신만의 경험에 기반을 둔 삶의 지혜를 발휘해야 하는 것도 매우 당연한 현상이다.

이에 "자신의 욕망을 지혜롭게 다스리는 일은 행복을 가져다 준다"라는 미국의 심리학자 제니퍼 헥트의 주장은 우리가 일상생활에서 경험하는 다양한 성격의 고통과 번민, 스트레스로부터 해방, 탈출, 해소를 기하여 웰빙을 누리기 위해서는 자신만의 지혜로운 방법론을 강구할 필요가 있다는 것도 아주 당연한 것으로 인식해야 한다. 그러므로 자신의 육체를 건강하도록 돌보는 일 못지않게 자신의 정신적 상태(마음, 정서)를 온전하게 유지하려는 자신만의 고유한 방안을 갖도록 노력해야 하는 것도 당연한 일인 동시에, 그러한 상태에 도달하기 위하여 각자 나름의 노력을 기울이게 되면 자신만의 '강녕을 관리하는 지혜'를 얻을 수 있게 될 것이라고 추정하는 것도 자연스러운 일로 볼 수 있다.

이를 일찍이 간파했던 고대 그리스의 철학자 아리스토텔레스는 "자신의 욕망을 극복하는 사람이 강한 적을 물리친 사람보다 위대하다"라는 명언을 남겨 현재에도 우리가 정신적으로 안정된 상태를 회복하여 개인 나름의 행복을 누리기 위해서는 각자가 이성의 힘을 길러 자신의 욕구를 다스릴 수 있어야 한다는 점을 강조했다는 점에 유념할 필요가 있다. 아리스토텔레스는, 보다 구체적으로, "행복하고 싶거든 덕에 의한 생활을 하라. 덕은 지식, 의지, 인내(知, 意志, 忍耐)로 구성되고, 덕은 중용中庸을 지키는 데 있다. 덕을 실천하는 사람, 덕을 생활 속에 베푸는 사람, 그런 사람에게 행복이 따른다"라고 주장하며, 자신의 욕구를 적절하게 다스릴 수 있는 상태에 도달하여 정신적인 안녕 상태를 누릴 수 있는 수준의 덕을 쌓기 위해서는 자신의 감정이나 욕구를 지혜롭게 다스릴 수 있도록 매일같이 꾸준히 노력할 필요가 있다는 점을 시사해 주고 있다.

이와 유사하게, 프랑스 철학자 프레데릭 르누아르는 "행복이란 쾌락을 통제하고 이를 서열화하는 데서 얻을 수 있다는 점을 알지 못하는 일부 사람들은 끊임없이 언제나 즉각적인 쾌락을 추구하는 데만 몰두한다 …(중략)… 앞으로 나가기 위해서는 자기 자신을 끊임없이 담금질해야 한다"고 지적하고 있다. 말하자면 현대의 철학자 르누아르도, 아리스토텔레스와 유사한 입장에서, 누구나 용이하게 빠져들기 쉬운 쾌락 중심의 행복관을 가지고 살아가는 경우에 특별히 신체적으로나 감정적 차원에서 쾌락을 추구하는 데 익숙해진 젊은 이들은 감성적 쾌락 추구 욕구를 특별히 관리하기 위한 목적으로 자기 수련이나 자기 단련의 노력을 경주해야 할 필요성을 강조하고 있는 것이다.

또한 심리학자 아브라함 메슬로가 주장하고 있는 인간발달이론에 의하면, 인간의 욕구를 5단계로 위계화시켜 제시하면서, 가장 기본적인 단계의 '생리적 욕구'의 통제가 자신의 강녕의 유지와 직결되는 문제로서 적절한 욕구 해소 및 충족 방법이나 욕구를 다스리고 통제하는 방안도 동시에 필요하다는 점을 주장하고 있다. 자신만의 쾌락 추구와 욕구 해소 방법을 습득하고 생활화하는 일은 직접적으로 자신의 몸을 다스리기와 감정을 다스리기를 통하여 심리적 안녕(정신적 건강)을 유지하는 일과 연계되어 작용하기 때문에, 자신의 습관에 대하여 반성하여 나쁜 습관을 고치고 향상시키려는 노력이 필요하다는 것이다. 이와 더불어, 과도하게 쾌락만을 추구함으로써 겪게 되는 문제와 불안한 상태를 해결하기 위한 목적으로 자신의 판단에 입각하여 바람직하다고 여겨지는 생활 습관을 형성해 나가려는 노력 또한 절실하게 요구된다는 것이다.

특히 청소년기에 과도하게 육체적 쾌락을 추구하는 데 몰입하여 자신을 통제하지 못하게 되면, 결국 불행한 결과를 초래한다는 점을 시행착오를 통해서라도 제대로 인식하고 그를 사전에 제어하고 예방할 수 있도록 노력할 필요가 있는 것이다. 그중에서도 쾌락을 적절하게 추구하면서 쾌락만을 원하는 욕구를 원만하게 다스리기가 가장 절실한 과제라고 간주하고, 그동안 유지해 온 것과 유사한 수준의 강녕을 유지하기 위하여 필요한 자신만의 원칙이나 방안을 강구하는 일은 너무도 당연한 일이다. 이와 같이 쾌락 추구의 욕구를 스스로 관리하는 방안은 자신의 언행에도 영향을 미치는 동시에, 삶의 태도와 가치관 형성에도 영향을 미치게 되어 결국에는 삶의 방식과 인격 형성에까지도 영향을 미친다는 엄연한 사실을 수용하고, 정신적으로 안녕을 유지하는 데 중점을 두고 과도하게 쾌락만을 추구하는 바람직하지 못한 버릇이나 습관을 적극적으로 고쳐 나갈 필요가 있다.

* * *

철학자 알렌이 제시하고 있는 '인생을 향상시키는 행복의 연금술'은 우리가 정서(감정)와 관련된 나쁜 습관 때문에 경험하기 쉬운 불안, 번뇌, 스트레스 등을 해소하거나 그로부터 탈출하는 데 도움이 될 것으로 판단된다. 구체적으로, 타인을 험담하는 버릇, 소문을 퍼뜨리고 수다 떠는 버릇, 상처 주거나 빈말하는 버릇, 경솔한 행동이나 경박한 말버릇, 무례한 말씨로 대화하는 버릇, 대화 중 트집 잡는 버릇 등이 우리가 평안한 마음(정서)을 얻기 위하여 필히 극복해야 할 습관이라는 것을 지적하고 있다. 이와 함께, 나쁜 습관을 버리고 그 자리에 바람직한 습관을 교체하게 되면 마음이 훤하게 밝아질 것이고 현실도 변할 것이라고 주장하고 있다. 그가 자신을 괴롭히는 번뇌(고민, 스트레스 등)를 아름다운 생각으로 바꿔 놓기 위하여, 그리고 자신의 생각의 수준을 높이고 지혜를 터득하는 데 도움이 되는

'익혀야 할 습관'으로, '자주적인 정신을 획득하라', '공정한 정신을 획득하라', '관용적인 정신을 획득하라' 등을 제시하며, 정신적 실천을 통하여 마음의 고통을 스스로 지혜롭게 해결해 나갈 수 있다는 점을 강조하고 있다.

정신적 건강을 위한 감정 다스리기의 필요성을 적극적으로 지지하는 미국의 철학자 제임스 알렌은 자신에게 괴로움과 고통을 비롯하여 나쁜 결과를 초래하는 '마음의 원인'을 파악하고 그 원인을 버리거나 해소하는 방법과 더불어, 편견이나 감정에 좌우되지 않는 '곧은 마음'으로 올바르게 생각하고 좋은 일을 실행하려고 노력할 것을 권면하고 있다. 알렌은 "게으른 신체는 나태한 마음에서, 욕망을 제어하지 못하는 무절제한 생활은 방종한 마음에서, 그리고 상대에게 상처를 주는 말이나 행동은 그런 가정이나 생각을 갖고 있는 마음에서, 배려나 성의가 없는 대화는 남을 생각하는 자상함이 없는 마음에서 유발된다'고 지적하면서, '태만한 마음의 버릇을 버려야 하며 욕구를 관리하지 못하는 버릇을 버려야 한다"고 주장하고 있다.

또한 알렌은, "자기 마음과 현실을 직시하고 생각과 사고의 차원을 높여간다면 마음의 지혜도 깊어질 것입니다. 자신을 괴롭히는 번뇌를 아름다운 생각으로 바꿔 놓는다면 마음이 훤하게 밝아질 것입니다. 그에 따라 현실도 서서히 달라지겠지요…. 직면하는 현실의 상황이나 문제 속에서 무엇이 바르고 무엇이 그른지를 분명히 하십시오. 그것이 인생을 살아가는 데 필요한 당신의 지식과 지혜가 될 것입니다"라고 권면하고 있다. 그와 동시에 알렌은, "노력 없이 마음을 바꾸지는 못합니다. 기본이 갖추어지지 않으면 높은 레벨로는 올라가지 못합니다. 참을성 있게 또 마음으로 느끼면서 경험하지 않으면 참된 지식과 지혜는 자기 것이 되지 않습니다"라고 마음 다스리는 실질적인 방법에 관하여 매우 적절한 조언을 해 주고 있다. 이와 유사하게 미국의 인간경영전문가인 데일 카네기는 걱정(고민)을 극복하기 위한 원칙과 더불어 '걱정을 완벽하게 극복하는 방법', '고민이 습관화되기 전에 물리치는 방법' 등을 제시하고 있다. 그에 의하면 걱정이나 고민을 극복하고 해결하기 위한 자기 관리 노력이 곧 건강한 정서 상태를 유지할 수 있게 해주고 그것이 습관화되면 정신적 안녕 상태, 곧 행복한 마음을 누릴 수 있게 된다는 주장을 펴고 있어 주목할 만하다.

그리고 미국의 긍정심리학 창시자인 마틴 셀리그먼은 어떤 개인이든지 긍정적 정서에 적합한 자신만의 '내적 환경 만들기'를 통해서 자신의 정서를 긍정적인 방향으로 다스릴 수 있다는 입장을 취하고 있다. 그가 제시하고 있는 '긍정 정서에 적합한 환경을 만드는 세 가지 방안'은 시간적 차원에서 과거, 미래, 현재로 구분하여 제시하고 있어 주목할 만하다. 먼저, '과거에 대한 긍정적 정서 키우기' 방안은 어두웠던 부정적인 과거로부터 벗어나는 방법을 강구하고, 용서에 이르는 길을 취할 필요가 있다고 하며 감정적 상처를 입힌 상대방을 '용서하기'에 중점을 두고 있다. 두 번째는 '미래에 대한 긍정적 정서 키우기' 방안으로 낙관주의적 사고와 희망을 키우는 방법을 제시하고 있다. 그리고 세 번째 방안인 '현재에 대한 긍정적 정서 키우기'에 주력할 필요가 있다고 주장하며, 쾌락과 만족은 다르다는 입장에서 적절한 정도의 쾌락을 즐기는 것과 의도한 바를 만족스럽게 성취한 경우에 만족감을 균형 있게 누릴 수 있도록 노력할 것을 권장하고 있다. 또한 만족의 핵심은 감정이 아닌 몰입이어야 한다는 입장을 취하며 감정적인 만족 상태보다는 추구하는 일에 몰입하여 얻는 만족감을 특별히 강조하고 있다. 그리고 셀리그먼은 "즐거운 쾌락은 소비에 불과하고 쾌락이 우울증을 불러올 수 있다"는 점에 유의하고 당장은 고통스럽지만 의미 있고 가치 있는 일에 몰입하는 것은 일종의 자신을 위한 '투자'라고 간주하고 만족감을 높이려면 자신의 강점을 파악하고 그에 몰입할 것을 적극 권장하고 있다.

* * *

행복이 순간적이고 단편적인 육체적 쾌락과 다르다는 점을 분별할 수 있고 만족과 탐욕 사이를 조정하여 적절하게 쾌락을 추구할 수 있는 능력, 즉 '끝없는 탐욕을 다스릴 줄 아는 지혜'가 '행복의 기술'이라고 주장하는 달라이 라마는, 감정을 다스리기 위해서는 우리가 무엇 때문에 고통을 받고 있는가를 우선 파악할 필요가 있다는 점을 지적하고 있다. 그에 의하면, 고통을 받는 근본 원인이 무엇인가라는 질문에 불교의 근본 원리에 입각하여 '무지無智', '욕망(慾望, 탐욕)', 그리고 '분노(忿怒, 미움)'라고 답변하고 있다. 달라이 라마는 "우리가 경험하는 끝없는 마음의 고통 상태는 이 세 가지 독약에 그 뿌리를 두고 있기 때문에 그 고통을 해소해야만 행복한 마음을 누릴 수 있다"고 주장한다. 즉, 지속적인 수행을 통하여 마음의 평화를 유지하기 위해서는 우선적으로 자기 자신을 이해하기 위한 훈련부터 필요하다고 권장하는데, 우선적으로 명상瞑想하는 습관을 갖도록 하는 동시에 분별력을 얻고 지혜를 깨닫는 노력이 필요하다는 것이다. 또한 달라이 라마는 자비심慈悲心을 길러 타인을 인내와 관대의 정신으로 대하는 습관을 갖도록 노력할 필요가 있다고 강조하고 있다. 그중에서도 자신의 마음을 훈련하는 데 중점을 두고 명상을 통하여 사랑, 자비, 정의, 용서 등의 내면적 가치를 학습해 나가 지혜를 깨난기를 권장하고 있다. 이와 더불어 달라이 라마가 미래 사회에서는 사랑, 자비, 정의, 용서 등의 내면적 가치인 도덕성을 강조하는 인성교육이 학교 교육에서도 강조되어야 한다고 주장하고 있어 매우 특기할 만하다. 그리고 달라이 라마는 세상의 변화는 한 사람의 마음과 가슴에서 시작한다는 전제하에서 "갈수록 문제가 많은 세상에서 행복을 찾기 위해서는 긍정적인 감정인 희망, 낙관주의, 회복력과 함께 신뢰, 신념, 자신감을 강조해 나가야 한다"고 주장하고 있다. 특히, 삶의 변화와 역경의 극복을 위해서 회복력의 함양이 절실하며 회복력을 높이기 위해서는 문제를 보다 넓은 관점에서 보아야 하고 긍정적인 감정을 갖도록 노력해야 한다고 주장하며, 학교 교육을 비롯한 사회교육 차원에서 일반 시민들의 회복탄력성을 키워나가기 위한 노력이 절실히 요구된다는 점을 강조하고 있어 특기할 만하다.

특히 심리학의 발전에 따라 등장한 정신분석학에서 불교의 '자비명상' 기법이나 '선(禪; 참선)' 방법을 적극적으로 도입하여 심리치료 방법으로 활용해 온 덕분에 유럽과 미국을 중심으로 명상에 대한 관심도는 예상보다 높은 편이다. 그 영향으로 인하여 미국에는 최근 3천여 개의 다양한 명상센터가 건립되어 일반인들이 명상을 생활화하는 경향을 보이고 있는데, 그 배경에는 명상이 공감력을 제고시키는 동시에, 스트레스와 긴장 완화에도 도움이 된다는 심리학적 연구 결과의 영향을 받은 것 때문이라고 볼 수 있다. 또한 명상이 면역계의 심장을 정상적으로 기능하게 하며 통증 완화, 노화 방지, 정신건강 향상에도 도움을 준다는 매우 실질적인 효과를 거두고 있다는 사실을 보고하고 있기 때문이라고도 보아야 한다. 그리고 불교의 '자비명상'은 기쁨, 감사, 만족감, 자존심 등 긍정적 감정을 증가시킨다는 연구 결과와 함께, 자비명상으로 스트레스 물질의 분비가 감소되거나 억제되었다는 연구 결과도 보고된 적이 있다. 말하자면, 타인의 고통에 마음을 기울여 그가 고통으로부터 해방되기를 기도하면 나 자신의 스트레스 물질이 사라지고 마음의 평화와 건강을 초래할 가능성이 높다는 관점에서 명상을 긍정 정서 훈련방식으로도 활용하고 있고 웰빙을 위한 감정 다스리기 방법으로도 인식하고 있는 것으로 알려져 있다. 우리 사회의 경우에도 명상(선)을 이용한 정서 관리 목적으로 다양한 프로그램들이 개발되어 운영되고 있고 명상이 템플스테이 중심의 프로그램에서 필수적인 프로그램으로 정착되어 가고 있는 실정이어서 각자가 처해 있는 여건을 고려하여 자신의 감정을 다스리는 능력을 기르기 위해서 생활 속에서 명상 기법을 활용하여 자비심과 삶의 지혜를 체득하려는 진지한 노력을 경주할 필요가 있다.

이에 따라 학교 교육에서도 모든 학생들로 하여금 정서적으로 안정 상태를 유지할 수 있고 자신의 감정과 욕구를 관리할 수 있는 능력을 함양하는 데 중점을 두면서, 주위의 타인들과 원만한 관계를 유지하는 태도를 가지며 긍정적인 자아정체성을 함양할 수 있도록 가능한 모든 방법을 강구할 필요가 있다. 특히 학생들이 신체적으로나 정신적으로 건강을 유지하는 것이 평생에 걸쳐 얼마나 중요한가를 절실히 느끼고 그를 자신의 생활 습관과 삶의 방식에 접목시켜 나갈 수 있도록 교육해 낼 수 있느냐 여부는 앞으로 우리의 학교 교육을 포함한 사회 전반에 걸친 중차대한 과제라는 점을 새삼 지적하고자 한다.

행복 과학의 출현; 그 영향과 전망

현재까지 밝혀진 바에 의하면, 기원전 3천 600여 년 전부터 신시 배달국(환웅)과 고조선(단군)을 위시로 한 동양 사회에서는 백성의 강녕(康寧; 신체적 건강과 정신적 안녕)이 중요한 행복의 필요조건임을 인식하였기에, 강녕을 오복五福에 포함시켜 백성을 교화시켜 왔다는 사실에 관하여 진지하게 음미할 필요가 있다. 한편 서구사회에서는 기원전 5세기 전후 그리스 도시국가에서 쾌락 추구 중심의 행복관을 강조하며, 쾌락을 추구하기 위한 하나의 조건으로 건강의 필요성을 인식한 것으로 추정할 수 있다. 그 후 중세까지는 개인의 건강은 신이 좌우한다는 신정 체제 사회에서는 개인들은 신에게 기도하고 은총을 얻으면 건강 문제를 해결할 수 있다는 막연한 행복관을 강요받았고, 근대사회 이후에야 개인의 존엄성과 자유를 중시하고 복지사회 개념 아래서 개인의 건강 문제에 관심을 갖기 시작하였다.

17세기 이후에는 계몽주의를 배경으로 개인의 자유와 평등 논리가 널리 파급되고 낭만주의가 일반인들의 삶에 크게 영향을 미치며 자기만족을 중시하는 쾌락주의적 개인주의가 팽배함에 따라 예술활동이 활성화되었고 인본주의 심리학(개인심리학)을 포함한 사회과학이 각광받기 시작하였다. 그리고 20세기에 접어들면서 과학 기술 발달과 산업혁명의 영향으로 인하여 산업화와 도시화가 활발하게 진행되며 사회복지를 강조하고 현대인들의 주관적 행복감을 중시하는 사회문화가 형성되어 왔다. 게다가 교육 수준이 향상되고 사회과학이 발전하며 시민들의 삶의 질이 향상되게 되었고 그 영향으로 미국을 중심으로 한 서구사회에서 긍정심리학이 출현하여 개인의 행복에 관하여 보다 체계적이고 심도 있는 관심을 갖게 하였다.

이러한 맥락에서 최근 30여 년 동안 과학적으로 규명된 인간 신체와 삶을 중심으로 한 '인과관계(Causality, 인과율)'에 입각하여 삶의 질을 재고하며 보다 적극적으로 행복을 누리고자 하는 웰빙 열풍이 빠른 속도로 전파되고 있는 실정이다. 일반인들이 과학적 연구 결과를 바탕으로 의, 식, 주와 관련된 삶의 방식과 건강 간의 관련성을 전폭적으로 수용하고 각자의 건강과 행복을 위하여 그를 신속하게 자신의 삶에 적용하려는 추세가 파급되고 있어 급기야는 행복과 과학의 만남이 상식적이며 일상적인 일로 인식되기에 이른 것이다. 특히 20세기 후반에서는 행복에 관한 이론적이며 실증적인 연구 활동이 크게 활성화되면서 여러 분야의 학문이 참여하는 다학문적 접근이나 범학문적 논리로 행복과 관련된 다양한 연구(Happiness Studies, 행복 연구)가 수행되어 왔다. 이로 인하여 인문학적 접근과 과학적 접근을 포괄하는 총괄적인 문제해결 노력이 요구되었고, 그중에서 가장 두드러진 것은 행복에 대한 통합적이며 융합적인 접근으로서 '행복 과학(Science of Happiness; 행복학)', 또는 '뇌 과학(腦科學; Brain Science)'이라는 새로운 분야가 생성되었고, 최근에는 대부분의 행복 관련 연구들이 뇌 기능과의 관련하에서 진행되고 있다. 특히 21세기에 들어서는 일상생활 중에 느끼는 행복감과 뇌의 변화에 중점을 두고 뇌에서 발생하는 생리적 변화를 중심으로 행복의 원인을 규명하려는 과학적 접근방법이 주류를 이루고 있는 실정이다.

* * *

인간의 인지 활동을 비롯하여 지각, 정서, 행동을 관장하는 뇌에 관한 과학적 연구 결과의 누적으로 말미암아 뇌의 기능에 관하여 보다 정확하게 이해할 수 있게 되었고 그를 활용한 질병 치료 분야가 크게 발전하고 있다. 그로 인하여 인간 행복에 관한 과학적 접근방법이 크게 확장되고 심화되었다고 볼 수 있다. 뇌 과학의 연구 결과에 의하면, 뇌 내부를 관장하고 있는 60가지 이상의 신경전달물질이 중요한 역할을 수행하고 있는데, 이 물질은 아미노산에서 만들어지고, 신경 임펄스를 통해 특정 물질을 확산하거나 억제하는 기능을 수행하며 뉴런들 사이의 소통을 총괄하고 있는 것으로 밝혀진 것이다. 이들 물질들 중에서도 특히 네 가지 신경전달물질이 우리의 행동에 지대한 영향력을 행사하고 있다는 것이 규명되었는데, 뇌 내부에서 도파민, 아세틸콜린, 감마아미노낙산, 세로토닌이 균형을 이룬 상태가 가장 바람직하고 정서적으로나 심리적으로 안녕과 건강을 누릴 수 있다는 것이다. 그중에서 도파민과 세로토닌은 삶의 기쁨, 낙관주의, 만족, 평온, 수면, 좌뇌와 우뇌의 조화 등에 관여한다는 것이 과학적으로 규명되어 행복학 관련자들의 주목을 받게 되었다. 한편, 신경전달물질과는 달리 뇌하수체, 갑상선, 부신, 생식샘 같은 내분비샘에서 분비되는 호르몬의 영향도 매우 중요한데, 그중에서도 특별히 옥시토신이라는 호르몬은 시상하부에서 합성되어 오르가슴을 느낄 때, 아기 출산 시나 수유 시에 분비되며, 아미노산 중합체인

폴리펩티드는 타인에 대한 긍정적인 신뢰감을 갖게 하는 역할을 수행하고, 공감이나 너그러운 마음을 유발하며, 남을 도우려는 동기를 부여하는 동시에 스트레스와 불안감을 감소시키는 역할을 수행한다는 사실이 밝혀져 관련 분야의 특별한 관심을 끌게 된 것이다.

우리가 행복감을 느끼는 동안에 뇌에서는 행복 물질이 생성된다는 사실을 과학적으로 규명하게 된 이래, 뇌에서 발생하는 생리학적 변화와 행복한 삶 간의 관련성 파악에 중점을 두고 다양한 연구 방법들이 강구되어 왔다. 그로 인한 특기할 만한 연구 결과로는 도파민, 엔도르핀, 세로토닌, 옥시토신 등이 우리의 행복과 관련되어 중요한 역할을 수행하고 있다는 점이 규명된 것이다. 그중에서 도파민과 옥시토신에 더 많은 관심을 두고 연구가 진행되었는데, 이 결과를 '도파민적 행복'과 '옥시토신적 행복'으로 나누어 표현해 오기도 하는데, 여기서 도파민적 행복은 비교적 감정적이며 쾌락적인 측면의 비교적 단기적인 속성을 나타내지만, 옥시토신적 행복은 긍정적인 의사소통과 교류에 따른 평화롭고 조화로운 안락감이나 비교적 장기적인 즐거움과 관련된 속성을 지닌다고 대조적으로 표현할 수도 있다.

구체적으로는, 도파민이라는 화학물질(신경 물질)은 본능적/성적 쾌락을 추구하는 경우에 생성되는데, 추구하던 목표를 달성했을 경우나 쾌락을 느꼈을 경우 분비된다는 것이다. 단기적인 목표 달성과 꿈의 실현, 성취감 등을 느꼈을 때 분비되는 도파민은 쾌감이 오래 지속되지 않으며, 더 많고 큰 쾌감을 추구하게 되는 속성과 더불어, 의도한 바를 달성하지 못할 경우에 좌절감, 절망감, 자책감 등을 느껴 불행감을 느낄 수 있다는 특성을 지니고 있다는 것이다. 이와는 달리 베타 엔도르핀은 뇌 안에서 마약과 같은 기능을 하기에 주로 진통 효과를 주관하며, 특정 뇌세포와 결합해 통각 신호를 전달하는 화학물질 분비를 억제하는 역할을 수행하는 것으로 판명되었으며, 엔도르핀의 분비는 세로토닌 및 옥시토신(호르몬)과 같은 행복 물질의 분비를 촉진한다는 것도 밝혀졌다.

행복 과학계의 핵심적인 연구 대상인 옥시토신이라는 행복호르몬(또는 사랑호르몬)은 뇌에서 신경세포로 정보를 전달하는 기능을 수행하는 신경펩타이드(신경 물질)의 일종으로서 다른 사람들과 교류하거나, 애정을 느낄 때나 사랑을 나눌 때 분비되는 신경전달물질이라는 점과 더불어 친절을 베푼 사람이나 도움을 받은 사람 모두에게 옥시토신 호르몬이 분비된다는 점이 발견되었다. 보다 구체적인 연구 결과에 의하면, 옥시토신이 분비되면 신뢰와 사랑을 촉진하며 진통을 촉진하고 공포와 불안감이 억제되고 위 운동 장애 문제를 해결하는 등의 효과가 있다는 것이다. 특히 옥시토신은 우울증과 관련된 코르티솔이나 아드레날린 분비를 억제하는 기능도 수행하기 때문에 뇌과학도들의 주된 관심거리가 되고 있다. 타인과의 교류나 친절을 베풀었을 때 느끼는 행복감이나 타인과의 긍정적인 의사소통과 교류를 통하여 평화롭게 느끼는 조화로운 행복감을 느끼는 경우에 옥시토신의 분비와 관련성이 높다는 것을 발견하였는데, 일반적으로 공감, 연민, 친절, 선행, 봉사, 용서, 감사 등을 체험하게 되면 그 배경에는 옥시토신이라는 신경 물질이 작용한 결과로 알려지게 된 것이다. 구체적으로는, 남에게 친절을 베풀고 봉사하게 되면 이 물질이 생성되기 때문에 우울증도 치료할 수 있다는 것이 대표적인 경우라고 볼 수 있다. 이를 기반으로 옥시토신 호르몬의 분비를 촉진하기 위하여 서로 공감하며 교류하는 행동을 권장하는데, 구체적으로 옥시토신을 발생시키는 데 도움이 되는 행동요법이나 프로그램들을 개발하여 권장하기도 한다. 그리고 옥시토신 관련 연구 결과를 활용하여 우울증 등과 같은 질병의 상당 부분은 약물 처치로 해결 가능하다는 점에 착안하여, 인공 행복 물질을 활용하여 인위적으로 행복을 누릴 수 있다는 연구 결과를 기반으로 삼아, 상당 기간 원하는 행복을 누릴 수 있도록 인간의 생화학적 메커니즘을 조작하는 방법까지도 탐구하고 있는 실정이다.

* * *

최근에는 인간의 행복에 관하여 오랫동안 진지하게 기여해 온 불교, 기독교, 유교 등을 포함한 종교의 역할에 대해서 서구인들이 관심을 갖기 시작하였는데, 특히 명상을 통하여 자아 성찰하고 감정을 관리하며 평안한 정신 상태를 유지함으로써 행복감정을 누릴 수 있다는 종교적이며 전통적인 수행의 효과를 과학적으로 규명하고 그를 인정하기에 이르렀기 때문이다. 말하자면, 명상이 공감력을 제고시키는 동시에, 스트레스와 긴장 완화에도 도움이 된다는 심리학적 연구 결과와 더불어, 명상이 면역계의 심장을 정상적으로 기능하게 하며 통증 완화, 노화 방지, 정신건강 향상에도 도움을 준다는 매우 실질적인 효과를 거두고 있다는 과학적 연구 결과를 보고하고 있다. 그리고 불교의 '자비명상'은 기쁨, 감사, 만족감, 자존심 등 긍정적 감정을 자극한다는 연구 결과와 함께, 자비명상으로 스트레스 물질의 분비가 감소하거나 억제되었다는 연구 결과도 보고된 적이 있다.

이와 같이 우리가 막연하게 알고 있던 행복 관련 인과관계를 상당 정도 과학적으로 확증할 수 있게 됨으로써, 과거에 철학자와 신학자들이 독점하면서 개인의 주관적인 특성만을 내세우며 의사소통하기 어려웠던 '행복감', '행복한 삶'에 관하여 이제는 일반인들도 보다 많은 관심을 가지고 서로 소통하고 공유하게 된 것이다. 말하자면 우리 삶과 관련된 여러 분야의 과학자들이 참여하게 됨으로써 개인 나름대로 행복의 경지를 심화하고 확대시킬 수 있는 인류 보편적인 다양한 방안을 탐색해 나갈 것으로 기대하게 된 것이다. 그리고 행복과학이 밝혀낸 바를 지혜롭게 활용하면 보다 효율적이고 합리적으로 보다 수준 높은 행복을 누릴 수 있을 것이라는 희망을 가져도 무난할 것으로 판단하기에 이른 것이다. 그러나 행복과 과학의 만남이 보다 실질적으로 달성된다고 할지라도 행복의 본질이 크게 변화할 것으로 기대하거나 행복을 보다 쉽게 얻을 수 있다든지, 그를 누릴 수 있는 삶의 지혜를 얻기 위한 노력이 필요하지 않을 것이라는 등의 잘못된 기대는 삼갈 필요가 있다는 지적도 제기되고 있다.

회고하자면, 고대 사회에서는 철학자들이 인간의 행복에 관한 논의를 주도하였다고 본다면, 중세에서는 신정 체제의 영향을 받아 신학자들이 행복에 관한 논의를 주도해 왔다고 보아야 한다. 그러나 과학 기술의 발달로 인하여 산업혁명을 경험하고 도시화가 이루어진 현대에서는 인간의 행복한 삶에 관하여 예술가를 비롯하여 심리학자, 경제학자, 사회학자, 자연과학자들까지 적극적으로 참여하게 되었기에 그 논의의 장은 엄청나게 확장되고 활성화되었으며 그러한 추세는 당분간 계속될 것으로 예상된다. 그중에서도 가장 눈에 띄는 것은 철학자와 신학자들이 주로 사변적으로 다루었던 것과는 달리 과학도들이 실증적이면서 합리적인 접근 방법에 중점을 두면서 인간의 행복 문제를 다루는 데 참여하게 되었다는 점에 주목할 필요가 있다. 행복에 관한 과학적 접근의 핵심 분야는 우리의 행복의 조건에 관한 실증적 접근을 중심으로 인과관계를 다루게 되었기에 사람들로부터 더 많은 관심을 끌게 된 것이다. 다시 말해서 과거 수천 년 동안 이루어졌던 행복에 관한 논의는 대체로 경험을 중시한 숙고, 추론, 예측 등에 따른 언어적 표현에 중점을 두었다면, 과학이 적극적으로 참여하게 된 현대에서는 '무엇이 어떻게 행복감을 유발시키는가'를 중심으로 복잡한 인과관계를 실증적이고 합리적인 방법으로 규명하려는 데 중점을 두고 있다. 최근에 들어서 과학 기술의 발달에 보조를 맞추면서, 과거 수천 년 간 인류가 발견해 왔던 행복 관련 지혜와 상식을 기반으로 삼아, 행복에 관하여 보다 신뢰있게 문제를 해결해나갈 수 있다는 희망과 비전을 우리에게 제시하고 있다는 점은 20세기 중반 이전에는 전혀 상상도 못 했던 새로운 경지에 도달했다고 보아야 할 것이다. 그야말로 인간 행복에 관한 새로운 연구 영역인 행복 과학이 무궁무진하게 펼쳐질 것이라는 기대감을 금할 수 없어 우리를 흥분시킨다고 표현할 만하다.

하지만 미래 사회에서는 과학적 접근방법의 영향으로 기대할 수 있는 긍정적인 측면뿐만 아니라 과학에 의존한 인위적인 행복(인공행복)에 심취함으로써 예상되는 부정적인 측면도 우리들 삶의 현장에 함께 끼어들 가능성도 있다는 점에 유념해야 한다. 현대인들이 과학 기술 덕분에 인위적인 행복이 가능하다는 점에 착안하여 약물에 의존하거나 유사 과학 기술을 이용한 방법으로 일시적이며 편리하고 용이한 수단과 방법을 이용하여 행복을 누리겠다는 이기적인 삶의 방식을 추구하려는 자들이 출현할 가능성이 적지 않다. 구체적으로는, 행복호르몬이나 행복 물질을 필요할 때 마음대로 분비되도록 하는 약물을 사용하거나 첨단 기술을 사용하는 다양한 행태가 출현할 수도 있는 한편, 행복 물질을 활용하여 특정인들을 통제하고 유도하여 의도하는 바를 달성하려는 뇌폐석이며 반인륜적인 술책들도 나타날 가능성도 있다는 것이다. 이와 동시에, 과학 기술을 이용하여 과거 부모 세대와는 달리 행복을 손쉽게 얻고 누릴 수 있다는 잘못된 행복관에 빠져, 기존 삶의 방식과는 무조건 차별화를 시도하려는 현상도 발생 가능하다는 점 등에 유념해야 할 것이다. 더 나아가 지속적으로 행동적이고 가시적인 행복 증진에만 몰두하는 사회적 분위기로 말미암아 행복 과학을 맹목적으로 추종하면서 최첨단 방법을 이용하여 각자가 원하는 그럴듯한 인위적인 행복(이를테면 맞춤형 행복)을 누리는 데만 관심을 두는 풍조가 나타날 가능성도 예상할 수 있거나, 급기야는 생명공학에 의존하여 우리의 행복 관련 유전자 조작을 시도할 가능성도 없지 않고, 그러한 시도를 환영하는 과학주의를 맹신하며, 과학 기술에 의존하여 일종의 유토피아(영원한 행복이 가능하다는 환상 등)를 추구하는 사람들도 등장하지 않을까 하는 우려도 제기되고 있다. 특히, 유전자를 조작하는 데 관심을 둔 유전자적 결정론은 관련 과학계에서 부인되었기에 행복 유전자를 추구하는 것은 망상에 불과하다고 천명하고 있으며, 다만 일시적으로 감정이나 기분을 제어하는 것이 가능하지만 유전적 기질을 변경 결정하는 것은 불가능하다는 점에 유념해야 할 것이다.

그러기에 향후 학교의 행복 교육에서는 미래 사회를 주도하며 행복을 추구해 나갈 학생들을 대상으로 행복에 대한 과학적 접근의 실제와 전망, 예상되는 문제점 등을 보다 진지하고 정확하게 이해시키는 동시에, 발생 가능한 문제에 미리 지혜롭게 대처할 수 있는 예방 교육을 포함하여 과학적 연구 결과를 긍정적으로 활용하여 보다 수준 높은 행복을 누릴 수 있는 지혜를 습득할 수 있도록 안내하고 후원하는 노력이 절실하다. 이에 인류의 행복한 삶과 행복감 등에 관한 과학적 연구 결과를 보다 정확하게 이해하고 과학적 연구 결과로부터 추론할 수 있는 행복한 인생에 관한 비전이나 희망을 명료화하여 제시할 필요가 있다. 그리고 이를 바탕으로 교원이나 사회 지도자를 포함한 성인들은 청소년들로 하여금 각자의 입장에서 과학 기술을 보다 지혜롭게 활용하여 행복한 삶을 누릴 수 있도록 안내하는 데 중점을 두는 동시에, 보다 행복한 사회를 주도해 나갈 후세대를 위한 보다 수준 높은 행복 교육이 절실하게 요구된다는 점도 간과해서는 안 될 것이다.

제 3 장

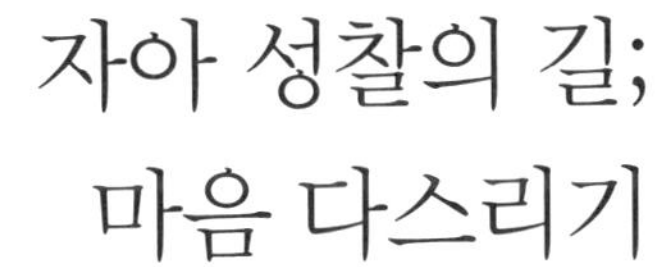

자아 성찰의 길; 마음 다스리기

행복은 저절로 오지 않는다

젊어서는 고생을 사서라도 해야 한다

오래전부터 동서양을 막론하고 '행복은 저절로 오지 않는다'는 명언이 전해지고 있다. 자신이 준비하고 노력한 만큼 행복을 누릴 수 있다는 의미로서, 지속적인 자기 성찰(自己省察; 마음 다스리기, 자신의 마음을 돌아보는 마음챙김; Mindfulness) 노력에 따라 자기 자신을 발견하게 되고 그 노력이 곧 행복을 추구하는 기본 원동력이 된다는 뜻이 포함된 것으로 해석할 수 있다. 서양의 정신문화의 뿌리라고 인식되고 있는 고대 그리스 사회에서도 '영웅이 되기 위해서는 저승(지옥)에 다녀와야 한다'는 의미의 사회적 전통이 여러 가지의 고전을 통해서 전해져 내려오고 있는데, 그 당시 사람들의 가치를 반영하는 문학작품 등을 통하여 고통과 질곡의 체험을 통하여 자기 자신을 발견하는 과정이 없이는 성인이 되기 어렵다는 사회적 통념을 강조하면서 사람들을 훈육하기 위한 목적으로 사용되어 온 것으로 보인다. 다시 말해서 성인이 되기 위해서는 누구나 마땅히 고난을 체험하면서 강인한 정신력을 길러야만 된다는 생각이 그 당시의 일반인들이 공유하고 있던 상식이며 사회적 가치의 일부로 널리 보급되었던 것으로 추정할 수 있다.

그 당시 강조했던 본질적인 의미는 한국 사회에서도 오랫동안 중요시해 왔던 것임을 어렵지 않게 파악할 수 있다. 우리 사회에서도 전통적으로 어린이와 청소년을 대상으로 〈소학小學〉, 〈격몽요결擊蒙要訣〉, 〈동몽선습童蒙先習〉, 〈효경孝經〉, 〈천자문千字文〉, 〈명심보감明心寶鑑〉 등과 같은 경전을 통하여 정신적인 성장을 도모하며 자아를 발견하고 바람직한 성장과 성숙을 위한 자아 성찰이 필수라는 점을 강조해 왔었다. 말하자면 '젊어서는 고생을 사서라도 해야 한다'라는 전통적인 가치를 표현하고 있는 말로서, 모든 청소년들이 성장하는 과정에서 고생을 통하여 자신을 발견하는 체험을 해야만 어른이 될 수 있다는 의미를 표현하는 격언으로 사용되고 있다고 보아야 한다. 이는 예나 지금이나 자아 성찰을 위한 고생과 체험을 필요시 하는 사회적 분위기를 반영하는 표현으로 널리 사용되고 있는데, 행복한 인생을 살기 위해서 요구되는 '행복의 조건'들을 알기 쉽게 안내하기 위하여 사용되는 명언이라고 볼 수도 있다.

미성숙한 청소년이 성인이 되기까지 세상만사를 경험하며 주어진 고통, 고민, 고뇌, 고난, 고생을 겪는 것은, 마치 온실에서 자란 묘목이 온실 밖에 나가 자연 속에서 살아가기 위하여 겪어야 하는 당연한 절차와 마찬가지로, 사회 구성원으로서 한 개인이 살아가면서 겪게 되는 자연스러운 삶의 과정이라고 볼 수 있다. 대체로 한 개인이 온갖 고난을 경험하는 과정을 거치면서 자신을 발견하게 되고 자신을 되돌아보며 자신만의 삶의 의미를 발견하려고 노력해야 하는 매우 인간적인 과정이라고 볼 수 있는 성찰(깨달음)을 통해서만 인간다워진다고 판단하였던 것이다. 이와 같은 자아 성찰적 노력을 통해서만 인간답게 성숙해지고 인간으로서 누릴 수 있는 행복을 제대로 누릴 수 있다고 믿어 온 것이 인간 사회의 한 속성이라고 볼 때, 성장하는 과정에서 고생을 사서라도 해야 한다고 권면하는 것은 우리 사회의 매우 자연스러운 조언이며 경고와 같은 역할을 수행하는, 동서양의 보편적 가치를 반영하는 교훈적인 기능을 중시하는 것으로 해석할 수 있다.

이와 같은 맥락에서, 승려가 된 프랑스의 과학자인 마티외 리카르는 그의 저서, 〈행복, 하다〉에서, 유전학자인 미국 스탠포드 대학교수인 루카 카발리 스포르자의 말을 인용하여 지속적인 자아 성찰 노력이 필요함을 알기 쉽게 정리해 주고 있다.

> **"행복은 오직 우리 자신에게 달려있다. 우리는 하룻밤 사이에 행복해질 수 없으며 나날의 끈질긴 노력을 통해서만 행복해질 수 있다. 행복은 만들어지는 것이기에 노력과 시간을 필요로 한다. 행복해지기 위해서는 자신을 변화시킬 줄 알아야 한다"**

이처럼 스포르자의 말을 인용하여 모든 개인이 저절로 행복을 누릴 수 없고 성장 과정에서부터 '끈질긴 노력'을 지속적으로 기울여야만 행복을 누릴 자격을 갖추게 된다는 점을 주장하고 있는 것이다. 특히 달라이 라마의 불어 통역관으로 수행에 참여한 과정을 거쳐 동서양의 보편적인 행복관을 경험한 리카르는 고통을 감수하면서라도 자신을 변화시키려는 자아 성찰 노력이 없이는 결코 한 인간으로 성숙하기 어렵고 인간으로서 누릴 수 있는 행복을 제대로 맛볼 수 없다는 점을 강조하고 있다. 이 명언은 우리 사회에서 행복 교육이 절실히 필요하다는 명분을 너무도 알기 쉽게 말해 주고 있어 새삼 되새겨 볼 필요가 있다.

* * *

동서양 성현들에 의하면, 행복을 누릴 자격을 갖추지 못한 상태나 행복을 누릴 수 있는 시기가 도래하지 않은 상태에서 주어지는 행복은 진정한 행복이라고 말할 수 없다는 것이다. 자아 성찰 과정을 거치지 않은 미성숙한 자아 상태로서는 진정성 있는 행복을 누리거나 창출하기 위한 준비가 되어 있다고 볼 수 없기 때문이다. 그러기에 누구나 세상에 태어나 살아가면서 타인들과 관계를 맺으며, 그리고 주어진 과업을 수행하면서 세상을 배우며 성장하고 경험을 쌓아 세상 물정을 파악하고 자신을 다스릴 수 있게 되어야만 자신에 대한 성찰 과정을 거친 것으로 인정받는다는 점도 인정해야 할 것이다. 이와 더불어 자아 성찰 노력을 거치면서 철이 들어 자기 분수를 깨닫고 인생관을 정립하고 자기 나름의 삶의 방식을 습득하기 전까지는 진정한 행복을 누리기 어렵다는 것이 동서고금의 성현들의 지적이라는 점도 수용할 필요가 있다. 다시 말해서 청소년기 전후에는 대체로 부모나 성인 사회로부터 저절로 주어지는 행복, 우연히 얻어지는 행복, 남들을 모방하여 추구하는 피상적인 행복을 어느 정도 누릴 수 있으나 이러한 행복감은 자신의 마음 먹기와 자기 노력에 따라 얻어진 것이 아니라서 진정한 행복이라고 인정하고 만끽하기도 어렵다고 보아야 한다. 그래서 '자신의 마음의 주인이 되어야만 행복을 누릴 수 있다'(격언)와 함께 '성찰하지 않는 삶은 살 가치가 없는 삶이다'라는 소크라테스의 명언에 특별히 경청할 필요가 있는 것이다.

더 나아가, 17세기 네덜란드의 철학자 바뤼흐 스피노자에 의하면, 인간은 자유롭게 태어나는 것이 아니라 점점 자유로워지는 존재라는 것이다. 스피노자는 "자유는 우리의 생각과는 달리 우리의 의지 안에 있지 않고 항상 외부적인 원인에 크게 영향을 받기에 …(중략)… 보편적인 인과관계에 복종하는 인간은 반드시 이성의 도움을 통해서, 오래도록 자기 자신을 알기 위해 노력하여 감정이나 부적절한 생각에 무의식적으로 휘둘리지 않게 된 연유에야 비로소 내적인 예속 상태를 벗어날 수 있다"라고 지적하고 있다. 또한, 고대 그리스 시대 소포클레스('안티고네'라는 작품에서)는 '행복의 첫째 조건은 분별력이다'라고 주장하는 한편, 아리스토텔레스는 '자신을 아는 것이 모든 지혜의 출발점이다'라고 언명하고 있다. 이처럼 자신을 알기 위한 성찰 노력을 통하여 지혜를 발달시킬 필요가 있다는 점을 주장하고 있다시피, 분별력을 습득하여 자아를 발견하고 자아 정체감을 함양할 수 있도록 동서고금을 막론하고 가정을 포함한 기성 사회가 지속적으로 노력을 기울여야 할 필요성에 대해서는 잘 알려져 있다.

이와 더불어 힌두교 경전인 〈바가바드 기타(간디 해설)〉에서도 "깨달음 상태에 도달해야 행복을 누릴 수 있다. 자율능력을 획득한 자, 자신 안에서 자신의 행복과 평화를 발견하는 자만이 행복을 누릴 수 있다"라고 기술하고 있다. 또한 각 개인은 "자신을 행복하게 하거나 불행하게 만드는 것, 자신에게 적합한 것이나 그렇지 않은 것, 자신의 기쁨을 증폭하고 슬픔을 감소시키는 것이 무엇인지를 발견하기 위하여 자신을 알아가는 법을 익혀야 한다"라고 주장하고 있는 프랑스 철학자 프레데릭 르누아르도 이를 지지하고 있다. 말하자면, 자기 이해, 자기 관찰, 자기 자극과 동기부여, 삶의 방향과 비전을 설정하고 관련 의미와 가치를 추구하기 위한 노력을 지속적으로 실천해 나가야만 진정한 행복을 누릴 수 있는 경지에 도달할 수 있다는 주장이다. 이에 자신을 발견하고 세상을 이해하여 자신의 마음을 다스릴 수 있도록 지속적으로 노력해야만 성공적으로 사회인이 되어 자아를 실현해 갈 수 있게 되고 행복을 추구할 수 있게 된다는 것은 인류 사회에서 공통적으로 발견되는 현상이라고 볼 수 있다.

* * *

또한 철학자 르누아르는 "행복은 우리의 삶과 외부의 세계를 가장 풍부한 감성으로 향유할 수 있도록 우리 자신의 개성을 키워가며 진솔한 본성에 따라 살 때 찾아온다"고 주장하며, 각자가 자신이 되는 법을 배워야 한다고 칼 구스타프 융의 말을 인용하여 권면하고 있다. 융에 의하면 "개인화 과정을 거침으로써, 사랑받기 위해, 인정받기 위해 위선적인 이미지를 보여 주어야 한다는 생각에 충분히 자기 자신으로 살지 않았음을, 자신을 존중하기보다 다른 삶의 마음에 들기 위해 살아왔음을…(중략)… 정서적인 면이나 직업적인 면에서 우리의 실재와는 어울리지 않는 삶을 살아왔음을 깨닫게 되며 개별성이나 고유성을 추구할 수 있게 된다"라는 과정을 경험하는 자아 성찰의 중요성을 강조하고 있다. 일반적으로 누구나 지속적인 수신修身 노력을 통하여 자기 분수에 맞게 자신을 조절하고 제어하는 능력을 함양할 때가 되어야 자아 정체감을 정립하고 자기다운 신념과 인생관을 갖게 되는 자기 자신이 되어 자율적으로 꿈과 비전을 갖게 되고 그를 능동적으로 실현할 수 있게 된다는 것이다. 즉 자아 성찰을 통하여 자아 정체감과 주인의식의 함양이 가능하게 되고, 자신에 대하여 마스터하게 되는 경지, 적정한 수준의 세상 경험과 경륜, 좌절과 실패를 극복해 낼 수 있는 회복탄력성을 함양하게 될 때, 진정성 있는 자기조절과 자기 관리가 가능하게 되고 마침내 삶의 지혜를 터득할 수 있게 된다는 것이다.

한편 모든 종교는 개인의 자기 인식, 자아 성찰과 더불어 자기 자신을 관리하고 조절하기, 자기 자신을 다스리는 능력을 함양하도록 지원하기 위해 존재한다는 명분을 가지고 있다고 보아야 한다. 명상, 기도, 종교의식 등과 같은 종교적 행위들은 개인의 정신적 성장을 기하며 자신을 단련하고 훈육하는 과정으로서 자기 인식과 정서적인 관리를 포괄하는 수신 능력을 구비한 성인이 되기 위하여 필요한 것으로 볼 수 있다. 말하자면, 신앙심은 삶의 목표라기보다는 개인의 자기성찰 능력을 터득하고 자기 관리 능력을 습득하며 함양하는 데 도움을 주는 수단이며 도구라고 볼 수 있는 것이다. 특히 불교에서는 복잡한 세상사로 인하여 스트레스를 받고 불안한 생활에서 벗어나지 못하고 있는 현대인들을 대상으로 명상瞑想 또는 선禪을 권장하고 있어, 불교의 명상기법이 미국을 비롯한 서구사회에서는 스트레스나 번뇌로부터 벗어나 정신적 안정과 자기 자신을 찾는 방안으로 각광을 받고 있다.

이에 관하여 달라이 라마는 "인생의 목표는 행복이고, 고통을 피하는 것이며, 망상을 스스로 다스려 고통으로부터 탈피하고 고통을 규제함으로써 긍정적인 힘으로서 행복을 느낄 수 있다"고 주장하고 있다. 그에 의하면, "내면적인 힘(긍정의 힘)과 평정을 찾기 위해서 안식처가 필요하고 부처와 같이 자기 자신을 안식처로 삼아야 행복을 맛볼 수 있다"는 것이다. 이와 유사하게 기독교 문화에서도 "자기를 제어하는 능력을 갖추는 일 자체는 하나님께 영광을 돌리는 일이다. 이 세상에 보내 주신 나를 통하여 하나님의 기본 의도와 목적이 성취되었기에, 즉 하나님의 본성과 모습을 실현하게 되었기에, 하나님의 기대를 충족시켰다는 성취감과 책무를 다했다는 만족감을 중시한다"라는 말씀을 중요시하고 있다. 그로 인하여 하나님으로부터 은총(행복)을 받게 될 것이라는 자연의 이치를 깨닫는 것 자체가 성찰을 경험하는 것이며 나아가 자아 성찰이 행복을 누리는 데 중요한 역할을 수행한다는 결론에 도달하게 된다.

그리기에 스피노자는 자신의 저서 〈윤리학〉에서 '매우 행복한 상태는 높은 단계의 자유이며, 자연과 자신이 하나가 되는 단계'라고 전제하며, 이 세상에서 이성의 노력만으로 진정한 행복과 지고至高의 자유를 얻는 법을 추구하였다. 스피노자는 삶의 지혜로서의 윤리학을 추구하며 인간을 지복至福과 완전한 자유로 이끄는 것을 목표로 하는 합리적인 길을 정립하려고 노력하였기에 일찍이 현대적 의미의 행복의 근거를 제시한 인물로 인정받고 있다. 그리고 스피노자는 "행복하다는 것은 주어진 기쁨의 순간을 온전히 미련 없이 향유하는 것이며, 마찬가지로 슬픔을 온전하게, 억지로 참지 않고 당당하게 가로지르는 것이다. 자아에 대한 인식, 충동 조절, 마음을 동요시키는 감정이나 왜곡된 심상을 다스리는 일 등이 필요하다"라고 강조하며 자아 성찰과 자기 관리가 행복의 관건임을 특별히 언명하고 있다.

이에 청소년들로 하여금 자신의 감정과 욕구를 자율적으로 조절하고 관리하며 살아가야만 마음이 자유로워지고 편안하게 될 수 있다는 점을 다양한 체험을 통하여 성찰할 수 있도록, 그들의 가정과 학교 및 지역사회의 여건을 적절하게 활용하여 다양하고 의미 있는 기회를 제공하는 데 중점을 두는 행복 교육을 지향할 필요가 있다. 청소년들이 원하는 상급학교에 진학하려고 당장 인지적 학습활동에만 몰두하며 주어진 시간을 보내게 되면, 자신의 마음을 제대로 관리하고 성장 과정에서 경험하는 다양한 감정과 욕구 문제를 자율적으로 해결해 보는 경험을 쌓기 어렵게 되어 진정한 의미의 자유와 그를 기반으로 한 행복한 삶의 순간을 만끽하기가 어렵게 될 것이 명확하기 때문이다. 그로 인하여 스스로 욕구불만을 제대로 해소할 수도 없고 자신만의 고유한 삶의 방식마저 추구할 수 없게 되면서, 남들의 눈을 의식하며 체면만을 중시하는 삶을 살아가게 될 가능성이 많아져 결국에는 행복한 삶을 추구할 잠재력을 갖추지 못하게 될 수도 있다는 점을 중시할 필요가 있다. 다수의 청소년들이 자신의 욕구와 이기심을 극복하고 관리하기 위하여 고생을 사서라도 해야겠다는 의도로 다양한 체험을 시도해 보지도 못하고 자신의 삶을 사랑하고 자신만의 행복한 삶을 추구할 엄두도 내지 못한 채로, 마치 쓰나미에 휩쓸려 가듯 학교로부터 사회에 끌려 나가게 된다면, 즉 자신이 선택하지도 않고 좋아하지도 않는 상태의 사회적 풍토에서 크게 벗어나지 못한 상태로 경쟁사회에 뛰어들게 된다면, 진정으로 행복한 삶을 누릴 가능성이 매우 낮아진다는 점에 유의하여 보다 미래지향적이며 거시적인 차원에서 행복 교육에 보다 진지한 관심을 가져야 할 때라고 본다.

자아 성찰은 행복으로 가는 징검다리

일반인들이 행복을 거론할 때면 자연스럽게 '행복은 마음먹기에 달렸다'라는 말과 더불어, '행복은 노력하기에 달렸다'라는 말이 자주 등장하는 것으로 널리 알려져 있다. 이 같은 명언을 자신도 모르게 수용하고 실천하려고 노력하게 된 것은 대체로 중세 후반 르네상스 시대를 거치면서 문명이 발달하고 교육 수준이 높아지면서 행복을 원하고 실현하기 위한 '마음먹기'와 '실천 노력'이 요구된다는 점을 점차 깨닫게 되었기 때문이라고 추론해 볼 수 있다. 이러한 추론은 개인들이 대체로 행복을 가져다준다고 믿는 방향으로 마음먹고 그를 의도한 바와 같이 만족스럽게 실천해 내기 위해서 자신도 모르게 노력할 수 있도록 인류의 의식이 발달해 왔다는 점에 그 뿌리를 두고 있다고 보기 때문이다. 말하자면 동서고금을 막론하여 행복을 추구했던 대부분의 사람들은 스스로 최선의 선택이라는 확신을 가지고 실천에 임하는 것이 가장 현실적인 행복에로의 길이라는 것을 깨닫게 되었고 그에 따라 실천하는 삶을 추구해 왔기 때문에 가능하게 된 것으로 짐작할 수 있다. 그러기에 누구나 행복한 삶을 살아가기 위해서는 지혜롭게 생각하고 그를 최선을 다하여 실천하는 노력이 기본적으로 요구되는 조건이라고 생각하게 되었는데, 그러한 마음은 저절로 생긴 것이 아니라 개인마다 크고 작은 깨달음을 경험하였기에 가능해진 것이라고 추론하는 것은 매우 합리적이라고 판단할 수 있다.

또한 평범한 우리들의 행복관을 개괄적으로 음미해 보면, '행복은 선택의 문제이다'라는 말로 집약하여 표현할 수 있다. 이 말은 자신에게 적절한 가치 판단 능력, 어떤 가치를 선택하고 어떻게 실천하느냐에 의해서 개인의 운명이 좌우되고 행복이 좌우된다는 점을 말해 준다. 보다 구체적으로는 자신에게 어떤 선택이 보다 유리한가를 결정하는 과정에서 성찰하고 깨닫는 과정을 경험하고서 자신을 지혜롭게 다스리고 관리할 수 있다면 행복을 누릴 수 있게 된다는 의미를 표현해 주고 있다. 다시 말해서, 행복은 저절로 주어지지 않는 것이며 자신이 어떠한 성찰 과정을 겪으면서 자신을 되돌아보며 당면하는 문제해결에 적절한 선택과 결정을 위하여 '어떠한 마음으로, 어떻게 노력했느냐'가 핵심적인 내용이라는 점을 말해 준다.

한 마디로, 바람직한 마음으로 적절하게 노력하며 살아가기 위해서는 그에 필요한 노력, 즉 자신에 대한 성찰이 우선적으로 요구된다고들 말하는바, '깨달음이 없이는 결코 어른이 될 수 없다'라는 말을 비롯하여, 자신을 알아야 자신을 다스릴 수 있고, 자신을 다스리기 위해서는 최선을 다하여 자신의 잠재 능력을 개발하고 자신의 성품이나 인격을 항상 발전시키는 수신 과정이 필요하다는 것은 동서양을 막론하고 성현들이 주장해 온 바이다. 이에 따라, 항상 노력하는 삶의 태도를 습관화하고 추구하는 목적이나 꿈을 실현하기 위하여 탁월한 경지에까지 도달하도록 노력하는 자아 성찰自我省察의 과정이 절실히 요구된다는 말씀에 경청할 필요가 있다는 것은 하나의

식으로 간주되어 왔다. 이러한 맥락에서 자아 성찰 노력이야말로 우리로 하여금 행복으로 접근해 갈 수 있도록 안내하는 역할을 수행한다는 점을 이해하고, 이러한 자아 성찰 노력은 보다 구체적으로는 '자아정체성을 확립하는 일', '자신의 마음을 챙기는 일', '자신을 수신(수행)하는 일', '덕행을 습관화하는 일', '자기 자신을 다스리는 일', 그리고 '자아실현 하는 일' 등과 직접 또는 간접적으로 관련되어 있다는 점도 이해할 필요가 있다.

다시 말해서 누구에게나 깨달음에 이르기 위한 노력은 필연적으로 요구되는 것이며 그러한 노력에 의해서 행복이 크게 좌우된다고 믿기 때문에, 행복을 원하고 실현하기 위한 '마음먹기'와 '실천하는 노력'은 각자의 성찰을 통하여 방향을 잡고 작동된다고 볼 수 있기에 깨달음은 행복을 향한 디딤돌 역할을 수행한다고 정리할 수 있다. 이에 따라 개인 각자가 행복을 가져다준다고 믿는 방향으로 마음먹고 그를 의도한 바와 같이 만족스럽게 실천해 내기 위해서는 지혜롭게 판단하고 결정할 수 있는 능력을 갖추는 것이 기본 전제조건이 된다는 점을 인정해야 할 것이다. 그렇다면, 일반인들이 행복을 거론할 때면 자연스럽게 이야기하는 '행복은 마음먹기에 달렸다'라는 말과 '행복은 노력하기에 달렸다'라는 격언을 수용하는 것은 그리 문제가 없을 것이고, 스스로 최선의 선택이라는 확신을 가지고 실천에 임하는 것이 가장 현실적인 행복에로의 길이라고 말할 수도 있고, 그리고 대부분의 사람들은 이와 유사하게 실천하는 삶을 살아왔다고 볼 수도 있다.

* * *

성현들에 의하면 성찰이나 깨달음이 행복으로 가는 첩경이 되며 핵심이라고 볼 수 있기에, '자신의 마음을 돌아보는 마음챙김(Mindfulness; 마음 다스리기)이 가능해야만 진정한 자아 성찰로 진입할 수 있다'는 말에 주목할 필요가 있다. 자신을 되돌아보고 자신이 어떠한 입장에 처해 있으며 어떤 의지를 가지고 있는가 등을 비교적 객관적으로 파악해 보려는 마음챙김을 시도하지 않은 상태에서 성찰이 이루어지기 어렵다는 것이다. 이는 인도의 경전, 〈숫다니파타〉에서도, '스스로 깨닫는 생활, 즉 독각獨覺하는 삶의 태도가 필요하다'는 것을 중시하며, '홀로 각성하지 않고는 진정한 깨달음(성찰)을 얻기 어렵고 순수한 행복을 경험하기 어렵다'는 점에 경청할 것을 우리에게 요구하고 있다. 이에 따라 우리가 참된 자아를 발견하기 위하여 자신을 되돌아보고 깊이 있게 고뇌하고, 삶의 의미를 깨닫기 위하여 고심하는 과정을 자아 성찰이라고 말할 수 있다. 우리 모두가 성장하면서 경험했던 바와 같이, 인생이란 무엇인가? 나는 누구인가? 나는 왜 태어났는가? 어떤 삶을 살아가야만 '나'다운 것인가? 어떤 삶이 가치롭고 의미 있는 것인가? 어떤 목적을 추구하는 것이 바람직한 인생인가? 등과 같이 스스로 자문해 보는 과정 전반을 자신에 대한 성찰 과정이라고도 볼 수 있다.

또한 고대 그리스의 역사가인 헤로도토스는 "너 자신을 알라, 그러면 너의 인생은 행복할 것이다"라는 델피 신전에 새겨져 있는 격언을 소개하면서, 고대 그리스인들이 자아 성찰을 행복한 인생의 필요조건으로 인식하고 있었던 점을 우리에게 교훈으로 전해 주고 있다. 이와 함께 아리스토텔레스가 '행복한 삶은 미덕에 걸맞는 삶'이라는 전제하에서, "완전한 행복은 관조하는 활동(명상에 따른 자아 성찰)이며 지성을 추구하며 철학적 지혜를 갖게 되는 삶이야말로 우리가 추구할 필요가 있다"라고 주장한 것과 같이, 자아 성찰을 위한 지속적인 노력을 기울이면서 지혜로운 판단에 입각한 자기 관리가 가능해야만 행복을 누릴 수 있다는 점도 또 다른 교훈으로 남겨 주고 있다.

우리 사회에서도 예전부터 알려진 바에 의하면, 대부분의 개인들은 이와 같은 자아정체성에 관하여 고뇌하는 과정에서 성숙해지고 자신을 발견하게 되며, 삶의 과정에서 추구해 나갈 가치와 목표를 발견하게 된다는 것이다. 누구든지 경험하는 자아에 관한 고민은 성장통으로서 겪는 성장 과정의 필요조건이지만 그 고뇌와 함께 삶의 과정에서 체험하는 경험의 내용이 자아 성찰의 질적 수준이나 성격을 크게 좌우할 수 있다는 점에 유념할 필요가 있다. 삶의 과정에서 숱한 시행착오를 겪으며 다양한 체험을 하는 과정에서 남과 다른 자아 성찰을 하게 되고 그를 통하여 남다른 경험을 쌓으며, 개인마다 각기 다른 가치관을 정립하게 되면 남들과는 다른 자신만의 고유한 인생을 살아갈 수 있다고 볼 수 있다.

그러나 모든 과정을 직접 체험하지 않고 간접적인 경험을 통해서도 자아에 관한 성찰력을 함양할 수 있는데, 구체적으로는 ① 자신 주위의 타인들 중에서 보다 '중요한 존재'로 인식되는 인물들의 삶을 통해서, ② 과거의 유명한 타인들의 인생 경험을 통해서, ③ 타인들과 관계를 형성하면서, ④ 유명 인사들의 작품이나 발언들을 통해서, 그리고 ⑤ 자신이 심취한 종교의 영향을 받으면서, 자신을 발견하고 자아 정체감을 함양하고 자아 성찰력을 길러가며, 보다 성숙해지면서 삶의 지혜를 깨달아 가게 된다는 것이다. 그러나 대부분의 경우에 자아 성찰 노력을 성숙의 과정이라고 볼 수 있으나 자아 성찰 자체가 곧 성숙이라고 보기보다는 성숙하기 위한 필요조건이라고 보는 것이 타당하다. 대부분의 경우에 성찰 과정을 경험하게 되면 자아를 찾게 되고 성숙하게 되지만 항상 그렇지 않을 수도 있기 때문이다.

프랑스의 사상가이며 문필가인 미셸 드 몽테뉴는 그의 〈수상록〉에서 행복한 삶을 위해서 즐겁고 소박하며 천성에 합당한 지혜의 길을 연마할 것을 주장하면서, "삶보다 더 소중한 것은 없으며 행복해지기 위해서는 삶을 사랑하고 이를 적절하고 유연하게 자신의 고유한 천성에 따라 향유하면 된다…(중략)… 자기 자신을 아는 것, 즉 타고난 본성을 파악하는 것이 중요하다"라고 우리에게 권고하고 있다. 또한 몽테뉴는 "우리에게도 똑같이 해보라고, 학습한 이론이나 우리가 몸담고 있는 사회의 관습이나 편견만을 고집하지 말고, 우리 자신의 감각, 경험, 관찰에서 시작해서 느끼고 생각하는 법을 새롭게 배우라"고 강조하고 있다,

그러므로 청소년들은 성인이 되기 전까지 자신에 관하여 정확하게 인식하는 노력을 바탕으로 삶에 관한 가치관을 정립해야 하는데, 이 과정에서는 자신을 알고 자신을 다스려 나가기 위해서 어떻게 대처해야 할 것인가에 관한 큰 그림을 그려야 한다. 다시 말해서 자기 자신을 제대로 알아야만 자신을 다스릴 수 있고, 자신을 다스리기 위해서는 어떠한 삶의 방식을 정립하고 그를 실천해 나가는 것이 자신에게 유리하며 궁극에는 행복을 가져다줄 것인가에 관하여 좀 더 구체적인 실천 계획을 수립할 필요가 있다는 것이다. 그러한 계획에 따라서 최선을 다하여 자신의 잠재 능력을 개발하고 자신의 성품이나 인격을 향상시키는 수신 과정이 필요하며, 항상 노력하는 삶의 태도를 습관화하면서, 자신이 추구하는 목적이나 꿈을 실현하기 위

하여 스스로 만족하는 경지에까지 도달하도록 노력하는 자아 성찰 과정이 절실히 요구된다는 점을 중시해야 할 것이다.

이와 같은 성찰 과정을 철학자 알렌은 그의 저서 〈행복의 연금술〉에서 다음과 같이 알기 쉽게 정리하고 있다. 즉 "행복해지는 방법을 모르는 사람은 아무리 다른 지식이 많아도 무지한 것이나 마찬가지입니다. 삶의 진리는 진정한 행복을 얻는 과정을 통해서만 배우기 때문입니다…(중략)… 그 어떤 불행한 상태에서도 마음의 주인은 언제나 당신입니다. 다만 그때는 스스로를 잘못 다스리는 '어리석은' 주인에 지나지 않겠지요. 하지만 자신이 살아온 인생을 깊이 성찰하여 인생의 근본 원칙을 깨닫고 그것과 조화를 이루는 삶을 시작할 때면 비로소 당신은 '지혜로운 주인'이 되어 진정한 행복을 느끼게 될 것입니다". 이를 정리하자면, 자신을 발견하고 스스로 깨달음에 도달하기 위하여 자아 성찰하지 않고, 철이 들지 않고 스스로 깨닫지 못한 상태에서는, 세상의 행복으로 가는 지혜들을 아무리 접해도 그들을 자기 것으로 소화하지 못할 것이라는 점을 지적하고 있다. 그리고 깨닫지 못하고 성찰하려는 노력 없는 상태에서는 행복 지혜를 얻지 못하며 결국에는 행복으로 가는 문을 열지 못하게 되는 것이므로, 행복의 씨앗은 결국 자신 안에 존재한다는 점을 깨닫고 그 씨앗을 발아시켜 성장시키려는 자아 성찰적 노력을 기울이지 않은 상태에서는 진정한 의미의 행복을 누릴 수 없다는 점을 말해주고 있는 것이다.

* * *

보다 거시적인 관점에서 보면, 우리의 민요 '아리랑'이 우리들 모두를 포함하여 인류의 성찰을 선도하고 고무하여 보다 완성된 인간으로 성장하고 성숙하길 바라는 역할을 수천 년 동안 수행해 왔다는 점을 인정해야 할 것이다. 말하자면, 최근 우리의 '아리랑'이 세계 최우수곡(민요) 선정대회에서 선정단의 82%라는 높은 지지율로 선정되었다는 소식을 접했기 때문에 더욱 그렇다. 특히 한국인이 제외된 영국, 미국, 프랑스, 독일, 이탈리아 작곡가들로 구성된 선정단에서 압도적인 지지로 선정된 사실은 '아리랑'이 진정 세계 최고 수준의 노래이며 세계인의 민요라는 것을 입증해 준다고 확신해도 좋을 것 같다는 소식이라서, 우리 모두가 아무리 환영하고 기뻐해 마지않아도 부족할 정도라고 본다. (세계적인 작곡가들로 구성된 선정단의 판단은 우선적으로 아리랑의 음악적 속성(곡조, 멜로디, 리듬 등)에 중점을 두었다고 판단하기 때문에 여기서는 아리랑의 음악 자체에 관해서는 더 이상 언급하지 않겠다).

이렇게 판단하는 내막을 고찰해 보자면, 다음과 같은바…, 아리랑의 가사인,

"아리랑, 아리랑, 아라리요, 아리랑 고개를 넘어간다, 나를 버리고 가시는 님은 십 리도 못 가서 발병난다"라는 내용은, '참다운 나(자아)를 깨달아 인간완성에 이르는 기쁨을 노래한 깨달음의 노래'라고 인정받은 것이며,

구체적으로는 '아리랑'은,

"아(我)"는 참된 나(眞我)를 의미하고,
"리(理)"는 알다, 다스리다, 통한다는 뜻을 나타내며,
"랑(朗)"은 즐겁다, 다스리다라는 뜻을 내포하고 있다

라는 의미(참된 나를 파악하고 다스려라)를 내포하고 있다는 점을 평범한 우리 국민으로부터 세계인들 모두가 인정하지 않을 수 없다는 점에서 새롭게 출발할 필요가 있다.

가사 내용에 초점을 두고 보다 더 상세하게 고찰해 보면,

"아리랑 고개를 넘어간다"는 것은 나를 찾기 위해 깨달음의 언덕을 넘어간다는 의미이고, 여기서 "고개를 넘어간다"는 것은 피안의 언덕을 넘어간다는 뜻이기도 하다. 그리고, "나를 버리고 가시는 님은 십 리도 못 가서 발병난다"의 뜻은 진리를 무시하고 외면하는 자는 얼마 못 가서 고통을 받거나 불행해질 수 있다는 뜻으로, '자아 성찰의 필요성과 중요성'을 계시하는 진리를 외면하고 당장의 쾌락이나, 오욕락五慾樂을 쫓아 생활하는 자는 그 업보(과보)로 얼마 못 가서 고통/불행에 빠진다는 뜻을 말한다고 해석할 수 있다.

이와 같은 우리 민요 '아리랑'의 내용에 내포된 이치理致와 도리道理를 알고 나면, 아리랑은, 혹자들이 주장하는 것처럼, '한限의 노래나 저급한 민요가 아님은 물론이요, 전 세계가 인정하는 가장 뛰어난 작품'이며 세계적 문화유산임을 알 수 있다. 이제는 우리만의 민요가 아니고 세계인들이 즐겨 부르는 노래가 되었으며, '참 나를 깨달아 인간완성에 이르는 기쁨을 노래한 깨달음의 노래'라는 것을 말해주는 것으로 이해해도 무방한 것이다. 이와 더불어 우리 민족의 우수성을 일깨워주는 동시에 자랑스러운 우리 고유의 문화이며, 보석처럼 빛나는 또 하나의 증거임을 기쁜 마음으로 인정해야 한다고 해석할 수 있다.

그동안 등장했던 '아리랑'에 관한 여러 관점의 해석들이 제각기 나름대로 일리가 있다는 것을 인정하지만, 상기한 바와 같은 해석은, 보다 참신하면서도 거시적이고 미래지향적인 관점에서, 지구촌 사람들 모두에게 도움이 되면서도 매우 유익한 관점을 취한, 매우 적절하고 타당한 해석이라는 점에서 보다 더 적극적으로 수용하고 인정할 필요가 있다. 이는 '아리랑'이 세계 어느 민요에 비해서도 월등하기 짝이 없는 민요적 역할을 수행한다는 점을 인정하는 데 그치지 않고, 세계인들의 자아 성찰을 자극하고 권면하는 의미에서의 단순한 민요의 역할을 초월하여, 마치 배달국과 고조선 시내 이래 5천여 년 이상 그렇게도 강조했던 '홍익인간'이라는 '높고, 깊으며, 그리고 넓은' 의미로 지구촌 사람들을 대상으로 모든 개인의 깨달음의 필요성을 주장하고 강조했던 것으로 합리적인 추정이 가능한 것이다. 더 나아가 당장의 쾌락과 욕망에 빠져 살게 되면, 결국에는 불행을 피할 수 없다는 인간적이기 짝이 없는 경고와 훈계까지도 결부시켜 평범한 우리의 삶과 깊은 관련성을 보여주는 측면이 있다고 보아, 지구촌 사람들 모두의 민요로서 매우 적합하면서도 월등하게 훌륭하기 짝이 없는 측면이 내재되어 있다고 인정하지 않을 수 없다. 그리고 지구촌 사람이라면 누구라도, 이와 같은 '아리랑'이 단순한 민요의 차원을 초월하여 인류의 깨달음을 통한 기쁨을 기반으로 인간 완성을 유도하는, 세계인의 행복을 위해 기여할 수 있는, 인류 보편적인 가치와 의미를 내포하고 있는 매우 수준 높은 민요라는 점을 누구도 부인하기 어려울 것으로 확신한다. 마지막으로, 우리 국민들이 아리랑을 부를 때마다 인간의 본질인 깨달음의 필요성을 무시하거나 망각하게 되면 궁극적으로 불행에 빠질 수밖에 없다는 우리 선조들의 교훈을 되새기는 기회로 삼으면서 선조들에 대한 최소한의 경의와 감사함을 표할 필요가 있지 않을까 생각해 본다.

* * *

한 개인이 성장하며 각자 나름의 인생관(가치관)을 포함한 삶의 방식이라는 큰 틀을 구축하게 되는 것이 우리네 인생사의 일반적인 사례라고 볼 수 있다. 그리고 개인들은 그 틀 안에서 당면하는 과업이나 문제를 해결하기 위하여 어떤 판단과 결정을 하느냐에 따라 행복의 여부나 정도가 크게 좌우된다고 믿어왔다. 이는 성장 과정에서 겪게 되는 절차에 따른 고민을 경험하지 않고는 대부분의 경우에 자신만의 가치관(인생관과 행복관)을 정립하기 어렵게 되며 성인이 된 후에도 삶의 과정에서 자신만의 고유한 '행복한 삶', '좋은 삶, 또는 바람직한 삶'에 관한 신념을 갖기 어렵다는 점을 말해 준다. 그리고 그에 따라서 자신만의 행복을 추구하는 데 어려움을 겪게 될 것이며, 궁극에는 행복을 누리는 데 지대한 영향을 받을 것이라는 점을 일반인들도 어렵지 않게 동의할 것이다.

특히 청소년들이 사춘기를 경험하면서, 개인이 끝이 없어 보이는 고민에 빠져 보고 다양한 경험을 하게 됨으로써 인생에 관하여 하나, 둘, 깨달음을 얻게 되고, 그에 따라 생각이 바뀌고 세상을 보는 안목이 생기며, 어떠한 경우에 어떻게 처신하고 어떤 행동을 취해야 바람직한가에 관하여 조금씩 해답을 얻어간다고 말한다. 일반 사람들은 다양한 경험을 통하여 결국에는 주위의 어른들처럼 살기 위해서는 나는 어떻게 행동하며 살아야 되는가에 대한 실마리를 찾게 되고, 자기다운 삶을 살기 위해서는 어떻게 사는 것이 바람직한가, 어떻게 살아야 사람답게 사는 것인가, 그러한 상황에서는 어떻게 행동하는 것이 적절한 것인가 등과 같은 고민을 헤아릴 수 없이 경험하고, 깊이 생각하면서 자신을 찾아가는 과정 즉 자아정체성을 확립해가며 세상을 보는 안목을 길러나가게 된다는 것이 발달심리학이나 교육학자들의 일반적인 견해라고 종합할 수 있다. 성장하고 성숙해지는 개인들이 당면하는 다양한 과업과 과제를 통하여 직접적으로나 간접적으로 살아가는 지혜를 점차 터득하게 되고 철이 들어가며, 나도 남들처럼 행복한 인생을 살기 위해서는 어떻게 살아가야 바람직한가에 관한 확신을 점차 갖게 되면서 자신만의 고유한 인생관을 정립하게 되고 그에 따른 독자적인 행복관도 정립하게 될 수 있다는 것이다.

청소년들은 직접적이거나 간접적인 경험을 통하여 세상을 살아가는 방법론을 깨닫게 되면서 세상을 이해하고 세상에 대한 자신만의 태도를 갖게 되며, 남들처럼 나도 행복한 인생을 살아가고 싶다는 욕구와 의지를 기반으로 나름대로의 행복관을 정립해 나간다고 볼 수 있다. 이러한 과정에서 매사에 대응하며 시행착오를 경험하기도 하면서 주어진 과제나 당면한 문제를 해결하기 위한 자신만의 방법론을 터득하고 숙지하게 되면서 세상을 살아가는 나름의 방법을 갖게 되는데, 이러한 과정에서 자신만의 고유한 문제 해결 방법을 학습하게 되고 그러한 과정이 되풀이되면서 자연스럽게 생활 습관을 갖게 되고 나아가 삶의 방식이나 인생관을 터득해 나간다고 정리해 볼 수 있다. 말하자면 미성숙 상태에서 다양한 시행착오, 고민, 후회와 반성, 세상사에 대한 깨달음을 경험하면서, 점차 철이 들어가면 자기 자신을 발견하게 되고, 남과 다르게 태어난 자신의 모습을 인정하고 수용하게 되면서 자아 정체감을 확립하게 되며, 나아가 세상을 살아가기 위한 자신만의 태도와 가치관을 정립하고, 당면한 문제들을 해결하며 세상에 적응하며 살아가게 된다는 것이다.

따라서 행복 교육에 임하는 교원들 입장에서도 학생 개개인이 학교생활 과정에서 다양한 인지적 자극과 더불어 직접적이며 간접적인 경험을 통하여 자신을 되돌아보며 자아 성찰의 과정을 체험할 수 있도록, 그리고 성장하는 자신의 신체에 걸맞도록 정신적으로도 성숙해지고 변화해 나갈 수 있도록, 학교와 가정 및 지역사회를 어우르는 다양한 기회와 여건을 제공하는 데 관심을 가져야 할 것이다. 특히 학생 개인이 삶의 현장에서 더불어 사는 타인들과의 관계하에서 자신을 되돌아보고, 자신을 발견하고 성찰을 통하여 성장하며 성숙해 가는 체험을 중시하며, 스스로 성찰하는 경험을 바탕으로 자신을 변화시켜 나가는 노력이 필요함을 절실하게 느낄 수 있게 해주는 동시에, 그러한 기회와 여건을 조성해 주는 다양한 행복 교육 프로그램을 개발할 필요가 있다고 본다. 정리하자면, 미래 사회에 진출하여 행복을 누릴 자격을 갖추고 준비할 수 있도록, 청소년들로 하여금 진정성 있는 자아 성찰 노력을 통하여 크고 작은 깨달음을 얻고 그를 통하여 자신만의 행복을 찾고 누릴 수 있도록 인도하고 안내할 수 있는 교육 프로그램이 절실하게 요구된다.

불행 없이는 행복도 없다

불행과 행복은 함께 온다

만일 원하는 만큼 우리가 마음대로 행복을 누릴 수 있다면, 과연 누가 행복을 얻기 위해서 노력할 필요가 있겠는가? 만약에 우리가 원하는 대로 행복을 얻을 수 있다면 누가 행복을 가치로운 것으로 여길 수 있겠는가? 등의 질문을 통하여 우리의 삶의 대부분을 행복보다는 불행이 차지하고 있다는 점과 더불어, 대체로 사람들은 행복에 비하여 불행을 더 많이 경험하면서 살고 있다는 점을 어렵지 않게 짐작할 수 있다. 그와 동시에 행복은 결코 저절로, 마음대로, 영원히 누릴 수 있는 것이 아니라는 것도 어렵지 않게 깨닫게 해준다. 그리고 이러한 경지에 도달하기 위해서는 우리가 적지 않은 고난과 역경을 경험하면서 불행을 더 이상 겪지 않고 행복하기를 희망하는 것은 매우 인간적이고 자연스러운 일이라는 것을 용이하게 파악할 수 있게 한다.

그와 동시에 누구나 불행을 피하기 위해서 노력해야 하는 동시에 행복을 누릴 수 있기 위해서는 적극적으로 준비하고 대응해야만 되겠다는 깨달음을 얻을 수 있다. 또한 마치 우리가 행복을 공기나 물과 같이 쉽게 얻을 수 있는 것으로 인식한다고 해도, 공기가 부족하여 고생해 보거나 갈증이 심하여 고통을 당하거나 생명마저 잃을 수 있다는 것을 직접 또는 간접적으로 경험해 보지 않고서는, 마음대로 용이하게 행복을 추구할 수 없으며 행복의 맛을 제대로 느낄 수 없을 것이라는 해답을 쉽사리 얻을 수 있는 성찰에 도달하기 어려울 것이다. 다시 말해서 역경, 고난, 고통 등을 경험해 보고 그를 극복하거나 회피하고 예방하기 위한 노력을 기울이지 않으면서, 또는 불행도 삶의 과정의 중요한 부분이라는 것을 이해하지 못하고서는 결코 행복을 누리기 어렵다고 보기에, 불행 없이는 행복을 추구하기 어렵다는 것 자체를 인정하는 것은 아주 자연스러운 일이라고 보아야 한다. 그러기에 세간에서 언급되는 "불행을 없애면 행복할 줄 알았다. 그러나 무엇이 행복인지도 깨닫지 못하고 말았다"라는 격언이 떠오르게 된다. 말하자면 숱한 불행을 경험하면서 불행하게 사는 과정에서 불행을 감내하며 그를 극복하고 해결하기 위하여 꾸준한 노력을 하면 스스로 깨닫는 과정을 거쳐 비로소 행복을 찾는 길이 보이고, 불행과 함께 행복이 찾아온다는 점을 인정할 수 있다는 뜻이다.

우리가 살아가는 과정에서 다양한 고난이나 시련을 경험하면서 세상사를 보다 정확하게 파악할 수 있게 되고 자기 자신을 되돌아보는 진정한 성찰이 가능하게 된다는 선각자들의 말에 귀를 기울이면, 그 보상으로 역경에 대응할 수 있는 면역력을 갖게 되고, 나아가 그를 디딤돌 삼아 행복을 추구해 나갈 수 있는 원동력을 얻게 될 수 있다고 말할 수 있다. 그리고 이러한 결론에 도달할 수 있기 위해서는 인류가 살아오면서 습득한, 동서고금을 초월하여 중요시했던 삶의 지혜를 얻어야만 가능하다고 말할 수 있다. 간단히 말해서 오랫동안 불행을 밑거름 삼아 행복을 찾아 나설 수 있는 기반을 닦게 되고, 다양한 불행을 통하여 얻게 되는 자강력自彊力은 결국 행복을 향하여 전진할 수 있는 원동력으로 작용할 것이라는 삶의 지혜를 공유하게 된 것도 조상들의 경험과 깨달음을 통해서 가능한 것으로 보아야 할 것이다. 이러한 경험을 통하여 우리가 삶의 현장에서 직면하는 여러 가지 상황에서 불행과 행복을 분별할 수 있게 되고 불행을 사전에 예방하거나 대응할 수 있는 대응력을 길러나갈 수 있게 되면 진정한 행복 지혜를 얻을 수 있을 것으로 보아도 무방할 것이며, 그 행복 지혜를 활용하여 진정성 있는 행복을 누릴 수 있게 될 것이라는 예측도 가능하게 된다.

그래서 스위스의 작가이며 정치가인 카알 힐티는 그의 〈행복론〉에서 '불행은 인간의 생활에는 언제나 수반되는 것이며, 역설적이지만 불행은 행복을 위해서 필요하다'는 주장을 펴고 있다. 힐티에 의하면, 우리가 수시로 경험하게 되는 불행은 세 가지 목적(의미)을 지니고 있다는데, 그 세 가지 단계는, ① 벌, ② 정화, ③ 자기 시련과 강화를 경험하도록 하는 역할을 수행한다고 주장하고 있다. 즉, 대다수의 경우에 불행은 무조건 나쁜 것이라는 부정적인 편견 속에서 살고 있다는 점을 지적하면서, 불행을 통하여 자신의 잘못(실수, 자만, 편견, 무지, 나태 등으로 자초한 불행)에 대한 당연한 처벌을 받는 것으로 보아야 한다는 것이다. 이와 동시에, 자신의 정신상태를 정화하도록 자극하는 역할과 함께 스스로 유발시킨 시련을 인내로써 감수하고 극복하면 그로 인한 보상과 강화를 얻을 수 있게 해주기 때문에, 경험했던 불행에 대하여 무조건 잘못된 생각만을 가지고 부정적인 태도로 세상을 보지 말고, 오히려 불행을 밑거름 삼아 긍정적으로 반응할 필요가 있다는 점을 계도해 주고 있는 것으로 인식해야 한다. 이와 유사한 입장에서 앙드레 콩트-스퐁빌은 "행복 따위는 존재하지 않는다고 주장하는 자가 있다면 그는 정말로 불행해 본 적이 없는 사람이다, 반면에 불행을 경험해 본 사람은 행복 역시 존재한다는 것을 잘 알고 있다"라고 말하며 불행이 있기에 행복도 있고, 불행과 행복이 함께 온다는 점을 우리에게 확실하게 보여 주고 있다.

일반적으로 사람들은 무조건 실패를 두려워하며 완벽한 행복을 추구하려는 마음가짐에서 헤어 나오지 못하면서 불행과 행복에 관한 비교적 편향된 생각을 갖게 된 것으로 파악되며, 동시에 그로부터 탈피하기 위하여 노력해 온 것도 주목할 만하다. 이에 관해서 오래전부터 전해지고 있는 명언이나 지혜의 말씀들을 제시하자면, 먼저 그리스 철학자 헤라클리토스는 "소원이 모두 이루어지는 것은 결코 좋은 일만은 아니다. 질병이 있음으로써 건강의 소중함을 깨닫는 법이며 악을 보면서 선의 가치를 깨닫고, 배고픔을 겪음으로써 포만감의 행복을 알게 되고, 고된 노동의 와중에 휴식의 가치를 알게 되는 것이다"라고 주장하고 있다. 또한 프랑스의 사상가이며 작가인 프랑스와 볼테르는, "인간의 삶이 영원하지 못한 것이며…(중략)…인간은 눈앞의 욕구를 해소하고 만족시키는 데 집착하는 존재이기에 궁극적인 행복을 경험하는 것은 불가능하다"라고 전제하며, "인간은 행복을 추구하는 존재이지 행복을 소유할 수 없는 존재다"라고 단정하고 있다. 그러기에 행복과 불행의 속성과 인생 간의 관계를 러시아의 시인 막심 고리키는 다음과 같이 간명하게 표현하고 있는데, "행복은 손에 쥐고 있을 때는 작아 보이지만 손에서 놓는 순간 그것이 얼마나 크고 소중했는지 깨닫게 된다"는 지적은 삶의 과정에서 항시 행복만 누릴 수 없기에 시련을 탈피하기 위하여 행복을 지속적으로 추구할 수밖에 없는 인생의 본질을 파악하도록 계도하고 있다.

이와 더불어, 독일의 작가이며 시인인 괴테는 "앞으로 나아가는 동안에는 고통도 있으리라! 행복도 있으리라! 어떠한 경우에도 인생에 완전한 만족이란 없다. 자기가 인정한 것을 힘차게 찾아 헤매는 하루하루가 인생인 것이다"라며 인생을 살면서 최선의 자세로 행복을 추구할 뿐 어느 누구도 자기가 원하는 만큼 만족스럽게 행복을 소유할 수 없다는 점을 인식할 것을 권면하고 있다. 이와 유사한 맥락에서, 스위스의 지식인이며 경영인인 롤프 도벨리는 그의 저서 〈불행 피하기 기술〉에서, "고통 없는 완벽한 행복을 추구하는 것은 불가능하며, 지나친 이상주의에 불과하고, 성취 불가능하다는 점을 깨닫는 것 자체가 중요하다"라고 설파하고 있다. 또한 도벨리는 "왜냐하면 행복은 불행이 없는 상태가 아니라 불행을 기반으로 얻어지는 보다 진화된 삶이고 거듭나는 삶의 일부이기 때문이다. 그래서 인생을 살아가는 과정에서 경험하는 실패, 불쾌, 고통, 역경 등은 삶을 위해 모두가 의미가 있는 것이라는 점을 이해하며, 행복의 씨앗으로 작용한다는 점을 중시해야 한다"고 주장하면서, "행복한 삶은 고난이 없는 삶이 아니라 고난을 이겨내는 삶이다…(중략)… 행복해지려면 이성을 길러서 자신의 의지와 정신력을 일깨워야 한다. 행복해지려면 행복을 낳는 일들을 해야 한다"라고 자신이 깨달은 바를 특별하게 정리하여 강조하고 있다. 이러한 명언들은 결국 "불행 없이는 행복도 없다"라는 어느 로마인의 지혜로운 언급과도 일치하고 있어 새삼스럽게 주목할 만하다.

다시 말해서 불행을 경험해 보아야 행복의 진가를 알게 되는 경우를 포함하여, 시행착오를 거치지 않고는 쉽사리 행복을 획득하거나 누릴 수 없는 경우, 청소년들이 부모의 혜택으로 행복을 누리고 살

있지만 그것이 행복인 줄을 모르다가 추후에 역경을 경험하고 나서야 진정한 행복의 의미를 깨닫는 경우, 예상치 않은 사고로 갑자기 불행해진 사람들의 경우, 부모나 보호자의 잘못이나, 사회나 타인들의 잘못으로 인하여 의도하지 않은 불행 속에 빠진 사람들의 경우 등등, 헤아릴 수 없이 많은 사람들이 불행을 경험하고 나서야 행복을 간절하게 추구하게 된다는 점을 기반으로 '인생의 참모습'을 무시한 채로 행복만을 추구할 수 없다는 점을 말해 주고 있는 것이다. 그리고 우리들과는 비교하기 어려울 만큼 어려운 상황을 일생 동안 경험했던 헬렌 켈러는 "행복한 삶은 고난이 없는 삶이 아니라 고난을 이겨내는 삶이다. 행복해지려면 이성을 길러서 자신의 의지와 정신력을 일깨워야 한다"라고 언명하며, "행복해지려면 행복을 낳는 일들을 해야 한다"라고 알기 쉽게 주장하고 있다. 그리고 덧붙여 켈러는 "행복은 삶의 정원에서 가장 느지막이 익는 열매 가운데 하나이다. 그리고 다른 모든 열매처럼 행복도 가꾸어야 한다"라고 의미 있는 결론을 내리고 있어, 우리로 하여금 불행을 통하여 행복을 추구하는 추동력을 얻을 수 있도록 자극하고 계도할 필요가 있다.

* * *

고대 동양에서 '고생을 해 보지 않고는 큰 인물이 될 수 없다'라는 금언과 더불어, '위대한 인물/영웅이 되기 위해서는 저승(또는 지옥; 하데스)에 다녀와야 한다'라는 그리스 사람들의 상식이자 관념은 지금도 동서고금을 가리지 않고 통하는 보편적인 지식이라고 볼 수 있다. 그래서 동서양을 막론하고 자녀 양육 과정에서 '젊어서는 고생을 사서라도 해야 한다(역경을 경험해야 성장/성숙해질 수 있다는 사회적 관념의 표현)'라는 격언이 진리처럼 통용되고 있는 이유를 파악할 수 있게 된다. 누구나 역경을 극복하는 경험 없이는 자신을 이해하고 자신을 발견하며 깨닫기 어려울 뿐만 아니라, 자신을 다스리기 어렵고 삶의 참모습을 발견할 수 없으며, 결국 행복한 삶을 영위할 지혜와 능력을 습득하기 어렵기 때문이라는 점은 우리 조상들이 오랫동안의 경험을 통하여 삶의 지혜로 깨닫게 된 것이다.

보다 더 확고한 입장을 취하고 있는 불교에서는 '인생은 고통과 번민의 연속'이라는 관점에서 행복을 얻기 위해서는 자신의 고통과 번민을 해소하기 위하여 지속적으로 기도하고 명상하며 사랑을 베풀고 지혜를 학습해 나갈 것을 권장하고 있다. 자신의 고통과 번민으로부터 해방되기 위한 부단한 노력이 없이는 행복을 얻기 어렵다는 전제하에서, 삶의 과정에서 행복을 누리기 위해서 최선을 다하는 자세로 자기 자신을 다스려 나가야 할 필요성을 절감하게 되는 것이 우리네 삶의 본질이라는 점을 강조하고 있다. 이러한 맥락에서 고대 그리스의 작가 호머는 "행복은 소신 있는 생각과 자신의 정체성을 존중함으로써 맛볼 수 있는 것이다. 물론 자신의 개성과 정체성을 소신 있게 지켜간다 해도 그것이 행복을 보장하지는 않는다. 하지만 이러한 자세는 슬픔과 불행으로부터 자신을 굳건하게 지킬 수 있는 바탕이 될 수 있다"고 주장하며 불행을 예방하고 행복을 누리기 위해서 요구되는 삶의 자세에 대하여 필요한 비전을 제시해 주고 있다.

어른들과는 달리 장기적인 안목을 가지고 자기 자신을 다스리기 어려운 학생들은 대체로 당면한 불행을 감내하고 극복해 나가기 어렵다는 부담감을 안고 살고 있어, 교원이나 학부모들은 이러한 학생들의 입장을 이해하고 필요한 경우에는 도움을 주고 그들로 하여금 누적된 문제를 해결해 나갈 수 있도록 안내해 주는 역할을 수행할 필요가 있다. 말하자면 학생들이 이러한 어려움을 겪는 것은 인생을 살아가는 과정에서 보다 나은 삶을 영위하기 위한, 예정된 행복을 누릴 수 있기 위한 전제조건임을 인식하도록 지도해야 하며, 이러한 고통이 없이는 행복도 오지 않는다는 점을 인식할 수 있도록 안내할 필요가 있다는 것이다. 그렇게 함으로써 "고통스럽지만 행복한 삶은 가능하다"라는 긍정적인 마음을 갖도록 교육하는 동시에, 영국의 칼럼니스트이며 저널리스트인 올리버 버크먼이 그의 저서 〈합리적인 행복〉에서 언급한 바와 같이, "과도하게 목표에만 매이지 않고 삶의 과정을 중시하는 경외심도 사랑, 기쁨, 분노, 두려움, 슬픔과 같은 인간의 기본적인 감정으로 수용할 필요가 있으며…(중략)… 긍정적인 감정뿐만 아니라 부정적인 감정까지도 수용하는 삶의 태도도 역시 필요하다"는 주장을 기반으로 삼아, 청소년들로 하여금 앞으로 살아가면서 필요한 면역력과 더불어 회복탄력성을 길러나가는 데 필요한 것으로 수용하도록 계도하고, 이를 청소년들로 하여금 개방된 마음과 긍정적인 정서로 수용할 수 있도록 지도할 필요가 있다.

대체로 학생들이 자신의 사소한 실수, 지나치게 감정에 좌우됨으로써 초래하는 시행착오, 여러 가지 어리석었던 판단이나 결정 등은 누구나 예외 없이 성장하면서 겪는 경험이기에, 아직은 미성숙하고 부족하였던 불완전한 자신을 받아들이고, 자신을 사랑하고 존중하는 입장을 취하지 않으면 결코 행복을 추구할 수 없다는 점을 인식할 수 있도록 도와야 한다. 즉 자신이 겪고 있는 어려움이나 역경은 부모 세대들과 마찬가지로 자신이 감내하고 극복하려고 노력하는 과정에서 자신이 성숙해지고 결국에는 그 안에 숨어있는 행복을 발견할 수 있게 된다는 점도 인식하도록 지도할 필요가 있다. 또한 보다 장기적인 관점에서 원대한 목적과 희망을 가지고 자신을 관대한 마음으로 대하는 태도를 갖도록 노력함으로써 보다 바람직한 자아개념을 형성할 수 있으며 과거에 비하여 보다 향상되고 발전된 자신을 발견하는 행복을 누릴 수 있는 동시에, 고통과 고난을 극복해 낼 수 있는 지혜를 터득할 수 있게 되면서 행복감도 함께 경험할 수 있게 된다는 점을 학생들로 하여금 깨닫도록 해 주는 다양한 노력도 필요하다. 그리고 평범한 학생들이 자신의 꿈과 비전을 실현시키기 위해서는 마땅히 고생을 감수해야 하며 젊어서는 고생을 사서라도 해야 한다는 기백과 도전 의식을 가지고 자신의 운명을 스스로 개척해 나가는 마음가짐(용기, 투지, 열정 등)을 가지고 사회에 진출할 수 있도록 조언하고 안내해야 한다. 말하자면 청소년들로 하여금 여러 가지 고난과 역경도 의연하게 감수하는 태도를 갖도록 지도하고 그에 적절한 생활 습관을 형성해 나갈 수 있도록 돕는 것을 성인 세대의 책무로 여기면서 학교 교육의 주된 교육목표로 삼고, 학생들이 지속적으로 자신의 미래를 개척하기 위하여 노력하면서 자신을 되돌아보고 자아 성찰하는 과정을 진지하게 경험해 보고 삶의 지혜를 습득해 나갈 수 있도록 지도하는 학교문화가 절실하게 요구된다.

회복탄력성과 거듭나기

일반적으로 인간 유기체는 온전함을 지향하며 평형상태(생리적이며 정신적 차원의 항상성과 안정된 상태)를 유지하려는 본능을 가지고 태어나기에, 평형상태가 깨지게 되면 원래 상태로 복원하고 회복하려는 생리적 기능이 작동하게 되어 있다는 것은 오래전부터 밝혀진 과학적인 진리이다. 모든 개인들이 살아가면서 부상을 당하고 상처를 입어도 우리 신체의 회복력이 작동하여 상처가 아물게 되고 부상으로부터 회복되어 정상적인 생활을 하게 되는 것이 인간의 생존력의 핵심을 말해주고 있으며, 바로 이 회복력과 우리의 행복이 깊은 관련성을 가지고 작동하고 있다는 것을 이해하게 되면 행복의 진면목을 이해하는 데 도움이 될 것으로 판단된다.

누구나 예외 없이 세상에 나와 성장하면서 철부지 상태에서 거듭된 실수를 저지르거나, 세상을 너무도 모르고 미성숙하여 예상치 않은 사고를 당하거나 불리한 경지에 빠져드는 경험을 하게 마련이다. 또한 의욕만 앞서고 지혜가 부족하여, 자신의 감정을 제대로 표현하지 못하여 억울한 심정을 경험한다든지, 친구들과 격렬하게 다투며 분노와 적개심도 경험한다든지, 하고자 하는 일이 의도한 대로 되지 않아 좌절과 실망 속에서 헤매는 경험도 겪게 된다. 나아가 자신의 몸 관리에 소홀하다가 예상치 않게 질병에 걸린다든지, 갑자기 가족이나 가까운 친지가 사고를 당하여 목숨을 잃는다든지 등 사회생활 과정에서 겪는 크고 작은 불행한 상황을 예상치 않게 경험할 수 있다.

그러기에 우리 사회에서는 오래전부터 '불행을 체험하지 않고는 행복의 진가眞價를 알 수 없다', '마음고생한 만큼 성숙해진다', '고민하고 쓴맛을 보면서 성장하게 된다'라는 말을 쉽게 접할 수 있었다. 이는 성장하는 젊은이들로 하여금 다양한 경험을 쌓으며 자신을 성장 발전시키고 잠재력을 개발하도록 권장하고 자극하기 위해서 사용하는 격언들로 받아들여지고 있다. 이와 함께, 실수, 좌절, 고통 등과 같은 시련을 통하여 얻은 경험과 자극은 자신이 새롭게 태어나는 원동력과 자원으로 작용할 것이라는 점과 더불어 자신을 변화하도록 자극하는 귀중한 자극제 역할을 한다는 점도 자신과 함께 살고 있는 주위 사람들을 눈여겨보게 되면 어렵지 않게 알게 될 것이다. 그러므로 젊은이들이 실패와 좌절을 두려워하지 않고 인내력을 가지고 집중적으로 자기 자신의 참모습을 발견하며 자기를 극복하려는 진지한 노력 없이는, 진정으로 성장하고 성숙하기 어려울 뿐만 아니라 자신의 삶의 목적을 성공적으로 달성하기 어렵다는 점을 깨달아야 한다.

* * *

어느 개인이든 성장하는 과정에서 경험하는 실패와 좌절이 불가피하다는 점을 겸허하게 수용하고, 다만 그 실패와 좌절로 인한 상처나 충격을 부정적으로 수용하지 않고 오히려 디딤돌로 삼아 자기를 발견하고 성숙해지는 기회로 삼을 수 있도록 노력하는 습관을 형성할 필요가 있다. 이처럼 역경을 통해서도 자기 자신을 되돌아보며 스스로를 다스리는 마음을 갖도록 지원하며 격려할 필요가 있는데, 사회에 적응하는 과정에서 미성숙한 젊은이들이 자신이 경험한 고난을 극복할 수 있는 회복탄력성(Resilience; 회복력, 복원력)을 함양하기 위한 다양한 기회를 부여하고 풍부한 사회적 체험을 하도록 유도하고 권장하는 것은 부모 세대의 책무로 인식되고 있다. 그러나 실상은 그렇지 못하여 최근 우리 사회에는 자녀에 대한 과잉보호 분위기가 조성되고 있어 실수 자체를 부정하고 죄악시하는 등 근본적으로 회복탄력성 자체를 길러나가도록 지원하기보다는 오히려 방해하고 있는 경우도 적지 않은 실정이다.

이는 다양한 체험을 바탕으로 강한 의지력과 인내심을 가지고 자기를 다스리고 관리해 나가는 능력을 함양하고 신장시켜 나가기 위해서는 실패나 좌절을 두려워하지 않고 새롭게 도전하며 자기를 극복하며 거듭날 수 있는 부단한 노력이 필수적으로 요구되나 실상은 그렇지 않아 미래 차원에서 우려된다는 점을 말해 준다. 누구나 성장하면서 청소년기를 거치게 되고 그 기간 동안 수많은 시행착오와 좌절을 겪으면서 성찰의 과정을 거치고, 자신의 참모습을 발견하고 마음챙김 과정을 거치면서 거듭나는 일종의 성장통成長痛을 겪지 않고는 정상적인 인격체로서 성숙해지기 어렵다는 것은 상식으로 통하고 있다. 특히 부모들이나 교사들은 청소년들이 다양한 사회적 공동체 안에서 원만한 대인관계를 유지하며 강력한 사회적 유대감을 갖기 어려운 환경에서 자라게 되면 성인이 된 후에도 소외감, 고독감, 단절감을 느끼게 되고 회복탄력성이 빈약하게 될 수 있다는 점을 중시해야 할 것이다. 그럼에도 불구하고 실패와 좌절을 부정적으로만 수용하며 그를 두려워하거나 거부하고 기피하며, 평형상태가 깨지는 것 자체를 경험하며 변화하는 자연스런 상태의 사회화를 회피하며 온실 안에서 자녀들을 가두어 두고자 하는 학부모들을 어렵지 않게 발견할 수 있다. 이러한 행태는 결국에는 자녀들의 회복 능력을 저하시키고 면역력을 감소시키는 동시에, 사회화 과정을 지연시키고 나아가 참다운 자아를 발견하지 못하게 하거나 정상적인 사회생활을 어렵게 만드는 결과를 초래할 수 있고 결국에는 행복한 삶을 영위할 잠재력을 길러나가지 못하도록 방해할 수도 있다는 점을 인식해야 한다.

그리고, 학부모나 청소년들은 이에 관하여 '상처가 남긴 성장'이라는 타이틀을 앞세운, 독일 철학자 니체의 언급에 경청해야 할 것이다. 즉, "나를 죽이지 않는 것은 나를 더 강하게 한다. 최고 수준의 성취, 강인함, 개인적 성장을 위해서 인간에게는 역경, 시련, 좌절, 심지어는 정신적 외상이 필요할지도 모른다"라고 강조하며, 우리가 외상, 위기, 비극으로 얻는 이득은 '도전에 맞서는 과정에서 나의 숨은 능력이 드러나며 이 능력을 확인하게 되면서 자아상이 바뀐다'라는 점이다. 이와 유사하게, 일찍이 그리스 시대에 스토아 철학자 에픽테토스는 "우리가 견뎌내는 시련은 우리가 강하다는 사실을 깨닫게 하며 또 그래야 한다, 또한, 시련은 여과장치이기 때문에, 우리에게 역경의 경험을 통해 진정한 친구를 구별할 수 있게 한다, 그리고, 우선순위를 바뀌게 하고 현재와 다른 사람을 바라보는 시선을 변화시킨다"라고 언명하며, 시련을 통하여 더욱 성장하고 지혜로워진다는 점을 역설하고 있다.

* * *

보다 포괄적으로 기독교적 관점에서 보면, '회개를 통한 거듭나기'는 결국 '부활의 정신'을 상징적으로 표현하고 있으며, 개인의 입장에서 부활을 일반화시켜 적용하는 것은 개인이 지속적으로 '거듭나기' 위하여 필요한 절차라고 할 수 있다. 말하자면 기독교의 핵심 논리인 '부활'이 주는 의미를 실패와 좌절을 극복하는 힘, 회복탄력성을 기르며 시행착오, 훈련 등을 포함한 거듭나기 노력을 통하여 점진적으로 성인을 닮아간다는 '지속적인 성장과 발달하는 인간 속성'을 강조하는 것으로 해석할 수 있다. 이와 유사한 입장에서 성현들은 회복탄력성은 '인생의 무기이기 때문에 그를 사용하여 인생답게 살 수 있도록 노력하라', '부정적인 경험조차 성장의 기회로 삼아야 생존 가능하다'라는 주장을 펴면서, 사회생활에서 자신의 목적을 성취하는 인생을 살기 위해서는 회복탄력성을 신장시켜 나가야 할 필요성이 있다는 점을 강조한다.

이러한 맥락에서 긍정심리학자들은 자신의 지속적인 향상을 위하여 회복력이 필요하다는 점을 주장하며, 심리학적 개념인 회복탄력성을 '역경을 극복하고 스트레스 이전의 적응 수준으로 회복하게 하는 힘'이라고 정의하고 있다. 긍정심리학자들은 만성질환, 가난, 부모와 분리, 폭력에의 노출 등에 대하여 극복할 수 있는 능력을 길러주기 위하여 문제해결 능력, 낙관주의, 자기효능감, 공감, 수용 등을 적절하게 활용할 필요가 있다고 권장하고 있다. 또한 진정한 회복탄력성이란 자신이 처해 있는 현실을 냉철하게 직시하고, 자신이 지켜온 가치들에 비추어 인생을 살아가는 데 의미가 있다는 확고한 신념을 바탕으로, 즉흥적으로 대처할 수 있는 능력을 갖추어야만 습득

가능한 것이라는 다니엘 쿠투(하버드 비즈니스 리뷰)의 말을 참고할 필요가 있다. 이는 자신의 문제나 어려움을 스스로 해결하고 치유할 수 있도록 마음을 다스릴 수 있는 능력을 키워주는 방향으로 지원하고 주관적인 웰빙 상태를 스스로 추구해 나가며 지속적으로 거듭나는 능력을 키워나갈 필요가 있다는 점을 말해 준다.

이와 함께 실패를 극복하고 정상으로 회복하기 위해서는 충분하게 휴식을 취하고 스트레스를 해소하여 재기할 수 있는 정신력과 신체적 능력 등을 구비하는 등 완전한 재충전이 선결되어야 한다는 긍정심리학자들의 조언을 바탕으로 실패의 원인을 분석하고 자신에 대하여 객관적으로 돌아보는 마음챙김이 필요하다는 점을 지적할 수 있다. 또한 실패는 시작이고 끝이 아니며 재기의 문은 항상 열려 있다는 생각을 바탕으로 자신의 감정을 이해하고 스스로 자신을 다스리기 위한 노력이 회복력을 함양하는 중요한 단계가 될 수 있다는 것이다. 이를 위해 우선 필요로 하는 것은 실패를 대면하고 인정하면서 미래를 내다보며, 자신의 실패와 좌절을 회복하는 데 필요한 것이 무엇인가를 신속하게 판단하여 가족이나 주변 친지들로 하여금 구체적으로 도울 수 있는 내용과 방법, 그리고 가장 절실한 지원이 무엇인지를 알도록 솔직하게 알려주면 보다 효율적으로 회복 과정을 마칠 수 있다는 것이다. 그러기에 다니엘 골만(감성지능 전문가)은, 회복탄력성을 증진하기 위해서는, 먼저 자기 자신과 대화하고, 패배주의적 사고로부터 벗어나 낙관적 태도를 가지기 위한 마음챙김을 하며, 비판적인 사고를 물리치고 그 대신 긍정적인 세계관으로 무장할 필요가 있다는 점을 주장하고 있다. 또한 긍정심리학자들은 '좌절이나 불행을 극복하고 회복하는 경험을 통하여 자신의 마음을 스스로 다스리기 위한 노력이 없이는 보다 수준 높은 행복을 추구할 수 없다'는 입장을 취하고 있다. 이러한 관점에서 보면 우리 사회가 자신의 비전과 목표를 향하여 실수나 실패에 좌절하지 않고 오뚝이처럼 다시 일어나 꾸준하게 나아가는 정신력을 길러나가는 것을 당연한 것으로 여기는 청소년들을 환영하고 있다는 점을 인정해야 할 것이다. 다시 말해서 오뚝이와 같은 태도를 적극적으로 지지하는 사회문화적 배경하에서 대부분의 학생들이 원만한 인간관계를 형성하며 거듭나는 바람직한 습관을 형성해 나가는 것이 당연하다는 것을 인식하고 실천할 수 있도록 범국민적으로 지지하고 후원할 필요가 있다.

이러한 견지에서 회고하자면, 우리네 학교 교육에서 모든 청소년들이 예외 없이 경험하는 성장 과정에서의 성장통을 무난하게 경험하면서 거듭날 수 있는 기회와 여건을 조성하는 데 매우 인색하다는 지적이 지속적으로 제기되어 왔다. 특히나 우리 사회에서 심각한 사회 문제로 인식되고 있는, 단 한 번의 실수로 운명이 좌우되는 현행과 같은 상급학교 진학과 진로 선택 제도는 학생들의 실수를 용납하지 않는 매우 비인간적이며 비합리적이라는 점과 더불어 사회적으로 청소년들의 회복탄력성을 길러주는 차원에서 보면 매우 바람직하지 않으며 많은 문제를 안고 있다는 것을 지적하지 않을 수 없다. 이에 하루속히 제도를 개선하여 최소한 두세 번의 실수는 허용하고 용납하는 사회를 지향해 나감으로써 자라나는 청소년들의 자아개념 형성, 세계관이나 인간관 함양 등에서 보다 긍정적인 영향을 미치는 방향으로 개선되어야 할 필요가 있다는 점을 지적하고 싶다. 청소년들의 회복탄력성을 함양하는 데 필요한 교육정책을 지향하고 그들의 거듭나기를 위한 실수와 좌절을 사회적으로 긍정적인 자세로 수용하고 대응해 나가야만 선진사회를 주도할 그들을 선진 국민으로 양성해 나갈 수 있다는 범국민적 비전과 지원이 있어야만 장기적으로는 국민 행복 수준(국가행복지수)도 향상될 것으로 기대할 수 있다.

또한 최근에 미국이나 영국을 포함한 선진국들에서 추진하고 있는 행복 교육 차원에서 회복탄력성을 길러주기 위한 다양한 교육적 노력을 기울이고 있다는 점을 적극적으로 참고할 필요가 있다. 이에 긍정심리학적 연구 결과에 입각하여 누구나 경험하는 실수, 실패, 좌절, 절망 상태 등을 극복하고 그를 바탕으로 보다 성장하고 성숙해 나갈 수 있도록 지원하는, 한국 사회 실정에 적합한 다양한 회복탄력성 훈련 프로그램이 요구된다는 점을 강조하고 싶다. 이와 함께 누구나 경험하는 성장통을 극복하면서 건강한 국민으로 성장하면서 보다 긍정적인 마음을 갖게 되고, 보다 융통성 있는 삶의 방식으로 거듭나면서, 보다 적극적인 방향으로 자아개념을 정립해 나가며, 학생 개개인이 자신에게 적절한 행복한 삶을 설계하고 준비하고 실천해 나갈 수 있도록 지원하고 안내하는 행복 교육이 필요하다는 것을 새삼 강조하고자 한다.

그리고 어른들과는 달리 장기적인 안목을 가지고 자기 자신을 다스리기 어려운 학생들은 대체로 당면한 불행을 감내하고 극복해 나가기 어렵다는 부담감을 안고 살고 있어, 교원이나 학부모들은 이러한 학생들의 입장을 이해하고 필요한 경우에는 도움을 주고 그들로 하여금 누적된 문제를 해결해 나갈 수 있도록 안내해 주는 역할을 수행할 필요가 있다. 특히 사춘기 시절의 성장과 성숙 과정에서 청소년들이 겪고 있는 좌절과 실패, 두려움, 수치심, 불안감, 우울감 등을 누구나 겪어야 할 성장 과정이며 성인이 되기 위해서는 경험해야 할 일종의 통과의례로 이해하고 수용하는 자세를 갖도록 지도하는 데 사회적인 관심과 더불어 기성세대의 관용과 인내가 요구되는 동시에, 교사들의 특별한 관심과 배려가 절실하게 요구되는 것이다. 말하자면, 학생들이 학창 시절 동안 어려움을 겪는 것은 인생을 살아가는 과정에서 보다 나은 삶을 영위하기 위한 준비로서, 예정된 행복을 누릴 수 있기 위한 전제조건으로 인식하도록 지도해야 하며, 이러한 준비 과정이나 고통이 없이는 행복도 기대하기 어렵다는 점을 인식할 수 있도록 교사들 자신의 삶의 경험을 사례로 활용하여 진정성 있게 안내할 필요가 있다. 그렇게 함으로써 "당장에는 고통스럽지만 행복한 삶은 가능하다"라는 긍정적인 마음을 갖도록 청소년들을 교육하는 동시에, 그들로 하여금 앞으로 살아가면서 면역력과 더불어 회복력을 신장시키기 위한 노력이 절실히 요구된다는 점을 청소년들의 현재 삶을 중심으로 연계시켜 실감 나게 인식할 수 있도록 계도해 나가야 할 것이다. 그리고 이를 청소년들로 하여금 개방된 마음과 긍정적인 정서로 수용하고 생활화함으로써 항상 새롭게 태어나는 자기 자신을 발견하고 확인할 수 있는 '행복한 순간들'을 경험할 수 있도록 지도하는 행복 교육이 학교를 포함한 사회 전반에 걸쳐 이루어져야 할 필요가 있다.

성찰을 통한 자기 발견; 행복의 관문

한 개인이 살아가면서 당면한 문제를 해결하며 다양한 경험을 통하여 자아 성찰력과 인간친화력을 함양하고, 자아실현을 위하여 추구하는 의미와 가치에 기반을 둔 꿈과 희망, 비전을 실현하려고 노력하는 것은 일반인들의 삶의 과정에서 어렵지 않게 발견할 수 있는 공통적인 현상이다. 이때 자신을 제어할 수 있게 되고, 자기 관리를 통한 지혜를 체득하고 그 지혜에 입각한 선택과 문제해결이 가능할 때 자신만의 행복을 누릴 수 있게 된다고 말할 수 있다. 또한 〈바가바드기타(간디 해설)〉의 가르침에서 '행복을 행복으로 느끼고 창출할 수 있는 그 시기가 도래한다'는 말은 적정한 수준의 경험과 시련을 통하여 과일이 익어가듯이 자신을 찾고 세상과 원만하게 관계를 유지하면서 자신을 조절하고 제어할 수 있는 능력을 갖추고 그에 입각한 안목과 비전에 따라 자율적으로 선택 및 결정할 수 있게 되는 시기를 의미한다.

한마디로, 한 개인이 자아 성찰하고 자기를 조절하는 능력을 습득해야만 제대로 자기 자신의 주인 역할을 할 수 있게 된다. 자기 자신의 주인이 되어 자아실현할 수 있게 된다는 것은, 자신의 능력을 발휘하고 잠재력을 개발할 수 있느냐, 자신의 꿈과 비전을 추구하고 실현시킬 수 있느냐 등이 자기조절 및 제어 능력(자제력)에 따라 좌우된다는 것을 말해 준다. 이러한 맥락에서 웨인 다이어는 "자기실현을 이루기 위해서는 내가 내 정신의 주인이며 나의 감정을 스스로 통제할 수 있다고 끊임없이 마음속에 되새겨야 한다. 나는 선택할 수 있고, 온전히 나의 것인 현재의 순간들을 즐길 수 있다"라고 주장하고 있다. 또한 아르투르 쇼펜하우어에 의하면, "우리의 행복이란 우리가 어떤 사람인가에 달려있다. 행복은 있는 그대로의 우리 모습에, 우리가 어떤 사람인지에, 즉 우리가 느끼고 이해하고 원하는 모든 것이 어우러져 빚어낸 결과인 내적 만족감에 달려있다. 행복은 본질적으로 개인의 감성과 인격의 문제이다"라고 말하며, 각자의 노력으로, 삶의 지혜를 얻어 감성을 변화시킬 수 있다는 신념이 필요하다는 것을 주장하고 있다.

씨앗을 뿌리고 가꾸는 노력이 없이는 결코 꽃을 피우거나 열매를 거둘 수 없다는 이야기는 예나 지금이나 우리 인생의 경우에도 그대로 적용된다. 즉 대체로 사람들은 자아 성찰하는 과정을 거쳐 자신을 발견하고 자신의 길을 선택하고 결정함으로써 자신의 마음 안에 씨앗을 뿌리게 되고 그를 가꾸게 된다고 말한다. 그 마음의 씨앗이 어떠한 성찰을 거친 것인지에 따라 자신의 인생의 성격이나 방향이 달라질 수 있고 향후 자신의 행복도 좌우된다고 말할 수 있다. 그러기에 인생을 행복하게 살기 위해서는 자신을 발견하고 사랑하며 자아실현 하기 위한 노력을 기울여야 하고 그 노력은 마치 자신이 뿌린 씨앗을 정성스럽게 가꾸는 것과도 같다는 의미로 받아들여야 한다. 그러므로 누구나 성찰 과정에서 자신의 장점이나 취약점을 파악하는 일로부터 시작하여, '하고 싶은 일', '좋아하는 일'과 더불어, '해야 하는 일', '잘하는 일'까지를 스스로 탐색하고 파악하는 노력이 요구된다.

우리네 삶의 현장에서 '자신이 좋아하는 일을 해야만 행복을 누릴 수 있다'는 주장에 대체로 동의하는 것으로 알려져 있다. 그러나 자신을 사랑하고 제대로 자아실현 하면서 살아가기 위해서는 항상 '좋아하는 일'만 하고서 살 수 없다는 점과 더불어 하기 싫은 일이나 좋아하지 않는 일마저 상황에 따라서는 '해야 하는 일'로 수용할 수 있어야 한다는 점에 대해서 숙고하고 판단할 수 있어야 한다. 평범한 일도 열심히 하다 보면 자신이 '좋아하는 일'로 변모할 수 있고 자신의 생각도 변할 수 있다는 점을 인식하고 자신이 기왕 '해야 하는 일'이라고 판단하게 되면 보다 진지하게, 마치 '좋아하는 일'이나 '마땅히 해야 하는 일'로 간주하고 보다 즐겁고 열심히 일하는 것도 자신에게 유익할 것이라는 점도 고려할 필요가 있는 경우가 있다. 그러므로 바람직하다면 주어진 상황과 자신의 적성과 취향 등을 고려하여 '하고 싶은 일'이나 '해야 하는 일'을 지혜롭게 선택할 수 있으며, 자신이 '잘하는 일'이 무엇인가를 진지하게 발견하려고 특별한 노력을 기울여야 할 필요가 있는 것이다. 이는 심리학자 데이비드 마이어스가 언급한 바와 같은, "자기가 하는 일을 사랑하는 것이 곧 행복이다"라는 말로 지지받을 수 있다는 입장을 가지고, 자신이 하는 일을 좋아하고 그를 즐겨하는 습관을 갖도록 노력하는 것도 자신의 일을 통한 자아실현 관점에서 절실하다는 점을 말해 주고 있다. 이와 동시에, 자신이 좋아하거나 잘하는 일을 보다 열심히 함으로써 보다 의미 있게 살아갈 수 있어야만 보다 성공적으로 자아실현할 가능성이 높아질 것이라는 점을 깨닫게 됨으로써, 자신이 하는 일과 자기 자신을 실현시키는 일 간의 관련성을 제대로 이해할 수 있게 될 것이다. 이러한 노력을 통하여 자신을 발견하게 되고, 자신의 가치를 인정함으로써 자아 정체감을 확립하면서 자존감을 쟁취하게 되고, 목적의식이나 비전을 가지고 살아갈 수 있으며, 나아가 자신의 인생을 보다 의미 있고 가치롭게 살아갈 수 있도록 준비하고 설계하는 능력을 습득하게 된다고 정리할 수 있다.

한편, 세상사를 경험하며 성장하면서 본격적으로 자신을 되돌아보게 되면 삶의 가치나 중요성 및 의미를 파악하는 데에서부터 시작하여 삶의 한계, 즉 죽음을 의식하게 되고, 죽음에 대비하기 위하여 보다 진지하게 행복을 추구하며 살아간다는 이야기에 경청할 필요가 있다. 즉 자신을 깊이 있게 되돌아보고 필연적으로 다가오는 죽음의 존재까지도 인정하고, 자신을 발견하게 되면 자신의 삶의 의미와 관련된 행복을 추구할 가능성이 높아진다고 말할 수 있다. 게다가 자아 성찰이 이루어진 후에야 인생의 진정한 의미를 깨닫게 되고, 자신의 잠재 능력을 최대한 발휘하여 탁월한 인생을 추구할 수 있게 되며 그로 인한 행복한 인생에 관하여 자기 나름의 결론을 얻게 되고 자신만의 고유한 행복관을 갖게 된다는 것이다. 그리고 행복관에 따라 삶을 영위해 나가는 과정에서 행복 관련 필요조건들을 삶의 일부로 수용하며 그에 적극 적응하고 습관화하여 실천해 나가는 노력을 통하여, 즉 행복을 위한 삶의 습관을 조성하고 그를 지속적으로 수정하고 보완해 나감으로써 행복한 삶을 누릴 수 있게 된다고 말할 수 있다.

'모든 것에는 때가 있다'라는 신념을 가지고, 서둘지 않고 진지하게 장기적으로 자아 성찰하며 자아정체성을 확립하고 그에 입각하여 신념과 가치관, 삶의 방식을 정립하게 되면, 결국 자기를 조절하고 제어하며 관리할 수 있는 능력을 어렵지 않게 함양할 수 있으며, 나아가 자기 관리 능력을 삶의 현장에 적용하는 경험을 쌓게 되면 결국에는 삶의 지혜를 터득할 수 있게 된다. 다시 말해서, 때가 되어야 자기를 조절 및 관리할 수 있는 능력을 함양하게 된다는 상식적 견해로부터 출발하자면, 누구나 자신의 행복은 결국에는 자신에 의해 좌우된다는 점을 인식하게 되고 나아가 자기 성찰과 자기조절 능력에 의해서 크게 좌우된다는 것을 깨닫게 된다는 것이다. 그리고 자아 성찰을 통해서 자기다운 신념과 가치관을 정립하고 자신의 비전과 목적을 갖게 되며 꿈과 희망을 가지고 자기 나름의 삶의 방식에 의해 살아갈 수 있게 된다는 것이다. 이에 "행복하려면 믿음이 꼭 필요하다. 믿음은 풍요로운 행복의 주춧돌이며…(중략)… 행복을 창조하는 것은 신이 아니라 자기 자신이다"라고 말하는 애덤 잭슨도 그의 저서인 〈행복의 비밀〉에서 이처럼 자아 성찰의 중요한 역할을 강조하고 있음에 주목할 필요가 있다.

그러기 위해서는 지속적인 성찰을 통하여 삶의 과정에서 무엇이 행복을 위해서 필요한 조건이고 어떤 조건을 우선적으로 만족시켜야 하는지 등 개인이 처해 있는 여건을 중심으로 판단하고 선택하는 과업이 주어지며, 한 개인은 그 과업을 처리하기 위해서 자기 나름의 어떤 원칙이나 '질서'를 선택하거나 만들어가는 노력이 필요할 것이다. 특히 자신이 처해 있는 발달단계에 따라 어떤 필요조건을 보다 더 강조할 것인지를 판단할 수 있어야 하는바, 이는 자아 성찰을 기반으로 자신만의 삶의 방식을 갖게 되고 독특한 인생관과 가치관을 갖게 됨으로써 가능하게 된다는 것이다. 다시 말해서 청소년기, 청년기, 성인기, 중년기, 노년기 등에 따라 강녕, 만남과 소통, 배려와 나눔, 자아 성찰, 자기 관리 등과 관련된 여러 조건들 중에서 어떤 조건을 우선시할 것인지 등을 진지한 성찰을 거친 후에 얻어지는 삶의 방식에 기반을 두고 스스로 판단할 수 있게 된다는 의미이다.

이와 같은 자아 성찰에 입각한 자기 관리 능력을 어느 정도 구비하게 되었느냐에 따라서 삶의 지혜를 어느 정도 터득했는가를 짐작할 수 있다고 말할 수 있다. 가정교육을 포함한 학교 교육을 통하여 꾸준한 성찰 노력을 강조하는 인성교육이 제대로 이루어지게 된다면 개인이 어떤 생각을 하고 어떤 마음을 먹느냐에 따라 개인의 행복이 크게 좌우된다고 말할 수 있다. 그러나 현행 학교나 가정에서와 같이 제대로 인성교육이 이루어지지 않은 상태에서는 청소년들이 자아 성찰력을 습득하기 어렵고 자기 관리 능력을 구비하지 못할 가능성이 높아 행복한 삶을 누릴 가능성이 많지 않을 것이라고 예측할 수 있다. 이에 삶의 과정에서 자아를 발견하기 위한 성찰노력을 기울일 수 있는 기회와 여건을 조성해 주는 사회적 노력이 더욱 필요하다고 본다. 우리 사회의 청소년들이 진지하게 자아 성찰을 통하여 자신을 발견하는 경험을 통하여 성숙하게 되면 인생의 참모습에 대하여 파악할 수 있게 되고, 자기 자신을 관리할 수 있게 된다는 것이다. 말하자면 개인들이 보다 자기다운 삶을 살아가기 위한 노력을 경주할 수 있게 될 때, 지혜로운 자기 관리 능력을 구비하게 되면 행복한 인생을 향한 준비가 되어 있다고 인정할 수 있고 행복한 삶을 살아갈 가능성이 높아지게 된다고 추정할 수 있다.

행복은 삶을 대하는 개인의 태도와 살아가는 방식과 깊은 관계를 가지고 있기에 '행복은 삶의 방식/습관'이라고 정의하는 사람들도 있다. 즉 지혜로운 선택과 판단이 가능하도록 삶의 습관을 형성해 가는 노력, 곧 자아 성찰을 통하여 지혜롭게 판단하고 선택할 수 있는 능력을 갖도록 노력하는 과정에서 자신에게 적합한 삶의 습관을 형성하고 그를 지혜롭게 관리해 나가는 삶의 양식을 습득하게 되면 삶의 지혜를 깨닫게 되는 경지에 이르렀다고 말할 수 있다. 이 과정에서 지혜로운 삶의 습관이나 양식을 형성하게 되고 그에 입각하여 성공적으로 살아가면서 행복을 누릴 수 있게 되면 행복 지혜를 얻게 되었다고 인정할 수 있고, 행복 지혜를 통하여 삶의 과정에서 핵심적으로 작용하는 습관이나 삶의 방식을 터득하게 되면 행복한 삶을 누릴 가능성이 높다고 볼 수 있다. 그러므로 이러한 성찰의 과정을 거치지 않고서는 저절로 또는 타의로 지혜로운 판단 능력을 습득하기 어렵고 나아가 삶의 지혜를 깨닫기 어려울 것이라는 것은 너무도 자명한 것이다.

또한 자아 성찰 과정에서는 자신만의 고유한 행복관을 정립하는데 중점을 두되 그에 따라 살아가는 과정에서는, 행복은 마음먹기에 달려있다고 단순화하기보다는, 보다 구체적으로 '행복은 자기 자신을 다스리기에 달려있다'라고 표현할 수 있다. 그리고 자신의 삶과 관련된 행복의 필요조건들을 지혜롭게 관리해 나갈 때에만 진정한 의미의 행복을 누릴 수 있다는 것이다. 이러한 행복의 의미는 프랑스의 사상가인 미셸 드 몽테뉴가 주장하는 바와 일치하고 있는바, "각 개인은 스스로 자신의 삶의 방식이나 성격, 감성, 신체적 조건, 장단점, 열망과 꿈 등에 따라 자신에게 맞는 적절한 행복의 길을 찾아야 한다"라는 그의 주장은 자아 성찰에 기반을 둔 행복관에 따라 자신을 지혜롭게 관리해 나가야만 행복을 누릴 수 있게 된다는 말과 합치하고 있다. 그리고 자신이 살아온 인생을 깊이 성찰하여 인생의 근본 원칙을 깨닫고 그것과 조화를 이루는 삶을 시작할 때면 비로소 자신의 '지혜로운 주인'이 되어 진정한 행복을 느끼게 될 것이라는 점을 철학자 알렌도 지지해 주고 있다.

다양한 세상사를 경험하고 성장하면서 본격적으로 자신을 되돌아보게 되면 삶의 가치나 중요성 및 의미를 파악하는 데에서부터 시작하여 궁극적으로는 삶의 한계, 즉 죽음을 의식하게 되고, 죽음에 대비하기 위하여 보다 진지하게 행복을 추구하며 살아간다는 이야기까지도 경청할 필요가 있다. 즉 자신을 깊이 있게 되돌아보고 필연적으로 다가오는 죽음의 존재까지도 인정하고, 자신을 발견하게 되면 자신의 삶의 의미와 관련된 행복을 추구할 가능성이 높아지기 때문이다. 게다가 자아 성찰이 이루어진 후에야 인생의 진정한 의미를 깨닫게 되고, 자신의 잠재 능력을 최대한 발휘하여 탁월한 인생을 추구할 수 있게 되며 그로 인한 행복한 인생에 관하여 자기 나름의 결론을 얻게 되고 자신만의 고유한 행복관을 갖게 된다는 것이다. 그리고 행복관에 따라 삶을 영위해 나가는 과정에서 행복 관련 필요조건들을 삶의 일부로 수용하며 그에 적극 적응하고 습관화하여 실천해 나가는 노력을 통하여, 즉 행복을 위한 삶의 습관을 조성하고 그를 지속적으로 수정하고 보완해 나감으로써 행복한 삶을 누릴 수 있게 된다는 의미로 받아들여야 한다. 이와 관련하여 독일의 심리학자(로고세라피 전문가) 뵈세마이어는 "지금 이곳에 당신의 행복이 있다; 자신이 처한 상황을 최상으로 만들 수 있는 기회, 삶의 의미를 발견할 수 있는 기회를 찾는 것이 행복의 시작이다"라고 주장하며, "지금 이 순간, 이 장소에서 삶의 의미를 찾을 수 있다. 멀리서 보물을 찾지 말라, 오늘 이 장소에서 보물을 찾아라"라고 권장하고 있어 이에 경청할 필요가 있다.

제 4 장

자기 관리와 자아실현의 길

자유인만이 지속 가능한 행복을 누릴 수 있다

인류의 역사는, 한마디로, 인간이 인간답게 살기 위해서 자유自由와 이성理性을 추구하고 발달시키기 위해서 노력해 온 과정이라고 정의할 수 있다. 즉 사람들은 자유롭게 생각하는 능력을 발휘함으로써 자신의 욕구를 통제하고 지혜롭게 판단하고 선택할 수 있게 되면 행복을 누릴 수 있다는 가능성을 지속적으로 증대시켜 왔고, 그 후 조상들의 수준에 만족하지 않고 지금까지도 그 경지로부터 꾸준히 발전해 오고 있다고 볼 수 있다. 특히 서구사회에서 인간답게 살기 위한 기본 조건은 자유이고, 그 자유를 의미 있고 가치롭게 누릴 수 있기 위해서는 이성을 발달시켜야 한다고 계도하는 계몽주의의 등장은 중세 이후 사회를 크게 변화시켜 왔다. 서구사회가 계몽주의의 영향으로 인하여 변모해 온 여러 모습 중에서도 그 핵심이라고 볼 수 있는 것은 서구인들 자신이 자유롭게 태어났다고 믿기 시작하였다는 점이다.

유럽 사회에서 그러한 믿음을 지니게 된 것은 자유롭게 생각하고, 이성적으로 사유思惟해서, 자율적으로 판단하고 결정할 수 있는 삶을 누릴 수 있다는 확신 하에서 누구나 자유를 누리며 합리적인 판단과 결정을 통하여 자유로운 삶을 누릴 수 있게 되면 결국에는 자신만의 행복한 삶을 누릴 수 있게 되며, 그 자유로운 선택과 결정으로 얻은 자신만의 행복이 진정한 행복이라는 인식이 빠르게 보급되었기 때문이다. 그러한 추세는 18세기부터 과학 기술에 기반을 두고 점화된 산업혁명이 성공하면서 삶의 질적 수준의 향상을 누리게 된 19세기 후반에 들어 꽃을 피우기 시작하였고, 급기야는 20세기에 진입해서는 수많은 자유 민주 국가가 등장하게 되었고, 개인주의에 기반을 둔 자유민주주의가 크게 확산되고 개인이 자유를 만끽하는 것은 이제 당연한 인간사가 되었으며, 그러한 인식을 배경으로 한 개인주의적 행복 논리가 정착되어 열매를 맺기 시작했다고 요약할 수 있다.

이러한 맥락에서 젊은이들은 생득적으로 부여받은 '자유의지自由意志'를 기반으로 하여 주어진 환경과 여건하에서 성장해 가는 동시에, 사회화 과정에서 수많은 시행착오를 경험하고 자신의 감정, 의지, 행동을 조절하는 능력을 습득해 나가야 하는 숙명을 지닌다고 볼 수도 있다. 그러기에 자신에게 부여된 자유의 참된 의미를 정확하게 이해하고 실천하기 위해서는 우선적으로 자유는 일종의 건강과 같은 개념으로 인식할 필요가 있다. 말하자면 무엇이든지 소유하고 있던 것을 상실해 보아야 그것이 얼마나 귀중하고 값진 것인지를 제대로 깨달을 수 있다는 격언을 수용하고, 건강을 잃고 고통을 당해 보아야 일상생활에서의 건강의 가치를 정확하게 이해하는 것과 마찬가지로, 자유도 구속받고 통제받으며 박탈당해 보아야만 그 의미를 제대로 이해할 수 있을 것이라는 성현들의 명언에 경청할 필요가 있다는 것이다. 이와 더불어, 자신에게 부여된 건강이나 자유의 참뜻을 이해하고 그를 제대로 활용하며 살아가기 위해서는 그와 결부된 '책임과 의무'를 겸허하게 수용할 필요가 있다는 점을 이해하는 것도 누구나 경험해야 할 일종의 성찰이라고 보고, 그러한 자아 성찰 과정을 거치는 과정에서 자유와 자율성의 의미를 정확하게 이해하고 성찰하는 과정을 거쳐야만 진정한 행복도 누릴 수 있는 자격을 부여받게 된다는 점도 이해해야 할 필요가 있다.

"인간은 자유를 소유할 수 있도록 창조된 존재인 동시에 부자유라는 틀 안에서 살아야 하는 존재다"라고 주장하는 프랑스의 실존주의 철학자 사르트르에 의하면, 우리는 자유를 가지고 있음에도 자신의 미래를 완벽하게 예측하고 준비할 수 없는 운명에 처해 있다는 것이다. 그러므로 "인간은 탄생과 죽음 사이에서 부단히 선택(B와 D 사이에는 C가 존재할 뿐; Choice between Birth to Death)하지 않으면 안 되는 실존적 자아임을 인식하고 자신의 자율적 선택과 결정에 대하여 자신이 책임을 져야만 하는 존재라는 것을 깨달을 필요가 있다"고 주장하고 있다.

한편 철학자 외버렝겟은 "인간은 선택하고 결정할 수 있는 자유의지를 지니고 있으며, 자유의지를 올바르게 사용하는 과정에서 자기 존재의 정당성과 가치를 맛볼 수 있는데 그 정당성과 가치가 바로 행복의 진수"라고 주장하고 있다. 행복은 개인의 욕망과 욕구를 해소한다고 얻어지는 것이 아니라 여러 가지 욕망과 충동적인 욕구를 자제하며 선택하고 결정하면서 얻을 수 있다는 것이다. 자유의지는 '신이 인간에게 내린 선물'이기에 각자의 삶을 각자의 방식대로 살 수 있는 능력과 권위를 지니고 있어야만 행복에 도달할 수 있다는 점을 지적하고 있다. 이들의 주장은 성경(창세기, 요한복음) 말씀으로도 그 정당성을 인정받을 수 있는데, 인간이 행복과 자유를 보장받은 '에덴동산'으로부터 추방됨으로써 원죄 의식을 갖게 됨과 동시에, 원래의 에덴동산(행복)을 그리워하며 추구하는 본성을 가지게 되었다는 것이다. 모든 개인이 에덴동산을 그리워하는 것처럼 행복을 자유롭게 추구할 수 있다는 의미는 신으로부터 자유의지와 책임감을 동시에 부여받았기에 개인이 자유롭게 행복을 추구할 수 있으나 그 결과는 자신이 책임을 지는 운명을 지게 되었다는 것으로 해석할 수 있다.

* * *

이와 같은 전제하에서 "행복한 삶이란 아무런 방해를 받지 않고 자신의 탁월함을 펼칠 수 있는 삶이다"라는 아리스토텔레스의 주장이나, "재능을 가지고 태어난 자는 그 재능에 따라 사는 것이 가장 행복한 삶이다. 우리가 행복을 바란다면 행복해지기 위해 전심전력을 다해야 한다"라고 주장하는 독일의 낭만주의 작가인 요한 볼프강 폰 괴테(《빌헬름 마이스터의 수업시대》)를 비롯하여, "행복은 주어지는 것이 아니라 쟁취, 성취, 정복해야 하는 것이다. 행복이란 우리의 능력이 최대한 발휘되고 우리가 사는 세상이 최대한 실현되는 것과 함께 한다"라는 영국의 역사가이며 수학자인 버트란드 러셀의 주장은 자유를 행복의 중요한 전제조건으로 내세우고 있다는 점을 말해 준다. 이와 함께 철학자 알랭은 자유의지와 행복 간의 관련성을 "누구나 우연히 떨어지는 행복보다는 스스로 만들고 싶어 한다. 행복한 농부는 자유로이 일하는 것이면 가장 좋고 노예처럼 일하는 것이면 가장 괴롭다… 인간은 자유로운 행동 속에서 행복을 느낀다. 즉 인간은 스스로 부여한 규율 속에서만 행복한 것이다. 여기서 개인의 자유의

지와 결부된 책임과 스스로 설정한 규율이 결부되어 개인의 자율능력이 함양된다"는 점을 파악할 수 있게 된다.

인도의 힌두교 경전인 〈바가바드 기타(간디 해설)〉에서는 '건강, 만족, 신뢰, 자유에 우리의 에너지를 집중해야 한다'라고 권장하고 있는데, "가장 위대한 선물은 건강이다. 가장 위대한 재산은 만족이며, 사람들 간에 신뢰가 가장 위대하다. 그리고 자유는 궁극의 행복이다"라고 지적하며 행복을 추구하기 위하여 자유가 가장 소중하다는 점을 강조하고 있다. 젊은이들은 가정을 떠나 사회에 나가 다양한 사람들과 자유롭게 교류하며 다양한 체험을 하게 되고 자율적으로 선택하고 결정하는 연습과 더불어, 그 결과에 따른 책무를 인식하게 되며 자신의 행동이 미치는 영향력에 관해서도 학습하게 되며, 타인들과의 원만한 관계를 형성하며 자아 정체감을 자유롭게 형성해 가는 것이 일반적인 삶의 과정이라고 볼 수 있다. 그리고 자신이 바람직하다고 믿고 원하는 바를 실현하는 방향으로 행동하게 되는 데 자신의 신념에 기반을 두고 의도하는 목표를 성취하고 꿈과 비전을 추구하는 일관된 행동을 보이면 자율적으로 자기를 조절하고 관리하는 능력을 갖추었다고 인정할 수 있다.

한편, 심리치료사인 엘리자베스 루카스는 자유에 관하여 'xxx으로부터의 자유'와 'xxx을 할 자유'로 구분하고 젊은이들이 'xxx을 할 자유'를 발휘할 것을 권면하고 있다. 전자의 자유는 타고난 육체적, 심리적, 사회적 조건으로부터 자유로운 사람이 없기에, 완전한 자유를 추구하기 어렵다고 보고, 후자의 '선택할 자유'에 초점을 두어야만 행복을 성취할 수 있다고 주장하고 있다. 상상보다 훨씬 광범위한 선택할 자유에 대해서 루카스는 "타고난 운명이라는 도전에 부딪혀서야 비로소 가치를 발휘하는 것도 자유다… 주어진 운명으로부터 어떤 결과를 빚어낸 것인가는 각자의 몫이며, 개인은 자신의 자유로운 선택에 책임을 져야 한다"라고 강조하고 있다. 젊은이들이 이러한 단계에 이르기 위해서는 자신의 문제를 스스로 해결하고 그에 대하여 책임을 질 줄 아는 과정을 직접 경험하며 자율성을 함양하기 위해서는 기본적으로 자유가 보장되어야 하는데, 자유롭게 선택하고 결정해 보기, 자유롭게 문제를 해결해 보며 경험을 쌓기, 주위 인물들과 자유롭게 교류하기 등이 자율성 함양의 중요한 기반이 된다고 제언하고 있다. 이와 함께 프랑스의 과학자이자 승려인 마티외 리카르는 그의 저서 〈행복, 하다〉에서, "자유롭다는 것은 우리가 자신의 주인이 되는 것이다. 자유롭다는 것은 정신을 지배하여 흐려놓는 번뇌의 속박으로부터 해방되는 것이다. 자유로워진다는 것은 내적 변화의 길을 걷는 능력을 갖추는 것이다"라고 자유를 누리기 위해서는 개인의 자율능력의 함양이 중요하다는 점을 지적하며 행복도 그러한 자율능력의 산물임을 설파하고 있다. 그리고 이러한 주장과 같은 맥락에서 "인간은 선택하고 결정할 수 있는 자유의지를 올바르게 사용하는 과정에서 존재의 정당성과 가치를 맛볼 수 있고 그것이 바로 행복의 진수이다"라는 영국의 작가 올더스 헉슬리의 주장에도 주목하면서 자유롭게 자신만의 행복관을 정립하고 그를 추구하기 위한 자율적인 삶의 태도를 취할 필요가 있다.

그리고 히틀러의 유대인 대학살에서 살아남은 정신과 의사 빅터 프랭클은 "어떤 상황에서도 자신의 반응과 태도를 스스로 결정할 수 있는 자유가 있다… 인간의 삶과 세상은 우리의 해석을 통해 현실이 되는 것이다. 현실에 대해 통제력을 적용할 수 있는 자유는 인간의 중요한 자원이다…(중략)… 불행한 현실에서도 우리 자신에게 자유를 줄 수 있다는 태도를 지니고 살아간다면, 행복을 스스로 창조해 낼 수 있다"라고 주장하고 있다. 이에 대해서 현대를 살고 있는 젊은 이들은 "좋은 삶을 살려면 주변 상황과 관계없이 자신의 삶에 권위와 통제력을 행사할 수 있어야 한다. 이를 위해서는 먼저 스스로 할 수 있는 일과 할 수 없는 일을 객관적으로 구분해야 한다. 인간은 단순히 존재하는 것이 아니라, 항상 자신이 어떻게 될 것인지, 매 순간 자신이 무엇이 될 것인지를 결정하는 존재임을 자각하고 자율성을 중시한 자기 관리 능력을 키워나갈 것을 명심할 필요가 있다"고 철학자 외버렝겟은 주장하고 있다. 말하자면, 선택은 항상 내게 달려 있다는 점을 인정하고 자신이 선택한 결과로써 얻어지는 불행한 경우나 행복한 경우 모두를 의연하게 수용할 태도를 갖는 것이 진정한 행복을 누리기 위한 준비라고 말할 수 있다.

* * *

이와 같은 경각심을 가지고 사전에 자기 자신을 관리할 수 있는 자아정체성을 확립하는 진지한 노력을 통해서만 진정한 자유인이며 자율적인 존재가 될 수 있다는 점에 특별한 관심을 가지고 거시적이며 미래지향적인 삶의 비전과 목적을 자기고 자신을 다스릴 수 있는 존재가 되기 위한 마음가짐을 가질 필요가 있다. 이에 대하여 철학자 외버렝겟은 "행복은 나를 포함하지 않는 주변 세상에 의해 결정되는 것이 아니다. 만일 인간으로서 만끽할 수 있는 진정한 자유를 스스로 창조할 수 있다면 그것은 행복한 삶으로 가는 지름길이 될 것이다"라는 말로 간략하게 표현해 주고 있다. 그리고 아리스토텔레스가 그의 저서 〈니코마코스 윤리학〉에서 언급한, "어떤 종류의 것이든 자신의 탁월함을 '아무런 방해를 받지 않고' 발휘할 수 있는 것이 본래적인 행복이다"라고 강조하고 있다. 여기서 외버렝겟이 '인간으로서 만끽할 수 있는 진정한 자유를 창조할 수 있다면'이라는 내용은 아리스토텔레스가 언급하고 있는 '아무런 방해를 받지 않고'와 유사한 의미를 내포하고 있다.

이와 더불어 진정한 자유란 자신이 '하고 싶지 않은 일을 하지 않아도 되는 것'이라는 측면도 동시에 고려해야 할 것이다. 이는 방해받는 일을 거부하거나 극복하고 자신이 추구하는 의지를 구현하기 위한 적극적인 자유의 가치를 중시한다는 점에 주목할 필요가 있다는 의미로 인식되어야 한다. 여기서 '적극적인 자유'란 영국의 사상가인 이사야 벌린이 자신의 저서 〈자유론〉에서 자유를 소극적 자유와 적극적인 자유로 구분하고, 소극적인 자유(Negative liberty)는 일반인들을 대상으로 특별히 금지하거나 방해하지 않는 측면을 말하는 데 반하여, 적극적인 자유(Positive liberty)란 간섭받지 않을 자유를 보호하고, 각자 개인적이고 정신적인 성취를 추구할 자유를 존중해야 한다는 주장을 수용하고 있는 입장을 취하고 있다는 점을 이해해야 한다. 정리하자면, 여기서 본질적인 것은 개인이 방해를 받지 않거나 방해요인들을 거부하거나 극복하며 '하고 싶지 않은 일'을 하지 않을 수 있다는 점과 더불어, '자유롭고 자율적으로' 자신이 추구하는 바를 추구하지 않으면 진정한 행복을 추구할 수 없다는 점을 강조하고 있다. 이와 같이 '자유와 행복 간의 관계'를 올바르게 인식하는 입장을 견지함으로써, 행복을 추구하는 과정에서 중요시해야 할 자유를 '기본 전제조건'으로 수용할 필요성을 강조해 주고 있다.

마지막으로, 영국의 저널리스트인 줄스 에번스가 그의 저서 〈삶을 사랑하는 기술〉에서, 자유주의를 넘어 행복의 정치학으로 나갈 필요성을 강조하면서, 존 스튜어트 밀이 말한 "자기만의 방식으로 자신의 행복을 추구하도록 자유를 보장해야 한다"는 주장을 인용하고 있는 입장도 이해할 필요가 있다. 말하자면 사회적으로 주어진 소극적인 수준의 제도나 정책의 수준을 넘어, 또는 특정 철학이나 종교에서 주장하는 자유를 넘어 개인마다의 행복관에 입각하여 행복을 추구해 나가는 데 필요한 '적극적인 자유'가 필요하다는 점도 진지하게 음미해 볼 필요가 있다는 것이다. 이에 학교 교육에서는 학생들로 하여금 자유 민주 국가의 국민으로서 자유롭게 자기 자신을 표현하고 자유롭게 행동하며 타고난 잠재 능력을 자유롭게 개발하며 자아실현 해 나갈 수 있는 자유를 보장받지 못한 상태에서는 진정한 행복을 지속적으로 누릴 수 없다는 점을 인식하도록 다각적인 방법으로 계도해 나가야 한다. 그리고 자신의 의지에 따라 자유롭게 선택하고 결정할 수 있는 여건에서 자신의 취향에 따라 꿈과 희망을 구현해 나갈 수 있고, 개인이 자유롭게 자신의 이상과 비전을 추구함으로써 진정한 의미의 행복을 누릴 수 있다는 신념을 갖도록 교육하고, 그를 생활 속에서 실천할 수 있도록 안내하고 지도하는 것이 행복 교육의 핵심이 되어야 한다는 점을 강조하고 싶다.

자율능력은 자기 관리의 핵심 추동력

어느 시대나 사회를 막론하고 청소년들에게는 자기 자신을 발견하고, 자기다운 꿈과 비전을 추구하며, 자신만의 삶을 사는 데 필요한 신념과 가치체계를 구축하고, 잠재 능력을 개발해 나가는 등 앞으로의 삶을 기획하고 대비해야 하는 임무가 주어져 있다. 청소년들이 인간다운 삶을 살아가기 위해서 필요한 기본적인 준비 업무를 수행하기 위해서는, 우선적으로, 가정이나 학교·사회에서 진정한 자유를 보장받고 자유 분망하게 경험하며 깨달아 가는 다양한 체험활동이 요구된다. 그리고 자율적으로 신념과 가치체계를 정립하고 그에 입각하여 자아실현 목표를 정립하고 실천하는 과정에서 자신만의 의미와 가치를 추구할 수 있도록 판단하고 실천해 나갈 수 있는 '자기 관리 및 조절 능력'이 필요한 것이다. 이와 같은 자기 관리 능력을 성숙한 수준으로 신장시켜 기대하는 만큼 원활하게 작동할 수 있도록 하기 위해서는, 일반적으로, 자아 정체감을 가지고 자아 성찰한 상태에서 자아실현에 적합한 목적과 비전을 자율적으로 설정하는 일과 그 실천 과정에서의 관련된 가치와 의미를 추구하는 판단 능력이 그 중심을 이룬다고 볼 수 있다.

미성년자들이 자신의 꿈과 희망에 따라 자기 자신을 성장 발전시키는 동시에, 사회적 문화와 도덕에 따라 자신을 훈육하고 단련시키며 성인으로 성장하고 변모하게 되는 데, 이러한 과정을 '자기 자신을 관리하고 다스린다'라고 하며 이를 동양 사회에서 전통적으로는 수신修身이라고 칭하여 왔다. 이 과정은 건전한 사회인으로 성장하여 행복한 개인으로 살아가기 위하여 필수적으로 요구된다는 것은 주지의 사실이다. 그러나 요즈음 우리 사회를 포함하여 세계적으로 보아도, 건전한 사회인이 되기 위해서 필요한 수신 과정을 적절하게 이수하여 사회공동체 일원으로서 행복한 개인 생활을 누릴 수 있는 능력을 함양하고 그럴 만한 자격을 구비했다고 할 수 있는 개인들이 많지 않다고 보는 것이 일반적인 견해이다. 그로 인하여 과도하게 개인적인 욕구 추구에만 관심을 가지고 이기적인 태도에 함몰되어 쾌락지향적인 생활을 추구하는 경향이 강하지만, 제대로 수신하지 못한 결과로 인하여 마땅히 누려야 할 행복한 생활을 제대로 누리지 못하거나, 자유롭게 자기다운 삶을 추구하지도 못하고 있는 '자기 관리 능력이 빈약한 개인들'이 적지 않다는 현실을 우리 주위에서 어렵지 않게 발견할 수 있다.

보다 구체적으로, 한 개인이 행복한 삶을 추구하기 위해서는, 자신이 가지고 있는 꿈과 희망을 비롯해서 잠재적 능력, 목적과 비전, 관련 지식과 체험, 심리적 장점과 미덕, 친구 관계, 직장생활 경험 등을 통합적으로 관리해서 형성한 자신만의 고유한 인생관과 행복관을 기반으로 삼아, 지혜롭게 자기를 관리하는 능력을 키워나가는 노력이 필수적으로 요구된다. 지혜로운 자기 관리는 곧 행복 지혜의 습득을 위한 기본이라는 관점에서 보면, 개인이 현명하게 자기를 관리하기 위해서 긍정적 태도나 긍정 마인드를 가지고 문제에 직면하는 지혜도 필요한 동시에, 자신의 정서 지능 수준에서 최적의 정서 상태를 상정하고 긍정 정서를 함양하는 일을 중시하며, 특히 웰빙을 추구하는 정서 상태를 적극 실천하고 습관화하려는 노력이 필요한 것이다. 긍정 정서와 자기 관리, 웰빙과 자기 관리, 자기 관리 능력과 행복 지혜 간의 관련성을 중시하고 그를 상황이나 여건에 적절하게 활용하려는 노력이 요구되지만, 특정한 행복의 조건을 갖추거나, 다수의 강점과 미덕을 구비한다면 자동적으로 행복이 보장된다는 식의 접근에는 문제가 있다는 점에 유의할 필요가 있다. 그리고 강점과 미덕을 갖추어도 그들을 자기 관리 차원에서 지혜롭게 다스리지 못하여 적절한 선택과 결정을 하지 못하게 되고, 자신만의 행복관을 정립하며 자기 다스리는 노하우를 단련시키는 일에 소홀하면서 타인들을 모방하는 데 급급하게 되면, 지속적으로 행복을 추구하기 어렵게 될 수도 있다는 점에 주의할 필요가 있다.

또한 행복을 추구하는 실제 삶의 현장에서 보다 종합적인 차원에서 보면, 자기 자신을 다스리고 관리하는 측면과 긍정 정서와 웰빙이 높은 상관관계를 보일지라도 긍정 정서만으로 지혜로운 자기 관리를 예상하거나 웰빙 상태만으로 지혜로운 자기 관리가 자동적으로 해결될 것이라고 예단하기 어렵다는 점에 유념할 필요가 있다. 즉 개인들이 실제 생활에서 긍정적인 정서를 습관화하려고 부단히 노력한다고 해도 항시 긍정적 정서 상태에서만 대인관계에 임하거나 업무를 추진할 수 없다거나, 웰빙을 추구하면서도 정신적 건강을 누리기 어렵다거나, 웰빙 상태와는 거리가 먼 상태에서도 행복감을 경험할 수 있다는 점 등을 어렵지 않게 예상할 수 있다. 그로 인하여 일반인들로 하여금 긍정 정서와 웰빙의 추구만으로 행복이 보장되는 것처럼 잘못된 신념을 심어 줄 수 있어 결국 자신만의 진정한 행복을 누릴 수 없게 만드는 경우도 있다는 것을 예상하고 그에 대응해야 한다.

오늘의 현실에서, 보다 포괄적인 관점에서 보면, 높은 수준의 정서 지능이나 도덕 지능은 긍정적 정서와, 또는 웰빙 상태와 높은 상관을 보일 것으로 예상된다. 또한 경우에 따라서는 긍정적 정서와 의사소통하는 태도, 도덕 지능과 감사하는 생활, 웰빙 음식과 규칙적인 건강관리 습관 등도 높은 상관관계를 보일 것으로 추정된다. 말하자면 대중매체를 이용하여 다수가 빠져들기 쉬운, 비교적 단순하게 예상되는 긍정 정서와 행복 관련 상황이나 웰빙과 행복 간의 관련성에 과다하게 의존하여, 보다 중요한 자기 자신을 관리하는, 즉 자기를 지혜롭게 다스리는 능력을 함양하는 데 소홀히 할 수도 있다는 지적에 주목할 필요가 있다는 것이다. 그리고, "오늘의 내 모습은 어제에 내가 생각한 것의 결과물이며 지금의 내 생각이 내일의 내 삶을 결정한다. 결국 내 삶은 내 마음의 창조물이다"라는 석가모니의 가르침에 따라 순간순간마다의 행복을 누릴 수 있는 방향으로 긍정적 태도를 가지고 자신의 마음을 온전하게 다스리며 살아가는 마음가짐을 습관화할 수 있도록 노력할 필요가 있다.

* * *

일반적으로 청소년기에는 중요한 행복의 조건으로 인식되는 '신체적 건강 증진, 자신의 감정 다스리기, 원만한 인간관계 맺기, 꿈과 희망 가꾸기' 등을 진지하고 충실하게 습득하고 실천하는 데 중점을 두는 동시에, 자신의 꿈과 목적에 적합한 신념과 가치체계를 구축하고 그를 기반으로 적절한 행복관을 정립하고 그를 달성하기 위한 삶의 방식을 추구해 나가는 데 중점을 두어야 한다. 간단하게 말하자면 '누구나 노력하고 준비하면 행복해질 수 있다'는 신념을 바탕으로 행복을 추구하기 위한 자기 나름의 방법을 강구할 필요가 있는데, 그중에서 자기 자신을 다스리고 관리하는 능력을 실제 체험을 통하여 키워 나가며 습관화하려는 일이 우선적으로 요구된다고 말할 수 있다.

이를 위하여 행복 결정 요인과 삶의 관련성을 정확하게 이해하고 실천할 필요가 있는데, 행복에 관련된 정확한 지식과 정보를 자신의 여건에 적용시키겠다는 다짐을 하고 그 확신에 따라 행동하게 될 때 그 행동을 지지하는 용기, 의지력, 추진력, 인내력 등이 요구된다. 미국의 심리학자 윌리암 제임스는 우리의 삶에서 습관의 힘이 막강하다는 것을 강조하며 바람직한 방향으로의 습관 형성에 힘쓸 것을 주장하고 있다. 그에 의하면, "물은 자신의 힘으로 길을 만든다. 한 번 만들어진 물길은 점점 넓어지고 깊어진다. 흐름을 멈춘 물이 다시 흐를 때에 과거에 자신의 힘으로 만든 그 길을 따라 흐른다"라고 비유적으로 습관의 역할을 지적하고 있다. 또한 제임스는, "우리 삶이 일정한 형태를 띠는 한 우리 삶은 습관 덩어리일 뿐이다. 심리적이며 감정적이며 지적인 습관들이 질서정연하게 조직화되어 우리의 행복과 슬픔을 결정하며, 우리의 운명이 무엇이든 간에 우리를 그 운명 쪽으로 무지막지하게 끌고 간다"라고 진술하며 습관의 힘을 적절하게 활용하는 것도 삶의 지혜가 될 수 있다고 강조하고 있다. 이와 함께, 끈기 있고 지속적인 행동을 통하여 새로운 습관이 형성되면 그를 생활화하고 내면화할 수 있다는 다양한 연구 결과들을 기반으로 하여, '새로운 습관이 장기적으로는 자신의 성격 형성에 영향을 미치게 되며, 성격은 결국 자신의 운명을 좌우하는 영향력을 발휘하게 된다'는 주장에도 주목할 필요가 있다.

이것은 인도의 마하트마 간디도 주장하던 바인데, "당신의 믿음이 당신의 생각으로 변하고, 당신의 생각이 당신의 말이 되며, 당신의 말이 당신의 행동으로 표현되고, 당신의 행동이 당신의 습관으로 발전하고, 당신의 습관이 당신의 가치관이 되며, 당신의 가치관이 당신의 운명이 된다"라는 것이다. 현재에도 널리 회자되고 있는 이 명언은, 특정 태도나 가치관을 형성하는 일은 행동의 습관화를 통하여 대도가 형성되는 동시에, 가치관이 정립되고 생활화되어 내면화될 수 있고, 그 내면화가 곧 자신의 성격에 영향을 미치고, 그 성격이 자신의 삶을 좌우하게 된다는 것이다. 그리고 런던대학교의 행동과학자인 폴 돌런도 그의 저서 〈행복은 어떻게 설계되는가〉에서 행복을 효율적으로 생산하기 위한 개인마다의 습관(삶의 방식)이 필요하다고 주장하며 자신만의 행복의 창출과 유지에 필요한 방향으로 습관을 형성하고 유지하려는 노력이 요구된다는 점을 지적하고 있다.

정리하자면, 자기 발견, 적성 및 잠재력 개발, 건전한 가치관 정립, 목적과 비전 정립 등의 노력과 더불어, 대학생활 과정에서 보다 진지하게 진리를 탐구하는 태도와 함께 자기답게 살아갈 수 있도록 준비하는 노력이 절실히 요구된다. 우선 남보다 뛰어나려는 것보다는 남과 다르게, 자기답게, 가치롭고 의미 있게 살기 위한 준비에 중점을 두고, 자율능력을 함양하고 그를 기반으로 자기 자신만의 가치와 의미를 추구하며 행복을 누릴 수 있도록, 누구에게나 '자신의 몸과 마음을 다스릴 수 있는 능력이 주어졌다'라는 신념을 가지고 자신을 조절하고 관리해 나가는 능력을 함양하기 위한 진지한 노력이 필요한 것이다.

예를 들자면, 요즈음 대학생들이 밀물처럼 몰려오는 IT 기기를 포함한 급변하는 과학 기술과 거대하고 막강해지는 상업주의 현실 속에서 불가피하게 사용하고 있는 디지털 기기 등으로 인한 과도한 '디지털 쾌락' 추구가 우리의 정신 건강에 미치는 영향을 고려하지 않으면 안 되는 현실에 대해서 경각심을 가질 필요가 있다는 것이다. 특히 사회적으로 널리 활용하고 있는 SNS 등에 탐닉하여 자신도 모르게 뇌화부동하게 되는 현상 등을 위시로 하여, 다수의 행동에 동조하고 무조건적으로 모방하게 되는 현상이 급증하고 있다는 현실을 외면할 수 없게 된 것이다. 이러한 현실에 마치 모두가 동참해야 할 것으로 인식하거나 자신도 모르게 대중들의 사고와 획일화되는 현상들에 적나라하게 노출되어 있는 대학생들이 자신을 관리하지 못함으로써 부정적인 영향을 받게 될 가능성이 매우 높아지고 있는 경향으로부터 자신을 지켜 낼 수 있는, 자기다운 삶을 주도하고 누릴 수 있는 노력이 더욱 절실해졌다고 본다. 말하자면 자신도 모르게 '디지털기기 의존형'이나 '엡 의존형' 생활 습관을 갖게 되고 유행의 물결에서 벗어날 생각조차 하지 못함으로써 자율능력을 상실하게 될 수도 있으며, 사고력이나 창의력을 저해하는 요인들에 스스로 매몰되어 그로부터 탈피하지 못하는 불행한 사태가 발생할 가능성이 갈수록 많아진다는 점을 인식하는 것 자체가 자신을 관리할 수 있는 출발점이 될 수 있다.

이를 출발점으로 삼아, 자신의 생활 중심으로 자신에게 유리한 방향에서 행복과 상관이 높은 조건들을 자신의 생활에 접목시켜 행동으로 옮기고 그를 습관화하고 나아가 자연스럽게 생활화하게 되면 행복한 생활을 누릴 가능성이 높다는 가설이 성립한다. 말하자면 행복감은 주관적인 성격을 지닌 것이기 때문에 자신이 생각하기에 무엇을 어떻게 행동하면 어떤 결과를 기대하는 만큼 얻을 수 있다는 자신 나름의 확신을 가지고 그를 스스로 검증하려고 노력한다면 그것이 바로 자신만의 가설검증과 같은 '가설 연역적 논리'라고 말할 수 있다. 만약 살아가면서 자신의 가설적 주장을 지지하는 결과가 나온다면 그를 자신만의 고유한 행복관을 정립시키는 데 필요한 근거로 삼고 그에 따라 행동하고 그를 습관화하기 위한 노력이 필요한 것이다. 반면에 만일 자신의 가설과는 다른 결과가 나오는 경우에는 자신의 가설을 수정하여 다시 새로운 가설을 정립하고 그에 입각하여 새로운 습관을 형성해 나가는 논리로서 우리들의 삶의 과정에서 경험한 문제해결을 위한 접근 논리와 매우 유사한 것으로 친숙하게 느껴지는 경우를 말한다. 이를 지지하면서 습관의 힘을 강조하는 찰스 두히그는 "의지력도 결국 습관이며 자신의 행복을 지향하는 방향으로 의지를 습관화할 필요가 있고 경우에 따라서는 습관을 바꿀 수도 있다"는 점을 그의 저서 〈습관의 힘〉에서 주장하고 있다.

이처럼 자신만의 가설을 설정하기 위해서는 과거에 인류가 행복을 추구하면서 시도했던, 특히 현자들의 다양한 노력들을 참고할 만하고, 그중에서 비교적 자신의 입장에서 보아 적절하고 실천 가능한 내용, 즉 행복을 달성하기 위하여 권장하던 자기 관리에 관한 다양한 시도들 중에서 선택하여 실천하게 되면 시행착오를 피할 수 있고 효율적으로 의도하는 바를 달성할 수 있을 것으로 예상된다. 그러기 위해서는 우선적으로 과거 수천 년 동안 인류가 자기 자신을 관리할 수 있는 능력을 함양하기 위하여 지속적으로 노력해 왔고, 그 결과로써 인류가 얻은 자기 다스리기를 위한 지혜, 즉 일상생활 중에서 지혜로운 자기 다스리기에 관한 성현들의 명언이나 지침, 교훈, 좌우명 등에 관심을 두고 학창 시절부터 자기 나름의 삶의 지혜를 습득하고 습관화할 필요가 있다. 그리고 이에 대응하기 위해서는 행복교육이 학교 교육과정의 주요 부분으로 자리 잡고 모든 학생들이 자율적으로 자신의 삶을 관리해 나가는 데 필요한 능력과 가치관을 함양할 수 있도록 보다 체계적이면서 실질적인 교육 활동들을 다양하게 수행할 필요가 절실하다.

목적이 없는 삶에서는 행복을 누리기 어렵다

"생각하는 대로 살지 않으면, 사는 대로 생각하게 된다"라는 폴 발레리(프랑스 시인, 사상가, 평론가)의 말은 우리에게 삶의 목적의식과 의미가 중요하다는 것을 일깨워 주기 위하여 널리 인용되기도 한다. 셀 수 없이 많은 사람들 속에서 자기 자신을 발견하고, 자신이 세상에 태어나서 해야 할 일을 찾는 것 자체가 중요하고, 자신이 찾은 일의 소명을 실현하는 일에 몰두하는 일이 행복의 원천이며 기반이 될 수 있다는 의미로 해석할 수 있다. 개인이 성장하면서 자아 정체감을 정립하며 자신만의 독특한 인생의 목표를 설정하고 그를 성취하기 위해 노력하는 일 자체가 삶의 과정이고 자아실현의 길이라고 말할 수 있기 때문이다.

개인이 자아실현에 대하여 생각하고 그를 실천하기 위하여 추구하는 목적을 설정하고 그 목적을 실천하기 위하여 생각하는 것 자체가 자신의 삶에 의미를 부여하게 되면서 삶의 방식을 창출하게 되고, 그 결과로 그 삶의 방식에 충실하게 살아가게 되는 것이다. 그리고 꿈과 비전을 가지고 자아실현을 해 나가겠다는 자신만의 소망을 갖는 것 자체가 행복을 가져다준다는 진리를 인식할 수 있어야 한다. 이에 대해서 독일의 시인 헤르만 헷세는 “행복하다는 것은 소망을 가지는 것을 말한다”라고 강조하고 있다. 그리고 이러한 관점을 수용하며 헬렌 켈러는 “진정한 행복은 자기만족을 통해서가 아니라 가치 있는 목적에 헌신할 때 찾아온다”라며 행복을 위해서는 가치 있는 일에 헌신할 필요가 있다고 주장하고 있다.

한편 미국 하버드대학의 긍정심리학자 탈벤-사하르는 “자아실현을 위한 목적의식은 삶의 의미를 부여해 주고 행복한 인생의 자양분 역할을 하게 된다”는 전제하에서, “자기 자신에게 의미가 있는 목적을 자발적으로 설정하는 일은 곧 소명 의식을 유발시킨다”고 주장하고 있다. 더 나아가 탈벤-사하르는 ‘행복이란 충만한 즐거움과 삶의 의미를 함께 느끼는 경험’이기 때문에, “목적 없는 삶은 텅 빈 껍데기일 뿐이다”라고 삶의 목적의 중요성을 간편하게 강조하고 있다. 이와 유사한 입장을 취한 철학자 외버렝겟은“어떤 목표를 정해놓고 열심히 그것을 추구하는 행위(과정)에서 만족감을 느낄 수 있지만 미래에 집착하지 않고 현재에 최선을 다할 수 있는 자기 조절이 필요하다”고 전제하며, “행복의 비밀은 지금 그대로의 삶에서 의미를 찾는 것이다”라는 것과 더불어, “일(직업)은 행복한 삶을 누리는 터전이기 때문에 일에서 의미와 즐거움을 찾으려고 노력할 필요가 있다”고 주장하고 있다. 다시 말해서 외버렝겟은 “소명 의식을 가지고 하는 일은 그 자체가 목적이며 자신에게 의미와 즐거움을 줄 수 있다”는 입장을 취하고 있어 자신이 목적하는 바를 소명감을 가지고 임하게 되면 행복이라는 보상을 받을 수 있다는 점을 젊은이들을 향하여 지적해 주고 있다.

* * *

이는 유교문화권의 행복론의 뿌리라고 볼 수 있는 '오복五福'을 구성하는 요인 중 하나인 '고종명考終命'이라는 개념과도 매우 밀접한 내용이라고 볼 수 있는데, 자신이 추구하던 소명이나 과업을 무사히 마치고 건강하게 인생을 매듭짓는 것이 다섯 번째의 복(고종명)을 누리는 조건이기 때문이다. 이와 유사하게 개인들의 "목표를 향한 여행은 그 자체가 즐겁고 우리를 행복하게 해 줄 수 있어야 한다. 스스로 선택하고 추구해 나가는 자기 일치적 목표일 때 더 큰 행복을 누릴 수 있다"고 주장하는 탈벤-사하르는 우리가 살아가는 과정에서 인생의 목표가 주는 의미가 매우 중요하다는 점을 강조하고 있어 주목할 만하다. 그는 저서 〈해피어〉에서 "좋은 환경을 수동적으로 받아들이기보다 가치 있는 활동에 적극 참여하고 목표를 향해 갈 때 더욱 행복해진다."고 지적하며 목표와 가치 관계를 중요시할 것을 권하며, "첫째로 자신의 성장 발전과 기여와 관련된 목표, 둘째로 흥미를 느끼는 목표, 개인적으로 중요하게 생각하는 목표에 초점을 맞추어 나가는 것이 바람직하다"라는 것을 중요시하고 있다. 그리고 탈벤-사하르는 "하고 싶은 일과 해야 할 일 중에서 자유롭게 선택할 수 있는 자기일치적인 것은 의미와 즐거움을 보장하나 그렇지 못한 경우도 있다. 사회적으로는 '해야 하는 일'이 개인적인 범위보다 많아 자기일치, 의미, 즐거움을 모두 보장하기 어렵다는 점을 고려하여 선택할 필요가 있다"고 주장하고 있다.

이와 함께, 미국 심리학자 조너던 헤이트는 "진정한 행복의 조건이 무엇인지 오해하는 사람들이 많다. 진정한 행복은 자기만족을 통해서가 아니라 가치 있는 목적에 헌신할 때 찾아온다"고 말하며 '가치 있고 의미 있는 목적을 소명감을 가지고 실천하는 과정'에서 얻는 행복을 특별히 강조하고 있다. 또한 오스트리아의 정신과 의사인 빅터 프랭클은 로고세라피(의미치료) 방안을 창안하여 20세기 후반 이래 중요한 기여를 한 바 있는데, 그에 의하면, 의미 있는 삶의 목표 추구는 행복과 높은 상관을 보이며, 삶의 목적을 일깨우고, 자신의 일상생활에 체계와 의미를 부여하고, 문제와 역경에 대처할 수 있도록 도와주며, 타인과 관계를 강화해 준다는 것이다. 이들의 주장은 "목적이 이끄는 삶이 행복하다(프랑스 철학자 프레데릭 르누아르)"라는 주장이나, "목표는 우리의 삶에 목적과 의미를 부여하는 힘을 가지고 있다"라는 영국 출신 심미학자 애덤 잭슨이 자신의 저서 〈행복의 비밀〉에서 주장하는 바와도 상통하고 있는 것으로 파악된다. 구체적으로, 영국 옥스포드대학의 심리학 교수였던 마이클 아가일이 주장한 바에 의하면, ① 목표가 자유의지로 선택되었을 때, ② 성취될 가능성이 높은 현실적인 목표일 때, ③ 여러 가지 목표가 상충하지 않고 일관성을 가질 경우, ④ 목표와 관련된 활동에 많은 시간을 보낼 수 있을 경우 등에서 목표가 행복에 큰 영향을 미친다는 것이다. 이들의 언급에 의하면, 행복한 사람은 대체로 자신만의 뚜렷한 목표와 실행계획을 가지고 있다는 전제를 수용하면서, 의미 있는 삶의 목표는 여전히 개인의 성격을 이루는 독특한 구성요소이며 개인이 자아실현의 목적에 관한 선택과 결정을 중심으로 자기를 조절하고 관리하는 방법과 방향을 안내해 주는 데 영향을 미친다는 것이다.

이와 관련하여 이탈리아 출신인 미국의 심리학자 미하이 칙센트미하이는 "몰입의 상태에서 최상의 경험, 최고의 수행, 즐거운 시간, 최고의 기량을 발휘할 수 있다"라는 대전제를 제시하고 그에 따라

"분명한 목적의식을 가지고 몰입의 상태에 들어가야 바람직하다"는 점을 강조하며, 특히 자신이 목적하는 일(과업)에서의 몰입(몰두)의 중요성을 강조하고 있다. 그리고 미국의 긍정심리학자이며 정신분석학자인 세인 로페즈는 웰빙의 상태로서 '즐거운 삶', '적극적인 삶', '의미 있는 삶'이라는 세 가지 측면을 설정하고 자아실현을 위한 꿈과 비전(목적의식)의 실현에 적합한 일을 수행함으로써 '의미 있는 삶'을 달성할 수 있고, 그에 따라 긍정 정서 하에서 '즐거운 삶'과 자신의 강점을 살려 몰입 상태로 만족스럽게 과업을 수행함으로써 '적극적인 삶'을 부수적으로 성취할 수 있다는 점을 지적하고 있다. 이들은 진정한 웰빙을 추구하는 차원에서 자신의 목적과 비전의 선정과 결정이 즐거운 동시에 의미 있고 가치로운 것이 될 수 있도록 자기를 관리해 나갈 필요가 있다는 점을 강조하고 있다.

이와 함께 철학자 알렌은 우리 인간을 목표로 향하게 하는 힘은 '나는 그것을 할 수 있다'는 신념에서 생긴다고 하며, 신념과 자신감을 가지고 설정한 목표에 집중하는 노력이 자신에 대한 조절능력을 강화시켜 준다는 점을 지적하면서, 자신의 '마음 다스리기' 차원에 자신을 조절하는 능력을 갈고닦는 것이야말로 자신을 강화하는 최선의 방책이라는 점을 지적하고 있다. 그리고 자아실현에 초점을 둔 목적을 설정하고 그를 실천하는 과정에서 합리적이며 지혜로운 자기 관리가 요구되는데, 추상적이거나 모호한 목적이나 당장에는 실현 가능성이 높지 않은 목적을 설정하고 추진하는 것보다는 자신의 여건과 환경 등을 고려한 자기 일치적 목표를 적용할 것을 권장하고 있는 탈벤-사하르는 목표와 목적 개념을 구분하여 목적(Aim, Goal; 행복하게 해줄 것으로 기대되는)이 아닌 수단으로서 목표(Purpose, Objective; 목적을 향해 나갈 수 있는 중간단계의 과정절차)를 선택하여 즐겁게 몰입하여 수행할 수 있는 방향으로 자신을 관리해 나갈 필요가 있다고 권장하고 있다. 이와 함께 빅토르 프랭클은 "인간은 근본적으로 의미에 따라 움직인다"라고 전제하며, "행복은 우리가 택한 길(목적)을 가는 동안 얻는 것이다. 그 목적지가 우리 존재의 가장 간절한 열망에 부합할수록 우리의 여정은 행복하다"라고 정리하고 하고 있어 이에 경청할 필요가 있다. 끝으로, 프랑스의 철학자 르누아르는 아리스토텔레스와 에피쿠로스의 입장을 수용하면서, "심오한 행복이란 즉각적인 몇 가지 쾌락을 포기함으로써만 얻을 수 있으며, 우리 자신의 선택이나 목표에 대한 성찰이 없으면 행복을 손에 넣을 수 없다…(중략)… 완전한 행복의 추구는 우리의 지성과 의지를 필요로 한다. 우리를 보다 행복하게 만들어 줄 수 있는 목표를 설정한 다음 그 목표에 도달하는 데 필요한 수단을 선택해야 한다"라고 언급하며 목적의식이 없는 삶에서는 진정한 행복을 추구하기 어렵다는 점을 강조하고 있다.

* * *

이를 바탕으로 삼아, 학교 교육에서는 학생들로 하여금 각자의 인생관에 입각하여 자신에게 가치롭고 의미 있다고 믿는 바에 따라 자신이 자율적으로 설정한 목적을 추구하는 과정에서 삶의 의미와 가치를 창출하고 그를 통하여 행복을 누릴 수 있도록 안내하고 자극하는 보다 진지하고 체계적인 교육활동이 요구된다고 정리할 수 있다. 그러므로 다수의 철학자들이 주장해 온 바에 따라서, '의외로 대다수의 사람들에게 행복과 불행을 좌우하는 것은 돈이 아니다. 목표를 달성했는지 여부다. 행복해지고 싶다면 현실적인 목표를 세우고 달성하라'라는 조언을 진정성 있게 학생들 수준에 맞도록 전파할 필요가 있다. 말하자면 학생 개개인이 자신에게 의미 있고 가치가 있다고 믿는 바를 목표로 삼고, 그를 스스로 검증하고 진지하게 실천해 나갈 수 있도록 하는 방향을 제시하고, 그에 따라 학생이 자율적으로 행동하고 습관화할 수 있도록 보조하고 지원하는 데 중점을 두는 보다 체계적인 행복 교육 활동을 시행하는 데 주된 목적을 둔 다양한 프로그램을 개발할 필요가 있다는 것이다.

학생들이 학교를 중심으로 삶의 현장에서 뚜렷한 꿈을 가지고 비전이나 목표를 추구하는 것이 바람직하다는 것을 교사나 지역사회 인사들의 삶의 경험을 통하여 학습하도록 지도하는 것이 요구된다. 특히 청소년기에 목표 의식 없이 꿈을 꾸지 않고 살아가는 사람들은 명료한 목적과 비전을 가지고 살아가는 사람들에 비하여, 의도하는 일이 뜻대로 되지 않거나 크고 작은 일에 실패하게 되는 경우에, 보다 쉽게 실망하고 좌절하거나 정상 생활로 회복하기 어렵고, 나아가 부정적인 사고에 빠져있거나 심한 경우에는 우울증을 경험하기도 한다는 실제 사례를 어렵지 경험하게 될 것이라는 점을 지역사회의 가까운 사람들의 실제 사례를 들어 설득력 있게 지도할 필요가 있다는 것이다. 또한 자신만의 꿈을 꾸면서 뚜렷한 목표 의식을 가지고 살아간다는 그 자체는 행복한 삶에 관한 씨앗을 뿌린 것과 같은 효과가 있어 그렇지 않은 학생들에 비하여 더 많은 행복을 누릴 수 있거나 행복한 삶을 창출해 나갈 가능성이 보다 높다는 점을 강조할 필요가 있다. 이는, 꿈과 목표가 없는 자에게는 미래에 대한 희망과 기대감이 없으며, 희망이 없는 자는 쉽게 좌절하고 실패와 절망을 극복하기 어렵다는 점을 자연스럽게 이해하도록 유도하고, 개인마다의 크고 작은 목적이 미래의 행복을 향한 항해를 가능케 한다는 평범한 지혜를 깨닫도록 안내하는 데 중점을 두는 행복 교육이 요구되기 때문이다.

그리고, 보다 구체적으로는, 학생 개인들이 '스스로를 행복하게 만들 수 있는 최고의 미래를 꿈꾸면서' 자신만의 소명 의식을 가지고 삶의 의미와 가치를 지닌 목적을 설정하고 추구할 수 있도록 지원하는 동시에, 그를 자율적으로 진지하게 실천하고 추구해 나갈 수 있도록 안내하기 위한 다양한 체험 중심 교육활동을 개발해 나갈 필요가 있다. 설령 개인마다 나름의 삶을 추구하는 과정에서 실패를 거듭하거나 간단없이 시행착오를 범하더라도 자신이 설정한 목표를 추구하는 과정에 중점을 두고 그 과정을 통하여 즐거움을 얻을 수 있다는 인식을 갖는 일이 우선적으로 필요한 것이다. 한마디로, 우리가 살아가면서 설정하는 목표는 우리의 삶에 가치와 의미를 부여하는 힘을 가지고 있기에 개인이 추구하는 '목표가 이끄는 삶'이 좌절로부터 자신을 회복시키며 언젠가는 행복을 누릴 수 있다는 희망을 품게 만들 때 행복 교육은 열매를 맺을 수 있게 된다.

결국 자신의 판단과 결정이 행복을 좌우한다

우리가 하루에도 수십 번 또는 수백 번 이상 판단하고 결정하는 활동을 자신도 모르게 수행하고 있다는 사실을 제대로 실감하고 있는 사람들은 그리 많지 않다. 그러기에 자신이 세운 목표나 의도하는 목적을 성취하기 위해서는 보다 합리적인 방법이나 절차를 추구하기 위하여 부단하게 생각하고 판단하는 일이 매우 필요한 동시에 당연한 것으로 받아들여지고 있는 것이다. 또한, 자신의 판단이나 결정이 보다 타당성이 있고 정확한 것이 될 수 있도록 집중력 있게 노력하지 않으면 안 된다는 것을 배웠고 경험을 통하여 알고 있지만 그를 실감하고 신중하게 대응하기는 생각처럼 용이하지 않기 때문이다. 이처럼 살아가는 과정에서 크고 작은 일이나 당면한 문제를 해결하기 위하여 끊임없이 몰두하고 심사숙고해야 하는 것이 우리 삶의 과정인 동시에, 자신의 자유의지에 의한 이성적 판단 및 결정이 의도하는 바와 같이 또는 기대하는 바와 같은 결과를 가져오기를 바라는 것이 또한 우리 삶의 중요한 부분이라고 할 수 있다.

그러므로 우리가 살아가는 과정에서 크고 작은 일을 선택하고 결정하는 것이 우리가 의도하는 목표나 당면한 문제를 성취하고 해결하는 일과 직접 또는 간접적으로 연관되어 있는 동시에 나름대로 삶의 과정에서 의미 있는 것이라는 점을 정확하게 이해할 필요가 있다. 특히 자신의 선택이나 결정이 기대에 어긋나지 않는 결과를 초래할 수 있도록 하기 위해서는 보다 합리적인 판단을 내리기 위한 진지하고 꾸준한 이성적 노력이 요구된다. 그리고 그 노력의 정도에 따라 자신의 행복이 상당 정도 좌우된다는 점을 인식하는 일 자체도 행복을 추구하는 우리에게는 기본적인 출발점이 되는 동시에 인생 전반에 걸쳐 또는 순간순간마다 매우 중요한 일이라는 것을 이해하고, 나아가 판단하고 결정하는 일들을 보통 사람들의 삶의 일부라는 것을 수용할 필요가 있다. 그러한 연유로 우리에게는, 무엇을 통하여 자신의 능력을 개발하고 발휘할 것인지, 어떠한 직업을 선택할 것이며 원하는 직업을 얻기 위해서는 어떻게 준비할 것인지, 자신이 원하는 배우자는 어떤 인물이어야 하는가를 또는 어떤 배우자를 선택해야만 자신의 자아실현에 도움이 될 것인가 등에 관해서 어떤 근거를 바탕으로 어떤 판단을 내릴 것인가를 다양한 체험을 통하여 수많은 시행착오를 감수하면서 습득하고 준비하는 노력이 필연적으로 요구된다.

따라서, 우리의 일상적인 삶의 과정에서 이루어지는 판단과 결정이 자신에게 매우 의미 있고 가치 있는 것이 되기 위해서는 자신의 삶의 방향성과 목표를 설정하고 그에 자신만의 고유한 의미와 가치(중요성)를 부여하는 과정이 우선적으로 요구된다. 프랑스 철학자 르누아르는 자신의 삶에 의미를 부여하는 일 자체가 곧 판단하고 선택하는 일이라고 지적하면서, "삶의 방향성과 중요성이라는 의미에 중점을 두어야 하며 의미의 내용은 개인마다 다를 수 있지만, 그 내용이 어떠하든, 우리는 저마다 자신의 삶을 구축하기 위해서는 그 삶에 방향성과 목표를 설정하며 그것에 중요성을 부여하는 과정이 반드시 필요하다. 또한 행복하다는 것은 선택하는 법을 학습하는 것이다. 적절한 쾌감, 자신의 길, 직업, 사랑하는 방식, 여가를 보내는 방법, 친구 등을 포함하여 삶의 토대로 삼을 가치를 지속적으로 선택해야 한다는 것이다. 잘 산다는 것은 모든 유혹에 화답하지 않고 우선순위를 정하는 법을 익히는 것이다"라고 주장하고 있다. 르누아르에 의하면, 자신의 삶의 방향과 목표에 부합된 의미 있는 판단을 내릴 수 있기 위한 지속적인 노력, 즉 보다 수준 높은 선택과 결정을 위한 학습 노력 없이는 행복을 누리기 어렵다는 것이다.

또한 우리들의 대부분은 보다 구체적인 삶의 과정에서 예외 없이 다양한 갈등상태를 경험하고 있다는 것은 누구도 부정할 수 없는 엄연한 현실이다. 누구나 실제적인 갈등 상황에 직면해서 어느 가치를 선택할 것인가 또는 어느 가치에 보다 큰 비중을 둘 것인가, 그리고 어느 가치를 우선적으로 다룰 것인가 등을 경험하고 그 갈등상태를 해결하여 안정감과 만족감을 느낄 수 있기 위해서는 보다 수준 높게, 그리고 보다 지혜롭게 자기를 관리해 나갈 수 있는 자기 관리 능력이 절실하다고 할 수 있다. 말하자면, 일상생활에서 직면하는 허다한 문제들을 해결하기 위하여 판단하고 선택 및 결정해야 하는 경우에 경제적 가치, 도덕적 가치, 예술적 가치, 종교적 가치, 교육적 가치, 윤리적 가치, 오락적 가치, 보건적 가치 등이 복잡하게 얽히고 상충되어 갈등을 겪는 경우가 많다는 점을 인정해야 한다. 갈등 상황에 직면해서 어느 가치를 합리적으로 판단하고 이성적으로 실천할 것인가를 결정하는 일이 바로 자기 관리의 핵심 역할이고, 그 판단 및 결정이 자신의 운명을 좌우할 수도 있고, 나아가 행복과 불행을 크게 좌우할 수 있다는 점을 제대로 이해할 필요가 있다.

자신이 소속된 사회나 단체(기관)에서의 '자기능력 발휘'와 '잠재력 개발' 등의 노력과 더불어 사회적으로 요구되는 '공동체적 가치를 자신만의 가치와 더불어 조화롭게 추구하는 것'이 진정한 자유인이며 자율인으로 성장할 수 있게 하는 동시에 진정한 자기 관리을 함양할 수 있는 기회를 제공해 준다고 볼 수 있다. 벨기에의 언어철학자인 레오 보만스는 이탈리아인들이 중시하고 있는 '선택의 법칙'에 입각하여 "행복은 선택의 자유와 책임에 관한 문제다. 선택의 자유와 책임감이 함께 할 때 행복이 찾아온다. 운명이나 행운보다 자신의 능력과 노력을 강하게 믿을 때 더 행복하다. 고로 젊은이들이 자신의 선택을 믿고 결과를 책임질 수 있도록 지도할 필요가 있다"고 강조하고 있다. 이는 젊은이들이 사회화 과정에서 자율적으로 주어진 책무를 수행하고 자신의 목표와 가치를 사회적 책무와 더불어 조화롭게 수행할 수 있어야만 진정한 자율 능력과 자제 능력을 갖추게 되고 그래야만 진정한 행복을 누릴 수 있다는 점을 시사해 주고 있다.

그래서 인도의 마하트마 간디는 우리가 존재하는 인간 세상에는 '원칙 없는 정치, 노동 없는 부, 양심 없는 향락, 특색 없는 지식, 도덕 없는 장사, 인간성 없는 학문, 희생정신 없는 종교'와 같은 죄악만이 성행하고 있다고 비판적으로 지적하고, 그 속에서 개인이 행복한 삶을 누리기 위해서는 의미 있고 가치로운 과제를 추구할 필요가 있다고 주장하고 있다. 말하자면, 간디는 어지러운 세상에 빠져들지 않고 자신만의 의미와 가치를 추구할 수 있는 판단 능력이 요구된다는 점을 강조하고 있는 것이다. 이에 자율적으로 추구하는 목적을 달성하기 위하여 필수적으로 요구되는 판단능력의 중요성을 인식하고 보다 진지한 태도로 판단에 임하는 것이 자기 관리의 핵심으로 인정받고 있는 것이다. 이는 미국의 저널리스트인 올리버 버크먼이 “내가 통제할 수 있는 것은 내 ‘판단’일 뿐이다”라는 말과 같이 자기 관리 상황에서 적절하고 정확한 판단이 적시에 이루어져야만 의도하는 대로 목적을 향한 가치와 의미를 파악할 수 있게 된다. 그리고 프랑스 철학자 르누아르에 의하면, “우리는 이성을 단련하여 우리가 추구하는 가치나 목표에 따라 일관성 있게 삶을 이끌어 나갈 수 있다”는 것이며, “우리가 어떤 쾌감은 만족시키려 하는 반면에 다른 어떤 쾌감은 단념하는데, 이는 우리가 우리 삶에 특정한 의미를 부여하기 때문”이라고 그 이유를 설명하면서 우리가 추구하는 목표와 관련된 의미 자체가 행복의 필수 요인임을 지적하고 있다.

한편, 자신의 건강과 안녕을 도모하는 동시에 가족을 포함한 주위 인물들과 원만한 관계를 유지하고 도움이 필요한 이웃들을 배려하면서 자신의 일(직업, 과업)에 몰두할 수 있도록 관련 활동들을 조화롭게 추진하여 행복한 일상생활이 가능하도록 자신을 이성적 판단에 따라 관리해 나가기 위한 노력이 필요한 것이다. 그러기 위해서는 관심 대상 활동에서 의미와 가치를 발견하거나 활동 과정에서 어떤 의미와 가치를 선택할 것이며 어떤 활동에 보다 몰두하고 집중할 것인가 등을 자신이 판단하고 결정해야 한다. 이 경우에 관련 활동이나 관심 대상을 중심으로 한 가치와 의미를 ‘비교하고 대조하기’, ‘확인하고 명료화하기’, ‘수용하고 실천하기’ 등의 활동을 자연스럽게 수행하는 자신만의 습관을 형성하는 것이 지혜롭게 자기 관리를 수행하는 데 도움이 될 것이라는 점을 인식할 필요가 있다. 자신만의 독특한 자기 관리 패턴을 형성해 나가는 과정에서 올리버 버크먼의 지적은 매우 유용할 것으로 판단되는바, “일상생활 중에서 작은 기쁨을 즐기는 행복을 중시해야 한다…(중략)… 어쩔 수 없는 상황에서도 작은 것에서 행복을 느낄 수 있다면 그리고 누구나 그 행복을 누릴 수 있다면 그처럼 바람직한 일은 없을 것이다"라는 언급은 평범한 개인으로서 누릴 수 있는 사소하면서 순간적인 행복감을 고려한, 생활과 밀접한 지혜로운 자기 관리가 요구된다는 점을 시사해 주고 있다.

* * *

개인들의 일상생활 속에서 취하는 다양한 행위들을 중심으로 보면, 자아실현 목적과 수단의 연쇄적인 관계가 일종의 쇠사슬처럼 지속적으로 연결되는 속성을 지니고 있다는 점을 이해할 필요가 있다. 인생 전반에 걸쳐 추구하는 목적과 그를 성취하고 달성하기 위한 삶의 과정에서 직면하는 사소한 활동을 통하여 얻게 되는 수단적이며 도구적인 의미와 가치들도 결국 행복한 삶을 위하여 필요한 것이라는 관점을 수용하고, 그에 따라 '행복은 삶의 목적인 동시에 수단'이라고 보고 자기를 관리해 나갈 필요가 있다. 이는 살아가는 과정에서 경험할 수 있는 크고 작은 행복감은 삶의 목적인 동시에 다음 목적 달성에 필요한 수단으로 작용한다고 볼 수 있기에 삶의 과정에서 작은 행복이라도 수시로 느끼고 만끽하려고 노력하는 태도가 행복을 추구하는 인간의 자연스러운 모습이라고 할 수 있기 때문이다.

특히 젊은이들에게는 기성세대들과는 다르게 자신이 처해 있는 여건, 상황, 조건 등을 객관적으로 수용하고 행복한 삶을 설계하고 실천하기 위해서 보다 지혜롭게 자기 자신을 관리하고 경영할 수 있는 능력을 함양하기 위해 꾸준히 노력하는 여유를 가질 필요가 있다고 본다. 그러기 위해서는 새로운 학문이라고 볼 수 있는 '긍정심리학'을 정립하는 데 크게 기여한 미국의 심리학자 마틴 셀리그먼이 강조하는 '플로리시한 삶(Flourish; 풍요로운 웰빙)'을 추구할 만하다고 권장하고 싶다. 말하자면, 자신의 인생을 스스로 관리하고 운영해 나가는 과정에서 특별히 강조해야 할 요인, 웰빙을 추구하는 과정에서 특별히 강조해야 할 심리적인 요인들, 즉 긍정 정서(Positive emotion), 몰입하기(Engagement), 관계 맺고 유지하기(Relationship), 의미 찾고 부여하기(Meaning), 성취하기(Accomplishment) 등에 특별한 관심을 가지고 이들 요인을 자기 관리의 원칙으로 삼고 활용할 필요가 있다는 것이다. 다시 말해서, 자신의 활동 무대인 가정과 사회에서 사람들과 관계를 견실하게 유지하면서, 자신의 내적 요인들이나 주위 사람들과 업무 등에 대하여 가능한 긍정적인 태도를 취하고, 자신이 추구하는 목적의식에 입각한 성취를 만족스럽게 즐길 필요가 있다는 것이다. 이와 동시에, 그 목적과 성취가 자신에게 주는 의미를 중시하며, 목적과 비전의 성취를 위하여 필요한 과정이나 직업 수행에 몰두하여 과정적이며 수단적 가치를 발견하고 즐기는 방향으로 판단하는 삶의 태도를 가지고, 자신의 선택 및 결정의 원칙으로 활용할 필요가 있다.

학교 교육에서는 기본적으로 학생들로 하여금 행복은 선택의 자유와 책임에 관한 문제라는 것을 진지하게 인식하고 선택의 자유의지와 책임감이 조화롭게 작동할 때 행복이 찾아온다는 점을 이해시켜야 할 것이다. 이와 동시에 학생 개인이 자율적이며 이성적으로 감정을 통제할 수 있고 자기 절제력을 함양하고 신장시켜 나가 자유인으로서 자신의 꿈과 목적을 설정하고 향후 사회인으로서 살아갈 준비와 구체적인 방안들을 설계하고 성실하게 실천해 나갈 수 있도록 안내해야 할 것이다. 또한 학생들이 당면한 문제나 상황을 고려하여 자신에게나 주위 사람들에게도 도움이 되는 이로운 판단 및 결정을 할 수 있는 가치관을 함양할 수 있도록 체계적으로 준비시켜야 한다. 이 경우에, 특히, 학생 개인이 가치로운 선택 결정을 할 수 있기 위해서는 자신만의 인생관이나 세계관에 입각한 합리적인 판단 기준과 원칙을 가질 수 있도록 지도하고, 판단 및 결정 능력을 함양하기 위하여 수많은 시행착오를 거치면서도 좌절하지 않고 오뚝이처럼 회복하면서, 각자 긍정적인 삶의 비전과 목적을 세우고 그를 실현하기 위하여 지속적으로 노력하면서 성장해 나갈 수 있도록 유도할 필요가 있다.

그러한 노력이 결실을 맺게 되면 학생들은 자신의 판단 및 결정에 따른 만족감이나 행복감을 느끼는 동시에, 이성적으로 자신을 관리해 나갈 수 있는 능력을 길러나가며 삶에 대한 자신감을 갖게 될 것이다. 한마디로 교육자들은 우리의 청소년들이 자신의 선택을 믿고 결과를 책임질 수 있는 판단능력을 기본으로 하며 자신의 감정을 스스로 통제할 수 있는 자기 관리 능력을 함양할 수 있도록 지도해 나갈 책무가 있다는 점을 인정해야 할 것이다. 그리고 교원들이 진지하게 자신의 삶의 경험을 중요한 근거로 삼아 학생들의 현실과 그들이 준비하고 있는 미래의 삶에 초점을 맞추어 교과교육에 입각한 인지 수준과 폭을 확대하고 증대시켜 나가야 한다. 이와 동시에, 계속되는 시행착오나 좌절감에 굴복하지 않고 인지하고 있는 바를 보다 진지하게 실천에 옮기고 습관화할 수 있도록, 그리고 자신의 감정을 자율적으로 관리할 수 있도록 다양한 기회와 여건을 제공하는 데 중점을 두어야 할 것이다.

그리고 이러한 과정에서 학교는 학생들로 하여금 당장의 편안함만을 추구하고 주위 친구들을 모방하는 데 급급하기보다는, 또는 자신에게 주어진 운명이나 우연한 행운만을 추구하기보다는 자신의 삶 자체에 관하여 자율적이고 이성적으로 판단하고 결정할 수 있다는 확신을 갖도록 지원할 필요가 있다. 이와 더불어 인성교육을 활용하여 건전한 가치관을 확립하고 긍정적인 삶의 태도에 입각하여 비전과 목적을 설정하고 그를 달성할 수 있다는 자신감을 갖도록 지도할 필요가 있다. 다시 말해서 학생들이 자신의 능력과 노력을 강하게 믿을 때 행복을 누리기 쉽다는 것을 인식할 수 있도록 청소년들이 존경하는 선현들이나 주위의 성공적으로 자아실현을 이룬 실제 인물들을 모범사례로 활용하여 설득력이 있고 진정성 있게 지도할 필요가 있는 것이다.

자신을 다스리지 못하면 행복을 누릴 수 없다

중세 이후를 살아온 인류 중에서 일찍이 깨닫게 된 다수의 현자들은 계몽주의 영향을 받고 인간 중심적 사고에 정착하기 시작하면서 우리가 행복을 추구하기 위하여 자기 자신을 다스려 나가야 할 필요성을 인식하게 되었고, 그를 여러 가지 형태로 표현해 왔던 것을 어렵지 않게 파악할 수 있다. 그들 중에서 몇 가지 사례들만을 소개하자면, "당신을 행복하거나 불행하게 만들 수 있는 이는 오직 당신뿐이다"라는 마틴 오피츠(독일의 시인이며 비평가)의 언명이나, "행복은 자신의 한계를 알고 그것을 사랑하는 것이다"라는 로맹 롤랑(프랑스의 작가)의 명언에 주목해 볼 필요가 있다. 이와 더불어, "항로를 수시로 점검하라! 바람에 돛을 내맡기지 말라! 배를 이끄는 이가 당신이듯 인생 항로를 인도하는 이도 당신이다!"라는 한스 바아스(독일의 시인)의 시에 대해서도 음미해 볼 필요가 있다. 또한 미국의 복음 전도자이며 기업가인 오리슨 마든은 행복의 조건으로서 '자신을 먼저 신뢰하라'와 함께, '스스로를 다스려라'라는 말을 제시하고 있어, 불교에서 마음을 정화하여 열반에 이르기 위해서 '탐욕, 분노, 무지(貪, 瞋, 癡)'를 다스릴 것을 강조하는 것과 같은 맥락에서 '자기 관리(자기 자신을 다스리기)'의 중요성을 특별하게 강조하고 있다는 점들에 관심을 두어야 할 필요가 있다.

게다가 미국 역사가이며 철학자인 제니퍼 헥트는 지혜롭게 자기를 다스리기 위해서는 네 가지 대상을 다스릴 수 있어야 한다고 주장한다. 즉, "너 자신을 알아라, 욕망을 다스려라, 원하는 것을 하라, 죽음을 기억하라"라는 네 가지 대상은 결국 자기 인식, 자기통제, 자아실현, 죽음 인식(시간의 제한성)의 문제에 대하여 자아 성찰할 필요가 있고 그를 위하여 규칙적으로 수련해야만 한다고 주장하고 있다. 그는 우리에게 행복을 가져다주는 것들에 대하여 규칙적으로 수행하는 노력이 필요하다는 그리스 시대 스토아 철학자 에피쿠로스의 말을 인용하며 당면한 문제들은 필히 다스려야 할 의미 있는 대상이라고 강조하고 있다.

이들이 강조하고 있는 의미는 결국 우리들의 삶에서 자기 자신을 어떻게 다스리느냐가 자신의 운명을 좌우한다는 평범한 진리를 주지시켜주는 동시에, 삶의 과정에서 경험하게 될 행복 여부나 그 정도도 결국 자기를 다스리는 방식에 의해서 크게 좌우된다는 점을 암시해 준다. 그러기에 자신을 다스리는 문제를 보다 명료하게, 그리고 보다 이해하기 쉽게 접근하기 위해서, 철학적 용어나 개념을 사용하는 것을 가급적 삼가고, 앞에서 다루어 온 '몸 다스리기, 감정 다스리기, 관계 다스리기, 사랑 다스리기, 마음 다스리기'라는 우리의 삶과 관련된 실질적인 개념을 활용할 필요가 있다고 본다. 이러한 입장을 취하는 이유는 자신을 다스리고 관리하는 문제가 사실상 우리의 실제 생활 중에 경험할 수 있는 행복을 좌우하는 가장 핵심적인 요인이며, 당면하는 문제들을 어떻게 판단하고 해결하느냐가 실제로 우리 마음의 행복을 좌우하는 것이기에, 이와 같은 실제 생활 중에 경험하는 삶의 문제가 마음을 관리하고 다스리는 대상이 되는 동시에 행복의 중요한 조건들이기 때문이다. 그러기에 행복은 선택에 의해 좌우되는 문제라고 할 수 있으며, 지혜로운 판단 및 결정 능력을 갖추는 것이 가장 현실적인 행복에로의 지름길이라고 단언할 수 있다. 말하자면 지혜로운 판단에 입각한 자기 관리가 행복을 보장해 준다는 결론에 도달할 수 있다는 것이다. 보다 구체적으로, 자신이 당면하고 경험하고 있는 문제들에 관하여 어떻게 판단하고 결정하느냐에 따라서, 그리고 삶의 조건을 어느 정도 적절하게 조절하고 관리하느냐에 따라서 의도하는 행복을 어느 정도 누릴 수 있느냐가 좌우된다는 실질적인 경우를 다룰 수 있기 때문이다.

프랑스의 사상가이며 문필가인 미셸 드 몽테뉴는 "각 개인은 스스로 자신의 삶의 방식이나 성격, 감성, 신체적 조건, 장단점, 열망과 꿈 등에 따라 자신에게 맞는 적절한 행복의 길을 찾아야 한다"고 강조하고 있다. 그에 의하면, "우리는 끊임없이 외적, 물질적 세계 속에 우리를 투사함으로써 행복을 추구하는데, 행복이란 우리 안에서만, 대부분 돈이라고는 한 푼도 들지 않는 생활 속 소박한 쾌락에서 나오는 깊은 만족감 속에서만 찾을 수 있다"고 우리를 계도하고 있다. 즉 행복의 길을 찾기 위해서는 우선적으로 '자기 자신을 아는 것, 타고난 본성을 파악한 것이 중요하다'고 주장한다. 그리고 우리에게도 똑같이 해 보라고, 학습한 이론이나 우리가 몸담고 있는 사회의 관습이나 편견만을 고집하지 말고, 우리 자신의 감각, 경험, 관찰에서 시작해서 느끼고 생각하는 법을 새롭게 배울 것을 권유하고 있어 현재의 우리 사회의 젊은이들에게도 시사하는 바가 적지 않다.

이와 함께 네덜란드의 철학자 스피노자는 "행복이란 삶을 사랑하는 것"이라고 전제하며, "지금 여기에서 우리가 영위하는 삶, 우리에게 만족감을 주는 삶뿐만 아니라 그 자체로서의 삶 모두를 사랑하라"고 권장하고 있다. 스피노자는 "행복하다는 것은 주어진 기쁨의 순간을 온전히, 미련 없이 향유하는 것이며, 마찬가지로 슬픔을 온전히, 억지로 참지 않고 당당하게 가로지르는 것이다. 기쁨은 우리 안에 미리 깃들어 있으므로 우리는 그것이 솟아 나오도록 노력해야 한다"고 주장하며, "가로막는 우리 안의 장애물을 제거하기 위한 내면의 수련이 절실한바, 자아에 대한 인식, 충동 조절, 마음을 동요시키는 감정이나 왜곡된 심상을 다스리는 일에 자신을 수련해 나갈 필요가 있다"고 강조하고 있어 특기할 만하다.

이와 동시에, 행복에 관하여 논할 때 종래에는 대체로 종교적이며 철학적인 접근방식에서 벗어나지 않아 우리들의 삶과 거리가 멀고 겉도는 의미로 수용될 수밖에 없었다는 맹점을 해결할 필요가 있었기 때문이다. 다시 말해서 행복에 관하여 철학적인 용어나 종교적인 신념을 주로 활용하여 접근하게 되면 우리가 살고 있는 현재를 실감하지 못할 뿐만 아니라, 과도하게 추상적인 용어로는 실질적이며 피부에 와 닿는 행복이 아닌 특정인들만의 말장난으로 간주하기 쉽기 때문이다. 그러기에 우리들의 삶과 직접 관련된 신체적 건강, 정서적 건강, 소통과 만남, 나눔과 베풀기, 자아 성찰과 자신 다스리기 등이 자신을 다스리는 핵심적 요인인 동시에 행복의 진수를 구성하는 요인이기에 행복에 관한 일반인들의 관심사를 다루기에 적절하다고 판단할 수 있다.

* * *

일상 중에서 행복의 조건에 관하여 논하고자 할 때, 언뜻 생각하면, 여러 조건 중에서 어느 한 요인만을 중시해도 행복을 누릴 수 있다고 단정하기 쉽다고 생각하고 자신의 체험을 중심으로 특정 덕목만을 강조하는 사례를 어렵지 않게 발견할 수 있다. 그러나 우리의 삶의 현장에서 행복에 관하여 좀 더 진지하게 그리고 엄밀하게 고찰해 본다면, 어느 단일 요인만으로는 진정한 행복을 얻거나 누리기 어렵다는 결론에 도달할 수 있다. 예를 들어 '대인관계 다스리기'의 경우에 타인과의 교류는 어느 단일 요인만으로 대응할 수 있는 문제가 아니라 타인들에 대하여 적절한 태도와 인간관을 가지고 대응하기 위하여 몸과 마음, 정서가 종합적으로 동원되고 습관화되어야만 한다. 말하자면 사람들과의 원만하게 교류할 수 있고 세상과 만날 수 있도록 나 자신 안에서 인지적이며 정서적인 요인들 간의 상호작용이 부단히 이루어지고 그 결과로써 타인들과의 소통과 교류 시에 적절한 판단이 이루어지면서 그에 입각하여 자연스럽게 행동과 정서가 뒷받침되어야 하기 때문이다. 신체와 감정의 상호작용이 이루어지는 경우에, 몸이 건강해야 즐겁고 명랑한 정서, 상쾌한 기분, 평안한 마음이 가능하며, 마음은 정서와 이성 간의 상호작용으로 작용하기 때문에 특정 요인만을 중시하는 것으로 진정한 웰빙을 실현하기 어렵다는 점을 인정할 필요가 있는 것이다. 행복을 결정하는 요인들 간의 통합적이며 역동적인 관계를 중시하며 '최선을 다하는 자기 관리 접근'만이 진정한 행복의 길을 찾아갈 수 있도록 안내하기 때문에 보다 거시적이며 종합적인 안목을 가지고 행복을 논할 필요가 있다는 것이다. 이에 따라 "평온한 사람은 스스로의 마음을 다스릴 줄 아는 사람이며, 다른 사람들과 자신을 편안하게 조화시킬 줄 안다"라고 강조하고 있는 철학자 알렌이나 "자신의 마음을 다스리고 정복하여 번뇌로부터 자유를 얻는 일이 곧 행복이다"라는 달라이 라마의 주장에도 주목할 필요가 있다.

이와 더불어 동양철학의 큰 줄거리 중의 하나인 도가道家, 즉 노자와 장자(도교철학)의 입장에도 관심을 기울일 필요가 있다. 장자의 〈도덕경〉에는 노자(기원전 5~6세기경 공자와 동시대 인물로 추정)와 장자(기원전 4세기경 송나라 실존인물)의 사상이 정리되어 있는데, 그들의 주장은 동양의 행복론의 한 줄기를 대변하고 있다고 볼 수 있다. 그들은 유동적이면서 유연한 지혜, 동적이며 자발적인 지혜를 제안하고 있으며, 부동의 우주적 질서와 조화를 이루기보다는 삶과의 조화를 추구하고, 문화와 관습이라는 인위적 기교에서 해방되어 자신의 본성이 지닌 자발성에 충실할 것을 권유하고 있다. 특히, "세상과 사회를 바꾸려고 하기보다는 스스로를 알고 스스로가 변화하는 것이 더 중요하다"고 말한 장자의 행복론에서는 속세의 일에서 떠나 자연을 관찰하고 자신의 천성에 따라 살면서 개인적인 완성을 추구하는 길을 권유하고 있다. 특히, 자신의 존재 깊은 곳에서 들려오는 독자적인 음성에 경청하며, 설명할 수 없이 늘 변하는 자연과 조화를 이루어 살기를 열망한 도교 철학이 동양인들의 의식에 면면히 흐르고 있다고 볼 수 있어 경우에 따라서 자기 관리하는 논리로 활용할 만하다.

한편, 앞에서 언급한 행복의 핵심 요인을 모두 만족스럽게 구비해야만 행복을 누릴 수 있다고 주장하는 완벽주의적 논리에도 문제가 있다는 점에 유념할 필요가 있다. 행복의 구성 요인을 만족스럽게 구비할 수 있고 원하는 대로 행복을 누릴 수 있다는 '이상이나 환상'에 빠져 완벽한 자기 관리를 꿈꾸는 일은 우리가 미완성인 존재이기에 사실상 불가능하다는 것을 각자가 살아온 경험과 당면하는 현실을 통하여 어렵지 않게 파악할 수 있다. 완벽을 추구하는 자체가 긴장과 스트레스를 유발할 수 있고 실패할 가능성도 높아진다는 점뿐만 아니라 매사를 잘해야만 하고 실패를 용납할 수 없다는 강박관념 때문에 늘 불안하다는 점도 유념해야 할 것이다. 완벽주의자가 실패에 대한 극도의 두려움 때문에 새로운 도전을 하지 않고 모험을 멈춰 버릴 수 있다는 위험성을 경고하는 미국의 하버드대학 교수인 탈벤-사하르(행복학자)에 의하면, “우리가 인간이기에 완벽한 성공은 없다… 실패가 없으면 성공도 없다… 백조를 동경하는 미운 오리가 되지 말라” 등의 조언을 아끼지 않고 있다. 그리고 탈벤-사하르는 자신을 솔직하게 인정하고 이해하려는 노력과 더불어 자신을 사랑하는 마음가짐으로 완벽을 넘어 최적주의자가 되는 것이 행복을 추구하는 바람직한 자세라고 권장하고 있다.

일반적으로 학교 교육에서는 학생 개인이 진정한 의미의 학습 능력인 순수한 자기주도학습 능력을 습득하지 못한 상태에서는 아무리 좋은 학습자료와 환경이 주어지고 효율적인 학습지도가 이루어진다고 해도 학습효과가 기대 수준에 미치지 못하는 경우가 비일비재하기 때문에 학생 개개인의 자기주도학습 능력을 신장 및 향상시키는 데 초점을 두고 개별화 맞춤형 지도를 추구하는 것을 이상적인 것으로 간주하고 있다. 그러기에 학교 교육을 통하여 자기주도학습 능력을 함양하고 나서 그를 기반으로 자신만의 신념, 가치관, 의미와 가치를 기반으로 하여 자기 자신의 잠재 능력 및 장점과 특성 및 태도를 총괄적으로 관리하며 지혜롭게 당면 문제를 해결하며 목표를 달성해 나갈 수 있도록 지원하기 위하여 다양한 교육 방법을 시도하고 있다.

여기서 자기 관리 및 자기 조절에 관한 미국의 심리학자 조너던 헤이트의 주장은 이 개념을 이해하는 데 매우 유용한 것으로 인식된다. 그에 의하면, “행복의 조건들을 올바로 정렬하고 기다려야 한다.

그 조건들 중 일부는 내 안에 있다. 내 성격의 각 부분과 차원 사이에 올바른 관계를 정립하는 것이다. 다른 조건들은 내 밖에 있다. 나와 다른 사람, 나 자신과 나의 일, 나 자신과 자신보다 더 큰 어떤 것 사이에 올바른 관계를 정립하도록 노력하면 행복은 자연스럽게 뒤따를 것이다"라고 언급하고 있는데, '조건의 정렬과 관계 정립'이 가능하도록 하는 역할이 자기 관리 능력의 핵심적인 단면을 상당 부분 설명해 주고 있다고 해석할 수 있다.

그리고 이와 같은 자기 관리 능력을 성숙한 수준으로 신장시켜 기대하는 만큼 원활하게 작동할 수 있도록 하기 위해서 필요한 구성요소들은, 자아 정체감을 가지고 자아 성찰한 상태에서 자아실현에 적합한 목적과 비전을 자율적으로 선정하거나 설정할 수 있는 능력과 함께 그 실천 과정에서의 관련된 가치와 의미를 추구하는 판단 능력이 그 중심을 이룬다고 볼 수 있다. 즉, ① 자율 능력, ② 목적의식, ③ 판단 능력 등이 자기 관리 능력의 핵심을 이루는 구성요소인 동시에, 행복에 의미 있게 영향을 미치는 실질적인 요소라고 요약할 수 있다. 이에 따라 자신을 다스리기 위한 자기 관리 능력 수준을 지속적으로 향상시키는 데 중점을 두어야 하는 행복 교육 차원에서는 자율 능력, 목적의식, 판단 능력을 균형 있고 조화롭게 키워 나가는 데 목표를 두고 교육프로그램을 구성할 필요가 있다는 결론에 도달할 수 있다. 다시 말해서, 행복 교육에서는 자신을 지혜롭게 다스리는 데 필요한 기본적이고 필수적인 능력이라고 할 수 있는, 자유를 기반으로 한 자율 능력의 함양을 비롯하여, 개인별 목적의식과 비전을 정립할 수 있도록 안내하면서, 개인마다의 독특한 배경과 잠재능력, 취향과 희망 등을 고려하여 지혜롭게 판단하고 선택할 수 있는 능력을 함양하는 데 초점을 둘 필요가 있다고 주장할 수 있다.

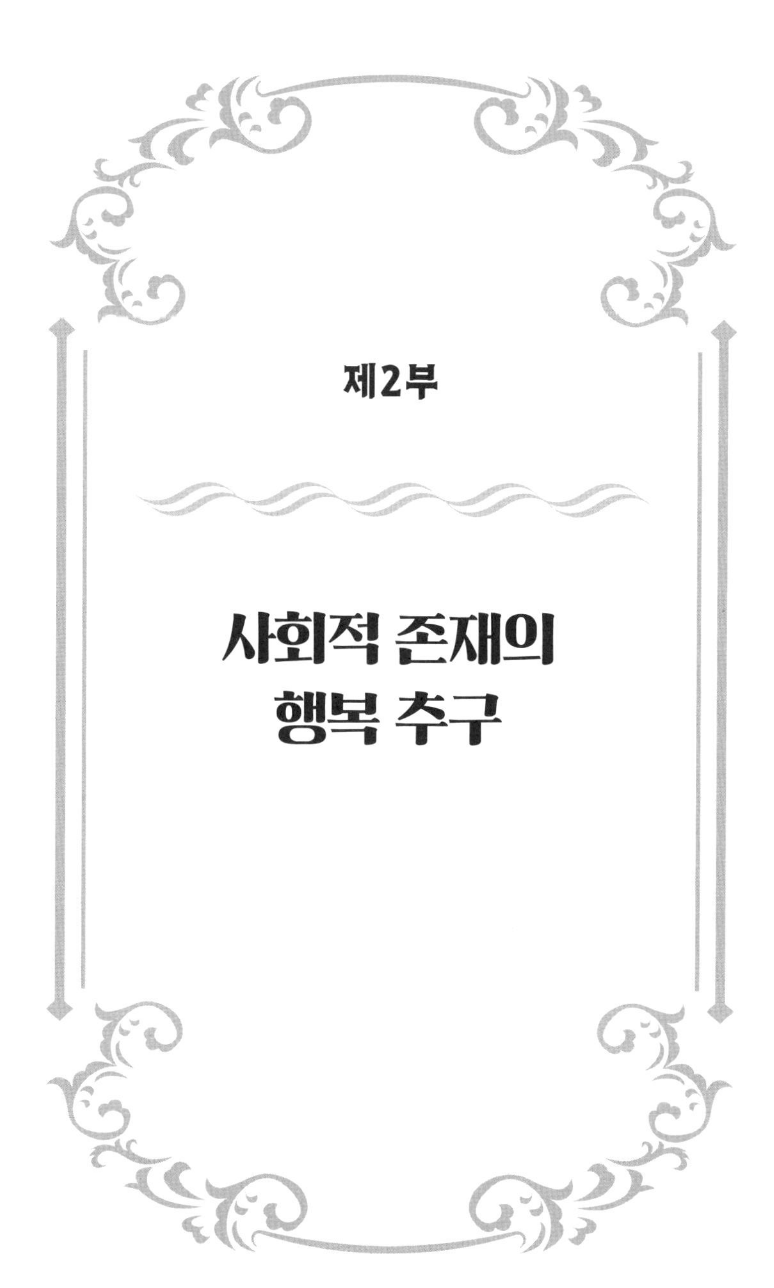

제2부

사회적 존재의 행복 추구

제 5 장

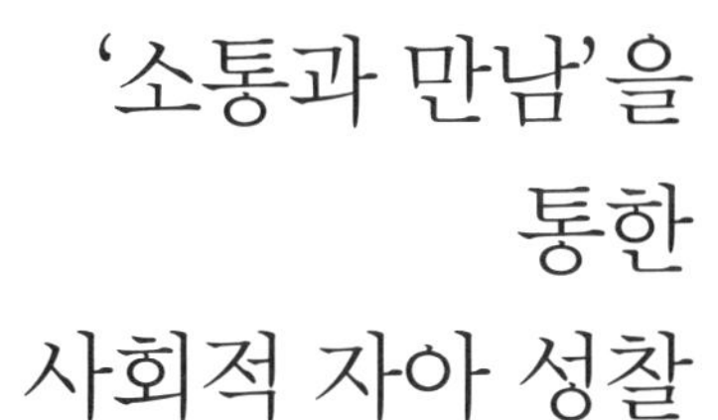

'소통과 만남'을 통한 사회적 자아 성찰

만남을 통한 자기 발견,
사회적 행복의 길

인간은 사회적 존재

과학자들에 따르면 지구상에 생존하고 있는 동물(곤충 포함) 중에서 자신의 신체 무게에 대한 두뇌 무게의 비율이 높은 것으로 대표할 만한 것은 개미, 벌, 인간이라는 것이다. 이들의 이론에 따르면, 신체 중에서 두뇌가 차지하는 비율이 매우 높은 동물들은 우선 사회생활을 영위하고 있는 속성을 지니고 있어 특기할 만하다는 것이다. 이들 동물은 대표적인 사회적 동물이기에 사회성이 그들의 삶에서 차지하는 비중이 특별히 크다는 것이다. 그러기에 벌이나 개미가 사회성을 무시한 생활을 영위할 수 없듯이 인간들도 사회적 동물(아리스토텔레스가 최초로 언급)이라고 자인하고 있으며, 우리가 인간으로 태어나서 인간답게 살아가기 위해서는 필히 사회생활이 요구되는 '사회적 존재'라는 점을 새삼스레 강조하며 사회성이 부족하면 삶 자체가 행복하지 않을 것이라고 믿고 있는 것은 매우 당연하다.

'인간은 사회라는 옷을 입어야 한다. 그렇지 않으면 우리는 아마도 추위와 가난을 느끼게 될 것이다'

— 수잔 핀커(《빌리지 이팩트》의 저자)

'사람은 사람을 필요로 한다. 사람이기에 서로 만나고 소통하며 관계를 맺으며 살기 마련이다'

— 무명씨

'당신은 세상 사람들의 일부이고 세상 사람들은 당신의 일부이다'

— 마이 앤젤루(시인이며 작가)

이처럼 사회적 존재로서 태어난 개인은 성장 과정에서 가족을 비롯하여 친지와 이웃 사람들을 만나 소통하고 교류하며 다양한 형태의 인간관계를 맺기 시작하는데, 일반적으로 관계를 맺는 상대방과 감정을 나누고 의사소통하며, 상대방의 입장에 공감하고 자신을 표현함으로써 원만한 인간관계에 기반을 둔 사회생활이 지속 가능하게 된다. 즉, 우리를 사회로 연결시켜 주는 다양한 관계를 맺으며, 사회구성원들과 상호작용하고 소통하는 과정에서 사회적 신뢰감을 주고받으며 생존해 나간다는 것이다. 상호신뢰에 입각한 안정된 교류와 상호작용을 가능케 하는 사회적 분위기가 형성되고 지속되어야만 사회적 행복감을 얻을 수 있게 된다고 보는데, 이 경우에 구성원들 간의 만남과 소통은 사회적 신뢰와 안녕을 생성하고 확산시키는 자양분이며 원동력으로서 역할을 수행한다고 볼 수 있다.

인간이 사회적 존재이기 때문에 거주하는 사회에서 일상적인 삶을 유지하는 데 사회적 신뢰가 절실하다는 논리가 최근에야 대중적 관심사가 된 것은 아니다. 인류가 살아오는 과정에서 살아남기 위하여 모이고 뭉쳐서 생존하기 위한 목적의 구성체나 집단을 이루어 왔고 그를 공동체 사회, 즉 동네(마을)라고 칭할 수 있다. 공동체 사회가 존속하기 위해서는 태어나는 아이들을 사회구성원으로 양육하고 교육할 책무가 있었고 그를 위하여 온 동네 사람들이 불가피하게 참여해 왔다는 점을 인정해야 한다. 그러기에 아프리카의 전통적 동네에서는 '한 아이를 키우기 위해서는 온 마을이 필요하다(It takes a village to raise a child)'라는 말이 일종의 속담이나 금언처럼 전해져 내려왔다고 본다. 이는 동네에 태어난 한 아이를 키우기 위해서는 온 동네의 구성원들이 적극적으로 참여해야 한다는 규칙과 같은 전통을 강조해 왔다고 볼 수 있기 때문이다.

문화인류학자들의 보고에 의하면, 아프리카에서 오랜 역사를 가진 민족들의 경우에는 동네마다 새롭게 태어나는 아이를 양육하고 교육하는 민족마다의 독자적인 방안(전통적 방업 절차)을 오랫동안 유지해 왔다는 것이다. 그들 방안의 공통적인 점은 태어난 아이를 양육하고 교육 및 훈련하는 프로그램을 가지고 있으며, 대부분의 경우에 아이를 가족에게만 맡기지 않고 동네 사람들 모두가 참여한다는 점과 더불어, 일정 나이에 도달하면 아이들은 가족을 떠나서 집단적인 교육훈련을 받아야 하는 사회문화를 가지고 있다는 것이다. 유아기부터 자라는 동안 동네의 장로들과 어른들에 의하여 일정한 행사나 의식에 참여하는 방법 및 절차를 포함하여 살아가는 데 필요한 기술이나 지식을 습득하게 되고, 일정 연령에 도달하면 남자아이들과 여자아이들을 별도로 합숙시켜 특정한 교육훈련을 시키는 전통을 가지고 있다는 것을 연구 결과로 보고하고 있다. 다시 말해서, 대부분의 동네에서 한 아이가 태어나면 온 동네가 관심을 가지고 그 아이가 개인적인 차원에서 생존해 나가는 데 필요한 예의범절이나 삶의 기술 및 지혜를 습득할 수 있도록 교육한다는 것이다. 이와 동시에 아이들에게 거주하는 공동체가 적들로부터 방어하며 존속하는 데 필요한 전쟁 기술 및 방법까지 교육시키는 활동을 포함한, 한 개인의 사회화 과정과 성인으로 성장·발달하고 구성원으로서 살아가는 모든 과정에 참여하는 사회문화적 전통과 그에 따른 관습과 전통을 가지고 있다는 점을 확인하였던 것이다.

이와 유사하게 한국의 전통적인 동네에서도 한 아이를 제대로 키워서 공동체의 하나의 구성원으로 만들기 위해서는 그 아이의 가족이나 부모에게만 맡기지 않고 마을 전체가 함께 나서야 한다는 공동체 의식을 강조하던 사례를 상당수 파악할 수 있었다. 우리 전통 사회의 경우에도 이러한 전통은 19세기 후반의 대부분의 동네에서 유지 존속되었던 것이었고, 20세기에 들어서도 도시지역이나 아파트 중심의 공동체를 제외한 마을 형태가 유지되어 온 지역에서는 여전히 그 전통을 유지하려고 나름대로 노력해 왔다고 볼 수도 있다. 공동체 사회인 마을에 아이가 태어나게 되면 동네 사람들은 새롭게 등장한 구성원을 환영하고 그를 바람직한 구성원의 하나로 성장시키기 위해서 온 동네가 관심을 가지고 그와 소통하며 관심을 가지고 보살피고, 그가 무난한 구성원으로 성장 발달하도록 그 아이의 부모를 돕고 지원하며 교육하는 데 정성을 쏟아 부어 아이들의 사회적 신뢰감을 함양할 수 있도록 노력해 오던 현상은 과거에 한국 이외의 다양한 국가나 지역에서도 어렵지 않게 발견할 수 있었던 것으로 판단된다.

사회적 행복의 영향력

인간이 인간다운 삶을 누릴 수 있기 위해서는 사회적 신뢰감이 기본적으로 요구된다는 사실은 르네상스 이후 더욱 본격적이며 진지하게 수용하기 시작했으나, 실제로는 고대 사회에서부터 사회적 신뢰 문제를 진지하게 다루어 왔다는 점도 중시해야 한다. 행복을 어디까지나 개인의 주관적 수준의 감정 상태, 즉 평안하고 만족스럽고 즐거운 감정 상태만으로 인정한다면 그 행복을 온전한 행복이라고 볼 수 없다는 점을 제대로 인식하기에는 다양한 경험이 쌓이고 오랜 시간이 필요했다고 볼 수 있다. 현재에도 우리 사회에서는, 개인이 거주하고 있는 지역사회가 어찌 되었든 중요한 것은 나만 행복하면 된다는 생각에 머물고 있는, 그러한 관점에서 행복을 규정하거나 의사소통하는 경우가 허다하다는 것을 부정하기 어려운 실정이다. 현대 사회에서 사회적 존재로서 누리는 행복과 개인적 행복 간에는 그렇게 밀접한 관련성이 없다고 생각하는 개인들이 적지 않다는 사실을 외면할 수 없다는 것이다. 말하자면, 전통적으로 강조해 왔던 사회적 행복 개념은 현대 사회생활에서는 점차 약화되고 변질되어 왔다고 볼 수 있는 반면에, 개인들은 자신이 사회적 존재라는 점을 중요시하지 않고 개인주의적 관점의, 경우에 따라서는 이기주의적인 관점의 행복만을 추구하는 경향을 보이기 시작했던 것으로 파악할 수 있다.

보다 구체적으로, 도시 생활 중에 노상에서 담배 피우기, 아무 데나 꽁초 버리기, 고성방가하기, 함부로 쓰레기 버리기, 자동차 난폭운전하기, 애완견 분뇨 방치하기 등의 사례를 어렵지 않게 발견하거나 주목할 수 있을 것이다. 이와 함께 최근에 들어서 인구 밀집 지역 중심으로, 무질서하고 난잡하게 내팽개쳐져 있어 오가는 행인들의 교통을 방해하는 공용 자전거, 킥보드, 전동 킥보드 등을 어느 누가 고운 눈초리로 반겨 줄 것인가를 새삼스럽게 생각해 보아야 할 것이다. 말하자면, 자신이 필요할 경우에 이용하고 나면 그만이라는 식으로, 자기와 유사한 입장의 남들을 배려하지 못하고, 제멋대로 버려두는 이용자들의 뒷모습은 그들이 주위의 타인들을 어떻게 대하는가를 여실히 드러내는 모습이라고 보아도 무방할 것이다. 즉, 공공 기물을 필요한 이웃들이 이용할 경우나 나중에 자신이 다시 이용할 경우를 생각해 본다면, 과연 그런 식으로 사용하는 습관을 유지하는 것이 바람직한가를 잠시라도 시간을 내어 되새겨 볼 필요가 절실하다는 것이다. 대부분의 도시인들이 앞으로도 이처럼 남을 의식하지 않고 살아온 습관을 지속적으로 유지한다면, 경우에 따라서는 자신도 포함되는, 남들을 배려하지 않는 이웃들과 함께 살아가면서 과연 어느 정도 사회적 질서감이나 기본 예절, 상호신뢰감, 그리고 사회적 행복감을 경험할 수 있겠는가, 결과적으로 자신만의 행복을 추구하는 개인들을 포함한 공동체 구성원들이 결국에는 진정한 행복을 누릴 수 있겠는가, 그리고 우리나라의 행복지수가 여타 선진국들에 비하여 높지 않다고 한탄만 할 수 있는가에 관해서 자문해 볼 필요가 있다.

* * *

이처럼 자신이 거주하고 있는 공동체 사회가 대체로 행복하지 않는 상태에서 자기 자신만 행복해지려고 하는 현상은 동서고금 어느 사회에서도 어렵지 않게 발견되는 일종의 사회 문제로 인식되어 왔기 때문이다. 따라서 개인의 행복만을 내세우며 사회적 행복을 고려하지 않고 제멋대로 사는 사회에 비하여 자신이 살고 있는 공동체나 사회 안에서 타인들을 배려하며 전체 공동체나 사회 차원에서 서로 배려하고 자유와 권리 주장에 관심을 두는 사회가 보다 행복한 사회로 변모하고 진보할 거라고 인정하는 것은 너무도 당연한 일이다. 그와 더불어 사회적으로 주어진 책임과 의무에도 관심을 두면서, 타인들을 나와 동일한 입장에서 이해하려고 하며 필요한 배려를 아끼지 않는 공동체 사회를 모든 사회구성원들이 염두에 둘 때가 되어야만, 사회적 행복의 중요성을 깨닫게 되고 사회적 행복감 수준이 실질적으로 향상될 것이라고 보아야 한다. 그리고 그러한 향상이나 변화가 머지않아 개인들에게 피드백이 되어 느끼고 누릴 수 있을 때, 사회구성원 개개인들이 진정으로 행복한 사회에서의 행복한 삶의 가치를 만끽할 수 있을 것이라는 희망을 가지고 사회적 행복에 대하여 긍정적으로 그리고 적극적으로 생각해 볼 필요가 있는 것이다.

이에 이 책에서 사용하는 '사회적 행복'은 사회적 맥락과 연계하여 개인이 느끼고 누리는 전통적인 의미의 '복福'과 더불어 미국을 포함한 서양 사회에서 사용하는, WHO에서 사용해 온 사회적 건강(Social health)이란 개념을 참고로 하고, 미국의 작가인 톰 레스와 짐 하터의 '사회적 웰빙(Social well-being), 공동체적 웰빙(Community well-being)', 그리고 경제적 웰빙(Financial well-being)을 포괄하는 의미로 사용하고자 한다. 먼저 사회적 웰빙은 '관계의 힘'을 강조하는 의미로서, '가족을 위시로 하여 친구, 친지, 사회생활 관련자들과의 원만한 관계를 형성하고 유지하는가'를 중시하는 개념이다. 공동체적 웰빙은 '줄수록 커지는 행복이 있다'는 점과 더불어 '지역사회 전체를 행복하게 만들어야만 개인이 소속되어 있는 공동체에서 행복을 누릴 수 있다'

는 점을 중요시하고 있다. 그리고 경제적 웰빙은 '행복은 돈 없이는 오지 않는다'고 주장하며 '재정적 안정감'을 강조하고 있다. 이 장에서는 사회적 웰빙과 공동체적 웰빙을 포함하는 포괄적인 개념으로서 '사회적 행복'이라는 용어를 사용하고자 하며, 경제적 웰빙에 관해서는 별도로 사회적 행복을 다루는 뒷부분에서 '경제적 행복'이라는 개념으로 다루고자 한다.

다시 말해서, 가족을 비롯한 사회인들과의 원만한 '만남과 소통하기'가 사회화의 출발점이 되는 동시에, 자신을 발견하고 자아개념을 형성하며 합리적인 자아 성찰력을 갖게 하는 원동력으로 작용한다는 주장은 과학적으로도 검증되었을 뿐만 아니라, 오랫동안에 걸쳐 파악되었고 익숙해져 일반 상식으로도 널리 통용되고 있다. 한마디로, 개인들이 무리 지어 살며 원하는 사회를 조성하고 의도하는 대로 구성해 나가는 한편, 그 사회에서 정한 규칙이나 문화를 포함한 제도 및 조직의 기능은 사회구성원들의 삶의 방식이나 방향을 규정하고 그들의 사회성을 형성해 나가는 데 적지 않은 영향을 미친다는 것은 주지의 사실이다. 사회마다의 공공서비스, 교통, 통신, 행정, 교육, 주거환경, 복지제도 등은 각 개인들이 거주하는 공동체 사회의 생활공간인 동시에 제반 환경 여건으로 작용하기 때문에 개인들에게 직접적이며 물리적인 환경으로서뿐만 아니라, 우리 삶에 간접적이며 질적 수준에도 적지 않게 영향을 미치는 정신적이며 사회심리적인 조건으로서 인식되고 있다는 사실을 부정하기 어렵다는 것이다. 이러한 관점에서 사회구성원들과의 원만하고 돈독한 관계를 유지하며 서로를 배려하고 구성원들 간에 양질의 관계를 맺고 상호 신뢰하는 분위기에서 느끼는 정서 상태, 즉 안정감, 안락감, 상호신뢰감, 공동체 의식, 안정감 등이 살기 좋은 동네라는 의식과 결부된,

행복감을 유발하는 '사회적 행복'을 구성하는 요인들로 작용한다고 볼 수 있다.

이에 미국의 사회신경과학자인 수전 핀커는 〈빌리지 이팩트(Village Effects)〉라는 저서에서, 누구든지 한 개인으로서 살아가는 데 한계가 있기에, 살아가는 사회적 환경이 중요한 역할을 하게 된다는 점을 지적하고 있다. 핀커는 이탈리아 사르데냐 섬에 거주하고 있는 장수 노인들을 관찰하고 나서, 마을 공동체 중심으로 친밀한 관계 유지, 지속적인 사회적 접촉, 연장자들에 대한 따뜻한 보살핌과 관심 등을 포함한 지속적인 사회적 접촉이 특별히 장수하는 데 긍정적인 영향을 미친 것으로 파악하고 있다. 그중에서도 더불어 살고 있는 주위의 타인들은 사회적 환경의 주요 부분이면서 심리적 환경으로 작용하기에, 사회구성원들과의 인간관계가 개인의 행복에서 중요한 변수로 작용한다는 점을 강조하고 있다.

이와 더불어 프랑스 사회학자 에밀 뒤르케임(Emile Durkheim)은 19세기 말 그의 '자살 원인 연구'에서 사회적인 구속, 유대, 의무가 비교적 적은 사람들은 그렇지 않은 사람들에 비하여 자살을 시도할 가능성이 더 높다는 연구 결과를 제시하며, 비교적 자유로운 신교도(기독교)가 구교도(천주교)에 비하여 높으며, 조밀한 사회적 종교적 의무의 네트워크를 이루고 있는 유대인들이 더 낮다는 점을 지적하여 사회적 주목을 받았다. 뒤르케임은 개인이 소속한 사회에서 사회적 연대의식이 강하고 인간관계가 원만한 경우가 그렇지 못한 개인들의 경우에 비하여 자살률이 현저하게 낮다는 연구 결과를 발표하여, 사회적 연대 의식이 안정된 사회생활에 미치는 영향이 적지 않다는 점을 널리 알렸던 것이다. 이는 무조건적 자유(방임적 자유)는 개인의 건강에 해로울 수 있는 동시에 사회적으로도 안정된 사회 유지에 암적 요인으로 작용할 수 있다는 점과 함께, 적질한 수준의 사회적 책무와 결부된 자유를 기반으로 한 상황에서 자유를 구가할 수 있어야만 진정한 사회적 자유를 누릴 수 있고 그에 따른 행복감을 느낄 수 있게 된다는 점을 시사해 주었다.

행복은 사회에서 선염된다

행복은 개인들 간에 상호 간 영향을 미치기도 하면서 사회구성원의 한 개인으로부터 많은 구성원들에게 전염되며 확산될 수도 있다는 점을 인식해야 한다. 이와 함께 그 전염은 한 지역사회에서 다른 지역사회로 확산되기도 하며 나아가 지구촌 차원에서 국가사회들 간에도 전염되고 확산된다는 점을 이해할 필요가 있다. 행복의 전염 및 확산을 실증적인 입장에서 주장하고 있는 하버드대학교의 의학과 교수인 니컬리스 크리스태키스&제임스 파울러는 그의 저서 〈행복은 전염된다〉에서 "한 개인의 행복이 그 주위의 사람들, 특히 가족, 친구, 직장동료들, 이웃 사람들, 나아가 공동체 사회의 구성원들에게까지도 전염된다"는 사실, 즉 한 개인의 행복이나 불행이 알게 모르게 크고 작은 사회에 상당한 정도로 영향을 미치고 있다는 점을 주장하였다.

또한, 경제학자이며 도시학자인 조지 갤스터는 〈우리가 만드는 동네, 우리를 만드는 동네〉라는 최근 저서에서 주장하고 있는 바와 같이, 한 개인이 태어나서 성장하고 살아가는 과정에서, 삶의 터전이 되는 자신의 동네(지역사회)에 크고 작은 여러 가지 영향을 미치는 한편, 개인들은 동네의 구성원들과 지역사회 자체의 물리적이며 정서적인 차원에서 다양한 영향을 받으면서 살아간다는 것이다. 갤스터에 의하면, 동네가 그 구성원들의 행동의 원인이자 결과라고 보면서, 동네(공동체 사회) 변화의 동태적 과정에 중점을 두고 구성원들과 동네 간의 상호인과적 연결을 파악하고 개인들의 삶의 방향과 과정에 동네가 영향을 미친다는 점을 실증적 자료(집계적 성취결과)에 중점을 두고 주장하고 있는 것이다. 그의 관점에서 보면, 자신이 소재하는 사회가 알게 모르게 개인마다 가지고 있는 사회적 의식(책무성, 신뢰감 등)의 형성과 변화에 적지 않은 영향을 미친다는 점이 오래전부터 인식되었고 지역사회가 정착되고 변화하면서 그 중요성이 더욱 강조되고 있다.

이는 마치 한 개인이 집필한 서적(저작물)이 여러 가지 주위 환경이나 인물들로 구성된 지역사회로부터 다양한 영향을 받아 산출된 결과물인 한편, 그렇게 출판된 책은 반사적으로 사회 구성원들에게 여러 측면에 걸친 영향을 미칠 것이라고 예상하는 것과 같은 논리로 이해될 수 있다. 더 나아가 지구촌 차원에서 보아도 우리와 다른 나라에 살고 있는 사람들과의 관계에서도 이와 같은 상호적 영향은 동일한 논리로 적용되고 있다고 보아야 할 것이다. 20세기 중반 이후부터 21세기에 이르기까지 괄목할 만하게 발전하고 있는 과학 기술의 영향을 받아 지구촌 사회는 엄청난 속도의 변화를 경험해 왔고 그로 인하여 국가 간의 교류는 더욱 가속화되고 다양화되어 한 국가사회 또는 지역사회의 변화는 다른 국가들이나 지역사회들에게 직접적 또는 간접적인 영향을 미치고 있고, 그 와중에서 한 개인이 거주하는 지역사회로부터 크고 작은 영향을 받는다는 동시에 다른 국가사회나 개인들로부터 직접 또는 간접적인 영향을 받으면서 살고 있다고 보아도 무방한 것이다.

그리고, 바람직한 미래지향적 관점에서 조명해 보면, 행복한 사회라는 울타리 안에서 개인들이 행복을 추구할 수 있도록 여건을 조성하고 지도하고 유도해 나가기 위하여 개인적이면서 사회적인 노력이 균형 있게 전개되어야 한다는 것이다. 즉 행복 수준이 높은 사회 안에서 개인들이 행복을 추구할 수 있는 경지에 도달한 국가가 그야말로 '행복 선진국'이라는 비전을 가지고 접근할 필요가 있다는 것이다. 더 나아가 사회적 행복 논리는 개인의 자유와 인권을 보장하면서 개인마다의 행복 지혜를 습득할 수 있도록 기회를 제공하는 행복교육에 중점을 두어야 할 필요성을 강조하지 않을 수 없다. 또한, 개인들이 사회구성원으로서 책무와 공동체적 참여의식을 기반으로 자기실현에 집중한다면 어렵지 않게 자신이 거주하는 공동체 사회가 행복한 사회라는 인식을 갖게 되고 그와 결부된 행복감을 만끽할 수 있다는 기본 가정에서 출발해야 한다고 본다. 그러기에 구성원들의 행복감이 작용하여 공동체 의식과 결부된 일종의 사회적 행복감을 피부로 느낄 수 있도록 사회적 차원에서의 교육활동이나 여러 가지 정책적 노력을 전개하는 것을 당연시하면서. 사회구성원들이 행복을 추구하는 삶이 가능하도록 지원하는 환경을 조성하는 지역사회로서 인정받으며 지역별 여건과 상황에 적절한 행복 정책을 추구해야 한다는 책무감과 비전을 중시하는 사회를 지향하는 것이 바람직하다는 긍정적이면서 희망적인 전망과 기대감을 갖는 것이 사회적 행복 추구에 필요한 최상의 조건이 될 것이다.

개인의 사회화와 행복

이에 따라 20세기 중반부터는 개인들의 삶에서 특수한 사회성이 요구되는 상황에서 개인과 사회 간의 상호작용으로 인한 변화가 사회적으로 영향을 미치는 동시에, 세계화라는 거센 물결에 밀려 다른 사회나 다른 국가에까지 더욱 신속하고 거세게 확산되고 있다는 현상에 관심을 가질 필요가 있다. 그와 동시에 20세기 후반부터는 1인 가구(단독가구)의 증가라는 세계적 현상 등이 개인과 사회 간의 원만한 관계를 왜곡시키거나 크게 변화시키며 전통적인 사회적 신뢰감을 중시해 오던 사회적 풍토에 거대한 변화 물결을 불러일으키고 있다. 우리나라의 경우에도 어김없이 선진국과 유사한 추세를 보여주고 있는바, 노년층과 청년층을 포함한 1인 가구 수가 급격하게 증가(2000년도 15.5% → 2022년도 40.3%; 행정안전부)하고 있는데, 그 증가 속도나 규모는 역대급이어서 거시적 관점에서 보아 그를 감당하기 어려운 실정에 처해 있다.

그러한 변화 물결로 인하여 21세기에 초반부터 은둔형 인구가 크게 늘어나 가까운 친지나 이웃과 교류 자체를 꺼려하거나 심지어는 친구나 가족과도 거리가 멀어지고 있는 사례가 크게 증가하고 있다. 이처럼 혼자서 거주하면서 혼밥하는 것을 당연시하고 특히 가족이나 친지들과도 단절된 상태로 살아가는 은둔형 젊은이들이 증가하고 있고, 자신이 거주하고 있는 공동체 사회와 단절되며 외롭고 우울한 세월을 보내고 있는 인구가 적지 않다. 이러한 현상은 향후 미래 사회에 대응한 혁신적인 사회복지 정책을 포함한 인구정책 등의 등장에 대한 간절한 기대감을 갖게 하는 반면에 미래에 대한 불안한 우려감을 불러일으키고 있는 실정이다. 게다가 세계적으로 최저 수준의 출산율과 더불어 기대 이하로 낮은 국민 행복지수로 세계인들의 주목을 받고 있는 우리나라만의 독특한 현상은 우리 사회에서의 사회적 행복에 대한 정책을 대폭적이며 체계적으로 개혁할 필요성이 어느 경우보다 크고 강력하다는 점을 암시해 주고 있다.

최근 미국을 포함한 선진국들에서는 과도하게 개인주의적 자유를 추구하던 부작용으로 인하여 지나친 이기주의적이며 퇴폐적인 쾌락만을 추구하는 반사회적 풍조가 만연하게 되었다는 지적이 빈발하고 있다. 여러 선진국들에서는 이를 인정하고 해결하기 위하여 '사회적 행복'이나 '공동체적 행복'을 중요시하게 되었다는 현상에 우리 사회에서도 적극적으로 대응할 필요가 있다. 또한 이를 근원적으로 해결하기 위해서는 유교문화에 뿌리를 둔 가족과 공동체 의식을 강조하는 한국문화로부터 그 해결 방안을 찾을 수 있다고 주장하는 미국의 미래학자 제임스 데이토의 통찰력 있는 주장에 특별히 경청할 필요가 있다. 과거 오랫동안 행복한 사회 안에서 행복한 개인을 추구하던 우리의 전통문화의 진가를 이제라도 제대로 인식하고, 우리가 몸담고 살고 있는 공동체의 행복을 무시한 채로 나 혼자만 행복하면 된다는 서구식의 개인주의적 행복관을 무조건 모방한다는 것은 우리가 진정으로 바라는 선진형 복지사회의 건설에도 부합되지 않는다는 점을 특별히 유념할 필요가 있다는 점을 상기시켜 준다.

이러한 관점에 대하여 개인과 사회 간의 미시적이면서도 거시적 관점에서 상호작용적 관계 형성에 보다 많은 관심이 요구된다. 개인의 자유 및 권리의 행사와 더불어 사회 구성원으로서 사회적 책무성을 균형 있게 고려할 줄 아는 자기 관리가 필수적으로 요구되는데, 개인적 가치와 공동체적 가치 간의 갈등 조정과 균형 있는 대응이 현대인들에게 요구되는 덕목이라는 관점에서 '행복한 사회 안에서 개인이 행복을 추구하는 일이 매우 자연스러운 일이며 순리順理라고 할 수 있다'는 신념을 바탕으로 조화롭고 균형 있는 판단을 중시하는 자기 관리를 지향할 필요가 있다고 본다. 또한, 사회가 행복해야 개인도 행복해진다는 점도 자기 관리에서 특별히 고려할 필요가 있다는 것이 최근 모든 선진국에서 파악되고 있는 경향이다. 행복한 사회 안에서 사회의 구성원 역할에 관심을 가지고, 공동체적 가치를 중시하는 마음가짐이 행복을 크게 좌우할 수 있다는 연구 결과들에 주목할 필요가 있다는 것이다. 즉 우리 사회에서 어렵지 않게 발견할 수 있는 사례와 같이 자신의 이해관계에만 몰두하는 소아적 관점에 집착하여 자신만의 성공이나 만족만을 추구하는 데만 관심을 두도록 유혹하는 사회적 분위기로부터 벗어나지 않으면 궁극적으로 모든 사회구성원이 진정한 행복을 제대로 누릴 수 없게 될 것이라는 점을 간과해서는 안 된다는 점을 일깨워준다.

오랫동안 철학자, 성직자, 학자 등 인간의 행복에 관하여 숙고하고 갈파한 결과로써 제시하고 있는 행복의 조건들에는, 사랑, 봉사, 선행, 자선, 친절, 나눔, 관용, 동정심 갖기(연민), 자비 베풀기, 감사하기 등이 포함되고 있다. 그리고 이들 조건이 행복에 관한 우리의 인식의 폭과 깊이를 확장하고 심화시켜 실제로 우리 자신을 행복으로 안내하고 지혜롭게 자기를 관리할 수 있고 행복감을 누릴 수 있도록 도움을 주는 효과가 있었다는 점을 겸허히 수용할 필요가 있다. 그리하여 자기 관리의 패턴 및 습관 형성 차원에서 과감하게 '거듭나는 노력을 지속적으로 경주하는 것'이 보다 차원 높은 행복을 누릴 수 있게 안내해 줄 것이고, 나아가 그 노력이 습관화되면 행복을 보장해 줄 것이라는 신념을 갖도록 권유하고 있다. 이들 덕목은 바람직한 사회생활을 위해서 개인들에게 요구되는 사회적응 패턴 유지, 관계 맺는 타인들에 대한 이해 및 공감을 바탕으로 한 배려를 비롯하여, 보살피기(친절 베풀기, 공감하기 등), 감사하는 마음 표현하기(자선하기), 나누기(봉사하기, 기부하기, 선행하기), 용서하기 등을 강조하고 있는 사회적 추세를 명료하게 드러내 주는 것들로 인정해야 할 것이다.

그리고, 우리 사회를 보다 행복한 사회로 전환시키고 그 사회에서 행복한 개인으로 살아가기 위해서는, 개인들이 세계적으로 선진국으로서 인정받는 입장에 걸맞도록 지구촌에서 선도적인 역할을 수행해야 하는데 그를 위해서는 거시적이고 미래지향적인 가치관과 비전을 지닐 필요가 있다. 이러한 요구에 특히 젊은이들이 적절하게 부응하기 위해서는 세계인으로서 리더를 꿈꾸며 그를 성공적으로 수행하기 위해서 필요한 '지혜롭게 자기를 관리할 수 있는 능력'이 요구된다는 관점에서, 미국의 심리학자 조너던 헤이트가 주장하는 내용에 주목할 필요가 있다. 즉,

> **"행복을 위해서는 나 자신과 내 세계를 바꾸는 작업이 필요하며, 자신의 목표를 추구하고 타인과 조화로운 관계를 유지해야 한다 …(중략)… 동양과 서양, 심리학과 종교, 진보주의와 보수주의 간의 조화와 균형 잡힌 지혜를 통해 인간은 자신을 만족, 행복, 의미로 인도해 줄 방향을 선택할 수 있다"**

소통과 만남의 지혜;
'관계와 공감'은 사회적 행복의 씨앗

소통과 사회화

우리가 태어나기 전 태아의 상태로 어머니와 교류하기 시작하고 출생 후에도 어머니를 통하여 세상과 소통함으로써 사회화가 시작된다고들 말한다. 인간이 사회적 동물이라는 점은 인간들로 구성된 사회 안에서 인간관계를 맺으면서 성장하고 사회화함으로써 소속한 사회의 언어를 습득하고, 그 사회의 문화를 학습하며, 사회구성원이 되고, 주어진 역할을 수행하며 자신에게 부여된 책임과 의무를 수행하며 자아개념을 형성하고, 자기다운 성격을 갖추게 된다고 정리할 수 있다. 이와 같은 성장 과정에서 가족을 비롯하여 친지와 이웃 사람들을 만나 소통하고 교류하며 다양한 형태의 인간관계를 맺게 되는데, 관계를 맺는 상대방과 감정을 나누고 의사를 소통하며 상대방의 입장에 공감하고 자신을 표현함으로써 원만한 인간관계를 형성해 나가는 사회생활이 가능하게 된다. 특히 유년기에 가족이나 주위 사람들과 원만한 관계가 형성되지 못하면 자아정체성을 확립하기 어려워 '정체성 위기'를 경험하게 되는 동시에, 친밀한 관계를 형성하지 못하고 '소외감'을 느끼게 되어 정서발달에 지장을 초래할 수 있다는 심리학자 에릭 에릭슨의 주장은 지금도 여전히 적용되고 있다. 말하자면 "유아기에 부모를 포함한 가족들이나 주위 사람들과의 관계를 원만하게 형성하지 못하게 되면 추후 사회화 과정에서 원만한 대인관계를 갖기 어려울 수도 있다"는 에릭슨의 경고에 경청할 필요가 있다는 것이다.

그래서 '인간관계가 시작되는 가정은 행복이 시작되는 곳(카네기; 알렌, 템플턴 등)'이라고 말하기도 하고, '행복의 90%는 인간관계에 달려있다'고도 말한다(키르케고르). 또한 달라이 라마는 "타인들도 나와 똑같이 고통을 받고 있고 행복을 원하고 있다는 사실을 이해하는 것이 진정한 인간관계의 시작이다"라고 지적하며, 만나서 관계를 맺으며 소통하고 공감함으로써 행복이 시작된다는 점을 시사해 주고 있다. 그는 "나 혼자서는 따로 행복해질 수 없다. 원하든 원하지 않든 우리는 서로 연결되어 있기 때문이다"라고 설파하며 개인들이 사회 구성원으로서 소통하고 만나는 것이 인간 사회의 당연지사임을 말해 준다. 이와 함께, 고대 그리스 사회에서 '세상과 소통하지 못하는, 홀로 사는, 고립되고 외톨백이 상태' 등의 뜻을 지닌 'idiot'라는 단어를 사용했다는 점에 주목할 필요가 있는데, 원래 그리스에서는 원만하게 세상과 소통하지 못하는 상태나 그로 인하여 야기되는 정신적 상태나 현상을 의미하는 개념으로 사용했다는 것이다. 그러나 이 단어는 현재로서는 '바보', '천치'와 같은 의미로 사용되고 있어 인간 발달적으로 매우 중요한 '인간관계에 실패한 사례'를 지칭하는 의미로 변질되었다는 점은 우리의 삶에서 세상과의 소통하며 세상 사람들과 더불어 살아가는 일이 매우 중요하다는 점을 암시해 주고 있다.

이러한 관점에서 발달심리학자인 에이브러험 메슬로의 '욕구의 위계' 상에서 '안전의 욕구'와 '소속과 사랑의 욕구'는 인간 발달의 순리를 특별히 강조하고 있는데, 생리적 욕구를 충족시키는 일이 어느 정도 해결되면 자신이 소속하고 있는 가정을 포함한 사회인들과 관계를 형성하며 사랑을 주고받으며 살아가는 것이 사회적 존재로서 자연스러운 인간의 발달 과정이라는 점을 주장하고 있어 지금도 여전히 공감을 얻고 있다. 이러한 맥락에서 과학자 데이비드 헤밀턴은 "질병(Illness)이라는 단어에서 'i'는 고립(Isolation)을 의미하고, 건강(Wellness)이라는 단어에서 가장 중요한 단어는 '우리(We)'다"라고 언급하며 인간관계 안에서만 행복이 파생된다는 점을 강조해 주고 있다.

그리고 바람직한 대인관계에서는 우선적으로 '균형의 법칙'이 적용될 필요가 있다고 주장하는 신학자이며 투자가인 존 템플턴은 "남에게 대접을 받고자 하는 대로 너희도 남을 대접하라"[7]는 황금률을 준수할 것을 강조하고 있다. 이와 함께 "당신이 화를 내는 것도 남이 당신에게 화를 내는 것만큼 당신 자신과 다른 사람들을 괴롭게 만든다"[8], "주는 그대로 돌려받는다", "모든 결과에는 원인이 있다", 그리고 "우리의 마음은 천국을 지옥으로 만들 수도 있고 지옥을 천국으로 만들 수도 있다"[9] 등과 같은 금과옥조와 같은 '대인관계 원칙'들을 실생활 과정에서 준수하는 것만이 우리의 행복을 보장해 줄 수 있다는 점을 주장하고 있어 이를 우리의 사회생활에서 적극적으로 참고하고 실천할 필요가 있다.

---

7 마태 7:12
8 켄 키스
9 존 밀튼

행복한 사회적 존재

누구나 자신이 살고 있는 동네가 살기 좋은 동네이길 희망하고 있거나, 앞으로 여건이 허락한다면 살기 좋은 동네에 살고 싶다는 것은 인지상정人之常情이라고 볼 수 있다. 특히 거주지를 이전하고자 할 때, 대부분 새로운 거주지는 살기 좋은 동네이기를 바라는 마음이 있을 것이며, 주위 사람들로부터 그 동네는 살기 좋은 동네라는 평판을 듣고 싶은 마음이 있을 것으로 짐작해 본다. 살기 좋은 동네에 살고 싶다는 희망을 가지고 있다는 것은 자신이 거주하는 동네(공동체 사회나 지역사회)가 자신의 행복한 생활을 위해서, 동네가 완벽하지 않을지라도 어느 정도는 살기 좋은 동네로서 조건을 갖추고 있기를 바라거나 기대하기 때문이다.

예를 들면, 자신이 거주하고 있는 동네에 대하여 긍정적인 감정이나 호감을 갖고 있어, "이 동네에 이사 온 것은 잘한 일 같다", "이 동네는 살기 괜찮은 동네라고 보아 친지들에게 추천하고 싶다", "주민들의 의견 개진이 활발하고 이웃끼리 친하게 지내는 사례들을 적지 않게 볼 수 있어서 좋아 보인다" 등과 같은 정서적 입장을 표한다면 그 개인은 비교적 사회적 행복감을 느끼고 있는 것이라고 보아도 무난할 것이다. 그 반대의 경우를 상정해 본다면, "이 동네는 살기 불편하고 출퇴근하기에도 힘들어… 이곳에 이사 온 것은 나의 큰 실수야", "이 동네는 겉보기와는 다르게 살기 좋지 않은 동네 같아, 동네 사람들이 서로 인사도 하지 않고 지내고 도저히 마음에 들지 않아", "거주민들이 아무 데서나 담배를 피운다든지, 쓰레기를 함부로 버린다니까", "애완견 분뇨를 방치하는 것을 대수롭지 않게 생각하는 사람들이 많다니까" 등은 그 동네에 대한 부정적인 정서를 표현한 것으로 보아 사회적 행복감을 기대하기 어렵다.

여기서 살기 좋은 동네를 외형적 조건인 물리적 환경만으로 평가하는 것은 무언가 허전하다고 느끼는 것이 상식이라면, 정서적이며 심리적으로 안정감을 주고 편안하고 안락감을 주는 조건을 보다 더 중시하는 경우가 보다 만족스러운 것에 가깝다고 보아야 할 것이다. 말하자면, 일상생활이 원활하게 이루어질 수 있으며 살아가는 데 필요한 요건을 갖추고 있고, 이웃들과의 좋은 관계를 맺고, 서로 편안하고 온화한 소통과 만남이 가능한 가운데 마음 놓고 자녀 양육이나 교육에 몰두하며, 마음 편하게 직장에 출퇴근할 수 있거나, 생업에 전념할 수 있는 여건이 제대로 갖추어져 있는가, 휴식을 취하거나 오락을 즐길 수 있는 여건을 갖추고 있는가 등의 여부와 정도를 중요시할 것으로 예상할 수 있다. 물리적 여건상 얼마나 쾌적하고 편리한 환경 하에 위치하는가를 고려하면서 깨끗한 공기와 물, 쾌적한 거주지 환경, 편리한 교통환경, 소음 및 먼지, 물류 유통이나 정보 교환에 관련된 환경 여건(시장, 우체국, 행정기관, 병원, 학교) 등의 접근성 등을 고려하지 않을 수 없다고 보나, 그에 못지않게 그 동네에 거주하는 사람들과 원만하고 편안한 소통과 만남이 무난하게 이루어져 정신적이며 정서적으로 편안하고 안정된 분위기나 풍토가 조성되어 있느냐 등을 더욱 고려해야 할 것으로 짐작된다.

이 경우에는 특히 거주민 개인들 간의 원만한 교류와 소통이 가능하면서 어느 정도 서로 입장을 존중하며 배려하는 분위기가 조성되어 있는가와 더불어, 필요한 경우에는 서로 돕고 지원 격려하며 서로 나누면서 살아갈 수 있는가, 또한 상호 간 이해하는 분위기를 지향하며 베풀고 협력하는 분위기가 조성되어 있는가 등에 관심을 가지는 것도 필요한 것으로 볼 수 있다. 동서고금을 막론하고 사람들이 모여 살고 있는 동네에서 이웃의 중요성을 한두 마디로는 표현하기 어려운 실정이다. 전통적인 우리 사회에서 사용해 오고 있는 다음과 같은 이웃 관련 속담들은 이웃이 공동체 사회에서 얼마나 중요한 역할을 수행하고 있는가를 극명하게 말해주고 있다.

'이웃이 사촌보다 낫다'
'먼 사촌보다 가까운 이웃이 낫다'
'팔백금으로 집을 사고 천금으로 이웃을 산다'
'집을 사면 이웃을 본다'
'소나무가 무성하면 잣나무도 기뻐한다'

등은 예나 지금이나 널리 사용되고 있는 것이다. 이웃을 포함한 이러한 조건들이 앞에서 다루었던 살기 좋은 환경과 신뢰할 만한 동네라는 요건에 포함되거나 연계되었다고 보기 때문에 행복한 사회를 추구하기 위해서 필히 다루고 중요시해야 할 요건 및 사항들로 간주하고 전개할 필요가 있다. 그러므로 거주하는 동네가 좋은 분위기와 풍토가 조성되어 있고 거주민들이 서로 이해하고 배려하는 자세를 가지고 상호협력하며 서로 나누는 분위기를 지향하며, 서로 신뢰할 수 있는 동네인가를 중요시할 때, 사회적 행복에 관한 논의가 보다 실질적이며 무난하며 완전한 것이 될 것으로 판단된다. 다른 한편, 동네 거주민 간에 분명하지 못하거나 이해하기 어려운 의사소통으로 인하여 서로 기분이 상하고 예상치 못한 갈등이나 분쟁이 발생한다든지, 또는 불편하고 예의 없이 만나는 태도로 인하여 상대방에 대한 부정적 정서가 유발된다든지 등도 동네에서 거주하는 동안의 살기 좋은 동네에 대한 부정적인 인식을 심어줄 수도 있다는 점에 현명하게 대응하는 세심한 노력도 요구된다. 다시 말해서, 지역사회 구성원들 간의 갈등이나 분쟁 상태나 불만과 불편 사항들을 합리적으로 처리하고 예방할 수 있는 절차 과정에 주민들이 적극적이며 자율적으로 참여할 수 있는 체제(메커니즘)을 갖추는 일도 필요한 것이다.

정리하자면, 살기 좋은 동네를 기대한다면 주민들이 편안한 마음으로 서로 소통하고 이해하며 공감을 가지고 연대감이나 유대감을 가질 수 있는 만남이 이루어지는가에 관심을 두어야 할 것이다. 그러한 소통과 만남이 가능하게 되면, 서로 배려하며 양보하기도 하고, 서로 믿고, 나아가 서로 나누며 베풀고, 서로 돕고 협력하며 사는 사회가 비교적 행복한 사회에 보다 가까운 개념으로 인식하며, 적극적이고 능동적이며 긍정적인 태도를 가지고 실천해 나갈 수 있어야 한다. 그래서 동네 거주민들이 살기 좋은 동네를 만들기 위해 관심을 가지고 참여하고 실천하는 데 필요한 정보나 지식, 나아가 필요한 지혜를 추구할 필요가 절실하다는 관점을 취하면서 실제 생활 경험에 기반하여 사회적 행복 관련 삶의 본질에 주목할 필요가 있다.

공감과 유대관계; 행복한 사회의 근간

'인생은 세상과의 만남에서 시작된다'고들 하는데, 개인들이 만남으로부터 소통하고 교류하며 상호작용하게 되고 그를 기반으로 인간관계와 인연이 창출되어 인간 사회를 구성하고 유지케 하기 때문일 것이다. 개인이 태어나 가족의 도움으로 성장하면서 세상과 소통하고 만나는 일을 통하여 성인이 되면서 사회구성원의 한 사람으로서 자아를 성찰하고 자아실현 해 나가는 동시에, 사회화되어 가는 현상은 너무도 잘 알려져 있는 우리 모두가 경험해 온 사회적 현상이다. 이와 같이 가족을 비롯한 자신이 속한 사회인들과의 원만한 만남과 소통하기가 사회화 과정의 출발점이 되는 동시에, 자신을 발견하고 자아개념을 형성하며 합리적인 자아 성찰력을 갖게 하는 원동력으로 작용한다는 것은 과학적이며 학문적으로 검증된 바이고 일반 상식으로도 널리 통하고 있다.

그래서 한 개인이 한 가족의 일원인 동시에 사회의 구성원으로서 성장하고 사회활동을 하면서 만나는 다양한 사람들과 관계를 맺으며 사회화되는 과정을 통하여 자아정체성을 확립하고 개인마다 인격을 형성해 나가는 동시에, 사람들과 소통하고 만나는 과정을 거쳐 하나의 사회구성원으로서 주어진 역할을 수행하면서 사회적 계약이나 약속 등과 같은 사회적 존재에게 주어진 역할과 책무를 준수하는 것이 일반적인 삶이며 사회생활이라고 볼 수 있다. 그러므로 한 개인이 거주하는 사회에서 살아가며 만나서 교류하는 사람들과 원활하고 명쾌하게 소통하고 서로 공감을 느끼며 유대감이나 연대감을 갖게 되면, 대체로 성공적으로 소통하고 진정한 만남이 이루어졌다고 인정하거나 의도하는 좋은 관계가 이루어졌다고 말할 수 있는 동시에 보다 더 좋은 관계로 발전하거나 전환할 것으로 기대할 수 있게 된다.

또한 사람들과의 만남에서 원활하게 소통하며 지내기 위해서 지켜야 할 예의나 원칙과 같은 사항들을 강조해 왔고 그를 자라나는 아이들이나 학생들에게 교육하기 위하여 교훈적인 속담과 같은 형식으로 표현해 왔던 것으로 보인다. 그 단면을 살펴보면, 사람들과 의사소통을 원활하게 하기 위한 태도를 취하며, 자신의 말만 앞세우거나 말하는 것에만 치우치지 말고 상대방의 말에 경청하는 것이 중요하다는 것을 강조하기 위한 목적이 있다. 말하자면, "조물주가 우리 인간에게 하나의 입을 주었으나 귀는 두 개를 주셨다"라는 경구를 사용하고 있다든지, "가는 말이 고와야 오는 말이 곱다" 등과 함께, "내가 대우받고 싶은 대로 상대방을 대우하라"라는 표현으로 상대방을 공정하게 대우하며 상호 소통하는 자세를 취하도록 유도하고 권면하는 사회적 풍토를 조성하는 데 중점을 둔다. 이와 유사하게 사회생활에서 사람들과의 만남이 사회가 역동적으로 작동하게 만드는 중요한 기능을 수행한다는 점을 강조하기 위하여, "우연한 만남도 인연이다", "하늘의 뜻이 없는 만남은 있을 수 없다", "우연히 만나 관계를 맺는 것도 전생의 인연에서 비롯된 것이다" 등의 표현을 사용하여 만남과 인간관계의 사회적 의미를 강조하는 방향으로 사회적 분위기를 조성하고 있다.

이처럼 사회구성원들 간의 긴밀하고 친밀한 소통에 중점을 두며, 구성원들 간의 만남을 중시하고 만남에 따른 공감대를 형성할 수 있고 서로 만나 소통하면 자연스럽게 연대 의식이나 유대감을 느끼게 하는 여건과 공간을 형성하는 노력이 필요하다는 것이다. 이러한 맥락에서, 동네 거주 주민들의 책무와 권리를 균형 있게 강조하며 삶의 현장을 중심으로 하여 온전한 동네의 구성원으로서 자유롭게 정체성을 정립하고 인정받으며 생활해 나갈 수 있도록 교훈적으로 계도하고 안내하는 사회적 기능을 중요시하게 되었다.

따라서 한 개인이 특정 사회에 거주하면서 하나의 사회구성원으로서 인정받고 주어진 역할을 수행하면서 부과되는 책무를 준수해야만 구성원이 누릴 수 있는 권한과 자유를 누릴 수 있고 그에 따른 사회적 신뢰감을 누릴 수 있다는 것은 오래전부터 확립된 일종의 사회계약이며 약속이라고 보아야 한다. 즉 개인들이 사회생활의 일부로서 주어진 책무를 수행해야만 사회적으로 부여되는 권리와 자유를 누릴 수 있다는 측면을 공정하고 조화롭게 추구함으로써 사회적 신뢰감을 얻고 평안함과 안정감을 기반으로 한 사회생활을 영위하면서 사회적 행복을 누릴 수 있는 기회가 보장된다고 볼 수 있다. 즉 사회적으로 부과하는 책무를 수행하는 한편 개인들이 자신만의 사회생활을 자유롭게 영위하도록 허용하고 지원하는 자유와 권리의식에 입각하여 그들이 각자의 인생관에 따라 자아실현해 나가는 사회체제를 구축해 나가는 노력이 없이는 사회적 신뢰감을 창출하기 어렵고 자신이 살고 있는 공동체 사회에서 행복한 생활을 누리기 어려울 것이라는 지혜를 터득하게 될 것이다.

만남과 공감

마틴 젤도 역시 펠만의 저서 〈행복의 형식에 대한 서론〉에서 행복은 바로 다른 사람과의 관계에서 성립한다는 원칙을 주장하고 있다. 젤은 "행복은 순수한 감정도, 객관적으로 확정된 목표도 아니며, 오히려 구조적 기능주의적으로 묘사되는 삶의 형식이다. 삶의 성공에는 자기결정과 세계 개방성이 속한다"라고 주장하고 있다. 말하자면 구성원들이 설정한 규칙에 따라 열린 마음으로 좋은 관계를 갖도록 노력하면 성공적인 삶, 즉 행복한 삶을 누릴 수 있게 된다는 것이다. 이와 같은 맥락에서 '행복은 사이(Between; 間)에서 온다'라고 주장하는 심리학자 조너던 헤이트에 의하면, 행복은 자신의 내부에서만 나오는 것이 아니며, 내부적인 요인과 외부적인 요인의 결합에서만 오는 것도 아니다. 다만 이들 사이에서 나온다는 것이다. 즉 사람들 사이를 연결하는 사랑과 일(직업)이 그 결정적인 역할을 수행한다는 의미로, 어떤 개인이라도 사회구성원의 하나로서 일을 하면서 사람들과 사랑을 포함한 우정, 동료의식을 나누면서 살아가는 것이 자연스럽고 당연한 일이라는 입장이다. 아리스토텔레스는 행복의 핵심은 부귀영화가 아니라 자유롭게 자신의 능력을 발휘할 수 있는 능동적인 태도와 좋은 사람들과 우정을 나눌 수 있는 겸허하고 진실한 사람됨이라고 주장하면서, "모든 재물을 다 가진다 해도 친구 없이 살기를 택하는 사람은 없을 것이다", "소수의 친구들만 있으면 그것으로 충분하다. 이는 음식에 적은 양의 조미료만 필요한 것과 같은 이치다" 등과 함께, "우정과 선한 삶이 행복의 핵심"이라는 점을 매우 강조하고 있다. 또한 단테는 "우리의 삶은 벗 없이는 완전하다고 말할 수 없다"라고 천명하고 있으며, 이와 더불어 호가드는 "친구가 있어 행복하다"라는 캐치프레이즈를 내세우며 우정은 행복에 이르는 가장 쉬운 방법이라고 주장하며, 타인에게 좋은 친구가 되려고 노력함으로써 그 보상으로 행복을 얻을 수 있다고 강조한다. 그는 구체적으로 '좋은 친구가 되는 16개 방법'을 실증적인 근거를 바탕으로 제시하고 있어 주목할 만하다. 그 내용을 말하자면, "타인에게 관심을 가져라, 마음을 열라, 친구들과 새로운 도전을 하라, 자신 있게 행동하라, 활동적으로 생활하라, 남들이 신뢰할 수 있는 사람이 되라, 긍정적인 의사소통을 하라, 눈을 맞추라, 먼저 말을 걸라, 귀담아듣는 방법을 배우라, 친구를 거울로 삼아 자신을 들여다보라, 극단적으로 반응하지 말라, 혼자 있는 것에 익숙해지라, 용서를 배우라, 사회생활로 친분을 쌓은 사람들과만 사귀는 태도를 버리라, 충고를 해주라" 등이 그것들이다.

동서고금을 통하여 우정의 중요성을 인식하고 그를 살아가면서 적극적으로 활용할 것을 강조하는 말은 일일이 열거하기 어려울 정도이다. 먼저, 우리나라의 경우에는 전통적으로 친구의 중요성을 인식해 왔다는 점을 오랫동안 전해져 오는 속담을 통하여 인정할 수 있는바, 그 몇 가지 사례를 소개하면 다음과 같다. 친구 관련 속담들로는.

'친구가 친척보다 낫다'
'친구와 술은 묵을수록 좋다'
'친구는 곤란할 때 알아본다'
'어려울 때 친구가 진짜 친구다'
'길동무가 좋으면 먼 길도 가깝다'
'새도 가지를 가려서 앉는다'

등이 있고 고대 사회인 신시배달국 이전부터 친구가 행복을 결정하는 주요 요인이라는 사실을 확실하게 동의하고 있다고 볼 수 있다. 그리고 근대와 현대에 이르기까지도 그 사실만은 크게 달라지지 않았다고 단언할 수 있다. 그를 입증해 주는 외국의 격언이나 속담들로는,

"친구는 한 사람의 가치를 판단하는 가장 좋은 척도다" (찰스 다윈)
"세상을 살아가기 위해서는 친구가 필요하다" (오리슨 마든)
"우리 삶은 많은 우정을 통해 힘을 얻는다. 사랑하고 사랑받는 것은 존재의 가장 큰 행복이다" (시드니 스미스)
"친구 하나도 만족시켜 주지 못하는 사람이 이 세상에서 성공한다

는 것은 도저히 있을 수 없는 일이다" (헨리 소로우)

"좋은 친구가 생기기를 기다리는 것보다 스스로 누군가의 친구가 되었을 때 행복한 법이다" (버트란드 러셀)

"친구는 기쁨을 두 배로 늘려주고 슬픔을 반으로 줄여준다" (실러)

"사랑이나 지성보다도 귀하고 나를 더욱 행복하게 해 준 것은 우정이다" (헤르만 헤세)

"참된 우정은 건강과 같다. 즉, 그것을 잃기 전까지는 우정의 참된 가치를 절대 깨닫지 못하는 것이다" (찰스 칼렙 콜튼)

"우정은 날개 없는 사랑이다" (프랑스 속담)

"좋은 친구 한 명이 친척 일천 명보다 낫다(이탈리아 속담)" 등등이 있다.

한편, 리즈 호가드는 친구 간의 우정 못지않게 사회의 기본 단위인 가정을 중심으로 부부간의 소통과 만남의 중요성을 강조하고 있다. 그는 즐겁고도 행복한 성생활을 권면하는 동시에, 행복한 결혼생활을 위한 '부부 10계명'을 제시하고 있어 실제 생활에서 도움이 될 것으로 판단된다. 즉, 부부가 계명 삼아 준수해야 할 사항들로는,

"당신의 배우자가 완벽할 거라는 생각을 버려라,
배우자에게 위임하라(상호 돕는다),
부정적인 것을 긍정적인 것으로 전환하라,
당신의 장점을 믿으라, 반응하며 듣는 방법을 연습하라,
말하는 자와 듣는 자 방식을 활용하라,
대답할 여지가 있도록 질문하라, 낙천적인 사람이 되라,
나만의 시간을 가질 필요성에 대해 이야기하라.

부부가 함께 '지도'를 작성하라"

등과 같은 10개 항목들을 제시하고 있다. 그리고 하버드대학의 행복 연구에 장기간 참여한 후 얻은 연구 결과를 기반으로 한 저서에서 조지 베일런트 교수는 가장 중요한 행복의 조건으로 인간관계, 그중에서도 부부관계를 꼽으며, 장기간 그리고 노년기에는 특히 부부관계를 중심으로 한 가족관계가 행복을 완성시키는 중요한 역할을 수행한다는 점을 강조하고 있다. 이와 같이 한 개인이 세상에서 살아가는 동안 만나서 서로 이해하고 사랑을 나누는 관계가 우리의 행복의 핵심을 이룬다는 결론에 동의하지 않는 현자나 행복 연구자들을 찾아보기 어려울 정도라는 점을 지적해 두고 싶다. 이는 삶의 과정에서 가까운 사람들과 수시로 만나고 서로 사랑을 주고받으며 원만한 관계를 유지할 수 있는 매우 인간적인 능력이나 속성을 경시하고서는 결코 어느 곳에서 행복감을 얻고 누릴 수 있겠는가를 생각해 볼 필요가 있다.

소통과 만남을 위한
현명한 스마트폰 활용

최근 통계청 발표(2022년 말 기준)에 의하면 우리 국민 5,169여만 명 중에서 5,082만 명 이상(98.3%)이 핸드폰(실제로는 총 5,400만여 대 소지; 2대 이상 소지자가 상당수인 반면에 아동, 고령자 등은 사용하지 않는 경향이 있기에)을 소지하고 있다고 한다. 이에 따라 한국에서는 남녀노소를 막론하고 눈만 뜨면 스마트폰을 접촉하고 잠들 때까지 가까이 두고 지내는, 가장 아끼는 생활필수품이 되었기에 가장 총애 받는 문명의 이기로 확고한 자리를 잡아 온 것으로 보아도 무방하다. 그러기까지에는 휴대용 모바일 폰의 기능을 기본으로 삼아 생활에 필요한 다양한 정보와 지식을 활용하기 편리하게 개발한 다양한 앱(응용프로그램, 앱, 어플; Application software)들이 사용자들의 요구를 충족시키면서 즐거움과 성취감을 맛볼 수 있는 다양한 기회와 여건을 제공해 주었기에 가능했다고 볼 수 있다. 그 내면에는 스마트폰이 누구에게나 편리함과 유용함을 추구하며 개인마다의 자유롭고 평등한 삶을 구현하는 데 매우 긴요하게 사용할 수 있는 첨단기술제품으로 인식되면서, 스마트폰이면 모든 것이 해결된다는 '스마트폰 만능 시대'에 살고 있다는 자부심을 갖고 있기 때문일 것이다.

IT 관련 산업의 지속적인 발전에 적극적으로 참여하여 지속적으로 개발되는 다양한 기기와 프로그램을 활발하게 사용하는 사람들을 넓게는 '디지털세대'나 '엄지족', 좁게는 '앱 세대(Application generation)'라고 칭하고 있으며, 한국에도 여느 선진국 못지않게 앱 세대 엄지족의 인구가 증가하고 있어 자유분방하게 앱을 사용할 수 있는 '천국과 같은 사회'라고 세계적으로도 인정받고 있다(선진국 대상 해외여행 중 스마트폰 사용 경험이 있는 국민이라면 이에 쉽게 동의할 것이다). 특히 한국은 최근 30여 년 동안 국민들이 적응하기에도 버거울 정도의 IT 관련 산업발달과 그로 인한 급격한 사회변화를 생생하게 경험하고 있다. 한국인들의 국민적 속성으로 잘 알려져 있는 '빨리빨리 기질'에 맞추기라도 하듯이 유용한 필수품으로서 매년보다 성능이 우수한 제품이 개발되고 있어 아주 높은 가성비를 입증하고 있는 실정이다. 수많은 국민들이 새로운 제품이 나오거나 새로운 앱이 개발되면 신속하게 교체하고 다운받아 사용하는 습관이 정착되고 있다는 것은 너무도 잘 알려져 있는 사실이며, 이는 청소년에게만 적용되는 것이 아니라 성인들에게도 마찬가지로 적용되고 있다고 볼 수 있다. 그러므로 한국인들은 우수한 제품을 지속적으로 생산해 주는 세계적인 기업을 가지고 있어 어느 나라 국민들이 누리기 어려운, 최고 수준의 스마트폰 문화를 적극 활용하고 있으니 가히 '홍복(洪福; 커다란 복)을 누리고 있다'고 보아야 할 것이다.

* * *

보급률을 비롯하여 그 활용도 차원에서 명실공히 세계적 선두주자로서 인정받으면서, 우리 사회에서 스마트폰이 국민들 간의 소통과 만남의 유용한 도구로서 굳건하게 자리 잡은 지도 30여 년을 넘기게 되었다. 이에, 스마트폰이 우리 사회에 미친 영향력을 말로 표현하기 어려울 정도이며, 그 공로도 적지 않다는 것을 누구도 부정하기 어려울 것이다. 최근 한국에서 살고 있는 사람이라면 스마트폰 없이 살기 어려운 지경이고 일상생활의 귀중한 도구 수준을 넘어서 신체의 일부로 인식할 정도로 스마트폰 사용의 효능도와 몰입도가 매우 높은 사회문화가 정착되고 있다는 현상을 간과할 수 없게 되었다. 특히 아주 효율적인 만남을 가능케 하는 중개자 역할을 포함하여 한국인들에게 매우 적절한, 인간적이면서도 은밀하고도 세밀한 소통 문화를 꽃피우게 하는 선도자 역할을 원활하게 수행하고 있다고 인정하는 것은 이제는 어쩌면 당연하면서도 매우 자연스러운 현실로 보아야 할 것이다.

지난 5천여 년간 우리 사회에서 만나고 소통하는 패턴이나 분위기가 지속적으로 변화되어 왔으나, 유사 이래로 이처럼 다양하고 복잡다단하면서, 따뜻하기도 하며 인간적이면서 작고 세밀한 수준의 '기분 좋고, 유익하고, 편안한 정서 상태를 맛보는 행복감'을 경험할 수 있도록 공헌(?)한 것은 결코 존재하지 않았다고 단언해도 무방할 것이다. 다시 말해서, 종래에는 직접 만나 소통하던 형태에서 예상하기 어려울 정도의 광범위하고 깊이 있고 수준 높은 다양한 의사소통과 진정성 있는 만남(다각적인 접촉과 접속)을 가능케 함으로써 국민 개개인들이 맛보는 행복감을 그 누구도 예상하기 어려울 정도로 진화하며 발전해 왔다고 볼 수 있다. 구체적으로 보면, 종래의 전화 기능과 컴퓨터 기능을 뛰어넘어 영상통화도 가능하게 되었다든지, 문자메시지 기능을 포함하여 시청각적 기능을 총동원하여 다양하면서도 세밀한 소통을 가능케 하면서도, 음악이나 게임을 포함하여, TV,

라디오, 영화관 등의 역할을 수행하고 있는 실정이다. 그뿐만 아니라, 신문, 녹음기, 카메라, 손전등, 메모지, 알람 등의 기능을 대체하면서도 현금과 선물(쿠폰 등)도 주고받을 수 있게 되었기에, 일종의 만능(문명의 기기를 통합)에 가까운 기능을 활용할 수 있게 된 것을 새삼스럽게 회고해 본다. 더군다나 갈수록 더 편리하고 유용한 앱들이 등장하게 되어 현대인들의 문화생활 수준이나 폭을 더더욱 증폭시키고 지속적으로 진보 및 진화시킬 것이라고 예상하면서 그에 대응할 만한 국가적 차원으로부터 개인적 차원에 이르기까지 준비하고 대응하는 노력도 절실하다는 점을 지적해 둔다.

한국 사회가 누리고 있는 고도의 스마트폰 기술과 응용프로그램(앱)의 진화 발전으로 인하여 선진국들마저 부러워할 정도로 세계 최고 수준이라는 스마트 문화가 작동하고 있다는 것을 부정하기 어려운 실정이다. 그러나 우리가 은근히 자랑삼고 있는 화려한 무대의 뒤안길에는 당장에 많은 국민들이 예상하지 못했던 현상들을 경험하고 있다는 점에 관심을 갖지 않을 수 없다. 그중에서도 특별히 한국을 포함한 인류 전체에게 공통적으로 관심을 끌고 있는 사안은, 대부분의 스마트폰 사용자들이 스마트폰에 과도하게 몰입하여 중독된 상태에서 제정신을 차리지 못함으로써 예상치 못한 사고를 초래하는 현상이 도처에서 발생하고 있다는 점이다. 세간에서는 이를 명명하여 '스몸비(Smombie; Smart phone Zombie)라고 칭하고 있는데, 이는 스마트폰이 사용되는 곳이라면 지구촌 어디에서나 쉽게 발견되는 매우 특별한 사회적 현상이라고 볼 수 있다.

'스몸비'라는 새로운 용어는 '스마트폰 화면에 시선을 고정한 채, 주변을 의식하지 않고 좀비처럼 걸어 다니는 사람들'을 칭하는 것으로서, 일반인들이 스마트폰에 지나치게 몰입하여 정상적으로 일상생활을 수행하기 어려운 경우가 발생할 수 있다는 점을 경고하기 위한 의도로 도입하여 사용하는 것으로 추정된다. 말하자면 다수가 스마트폰 사용 중 좀비 현상의 증가로 인하여 위험에 빠질 수도 있고(위험한 곳에 빠지거나, 교통사고를 당하거나, 예상치 않게 넘어지는 등) 남들에게 피해를 입힐 수 있다(어깨를 친다거나 다른 사람들과 부딪치게 되거나 등)는 현실적 문제를 지적하기 위한 목적으로 주로 사용하고 있으나, 거시적으로는 비정상적으로 스마트폰을 사용하는 행태에 대하여 바람직하지 못하다는 점을 부각시켜 경고하기 위한 목적의 신조어라고 말할 수 있다.

이러한 현상은 스마트폰이 비교적 많은 대중에게 보급되어 사용되고 있는 경우에 나타나는 현상으로서, 특히 디지털세대로 불리우는 청소년들에서 더욱 빈번하게 발생하는 현상이라고 할 수 있으나, 최근 수년 사이에는 남녀노소 구별할 수 없이 대부분의 열성적인 사용자들에게 나타나는 현상으로 보아야 할 것이다. 이에 대응하여 많은 사람들이 현재와 같이 스몸비로서 살아갈 것인가에 대한 심각한 사회적 성찰과 자각이 필요하다고 보며, 이러한 노력을 거쳐 보다 건전하고 생산적으로 스마트폰을 사용하는 풍토를 조성하는 계기를 마련하여 우리 사회가 모범적으로 거듭나는 과정을 거치는 것도 의미가 있다. 특히 모범을 보여야 하는 기성세대는 지난 10여 년 동안 오히려 SNS 등에서 앞서가는 청소년으로부터 보고 배우는 입장에 처해 있는 신세라서 기성세대들도 결국에는 무조건 모방하는 풍토가 만연한 것이 아닌가 추정해 볼 수 있다. 말하자면, 기성세대들은 새로운 문명의 이기를 뛰어넘어 엄청난 기능을 수행하는 스마트폰을 어떻게 사용하면서 살아야 바람직한가를 주도적으로 주장하지 못한다든지, 스마트폰 사용에 관하여 사회적으로 보다 바람직한 규범이나 원칙에 대한 일치된 견해가 존재하지 않는 실정이며, 일상생활 중에서 그를 유용하게 사용하면서도 품위 있고 교양 있게 사용하기 위한 일종의 사회적 비전이나 규범이 정립되어 있지 않다는 점 등을 지적하고 싶다. 이와 함께 개인마다의 고유한 스마트폰 관련 삶의 방식을 강구하는 노력이 보이지 않고 남들을 무조건 모방하는 것이 당연하다는 듯 행동하고 있고, 남들도 하니까 나도 그렇게 스몸비가 되어도 문제가 될 것이 없다는 통념이 확산되고 있는 것이 아닌가 반성해 볼 필요가 있다.

* * *

어려서부터 인터넷에 접하면서 핸드폰을 포함한 다양한 디지털 기기에 익숙해진 청소년을 I세대(Internet generation, 또는 엄지족)라고 칭하기도 하는데, 이들은 X세대, 밀레니엄세대와 함께 인터넷 시대를 대변하는 동시에 스마트폰으로 인터넷을 자유롭게 사용한다는 점에서 예상하기 어려울 정도의 엄청난 문제를 안고 있다는 현실을 간과해서는 안 된다는 지적이 있다. 이들 엄지족들은 다른 세대에 비하여 비교할 수 없을 정도로 편리한 스마트폰 중심의 앱을 이용함으로써 극도로 편리함을 누리는 혜택을 자연스럽게 누려오고 있는 실정이다. 그러나 엄지족들은 인터넷에 너무 많은 관심과 시간을 투입하다 보니까 자연스럽게 운동을 싫어하고 책을 읽지 않게 되었다는 문제에 직면해 있다는 점에 우선 주목할 필요가 있다. 말하자면, 스마트폰에 몰입하면서 책을 읽지 않는 청소년들이 증가하고 있다는 현상으로부터 대부분의 성인들마저 스마트폰 사용 때문에 독서량이 현저하게 감소했다는 현상을 새로운 사회 문제로 보아야 한다는 지적도 있다. 그러지 않아도 선진국에 비하여 독서량이 적은 우리 사회가 스마트폰에 폭 빠져 독서량이 더욱 감소하고 있는 현상을 교육계를 포함한 사회가 별다른 대책 없이 방관하고 있다는 것은 심각한 문제가 될 수 있다는 것이다. 지하철이나 버스 안에서 대다수의 시민들이 스마트폰 사용에 몰두하고 있는 한편, 출퇴근 승객 중에서 책을 읽는 경우는 매우 찾아보기 어려운 현실은 대도시에 살고 있는 시민들이라면 부정하지 못할 실정이다.

더군다나 청소년들이 편리한 디지털 기기에 몰입하다 보니 점차 생각하기 싫어하고 그러한 생활에 적응하여 생각 없이 살아가는 습관에 젖어 들어, 한창 신체적으로 성장하고 정신적으로 성숙해야 하는 시기에 운동을 기피하는 동시에 기억력을 비롯한 고도의 사고능력을 연마할 필요를 느끼지 않는 경지에 도달할 가능성이 높아지고 있는 실정은 심상치 않은 것으로 인식되고 있다. 많은 숫자의 청소년들이 인터넷 환경에서 벗어나지 못하는 시간을 보냄으로써 두뇌를 진지하게 논리적으로 사용하지 않아도 되는 습관이 형성되고, 특정 앱들을 사용하여 당장의 목적 달성만 가능하다면 문제 될 것이 없다는 태도를 가지고 직접적이며 감각적으로 만족하면서 살아가고 있어 더욱 문제가 되고 있다는 것이다. 이 중에서도 심각한 것은 스마트폰을 중심으로 한 디지털기기들이 청소년들로 하여금 갈수록 수준 높은 정신 기능(고등 정신 기능)을 사용하고 연마할 기회를 갖기 어렵게 만들고 있어 장기적으로 보아 국민적 '지적 능력 수준의 저하'라는 심각한 사태에 직면하게 될 것이라는 점을 지적하지 않을 수 없다.

또한 요즈음 십 대들은 사람들과 접촉하는 것보다 스마트폰을 더 좋아한다고 표현할 수 있을 정도로 어떤 친구보다도 스마트폰과 지내는 시간이 더 좋다는 반응을 하는 청소년들이 증가하고 있고, 친구들과 어울려 다니는 시간이 줄어들고 스마트폰을 통하여 소통하게 된 것을 자연스러운 것으로 받아들이고 있는 실정이다. 최근에는 이러한 청소년을 모방하여 성인들마저도 대부분 이와 비슷하게 닮아 가고 있는 실정이라고 볼 수 있다. 즉 우리네 일상에서 스마트폰 사용에 매신하나 보니 남녀노소를 막론하고 신체적으로 활동하기를 꺼리고 정신적으로 생각하기 싫어하는 행태가 지배적인 영향을 미쳐 우리 문화가 비정상적인 방향으로 전환되고 있는 것이 아닌가 하는 우려를 금할 수 없게 한다. 이와 더불어 스마트폰 사용을 빙자하여 주위의 타인들을 배려하지 않는, 남을 의식할 줄 모르는, 스마트폰 사용 관련 기본 예의도 지키지 않는 경향이 빈발하고 있고, 더군다나 대다수가 이를 모방하고 있어 결국 자신과 사회적 행복을 위해 필요한 건전한 스마트폰 사용 풍토 조성을 위한 사소한 배려와 예의도 무시하는, 종래의 소통 양식을 크게 변화시키는 사회문화가 형성되고 있지 않을까 하는 심각한 우려도 제기되고 있다.

* * *

요즈음 지구상에는 스마트폰에 몰입하여 살고 있는 사람들이 헤아릴 수 없이 증가하고 있어 "갈수록 기계가 사람처럼 변해가고, 사람은 반대로 기계처럼 변해 갈 것이다"라는 미래학자 리처드 왓슨의 예언이 적중하고 있다고 말할 수 있다. 특히 한국 사회는 이 예언을 가장 충실하고 열성적으로 실현하고 있는 사회 중에서도 대표 격이라고 해도 무방할 정도라고 볼 수 있다. 사람들의 일상생활 중에서 필요한 부분을 신속하고 정확하게 만족시킬 수 있는 정교한 앱을 포함하여 필요에 따라 원하는 앱을 자유롭게 구입하여 활용할 수 있는 경지에 도달한 것이다. 또한 그 요구수준은 지속해서 상향되어 왔고 그 요구에 부응하기 위한 보다 수준 높은 앱들을 지속적으로 개발하여 '앱 의존형 소비자'들을 만족시키고 있는 현상은 마치 '기계가 사람을 닮아 가고 있는 과정'이라고 표현할 수도 있다. 이와 더불어 당장의 편리함이나 쾌락에 빠져들어 앱에 의존하는 습관이 형성되어 생각하기 싫어하는 사람들과, 개성이 없이 모방하는 일에만 몰두하는 청소년들, 그리고 디지털 쾌락을 추구하며 현실을 기피하고 정상적인 사회화 과정을 거부하는 '앱에 지배당하는 청소년들'의 증가 현상은 거대한 사회변화의 물결에 휩쓸려 헤매고 있는, 마치 '사람이 기계처럼 변화'하는 우리 사회의 어두운 현실을 대변해 주는 듯하다.

청소년들은 마치 앱을 통하여 새로운 세계를 접하고 앱에 빠져드는 것이 당연한 것처럼 여기며 다양하고 새로운 앱을 앞다투어 활용하며 즐기고 있는 동시에, 기성세대도 이에 가세하고 있는 경향을 보이고 있어, 한마디로, 우리 사회가 '앱이라는 늪에 빠져 있는 상태'라고 말할 수 있고, 앱 세대들은 마치 스마트폰에 '영혼을 빼앗긴 상태'라고 표현할 수도 있다. 이처럼 젊은이들이 새로운 기기와 앱에 과도하게 의존하거나 예속되는 경향이 두드러지게 나타나고 있으며, 당장의 쾌락을 추구하는 '오감 만족 지향형 청소년'들이 갈수록 증가하고 있다는 지적이 지속적으로 제기되고 있다. 미국을 비롯한 선진국들의 경우, 스마트폰 중독으로 인한 피해가 매우 심각한 수준에 도달하고 있다는 보고는 우리 사회의 경우에도 예외가 될 수 없어 특별한 관심을 가질 필요가 있다. 말하자면 스마트폰 화면으로부터 발산되는 빛과 전자파에 장시간 노출되게 되면, 단기적으로는 안구 건조증, 청력 저하, 목 디스크, 척추 비정상화 등과 같은 증세가 발생하기 시작하며, 장기적으로는 불면증, 대인관계 기피증, 성기능 장애를 비롯한 뇌 기능상의 장애가 발생하거나, 남성의 불임 현상, 정박아 출생, 암 발생(전립선암, 유방암 등) 등과 같은 심각한 증세들을 경험하는 인구가 점차 증가하고 있어 개인적으로나 사회적으로 심각하게 고심하며 우려해야 할 실정이다.

한편으로는 앱에 함몰되어 갈수록 정상적인 대인관계를 경시하고, 반인륜적이며 비도덕적 행동 패턴에 적응하는 사회인들이 상당수 발견되고 있으며, 게임에 몰입하는 경지에 빠져 마치 당장의 쾌락을 생명보다 더 중시하는 경지에 이르기까지 하여, 실제로 핸드폰 사용 중 사고로 중상을 입거나 목숨을 잃는 사례도 적지 않게 보고되고 있다. 말하자면 가치관이 제대로 정립되지 않고 자기 통제력이 미흡한 청소년들의 경우에 당장의 쾌락을 얻는 데만 몰두하여 앱의 지시에 따라 행동하는 것을 당연시하면서 심지어 앱의 세계에 함몰되고 중독되어 정신적으로 '노예 상태'가 되는 사례가 적지 않다는 우리 사회의 현실은 IT 발달로 인한 어두운 면을 극명하게 말해 주고 있는 것이다. 더 나아가 청소년들이 과도하게 앱에 빠져들게 되면 결국에는 사고력 발달이 크게 지장을 받게 될 것이며, 특히 성장하는 유아를 비롯한 청소년들의 건전한 지적 능력 발달이나 정서발달이 원만하게 이루어지기 어렵다는 점을 지적하지 않을 수 없다.

그리고 스마트폰을 통하여 사용하고 있는 앱이라는 표준화된 틀(소프트웨어) 안에서 한결같이 규제받고 있는 실정이라고 보아도 무방하다. 이러한 규제는 갈수록 더욱 심화될 것으로 예상되는바, 장기적으로 보면, 개인마다의 고유한 사고방식이나 삶의 방식 등이 보장되지 않고 거의 일사불란한 평준화된 행동 패턴에 익숙해지고 적응하는 데만 관심을 가지게 될 것으로 보인다. 따라서 남들이 그러니까 나도 그럴 수밖에 없다고 다수의 의견을 너무도 쉽게 모방하는 삶에 거부감을 느끼지 못하는 '맹목적인 사회적 동조현상'에 매이게 되는 삶을 살아갈 수밖에 없어, 무조건 모방하는 사회적 풍토로 인하여 장기적으로는 모든 국민들이 매우 유사한 행동 패턴이나 획일화된 삶의 방식을 추구하게 될 것으로 예상할 수도 있다. 이러한 풍토로 인하여 개인차가 보장받거나 존중되지 못하고 개인마다의 독특하고 각기 다른 잠재 능력과 탤런트를 담색하고 발휘하기에 매우 어려운 소통과 만남의 문화가 형성되어 개인의 진정한 자유와 권리 보장 자체가 어렵고 사회가 진보하거나 발전하지 못하게 될 가능성도 높아질 것이라고 예상해 볼 수 있다.

* * *

한편, 스마트폰 세계에 빠져들고 있는 청소년들이 보다 수준 높은 삶을 추구하며 자신의 능력을 개발하기 위하여 필요한 IT 기술을 적절하게 활용하고 즐길 수 있는 지혜를 터득할 수 있도록 안내하는 교육이 절실하다는 생각을 하는 것이 필자 혼자만이 아닐 것이다. 학교에서만이라도 과도한 앱의 사용을 합리적으로 제한한다거나 가정교육과 사회교육 차원에서도 청소년들이 앱 사용을 자제하도록 계도한다든지, 체험 중심의 학습활동이나, 활발한 인간적 교류, 자연과의 접촉과 사람들과의 대화를 적극적으로 권장할 필요가 있다는 것을 모르는 교육인들은 그렇게 많지 않을 것이다. 구체적으로는 앱에 과도하게 의존하고 몰입하여 일상생활에 지장을 받아 불행을 자초하거나 주위 사람들에게 피해를 주지 않도록 노력하며, 필요한 경우에만 적절하게 활용할 수 있는 '앱 주도형 인간'으로 성숙할 수 있도록 계도하는 동시에, 남들이 하니까 나도 무조건 스마트폰 만능주의에 빠져, 스마트폰 중독으로 인하여 불행을 자초하지 않도록, 지혜롭게 스마트폰을 사용함으로써 예상되는 불행을 예방하고 행복을 누릴 수 있는 방향으로 자기 자신을 통제하고 관리하는 능력을 길러나가야 한다고 새삼 강조하고 싶다. 이를 위하여, 청소년들로 하여금 일정 기간 동안 스마트폰을 멀리하고 '마음챙김 명상'을 통하여 자신이 스마트폰에 지나치게 빠져든 것이 아닌지 수시로 되돌아보고 새롭게 마음을 챙기는 기회를 갖도록 안내하면서, 독서를 통하여 디지털 다이어트로 지친 뇌를 쉬게 한다든지 깊은 사고와 명상으로 인간성을 회복시키는 행복 교육을 활성화하는 데 보다 많은 사회적 관심을 기울여야 할 필요성을 특별히 강조하고 싶다. 그리고 거시적으로는 '행복한 사회'를 지향하면서 스마트폰 중독문제를 중대한 사회 문제로 인식하고 하루라도 빨리 중독자를 위한 치유와 더불어 근본적 예방 및 대처에 중점을 두는 보다 적극적이고 다양한 범국민적 대책과 프로그램을 강구할 필요가 있다는 점을 뜻있는 여러 사람들이 한목소리로 지적하는 것은 어쩌면 당연한 것이다.

끝으로, 스마트폰은 우리 국민들의 '소통과 만남'의 다차원성이나 역동성을 예상하던 것 이상으로 확장하고 증진시켜 주는 역할을 수행해 주고 있어 우리 국민들의 사회문화적 행복 수준을 크게 향상시키는 데 의미 있게 기여해 왔고, 또한 앞으로도 그럴 것이라고 예상할 수 있다. 그러나 스마트폰의 다양한 기능들에 과도하게 몰입하여 당장의 쾌락만을 추구하다 보면, 자신의 자율적인 삶의 패턴이나 규칙성을 무시하게 되거나 스마트폰에 매료되어 빠져나오지 못할 정도로 '노예 상태'에 놓이게 될 가능성이 많아질 뿐만 아니라, 앞에서 언급한 진정한 의미의 '소확행'은 결코 주어지지 않고 오히려 예상하기 어려운 불행한 결과에 직면하게 될 것이라는 점을 현명하게 예상하고 대응하는 자아 성찰적 노력이 요구된다고 지적하지 않을 수 없다. 이와 더불어, 우리가 스마트폰을 사용하는 경우에 선진 국민에 걸맞도록 상대방을 향하여 예의를 갖추고 품위 있는 언어를 사용하기 위하여 항시 배려하는 마음을 갖는다면, 스마트폰은 우리들에게 기대 이상의 결과. 즉, 보다 의미 있고 가치 있는 '작지만 확실한 행복'을 지속적으로 누릴 수 있도록 허용하는 귀중한 도구로서 항상 우리의 사랑을 받을 뿐만 아니라, 더 나아가 한국의 저조한 사회적 행복 수준을 점진적으로 향상시키는 데도 의미 있는 역할을 수행할 것으로 전망해 본다.

관계의 힘이 사회적 행복의 근원

인간관계와 사회적 행복

"행복한 가정이 행복한 국가를 만든다(부탄 국왕, 직메싱게 왕축)"라고 주장하고 있는 부탄인들의 신념은 불교의 윤회설에 그 뿌리를 두고 가족 중심의 생활과 가족 중심의 인간관계를 중시하고 있어 세계인들의 주목을 받아왔다. '국민총행복(GNH; Gross National Happiness)'이라는 개념을 창안하여 주목받고 있는 부탄의 왕, '직메싱게 왕축'의 주장은 부탄 국민들에게만 제한적으로 적용되는 것이 아니라 이제는 지구촌 모든 국민들의 공감을 얻어 점차 확산되고 있고 세계인들의 행복관에도 적지 않은 변화를 자극하고 있는 실정이다. 한편, 일찍이 프랑스 사회학자 에밀 듀르케임은 19세기 말 개인이 소속한 사회에서 사회적 연대 의식이 강하고 인간관계가 원만한 사람의 경우가 그렇지 못한 사람들의 경우에 비하여 자살률이 현저하게 낮다는 연구 결과를 발표함으로써 사회적 연대 의식이 안정된 사회생활에 미치는 영향을 널리 알렸다. 사회적 환경이 개인의 자살에 미치는 영향에 초점을 두고 수행한 연구 결과로써, 개인들 간의 관계가 끈끈하고 사회적 연대 의식이 강하면 자살률이 낮다는 점에 착안하여 행복한 사회를 추구하기 위해서는 개인들 간의 활발한 접촉과 격의 없는 인간관계를 중시할 필요가 있다는 점을 파악하였고, 그 연구 결과는 현재까지도 여전히 사회적 관계에 관한 중요한 이론과 정책으로 활용되고 있다.

이와 함께 미국의 긍정심리학자 데이비드 마이어스에 의하면, "지속적인 행복을 가져다주는 힘은 인간관계(만남)로부터 나온다. 공평하고 친밀하면서 서로 돌봐주면서 평생을 함께하는 동반자 관계보다 더 강력한 행복의 조건은 없다"는 것이다. 그리고 일찍이 원만한 사회생활을 위하여 인간관계의 중요성(사회적 상호작용)을 강조해 왔고 그중에서도 그리스 시대의 철학자 아리스토텔레스 이래로 개인이 행복을 추구하는 과정에서 우정友情의 중요성을 인정하였는데, 특히 아리스토텔레스는 행복의 핵심은 부와 향락이 아니라 자신의 능력을 자유롭게 펼칠 수 있는 행위에 있다는 전제하에서 '우정과 선한 삶'이 행복의 핵심임을 특별히 강조하였다. 그로 인하여 근대 이후에도 친구가 사회생활에서 차지하는 비중이 매우 크다는 것을 깨닫고 행복하기 위해서는 좋은 친구와의 변함없는 교우관계를 중시해야 한다고 강조해 왔다.

그리고 심리학자 애덤 잭슨은 그의 저서, 〈행복의 비밀〉에서 "관계의 힘이 행복의 근원이고 삶의 질은 관계의 질이다"라는 주장을 펴고 있는바, "관계가 없는 삶은 텅 빈 거라 할 수 있다"는 것이다. 잭슨은, "결국 삶은 하나의 축제와 같은데 혼자서 여는 파티는 재미없잖아요, 행복의 발단은 우선 자기 자신과의 관계에서 오고 그다음에 우정, 사랑 같은 다른 사람과의 관계에서 오는 거죠. 혼자서 일을 아무리 잘 한다 한들 그 일이 얼마나 즐거울 수 있을까요. 친밀한 관계는 좋은 시간을 더 좋게 하고 힘든 시간은 덜 힘들게 한다. 기쁨을 나누면 기쁨이 두 배가 되지만, 문제점을 나누면 그 문제점은 반으로 줄어든다"라고 관계의 힘을 실감 나게 강조하고 있다. 이와 함께 "가족, 친구, 지인들과 좋은 관계를 유지하는 것이 행복을 보장해 준다"라는 명언들처럼 공통적으로 인간관계가 행복을 결정하는 핵심적인 요인임을 지적해 주고 있다. 이들이 주장하는 내용을 요약하자면, 우리가 살아가면서 서로 만나서 관계를 맺으며 소통하고 공감함으로써 행복이 시작된다는 점을 강조하고 있다고 볼 수 있다. 그리고 이러한 주장들은 한국 사회에서 오랫동안 인간관계를 중시하는 문화가 전승되어 온 데다가 조선조부터 유교의 영향으로 더더욱 돈독한 인간관계를 중시하는 사회문화가 형성되어 왔다는 것과 같은 맥락에서 이해할 필요가 있다.

사회적 존재로서 행복을 추구하는 개인의 입장을 중심으로 미국의 작가 톰 레스와 짐 하터는 그들의 저서, 〈무엇이 우리를 행복하게 하는가〉에서 다섯 개의 행복(웰빙)의 필수조건 중에서 인간관계와 공감을 기반으로 한 '사회적 행복(Social wellbeing)'이라는 개념을 제안하고 있다. 레스와 하터는 "행복한 사람들은 서로 탄탄하고 끈끈하게 연결되어 있다"는 전제하에서 '관계의 힘'을 강조한다. 지역사회 안에서 공존하며 소통하고 만남으로써 친밀한 관계를 맺고 자신에게 필요한 '관계 네트워크'를 구성하게 되고 그를 통하여 감정을 표현하고 상호 인정받으며 동기를 부여받기도 하면서 사랑을 나누는 배우자를 찾기도 한다. 보다 돈독한 관계를 활용하여 바람직한 자아상을 정립해 가면 비전을 추구하며 자신의 일과 삶에 대한 애착을 갖게 될 뿐만 아니라 자아실현하는 데 필요한 자극과 보상이나 도움을 받을 수 있게 되어, 결국 긴밀한 소통과 만남을 통하여 행복을 창출할 수 있게 된다는 주장이다.

또한 데이비드 해밀턴은 저서 〈행복의 과학〉에서 "돈독한 인간관계 유지가 행복을 보장해 준다"는 가설을 내세우며, 개인들이 원만한 결혼생활을 유지하며, 친구와 같이 정신적 유대관계를 공고히 맺는 상대가 많고, 사람들에 대하여 연민을 갖고 친절을 베풀면 사람들과 친밀한 교류가 가능하다고 주장하고 있다. 혼자 사는 사람은 심장병에 걸릴 위험이 높다는 미국의 심장 전문의 미미 구아르네리 박사의 실험 결과를 제시하며, 부부 사이가 좋을수록 심장이 양호한 반면 문제가 있는 부부는 심장병에 걸릴 확률이 높다는 점을 밝히고 있다. 즉 원만하고 친밀한 교류 및 부부생활 등은 옥시토신을 생성시켜 주고 그로 인하여 스트레스 호르몬인 코르티솔을 억제해 준다는 것이다. 그리고 건강한 배우자 관계와 친밀한 사람들과의 교류는 옥시토신 분비를 촉진하여 혈관과 심장의 건강을 보장할 뿐만 아니라 자신과 더불어 사회 전체가 변화할 가능성을 높여 준다는 것이다. 이 연구 결과는 일찍이 '로제토 효과(Roseto effect)'로 명명되어 널리 활용되어 온 현장 조사 연구 결과와도 일치하고 있어 행복학 관련 연구에서 자주 인용되고 있는 실정이다. 즉, 미국 펜실베니아주의 '로제토'라는 작은 마을의 주민, 특히 65세 이상 남성의 사망률이 미국 전국에서 최저라고 밝혀지면서 주민들의 친밀한 의사소통, 상부상조정신, 사람들과의 원만한 교류가 심장병을 예방해 준다는 사실을 규명하였던 것이다. 말하자면, 커뮤니케이션과 친절한 행동이 옥시토신을 생성시키고, 심장과 혈관 전체에 긍정적으로 작용하여 동맥경화를 예방하는 효과가 있었다는 점이 밝혀진 것이다(마이아미 대학 행동의학센터 실험연구). 이와 유사하게 미국의 사회신경과학자인 수전 핀커는 그녀의 저서 〈빌리지 이펙트〉에서 '사람은 사람을 필요로 한다', '인간은 사회라는 옷을 입어야 한다. 그렇지 않으면 우리는 아마도 추위와 가난을 느끼게 될 것이다' 등을 인용하며, 공동체 안에서의 인간관계를 중시한 접촉이 사회적 치유 효과가 있다고 주장하고 있다. 핀커는 의미 있는 사회적 상호교류가 미치는 영향력을 확대해 나가는 것이 사회적 행복의 기본이 되어야 한다고 주장하면서 '건강하고 행복한 삶을 위한 관계의 법칙'을 제시하고 있는데 그 핵심은 다음과 같다.

① 이웃과 공동체를 이루며 살아라.
② 서로의 사회적 감정을 나누는 끈끈한 관계를 만들어라.
③ 다양한 사람들과 얼굴을 마주하라.
④ 자신의 환경에 맞는 관계를 맺어라.
⑤ 아이들에게 상호교류가 왜 중요한지 일깨워줘라(교사 없는 첨단 기기 중심의 수업은 효과 없다).
⑥ 혼자인 시간을 줄이고 의미 있는 접촉을 늘려가라.

그리고 행복 과학자 데이비드 해밀턴은 행복 관련 연구 결과들을 종합하여 행복 물질인 옥시토신을 얻기 위해서는 "상대를 염려하고 돌보며 친절을 베푸는 마음, 즉 서로 공감하며 교류하는 행동이 그 핵심이 된다고 하며, 보다 구체적인 방법을 제시하고 있어 특기할 만하다. 그것들은 '친절을 베푼다, 감동한다, 감정을 표현한다. 마사지를 받는다, 사랑하는 사람과 정신적 교감을 나누고 스킨십을 한다, 포옹한다, 애완동물을 쓰다듬다" 등과 같은 일곱 가지 행동을 권장하고 있어 참고할 만하다. 이와 더불어 "행복(행복감)은 사람들을 통하여 사회 안에서 전염된다"고 주장하는 크리스테키스와 파울러는 그들의 저서 〈행복은 전염된다〉에서, "개인은 사회 구성원으로서 소속하는 사회(단체) 안에서 긍정적인 인간관계를 가지고 공동체 생활을 하게 되면 행복을 누리기 쉽다"는 것이다. 그리고 한 개인의 행복감은 다른 개인들에게 나아가 소속 기관(단체) 내에 '나비효과'처럼 전염되기 마련이라서 사회생활 과정에서의 개인들의 열린 마음과 긍정적인 마음 갖기, 즉 원초적인 신뢰가 매우 중요하다는 것이다.

구체적으로, 일을 통한 인간관계가 미치는 영향을 고찰해 보면, 대체로 선구적이며 진취적인 기업(직장)에서는 의사소통과 인간관계가 자유롭다는 특성을 지닌다. 그로 인하여 자유롭고 진지하게 업무에 몰두(몰입)할 수 있고, 자율적이며 독창적인 업무수행 가능성이 높기 때문에 일의 성과도 높고 직무 만족감도 높은 것이 당연한 결과라는 것이다. 반면에 직장에서 원만한 의사소통이나 상호작용이 이루어질 수 없게 되면 구성원들은 불만이 쌓이게 되고 업무수행 효율성도 떨어지며, 스스로 불만족스럽게 여기며 스트레스가 누적되고 그를 적절하게 발산하지 못하여 감정을 부적절하게 표출하게 된다는 것이다. 또한, 그럼으로써 갈등이 유발될 수 있기 때문에 직장인들 간에 불행이 싹틀 수 있고 그것이 자신의 가족이나 주위 인물들에게도 전파될 수 있다는 점에 유념해야 할 것이다. 특히 현대 사회에서 널리 보급된, 목표 달성을 위하여 '관계 지향적 인간형'을 요구하는 기업문화에서는, 개인이 조직인의 하나로서 만나는 동료들과의 관계를 중시하는 직장풍토가 조성되어 있어, 더욱더 일과 인간관계 간의 관련성을 중시하고 있는 실정이다. 그러므로 직장에서의 스트레스 유발 원인 중 가장 큰 것은 대인관계와 의사소통이 원활하지 못하기 때문이라는 조사 결과는 한국 사회만이 아닌 세계적인 현상으로 인식되고 있다. 한마디로 "행복이나 불행 모두 인간관계 안에서 유발된다"는 명언에 경청하고 행복감이 전염될 수 있는 일터를 창출하기 위한 노력을 기울이는 것이 곧 행복한 직장생활의 첩경이라고 판단된다.

다른 한편, 데일 카네기의 〈인간관계론〉은 미국을 비롯하여 전 세계적으로 수많은 사람들이 접해 온 서적으로서, 어느 사회에서나 인간관계의 중요성을 인정하고 있으며 성공적인 인간관계를 이루지 못하면 인생에서 성공하지 못하고 행복을 누리기 어렵다는 논지를 강조하고 있어 한국의 젊은이들에게도 필독 도서이며 고전으로 인정받아 읽히고 있다. 저서에서 제시하고 있는 바람직한 인간관계를 위한 기본 원칙과 방법 등은 실제 사회에서 다양한 인간관계에 도움이 되고 있고, 그를 활용하여 사원연수프로그램 등 다양한 형태의 교육프로그램이 운영되기도 한다. 특히 세계가 현대화되면서 인간답게 살기 위하여 노력하는 차원에서 인간관계의 중요성을 인식하고 있으나 그 방법에 대해서는 별로 관심이 없던 차에 인간관계를 위한 기본 원칙, 인간관계를 잘 맺는 방법, 상대방을 설득하는 방법 등을 제시함으로써 의미 있게 기여한 것으로 인정할 수 있다. 카네기는 스스로 인간관계의 중요성을 진지하게 수용하고 그를 발전시켜 〈생각이 사람을 바꾼다〉라는 서적을 펴내기도 하는데, "생각을 바꾸면 행동이 바뀐다, 행동이 바뀌면 생활이 바뀌고, 생활(습관)이 바뀌면 성격이 바뀐다. 결국에는 운명이 바뀐다"라고 주장하고 있어, 20세기 중반 이래 산업혁명과 현대화의 선구자 역할을 수행한 미국인들의 삶의 비전이나 행동 방향을 제시하는 데 영향을 미쳤다고 볼 수 있고, 곧이어 〈카네기 행복론〉을 펴내어 바람직한 행복관 형성에도 적지 않은 영향을 미친 것으로 인정받고 있다. 그의 저서 내용을 개괄적으로 고찰해 보면, 가족이나 직장, 기업, 사회 전체에 초점을 둔 공동체적 가치를 중시하기보다는 한 개인의 입장에서 직장 생활을 중시하는 현대 사회 안의 인간관계에 중점을 두며 개인의 사회적 적응과 성공적인 직장생활, 그리고 개인들의 행복 추구권에 초점을 두고 행복한 생활에 대한 지침이나 방향을 제시하는 데 중점을 두고 있다는 점이 주된 특징이라고 지적할 수 있다.

인간관계 중시하는 한국 문화

인간관계(연대감, 유대 의식)를 특별히 중시하는 문화는 한국과 중국을 비롯한 유교문화권에서 오랫동안 지속되어 온 전통문화라고 할 수 있고 현재에도 사회문화를 구성하는 핵심으로 작용하고 있다. 특히 '꽌시(關係; 관계)'를 강조하는 중국 사회에서 생각하고 있는 대표적인 행복관에 의하면, 행복은 '개인적인 것 그 이상이다'라는 말로 대변하고 있듯이, '행복은 혼자만 노력해서 잘 사는 문제가 아니다, 개인의 사회적 책임과 의무를 다해야 한다, 행복은 환희와 흥분뿐만 아니라 편안하고 고요한 느낌을 불러오기도 한다'는 것이다. 또한 벨기에의 레오 보만스는 〈세상 모든 행복〉이라는 저서에서, 자신과 더불어 가족과 공동체가 함께, 다른 사람과 행복을 나눔으로써, 다른 사람을 행복하게 함으로써, 다른 사람을 압제에서 벗어나게 함으로써 자신의 행복을 키울 수 있다는 논리를 강조하고 있다.

앞에서 언급한 바와 같이, 오복사상 중에서 강녕康寧을 중시하면서 이웃들과 돈독한 인간관계를 중시하며 불우한 주위 사람들에게 유호덕(攸好德; 이웃에게 기꺼이 덕을 베풀기)을 특별히 강조했다는 것은 후에 등장한 유교 논리에서도 부단히 전수되고 있고, 그 전통은 19세기까지 한국과 중국 사회에서 충실하게 준수되어 왔다고 볼 수 있다. 특히 오복사상은 여전히 귀중한 전통으로 간직되어 오고 있으며 그로 인하여 서양 사회에 비하여 인간관계를 특별히 중요시하는 전통이 형성된 것으로 추정할 수 있다. 이처럼 한국 사회에서도 다양한 관계를 중시하는 풍토가 조성되어 있어 학연, 지연, 혈연 등 가급적 가능한 관계를 총동원하여 다양한 인맥을 이용한 인간관계를 적극적으로 이용하는 것이 당연한 것으로 수용되고 있는 실정이다. 보다 엄밀하게 들여다보면 서양 문화권에서도 인간관계를 강조하고 있지만 동양의 문화권과는 다른 관점에서 출발하고 있다. 개인주의적인 입장을 강조하는 서양 사회에서는 인연을 업무수행을 위해서 필요한 정보로만 사용할 뿐이고 법이나 규칙으로 구속하고 있는 관계를 중시하며 개인의 자유와 권리에 입각한 개인적 만족에 치중하고 있다는 점이 특징이라고 볼 수 있다. 그래서 과도한 개인주의적 관점의 인간관계는 끈끈하지 못하고 엉성하여 정보망에 불과하여 공동체적 문화가 약화되고 사회적 책무를 경시하는 경향을 보이고 있다는 지적이 있다.

결국 미래 사회에서는 고독하고 외로운 존재들이 이기주의적 관점에서 기술과 정보망을 활용하며 생존하는 데 급급할 가능성이 높기 때문에 유교 문화권의 인간중심의 '삼강오륜'과 같은 사회적 역할과 책무를 중시하며 끈끈한 유대관계를 중요시하는 사회문화와 행복관이 절실하게 요구된다는 지적이 있어왔다. 말하자면 과도한 개인주의로 인한 인간들의 고독함이나 외로움으로 인하여 야기되는 사회 문제들을 해결하기 위해서는 끈끈한 인간관계를 중시하는 공동체적 가치를 강조하는 유교문화가 중요한 해결책이 될 것이라는 주장이 오래전부터 미래학자들, 특히 제임스 데이토, 다니엘 벨, 엘빈 토플러, 롤프 엔센, 다니엘 핑크 등에 의해서 제기되어 왔다는 점에 주목할 필요가 있다.

일찍이 미국에서 발행되는 주간지 "Time(2012/03/12)"은 '우리의 삶을 변화시키는 10개 사안들'이라는 특집에서, 첫 번째로 '세계적으로 1인 가구(독거인) 비중이 지속적으로 증가할 것'이라는 점과 더불어, 2015년에 발표된 〈유엔미래보고서-2045년 예측〉 내용 중 '10대 메가트렌드'에서, '가족의 해체'와 함께 '결혼제도 붕괴' 등을 예측하여 크게 주목을 받은 적이 있다. 특히 뉴욕, 런던, 스톡홀름(60% 이상)과 같은 대도시에서는 50% 이상이 1인 가구이며 최근(2022년도, 행정안전부)에는 서울을 포함한 상당수의 도시들도 40.3% 수준을 넘어섰다는 충격적인 사실이 보도되고 있다. 이는 정상 가족이 해체되어 1인 거주 형태가 갈수록 증가함에 따라 삶의 방식도 달라질 것이며 대인관계 형태나 결혼제도 등이 필연적으로 변화할 것이며 고독함을 해결하려는 다양한 방안들이 강구될 것으로 보인다. 다양한 형식의 모임을 통한 친교 활동이 활성화되고 운동이나 취미활동과 결부된 소통과 만남이 정교하게 발전해 나갈 것이다. 그러한 맥락에서 최근에는 반려동물에 대한 관심도가 크게 증가하고 있는 실정이며 이에 대해서 영국의 리즈 호가드는 반려동물을 키우면 외로움과 우울증을 덜 수 있고 안정감을 느끼며 신경질이 줄어드는 등 정신 건강과 육체 건강이 좋아진다는 조사 결과를 소개하기도 한다.

이와 함께 달라이 라마는 타인과의 연결과 공동체 의식을 강조하며 인간친화력의 중요성을 불교 논리에 입각하여 설명하고 있는데, 타인들과 공감한다는 것이 우리의 생각, 지각, 판단, 행동에 영향을 미친다고 주장하고 있다. 즉 "공감하는 마음을 가지면 자신의 고통 해결에 도움이 된다"는 것이며, "자아와 타인의 겹치기(만남)가 마음속에서 자신과 타인의 통합을 유발하여 타인과의 경계가 부분적으로 사라지고 하나가 됨을 경험하여 정신적으로 안정감을 가질 수 있다"고 주장한다. 이 주장은 정서지능(EQ; Emotional Intelligence Quotient)이라는 개념으로 정립되어 심리학, 사회학, 교육학 등에서 활용되고 있고 일반인들의 의사소통에도 사용되고 있는데, 하워드 가드너의 다중지능이론에 영향을 받은 미국의 심리학자 다니엘 골만이 주장하는 정서지능 개념은 주요 내용 요소인, 자아 성찰력, 자기 통제력, 자기 동기부여, 인간친화력(공감 능력), 사회적 기술(인간관계 기술) 등으로 구성되어 있다. 여기서 타인과의 관계를 다루는 능력인 인간친화력과 사회적 기술력이 발달할수록 대인관계가 좋고 사회적으로도 성공하는 경우가 많다는 주장은 적지 않은 파장을 일으켜 오늘에 이르고 있다. 이와 같은 맥락에서 최근 긍정심리학자들의 연구 결과(베일런트, 2010, 2011, 2013; 셀리그먼, 2006, 2011; 탈벤-사하르, 2007, 2009, 2010, 2013 등)로도 사회생활 과정에서 교류하는 타인들과의 원만한 관계를 유지하여 긍정적인 정서를 가지고 그들과 긍정적인 관계를 형성하는 것이 심리적 웰빙을 누리는 데 중요한 역할을 수행한다는 점을 강조하고 있어 일반인들이 널리 공감하고 있는 실정이다.

인간관계의 치유 효과; 동서양 윤리의식의 상호보완

우리 사회의 전통적 관계를 중시하는 윤리의식의 핵심으로 간주되는 삼강오륜(三綱五倫)이라는 생활윤리는 조선조 500여 년 동안 일종의 사회적 덕목이면서 통치 목적(유교적 사상과 실천도덕)의 실정법 수준의 규범으로 작용해 왔기에 한국인들의 생활에 미친 영향은 지대했던 것으로 파악된다. 그러기에 사회생활 과정에서 당면하는 여러 형태의 인간관계로 인하여 서양인들에 비하여 훨씬 다양하고 정교한 수준의 관계 의식을 가지고 살아왔다고 볼 수 있다. 즉 동양 사회에서 개인들이 지닌 관계 의식은 고도로 발달한 상태로 대인관계를 중심으로 한 사회생활 전반에서 크게 영향을 미치고 있고, 그로 인한 사회문화도 특이하다는 점에 유념할 필요가 있다.

구체적으로 고찰하자면, 삼강오륜 중에서 삼강(군위신강君爲臣綱, 부위자강父爲子綱, 부위부강夫爲婦綱)은 세상의 근본 사상으로서 통치자와 백성 간의 관계, 부친과 자녀 간의 관계, 남편과 부인 간의 관계를 중요시하는 사회적 덕목과 도리를 중요시하는 유교적 생활 논리이며 강령이라고 볼 수 있는 동시에, 백성들의 사회생활을 지배하는 효과에 중점을 두는 통치 및 지배 논리라고 볼 수도 있다. 다른 한편 삼강오륜에서 오륜 ① 군신유의君臣有義, ② 부자유친父子有親, ③ 부부유별夫婦有別, ④ 장유유서長幼有序, ⑤ 붕우유신朋友有信이 의미하는 바는, ① 통치자 및 지배층과 백성 간의 도리에는 신의(의리)가 있어야 하고, ② 부모와 자식 간의 도리에는 신애(친밀한 관계)가 있어야 하며, ③ 부부간에는 서로 침범치 않아야 할 인륜의 구별이 있어야 하고, ④ 어른과 아이들 간에는 차례와 질서를 지키는 도리가 요구되는 한편, ⑤ 친구 간의 도리에는 믿음이 있어야 한다는 내용의 실천적 덕목이라고 볼 수 있다. 이와 같이 지배자와 백성 간, 부자간, 부부간, 성인과 어린이 간, 그리고 친구 간에 요구되는 도리를 규정함으로써 사회적으로 요구되는, 바람직한 관계를 유지하며 안정되고 신뢰할 만한 사회를 추구할 수 있다는 관점의 유교 논리에 따라 생활해 왔기에, 서양과는 다른 관계 의식이 고도로 발전할 수밖에 없었다고 해석할 수 있다.

이러한 유교적 논리에 입각한 삼강오륜적 실천적 생활 윤리는 사회가 변화함에 따라 폐기되었거나 약화되면서 역사의 현장에서 쇠퇴했다고 볼 수 있으나, 500여 년 동안 영향을 받아 온 우리 국민들의 의식 속에서 변모하며, 알게 모르게 작용해 왔고, 사회문화의 흐름에서 외형적으로는 그 영향력을 상실하면서도 잠재된 상태, DNA의 일부분으로 존속되어 현재에도 우리 문화의 일부로서 전통적 삶의 단면을 보여주면서 독특한 우리 문화의 특성을 드러내고 있다고 볼 수 있다. 말하자면, 모든 것이 사라지고 크게 달라졌으니 삼강오륜과 같은 유교 논리를 무조건 전면 폐기하고 청소해야 한다는 주장이 제기되어 왔다는 점을 고려해야 할 것이다. 그러나 우리네 사회·생활문화를 위시로 한 도덕·윤리의식을 부러워하고 경외심을 가지고 있다는 서양 사회를 포함한 여러 국가들의 지식인들이나 시민들의 목소리에 경청한다면, 우리의 전통적 문화 의식을 좌시하고 묵과한 채로 지내기보다는 미래지향적으로 개선하고 새롭게 창출해 나가려는 보다 체계적이고 진지한 노력이 우선적으로 요구된다는 점을 직감할 수 있다.

다시 말해서, 비교적 단기간에 도입하여 정착한 서양 사회의 자유민주주의와 시장경제적 제도 및 그 논리에만 치우쳐 오랫동안 우리 문화에 커다란 영향을 미쳐온 전통적 의식과 생활에 잠재하고 있는 일종의 DNA와 같은 사회문화적 요소를 무조건적으로 삭제하고 청소해버리기 어렵다는 것을 인식하는 동시에, 우리에게 부적합한 서양 문화적 요소를 개선 및 보완하고 미래 사회에 대응할 수 있는 새로운 소통과 만남 문화에 적절한 방향으로 '관계 중심의 생활문화'

를 현대적 사회생활에 적절하게 개선하고, 필요하다면 새롭게 창출해 나갈 필요가 있다는 것이다. 예를 들면, 삼강오륜의 내용 중에서 친구 간에 요구되는 도리를 중시한 '붕우유신朋友有信'과 부모와 자녀 간의 바람직한 도리라고 보는 '부자유친父子有親'이라는 실천 덕목은 동서양을 막론하고 필요한, 사회적 행복의 중요한 부분을 강조하는 미래지향적인 것으로 거듭나기(부분적이며 선별적 복원)할 필요가 있다고 판단된다.

특기할 만한 것은 고조선 시대부터 고려조까지는 남녀 간의 성차별이 거의 없었다는 역사적 사실에 근거하여 보면, 조선조에 들어서 유교의 영향을 받아 크게 달라져 남자를 우선시하게 된 유교 논리에 따라 수천 년 동안 유지해 온 남녀 간 동등한 위치가 급변한 점을 되새겨 볼 필요가 있다. 이와 대조적으로 서양 사회에서는 수천 년 동안 엄청난 남녀 차별 사회였다는 점에 관심을 두어야 하는데, 대부분의 서양 사회에서 여성의 인권을 남자와 동등하게 대우하게 된 것은 최근 19세기 후반이나 20세기 초반이었다는 사실과 대조해 볼 필요도 있다. 다시 말해서, 역사를 기반으로 강력한 사회적 복원력(회복력)이 잠재된 우리 사회에서는, 정치만 제대로 이루어진다면(정치 수준이 크게 향상된다면) 조선시대 이래로 존재해 왔던 남녀 성차별을 근절시켜 과거 삼국시대 이전의 수준으로 되돌려 놓아 서양 사회 못지않은 평등사회로 만들기는 어렵지 않다고 예상할 수 있다.

우선 범국민적이며 사회적인 노력이 있게 된다면 우리 사회에서 남녀 성차별 현상을 근절시키는 것은 서양 사회에 비하여 매우 용이하고 신속하게 이루어질 것으로 예상해 볼 수 있기 때문이다. 이 예상을 지원하는 사항으로, 역사적 잠재력의 영향을 받은 교육열로 인하여 남녀 교육의 차이가 거의 사라졌고 오히려 여성의 교육 받은 연수가 남자를 능가하고 있다는 점과 더불어, 우리가 머지않은 미래에 직면하게 될 인구절벽 문제를 해결하기 위해서라도 성차별을 근절시켜야 할 절박한 상황에 처해 있다는 점을 우선 내세울 수 있다. 그러기에 미래지향적 선진사회를 지향하기 위하여 전통적인 윤리의식이나 덕목을 지속적으로 개선하고 성장 발전시켜 나가야만 그를 기반으로 삼아 보다 성숙한 선진형 문화국가 국민으로서 행복한 사회에서 살고 있다고 인정받을 수 있을 것으로 예상해 본다.

특히 서양 사회에서는 르네상스 이래로 개인주의가 발전해 온 영향으로 민주주의와 평등주의가 도입되고 확산되며 그에 입각한 평등한 인간관계를 지향하는 사회문화를 정립할 수 있었고 그로 인하여 오늘과 같은 개인주의와 평등주의적 관점의 인간관계를 핵심으로 삼는 사회적 행복을 추구할 가능성이 높아졌다고 볼 수 있다. 이와는 다르게 동양 사회에서는 다양한 관계 의식을 배경으로 한 사회생활이 요구되었고 그로 인하여 상황과 여건에 따라 다르게 대응할 필요가 있으며, 다양하고 세밀한, 그리고 정교하며 분화된 형태의 인간관계에 분별력 있게 대응해야만 사회생활에 성공할 수 있다는 상식이 통하게 되었다. 그러기에 중국에서는 세계적으로 보아도 매우 특기할 정도로 '꽌시/관계'를 중시하는 사회문화를 형성해 왔다고 판단할 수 있고, 그와 유사하게 한국에서도 '체면'을 중시하는 성격의 대인관계 의식이 독특하게 발전되어 왔다고 본다.

이러한 맥락에서 보아 우리의 전통적인 문화적 뿌리에 서양식 자유민주주의적 관계논리를 접목시켜, 즉 평등주의적 관점에서, 보다 수준 높은 대인관계 논리를 꽃피워야 할 필요성이 있다는 주장도 가능하다. 그렇게 노력함으로써 개인이 사회생활 과정에서 만나는 타인들과 효과적으로 소통하고 대응하며 바람직한 관계를 형성하며 기대하는 수준의 공감과 연대감을 갖도록 유도하고 권면하는 사회 풍토를 조성할 수 있게 될 가능성이 있다고 본다. 그리고 개인들이 생활 현장에서 만나 교류하고 소통하는 '사람들과의 성공적인 만남과 관계 형성'을 통하여 기대하는 사회적 신뢰감을 얻어 원만하고 안정된 상태와 편안함과 유대감을 느끼고 즐길 수 있는, 살기 좋은 동네에서 잘 살고 있는 '행복한 사회인'으로서 생활해 나갈 수 있다는 기대와 희망을 가질 수 있다.

최근에 들어 유명한 예언가들이 한국을 포함한 동양 사회의 전통적인 오복사상 중 '유호덕'이라는 덕목을 새롭게 주목하고 많은 관심을 갖게 된 것도 범인류적으로 보편적인 가치와 덕목을 강조하고 있는 세계적인 현상이며 거대한 추세라고 인식되고 있다. 특히 동양 사회에서 오랫동안 중요시하며 실천하려고 노력했던 인仁과 예禮라는 덕목은 만물과 소통하고 조화를 이루기 위해 필요한 형식이라는 관점에서 타인들과 소통하고 만나 인간관계를 맺는 경우에 중요시하는 삶의 원칙으로 삼았다고 보아야 한다. 특히 "예가 아니면 보지 말며, 예가 아니면 듣지 말며, 예가 아니면 말하지 말며, 예가 아니면 움직이지 말라"라는 공자의 언명은 현재 사회에서도 타인들과의 소통과 만남의 원칙으로 권장하고 있다. 이와 같이 '관계(인간관계)'를 중시하는 사회문화적 전통은 현재에도 동양 사회에서의 삶의 방식으로 전해지고 있고 사회적 차원에서 행복한 삶을 추구하기 위해서 가장 핵심적인 요인으로 여기고 있다는 점을 어렵지 않게 발견할 수 있다. 다시 말해서 사회구성원 개인들 간의 바람직한 관계를 지원하기 위해서는 '인&예'라는 덕목의 관점에서 보면 개인들이 상대방을 배려하고 존경하는 차원에서 '인&예'를 실천 덕목으로 수용하게 되면 정신적 차원에서 사회적 행복을 추구하기 위한 주요 가치를 자연스럽게 실현할 수 있을 것으로 기대할 수도 있다.

* * *

한편, 하버드대학교 조지 베일런트 교수도 70년 이상의 종단적 연구를 통하여 결혼생활과 인간관계가 개인의 행복과 높은 상관관계가 있다는 점을 밝혔고, 톰 레스&짐 하터도 웰빙의 5개 영역/조건 중에 '사회적 웰빙(Social well-being)'과 '공동체적 웰빙(Community well-being)'을 포함시켜 행복을 위하여 인간관계를 통한 소통과 공감 형성의 중요성을 강조하고 있다. 이와 함께, 리즈 호가드는 영국인의 행복 요건으로 '우정, 사랑, 성생활, 자녀 양육 및 교육, 공동체 생활' 등을 강조하고 있는 동시에, 오스트리아의 임상심리학자 엘리자베스 루카스는 불행을 치료하기 위한 상담에서 가족(배우자, 자녀 양육)과 공동체(친구, 인간관계)를 핵심적으로 다루며 "가족, 친구, 지인들과 좋은 관계를 유지하는 것이 행복을 보장해 준다"고 강조하고 있다. 그리고 이와 유사하게 심리학자 라인하르트 타우슈는 충격이나 재난, 슬픔에 처한 인간을 구원하기 위한 방안으로 '다섯 가지 손잡이'를 제시하고 있는데, 그것은, ① 주위 사람들(가족, 친구, 지인)과의 관계를 견실히 다져놓을 것, ② 어떤 종교든 상관없이 신에 대한 믿음을 가질 것, ③ 과거를 감사하는 마음으로 평온하게 받아들일 것, ④ 자연과 문화에 대해 열린 태도를 취할 것, ⑤ 세상에 창조적으로 기여할 것 등이다. 여기서 인간관계를 제일 중요한 심리적 손잡이로 제시하고 있는 것은 매우 인상적이다. 이와 같이 미국을 포함한 선진국들에서 자유주의적 개인주의와 자본주의를 중시하는 문화로 인하여 개인의 소외감, 고독감, 스트레스 등이 팽창하고 그로 인하여 개인적이며 사회적인 불행이 유발되는 경향이 뚜렷하게 나타났기에 그에 대한 반작용으로 20세기 후반 이후에 인간관계와 공동체적 가치를 중시하기 시작한 것으로 파악된다.

대체로 선구적이며 진취적인 기업(직장)에서는 의사소통과 인간관계가 자유롭다는 특성을 지닌다. 그로 인하여 자유롭고 진지하게 업무에 몰입할 수 있고, 자율적이며 독창적인 업무수행 가능성이 높기 때문에 일의 성과도 높고 직무 만족감도 높은 것이 당연한 결과라는 것이다. 반면에 직장에서 원만한 의사소통이나 상호작용이 이루어질 수 없게 되면, 구성원들은 불만이 쌓이게 되고 업무수행 효율성도 저조하며, 스스로 불만족스럽게 여기며 스트레스가 누적되고, 그를 적절하게 발산하지 못하여 감정을 부적절하게 표출하게 됨으로써 갈등이 유발될 수 있기 때문에, 직장인들 간에 불행이 싹틀 수 있고 그것이 자신의 가족이나 주위 인물들에게도 전파될 수 있다는 점에 유념해야 할 것이다. 특히 현대 사회에서 널리 보급된, 목표 달성을 위하여 '관계 지향적 인간형'을 요구하는 기업문화에서는, 개인이 조직인의 하나로서 만나는 동료들과의 관계를 중시하는 직장풍토가 조성되어 있어, 더욱더 '일과 인간관계 간의 관련성'도 중시하는 풍토가 널리 확산되고 있는 실정이다.

이에 타인들과의 '만남과 소통' 하기로 인한 공감하기와 진실된 관계 맺기, 자신과 서로에 대하여 알아가기 등은 긍정적인 사회적 상호작용을 유발하고 사회적 행복을 생성시키는 데 중요한 역할을 수행한다는 점이 동서양을 막론하고 보편적으로 인정받게 된 것이다. 동양 사회에 지대한 영향을 미친 유교에서는 예禮, 인仁, 의義라는 덕목으로 타인에 대한 배려와 베풀기를 강조하고 있는바, 특히 '인'과 '예'는 만물과 소통하고 조화를 이루기 위해 필요한 형식이라는 관점에서 타인들과 소통하고 만나는 원칙으로 내세우고 있다. 이와 같이 '예'에 기반을 둔 소통과 만남을 요구하며, 관계를 중시하는 사회문화적 전통은 현재에도 동양 사회 뿐만 아니라 서양 사회에서도 삶의 방식으로 면면히 전해지고 있고 행복한 삶을 추구하기 위해서 가장 핵심적인 요인으로 여기고 있다는 점을 어렵지 않게 발견할 수 있다.

앞에서 언급한 바와 같이 사회생활에서의 바람직한 인간관계를 강조하고 권면해 온 것은 동서양을 막론하고 지구촌 사람들의 삶에서 매우 핵심적인 비중을 차지하는 사회적 기능을 중요시해 왔다는 증거로 볼 수 있다. 특별히 관계의 중요성을 강조해 온 전통을 가진 동양 사회, 특히 한국 사회에서는 유교 사회에 적절한 인간관계 형태를 도입하여 안정되고 신뢰하는 사회를 지향해 왔다고 인정하는데, 최근 현대 사회 관점에서는 그로 인한 긍정적이며 부정적인 영향을 객관적으로 파악하고 그를 분별력 있게 선택적으로 활용하여 사회적 신뢰 의식을 향상시켜 행복한 사회를 구현하는 데 긍정적으로 활용할 필요가 있다고 본다. 그리고 서양으로부터 마치 밀물과 같이 도입되고 있는 웰빙 중심의 행복 문화를 무조건적으로 수용하고 모방하여 우리 사회문화를 뒤흔드는 것과 같은 부작용에 빠져들지 않도록 사회적으로나 개인적으로 분별력 있게 대응할 필요가 있다는 점을 강조해 둔다.

제 6 장

사랑의 실천;
사회적 자기 관리

‘배려와 나눔’과 사회적 행복

개인과 사회의 연결고리

우리 주위에서 ‘당신은 사랑받기 위해 태어났다’라는 가사의 노래로 새로운 구성원(멤버)을 환영하는 풍경을 어렵지 않게 볼 수 있다. 이 세상에 태어난 아이가 가족의 사랑을 받으면서 인간답게 성장하고 사회화되는 것처럼, 성장한 젊은이들이 세상에 나가 타인들과 함께 일하며 자기를 표현하고 자기답게 살아가며 사회구성원으로 적응하기 위해서는 기존 멤버들의 배려와 사랑을 받는 것이 당연한 일이다. 한 개인이 자신이 원하는 특정 집단이나 기관에 새로운 구성원으로 진출하여 하나의 공동체 안에서 상대방에 대하여 예의 바른 태도로 배려하고 상호 존중하며 상대에게 친절을 베푸는 일은 결국 자신도 그렇게 대우받을 수 있다는 상호신뢰를 바탕으로 이루어지는 행동이라고 볼 수 있다. 이에 영국의 행복 과학자 데이비드 해밀턴은 “행복해지고 싶으면 친절해져라”라는 표어를 내세우며, 타인들에 대하여 친절한 태도를 갖는 것이 자신의 사회생활을 위하여 필요한 최소한의 기본적 배려심이라는 것을 주장한다. 이처럼 모든 구성원들이 상대방을 배려하는 마음이 습관화되어 행동으로 표현됨으로써 구성원들 간의 감정적인 교류가 활발하게 이루어지는 동시에, 다양한 인간관계가 파생되어 서로 신뢰하며 자신의 업무 수행에 몰두할 수 있다고 확신할 때, '세상과 나 자신이 연결되는 경험'을 하게 되어 일종의 행복감(인정감, 근무 만족감, 공동체 소속감 등)을 경험하게 된다.

개인의 생활권인 공동체를 중심으로 타인에 대하여 배려하고 베푸는 마음을 갖는 것은 자신과 공동체를 위한 책무라고 주장하는 톰레스와 짐 하터는 '공동체적 행복(Community Wellbeing)'이라는 개념을 설정하고, 최근에 개인이 공동체 안에서 안락하게 살기 위하여 서로 사랑을 베푸는 것은 하나의 책무라는 의식이 점차 강해지고 있다는 점을 지적하고 있다. 이와 더불어 '베풂의 힘'을 강조하는 잭슨은 공동체 생활에서의 상호 배려하고 베푸는 일이 행복한 공동체 생활을 위해서 얼마나 중요한가를 다음과 같이 주장하고 있어 주목할 만하다. 즉, "당신은 베풂을 통해서 얻을 수 있어요. 상대에게 기쁨을 주면 바로 되돌려 받아요. 바로 향수처럼요. 주면 줄수록 더 많이 얻는 것입니다. 이는 마치 씨앗을 뿌리는 것과 같아서 당신이 뿌린 씨앗은 천배 만배 되돌아오는 거예요. 아무리 사소한 도움도 기분을 좋게 해 줍니다… 자신의 삶에 행복과 기쁨을 가져오기 위해 해야 할 일은 오로지 남에게 베푸는 것입니다"라고 잭슨은 주장하고 있다.

이와 더불어, "남을 행복하게 할 수 있는 자만이 행복을 얻는다"라는 플라톤(그리스 철학자)의 선언적 주장이나 장 자크 루소(계몽주의 프랑스 철학자)가 "나는 선을 행하는 것이 인간의 마음이 맛볼 수 있는 가장 진실한 행복임을 알고 있으며, 실제로 그렇게 느낀다"라고 주장했던 바와 일치하고 있다. 특히, "선을 행함으로써 삶의 경이로운 선순환 구조 속으로 들어가게 된다. 남을 도울수록 나 자신이 행복해지며, 내가 행복할수록 남을 도와주고 싶은 마음이 커지는 것이다"라는 루소의 주장은, "내가 행복해지는 가장 좋은 길은 남을 행복하게 하는 것이다"라는 격언과 함께 공히 개인의 사회화를 위해서 공감 의식이 필수적으로 요구되며 개인과 사회를 연결시키는 교량 역할을 수행한다는 점을 시사하고 있다.

철학자 알렌은 정신적인 균형 감각을 유지하기 위해서 사랑이 필요하고 사랑을 통하여 원만한 사회생활이 가능하다고 지적하며, "사랑이 있으면 모든 사상은 화합할 수 있다. 사랑은 사람들을 이어주는 힘이다. 그리고 이 사랑이 있는 사람들은 모든 사람들과 다정하게 화합할 수 있을 것이다."라고 주장하고 있다. 이와 더불어 호가드는 '세상을 움직이는 놀라운 힘은 사랑'이고, 사랑은 '나와 공동체, 세상을 이어주는 행복한 관계의 씨앗'이라고 주장한다. 또한 '사랑이 곧 행복'이라고 주장하는 심리치료자 우베 뵈세마이어는 삶을 긍정하는 태도가 핵심이 되어 감사하는 마음을 갖는 일이 중요하고, "마음의 문을 열어 놓는 일, 사랑할 가치가 있는 일을 찾는 것, 삶의 가치는 외부에 있는 것이 아니라 자신의 내면에 있다는 것을 깨닫는 것, 삶 자체를 사랑하는 것이 행복을 보장해 준다"고 주장하고 있다. 뵈세마이어는 사랑을 삶의 중심으로 만드는 일, 즉, "상대방을 있는 그대로 인정하고 놓아두는 것, 가능한 한 상대방에게 가까이 다가가는 것, 천천히 신중하게 다가가 상대방의 내면과 친숙해지는 것, 상대방과 함께하는 하루하루를 특별하게 생각하는 것" 등이 중요하다는 것을 지적하고 있다. 그리고 하버드대학의 조지 베일런트 교수는 '안정된 결혼생활'을 중요한 행복의 조건으로 내세우며 가정에서의 부부간의 사랑이 그 핵심적인 역할을 수행하고 있다는 점을 행복한 인생을 보낸 부부들을 장기간 추적 조사한 결과를 바탕으로 주장하고 있다. 베일런트는 지역 공동체나 직장 등에서 사람들과 만나 배려하고 나눌 수 있으며 자아실현할 수 있기 위해서는 부부간의 사랑이 그 기반을 이루고 있어야 한다고 강조하고 있다.

배려와 나눔을 통한 공감대 형성

남들이야 어찌 되든 내가 행복하면 그만이라는 생각이 만연하는 사회를 통하여 세계적으로 허다하게 발생하는 이기주의적이며 퇴폐적이기 짝이 없는 다양한 사회 문제들을 경험해 온 세계인들은 최근에 들어 '행복한 개인'에만 치우치지 않으면서 '행복한 사회'를 동시에 조화롭게 지향해야 할 당위성에 공감대를 형성하고 있는 추세를 보이고 있다. 말하자면 공동체 사회를 기점으로 주위의 타인들에 대한 배려, 베풀기, 나눔, 협력 등의 덕목을 중요시하는 지구촌을 건설해 나가야 할 필요성을 인식하는 것 자체의 의미와 가치를 중요시하는 분위기를 조성하면서, 그에 많은 사람들이 참여하기를 권면하는 세계적인 동향을 파악할 수 있다.

개인 차원의 행복만으로는 인간다운 행복을 제대로 누릴 수 없다는 한계점을 깨닫고 자신이 살고 있는 사회 안에서 사회구성원으로서 행복을 균형 있게 누릴 수 있어야만 온전한 행복이 실현될 수 있다는 인식이 우리나라의 경우에도 중요시되기 시작했다고 말할 수 있다. 즉, 요즈음 과도하리만큼 이기주의적 관점에서 자기만 행복하면 된다는 삶의 방식으로는 온전한 행복이나 심오한 행복을 완벽하게 누릴 수 없다는 점을 간과해서는 안 된다는 시각에서 보면, 개인적 행복만을 추구하는 것은 근본적으로 보다 수준 높고 온전한 행복에 도달하기 어렵다는 점을 인식할 필요가 있다는 것이다. 이에 우리가 사회적 존재로 태어나 사회생활을 하면서 자기다운 삶을 추구해야 하는 일종의 '숙명을 짊어진 존재'들이라는 의식을 의도적으로 멀리하거나 좌시하면서 개인적인 행복만을 추구하는 것은 인간적으로 보아 바람직하지 않으며 공평하지도 않다는 결론에 용이하게 도달할 수 있다. 그러기에 앞으로는 보다 수준 높은 양질의 행복한 삶을 추구하기 위해서는 사회적 행복이나 공동체적 행복을 기반으로 삼고 그 위에 자신만의 개인적 행복을 추구하는 비전과 희망을 가지고 삶의 현장에 나서는 행복관을 추구하는 지혜가 요구된다고 판단할 수 있다.

이에 개인이 소속한 공동체를 중심으로 자신과 관계를 맺고 있는 이웃들에 대한 배려와 나눔을 통하여 미덕을 베푸는 데 의미를 부여하는 삶의 태도를 중시하는 것 자체가 개인적 행복 수준을 크게 고양시키는 효과가 있을 것이다. 그리고 지구촌에 사는 한 개인으로서 정체성을 정립하며, 보다 넓고 높은 차원의 행복을 추구할 수 있는 자격을 갖추면서 그럴만한 자질과 소양, 자세와 인생관을 포함한 지혜를 습득하고 터득할 수 있도록 노력하는 삶의 태도가 미래지향적 삶의 관점에서 보아 아주 큰 가치와 의미를 갖게 될 것으로 예견할 수 있다.

* * *

우리 사회에서도 개인주의가 뿌리를 내리고 있고 이기주의적 개인주의가 그 줄기로 왕성하게 뻗어나고 있으며, 집단이기주의가 들불처럼 세력을 확장하며 이 사회를 집어삼키려는 듯이 개인들의 삶의 언저리에까지 침투하고 있어 마음 한구석이 어둡다. 이대로라면 과연 우리 사회에서도 소수의 선진국들이 누리고 있는 것처럼 타인들과 원만하게 어울리면서 타인에 대한 배려를 기본으로 하는 삶의 습관 속에서 상대방의 입장에서 그들을 이해하고 나와 더불어 인간답게 살아갈 수 있는 일종의 '사회적 행복'을 어느 정도 누릴 수 있는지 매우 의심스럽다. 이는 과거 수천 년 동안 잘사는 여느 국가들 못지않게 우리 국민들은 공동체 의식이 강하고 사회와 국가에 대한 도리와 책임을 중시해 왔던 사회였는데 어쩌다가 최근 몇십 년 사이에 이렇게도 우려할 만큼 이기주의 늪 속에 빠져들어 헤매게 되었는지, 그리고 집단이기주의와 이기적 개인주의의 물결에 휩쓸려 자신만의 웰빙을 외치고 타인들을 거들떠볼 겨를도 없이, 오직 잘 살기 위하여 남들을 경쟁의 대상으로 삼고 일종의 전투를 치르듯이 살아가게 되었는지 회상해 볼수록 한탄만 앞서게 된다.

이러한 생각은 2천여 년 전 로마 시대에 살았던 스토아 철학자 세네카도 우리와 유사한 경험을 바탕으로 한탄하는 마음에서 다음과 같은 말을 남긴 것이 아니었을까 추정해 본다. 세네카에 의하면, "자신에게만 마음을 쓰고 모든 것을 나에게 얼마나 쓸모가 있는가의 관점에서만 생각하는 사람은 행복한 삶을 살 수 없다. 진정 자신을 위한 삶을 살고자 한다면 이웃을 위해 살아야 한다"는 주장이다. 그 주장에 부응이라도 하듯이 중세에 접어들어 로마제국이 멸망한 후 교황의 세력이 득세하던 베네치아, 플로렌스 등을 중심으로 새로운 풍조가 발현되어 확산되었다고 보는 견해가 대두되었다. 특히, 단테의 〈신곡〉(르네상스를 야기한 작품 중의 하나로 인정받고 있다)이 등장하여 사회적으로 영향을 미친 것을 계기로, 사회적 기여로서 예술작품에 대한 지원을 자신의 구원을 받기 위한 조건이나 담보물로 간주하던 사회적 분위기가 조성되기에 이르렀고, 그로 인하여 부유한 상인 계층의 기부를 부추기고 권면하기 위하여 사회적으로 지원하는 정책이 뿌리내리기 시작되었던 것이다. 말하자면, 사회적으로 주어지는 보상으로 신의 구원을 받기 위한 목적의 기부행위를 권장하였는데, 결과적으로 이러한 보상책은 위대한 예술작품이 탄생하는 근원적인 추동력을 발휘했던 것으로 파악되고 있다. 이와 같은 배경하에서 르네상스의 진원지를 중심으로 발아된 사회적 기부활동은 서양 사회 전역에 걸쳐 확산되었고 타인을 위한 봉사, 헌신, 기부 활동 등이 사회문화의 큰 줄기로 뿌리 내리게 된 것으로 해석할 수 있으며, 그러한 문화활동상의 기부행위는 현대 사회에도 지속되고 있다는 점에 유의할 필요가 있다. 개인적으로 신의 구원을 받는다는 조건으로 자신의 예술 작품을 사회에 기부하거나 작품활동을 지원하고 격려함으로써 보상받는 풍토가 유럽 사회에 전파되면서, 예술가들이 자신의 구원이라는 보상을 약속받는 것과 더불어 사회적으로 위대한 작품을 기부 형식으로 남길 수 있게 되어, 결과적으로 사회적 기부와 개인적 구원이라는 '양자 윈윈'이라는 열매를 맺게 되어 개인적 행복과 사회적 행복을 동시에 누릴 수 있게 되었다고 해석할 수도 있다.

이러한 흐름은 개인 자격으로서가 아닌 한 사회구성원으로서 누릴 수 있는 '공동체적 행복'의 중요성을 강조하는 미국의 심리학자 레스와 하터의 주장과도 상통하고 있다고 보는데, 그들에 의하면, 공동체적 행복의 핵심은 '줄수록 커지는 행복'이라는 것이다. "묻지도 따지지도 말고 친절을 베풀어라, 개인적 미션과 관심사를 감안하여 공동체에 기여하라, 지역사회 전체를 행복하게 만들어라, 남을 배려하는 이타적 활동과 장수長壽 간의 상관이 높다"는 견해를 밝히며 공동체적 행복과 사회적 행복의 만남이 가능하면서도 매우 필요하다는 입장을 내세우고 있다. 이와 함께 작가인 애덤 잭슨도 '베풂의 힘'을 강조하고 있는데, "당신의 베풂을 통해서 많은 것을 얻을 수 있다, 상대에게 기쁨을 주면 줄수록 더 많이 얻는다, 이는 마치 씨앗을 뿌리는 것과 같아서 당신이 뿌린 씨앗은 천배 만배 되돌아오는 것이다, 아무리 사소한 도움도 기분을 좋게 한다, 그리고 자신의 삶에 행복과 기쁨을 가져오기 위해 해야 할 일은 오로지 남에게 베푸는 것이다"라고 주장하고 있다.

이와 더불어 대부분의 종교에서 이웃을 위한 배려와 베풀기를 중요한 덕목으로 강조하는 이유도 결국 공동체적 행복과 개인의 행복을 연결시키려는 의도에서 찾아볼 수 있다. 긍정심리학자인 조너던 헤이트는 공자가 강조하는 삶의 지침인 타인에 대한 배려는 상호주의적 삶의 원칙이라고 할 수 있는데, 이는 대부분의 종교에서 중요시하는 인류 보편적인 원칙, '황금률(Golden Rule)'이라는 개념으로 표현하고 있다. 즉 '너 자신이 원치 않는 일은 남에게도 하지 말라'이며, 힌두교 "마하바라타"에서도 '의무의 요체는 네가 당했을 경우 고통스러울 일은 다른 이에게도 행하지 말라'이다. 이는 칸트를 포함한 대부분의 철학자들도 주장하는 도덕률과 상통하는 내용으로서 상대편의 입장에서 평등하게 대하는 것, 즉 상대를 배려하고 베풀면 나도 그렇게 대우받을 수 있다는 기본적인 지혜의 근원이라고 볼 수 있다. 이는 공자도 강조하고 있는 바로서 타인들에 대하여 이롭게 하고 타인을 돕는 것이 결국 자신을 이롭게 한다는 뜻을 표현하는 '자리이타自利利他 정신'은 널리 알려져 있다. 또한 유교에서는 '인

仁'이라는 덕목을 '예禮'와 연계시켜 사회생활에서의 타인에 대한 배려와 베풀기를 중시하고 있는바, '인이란 천지우주가 만물을 내는 마음'으로서 '사랑을 행하는 것이며 하늘의 도(天道)를 따르는 것'이라는 인(仁)의 정신을 이웃의 행복(親民)에 중점을 두고 실천할 것을 강조하고 있다.

덕을 베풀기, 그 사회적 의미

덕을 베풀어 사회적 행복을 추구해야 한다는 지혜는 고대 사회에서부터 전해져 왔다고 보는 바, 동양 사회의 고전적 행복관의 근간이라고 보는 우리의 오복사상이나 불교의 자비사상이 그 대표적인 사례라고 보아도 무방할 것이다. 전통적인 오복사상에서도 공동체적 행복을 중시하는 덕목이 포함되어 있는데, 오복의 하나인 '유호덕(攸好德; 도덕/윤리 지키는 일을 낙으로 삼는 일과 더불어 이웃들에 대한 덕을 쌓고 베풀기)'에 그 의도가 명료하게 드러나고 있다. 이는 공동체 중심으로 인간관계를 중시하여 주위 사람들에게 덕을 베푸는 것이 하나의 행복이라고 권장해 온 것은, 개인들이 사회적으로 보살필 필요가 있는 사람들을 대상으로 선행하고 기부하거나 봉사하는 등의 덕을 베푸는 활동을 통하여 한 개인이 행복해질 수 있다고 믿었고, 그를 전통적인 사회적 기능으로 도입하여 활용하면 기대하는 효과적인 결과를 얻을 수 있다는 신념이 작용했기 때문인 것으로 볼 수 있다. 이와 함께 불교에서는 덕을 베푸는 것은 개인 자신을 위한 것이 아니고 주위의 타인들을 위한 것이며, 사회적으로 요구되는 귀중한 가치를 지닌 것이라는 입장을 견지해 왔고, 이는 "백단향, 만병초, 자스민 향기는 바람을 거슬러 날아가지 못한다. 그러나 덕의 향기는 세상 끝까지도 날아간다"라는 법구경에도 분명하게 표현되고 있다. 즉 덕 있는 삶이 행복을 가져 오듯이 타인들에게 덕을 베풀면 사회적으로 행복 수준이 향상될 것이라는 논리는 불교적 관점에서 일관성 있게 현재까지 강조해 온 사상이라고 볼 수 있다.

한편, 그리스 철학자인 플라톤은 "남을 행복하게 할 수 있는 자만이 행복을 얻는다"는 말을 남기며, 내가 행복해지는 가장 좋은 길은 남을 행복하게 하는 것이라고 주장했고, 그의 제자 아리스토텔레스도 이에 동조하며, "행복하고 싶거든 덕에 의한 생활을 하라. 덕은 지知와 의지意志와 인내忍耐로 구성되고, 덕은 중용中庸을 지키는 데 있다. 덕을 실천하는 사람, 덕을 생활 속에 베푸는 사람, 그런 사람에게 행복이 따른다"라는 심오한 어록을 남겼고, 그 정신은 서양 사회에서 도도히 흐르는 강물처럼 전해져 내려오며 현대의 서양인들의 사회생활에 지대한 영향을 미치고 있다고 본다. 이러한 맥락에서 보아, 현대 사회에서도 베풀기의 중요성을 강조하는 견해는 지속되고 있는데, 그 대표적 주장 중 하나는 "관계인들에 대하여 덕을 베푸는 것 자체가 선善이며, 사회적 행복의 중요한 역할을 한다"라는 정치 철학자인 한나 아렌트의 주장에 주목할 필요가 있다.

과도한 개인주의 문화와 이기주의가 팽배한 사회에서 14대 달라이 라마(텐진 갸초)가 주장하는 "남에게 베풀면 결국 자신이 이롭게 된다"는 불교의 정신(대승불교 입장)은 사회적 행복의 기본이 되는 동시에 개인에게 행복을 가져다주는 배려, 감사, 선행, 봉사, 기부 등을 권장하는 지표처럼 작용하고 있다고 보아야 할 것이다. 즉 사회적 관계를 보다 원만하게 유지하면서, 보다 훈훈하고 부드러운 분위기를 조성하며, 이웃들로부터 인정받고 배려함으로써 좋은 관계 형성이 가능하다는 논리는 사회적 행복에 초점을 둔 행복관을 우리 사회에서 확산시키는 역할을 하고 있다고 볼 수 있다. 특히, 6세기 이후로부터 불교에서 번뇌를 해소(탐욕의 제거)하는 방법 중에서 '보시布施(타인에게 베푸는 것)'를 강조하는 동시에 '자비 명상慈悲 冥想'을 권장하고 있는 것은 타인들에게 자비를 베풀어 행복감을 느끼게 된다는 논리에 초점을 두고 있다. 즉 타인의 고통에 마음을 기울여 그가 고통으로부터 해방되기를 기도하면 스트레스물질이 사라지고 마음의 평화와 건강을 초래할 수 있다는 믿음에서 유래하고 있다.

다른 한편, 타인들과 어울려 살아가기 위해서는 타인에 대한 배려와 베풀기가 근원적으로 인간의 삶의 방식으로 자리 잡았다는 행복과학적 관점에서 보면, 사랑과 친절이 옥시토신(신경전달물질)의 분비를 촉진하여 혈관과 심장의 건강을 보장한다는 과학적 사실을 제시하며, 친절, 공감, 감사, 용서 등의 마음을 담은 말과 행동이 우리 몸을 건강하게 유지하는 것은 그러한 마음이 인류의 DNA 유전자에 입력되어 작용하고 있기 때문이라는 것이다. 행복 과학자 데이비드 해밀턴은 "정신적으로나 육체적으로나 친절과 연민 등의 덕목도 우리의 생존에 도움이 되기 때문에 유전자에 입력된 것이며, 결국은 우리 자신을 위한다는 면에서 보면 이기적인 유전자에서 이타적인 씨앗이 싹텄다고 할 수 있다"고 주장하고 있다. 그러기에 우리 인간들이 더불어 사는 타인들에 대하여 연민, 친절, 봉사 관련 다양한 체험을 통하여 인생의 변화를 경험하며 행복감을 느끼게 된다는 인간의 본질에 관하여 제대로 이해하고 실천하는 것도 삶의 지혜를 깨닫게 해준다는 점을 인식할 필요가 있다.

기독교 문화권에서도 이웃에 대한 사랑을 강조하고 사랑의 정신에 입각하여 나눔, 감사, 용서라는 덕목을 삶의 과정에서 중요시하고 있다. 영국의 수학자이며 철학자인 버트란드 러셀은 '행복으로 가는 길은 사랑이다'라고 주장하며 사랑의 기쁨이 행복의 원인이라는 점을 지적하고 있다. 또한 신학자이며 투자가인 존 템플턴은 기독교적 교리에 입각한 저서 〈행복론〉에서 사랑의 법칙을 비롯한 나눔의 법칙, 용서의 법칙, 감사의 법칙을 실천함으로써 행복을 구할 수 있다는 점을 강조하고 있다. 또한 이러한 현상은 '마더 테레사 효과(Mother Theresa effect)'라는 용어로 알기 쉽게 설명할 수 있다는 것이다. 즉, 테레사 수녀의 봉사하는 모습을 담은 영상물을 시청한 집단의 타액에서 면역 글로블린A물질 분비가 비시청 집단에 비하여 유의한 차이를 보였고, 그 효과가 상당 기간 지속되었다는 연구 결과를 바탕으로, 타인이 친절을 베푸는 행동을 지켜보기만 해도 면역력이 높아진다는 사실은 타인과 더불어 살기 위해서 배려하고 베푸는 행위는 인간 본성에 근원을 두고 있다고 주장할 수 있다.

그리고, 더불어 살아가는 사람들과의 공감 의식에 기반을 두고 그들을 위해 친절을 베풀며, 선행을 베풀고 봉사하고 헌신하려는 노력을 기울이는 그 자체가 행복의 씨앗이 되는 동시에, 사회구성원들 간의 공동체 의식을 강화하는 효과가 있다는 점은 동서고금을 막론하고 헤아릴 수 없이 지적되어 왔다. 나와 공존하고 있는 타인에 대한 배려가 자신을 발견하게 하고 사회화를 도우며 사회에 대한 책무를 이행하는 출발점이 되는 동시에, 보상을 받게 되어 품위 있는 개인과 성숙한 사회 구현에 도움이 되고, 나아가 심리적으로는 기쁜 마음과 즐거운 마음, 또는 흐뭇한 마음과 보람찬 마음을 경험할 수 있게 해준다는 점을 현대인으로 살고 있는 우리 모두가 망각해서는 안 될 것이다.

사랑과 도덕성 관계

사회에서 만나는 타인들에 대한 배려심을 바탕으로 한 도덕성을 갖추는 일이 곧 자신의 존재감을 알리고 타인들로부터 보호받고 인정받기 위한 것이기 때문에 자신이 속한 조직문화에 걸맞는 수준의 정서지능(EQ: Emotional Intelligence Quotient)과 함께 도덕지능(MQ: Moral Intelligence Quotient)을 요구하고 있고 그 기대에 부응하기 위한 근무태도를 갖추기 위하여 교육훈련을 받는 등의 노력을 기울이는 것이 당연하다고 인식하고 있다. 미국의 교육학자이며 심리학자인 미셸 보바는 건강한 사회생활을 하기 위해서는 도덕지능이 필요하다는 것을 강조하면서, 사회생활에서 필요한 공감 능력, 분별력, 자제력, 존중감, 친절, 관용, 공정함 등을 도덕지능의 주요 구성 요인으로 주장하고 있다. 이들 구성 요인으로 지목된 덕목이나 심리적 속성은 정서지능의 것과 매우 유사한 동시에 최근에 긍정심리학의 창립자라고 알려진 마틴 셀리그먼의 6개 영역의 미덕 및 24개 심리적 속성(강점)과도 거의 일치하고 있는 것으로 보인다. 이는 바람직한 사회생활을 통하여 자아실현하기 위해서는 도덕지능을 함양할 수 있는 생활 태도를 가지고 자신에게 요구되는 덕목을 습관화할 수 있도록 지속적으로 노력해야 할 필요성을 강조하는 동시에, "상대방에 대한 공감을 바탕으로 한 배려와 친절, 존중하고 관용하는 태도를 갖추는 것 자체가 자신의 웰빙을 보장해 준다는 확신을 가질 필요가 있다"는 점을 강조한다.

우리 사회에도 어린 나이에서부터 가정이나 유치원에서 훈련하고 교육받는 내용의 대부분은 건전한 사회생활을 위한 기본태도에 관련된 예절교육이고, 교육 내용의 핵심은 대체로 타인들과의 원만한 관계를 맺고 유지하는 것으로서, 타인들을 배려하고 존중하며 타인들과 공감하고 타인의 입장을 수용할 줄 아는 관용적인 태도를 습관화하기 위한 반복적인 행동을 요구하고 있다. 이 경우에 타인에 대한 배려, 공감, 존중 등을 기반으로 하여 도덕적인 행동을 요구하는 것은, 대체로 타인에 대하여 친절을 베풀고 사랑을 표함으로써 자신도 배려받고 사랑받을 수 있다는 신념을 갖게 된다고 추론할 수 있다. 즉 개인들이 그러한 신념에 기반을 둔 '사회적인 무언의 약속'을 준수하는 것에 대한 긍정적 태도를 갖게 됨으로써 일종의 사회적 안정감과 심리적 안녕감을 느낄 수 있게 되고 행복한 사회생활이 가능하다는 기대감을 갖게 된다.

한편 산업화와 현대화 물결에 파묻혀 외롭고 고독하며 스트레스를 받고 사는 도시인들에게 사랑이 더욱 절실하다고 주장하는 사회심리학자 에릭 프롬은 '사랑이 행복의 기본 조건'이라는 입장에서 '상대방의 입장을 이해하고 그 입장에서 생각해 주고 이해하는 것(역지사지易地思之)이 사랑의 출발점이며 종착점'이라고 주장하고 있다. 프롬은 그의 저서 〈사랑의 기술〉에서 사랑은 받기보다 주는 것이 본질(받을 생각이 너무 강하여 실패하는 경우가 다반사)이라는 기본 전제를 '황금률(Golden Rule)'에 입각하여 설정하고, "사랑은 능력이 아니라 하나의 기술이다, 고로 지속적으로 훈련할 필요가 있다"라고 강조한다. 또한 노력하지 않으면 수준 높은 사랑을 할 수 없고, 받을 수도 없다는 것이며 사랑하는 태도의 습관화 노력이 절실하다는 주장은 지금의 우리에게도 적용된다고 생각된다. 그는 저서의 핵심 내용으로 '사랑의 기술'을 체득하기 위한 다섯 가지 조건을 제시하고 있는데, 그것들은 ① 상대방에 대한 관심을 갖기(Care), ② 상대방에 대한 책임지기(Responsibility), ③ 상대방을 존경하는 마음 갖기(Respect), ④

상대방을 이해하는 마음 갖기(Understanding), ⑤ 상대방에게 헌신하는 마음 갖기(Self giving) 등이다.

그리고 존 템플턴은 그의 저서 〈행복론〉(원저; 삶의 법칙)에서 행복한 삶을 위한 15개 법칙을 제시하고 있다. 그 중 '사랑의 법칙'에서는 보다 구체적으로 9개의 행동 원칙(지침)이 포함되어 있는데, 이들 지침을 실행함으로써 사랑의 법칙을 실천할 수 있다는 논리를 펴고 있다. 구체적인 행동 원칙들을 살펴보면, ① 사랑을 주는 것이 사랑을 받는 것이다, ② 사랑받는 것보다 사랑하는 게 더 좋다(성 프란시스), ③ 사랑이 충분하면 극복하지 못할 어려움은 없다(에밋 폭스), ④ 사랑은 치유할 수 없는 결점도 견뎌내는 인내를 갖고 있다(J. 엘리네크), ⑤ 네 이웃을 네 몸과 같이 사랑하라(예수; 마태 19:1⑨ ⑥ 사랑이 넘치는 사람은 사랑이 넘치는 세상에서 살아간다(켄 키스), ⑦ 아가페는 주면 커지고 쌓아두면 줄어든다, ⑧ 사랑은 많이 주면 줄수록 더 많이 남는다, ⑨ 사랑은 모든 것을 이겨낸다(베르길리우스) 등이다. 이들 원칙은 앞에서 제시한 프롬, 알렌, 뵈세마이어, 보바, 셀리그먼 등의 주장과도 일치하는 것으로 판단된다.

감사하기와 용서하기; 사회적 행복의 꽃

베풀고 나누는 행동패턴이 우리 삶에 주는 영향력에 관해서 과학적 근거를 바탕으로 한 주장을 펴고 있는 데이비드 해밀턴에 의하면, "정신적으로나 육체적으로나 친절과 연민의 덕목도 우리의 생존에 도움이 되기 때문에 유전자에 입력된 것이며, 결국은 우리 자신을 위한다는 면에서 보면 이기적인 유전자에서 이타적인 씨앗이 싹

텼다고 할 수 있다… 타인에게 친절을 베풀고 연민하는 마음을 갖는 것은 유전자에 새겨진 DNA의 법칙이다"라고 언급하며 "이를 자연의 섭리로 수용하고 우리 안에 이미 새겨져 있는 것을 꺼내는 일이 필요하고 중요하다"는 인식 하에서 각자의 행복을 위해서 이타적인 행동을 습관화할 것을 권장하고 있다. 이와 유사한 입장에서 찰스 다윈은 "연민하는 마음은 자연선택에 의해 강해지게 된다. 연민하는 마음을 가진 개체가 많은 사회가 더욱 번영하고 더 많은 자손을 남길 수 있기 때문이다"라며 사랑을 베푸는 사회가 보다 진화할 가능성이 높다는 점을 시사하고 있다. 그리고 세계적인 물리학자 알버트 아인슈타인은 "감사할수록 더 많은 것을 얻는다. 나는 내 삶이 죽은 사람이든 살아있는 사람이든 다른 사람들의 노고에 의존하고 있다는 사실을 하루에 100번씩 스스로에게 일깨운다. 또한 내가 받은 만큼 그리고 지금도 받고 있는 만큼 주기 위해서 열심히 노력해야 한다고 매일 하루에 100번씩 스스로에게 일깨운다"라고 감사할 줄 아는 사회생활의 중요성을 언급하고 있다.

이와 유사한 입장에서, 독일계 프랑스인인 의사 알버트 슈바이처(Albert Schweitzer) 박사는 아프리카 현지에서 평생 의료봉사 경험에 근거하여, "친절은 많은 것을 이룰 수 있다. 태양이 얼음을 녹이듯 오해와 불신과 적대감을 날려버린다"라고 진술하고 있다. 또한 달라이 라마는, "자비와 연민은 종교만의 전유물이 아니다. 여유 있는 자만이 가질 수 있는 것도 아니다. 마음의 평온과 안정을 위해서 없어서는 안 될, 살아가는 데 꼭 필요한 마음이다"라며 자비와 연민을 베푸는 일은 결국 자신을 위하여 필요한 일이라고 주장한다. 그리고 기업인 존 템플턴은 그의 '감사의 법칙'에서, "감사하는 마음은 영적인 성장으로 향한 문을 열어 준다. 감사하는 마음은 주는 마음과 용서하는 마음으로 이끌어 정신적인 성장에 이르게 한다, 불평이 아니라 감사하는 마음이 다른 사람들을 당신에게 끌어들인다. 감사하는 태도는 축복을 만든다, 감사하면 할수록 감사할 일이 더 많이 생긴다" 등의 법칙을 설정하고 감사의 법칙을 준수함으로써 행복을 보장받을 수 있다는 점을 강조하고 있다.

다른 한편, '행복은 용서에서 시작된다'라는 입장을 취하는 마하트마 간디는 "약한 사람은 용서하지 못한다. 용서는 강한 자의 속성이다."라고 주장한다. 이와 더불어 남아공의 데스몬드 투투 대주교도 "용서가 없으면 미래가 없다. 용서할 때 우리는 더 행복해진다"고 용서의 중요성을 강조하고 있다. 또한 심리 치료사인 브라이언 로빈슨도 "용서는 결국 나를 위한 선택이다"라고 주장하며 용서가 중요한 '행복의 기술' 중의 하나라고 결론을 맺고 있다. 이에 동조하는 영국의 행복 과학자인 데이비드 해밀톤도 "용서는 나를 위한 것이고, 미워하는 감정(분노, 적대감, 증오 등)이 유발하는 스트레스, 코르티솔 등으로부터 해방시켜 준다"고 주장한다. 해밀톤은 "용서는 자신에 대한 배려이며, 앞으로 힘든 일이 생겨도 극복할 수 있다는 긍정적인 자세에서 나온다"라고 지적하며, 용서로부터 얻는 것이 적지 않다면서, 건강, 긍정적 태도, 인내 등을 얻을 수 있다고 지적하고 있다. 그리고 "모든 것은 우리 마음에 달려있다. 마음먹기에 따라서 우리는 과거에서 벗어날 수 있다. 그리고 용서할 수 있다"고 주장한다. 그리고 애덤 잭슨은 '용서의 힘'을 '일곱 개의 행복의 비밀' 중의 하나로 제시하고, '용서는 풍요로운 행복의 문을 여는 열쇠'라는 표어를 내세우며 "증오나 원한을 품고 있는 한 행복해질 수 없다, 명심하라 자기 외에는 자신의 고통을 벗어나게 해 줄 사람은 아무도 없다, 자신을 용서하고 타인을 용서하라"라고 주장하고 있다. 그리고 이슬람학자인 가잘리는 자신의 〈행복의 연금술〉에서 "악惡을 덕德으로, 고통과 불행을 쾌락과 행복으로 변환시키는 마음의 비밀은, 용서하기와 깨달음 상태에 도달하는 데 있다"고 신비주의 수피즘의 입장에서 용서하는 마음의 중요성을 강조하고 있다.

저출산-초고령화 문제와 사회적 행복

당면한 사회 문제와 사회 변화 추세

한 마디로, 우리 사회에 밀물처럼 무섭게 밀려오고 있는 '저출산(저출생)'과 '고령화'라는 사회 문제가 심각하기 짝이 없다는 점에 대하여 국민들의 특별한 대응 노력과 미래지향적 비전이 절실한 실정이다. 이로 인하여 다가오는 고난과 역경에 대응하고 그를 극복하는 국민적 자세가 필요한 때이므로, 이를 깨닫고 대응하려는 국민적 차원의 현명한 대처가 특별히 요구되는 상황에 처한 것이다. 그 내용인즉,

한국의 평균 출산율은, 2005년도에는 1.06명, 2013년에는 1.18명을 유지하다가, 2017년 1.05명 이후에 1명 이하로 급감하기 시작, 2018년에는 0.98명, 2019년에는 0.92명, 2020년엔 0.84명, 2021년에 0.81명, 2022년에는 0.778명, 2023년 12월에는 0.72명, 그리고 2024년 이후에는 0.7 보다 더 저하될 것으로 예상되고 있다. 이는 OECD 국가 중에서 꼴찌이며 세계적으로도 최하위권에 머물고 있

는 실정이어서 최근 10여 년 전부터 최저 출생률 국가 사례로 세계적으로도 부단히 거론되고 있는 실정이다.

한편, 초고령화 사회로의 전환 문제에 관련해서, 한국의 65세 이상 노인 인구 비율은 2010년도에는 10.9% 이후 점증하다가, 2015년에 13.1%, 2020년도에는 15.8%, 2021년도에 16.7%, 그리고, 2023년 3월 현재 18.3%에 이르고 있으며, 인구의 미래 예측상으로 보면, 2025년도에는 20% 이상으로 '초고령화 시대'에 진입할 것으로 예상되며, 나아가 2050년도 경에는 38.1%(37.7%인 일본을 추월, 세계 최고 수준에 도달) 수준으로, 2065년경에는 42%로 예상되며 그 후에도 지속적으로 증가할 것으로 예상되고 있다. 따라서, 일할 수 있는 젊은 세대의 인구는 지금의 절반 이하로 줄어들게 되어 현재와 같은 국력이나 국가발전 가능성을 유지하기 매우 어렵고, 국가안보(국방)까지도 약화될 수밖에 없다는 사실을 외면할 수 없어 아주 암울하기 짝이 없는 실정이다.

사회적 행복 관련 현황

저출산 관련 사회적 변화 차원에서 최근 20년 동안의 가시적인 변화를 보면, 예식장 급감을 비롯하여, 산부인과 병원, 산후조리원, 소아과 병원, 유아원이나 유치원 원생 수(폐원하는 유아원 급증) 등이 급감하고 있으며, 그와 관련하여 장난감, 유아용 식품, 아동용 의복 등 관련 산업의 심각한 위축 및 도산 위기와 더불어, 폐교하거나 병합하는 초등학교 수 급증 등과 같은 역사적으로 유례없는 변화 현상을 우리 사회가 실제로 경험하고 있다. 보다 세밀하게 들여다보면, 이러한 변화와 관련된 사회적 기능이나 관련 업체(직업, 직종), 관련된 각종 일자리와 종사자 등이 크게 감소하거나 거의 소멸하는 경지에 이르고 있고, 앞에서 언급한 변화는 계속적으로 파급되어 앞으로 중학교와 고등학교, 그리고 대학교까지도 크게 위축되고 감소할 것이고, 교원들의 숫자도 점차 감소할 것이며 육아, 양육, 교육 관련 사업만 보아도 그 미래는 매우 어둡다는 점, 그리고 점차 군 병력 자원이 부족할 것이고 기업의 인적 자원 충원이 점차 어려울 것이라는 점 등에 관하여 일반인들까지도 매우 심각하게 받아들이고 있는 실정이다.

반면에, 마치 쓰나미처럼 몰려오는 고령화 사회로의 전환이 몰고 올 사회적 변화도 심각한 실정이라고 보는바, 노인 관련 병원이나 양로원의 급증, 노인 복지 관련 업종 증가, 실버산업의 확장, 노인 독거인 수 증가, 노인 우울증 환자와 자살자 증가, 황혼 이혼 증가, 고독사 증가 현상 등과 관련하여 의사, 간호사, 간병인, 요양사, 도우미 증가 등 실로 예상하기 어려울 정도의 변화를 대부분의 국민들이 실제로 경험하고 있다. 따라서 머지않아 다가올 초고령화 사회로 진입하게 되면 지금 겪고 있는 변화는 보다 심도 있고 폭넓게 커다란 파도처럼 우리가 예상하지 못했던 정도로 우리를 덮칠 것이라는 점도 유념해야 할 것이다. 정리하자면, 이들 두 가지 현상으로 인하여 발생하고 있는 변화는 실로 그동안 우리 사회가 경험해 보지 못했고 예상하지 못했던 매우 부정적인 측면의 인구절벽 상황이 전개되고 있어, 이러한 현상과 직접적 또는 간접적으로 관련되어 있는 대부분의 국민들을 매우 당황하게 만들고 있는 실정이다.

구체적으로, 먼저 지적하고자 하는 것은, 인간관계 차원에서 저출산과 초고령사회 문제가 심각한 지경에 처해질 것이라는 사실은 우리 국민 모두가 어느 정도는 주지하고 있었지만 그 파장이나 영향력이 예상보다 심각하기 짝이 없어 용이하게 감당하거나 감내하지 못하고 있고, 또한 최선의 노력을 기울인다고 해도 대응하고 극복하기에 너무나 힘겨운 실정이라고 판단된다. 특히나 일반인들의 삶의 차원에서 보면, 노년기에는 가족, 친구, 친지, 이웃의 의미가 더욱 중요시되는 시기임에도 불구하고, 출산율이 낮아져 가족이나 친지들이 감소할수록 외롭고 불안해지며 우울한 분위기에서 지내기 때문에 정신 건강상 부정적인 영향을 받을 가능성이 크게 높아진다고 볼 수 있다. 예상하건대, 이대로 저출산이 지속된다면, 그리고 결혼을 기피하고 자녀 출산을 기피하는 추세가 계속된다면, 향후 30년 전후부터, 현재의 30~40대가 직면하게 될, 노년기 초기부터 부모·형제와 이별하고 홀로, 외롭게 살아가야 한다는 문제에 직면하게 되어, 현재에 비하여 훨씬 더 심각한 사회 문제로 비화할 것으로 예상된다.

따라서 사회 전반적으로 가중되는 초고령 노인들의 문제로 인하여 보다 더 큰 부담감을 느끼게 될 것이며, 예상치 못할 부정적인 사건들로 인하여 엄청난 스트레스를 받게 될 것이라는 점을 지적하지 않을 수 없다. 말하자면, 필연적으로 단독가구가 더욱 증가하는 동시에, 각종 노인병 환자 증가, 우울증 인구 증가, 치매 환자 증가, 고독사 증가와 관련된 다양한 사회현상이 더욱 심각하게 다가올 것이기 때문인 동시에, 특히 어떤 이유이던 간에 결혼을 기피하거나 자녀 출산을 기피한 대다수의 30~40대마저도 30년 이후에는 이와 같은 사회 문제에 휘말리게 되어 더욱 우울하고 고독한 삶을 영위해야 하고, 엄청난 재앙과 같은 불안 속에서 지탄받고 원망받을 수 있기 때문이다. 이에 온 사회가 결혼을 기피하는 딩크족이나 자녀 출산을 회피하는 소수자(점차 그 숫자가 증가하고 있어 더 큰 문제로 부각될 것임)들로 인하여 야기되는 엄청난 사회 문제의 부정적인 영향은 현재

보다 더욱 부담스럽고 고통스러울 것으로 예상되고 있다. 이를 예견하고, 당사자들을 포함한 국민 모두가 성찰하고 깨닫는 노력을 통하여 행복한 인생을 추구하는 개인들이라면 누구나 우선적으로 이 문제에 대하여 특별한 관심을 가지고 미래에 대하여 더욱 신중하고 심각하게 대응해야 할 것이라고 호소하면서, 다음과 같이 해결 방안을 강구하는 데 도움이 될 만한 견해를 간략하게 제시하고자 한다.

사회 문제와 사회적 행복;
미래지향적 견해 다섯 가지

이와 같은 사회적 문제로 인하여 우리 국민들이 겪게 될 고난과 역경을 극복하고 해결하기 위해서는, 우선적으로, 결혼 적령기에 처한 젊은이를 포함한 모든 국민들이 '결혼하고 자녀를 낳아 양육하고 돌보는 일'이 동서고금을 막론하고 인류사회에서 준수해 온, 공동체 사회의 생존을 위해서 요구되어 온 매우 정상적이고 바람직한 인간사人間事라고 인식하는 것이 필요하다. 그렇지만, 미혼자들이 당장에는 힘겹고 고통스러우며 경제적 부담도 커질 것이라는 부정적인 환경 여건을 빌미로 삼아 결혼을 회피하고 무자녀를 선호하는 분위기와 행태를 무조건 지탄하고 원망할 수만은 없는 실정이다. 그러나 저출산 초고령화 현상으로 인한 엄혹한 미래가 다가오고 있음에도 불구하고 이를 좌시하게 되면 대부분의 경우에 불행한 미래가 우리 모두를 기다릴 것이라는 점에 대하여 보다 심각하게 고민해야 할 것이라는 점을 지적하지 않을 수 없다.

시간이 흐르면 우리 사회가 불가피하게 당면하게 될 이 문제를 미혼자나 무자녀 세대들이 어떻게 대응할 것인가에 관하여 진지하게 숙고할 필요가 있다. 또한 아무리 생각을 바꾸고 마음을 바꾸어 먹어도 인구문제는 엄연한 현실로 다가올 것인바, 국민 모두가 어떻게 대응해야 행복한 노년기를 보낼 것인가를 심각하게 고민해야 할 것이다. 다가올 엄청난 사회 문제, 나아가 재앙 수준의 사회변화를 일종의 숙명이라고 생각하고 사회 전체가 어떻게 대응하고 극복할 것인가를 심각하게 고민하고 대응하지 않게 된다면, 누구 하나 예외 없이, 자연의 대원칙(하늘의 뜻)에 따라서, 불행의 늪에서 벗어나기 어렵고 국민 모두가 재앙(나락)에 빠지게 될 것으로 예상해 볼 수 있기 때문이다.

우리에게 주어진 제한된 시간 내에 해결책으로 강구할 만한 것으로는, 궁극적으로는 '자리이타(自利利他) 정신'에 입각한 자신의 행복을 위한 장기적인 투자라는 점을 깨닫는 그 자체가 행복 지혜의 터득과 생활화를 위한 첫걸음인 동시에, 엄청난 재앙을 해결할 수 있는 귀중한 열쇠가 될 수 있다는 점을 진지하게 수용해야 할 것이다. 일반적으로, 어렵게 낳아서 힘들게 양육하는 자녀에 대하여 장기간 부단하게 쏟아붓는 사랑과 배려심은 결국에는 부모를 포함한 가족들이 이타주의적 이기심으로 하나의 새로운 생명체를 대하게 되면, 결국에는 자연스럽게 그 아이가 성장하고 성인이 되어 사회적으로 유용한 인재로서 주어진 역할을 수행하게 되고, 미래에 닥쳐올 초고령화 문제를 상당 정도 완화시키거나 지연시키는 효과를 거둘 것이라는 점을 중시해야 할 것이다. 그때에 우리들은 후세대를 낳아 양육하는 것 자체가 하늘이 내려주는 선물, 신의 섭리이고 하늘의 축복과 같은 효과를 절실하게 느끼게 될 것이고, 후세들이 우리 사회에 미치는 여러 가지 영향으로 인하여 우리의 사회적 행복 수준은 실질적으로 향상될 것이며, 나아가 당사자인 부모나 가족들에게는 직접적으로는 커다란 보람을 느끼며 무한한 행복감을 선사 받을 것이라는 점을 성찰할 필요가 있다. 이러한 깨달음이 우리가 몸담고 살고 있는 이 사회와 국가를 살리는 동시에, 우리의 삶을 무한한 가치와 의미로 우리에게 희망과 꿈을 부여하고 온 사회를 긍정적인 분위기로 고양시키며 살기 좋은 사회라고 인식하는 장기적인 효과가 있다는 점을 진지하게 고려해야 한다.

이와 동시에 엄청난 사회 문제들을 해결하는 열쇠는 개인들이 추구하는 행복과 관련한 간단하고 단순한 해결 방안으로부터 그 실마리를 찾을 수 있다는 점을 깨닫고 개인들이 행복 지혜를 터득하여 생활화한 결과로써 보상받는 보다 향상된 수준 높은 행복감을 만끽할 때에 우리가 이 사회에서 지속적으로 행복을 추구할 수 있는 동시에, 보다 양질의 사회적 행복을 누릴 수 있을 것이라는 점을 재삼 지적해 두고 싶다. 다시 말해서 그 자녀가 성장하여 귀중한 사회적 존재로서 살아갈 때 부모를 비롯한 사회 전반에 주어지는 사회적 행복감, 즉 흐뭇한 감정이나 만족감과 은근하게 지속되는 행복감은 그것을 경험하지 못한 개인들은 전혀 짐작하거나 상상하기 어려울 정도라는 점을 지적하고 싶은 것이다. 이러한 생각을 기반으로 하여 우리 사회의 암적인 존재인 저출산 문제와 고령화 문제에 관하여 보다 구체적으로 다섯 가지 중장기적인 해결 방안에 관하여 간략한 견해를 피력하고자 한다.

하나. 저출산/고령화 문제의 근본적 해결 위한 범국민적 해결 노력이 절실하다; 특히 과감한 이민 정책을 적극적으로 추진할 필요가 있다

저출산(저출생) 문제와 고령화 문제는 우리 사회가 경험해 보지 못한 재앙 수준의 중대한 문제를 유발할 가능성이 매우 높은, 국가의 미래를 크게 좌우할 심대한 문제라는 점을 제대로 인식하지 못하는 국민들은 많지 않을 것이다. 또한 이처럼 국가적 존망과도 연계된 중차대한 사회 문제를 온 국민이 지혜를 모아 현명하게 해결하지 않으면 안 된다는 점에 이의를 제기하는 국민들도 많지 않을 것이다. 그러기에, 이 문제를 너무 성급하게 해결해야만 한다는 조급함을 보이며 과도하게 서두르는 태도를 보이는 것도 결코 바람직하지 않으며, 현재로서는 우리의 힘으로는 해결하기 어렵고 지나치게 힘겨운 일이라고 이런저런 핑곗거리를 내세우며 미루고 지연시키다가 다음 세대에게 떠넘기는 무책임한 정신자세를 드러내는 것도 용납할 수 없다. 그러니만큼 국가 장래가 크게 좌우될 수 있는 중차대한 문제라는 점에 국민 모두가 합의하고, 다각적인 관점에서 국가적 총력을 기울여 이 문제를 체계적이며 진지하게 그리고, 근본적으로 해결하기 위하여 총력을 기울여야 한다.

우선적으로 국가 차원 및 지역사회 차원에서 추구해야 할 저출산 대응 정책으로 최근에 거론되고 있는 것들을 중심으로 열거해 보자면 다음과 같다. 즉, 미혼 남녀에 대한 취업 능력 향상, 임대주택 확충(다양한 부동산 대책 포함), 여성 사회 진출 여건 개선(재택근무와 육아 병행 중심의 다양한 정책), 독신세 부과 등 결혼 및 출산 유도, 실질적인 인센티브 제공(자녀 수당 대폭 상향, 주택 구입 관련 대출에서의 차별화 방안 등), 미혼 가족과 크게 대비될 만한 출산 지원(세금을 활용하는 다양한 방안 포함), 성 불평등 지수 개선 노력 등과 더불어 결혼, 출산, 육아, 교육 관련 지원 방안 등을 제시할 수 있다. 이들 방안들을 제각기 시행하기보다는 통합적인 관점에서 체계화(패키지로 간편화)하여, 우리에게 주어진 시간적 여유가 매우 적은 실정이므로, 조속히 아주 제한된 기한 내에 국가적 정책으로 적극적으로 추진할 필요가 있다는 점을 지적하고 싶다.

이와 함께 보다 더 진지한 논의와 숙고 과정을 거쳐 통합적인 문제 해결 방안을 수립하고 국민적 합의 과정을 거치는 것도 필요하다고 보며, 보다 거시직이며 미래지향직 관점에서 여러 산업 분야에 필요한 우수한 인재를 이민 정책(移民政策)을 통하여 확보하고 활용하는 방안도 병행해서, 국가 미래를 고려한 통합적인 관점에서 진지하면서도 적극적으로 논의하고 실천할 필요가 있다.

* * *

이들 정책을 우리 세대가 주도하여 해결할 수 있다는 확신을 가지고 나가야 하지만, 그중에서도 이민 관련 정책에 관해서는 향후 활발하게 이민을 받아 출산율을 의미 있게 높이며, 초고령화 사회로의 진입 속도를 조절하는 방법도 적극적으로 고려해 볼 필요가 있다. 세계적으로 우수한 인재들을 수용하여 인적 차원에서 국가적 잠재력을 극대화하는 계획 하에서, 더욱더 국력을 키워 나가면서 다양한 인재를 양성해 선도적 선진국으로서 거듭날 수 있도록 미래지향적인 비전과 희망을 갖는 일도 필요하기 때문이다. 이러한 관점에 입각하여 '이민청, 또는 인구 관리청(가칭)'을 신설하고 이민 문제를 주도적으로 다루어 나갈 필요가 있는데, 성공적인 이민을 위해서는 필히 고려해야 할 사항들을 몇 가지 지적해 두고자 한다.

말하자면, 이민의 대상자를 엄선하고 그들이 자신의 조국에서 살아가는 것에 비하여 한국 사회에서 살아가는 것이 보다 더 큰 꿈을 실현할 수 있고 더 수준 높은 행복을 추구할 수 있다는 확신을 갖도록 준비하는 동시에, 온 국민이 이에 대하여 심리적으로나 정서적으로 대응하는 노력도 필요하다. 즉, 이민 오는 입장과 이민을 받는 입장 모두가 공정하고 어느 쪽도 손해를 입거나 불평불만이 없도록 상호 배려해야 하지만, 궁극적으로는 이민을 수용하는 사회에서 보다 공평한 기회를 제공하며 배려하고 포용하는 관대함을 보이는 방향의 정책이 요구된다. 특히 이민자를 선정하는 기준과 그 엄정한 과정을 중시하면서 그들이 한국 사회에 정착함으로써 양자 모두에게 확실한 이득을 얻을 수 있도록 양자가 윈윈하는 전략을 추구할 필요가 있다는 것이다.

또한 이민자들이 우리 사회에서 원만하게 적응하며 자아실현할 수 있도록, 국가적 차원이나 공동체 차원에서, 우리 국민들과 다소 차이가 있는 점에 대하여 편견을 가지고 대하거나 불공정한 대우를 하는 일이 없도록, 육아와 교육, 취업, 복지 등 사회생활 전반에 걸쳐 공평무사한 정책을 펴는 동시에 국민적 배려를 기울여야 할 것이다. 이민정책이 성공해야만 우리 사회의 미래에 바람직한 변화를 유발시켜 보다 수준 높은 선진국으로서 대우받고 보다 차원 높게 삶의 질적 수준이 개선되며, 보다 행복한 사회를 꿈꿀 수 있는 것 못지않게 그들에게도 한국에서의 삶은 목표와 희망을 실현하는 절호의 기회가 될 수 있다는 인식을 갖도록 관련 정책들을 추진할 필요가 있다. 그를 위해서 이민 중심으로 강대국이 된 미국의 정책을 벤치마킹할 필요가 있다고 보는데, 우리 동포들이 성공적으로 미국 사회에 정착하여 새로운 삶을 살아온 사례를 중시하면서, 동시에 이민을 받아 준 미국 사회에 우리 교포들이 의미 있게 그리고 성공적으로 기여해 왔다는 점을 고려해야 할 것이다. 반면에 유럽의 일부 국가들에서 이민자들이 부단히 불평불만을 집단행동으로 표출하고 심지어는 다양한 범죄를 저지르는 사례를 반면교사로 삼아서 보다 신중하면서 체계적이며 종합적인 준비와 국민적 차원의 대응 노력이 필요한 것이다.

그리고 우리 국민들은 앞으로 추진할 이민 정책이 연착륙하여 우선적으로 필요한 노동력 문제를 해결하며 국가사회 발전에 기여할 수 있는 동시에, 저출산 문제를 근원적으로 해결할 수 있기를 간절히 바라고 있다. 이와 함께 국민들은 수많은 이민자들과 살아가는 과정에서 혹시나 문제들이 발생하지 않을까 하고 염려하거나 소수의 국민들이 배타적 태도를 보이지 않을까 하는 우려도 금할 수 없다는 관점에서 보다 신중하고 주도면밀하게 준비하고 대응할 필요가 있다는 점을 재삼 지적해 둔다. 또한, 미래 지향적 국가 전략적 관점에서 철저한 준비하에서 우수한 인재들을 받아들이고 그들의 후세대를 한국인으로 양성 및 교육하는 국가발전계획을 새롭게 수립하고 시행해 나감으로써 저출산/고령화라는 거대한 난제를 지혜롭게 해결해 나가면서 보다 앞서가는 선진국으로 도약할 수 있도록 온 국민의 참여와 지지, 그리고 지원과 협력이 절실하게 요구된다. 한 마디로, 우리 국민들의 지혜, 집단지혜集團智慧를 최대한 활용하는 동시에, 국제적이며 미래지향적인 관점에서 문제를 해결하기 위한 보다 적극적이며 체계적인 노력을 기울여 나갈 필요가 있다는 것으로서, 특히 미래지향적 관점에서 비전을 가지고 이민 정책을 적극적으로 수용하고 그 활용 효과를 최대화하는 것도 당면한 사회 문제를 해결하는 데 절실하게 요구된다는 점을 인식할 필요가 있고 그에 대한 국민적 합의가 요구된다는 점을 강조한다.

둘. 결혼 기피와 자녀출산 포기; 자신과 사회의 미래에 재앙을 초래할 수 있다

조부모 및 부모 세대가 현재보다 더욱 어려운 사회적 여건 하에서도 당사자들인 자녀들을 낳아 어렵게 양육하고 교육시켰다는 사실을 결코 잊어서는 안 되며 진정성 있게 감사하고 고마워할 줄 알아야 하지만, 현실적으로는 그렇지 못한 경우가 허다하여 사회적 문제를 유발하게 되는 불씨로 작용하게 된 것으로 추론할 수 있다. 인간 사회의 특성상 자신이 직접 자녀를 낳아 양육해보지 않고는 부모가 어려운 현실에도 불구하고 최선을 다하여 자신을 양육하고 교육했으며 그러는 과정에서 자신에게 바친 사랑이나 정성을 당연한 것으로 여길 뿐, 제대로 이해하고 짐작하기조차 어려울 것이라는 점을 지적하고 싶은 것이다. 이는 인류사회가 부모로부터 받은 사랑을 자식에게 갚아야만('내리 사랑'으로 표현됨) 대자연의 원칙이 균형 있고 조화롭게 작동하는 동시에 자신이 몸담고 살고 있는 사회(가족, 가문, 공동체 사회, 국가사회를 포괄하는 의미)가 정상적으로 유지되고 번창할 것이라고 인식하는 것은 매우 자연스러운 일인 것이다.

따라서, 보통 사람들은 대부분 성인으로 성장한 뒤에 결혼하여 자녀를 낳아 양육함으로써 부모 역할을 직접 체험해보고, 그 자녀가 결혼하여 후손을 낳게 되면 자연스럽게 조부모로서 역할을 수행하면서, 부모와 조부모의 안목으로 인생을 새로운 각도에서 새롭게 경험해 볼 수 있다는 대자연의 섭리를 온몸으로 체험함으로써, 삶에 대한 보다 차원 높고 심오한 세계관과 인생관을 갖게 되는 '말로는 쉽게 표현하기 어려운 오묘한 경지'에 도달한다고 표현할 수 있다. 그러한 경지에서 여유 있고 지혜로운 삶을 누릴 수 있고 자녀와 손자의 인생에 대하여 후원하고 안내하는 역할도 수행하면서 과거와는 전혀 다른 수준 높은 행복한 삶을 만끽할 수 있게 되며 '인생의 결실을 맛보게 되는 하늘의 축복을 받는다'고 표현할 수도 있다. 그러는 과정을 경험함으로써, 자녀 출산 및 양육과 교육에 헌신했던 보상으로, 삶에 대한 전혀 새로운 체험을 기반으로 인생에 대한 지평을 확장하고 수준 높으며 심대한 경지에 도달하는, 색다른 경험을 통하여 행복한 삶에 대한 차원 높은 견해와 행복관을 소유하게 되고. 나아가 행복 지혜를 습득하게 됨으로써 전혀 새롭고 완숙한 경지의 여생을 살아갈 수 있게 된다는 점을 인식할 필요가 있다.

그러나 일부 구성원들이 그럴듯한 사유를 내걸고 미혼이나 무자녀를 고집하게 되고, 그 숫자가 갈수록 늘어나는 경우에는, 필연적으로 사회가 취약해지고 허약해지다가 결국에는 병약해지고 붕괴될 것이며, 그로 인한 반대급부로 자신을 포함한 사회구성원들이 궁극적으로는 예상치 못하는 불행에 빠져들게 될 것이라는 점은 주지의 사실이라는 것을 엄정하게 인식해야 한다. 그럼에도 상당수의 젊은이들은, 사회가 어떻게 변화할 것이며 그 사회 속에 태어나 자라고 현재를 누리고 살고 있는 나 자신이 어떻게 될 것인가에 대하여 '나만 행복하면 된다'는 식으로, 과도한 개인주의에 입각한 집단적 이기주의에 눈이 어두워 자신도 하나의 사회적 존재라는 점을 망각하는 태도를 보이고 있다. 더 나아가 '할아버지나 아버지가 살던 시대와 지금은 전혀 다르고, 나는 그들과 다르게 태어났고 전혀 다른 세상에 살아야만 한다', '나 하나쯤은 말년을 무난하고 행복하게 살아갈 수 있을 것이다'라는 생각에서 탈피하지 못하는, 부모로부터 사랑을 받기만 하고 자녀에게 베풀기를 거절하는, 마치 소아시절에 받기만 하고 남에게 주는 것 자체를 모르는 사회적 존재로서 상식이나 예절, 또는 지혜가 미처 발달하지 못한 철부지와 같은 상태의, 소아적 망상에 빠져 사회적 행복 따위에는 관심도 없다는 식으로 언행을 일삼게 되는 반사회적이며 비사회적인 행동까지도 일삼아, 마침내 기본적 사회 구성원으로서 가속이나 친지들과의 사회적 교류를 경시하거나 외면하는 지경에까지도 도달하게 될 수 있을 것으로 예상되어 심히 우려스러운 것이다.

그렇게 행동함으로써 자신이 존재하는 공동체의 한 구성원이라는 존재감마저 망각하게 되며, 그러한 정서가 주위에 전파되고 전염되면 심각한 사회적 불행이 유발되는 사태에까지 확대되고 지속될 수 있을 것으로 예상할 수 있다. 이에 사회적 행복을 누리는 것은 마치 공기를 마시는 일과 다르지 않아 당장에는 별다른 염려를 하지 않아도 되나, '심각한 문제가 발생하여 점차 희박해지거나 오염되게 될 때에야 공기의 고마움과 귀중함을 깨닫게 되는 것처럼', 그동안 우리가 누려온 사회적 행복이 현재로서는 무난한 편이어서 크게 염려하지 않고 있으나, 앞으로 닥치는 사회 문제로 인하여 점차 퇴색되고 변질되며 붕괴될 것으로 예상되어 우리 국민 모두가 심각한 사태에 말려들 가능성이 높아질 것이고, 그제야 사회적 행복이라는 개념이 우리가 행복하게 살아가는 데 얼마나 귀중하고 고마운 것인가를 깨닫게 될 수 있을 것이라는 점을 지적하는 것이다. 그리고 가능하다면, 그러한 일이 발생하지 않고 더 이상 지속되지 않도록 당사자들이 집단 예지를 발휘하여 진지하게 반성하고 성찰할 필요가 있다는 점과 더불어 자신이 살아왔고, 앞으로 살아갈 사회를 위하여 지혜롭고 용감하게 행동할 것을 간절한 마음으로 충고하는 것이다.

그리고, 사회적 행복 차원에서 보면, 결혼을 기피하고 자녀출산을 포기하는 일은 결코 반사회적이며 잘못된 비인간적인 선택으로 인정받으며, 하나의 사회적 존재로서 사회 전체에 대하여 엄청나게 부정적인 영향을 미칠 뿐만 아니라, 결국에는 그 부정적 여파에 예외없이 자신도 휩싸이게 되어, 결국에는 노년기의 외롭고 고독한 삶을 자초하게 된다는 점에 심각한 관심을 두어야만 삶의 지혜가 자라고 발달하게 된다는 점을 중시해야 한다. 특히 인구가 감소되고 초고령화 사회가 전개되면 경제사회적 후퇴와 사회 전반적인 정체로 인하여 유발되는 국가발전상의 장애나 방해요인, 특히 국가안보 유지에 심각한 문제 유발 등에 대하여 짐작하기 어렵고 고통스러운 미래를 예상해 볼 필요가 있다는 것이다. 우선적으로 지적하자면, 당장 예상되는 것은 약 40~50년 이후 초고령화 인구가 엄청난 비중을 차지하게 될수록 국가사회를 운영하고 유지하기 위한 인재를 확보하기 어렵게 되고 넘쳐나는 노인들을 보호하기 어렵게 될 것이라는 점이다. 따라서 국가적 차원의 복지정책이나 주요 산업기반이 약화되고 붕괴될 것이라는 점을 우선적으로 불가피한 사실로 수용해야 하며, 이대로 간다면, 궁극적으로는 50~60년 이후에는 지금의 절반 이하로 인구가 크게 줄고 노인인구가 과반수를 차지하게 되어, 점진적으로 국가적 쇠망 증후가 발생하며 국민들의 희망이나 꿈이 사라져 갈 수 있고, 선진국으로서 정체성과 경제적 안정 상태 등은 점진적으로 붕괴될 것이라는 점도 객관적으로 예상하고 대처할 지혜가 요구된다는 점을 진지한 태도로 수용하고 대응할 필요가 절실한 것이다.

셋. 향후 경험할 장수사회에서는 친밀한 인간관계가 더욱 중시될 것이다

현재나 미래에도 독거 노인이 아무리 개인적으로 풍부한 자금을 저축하고 노년기를 준비한다고 해도, 가족(친척, 친지 등 포함)이 없는 상태에서는, '소통과 만남이 이루어지며 서로 배려하고 나눌 수 있는 인간관계를 중시하는 사회적 행복'을 완전하게 기대하기 어려운 경지에 놓이게 될 것이라는 점을 중시해야 한다. 또한, 대부분의 독거 노인들이, 소수의 예외는 있지만, 노인들을 위한 시설에서 아주 구차스럽게 상업적이고 기계화된 서비스를 받으며, 비인간적인 관계 하에 구속되어 비참하게 연명할 것으로 예상되고 있고, 사실상 현재에도 그와 유사한 사태들이 발생하고 있다고 알려지고 있다. 그러므로 독거 노인들은 대부분 친밀한 인간관계로 인한 따뜻한 인정, 혈육을 나눈 가족과 친지들과의 마음을 통하는 정다운 교류를 포함하여, 친구와 이웃들과의 정겹고 따뜻한 상호작용 등을 그리워하며, 마음을 열어 놓고 대화하며 훈훈한 분위기를 더욱 간절히 원하게 될 것이라는 점도 지적해 두고 싶다. 당사자들은 나름대로 삶의 방식을 강구하겠지만 현재와 같은 두터운 인간관계 하에서 수준 높은 사회적 행복을 누릴 수 없게 되면 자연스럽게 인간다운 행복을 누리기 매우 어려울 것이라는 점에 관해서도 예상해 둘 필요가 있다. 이 경우에 톨스토이의 "자신만을 사랑한다면 진정으로 행복할 수 없다, 남들을 위하여 살라, 그러면 진정한 행복을 발견할 수 있다."라는 말을 되새겨 볼 필요가 있다.

앞으로는 당연히 저출산 문제와 직접적으로 관련되어 더욱 심각한 사회적 문제들이 유발될 것으로 예상되지만, 희망적으로 예상해 보면, 그에 적극적으로 대응하면서 점차 출산율이 회복되어 간다면 현재의 사회적 삶의 패턴에서 크게 벗어나지 않을 것이고, 젊은이들이 결혼하여 가정을 꾸리고 자녀를 두고 그들과 함께 가장 중요한 인간관계를 유지하고 살아감으로써 백세 이상의 노년기에도 무난하게 견뎌낼 수 있을 것으로 추정할 수 있다. 하지만 앞에서 언급한 바와 같이, 별다른 대응 노력 없이 현재와 같은 저출산 문제를, 마치 남의 일처럼, 방치하고 좌시하여 악화되는 추세가 지속된다면, 그동안 우리 사회가 경험하지 못한 상태에 빠져들고 대부분의 국민들이 그로부터 탈피하지 못하게 될 것이다. 또한, '가족과의 원만한 관계 유지를 중심으로, 친구, 친척, 이웃, 동료들과의 친밀한 인간관계'를 바탕으로 한 사회적 행복을 포함한 개인들의 행복은 기대하기 어렵게 될 것이고, 나아가 사회적으로나 개인적으로 아무런 차선책으로 여길만한 버팀목마저 갖추지 못하는 실정에 직면하게 될 것이라는 점에 대하여 범국민적 예지를 발휘하여 대비해야 할 것이다.

다시 말해서, 갈수록 더 많은 젊은이들이 당장의 어려움에만 집착하여, 피부로 와 닿는 현실적이기 짝이 없는 가치와 의미만을 주장하는 강박한 경지에 도달하기 전에, 당면 문제를 해결하려는 보다 미래지향적인 노력을 통하여, 현재 보다는 미래에 비중을 두고 자신이 창출할 수 있는 무한한 가치와 심오한 의미를 보다 중시하는 현명한 선택을 하는 용기를 갖게 된다면 우리의 인구문제는 상당한 정도 해결될 것으로 낙관할 수 있다. 그럼에도 불구하고 과도하게 현실적인 입장에만 집착하여 미래지향적인 생각을 경시하게 되면, 결혼을 회피하고 무자녀를 고집하는 반사회적이며 이기적인 행위로 단절된 삶을 추구하는 신세가 될 가능성이 매우 높게 될 것이다. 즉, 진정한 인생의 행복은 미래의 삶을 준비하고 꿈과 희망을 가지고 당면한 어려움을 해결하기 위하여 대응해야만 된다는 일종의 대자연의 철칙 또는 수천 년 지속된 삶의 지혜를 무시하게 될 것이라는 점을 인식할 필요가 절실한 것이다. 그리고 다수의 젊은이들이 그렇게 현실 위주의 난관에 빠져 탈출하지 못하게 된다면, 필연적으로 100세 이상 장수 사회에서 행복을 누리기를 바라는 것은 매우 허황된 일이고, 우리 사회는 마치 지옥과 같은 상황, 즉 재앙과 같은 사회적 불행에 직면하게 될 것이라는 점을 심각하게 고려해볼 필요가 있다.

넷. 사회적 존재로서 개인의 자유보다 사회적 책무를 더 중시해야 할 시기가 도래한다

자신이 태어나서 성장하고 살아온 이 사회에 대하여, 자아실현해 나갈 자신의 조국에 대한 애국심을 비롯한 애착심과 함께, 책무감도 어느 정도 가져야 할 필요성을 느껴야만 정상적인 국민으로 인정받고 대우받을 수 있을 것이다. 특히, 자신이 미혼이나 무자녀를 선택했다면 그 선택이 직접적으로 초고령화 사회 문제에 심각할 정도로 부정적인 영향을 미칠 것이라는 점을 우선적으로 인정하고, 자신의 국가사회와 국민들, 그리고 자신의 부모와 가문에 대하여 죄송한 마음을 갖는 것도 필요하지 않을까 반성하고 성찰하는 기회를 갖는 것이 바람직하다. 예컨대, 이스라엘과 같은 국가를 모델로 제시하고 그들이 우리 못지않게 어려운 국제 환경하에서 생존하기 위하여 국민들이 하나같이 단합하여 국가안보와 사회적 행복 수준을 향상시키며, 국가 미래를 위해 출산율 3.01%(2019년 세계은행; 한국의 경우는 0.919%) 이상을 유지하려고 노력하는 모범적인 사례를 좌시하지 않고, 우리도 국가 미래지향적 관점에서 이스라엘 국민들을 귀감으로 삼아야 할 것이라는 국민적 공감대와 성찰 노력이 절실하다는 점을 지적하지 않을 수 없다.

그럼에도 자유민주주의를 기반으로 개인의 자유와 권리를 만끽하고 있는 상황에서 '나와는 아무 관계가 없다', '내가 이유가 있어 결혼하지 않았거나, 자녀를 두지 않았는데, 그게 무엇이 잘못된 것이며, 당신들이 무슨 상관이냐'라는 식의 이기주의적 회피 의식이나, 핑계 삼아 자신의 행동을 합리화하려는 갖가지 변명에도 불구하고, 이대로 자신이 살게 된다면 자신이 소속한 사회가 점차 쇠잔해지고 퇴보해 갈 것이라는 명백한 사실, 즉 자신도 그 일부로서 예외가 될 수 없다는 인식을 가진다면, 어찌 마음 편하게 세상의 암울한 변화를 외면하면서 살아갈 수 있겠는가를 심각하게 자문해 볼 필요가 있다.

다시 말해서, 정상적인 사회인이라면 자신이 몸담고 살아온 사회를 하나의 운명공동체로 인식하고 공동체의 미래에 대해서 염려하고 우려하는 마음을 갖는 것도 하나의 사회적 존재로서 취해야 할 당연하면서도 인간 본질적인 도리이며 예의라고 보아야 한다. 이는 지구촌 사회에서 이스라엘 국민들이 지난 수십 년 동안 보여준, 사회적 존재로서 자유와 권리를 누리는 일에 비하여 주어진 책무 수행에 더 충실하며 살아온 모습은 운명공동체를 중요시하는 대표적인 사례라고 볼 수 있는 것이다. 그러기에 이스라엘 국민들이 운명공동체 의식에 입각하여 보여준 국가사회적 책임 의식이나 사회적 행복을 개인적 자유와 권리 못지않게 더욱 가치롭게 여기는 선진적 삶의 모습을 우리들의 롤 모델로 삼고서 우리의 당면 문제를 해결해 나가는 것도 하나의 현명한 방안이 될 수 있다고 판단해 본다. 이러한 생각은 최근에 들어서 우리 국민들 중 상당수가 과도하게 개인주의적 사고에 빠져 국가적 미래와 사회적 행복에 관해서는 남의 일로만 여기는 개인들이 많아지고 있다고 알려지고 있기 때문이다. 또한, 서양문명의 영향을 받아 이기적인 삶의 방식을 취하는 국민들이 증가할수록 우리 사회의 미래는 암울하기 짝이 없다는 점을 보다 심각하게 인식하고, 그에 대한 '국민 개개인이 사회적 존재로서, 그리고 운명공동체의 구성원의 입장에서, 국가사회에 대한 책무성을 강화하기 위한 시의적절한 국가적 차원의 대응과 국민들의 적극적인 협조'가 절실하다는 점을 인식할 필요가 있기 때문이다.

다섯. '순리'에 따르고 '정도'를 선택하는 미래지향적 지혜가 요구된다

인구문제에는 특별한 묘수가 있거나 기상천외한 방도를 허용하지 않는다는 점을 인정해야 하며, 가장 인간적인 사회에서 인간답게 살아가야 한다는 점을 고려하고, 건전한 상식에 입각하여 살아온 경험을 바탕으로 행복 지혜를 습득한 한국인들의 입장에서 보아 가장 실천 가능한 해결 방안이란 "정도(正道)"를 선택하는 것, 즉, 개인적으로나 사회적으로 올바른 길을 가는 것이 최선의 선택이라는 점을 모두가 인정하는 일이다. 다시 말해서, 우선적으로 미혼자들이 마음을 바꾸어 먹고 사회적 행복을 위해서, 이타적 이기심을 발휘하는 일을 선택하고 실천해야 한다는 것이 우리에게 주어진 책무라고 판단하는 것이 최상책이라는 것이다. 예컨대, 사랑하는 사람이 있다면 가능한 속히 결혼을 하고 자녀를 두는 일과 더불어, 결혼했지만 자녀를 두지 않았다면, 자신의 미래를 위해서라도 자녀를 두는 일이 자연스럽게 자신과 사회를 위해서도 가장 의미 있고 바람직한 선택일 뿐만 아니라. 소속한 공동체나 국가사회에 대한 최상의 공헌이며, 자신의 가문이나 가족을 유지 존속시켜야 하는 사회적 존재로서 주어진 절대 절명의 책무를 다하는 일이라고 판단하는 것이다.

또한, 자녀를 낳아 양육하고 교육시키는 일이 인간다운 삶에서 가장 가치롭고 귀중한 일이며, 사회를 유지 발전시키기 위하여 필요불가결한 일이라는 점과 더불어, 하나의 사회적 존재로서 소속한 사회에 대한 책무 사항인 동시에 가장 의미 있고 위대한 봉사라는 점은 아무리 강조해도 부족하다. 다시 말해서, '정도'를 선택하는 것이 사회에 대한 최상의 헌신이며 선행인 동시에 자신을 위한 이타주의적 이기심에 입각한 행복을 창출하는 일이라는 점에 특별한 관심을 가져야 한다는 것이다. 이처럼 의미 있고 올바른 길을 선택하는 것이 당장에는 매우 힘들고 고통스럽지만 정상적인 삶을 위해서 마땅히 가야 할 길이라고 판단하고 의연한 자세로 결단하게 되면, 이는 사회적으로 크게 환영받을 수 있는 동시에, 말로 표현하기 어려울 정도의 가치로운 일이며, 개인적으로는 오히려 마음 편하며 떳떳하고 자랑스러운 일일 것이며, 나아가 가장 귀중한 보상을 받을 수 있으며 행복 지혜를 터득하는 일이라는 데 초점을 맞추어야 할 것이다.

그와 같은 결단은 궁극적으로 행복한 미래를 약속해 주고 보장받을 수 있는 일이라는 점에 대해서도 인류 역사를 통하여 성찰하고 미래지향적인 지혜를 동원하여 신중하게 생각해 볼 필요가 있다는 것이다. 즉, 자유민주국가이든 사회주의국가이든 이념과 무관하게, 국가 사회적 미래가 암울하기 짝이 없는데도 개인적 자유와 권리만을 강조하다가는 궁극적으로는 그 사회의 모든 구성원들이 불행해질 것이 명백한데도 불구하고, 개인적 입장만을 내세우며 무사안일적 태도로 대응하는 다수가 존재한다는 것이 우리의 엄연한 현실이 되었다는 점을 인정해야 한다. 그런데도 불구하고 직면한 현실을 인식하면서도 우리 사회의 미래를 위하여 개인적으로 헌신적인 결단을 내리고, 당장의 무사안일을 포기하고, 자녀 임신으로부터 시작하여 장기간 양육하고 교육하면서 고통과 고난을 감수한다는 것은, 스스로 자랑스럽고 가치로운 일이라고 판단하고 결정하는 것 자체가 인류사회에서의 가장 고귀한 결단이라는 점을 확신하고 자랑스럽게 생각해야 할 것이다. 이와 더불어, 국가적 위기를 극복하기 위하여 국민들이 개인적 자유보다 사회적 책무를 중시하는 가치관을 갖게 되어 사회 문제를 해결하고 위기에 처한 사회를 구하고 사회적 행복을 누릴 수 있게 된 후에야 개인들이 마음껏 자유와 권리를 주장하는 것이 순리順理이며 선진국 국민다운 태도라는 점을 솔선수범하여 자랑스럽고 떳떳하게 실천하게 된다는 점을 명백하게 확신하고 자부심을 가져야 할 것이다.

요약하자면, 거시적이고 미래지향적인 관점을 취하고, 사회 문제들로 인하여 국가사회가 위기에 처한 경우에는, 사회적 책무를 개인들의 자유와 권리보다 우선시하는 판단이 개인적으로나 사회적으로도 가장 적절하고 지혜로운 판단이라는 것을 분명하게 밝혀 둔다. 또한 합리적인 판단에 따라 '순리'에 따라 '정도'를 선택하는 것이 장기적으로는 사회적 행복 수준 향상에도 도움을 줄 뿐만 아니라 자신의 행복한 삶을 누리는 데도 실질적으로 도움을 주는, '사회적 행복'과 '개인적 행복'을 조화롭게 추구할 수 있는 행복 지혜를 터득하는 길이며 참된 진리의 길이라는 점을 깊이 성찰할 필요가 있다.

제 7 장

사회적 행복과 삶의 질

한국의 사회적 행복 관련 실상

유치원 시절부터 동료와 이웃들에 대하여 이해하고 배려하도록 배웠을 뿐만 아니라, 학교 교육을 통하여 바람직한 인간관계의 출발점은 상대방의 입장을 이해하는 역지사지易地思之라는 것을 누차 학습해 왔다고 본다. 그럼에도 불구하고 우리 사회에서는 최근에 대학 교육을 받은 국민들까지도, 남들을 이해하거나 의식하지 않으려는 습관에 젖어 살고 있는 실태를 어렵지 않게 발견할 수 있다. 예를 들자면, 지하철 안이나 대중들이 모이는 장소에서 남을 의식하지 않고 큰 소리로 휴대폰 통화를 한다든지, 출입문을 여닫을 때 뒤에 오는 사람을 배려하지 않는다든지, 주위의 비흡연자들을 생각하지 않고 자신의 흡연권만을 주장하면서 길거리나 대중들이 오가는 곳에서 제멋대로 담배를 피운다든지 등 남의 입장을 전혀 배려하지 못하는 미성숙한(?) 국민들이 예상보다 많다는 사실에 주목할 필요가 있다.

이는 우리의 전통문화를 무조건 배척하고 서양 문화를 숭상하면서 급하게 수용해 왔기에 지식으로만 학습한 서구식 문화에 제대로 적응하고 습관화되지 못한 탓이라고 인식되고 있다. 그래서 타인들의 입장을 이해하며 자신의 권리와 함께 주어진 책무를 다하는 개인주의와 민주주의가 완전하게 정착되지 못하고, 인간관계 중심의 성찰이 부족하여, 여전히 정서적으로 미성숙한 상태에 머물고 있는 성인들이 적지 않다고 볼 수 있다. 이러한 상태가 누적되고 지속되다 보니 타인들을 고려하지 않고 직선적으로 자신의 감정이나 이익만을 내세우며 상대방과 다투는 현상도 빈번하게 발생하고 있다. 더군다나 외국 관광객들이 쉴새없이 방문하는 백주 대낮에도 성급하고 직선적인 태도로 자신만의 감정을 앞세우며 사소한 일에도 쉽게 얼굴을 붉히며 고함을 지르고, 언어폭력을 가하거나, 주먹질을 하는 국민들을 길거리에서 빈번하게 볼 수 있어 세계인들의 빈축을 사는 일도 적지 않다.

특히 남을 이해하거나 배려하지 못하고 상대방을 불신하는 이기주의적 행태로 말미암아 엄청난 고발과 고소 사건이 발생하였고 그에 따른 사회적 비용이 천문학적 숫자로 증가해 왔다는 것도 지적하지 않을 수 없다. 말하자면 국가별 고소 사건 관련 통계(2004년 기준)에 의하면 일본이 1만여 건인데 비하여 한국은 60만여 건(인구 대비 일본의 150배 수준)을 상회한다는 보고가 이를 실증적으로 말해 주고 있다. 그래서 우리 사회는 여전히 정신적으로 건강하거나 안녕하지 못한 상태에 머물고 있고 자신의 감정을 조절하고 다스릴 수 있는 성숙한 국민들이 많지 않은 편이며, 사회 전체가 미성숙한 상태에서 탈피하지 못하고 있어 행복한 사회로 가는 길은 너무도 멀다고 판단할 수도 있다.

그러나 국민 개개인들이 상호신뢰하며 상대방을 이해하려고 노력한다면 행복으로의 길은 그렇게 복잡하거나 어렵지 않다는 점을 인정하고, 공동체에서 함께 살고 있는 구성원들에 대한 배려와 역지사지의 정신에 입각한 인간관계를 중요시하는 것이 행복한 사회로 가는 출발점이라는 점을 인식할 필요가 있다. 그리고 개인이 아무리 행복을 추구한다고 해도 자신이 거주하는 사회가 행복하지 못하면 결국에는 자신도 행복을 누리기 어렵다는 것을 현재 서구사회가 경험하고 있다는 사실을 반면교사로 삼아야 한다는 점을 겸허하게 수용할 필요가 있다. 다시 말해서 최근 수십 년 동안 서구사회의 영향을 크게 받아 온 탓에 이기적인 개인주의에 물들어 누가 뭐라 하던 자신만이 웰빙을 추구하면 행복해질 것이라는 서구인들의 꿈이 크게 잘못되었다는 점을 일찍이 간파하고 더 이상 시행착오를 범하지 않아야 된다는 점을 범국민적 차원에서 성찰할 필요가 있다.

잠시 성찰해 보면, 우리 사회의 청소년들은 아직은 미성숙한 상태이며, 과도한 평준화 교육 체제에 적응한 나머지 개인의 독특성과 정체성 확립이 어렵고, 남들을 지나치게 의식하고 자신이 속한 사회에서의 외형적이며 남들과의 비교를 통한 상대적인 위치만을 중시하고 '남부럽지 않은 인생'이나, 자신보다는 남을 더 의식하는 삶의 패턴을 강조하는 '체면문화'에 익숙해 있다고들 지적하곤 한다. 그로 인하여 다수의 학생들이 자아 성찰력이 빈약하여 자신의 잠재력 개발과 진로 탐색에 어려움을 느끼고 있을 뿐만 아니라 원만한 인간관계를 맺지 못하고 있는 사례가 적지 않으며, 소수의 청소년들은 주위 사람들을 신뢰하지 않으며 '헬 코리아(Hell Korea!)', '헬 조선(Hell Chosun!)'등을 외치고 매우 자학적인 정서 상태나 분위기에 빠져 사회에 대한 부정적인 태도에서 탈피하지 못하고 있는 실정이다.

이와 같은 사회적 풍토 하에서는 자기 주도적으로 진로를 선택하고 잠재력을 개발하고 진로를 개척하기 위한 경험을 중시하는 도전과 성취 정신이 사회적으로 보상받기 어렵게 되어 대다수가 그를 외면하거나 부모의 보호와 도움에만 의존하는 경향을 보이고 있다. 그러므로 우리 청소년들에게 각자의 잠재력을 개발하며 꿈과 비전을 가지고 자신의 미래를 설계하고 행복한 삶을 준비할 수 있는 학창 시절을 기대하는 것은 매우 어려운 실정이다. 게다가 유사한 사회환경에서 성장해 온 성인들마저도 바람직한 행복관을 함양할 수 있고, 그에 입각하여 실제로 행복한 인생을 설계하고 실천해 나갈 것이라고 기대하는 것 자체가 무리라는 것이 국제적 기관들이, 조사 결과를 근거로 하여, 한국이 상대적으로 매우 저조한 삶의 질적 수준이나 행복지수 등에 처해 있다는 점을 지적하고 있다는 점에도 주목할 필요가 있다.

끝으로, 우리만의 전통과 고유한 정신을 경시하거나 망각하면서 서양의 문화 수입에만 급급해 온 탓으로 정신적 뿌리가 빈약한 상태에서 외래 문명에 폭 빠져드는 생활 패턴이 형성되었다고 볼 수 있다. 즉 서구사회와 같은 개인주의, 자유민주주의, 자유시장경제 체제(자본주의경제)를 도입하여 운영하고 있으나 그 장점을 제대로 꽃피우기보다는 단점들로 인하여 엄청난 부작용의 늪에서 탈피하지 못하는 측면이 있다는 지적이 있다. 그중 특기할 만한 것은 우리 국민들 다수가 남들의 눈을 지나치게 의식하는 체면문화에서 자유롭지 못하면서도 상대방을 이해하고 배려하려는 마음은 매우 인색한 수준에 머물러 있어 상호신뢰하기 어렵고 원만한 인간관계를 유지하기 어렵다는 점이다. 이에 한국은 경제적 수준에 비추어 보아 상대적으로 낮은 상태의 사회적 행복 상태를 유지해 왔다고 평가할 수 있고, 그러한 사회문화의 영향을 받고 성장하며 살아온 국민들의 사회적 행복 수준이 기대 수준에 미치지 못할 수밖에 없다고 판단할 수 있다. 그러한 연유로, 역설적으로 보면, 이와 같은 현실에 처한 우리 사회는 향후 국제적으로 기대하는 수준 이상의 행복한 사회를 만들어 나갈 수 있는 잠재력이 충만한 동시에, 그를 실현시켜 나갈 수 있는 국민 수준의 원동력이나 추진력은 상상하기 어려울 정도로 막강하다고 전망하는 매우 긍정적이며 분명한 입장을 취할 수 있다.

한국의 국가 사회적 차원의 행복

지구촌에서 살고 있는 어느 개인이든 사회적 존재로서 자신이 거주하고 있는 사회가 살기 좋은 동네이기를 바라지 않는 개인을 찾아보기는 매우 어려울 것이다. 이처럼 지역사회 수준의 공동체 사회에 대하여 어떤 인식을 가지고 있는가를 짐작하거나 표현하기는 어렵지 않지만 사회적 수준이 국가 차원에 이르게 되면 자신의 국가에 대한 인식, 즉 내가 살고 있는 국가는 어느 정도 살기 좋은 국가인가를 그리 쉽게 표현하거나 추정하기 어려울 것이며, 그 표현은 대체로 추상적인 수준에 머물 것으로 짐작된다. 현대인들이 대체로 자신의 국가가 어느 정도 살기 좋은 국가라고 인식하고 있으며, 그렇게 판단하는 근거는 무엇인가를 용이하게 파악하기는 어려웠을 것이며, 이웃 국가들과의 상대적 비교에 의존하는 경우에는 더더욱 어려울 것으로 짐작된다. 국민들이 단지 주관적인 관점에서 우리나라는 살기 좋은 국가, 또는 행복한 국가사회라고 개인들끼리 소통할 수는 있지만, 글로벌 시대에 살고 있는 현재와 같은 시대에 국가들을 상대적으로 비교하는 것은 그리 녹록지 않기 때문이다.

현재로서는 가장 그럴듯한 국제기구인 유엔이 주도하여 회원국들의 행복지수(세계행복보고서; World Happiness Report, WHR)를 정기적으로 조사하여 발표해 오고 있는 것은 국가 사회적 차원의 행복 수준을 지속적으로 향상시켜 나가 지구촌 사회 자체가 갈수록 살기 좋은 곳으로 발전해 가길 바란다는 정책 목표를 추진해 오고 있는 매우 환영할 만한 일이다. 이러한 사업을 펴기 전에는 특별한 경우를 제외하고는 국가 차원의 사회적 행복에 관하여 별다른 관심을 갖기 어려웠을 것이나, 그 사업을 전개해 온 2012년 이후로는 자신의 국가의 상대적 위치에 관심을 기울이기 시작했고 이제는 국가마나의 행복 수준에 대해서 적지 않은 국민들이 주목하게 되었다고 본다. 이와 같은 변화로 인하여 당장에 우리나라에서도 상당수의 국민들이 우리의 행복지수가 기대에 미치지 못하다는 점에 대하여 불만족을 표하면서 이대로는 안 된다는 견해를 표현하는 경우를 포함하여, 국가경제적 수준이나 세계적으로 인정받는 국력 등에 걸맞지 않은 결과에 대해서 신뢰할 수 없다라는 입장도 거침없이 표출하고 있다.

이러한 유엔의 행복지수 발표에 대한 다양한 견해나 논란에도 불구하고 13년이 경과되어도 우리의 행복지수의 상대적 위치가 크게 변하지 않고 여전히 저조한 결과가 나오게 되니까, 어떤 면에서는 국가 차원의 행복지수에 대한 더욱 특별한 관심을 갖기 시작했고 그로 인하여 국가 차원의 사회적 행복 수준에 관한 관심도가 증폭되는 결과를 보여주고 있다. 말하자면, 다수의 국민들이 기대에 어긋난 '저조한 결과'에 대한 불만족스런 반응을 보이고 있다고 보나, 50위 밖의 실망스런 결과에도 불구하고 결과를 긍정적으로 수용하고 그를 보다 적극적인 태도로 접근하여 개선해 나가는 것이 결국에는 우리 사회에 도움이 될 것이고, 나아가 진정한 의미의 선진국으로 거듭나게 하는 계기로 삼아야 할 것이라는 의견을 개진하는 뜻있는 국민들도 적지 않은 실정이다.

이러한 맥락에서 보면, 그동안 행복에 관한 대부분의 논의가 개인적 차원의 주관적 관점 수준에서 크게 벗어나지 못하고 '내가 행복하면 그만이지' 어떻게 사회적 차원의 행복까지 관심을 가지고 논하겠는가라는 입장을 취하는 경우가 적지 않았다. 더군다나 우리 개인들의 행복도 경우에 따라 달라지기도 하고 개인마다의 행복관에 쉽게 합의하고 동의하기도 어려운 실정인데, 어찌 사회적 수준의 행복 수준이나 정도를 얼마나 신뢰할 수 있으며 그 결과를 의사소통한다든지 정책적 근거자료로 얼마나 효과적으로 활용할 수 있겠는가라는 견해가 적지 않았다는 것이다. 이에 행복학 차원에서 경제학이나 심리학, 사회학이나 행정학 등과의 다학문적 접근 논리에 따라 그동안 다양한 시도를 해 오면서 국가 차원의 행복 수준에 관한 연구 활동을 추진해 온 것으로 알려졌다. 이를 긍정적으로 수용한 유엔이 자문기구인 "지속가능발전해법네트워크(Sustainable Development Solutions Network; SDSN)"로 하여금 진일보한 방법으로 국가 차원의 행복 수준을 거시적 관점에서 조사해 오고 있어, 여러 측면에서 긍정적인 효과가 있다고 판단되어 적극 환영하는 입장을 취해 오던 차, 사회적 행복에 관한 저자의 관심을 유엔의 행복보고서와 연계시켜 다루는 것도 의미 있는 것으로 판단하게 되었다. 그 이유로는, 이러한 시도로 인하여 사회적 행복에 관한 관심을 국가 차원에까지 확대시켜 생각해 봄으로써 개인적 차원의 행복에만 그치지 않고 '사회적 행복'의 진면목을 보다 확실하게 이해할 수 있는 계기가 될 수 있다고 믿기 때문이다.

'유엔 세계행복보고서'의 내용

유엔 산하 자문기구인 "지속가능발전해법네트워크(SDSN)"가 2012년부터 회원국의 행복지수를 매년 조사하여 발표해 오고 있다. 행복지수가 발표되면 우선 관심이 가는 것은 한국의 행복지수가 어느 정도인가인데, 혹시나? 하고 작년에 비하여 얼마나 달라졌느냐에 관심을 두고 보면, 역시나! 하며 실망을 금할 수 없는 것이 나만의 입장은 아닐 것으로 생각된다. 우리 국민이라면 누구나 유엔 행복보고서가 발표될 때마다 올해에는 좀 달라지지 않았을까 하는 마음으로 약간은 기대감을 가지고 접해 왔을 것으로 짐작된다.

요즈음 신문(2024년 3월, 주요 일간지)을 통하여 발표된 유엔의 행복보고서에서 한국의 행복지수가 143개국 중 52위로 밝혀졌으며, 이에 접한 우리 국민이라면 누구나 실망감을 맛보았을 것으로 보인다. 이는 유엔의 기관이 각국 행복지수를 발표한 이래로 10년 이상 줄곧 50위권 밖에 머물러 왔으니까 더욱 그렇다고 볼 수 있다. 최근 몇 년 간의 발표내용을 보자면, 한국의 순위는 2023년 57위, 2022년 59위(그 외 2021년 62위, 2020년 61위, 2019년 54위, 2018년 57위, 2017년 56위 등)로서, 대체로 실망감을 느낄 정도의 중위권에 머물고 있는 실정이다.

국가적 차원의 행복지수를 측정 조사하고 그를 세계인을 대상으로 발표한다는 것은 각국의 국민들, 즉 세계인들의 행복 수준을 향상시키기 위한 의도적 비전과 방향을 유엔 차원에서 제시하는 동시에, 행복 관련 국가 정책의 방향을 제시하며 유엔 회원 국가들을 자극하고 의도하는 방향으로 유도해 가기 위한 것으로 보인다. 보다 구체적으로 고찰해 보면, 유엔 행복보고서의 행복지수에는 행복이 주관적인 속성이라는 점에 비중을 두기보다는 행복은 사회적 속성에 의해 좌우된다는 관점에서 사회적 행복 차원을 더 중시하고 있다는 점을 반영하고 있는 것으로 판단된다. 말하자면, 행복지수를 측정하기 위하여 유엔이 조사에서 주요 측정지표로 삼은 것들은, '1인당 GDP, 사회적 지원, 건강한 삶 기대(건강수명), 삶의 선택 자유, 관대함, 부패율, 반사회적 관련 요인들과 더불어 타인이나 공적 기구에 대한 신뢰도' 등이라고 보고하고 있다. 이들 8개 항목 중에서 사회적 지원(실업보험, 의료보험, 연금제도 등), 부패율(공무원 부정 등), 반사회적 관련 요인들(파업, 범죄율, 교통사고율, 빈부격차 포함한 불평등지수 등), 타인이나 공적 기구에 대한 신뢰도(사회적 신뢰도)와 더불어, 삶의 선택 자유(교육평준화정책, 직업 선택 및 변경 유연성 등)나 관대함(상호이해, 상대방에 피해를 주지 않으려는 태도 등)도 개인적인 속성보다는 사회적 속성을 강조하는 의미라고 보기 때문에, 유엔의 행복지수는 각국의 가시적이며 측정 가능한 측면에서 사회적 행복 수준을 수치화하는 데 중점을 두고 있다고 보아야 할 것이다. 한 마디로, 국가 전체의 행복 수준은 결과적으로는 개인들의 행복 수준으로 측정되지만 결국에는 그 핵심 부분은 사회적으로 다수의 국민들이 느끼는 행복 수준에 의해 좌우된다고 할 수 있어 당장에는 개인들의 행복에 비하여 사회적 행복이 더욱 중시된다고 볼 수 있기에, 유엔의 국가적 수준의 행복지수는 '사회적 행복'의 필요성과 중요성 개념을 제한적이지만 새롭게 강조하는 역할을 수행하고 있다고 판단할 수 있다.

유엔 행복보고서에서 내린 결론이 우리에게 주는 함의는 각국의 국민들이 기본적인 생활요건을 갖추는 것이 우선적이긴 하지만, '기본적인 생활요건이 충족된 후에는 행복은 소득보다는 "인간관계의 질"에 의해서 더욱 크게 좌우된다'는 점이다. 말하자면 궁극적으로는 세계인들이 생활 수준이나 환경 여건을 향상시키는 것도 중요하지만, 사회적 존재로서 개인들의 다양하고 원만하면서도 행복한 인간관계를 중시(상호신뢰감 증진)하도록 지원하는 방향의 정책이 요구된다는 주장을 펴고 있는 것이다. 말하자면 각국의 여건에 맞는, 보다 양질의 인간관계를 통한 사회적 행복을 누리는 데 중점을 두고 정책을 펴나갈 것을 권면하고 있다고 해석할 수 있다. 그런데, 한 마디로 유엔은 각국 정부로 하여금 국민들이 양질의 수준 높은 인간관계를 누릴 수 있도록 '관계 중심의 사회적 행복' 수준을 향상시키는 데 주안점을 두고 국가별로 관련 여건인 사회적 조건을 고려한 정책을 추진해 나갈 것을 권유하는 명료한 목적을 추구하고 있는 것으로 인정해야 한다. 이에 한국의 저조한 수준의 국민행복지수가 장기간 지속되고 있는 실정은, 국민들 간의 관계를 보다 양질의 관계, 다시 말하면 '보다 행복한 인간관계'에 초점을 두면서 사회적 행복 수준을 어떻게 하면 향상시킬 수 있을까에 보다 많은 관심을 두어야 한다는 교훈을 주고 있다고 본다. 또한, 결론적으로 보아, 국가사회적 차원에서 국민 개인들이 과거에 비하여 보다 원만하고 따뜻한 관계를 맺는 방향으로 지원하고 격려하며, 그러한 방향으로의 사회적 교육, 사회적 계도 활동, 국가 정책적 지원 등과 더불어 학교 교육을 통한 행복 교육에도 보다 관심을 기울여 나가야 할 것을 제시하고 있다.

한편으로, 국가들의 사회문화적 배경에 대한 포괄적이고 종합적 관점에 기반을 둔 국제사회적 비교 관점에서 우리나라의 상대적 위치나 특성을 정확하게 이해할 필요가 있다는 관점에서 유엔의 행복보고서를 접하는 태도가 필요하다고 본다. 즉 경제적으로 선진국 수준에 적합한 국민행복 수준에 달성하는 데 치중하기보다는 장기적인 비전을 정립해 나가야 한다는 관점에서 우선적으로 코스모폴리

탄적 국가(Cosmopolitan nation)를 지향해야 한다. 이와 동시에, 세계적 무대에서 리더로서 활동을 전개하는 다양한 프로젝트에 국민들이 참여할 수 있도록 권면함으로써, 그에 적절한 국가적 자부심과 국민적 긍지를 갖도록 유도하며, 사회적으로 지원하고 나아가 자신이 몸담고 살고 있는 국가사회에 대한 애국심을 함양하기 위한 교육에 보다 많은 관심을 기울여야 한다. 그러기 위해서는 다른 국가들에서는 엄두를 내기 어려운 점에도 관심을 두는 여유를 가지고 국가적 비전을 추구해 나가는 것도 필요한바, 고조선 단군 시대부터 강조해 왔던 홍익인간 정신을 세계 무대에서 실현해야 한다는 세계주의적 이념을 지향해야 한다. 다시 말해서, 잃어버린 우리의 고대사를 되찾고 바로 세워, 홍익인간 건국 정신에 입각한 건전한 사회적 행복감을 추구하기 위하여 국민정신에 따른 책무감과 비전을 지니고 단군의 미래지향적 통치 이념을 실현해야 할 시기가 도래했다고 믿어야 한다. 그리고 그 새로운 물결에 참여할 수 있는 기회를 놓치지 말아야 한다는 신념과 정신력을 함양하기 위한 체계적인 노력에 아낌없는 투자가 필요하다는 점에 국민적 합의에 도달할 필요가 있다. 이러한 신념과 정신력으로 무장하는 것 자체가 지구촌의 여느 국가들과는 근본적으로 차원이 다른, 높고 넓으며 깊은 행복감을 오래도록 누릴 수 있다는 가능성을 지니고 있다는 점도 한국인만의 자부심으로 삼아야 할 것이다.

한국인의 삶의 수준

다른 한편으로, OECD(Organization of Economic Cooperation and

Development; 경제개발협력기구)는 2011년부터 "더 나은 삶의 지수(Better life Index; BLI)"를 연구개발하여 발표해 오고 있어, 유엔의 국가 행복지수를 상당 정도 보완하고 있다고 보나 회원국 수가 비교적 적고 선진국들에 치중한 경향을 보이고 있어 발표 결과의 쓸모가 제한적이라고 인식하고 있다. 한국은 1996년도에 29번째 회원국으로 가입했고, 현재 38개 국가가 회원국가로 참여하고 있다. 회원국들의 삶의 지수를 조사하기 위하여 사용하고 있는 지표로는 주택(주거환경), 소득, 일자리, 공동체 생활, 교육, 환경, 시민참여(정치참여), 건강, 삶의 만족도, 치안, 일과 삶의 균형 등 11개 항목이다. 최근의 발표에 의하면, 한국은 전반적으로 삶의 지수가 38개국 중 36위(2022년)로 나타났다. 11개 지표 중에서 공동체 생활이라는 항목 중심의 공동체지수(2018년 당시 회원국 35개국)와 삶의 만족도에서도 35개국 중 35위(75.9% 최하위)로 드러났었다. 이들 결과에 의하면 한국의 삶의 지수는 OECD 회원국 중 최저 수준에서 탈피하지 못하고 있는 실정이어서, 한마디로 한국인의 삶의 질은 상대적으로 좋지 않은 실정이고, 따라서 세부적으로 적지 않은 문제를 안고 있다고 볼 수 있다. 이러한 입장을 지지해 주기라도 하듯이, 독거노인 비율이 증가하고 있는 상황에서 노인 자살률이 2021년에는 10만 명당 26명(2020년에는 25.7명)으로 발표되었고(통계청), 20대 청소년의 자살률도 10만 명당 23.5명으로 증가(2017년에는 16.5명)한 것으로 발표되었다. 이와 함께 우울증 환자의 숫자도 크게 증가(2019년 전국 79만 6,364명에서 2021년 92만 785명으로 증가)하고 있어, 최근 들어 국민소득이 증가함에도 불구하고 전반적으로 보아 삶의 질적 수준은 악화되고 있는 경향을 보이고 있어 주목을 받고 있다.

다른 한편, 영국의 싱크탱크인 레가툼연구소에서 2007년부터 매년 조사하여 발표하고 있는 세계번영지수(살기 좋은 나라)에서는, ① 경제, ② 기업환경, ③ 국가경영, ④ 교육, ⑤ 보건, ⑥ 안전, ⑦ 개인의 자유, ⑧ 사회적 자본, ⑨ 자연환경 등 9개 지표를 중심으로 조사해 오고 있다. 2014년도에는 142개국을 대상으로 한 비교에서, 한국은 25위를 차지하였는데, 2023년도 발표에서는 167개국 중 종합 29위를 차지하였다. 이와 더불어, 영국의 일간지, 인디펜던트지가 도시 국가 비교 통계 사이트인 넘베오(www.numbeo.com)의 발표를 인용하여, 삶의 질에 관한 조사 결과(2015년도)를 보도한 바에 의하면, 세계 86개국 중에서 한국은 31위였으며, 최근 발표 내용으로 2023년도에는 84개국 중 41위, 2022년도에는 84개국 중 43위, 2021년도에는 83개국 중 42위를 차지한 것으로 나타났다. 넘베오에서는 도시와 국가들을 비교하기 위하여, 환경오염, 안전, 물가지수, 의료의 질, 통근 시간 등 6개 항목을 중시하고 있다고 알려져 있다.

이들 결과를 바탕으로 하여 국가 사회적 행복 수준상으로 우리가 처해 있는 위치나 여건들을 세계적인 국가들과 견주어 보고, 비교적 거시적인 관점에서 되돌아보면서 향후 우리가 나가야 할 방향을 탐색하는 것은 매우 의미 있으며 당연한 처사라고 본다. 이에 간략하게나마 경제적 수준에 비하여 걸맞지 않게 저조한 위치에 처하게 된 배경을 간략하게나마 파악해 보고 그에 입각하여 앞으로 우리가 나가야 할, 추구해야 할 국가적 차원의 행복 수준과 관련한 대응 방향과 전망을 탐색해 보고자 한다.

저조한 국가사회적 행복 수준, 그 배경과 현황

거시적 관점에서 보면, 비교적 단기간 내에 경제적 수준이 크게 향상되었으나 과도한 경쟁심을 유발시켜 사회적으로 경쟁의식이 만연되고 있고, 과도한 경쟁의 후유증으로 인하여 상대적 박탈감을 느끼는 풍조가 팽배한 실정이어서, 사회 전반적으로 양극화 현상을 지속시키거나 더욱 고조시키는 결과를 초래하였다. 특히 청소년이나 청년세대를 중심으로 SNS에 치우친 비대면非對面 소통과 만남으로 인하여 ① 비현실적인 자아개념이 형성되고 있는 동시에, ② 상대적 비교 의식이나 우울감이 특별히 조장되는 분위기의 영향을 받기 쉽고, 나아가 ③ 겉으로 들어난 피상적이면서 가식적인 측면의, 진정성이 빈약한 표현에 쉽게 빠져들거나 심각한 영향을 받는 사례가 많고, 그리하여 ④ 남들처럼 잘 살기 어렵고 자녀를 잘 키울 자신감이 없다고 인식하는 분위기까지 확산되면서, ⑤ 점차 좌절감마저 유발하고 급기야는 은둔형 삶으로 변모하는 실정이다. 나아가 MZ 세대를 위시로 단독 세대로 살고 있는 많은 사람들이 고독하고 우울한 생활로 불안한 삶에서 탈피하지 못하고 그로 인하여 희망과 미래가 없는 생활을 연명하고 있어 다양한 사회 문제들이 초래되고 있는 실정이라고 인식되고 있다. 더군다나 젊은이들은 평준화교육 체제로 인하여 자신의 적성과 취향, 희망과 비전에 적합한 학교를 선택할 기회가 주어지지 않아 학교 교육과 사회로부터 제대로 대우받지 못하고 있다고 인식하는 동시에, 상대적 비교 경쟁에만 관심을 두고 취업에 유리한 대학 중심의 진로 선택으로 인한 무조건적 경쟁에 시간과 정열을 낭비하였지만 결과적으로는 허탈한 보상(?)으로 좌절감을 맛보며 사회에 대한 불만감에 빠져 살아가는 실정이라고 표현할 수 있다.

한편, 정치인이나 사회적 지도층의 상당수가 소속 정당의 정치적 이득에만 눈이 어두워 시급한 민생을 소홀하게 다루며 암암리에 국민들 간의 갈등 조장에 깊이 관여하고 있는 것으로 파악되는바, 이들은, 한마디로, 방송매체를 포함한 대중매체를 활용한 전투에서 자신들이 유리한 입장을 쟁취하는 데 혈안이 되어 있는 실정이다. 또한, 공무원이나 공공기관은 대국민적 서비스가 빈약하면서도 부패 수준이 높은 편이며, 봉사 정신이 저조하여 국민의 신뢰를 얻지 못하고 있는 것으로 지적되고 있어, 국민들 간 상호불신감만 조장하고 그로 인한 사회적 부작용에 대한 책임도 지지 않고 있다고 지적할 수 있다. 구체적으로는, 경제적 양극화 현상을 최대한 활용하여 국민들을 편 가르는 일을 다반사로 여기고 있고, 국민들이 상호 불신하도록 조장하며 불필요한 갈등을 증폭시켜 왔다고 인식되고 있는 것으로 보인다.

다수의 정치인들은 오히려 사회적이며 개인적인 갈등을 적극적으로 이용하여 정치적으로 이득을 얻는 데만 관심을 가진 특권층 노릇에만 안주하고 있으며, 포퓰리즘에 취한 자신들의 처사가 국가 미래나 국민 개인들의 행복에 미칠 수 있는 부정적인 영향력에 대해서는 아예 모르는 체하거나 무관심한 태도를 보여 주고 있기 때문이다. 다시 말해서, 정치인들과 지도층 인사들은 언론이나 기업들을 자신들에게 유리한 방향으로 영향을 미치고, 특정 방향으로 유도하는 등의 처사를 일삼아 국민들로부터 비난을 받는 것을 당연시하여 왔고, 그로 인하여 국민들 상호 간 불신이나 기업이나 언론에 대한 불신감을 촉발하고 증대시켜 왔다고 볼 수 있다. 이와 더불어 노동조합

(민노총, 전교조 등)들은 국가와 국민들의 이익과 미래에 관해서는 별로 관심이 없고 집단이기주의적 관점에서 소속 집단의 이익에만 눈이 어두워 정치적 목적의 집단행동을 밥 먹듯 해 온 습관에 빠져 있어(습관성 파업 중독증에 빠져 있다는 비판도 받고 있는 실정), 국민들로부터 보이지 않는 지탄을 받아왔고 그로 인한 국민들 간 갈등을 포함한 복합적인 사회적 갈등을 부추기는 작태를 헤아릴 수 없이 보여왔다.

다른 한편, 정치인들은 정치적 파벌을 앞세워 역사의식 정립과 관련한 부단한 갈등을 유발해 왔고, 지역갈등을 자극하고 부추겨 그를 정치적 목적으로 이용하는 것을 습관처럼 반복해 왔으며, 경제발전의 후유증으로 유발된 양극화현상이 심화되어 왔고 그로 인한 악영향으로 빈곤층이 증가해 온 동시에, 서민들의 불만감은 증폭되었고 청년과 노인층에서 1인 가구가 무서운 속도로 증가해 왔으며, 그와 더불어 결혼을 포기하는 청년들의 숫자가 예상보다 빠른 속도로 누적 증가되어 왔다고 본다. 그러한 변화로 인하여 주택 마련이 어려워 결혼을 미루거나 자녀 출산도 엄두를 못 내고 있는 청년층은 그 숫자를 파악하기 어려울 정도로 급증해 왔다고 말할 수 있고, 이러한 빈곤층 중심의 사회적 불만감과 서민들의 부유층과의 보이지 않는 갈등은 사회 전반적인 갈등 의식으로 파급되고 누적되면서 사회 전반적으로 부정적인 영향을 미쳐왔고 그로 인하여 저출산(인구절벽)이라는 엄청난 사회 문제를 유발하는 동시에, 그 여파로 말미암아 자연스럽게 고령화 인구가 급증하는 또 다른 사회 문제를 유발시켜 왔다고 정리할 수 있다.

이와 같은 사회 문제들의 영향을 받으면서 증폭되어 온 사회적 불만이나 갈등은 국민들 간 상호신뢰감을 크게 저하시키는 동시에 정치인이나 지도층에 대한 불신감과 불만감은 부단히 증폭되어 왔다고 볼 수 있다. 상기한 바와 같이 유엔의 세계행복보고서의 상대적으로 저조한 위상과 함께 OECD의 삶의 질적 수준에서 한국이 최저 수준이라는 점을 참고한다면, 한국 사회는 국민들의 대사회적 불신감과 정치인이나 지도자들에 대한 불만 의식과 국민들 사이의 상호 불신감, 그리고 경제적 불평등이 심화하고 양극화현상이 두드러지게 높은 탓에 불가피하게 사회적 행복 수준이 저조한 사회로 인식되어 왔으며, 국가 차원의 행복지수(유엔 세계행복보고서)에서도 13년 동안 중하위권에 머무는 현상에서 탈피하지 못하고 있다.

국가사회적 행복 수준의 제고; 방향 및 전망

한 마디로, 경제발전을 포함한 가시적인 물질 문명적 요인들에 과도한 비중을 두었던 종래의 국가정책으로부터 과감하게 탈피하여, 앞으로는 정신문화에 중점을 두며 인간적 요인에 치중한 정책으로의 대전환이 절실하게 요구된다. 다시 말해서, 국민들 간의 상호신뢰 수준의 향상을 위한 사회적 교육을 비롯하여, 국민의 삶의 질적 수준 향상을 기하기 위한 행복 교육 실천이라든지, 사회경제적인 면에서 ESG 신경영 논리를 보다 강조한다든지, 정신문화에 더 비중을 두고 예전보다 더욱 큰 보상책을 내세워 육성해 나가는 정책 노력이 필요한 실정이라고 본다. 특히, 일반 국민의 삶에 초점(현재에 비하여 보다 더 행복한 한국인에 중점)을 두면서 삶의 질적 수준의 향상을 지향하는 국가정책들이 우선시되어야 하고, 국민 개개인의 삶의 질적 수준을 개선 및 향상시키는 방향으로 추진하되, 공동체 사회 차원으로부터 국가 사회적 차원의 정책에 이르기까지, 개인들의 삶의 질적 수준('보다 더 행복한 삶'과 '보다 더 행복한 한국'에 중점을 둔)과 결부시킨 '행복한 사회/품격 있는 사회/살기 좋은 사회/신뢰감이 높은 사회' 등을 중심으로 "원만하고 상호신뢰하는, 인간관계를 중시하는 '행복한 개인'과 '행복한 사회'에 주안점을 두는 방향으로의 정책적 대전환"이 추진되어야 필요가 있다.

이를 위해서는 경제적 차원의 선진국 수준에 적합하면서도 정신적 차원의 선진국 수준과의 균형 있고 조화로운 "국민의 정신적이며 정서적인 수준 향상 및 개선에 주안점을 둔 사회교육과 학교 교육을 병행하는 국가 사회적 차원의 행복 수준을 개선해 나가기 위한 장기적이고 체계적인 교육프로그램들"이 필요한 것이다. 그런데, 학교 교육이 종래와 같이 지식 위주의 교과교육에만 치중하지 않고 사회에 진출하여 행복한 삶을 누릴 수 있는 잠재 능력 개발과 정신력 함양에 중점을 두는 모두가 만족해하는 학교 교육으로 전환하며 장래의 사회생활에서의 행복한 삶을 추구하는 데 도움을 주는, 개인들에게 유용한 행복 교육을 보다 중시하는 동시에, 국민들의 행복한 삶을 지향하는 방향으로 다각적인 행복 교육 프로그램들을 범국민적 차원에서 추진해 나가야 한다는 것이다. 따라서 행복 교육에 중점을 두는 사회교육프로그램들을 성공적으로 추진하기 위해서는 그 질적 개선책으로 정기적인 평가를 통한 프로그램의 지속적인 질적 관리 방안도 고려해야 할 필요가 있다.

이와 더불어, 선진국형 국가기관이나 공무원들에 대한 공신력을 제고시키기 위한 체계적인 노력과 지원도 요구되는데, 공신력이 빈약하고 저조해지는 경우에는 국가 차원의 정책 수행 자체가 어려워지거나 효율성이 저하되고, 나아가 국민들 간의 상호신뢰도가 저하되며 장기적으로는 선진국다운 국민들의 삶의 수준에도 미치기 어려울 정도의 부정적인 영향을 미칠 것이기 때문이다. 그러기에 선진국다운 정책을 추진하고 국가기관을 운영해 나가는 데 있어서 대국

빈 신뢰도인 공신력(타인이나 공적 기구에 대한 신뢰도)이 기대하는 수준 이상으로 지속적으로 개선되며 유지될 수 있도록 공무원들에 대한 부단한 교육훈련과 더불어 감독 및 평가 체제도 강구하며, 부단히 근무 기강을 바로잡고 근무태도를 향상시켜 나가는 쇄신 노력이 필수적으로 요구되는 데, 이는 국민 상호 간의 신뢰도 제고와 국민들의 삶의 수준 향상의 기반을 다져 나가기 위한 선행조건이 되는 동시에 부한 책부 조건이기 때문이라고 보아야 한다.

종합하자면, "범국민적 차원에서 정신적이며 정서적인 수준 향상과 국민적 갈등 해소, 국민들 간 불신 해소, 국민들 간 경제적 양극화 현상의 해결, 개인들의 사회에 대한 불신감 해소 등에 초점을 둔 사회적 행복 수준을 근본적으로 증진시키기 위한 특별한 사회교육 프로젝트(범국민적 차원의 의도적인 사업 및 체계화된 활동)"가 절실하게 요구된다. 말하자면 다양한 갈등 해소 방안을 강구하고 이를 통합적인 관점에서 운영하되, 사전에 갈등 발생을 봉쇄하거나 그 확산 및 파급 자체를 봉쇄하는 방안, 이미 발발한 갈등을 신속하게 대응하고 봉합하는 다양한 방안 강구 등과 함께, 기존의 여러 갈등들의 원인을 파악하고 원인들 간의 관련성 및 인과성을 중요시하여 과학적이며 종합적으로 대처하는 갈등 해소 정책에도 보다 더 관심을 기울여야 할 것이다. 이와 동시에, 국민들 상호신뢰성을 중시하면서 '더 행복한 한국'에 초점을 둔 국민적 삶의 수준 향상의 추동력으로서 국민 복지 관련 정책과 프로젝트들을 포함한, 지속적으로 국민의 행복 수준 향상을 목적으로 하는 다양한 투자와 노력들이 필요한 것이다. 그리고 유엔이 행복보고서에서 제시하고 있는 사회적 행복을 좌우하는 요인들을 참고로 하면서, 미시적이며 단기적인 개인들의 노력 차원과 거시적이며 장기적인 정책을 중시하는 범국민적 차원의, 국적이 있는 사회적 행복 증진 노력이 조화롭게 이루어질 수 있는 방향으로 "인간관계의 질과 삶의 질적 수준을 향상하는 데 중점을 두는 종합적이며 장기적인 국가 차원의 프로젝트"가 절실한 실정이다. 이러한 맥락에서, 다음과 같이, 중/장기적인 차원의 7개 대응책이나 지향점(프로젝트)을, 아이디어 수준에서 간략하게 제안하고, 그 실현 가능성을 예상해 보았다.

'더 행복한 한국 프로젝트'의 제안

하나. 후진국형 정치의 과감한 선진화를 통한 사회적 행복 수준 향상에 역점을 둔 정치개혁이 시급하다

우선적으로, 사회적 갈등 해소 노력에 사회 지도층(고위 공직자 포함)과 정치인들이 보다 적극적으로 참여할 필요가 있는바, 특히 지난 수십 년 동안 여야 정치인들의 과도한 정쟁 위주의 저급한 정치문화는 국민들을 분열시키고 갈등을 자극하며, 직접적 또는 간접적으로 국민들의 불안감이나 불신감을 조장해 왔다는 점을 인정해야 한다. 그러기에, 우선적으로, 정치인들이 보다 성숙한 태도로 언행 면에서 모범적 태도를 보여야 할 것이며, 가급적 대립하고 투쟁하는 모습을 삼갈 필요가 있다. 그럼에도 불구하고, 우리 사회는 정치, 또는 정치인들로 하여금 국민들이 크고 작은 갈등상태를 지속적으로 겪으며 살아오도록 조장하거나 방치해 왔다고 해도 과언이 아니다. 다시 말해서 국민들이 경험하고 있는 고충이나 불만들을 포괄하는 다양한 갈등 상황 속에서 살아왔기 때문에, 정치인들의 본분, 즉 기본적인 책임과 의무사항을 원만히게 준수하고 이행할 것을 강력하게 요구해야 하는 권한과 의무가 국민들에게 주어지고 있다. 한 마디로 한국 사회의 갈등 수준은 여느 선진국 수준에 비하여 높은 편이고 국민들의 정치인에 대한 신뢰가 높지 않다고 보는 것이며, 이러한 현실은 유엔의 "세계행복보고서" 내용에도 여실히 반영되고 있다.

이러한 관점을 수용하면서 거시적 관점에서 정치 수준이 양호하고 국민적 신뢰를 얻게 되면 국민적 차원의 갈등과 불신 및 불만 수준도 낮아지고 완화될 것이고, 궁극적으로는 다양한 사회적 갈등이 해소되어 사회적 행복 수준이 점진적으로 향상될 것이라고 예상할 수 있다. 또한 국제적인 문제에 관해서는 여야가 공히 한목소리를 내어 국론이 통일된 상태, 즉 분열된 국론은 국경 안에서만 용납하고 대외적으로는 여야 구분 없이, 국익을 우선하여, 통일된 입장을 취해야 한다는 원칙을 수립하여 실천하는 노력을 국민의 대표들이 책무감을 가지고 대응하도록 특별 교육을 실시하고 그를 관례로 삼아야 하는 동시에, 그를 의무적으로 준수하도록 규정하는 장치를 강구할 필요가 있다.

한편, 국민이 인식하고 있는 삶의 질적 수준에 비추어 정치인들의 언행이 과도하리만큼 실망감을 안겨주는, 언어폭력을 다반사로 여기는 동시에, 품위가 없고 교양이 없어 보이며, 국민을 무시하는 저질적인 수준에 머물고 있다는 점을 통절하게 인정하고, 그를 근본적으로 개선하고 향상시켜 나가기 위한 가시적인 노력이 국민들의 사회적 행복감 고취 차원에서 절실하게 요구된다. 다시 말해서 향후 정치인들은 선진국 수준에 걸맞은, 존경받는 정치인으로서 국민들 앞에서 특권, 말하자면 세계적으로 그 유례를 찾기 어려울 정도인, 면책특권, 불체포특권 등을 위시로 한 187가지의 특권들을 부여받아 '특권의 행사에 치중하고 대우받는 일에만 집중' 하기보다는, 국가를 위하여 실질적으로 솔선수범하며 모범을 보이고 사회와 국민을 대상으로 봉사하는 모습으로의 변화를 중시하는 동시에, 국민들의 삶의 수준과 행복 수준 향상에 진지하게 기여할 수 있기를 요구하고 있다.

특히, 특권을 부여받은 정치인들 상당수가 국민들의 기대와 요구에는 무관심하고, 특권 행사에만 몰두하며 정쟁만을 일삼고, 당리당략에 눈이 어두워 국민들의 삶의 수준 향상에는 별다른 기여하지 못하는 실정이라고 지적받아 왔다. 이에 소속 당의 이해관계에 몰두하며 권력 행사에만 치우쳐 부여된 특권에 걸맞도록 요구되거나 기대되는 수준의 대국민 봉사 책무(원래 선출된 정치인이나 공무원들은 국민들에 대하여 봉사하는 집사, 즉 공공의 집사 역할을 중시하는 직책(Public servant)이기 때문)에 소홀한 경우에는 그 자격을 박탈하고 국민 소환하는 제도를 강력하게 시행하여, 더 이상 국민 화합과 국민들의 삶의 질 향상에 기여하지 않거나 못하는, 전반적으로 국민들의 기대 이하의 정치인들이 더 이상 설 자리가 없도록 법제화하고 그를 국민들로 하여금 감시하도록 해야 할 것을 대다수 국민들이 강력하게 요구하고 있는 실정임을 인식해야 할 것이다. 또한, 앞으로는 갈수록 정치인들의 특권을 감소시켜 나가 국민화합과 삶의 질 향상, 그리고 국민의 사회적 행복 수준 향상을 위하여 매진할 수 있도록 전환 및 변모해야 한다는 차원에서, 국회의원 정원을 감축(현재 300인→ 200인, 또는 250인으로 축소)하는 동시에 지방의회 제도 자체, 특히 기초자치제 의회를 폐지해야 할 것을 대다수의 국민들이 간절하게 원하고 있다는 점을 정확하게 인식해야 한다.

그리고 이제부터는 정치인이나 공무원들은 가시적이고 외형적인 변화에만 관심을 두지 말고, 좀 더 섬세하고 정교한 디치로, 불평등 해소, 빈부 격차의 해결 등을 포함한 민생을 챙기는 일을 우선시해야 하는 기본 책무에 더 많은 관심을 기울여야 할 것이다. 즉, 국민들 가슴 깊은 곳, 아쉬워하고 간절히 원하는 바와 더불어, 불평불만의 원인과 갈등의 인과관계를 파악하고, 가려운 데를 정확하게 찾아 긁어준다는 의지로, 국민들의 삶의 질적 수준 향상과 공적 신뢰도 제고에 초점을 두고 접근해 나가야 할 필요성이 절실한 것이다. 다시 말해서, 국민들의 마음과 머리 속 가장 핵심 부분에서 작용하고 있는, 정치인이나 공무원들에 대한 불신과 불만 사항을 파악하고 그에 적극 대응할 수 있도록 배려하는 방향으로 총체적 변화가 요구된다는 것이다. 이와 동시에, 국민들이 선진국에 적합하게 상호신뢰하고 편안하며 안정된 삶을 추구할 수 있도록, 지도층과 정치인들은 미래지향적이며 긍정적인 비전과 꿈을 정립하고, 국민들 개개인의 행복 추구와 그들이 살아가는 데 필요한 사회적 행복 수준 향상을 위해서 품위 있고 진정성 있게 소통하고 봉사할 수 있는 마음으로 새롭게 태어나길 간절하게 바란다.

둘. 미래 사회에 필요한 유능한 인재 양성에 적절한, 보다 수준 높은 교육 체제로의 개혁이 절실하게 요구된다

사회적 행복이나 공동체적 행복의 향상과 관련된 국민행복 교육을 위하여 사회교육적이며 학교 교육적인 노력을 조화롭게 병행해 나갈 필요가 있는데, 국민 개개인의 행복 추구권을 보다 효과적이며 공정하게 누릴 수 있도록 후원하고 지원하며, 격려하고 유도하는 방향으로, 그 내용이나 방법을 지혜롭게 혁신해 나갈 수 있도록 사회적 행복 관련 정책적 지원과 복지제도 개선이 절실하게 요구된다. 특히 경제를 중심으로 외형적으로만 선진국으로 행세해 온 것을 깊이 반성하고, 국민들의 삶의 수준이 실질적으로 사회문화적 차원을 비롯하여 삶의 방식 전반적으로 선진화될 수 있도록 국가 경영 전반, 특히 교육과 정치, 행정과 문화 차원에서 미래지향적인 정책과 비전을 가지고 보다 체계적이며 진지하게 접근할 필요가 있다.

특히, 국민 대다수가 살기 좋은 동네에서 행복하게 살아가는 완전한 인격체로서 대우받고 실제로 그를 확신하고 실감할 수 있도록, 체계적이고 장기적인 행복 교육, 특히 사회교육 차원의 국민 행복 교육과 더불어 미래의 국민들이 행복한 삶을 누릴 수 있도록 준비시키는 학교 교육에서의 행복 교육을 보다 체계적이며 수준 높게 추진해 나가야 한다. 그렇게 시행함으로써 남녀노소 국민들 모두가 '행복한 삶'에 대한 확실하고 긍정적인 행복관을 정립하고 여유 있고 편안한 마음으로, 상호신뢰하며 '행복한 삶을 구현'해 나갈 수 있도록 공동체 사회와 국가 사회적 차원에서의 통합적인 지원이 필요한 것이다.

그러기 위해서는, 우선적으로, 평준화 학교 교육 체제를 점진적으로 개혁해 나가 학교경영과 행정 차원에서는 상향 평준화 체제를 지향해 나가는 개혁 활동이 절실하게 요구된다. 여기서 말하는 '상향 평준화'란 점진적으로 규제와 통제를 완화하고 제거하며 개별 학교와 교원들의 자율성을 점진적으로 신장시키는 데 중점을 두는 학교경영 체제인 동시에, 최소한의 통제와 부드러운 규제로 교육효과를 최대화하기 위하여 교원들의 자율성 및 전문성을 보장해 주는 선진형 학교 교육 체제를 의미한다(기존의 평준화 체제를 일시에 개혁하게 되면 사회문화 전반에 걸친 변화로 인한 혼란을 겪을 가능성이 높기 때문에, 장기적이며 점진적으로 평준화 체제로부터 탈피하여 보다 수준 높은 교육 체제를 시행착오를 범하지 않고 연착륙시켜 나가는 것이 바람직하다는 관점을 수용하기 때문임을 이해할 필요가 있다). 이와 동시에, 학교마다의 교육과정 운영상의 자율성을 점차 신장시켜 나가야 할 필요가 있고, 구체적으로는 교육과정 운영 차원에서 학생들의 요구와 특성(적성, 희망, 취향, 진로 의식 등)에 적합한 다양한 프로그램을 적극적으로 개발하고 발전시키는 동시에, 전반적으로 미래지향적으로 분화하고 진보해 나가는 보다 진지한 선진형 학교 체제로의 변화와 개혁 노력이 요구된다는 것이다. 그와 더불어, 미래 사회에서 요구하는 인재를 양성하기에 적절한 학교 체제를 연구개발하여 새로운 학교를 설립하는 일에도 관심을 두고 평준화 정책으로 인하여 방해받고 저해 받는 일, 예를 들면, 일방적인 통제로 인하여 학교마다의 특성이나 특장점을 살리기 어렵고 교원들의 교육활동에 지장을 초래하여 최상의 교육효과를 얻기 어렵다든지, 평준화학교 자체를 기피하며 자유스러운 학교와 특성 있는 학교를 원하여 해외로 유학하는 인재들이 발생하여 국부 손실과 인재 유출을 막기 어렵다든지 등을 최소화하는 방향의 교육적 개혁 활동이 요구된다는 점을 지적해 둔다. 이는 미래지향적으로 진보적 변화를 꾀하지 않고는 다가오는 미래 사회에서 요구하는 다양한 인재, 선진국을 관리 운영해 나갈 세계적인 인재, 미래 사회에서 만족스럽게 자아실현하며 행복한 삶을 추구해 나갈 인재를 양성하기 매우 어렵다는 전제하에서, 새롭게 각오하며 명심하고 미래 사회에 대하여 적극적으로 대처하는 지속적인 노력이 절실하게 요구되기 때문이다.

셋. 살기 좋은 동네와 행복한 직장을 위한 미래지향적 경영 체제를 적극적으로 도입할 필요가 있다

우선적으로 공동체 사회의 구성원으로서 역할을 효율적으로 담당하고 이웃과의 원만한 관계를 중시하며 평화롭게 살기 위하여 창출하고 유지 발전시켜 왔던, 우리만의 전통적인 문화의 특성(문화적 DNA)을 현대적 시대감각과 지역사회의 특성에 맞추어 새롭게 창조하고 발전시켜 나가야 할 필요가 있다. 말하자면, 우리만의 '살기 좋은 동네'의 특성을 유지하거나 창출해 나가기 위하여, 전통적인 제천의식이나 동네 차원의 명절 중심의 다양한 행사들, 두레나 품앗이와 같은 생업을 위한 상호협력 및 지원 체제, 이웃사촌이라는 말이 제대로 작동되는, 질적 수준이 높은 인간관계를 유지해 온 서민 중심의 전통적 가치를 되돌아보고, 보다 수준 높은 사회적 행복을 추구하는 데 중점을 두고 우리만의 문화적이며 정신적인 차원에서의 진지하고 체계적인 노력을 강구해 나갈 필요가 있기 때문이다. 그러기 위하여, 자신의 동네에 대하여 편안하고 안락하며 쾌적한 동네로서 어떤 모습을 지향해 나갈 것인가라는 거주민들의 의견을 반영하여 추구해야 할 비전을 정립하고, 삶의 질적 수준 향상에 적합한 살기 좋은 동네(보다 행복한 동네/지역공동체)를 만들어 가는 데 필요한 지원 및 격려를 아끼지 말아야 할 것이다. 이와 동시에, 지역사회의 특장점을 최대한 활용하면서 구성원들의 적극적인 참여와 협력을 중요시하여, 모든 주민들이 만족하고 서로 믿고 의지하는 '살기 좋은 동네'를 구현해 나갈 필요가 있다. 그리고 동네 구성원들의 직장생활의 질적 수준 향상에도 초점을 두고 ESG 경영 권장 및 보급 노력과 더불어, '행복한 직장 만들기 운동'도 병행해서 추진할 필요성을 느긴다.

한 마디로 대기업 및 중소기업 모두 ESG(Environmental, Social & Governance) 경영이 절실하다. ESG 경영이란 사회적 윤리적 투자를 중시하는 사회적 책임 투자를 요구함으로써 지속가능한 발전이 가능하다는 새로운 관점에서 도입한 경영전략이자 경영 논리라고 볼 수 있다. 최근에는 기업의 재무적 성과만을 판단해 오던 전통적 방식과 달리 기업이 소재하고 있는 환경적이며, 사회적이고, 지배구조적인 측면에서 개별 기업들이 어떻게 운영되고 있는지에 중점을 두고 비재무적 측면을 평가 지표로 추가하여, 기업의 사회적 책무성을 중요시해야 한다는 경영철학을 강조하는 목소리들을 반영하기 시작한 결과로써 등장한 비교적 새로운 경영 관련 개념이다. 한 마디로, 기업의 사회적 책무를 중요시하게 된 것이라고 보이는데, 사회적 공감대를 추구하는 관점에서 보아 개인과 기업의 사회적 책무감을 강조해야 한다는 주장을 표현하기 위하여 도입한 경영적 논리인 것이다.

과도하게 기업의 이윤추구에만 치중한 흐름으로 인하여 유발된 자본주의에 대한 부정적 정서와 자본주의 자체에 대한 비판이 거세진 연유로 새로운 자본주의 흐름이 필연적으로 등장하게 되었다고 본다. 그리고 자살률 증가, 행복도 저조, 삶의 만족도 저하 등 신자유주의 기치를 내걸고 기업의 도약을 강조하던 '자본주의 3.0'으로 인하여 유발된 문제점을 해결하기 위한 새로운 '자본주의 4.0'으로의 전환을 요구하는 사회적 분위기를 배경으로 하여, 자본주의 경제체제 전반에 걸친 개혁을 요구하는 목소리가 커지고 그를 지지하는 풍토가 급격하게 조성되는 세계적 물결이라는 대전환점을 맞이하여 등장한 새로운 경영 논리를 적극적이며 긍정적으로 수용하고 세계적인 무대에서의 우리만의 독특한 역할 수행에 만전을 기할 필요가 절실한 것이다.

넷. 잃어버린 역사 복구하며 국민적 역사의식 바로 세우기 위한 국가적 차원의 투자노력이 절실하게 요구된다

잘못된 교육을 받거나 편향된 언론이나 집단의 영향으로 인하여 비정상적이거나 편협한 역사의식을 가지고, 조상들이 이루었던 역사에 대하여 지나치게 부정적이면서 편협한 태도나 피해의식을 가지거나, Hell Korea! Hell Chosun!과 같은 열등의식이나 자괴감을 갖게 되면, 국민 개인들 마음 한구석에 불안감이나 불편함을 느끼고 나아가 심오한 불만을 갖게 될 수밖에 없다는 점을 알아야 한다. 이러한 태도는 사회적 행복에 심대한 부정적 영향을 미치게 되거나 집단이나 사회적으로 불행감을 전파시켜 사회구성원들이 일상생활 중에서 이유 없이 불안해지고, 실제보다 열등하고 부족하다는 자괴감에 빠질 수 있게 된다는 것이다. 이에 대응하여 지역사회(동네) 차원으로부터 국가사회적 차원에 이르기까지 원만하며 긴밀한 사회적 관계를 형성하려는 노력이 중요하다는 주장이 넘쳐나는 실정이다. 그러므로 신뢰할 수 있는 강력한 사회적 관계의 형성은 개인들의 면역체계를 강화하며, 회복탄력성을 높여주고, 개인 생활 차원에서 직면하는 우울증과 불안감에 노출되고 영향을 받을 위험성을 감소시키는 경향이 있다는 연구 결과(사회적 관계의 중요성 확인)가 의미하는 바에 경청하고 그에 적절하게 대응해 나갈 필요가 있다.

우선적으로 고대사(상고사 포함)를 중심으로 왜곡된 역사의식을 제거 내지 소멸, 수정하여 국민들 공히 올바르고 정확한, 통일된 역사 의식을 갖도록 역사바로세우기 등의 운동을, 정권이 교체되는 것과는 무관하게, 지속적이고 체계적으로 펴나갈 필요가 있다. 그동안 활개를 치던 식민사관에 치우친 부정적인 시각의 역사관이나 특정 이념에 편향된 역사관을 합리적이고 과학적으로 바로잡아 가는 다각적인 노력이 절실하다고 보는데, 국민들 간 불신감이 지속되거나 증폭됨으로 인한 엄청난 국가 자원의 손실이나 손해에 대하여 예방적으로 대응하기 위하여 서로 협력하여 해결해 나가도록 정치적이면서 사회문화적인 접근 방법들을 포함하면서 국제적인 협력도 중시하는 거시적인 방안들을 총동원해 나갈 필요가 있다.

한편 올바른 역사관을 정립하려는 국가 차원의 노력이 필요하고 그에 입각하여, 과거 우리 민족이 경험하고 생성했던 역사에 대하여 보다 객관적인 관점을 취하면서 긍정적인 역사관을 국민들이 취할 때에만 다른 국가들과 구별되는 고유한 역사관과 역사의식을 함양할 수 있다는 점을 인정해야 한다. 특히 잃어버린 고대사의 경우에는 세계적으로 우뚝 섰던 자랑스러웠던 우리 조상들의 역사를 되찾고 그를 정확하게 인식함으로써 숭고하며 자랑스러운 역사의식이 현재와 미래에 우리 국민들에게 가져다줄 무한한 잠재적 가치를 이해한다면, 하루속히 역사를 되찾고 바로 세우는 일에 전력을 기울여야 할 것이다.

그러기 위해서는 과거에 고조선의 구성원(거수국, 제후국)이었던 돌궐족, 몽골족, 말갈족, 여진족 등의 역사를 배경으로 설립된 국가들(튀르키예, 헝가리, 불가리아, 루마니아, 몽골 등)과 고조선을 비롯한 고구려, 부여 등의 유민들과 관련된 중앙아시아 국가들(카자흐스탄, 우즈베키스탄, 투르크메니스탄, 타지키스탄, 키르기스탄)과 함께 보조를 맞추며, 티베트, 네팔, 부탄, 인도, 파키스탄, 러시아, 일본, 대만 등과 함께 미국과 유럽의 역사 학회들과도 긴밀하게 협조해야 할 것이다.[10] 세계적으로 유명한 대학의 상고사/고대사 및 아시아 관련 연구자들과의 부단한 교류와 공동연구를 수행한다든지, 주요 학술행사를 개최하는 등의 활동을 전개하면서 중국이나 일본의 음모와 왜곡의 본질을 폭로하며 정확하게 밝혀 나가야 할 필요가 있고, 이러한 일을 국가적 과업 차원에서 추진해야 하는 것이 당연지사라는 점을 밝혀둔다.

그와 함께 역사 왜곡과 날조를 저질렀던 장본인들, 일본 및 중국과의 지속적인 외교적 협상과 협조를 통하여, 특히 국력 극대화와 강력한 국민적 의지로 무장하고, 국제협력에 전력을 기울여서 강탈당했던 역사를 되찾아야 한다. 이를 위해서는 왜곡된 고대사를 올바르게 정립하여 우리의 역사를 바로 세워야 할 일을 특정인들에게만 위임하고 방관해서는 안 되며 국민 모두의 책무 사항으로 간주하고 적극적으로 참여하고 지지해야 할 것이 우선적으로 요구된다. 이는 일반 국민들이 정확한 역사관을 함양하는 경우에만 우리의 역사에 대하여 비교적 긍정적이며 공정한 태도를 갖게 되고, 그로 인하여 국민 개개인이 수준 높은 애국 애족 정신을 고취하게 되며, 우리 국민으로서 자랑스러운 감정과 높은 수준의 자긍심에 뿌리를 둔 사회적 행복감도 누릴 수 있기 때문이다. 나아가, '올바른 역사의식이 없으면 미래 의식을 기대하기 어렵다', 또는 '역사를 잊은 민족에게는 미래가 없다'라는 명언을 재삼 반추하고 올바른 역사의식에 기반을 둔

10 알려진 바에 의하면, 영국이나 미국의 저명한 고대사 전문가들이 아시아에서의 중국과 일본의 역사 강탈, 왜곡, 날조 등의 사실을 상당 정도 파악하기 시작하였고 그 문제에 관하여 특별한 관심을 보이고 있다는 것이다.

미래 사회를 건설해 나갈 수 있도록 노력해야만 우리 민족이 거듭날 수 있고 크게 번영할 수 있을 것이라고 확신하기 때문이다.

과거 우리의 지도자들에 대하여 편협하거나 잘못된 인식으로 인하여 그들의 업적이나 영향력을 과도하게 비난하고 편향된 태도를 갖게 되면, 국가적으로 심각한 손실을 감수하게 될 것으로 예상되는 바, 그 대표적인 사례로서 이승민 초대 대통령과 박정희 대통령의 경우에는 세계적으로 그 유례를 찾아보기 어려운 실정이어서 매우 안타깝다. 해방 이후 건국한 지 76년이 지난 지금까지도 편협하고 잘못된 시각의 역사의식으로 과도하게 비난하는 사례가 여전히 비일비재하고 있어(특히 남북통일을 이승만이 방해했다는 북한의 편향된 사주를 받거나 그를 이용한 친북 및 종북세력의 집요한 공작에 의한 날조된 비난이 누적되어 온 것이 그 핵심으로 추정됨), 불필요한 갈등을 조장하고 상호 불신감을 증폭시키려는 음모로부터 하루속히 탈피하며 보다 정확한 역사의식을 가지고 보다 올바른 태도나 역사관을 회복해 나가려는 노력이 절실한 실정이다. 여타 국가들의 역사에서 볼 수 있는 바와 같이 지도자들의 사소한 결점(흠결, 과오나 불가피했던 실수) 등을 지나치게 증폭시키거나 과대 포장하는 반면에 공적이나 업적을 과소평가하던 잘못된 행태를 국가를 위한 업적과 애국심 등에 초점을 두면서 국가 미래를 중시하는 거시적 관점을 취하는 방향으로의 대전환이 우선적으로 이루어져야 한다. 특히, 세계적으로 유명했던 역사적인 인물들 그 누구도 사소한 결점이 없었던 완벽한 인물은 존재하지도 않았고 그럴 수도 없다는 관점에 기반을 두고, 국가 미래를 위하여 긍정적인 방향의 인식을 정립해 나갈 필요가 있다는 것이다. 그러한 노력은 현재 우리 국가사회가 처해 있는 국제적 위치나 입장에서 보아 세계 속에서 보다 적절한 대우를 받을 수 있게 하는 동시에, 그에 부합된 책무감과 더불어 자부심과 자긍심을 갖도록 기회를 제공함으로써, 국민 상호 간의 신뢰감을 고취할 수 있는 동시에, 국민들로 하여금 애국심과 더불어 사회적 행복감을 누릴 수 있는 효과를 거둘 수 있을 것이라는 확신을 가지고 있기 때문이다.

다섯. 국민적 상호신뢰와 삶의 질 향상에 초점을 두는, 국가 사회적 행복수준 향상을 위한 복합적인 문화강국 정책을 적극 추진해야 한다

현재 한국이 세계적 선진국으로 자리 잡고 있으며 머지않아 선진국들 중에서도 선도적 국가 역할을 수행할 것이라는 점을 긍정적으로 확신하는 분위기를 조성하면서, 국민들이 긍지와 자부심을 갖고 세계적 차원의 홍익인간 정신을 펴 나감으로써 행복한 국민으로 보상을 받도록 홍보하고 교육해 나가야 한다는 점에 국민적 합의가 요구된다. 구체적으로는, 한류 분야(음식, 영화, 의복, 음악, 대중 문화 등 K 컬처를 총괄)를 비롯하여, 반도체 분야, 배터리 분야, 조선업 분야, 건설 분야, 원자력 분야, 자동차 분야, 방위산업 분야 등에서 명실공히 세계 최고 수준의 국가로서 인정받고 있으며 그 영향으로 머지않아 세계 최고 수준(G2 또는 G3)의 국력이나 경쟁력을 지닌 국가로 떠오르는, '지구촌의 큰 별'이 될 것이라는 국민적 희망과 비전을 갖게 선도할 필요가 있다. 그렇게 함으로써, 국민들 간의 불신감, 국가사회에 대한 불신감, 국가 미래에 대한 불안감이나 부정적인 예견 등을 불식시키거나 완화하고 감소시켜 나갈 수 있다는 확신과 자신감을 가지고 이를 국민들이 공유할 수 있도록 범국민적 홍보 및 교육 프로젝트들을 수행할 필요가 절실한 것이다.

가시적이며 외형적인 면에서 또는 경제적으로만 잘 사는 국가로서 인정받기보다는 정신적으로나 문화적으로도 앞서 나가면서 세계적으로도 진정한 리더로서 역할을 만족스럽게 수행해 나갈 수 있어야 한다는 미래 지향적 비전을 추구할 수 있어야 한다는 것이다. 향후 미래 사회에서는 가시적이며 외형적인 그럴듯한 행복, 순간적인 쾌락과 만족감만을 추구하는 형태의 행복관은 미지않아 퇴조할 것이므로, 지속적으로 국민 개개인의 삶의 질적 수준을 중시하고 향상시켜 나가는, 사회적 행복 수준을 제고시키며 개인들의 참다운 행복한 삶을 추구해 나가는 데 더 많은 비중을 두고 국가사회적 정책을 펴나가야 할 것이라는 점을 재삼 강조해 두고 싶다. 종합하자면, 장기적으로는 미래 사회에서 모든 개인들이 사회적 갈등상태에서 벗어나지 못하고 커다란 불편감이나 불만족에서 고통을 받지 않도록 배려하는 수준 높은 사회적 복지정책과 교육 및 문화정책을 개발하고 향상시켜 나갈 필요가 있다는 것이다. 한 마디로, 미래 사회에서는 개개인의 삶의 수준 향상책을 적극적으로 지원하며 사회적 차원의 행복한 삶을 만족스럽게 누릴 수 있도록, 사회적 행복 차원과 결부된 개인별 행복 수준 관리에까지 관심을 두는 국가사회정책도 필요하다.

이를 기반으로 한 애향심을 고취하는 프로젝트를 기점으로 삼아 궁극적으로는 애국심을 함양하고 고취하도록 하는 진정성 있는, 보다 진지하고 체계적인 사회교육 활동을 통하여 국민들 상호 간의 불신의 벽을 허물어 나가야 한다. 이를 위해서는 국민들 간의 불신감을 해소하고 완화시켜 나가는 방향의 사회문화적이며 사회교육적 접근 노력이 필요한 것이다. 이를테면, 드라마, 연극, 영화, 소설을 포함한 문학작품, 교과서 등과 더불어 사회문화 차원의 다양한 프로그램 내용(기획, 구성 등)들도 '가족을 더욱 중요시하고 인간관계를 돈독하게 향상'해 나가는 동시에, '국민들 간 불신감을 해소하며 개인들 간의 상호신뢰감을 향상시키고 삶의 질적 개선'을 유도하고 지원하는 방향으로, 그리고 '사회적 행복 수준 향상'에 초점을 두고 보다 수준 높게 개혁하고 개선해 나갈 수 있도록, 그 질적 수준 관리 정책에도 더 큰 관심을 기울여야 할 필요성이 대두되고 있다.

여섯. 국민 상호신뢰감을 저해하고 사회적 갈등을 조장하는 노동조합의 잦은 파업은 필히 규제되어야 한다

국가 차원에서의 국민들 간의 상호신뢰감을 저해하고 방해하는 요소들을 거시적이며 미래지향적 관점에서, 합리적이고 합법적인 방법으로 단계적이며 점진적으로 제거하거나 해소시키는 동시에, 편향적이고 비합리적이며 비생산적인 사고방식이나 잘못된 신념으로부터 탈피할 수 있도록, 보다 수준 높은 국민교육 프로그램('더 행복한 한국' 프로젝트에 비하여 보다 정교하고 상세한 국가적 차원의 프로그램)들을 체계적으로 실천 및 전개해 나갈 필요가 있다.

우리 사회는 지난 50여 년 동안 눈부신 경제발전을 성취하여 외형적으로는 선진국 대열에 참여한 것으로 국제사회에서 인정받고 있으나, 내면적이며 정신적 차원에서 보면 경제적 성장에 걸맞은 성숙한 성장을 제대로 이루지 못해, 마치 영양상태가 좋아 외형적으로는 성인으로 인정받을 수 있을 정도로 성장했으나 실질적으로는 여전히 어른스럽지 못한 청소년에 불과한 언행을 보여주는 사례가 상당

수 있나는 점을 자인해야 할 것이다. 사회적 갈등을 최소화하며 국민들의 신뢰를 회복하고 국민들 간의 상호신뢰도를 제고하기 위하여 특별히 관심을 두어야 할 것은, 마치 모든 것을 집단행동으로 해결하려는 노동조합이라고 보는데, 마치 파업 중독증에 빠져 자신들이 주도하여 파업으로 모든 것을 해결하겠다는 습관이 형성된 것처럼 보인다. 이에 대하여, 자본주의 경제 체제의 특정한 속성만을 강조하여 단체행동이면 모든 게 해결된다는 식의 투쟁석 의시만 강화해 오고 있는 인상을 주고 있는 실정으로부터 과감한 변화, 즉, 기업활동에 지장을 주지 않고 노동자들의 권리를 행사할 수 있는 방향으로 전환하고 진보해 나갈 수 있도록 노력할 필요가 있다.

그러기 위해서는 중장기적으로 국민들의 생활과 밀접하게 관련되면서 공공성이 높은 분야의 직종들, 예를 들면, 대기업을 필두로 의료 분야와 교통 분야도 기존의 교육 분야와 공무원 분야의 노조에 못지않게 자율적 규제를 강화하는 방향의 개혁이 필요하다는 주장이 있어 왔다. 구체적으로는 의료분야와 교통 분야의 직종에 관해서는 국민을 볼모로 삼는 파업을 엄격하게 규제하는 입법이 시급하면서도 절실하다는 주장이 누적되고 증폭되어 왔다는 점과 그와 관련한 국민들의 피해의식, 불안의식, 불신감 등을 포함한 사회적 갈등을 근원적으로 해결하지 않고는 선진국다운 사회적 행복을 누릴 수 없다는 관점에서 적극적으로 고려해야 할 필요가 있다. 즉 노조활동과 관련된 파업을 보다 강력하게 규제하는 방향으로 국민 생활의 질적 수준 향상책을 더욱 강력하게 강구할 필요가 있다는 일반 국민들의 주장에 경청하여, 잦은 파업으로 국민들에게 미치는 영향, 갈등 요소들과 불안 요소들을 해소하는 방향으로, 보다 수준 높은 자율적 관리가 절실히 요구된다. 이는 국민들의 요구에 따라 그를 평화적으로 해결하게 되면 보다 더 선진국다운 공신력과 국민들 상호 간의 신뢰를 유지할 수 있게 되어, 장기적으로는 파업에만 집중하던 자신들의 근무태도와 만족도 등에서 보다 성숙한 선진국형 직장으로의 변화를 자랑스럽게 경험할 것이며, 이를 기반으로 국민적 차원의 수준 높은 사회적 행복을 누릴 수 있을 것으로 예상되기 때문이다.

일곱. 국민들의 삶의 질적 수준 향상 및 상호신뢰 제고에 역점을 두는 통합적인 정책을 행복 교육과 조화롭게 추진해야 한다

국민들의 삶과 직결되면서 삶의 질적 수준과 정신적 안녕 및 신뢰의식 등에 영향을 미치고 있는 사회적 갈등 요인들을 해소하지 않고는, 사회 문제를 근본적으로 해결하거나 대중이 원하는 수준으로 완화하기조차 어렵고, 그로 인한 불안감과 불신감으로부터 탈피하기 어렵다는 문제의식을 대다수의 국민들이 공감하고 있다는 사실에 우선적으로 관심을 두기 바란다. 특히나 사회적 갈등 문제의 핵심부를 차지하고 있는 언론의 공정성 확보 문제, 노조의 정치적 관여 문제 등을 포함하여, 국가적이며 국민적인 이득을 무시하거나 역행하는 집단이기적인 행동을 자율적으로 규제하는 방향으로 제도화하는 문제를, 장기적으로 해결해 나가기 위한 범국민적 노력과 그에 따른 정책적 노력이 절실하게 요구된다는 점을 지적하고 싶다.

이와 함께, 향후 우리 사회 전반에 걸쳐 거대한 영향을 미칠 수 있는 사회 문제 중의 하나인 저출산 문제를 근본적으로 해결할 수 있는 통합적이며 합리적인 정책적 대책을 조속히 강구하는 동시에, 초고령화 사회에 대한 대책도 보다 진지하고 적극적으로 추구할 필요가 있다고 재삼 강조하는 바이다. 이처럼 중장기적 노력으로 사회적 갈등과 사회 문제를 해결하기 위한 보다 체계적이고 장기적인 노력을 기울이게 되면 머지않은 장래에 우리 사회는 보다 살기 좋은 사회, 서로 믿고 의지할 수 있는 사회로서, 수준 높은 사회적 행복을 누릴 수 있는 진정한 의미의 선진국으로서 우뚝 서게 될 것이라는 희망과 비전을 우리 모두가 공유할 수 있을 것이다.

그리고 국가 사회적 관점에서 보아 숱한 시행착오를 경험하면서 지속적으로 성숙해 나가기 위한 보다 체계적이고 실질적인 노력이 우선적으로 요구된다는 점을 거듭 지적해 둔다. 우리 국민들이 거시적이며 장기적인 범국민적 노력을 통하여 명실상부한 선진국 국민으로서 인정받고, '정신적으로도 행복한 삶을 추구해 나가야 한다'는 국가사회적 비전을 정립하고 그를 지속적으로 실천하는 데 적극적으로 참여해야 할 책무감을 가져야 할 필요가 있다. 특히 유엔의 국가행복보고서 내용에 과민하게 반응하면서 그 기준에 과도하게 구속되는 국가 체면만을 중시하기보다는, 그를 귀중한 지침과 참고자료로 적극 활용하면서 국민 개개인의 입장에서 '앞으로 보다 더 행복하게 살아갈 수 있느냐'에 더욱 관심을 기울여야 하며, 진정으로 우리 국민의 삶의 질적 수준이 명실상부한 선진국이라고 자타가 인정할 수 있는 경지에 도달할 수 있도록, 국가를 내실 있게 경영하고 국민을 대상으로 비전과 소망을 가지고 교육해 나가야 할 것으로 보며, 그러기 위해서는 필수적으로 국민을 대상으로 한 '국적이 있는 행복 교육'이 절실히 요구된다는 점을 특별히 강조한다.

'더 행복한 한국 프로젝트'의 실현 가능성

유엔의 행복보고서의 국가 행복지수 상으로 우리가 중위권인 반면에, 수년간 상위권에 포진해 오고 있는 북유럽국가들의 입장과 대조적인 관점을 취하여, 보다 넓고 높은 차원을 도입하여, 한국이 살기 좋은 나라임을 입증하고 인정받기는 어렵지 않을 것으로 본다. 우선 북유럽국가들은 대체로 사회민주국가들이어서 국가 차원의 사회보장제도가 잘 구비되어 있어 대부분의 국민들이 정년퇴직 이후의 노후생활에 아무런 장애가 없다는 점을 큰 장점으로 내세우고 있다. 이는 한국의 경우와는 크게 격차가 있어 한국인들이 그들의 노후생활을 부러워할 정도라고 보나, 평범한 국민들의 일상사를 중심으로 대조해 보면, 한국이 유엔의 행복지수상으로, 특히 정량적 지표상으로 보아 저조한 편임에도 불구하고, 북유럽국가들과 비교해도 정성적(질적 수준) 지표 관점에서 보면, 상대적으로 살기 좋은 국가라는 점을 새삼스럽게 확인할 수 있다고 판단할 수 있다.[11]

구체적으로 보면, 국가행복지수를 평정하는 과정에서 적용하는 8개 항목들에는, ① 1인당 GDP, ② 사회적 지원, ③ 건강한 삶 기대(건강수명), ④ 삶의 선택자유, ⑤ 관대함, ⑥ 부패율, ⑦ 반사회적 관련 요인들, ⑧ 타인이나 공적 기구에 대한 신뢰도' 등이 포함된다. 그런데, 그중에서 사회적 지원(실업보험, 의료보험, 연금제도 등이 취약한 편), 부패율(공무원 부정 등), 반사회적 관련 요인들(파업, 범죄율, 교통사

---

11 이들 북유럽 국가 국민을 포함하여, 특히 한국을 방문했거나 한국에 대하여 관심을 가지고 있는 여러 국민을 대상으로 교차 검증 및 확인해 볼 수 있다고 판단하는 동시에, 유엔의 행복지수 조사 및 평정하는 과정에서 중시하는 지표들이 불가피하게 정량적이고 가시적이기 때문에 초래되는 편향되고 불완전한 결과를 정성적이며 질적 차원의 근거를 활용하여 보완해야만 보다 신뢰할 수 있는 결과를 얻을 수 있다고 판단하기 때문이다.

고율, 빈부격차 포함한 불평등지수 높은 편), 타인이나 공적 기구에 대한 신뢰도(사회적 신뢰도 낮은 편)와 더불어 삶의 선택자유(평준화정책으로 학교 선택 제한, 직업 선택 및 변경 유연성 부족)나 관대함(상호이해, 상대방에 피해를 주지 않으려는 태도 등이 빈약한 편)이라는 항목에서는 한국이 북유럽국가들에 비하여 비교적 낮은 점수를 받았을 것으로 추정하기에, 보다 통합적인 관점에서 이를 보완하면서 공정하고 균형 있게 삶의 질적 수준을 평정하기 위해서는 아래에 제시하는 항목들에도 관심을 기울여야 한다.

앞에서 언급한 바와 같이, 학교와 사회적 차원의 행복 교육을 포함하여 사회적 행복 수준 향상에 초점을 둔 다양한 대응 방안을 통하여 장기적으로 사회적 변화를 예견해 볼 수 있는바, 우선적으로 국민 개개인들 간 상호신뢰하는 사회적 분위기가 조성되는 동시에 국민적 관대함(상대방 배려와 존중) 수준도 향상될 것으로 기대할 수 있다. 또한, 사회적 행복 차원에서 실질적 변화가 오면 정치인이나 사회지도층이 국민들에 대한 태도와 인식 상의 변화도 발생할 것으로 예상할 수 있다. 이러한 행복 교육에 의한 변화추세의 영향을 받게 되면, 공무원의 부패 수준을 비롯한 타인과 공적 기구에 대한 신뢰도에 의미있는 변화가 발생할 뿐만 아니라 반사회적 관련 변인들(파업을 비롯한 불평등지수)에서 긍정적 변화도 가능하다고 예측할 수 있다. 그리고 선진국 국민으로서 높은 수준의 역사의식으로 무장하여 자긍심과 자부심을 가지고 더욱 노력한다면, 국민들 전반에 걸쳐 상호신뢰도와 관대함 수준도 괄목하게 향상될 것이다. 그와 더불어 자유민주주의가 보다 성숙한 경지에 도달하게 되면 사회적 지원 수준에서도 점진적으로 향상을 가져올 것이며 국민 개인들의 삶의 선택의 자유 수준도 크게 신장될 것이다. 그리고 지속적인 경제발전으로 인하여 개인별 경제적 수준도 크게 향상될 것이고, 지속적으로 빈부격차를 의미 있게 축소해 나가며 사회적 지원(연금, 보험제도 등)을 보다 강화해 나가게 된다면, 그에 따라 자연스럽게 건강 수명도 가시적으로 신장될 것으로 기대할 수 있다고 긍정적으로 예상할 수 있다.

이처럼 행복 교육과 더불어 사회적 행복 향상을 위한 중장기적인 노력(국가 차원 프로젝트를 중심으로)들이 상당한 효과를 거두게 된다면, 우리 국민들도 북유럽국가들 못지않은 높은 수준의 사회적 행복을 누릴 수 있을 것으로 예상하는 것은 그리 어렵지 않을 것으로 확신해 본다. 전반적으로 보아, 이들 8개 항목들은 일반인들의 삶의 질적 수준과 사회적 행복 수준을 평정하는 데 필히 참고할 내용이라고 보고, 우리 나름의 사회적 행복 수준 향상 노력을 경주하면서 유엔의 국가행복지수 평가준거항목을 참고하며 보완한다면 보다 신뢰할 만한 행복지수를 산출해 낼 수 있을 것으로 판단한다. 그러나 이들 준거항목들이 완벽한 것이라고 보기 어렵고 보다 포괄적이며 섬세한 관점의 국민 개인적 삶의 입장을 충분하게 반영하고 있다고 보기 어렵기 때문에, 더더욱 우리 나름의 '국적이 있는 사회적 행복 증진책'에 중점을 두고 노력해 나갈 필요가 있다.

결론적으로, 상기한 바와 같은 예상에 입각하여, 북유럽국가 사람들을 포함한 세계인들이 한국인들을 부러워할 것으로 예상되는 상황(어느 국가의 국민을 막론하고 이의를 제기하기 어려울 정도의 명확한 근거를 바탕으로)을 중심으로, 한국이 살기 좋은 국가이고 국민들의 삶의 질적 수준도 세계적으로 보아도 높다는 점을 직감할 수 있도록 하는, 경험에 근거하여 삶의 수준에 관한 실증적 근거들을 중심으로 실제 현황을 지적해 본다면 〈아래〉와 같다. 앞에서 지적한 바와 같이 국가적 차원에서 행복 교육에 매진하며 사회적 행복 수준을 향상시키기 위한 다각적인 국민적 행복 증진 노력을 체계적으로 경주해 나간다면, 아래에 열거한 10개 항목들 이외에도, 국민 개개인의 행복 수준과 국민적 삶의 질적 수준, 그리고 국민들 간의 상호신뢰 수준이 세계적으로 인정받을 정도로 향상될 것으로 예상할 수 있다. 다시 말해서, 장기적으로 예견해 보면, 한국인들은 더 그럴듯한 모범 사례(삶의 현장에 근거한 실증적 근거)들을 산출해 낼 수 있을 것이라는 뚜렷한 목적과 포부로 무장하고, 국민 모두가 보다 수준 높은 행복한 삶을 누릴 수 있다는 비전과 희망을 가지고 정진해 나갈 필요가 있다. 끝으로, 이러한 긍정적인 기대와 예상은 한국전쟁 이후 지난 70여 년 동안 가난했던 조국을 세계적인 경제 대국으로 성장 발전시켜 왔던 우리 국민들의 잠재력과 정신력에 대한 확고한 신념에 근거를 둔 것이라는 점을 특별히 첨언한다.

아래

1. 한국은 사계절이 분명하게 구별되는 매우 좋은 자연환경과 기후대에 처해 있어 지구상의 여느 국가 못지않게 살기 좋은 기후 및 생태 환경조건에 처해있다는 점(일조량이 매우 많고, 다양한 곡식, 채소, 과일 등 먹을거리가 풍부한 편이며, 계절의 변화에 현명하게 대응하며 살고 있어서 국민들이 정서적으로나 신체적으로 그리고 정신적으로도 대체로 건강하여 평균수명도 세계적으로 상위권에 처해 있고, 국민의 지적 수준(지능, 교육)도 아주 높다고 보기 때문이다)

2. 국토 전반적으로 산림녹화가 잘 되어 경치 좋은 곳이 많고, 청정한 공기와 음료수로 사용할 물이 부족하지 않으며 우수한 수질의 물이 무료로 공급되고 있다는 점(중국으로부터 주기적으로 불어오는 편서풍으로 인한 황사, 미세먼지 등을 고려한다고 해도, 전반적으로 금수강산의 여건이 구비되어 있어 다른 국가들과 비교해 보아도 국민들이 그를 즐기며 상대적으로 양질의 물과 공기를 마시며 살고 있기 때문이다)

3. 전국적으로 도로망과 철도망이 잘 구비되어 있고 서민 위주의 대중교통망이 효율적으로 운영되고 있어, 여행하기 편하며 그에 따른 편의시설이나 관련 시설이 잘 구비되어 있다는 점(고속도로나 기차역, 공공기관 등의 휴게실, 식당, 화장실 등이 선진국 수준임을 외국인들로부터 인정받고 있을 뿐만 아니라, 대중교통체계가 일반 시민 중심으로 설계되어 있고, 환승 등 시민들의 편의성 및 경제성을 중시하여 매우 합리적으로 관리 운영되고 있기 때문이다)

4. 전국적으로 초고속 전산망을 구축해 놓고 여느 국가에 뒤지지 않는 고급 수준의 통신 체제를 운영하고 있는 덕분에 국민들 대부분이 간편하고 편리하며 초고속 기능이 지원되는 스마트폰이나 컴퓨터 등을 자유자재로 활용하고, 편리하고 효율적으로 소통하고 만나는 사회문화적 풍토와 신속하고 경제적인 업무처리를 자연스럽고 당연한 것으로 여기고 있다는 점(선진국을 포함한 세계 각국 대부분의 국민들이 이와 같은 상황을 부러워하지 않는 경우가 매우 희소하다고 파악되고 있기 때문

이다)

5. 초, 중등학교 학생들이 학교 급식의 혜택을 받고 있어 학교 생활과 학습활동 차원에서 건강하고 위생적인 생활을 보장받고 있어, 조화로운 영양 섭취 면이나 신체 발달 면에 도움이 될 뿐만 아니라 정서발달이나 사회성 발달 차원의 성과를 거두고 있는 것으로 파악되고 있다. 특히, 양질의 학교 급식이 청소년 시절의 신체 발육상 큰 도움이 되고 있다는 것은 학생의 평균 신장(고교 2년 기준 평균 키)이 아시아지역에서 크게 앞서고 있고 유럽 국가들과도 큰 차이가 나지 않는다는 실증적 사실을 통하여 입증이 되고 있다는 점(영국, 미국 등과 같은 선진국의 학교에서도 한국의 학교 급식(식단)의 우수성을 인정하고 벤치마킹하려는 사례가 적지 않기 때문이다)

6. 대도시를 중심으로 지하철 교통망(특히 보다 빠르고 편리한 대심도 지하철도 체계가 추가되고 있으며)이 합리적으로 구축되어 있고 그 운영관리가 컴퓨터 체제로 시행되고 있어 세계적인 대도시 주민들의 부러움을 살 정도이며, 실제로 세계적인 도시들이 한국의 지하철 체제를 모방하거나 관련 기술들을 도입해 가고 있는 실정이라는 점.

7. 행정 체제를 위시로 한 대국민 서비스 체제가 전산화되어 있어 국민들이 아주 편리하게 활용하고 있다는 점(국민편의 중심의 신속 정확한 행정복지 서비스 체제가 세계적인 모범국으로 인정받고 있어 여러 나라에 수출되고 있기 때문이다)

8. 전체 국민을 대상으로 한 건강보험 체제가 차질 없이 작동되고 있고 의료비 부담이 실질적으로 경감되고 있는 등 선진국 국민들마저 부러워하며 그 혜택을 받기 원하고 있는 실정이고, 그로 인하여 국민들의 수명이 연장되어 장수국가로 인정받고 있다는 점(특히 선진국 국민 다수가 난치병을 한국에서 치료받기 원하고 있고, 실제로도 한국의 의료 기술의 혜택을 받은 외국인의 숫자, 특히 의료관광 목적의 입국자들이 크게 증가하고 있기 때문이다)

9. 서울을 비롯한 대부분의 도시에서 치안이 확립되어 있어 외국인들일지라도 밤늦게까지 안전하고 마음 편하게 활동할 수 있다는 점을 많은 선진국 국민들이 부러워하고 있다는 점.

10. 대도시 중심으로 65세 이상의 노인 인구가 지하철을 포함한 교통서비스를 무료로 이용하고 있다는 점(노인복지 차원의 다양한 혜택이 점차 생활화되어 있고 사회문화의 일부를 차지하고 있는 상황에 대하여 대부분의 세계인들이 선망의 대상으로 삼고 있기 때문이다) 등등

'경제적 행복'과 우리의 삶

돈이 많을수록 더 행복한가?

동서고금을 막론하고 대부분의 사람들이 부자가 되기를 원했고 부자가 되면 행복할 것이라는 생각을 가지고 살아왔다. 근대 이래로 지구촌 다수의 나라들이 자본주의를 신봉하며 살고 있기에 우리 사회에도 돈이면 모든 것을 해결할 수 있다는 신념으로 살고 있는 사람들이 예전에 비하여 훨씬 많아진 것만은 사실이다. 우리가 선택한 자본주의와 시장경제 체제에서 사는 사람들이라면 당연히 돈이 없으면 인간다운 삶을 누리기 어렵다는 것을 잘 알고 있을 것이고, 나아가 돈이 없으면 행복한 삶을 추구하기 어렵다는 것은 일종의 상식으로 통하고 있는 실정이다.

우리의 전통적인 행복관인 오복사상(수, 강녕, 부, 유호덕, 고종명)에도 부富를 오복의 하나로 포함시켜 돈이 행복을 좌우하는 중요한 변수라는 것을 강조하는 문화를 조성해 왔고, 최근에는 자본주의 경제체제 하에서 살아왔기에 대부분의 국민들은 '돈이 없으면 행복하게 살 수 없다', '돈이 많을수록 행복해질 것이다'라는 인식 속에서 살고 있는 것을 이제 와서 누구를 탓하거나 원망할 수도 없는 우리의 태생적 사회문화적 환경이 된 것이다.

그래서 요즈음 '돈이면 모든 것을 해결할 수 있기 때문에 부자로 잘 사는 것이 보장된다면 범죄라도 저질러 버리겠다'라는 생각을 하는 젊은이들이 적지 않다는 우리네 실정을 아마도 모르는 사람들은 드물 것이다. 이처럼 황금 만능주의적 사고방식을 가진 상당수의 한국인들이 돈에 대하여 어떤 태도를 가지고 있는가를 추정하기는 어렵지 않고, 나아가 돈과 행복 간의 높은 수준의 상관관계를 전제로 한 한국인들의 행복관을 짐작하는 것도 어렵지 않을 것이다. 이러한 사회적 상황에서 우리 젊은이들에게 돈과 관련한 삶의 태도와 가치관을 고려하지 않고서 바람직한 행복관을 함양하기를 기대하는 것은 매우 난감하다는 관점에서 출발할 필요가 있다.

돈에 대한 명쾌하고 바람직한 태도를 정립하는 것이 경제생활에도 도움이 되고 행복을 추구하는 데도 큰 영향을 미친다는 것은 동서양 막론하고 공통적인 현상이다. 이에 스토아 철학자 에픽테토스에 의하면, "사람은 많은 것을 소유함으로써 부유해지는 것이 아니라 품위 있는 절제를 통해 부유해진다"라고 말하며 부를 절제 있게 사용해야만 행복을 누릴 수 있다고 강조하고 있다. 그러나 자본주의가 세계를 지배하게 된 이후 최근에는 경제생활과 행복에 관하여 분명하게 달라진 신념들을 보면, "행복은 돈으로 살 수 없다. 그러나 돈이 없이는 행복하게 살기 어렵다… 부는 건강과 같이 없으면 불행하지만 부를 가지고 있다고 다 행복하지는 않다. 의도하는 만큼 돈을 벌어도(돈벼락을 맞아도) 행복은 잠시뿐이다. 남과 비교할수록 불행만 커진다"라는 지혜로운 발언들에 대하여 이의를 제기하기 어렵게 된 것이 오늘의 우리의 현실이다. 이를 정리하자면, '소득과 행복은 실제로 상당한 상관관계가 있으나 다만 관련성이 매우 큰 것은 아니다. 그 관련성은 부유한 사람보다 가난한 사람에게 훨씬 높게 나타난다는 점과 더불어, 개인보다는 국가별로 비교할 때 더욱 높은 상관을 보인다는 것이며, 국민의 경제 수준이 나아져도 스스로 느끼는 행복 수준의 평균은 꿈쩍도 하지 않는 나라들이 많다'라고 종합해 볼 수 있다.

그리고 경제발전이 진행 중이어서 빈부 차이가 심화되고 양극화현상이 발생하는 등 개인들의 소비생활 면에서 불평등이나 불공정성을 피부로 직접 경험하게 되고 불만이 누적되어 서민들의 행복지수는 높지 않게 나오는 것이 당연하게 여겨지고 있는 실정이다. 특히 경제적 격차가 만연한 자본주의사회에서 자신의 경제 수준을 주위 사람들과 상대적으로 비교하려는 태도를 지니고 살아가는 자들은 "그대보다 행복한 자 때문에 괴로워하는 한 그대는 결코 행복해질 수 없다"라는 세네카(로마 시대 스토아 철학자)의 명언에 귀 기울여야 할 것이다. 더군다나, '이스털린의 역설'이라는 경제 용어로 잘 알려진 리처드 이스털린의 연구 결과인 "소득이 일정 수준에 도달하고 기본적인 욕구가 충족되면 소득이 증가해도 행복에는 큰 영향을 미치지 않는다"는 현상은 이제 세계적인 것이 되었다. 즉 소득이 높아져도 꼭 행복으로 연결되지 않는 것은 소득이 증가하면 그만큼 욕심도 증가하기 때문에 빈부격차라는 사회 문제를 초래하고 있다는 것이다.

* * *

유대인의 '율령집'에 있는 "인간은 본능적으로 부유함을 원하고 있다"라는 말에 우리가 새삼스럽게 동의하면서 어느 누가 경제적으로 풍족하게 살아가는 삶을 싫어하고 그로 인한 행복을 누리는 것 자체를 부정할 것인가 생각해 본다. 그러기에 동서고금을 막론하고 대부분의 사람들은 경제적으로 부유하게 되면 행복이 보장된다고 믿고, 행복을 추구하는 일에 비하여 돈을 벌기 위해서 더 많은 시간을 소비하는 것을 당연시하는 것으로 보인다. 그러나 자본주의 체제가 도입되고 대부분의 선진국은 자본주의 경제 체제를 적용해 왔기에 최근에 들어서는 모두가 부자가 되어야만 하고 그래야만 행복하게 살게 된다는 식의 주장은 어느 사회에서도 그렇게 상식으로 받아들여지지 않고 있다고 보아야 한다. 지구촌 사회에서 비교적 부유한 민족으로 인정받고 있는 유대인들마저도 무조건 행복하게 살고 싶으면 부자가 되어야 한다고 주장하지는 않고 있어 주목할 만하다. 아마도 그들은 일찍이 부자가 되면 행복해진다는 공식을 믿지 않고 살아왔다고 볼 수도 있다.

유대인들의 경전인 〈탈무드〉를 통해서 확인할 수 있는 것은, 무조건 돈을 많이 벌면 모든 것이 해결된다는 식의 격언은 찾아보기 어렵다는 것인데, 다만 '부유한 사람이란? 가진 것에 만족하는 이'라는 격언이 많은 사람들의 입에 오르내리고 있다. 이 말은 고대 그리스 시대 철학자인 소크라테스의 말과도 상통하고 있어 인상적이다. 즉, "가진 것에 만족하지 않는 자는 갖고 싶어 하는 것에도 만족하지 못할 것이다"라는 명언은 유대인들의 탈무드에도 자리 잡고 있다. 이와 더불어,

'사람을 상처 입히는 세 가지가 있는데 번민, 말다툼, 텅 빈 지갑이 그것이다. 그중에서도 텅 빈 지갑이 가장 크게 상처 입힌다.'

'가난이 수치는 아니지만, 그렇다고 명예도 아니다.'

'두툼한 돈지갑이 좋은 것만은 아니지만, 텅 빈 지갑이 좋은 것도 아니다.'

'가난은 삶의 고통이다.'

등에서 보는 바와 같이 부유함을 추구하기 전에 가난에 빠지지 않아야 한다고 강조하는 격언들을 어렵지 않게 발견할 수 있다. 여기서 경제 관련 탈무드 정신을 부분적으로나마 확인할 수 있는바, 그것들은, ① 부자가 된다고 모두 행복한 것은 아니다, ② 부자란 돈이 많은 자가 아니고 가진 돈에 만족하는 사람이다, ③ 부자가 되기 위해서는 우선적으로 가난에서 벗어나야 한다 등이다.

일반인들의 상식과는 달리 부자일수록 더욱 행복해질 것이라는 믿음은 대체로 실현되기 어려운 것이라는 점을 경험을 통하여 확인하게 되면서, 경제를 알면 행복을 추구하는 데 도움이 될 것이라는 믿음이 사람들 마음속에 자리 잡기 시작했다고 본다. 특히 자본주의 체제에서 살고 있는 한국인들마저도 자본주의 논리에 따라 현명하게 경제생활을 해 왔다고 보기 어렵기에, 최근에 들어 더욱 경제에 더 많은 관심을 갖게 되었다 본다. 말하자면, 일상생활에서 행복과 관련된 경제적 개념들이 널리 사용되고 있는 것은 무조건 많은 돈을 벌면 행복해질 것이고, 부자들은 행복할 것이라는 막무가내식 행복관에서 점차 탈피하고 있는 것으로 보이고, 장기적으로는 현명하고 합리적인 경제생활을 통하여 행복을 추구할 수 있다는 지혜를 터득해 가는 단계에 놓여 있다고 보아야 할 것이다. 그러기에 유대인들은 일찍이 돈을 버는 일이 중요하지만 번 돈을 쓰는 일도 중요하다는 것을 강조하면서 보다 현명한 소비생활을 강조했기에 그들의 경제관은 우리가 본받을 만하다고 판단할 수 있다. 말하자면, 〈탈무

드〉에는

'돈은 벌기는 쉬워도 쓰기는 어렵다.'

'쓸 수 있는 돈을 가지고 있다는 것은 좋은 일이다. 그런데 그것을 올바르게 쓰는 방법까지 알고 있으면 더욱 좋다.'

'돈으로 행복을 살 순 없지만 행복을 불러오는 데 큰 역할을 한다.'

'돈이란 쓰기에 따라 좋을 수도 나쁠 수도 있다. 그밖에 다른 문제는 없다.'

'돈이란 매정한 주인이기도 하지만, 유익한 심부름꾼일 수도 있다.'

'돌처럼 굳어진 마음은 황금 망치로만 풀 수 있다.'

'돈은 닫혀 있는 모든 문을 열 수 있다.'

'돈은 선인에게는 좋은 것을, 악인에게는 나쁜 것을 안겨준다.'

등의 격언이 포함되어 있어 현대인들에게 적지 않은 영향을 미치고 있다.

이와 같은 격언들의 영향을 받아 온 서양 사회에서는 자본주의적 경제 체제를 도입하고 그에 적응하면서 돈을 버는 일 못지않게 쓰는 일에 대한 관심도가 높아져 오늘에 이르렀다고 본다. 이처럼 자본주의적 삶의 특성을 여실히 드러내는 경제적 개념들은, 행복한 삶을 위해서 돈을 벌고 소비하는 바람직한 노하우를 제시해 주는 역할을 수행하게 되면서, 최근에는 일종의 상식처럼 통용하고 있는 실정이다. 이와 같은 행복 관련 경제적 개념을 분명하게 드러내고 있는 것들로는, ① 욜로, ② 워라벨, ③ 소확행, ④ 가성비(가심비), ⑤ 탕진잼 등을 열거할 수 있다. 즉 이들 개념들이 우리의 경제생활과 어떤 관련성이 있는가를 고찰하면 다음과 같다.

① **욜로(YOLO; You Only Live Once)**는 다소 위험을 감수하더라도 지금 이 순간을 위해 삶을 즐기는 것이 바람직하다고 생각하는 현상을 의미하는 데, 내가 좋아하는 일에 대한 '무한도전 열풍'이 그 한 예라고 볼 수 있다, 특히, 최근에 일고 있는 여행과 소비에 관한 인식이 비교적으로 적합한 것으로 보이며, 호화여행, 과소비, 해외여행, 탕진잼에 관한 관심도가 높아지면서 관광과 관련된 소비행위로 확산되는 분위기가 대표적인 사례라고 볼 수 있다. 돈을 버는 데만 관심을 두고 돈을 합리적으로 소비하는 일에는 대체로 소홀했던 우리의 과거 모습에서 이제는 과감하게 탈피해 보는 것도 보다 행복한 인생을 위해서 도움이 될 것이라는 인식이 확산됨에 따라 이 개념은 직장인들의 하나의 상식으로 자리 잡게 되었다고 볼 수 있다.

② **워라벨(Work-and Life Balance)**은 직장생활과 가정생활을 양립시키며 최적화하려는 노력을 표현하는 개념으로서, 동서양을 막론하고 현대인들이 삶의 질적 향상을 추구하기 위하여 고안한 삶의 지혜로 볼 수 있다. 말하자면, 근로자들의 일과 삶을 조화시키고 균형 있게 만듦으로써 근로자들의 삶의 만족도를 제고하는 동시에 재직하고 있는 조직(회사)의 생산성을 증진시키려는 전략을 말하기도 한다. 그동안 지나치게 직장 업무에 몰두함으로써 가정생활에 소홀하거나 건강한 생활이 어렵다는 점을 경험적으로 인식하고 그에 대한 합리적 대안으로 등장한 행복한 삶을 위한 지혜로운 전략으로 인정할 수 있을 것으로 보인다.

③ **소확행(小確幸)**은 일본 사회에서 널리 유행된 개념으로 '작지만 확실하게 실현 가능한 행복', 또는 그러한 행복을 추구하는 삶의

경향을 일컬어 통용되는 개념으로서 우리 사회뿐만 아니라 널리 서양 사회에까지 통용되는 개념이다. 현대인들의 삶의 수준이 향상되면서 행복에 관한 관심도가 증대되면서 자연스럽게 행복학이라는 연구 분야가 등장하여 일반인들의 일상생활 중 행복한 삶을 추구하는 양상에 관한 체계적인 연구 활동이 이루어지고 있는 실정이다. 종래에는 보통 사람들이 행복에 관한 인식 중에서 규모가 크고 장기간 계속되는 행복감을 선호하고 행복을 위해서 장기간 노력하고 기다리는 형태를 보이는 경향이 강했다고 한다면, 최근에는 일상사에서 작지만 확실한 행복을 얻는 것에 더 많은 관심을 갖게 되었고, 막연하게 추상적인 행복감을 추구하기보다는 직접 참여하고 경험함으로써 얻는 사소한 즐거움을 가치롭게 여기는 것을 선호하는 풍조가 유행하게 된 것으로 보인다. 이에 관한 행복학자들의 권고 중에서 대표할 만한 것으로, '물건보다는 경험에 돈을 써라', '몇 번의 커다란 즐거움보다 여러 번의 작은 즐거움에 돈을 써라' 등과 같이 사소한 행복거리에 관해서도 가치와 의미를 두는 것이 바람직하다는 것이다.

④ **가성비(Cost-effectiveness; 가격 대비 성능, 價性比)와 가심비(Cost-satisfaction; 가격 대비 심리적 만족, 價心比)**에서 먼저 가성비는 소비자가 지불한 가격에 비해 제품 성능이 소비자에게 얼마나 효용을 주는지를 나타내는 개념으로서, 가격은 싸면서도 성능에 대한 만족도가 높은 경우를 추구함으로써 작은 즐거움이나 만족감을 누릴 수 있다는 것을 표현하기 위하여 사용하고 있다. 이 경우에 구입한 제품의 성능이나 효율성 정도에 비하여, 소비자의 심리적 만족도 정도에 더 중점을 두는 경우에는 가심비라는 용어를 사용하기도 한다. 돈을 버는 데만 관심을 두기보다는 번 돈을 어떻게 사용하는 것이 보

나 합리적인 소비생활인가를 비롯하여 자신의 소비활동을 통하여 사소한 만족감과 더불어 행복감을 느끼는 것을 바람직하다고 판단하게 됨에 따라 자본주의사회에서 살아가는 과정에서 보다 지혜로운 경제생활을 추구하는 현대인들의 관념상의 변화, 소비생활에서의 새로운 트렌드를 자연스럽게 드러내고 있는 개념이라고 할 수 있다.

⑤ **탕진잼**은 소소하게 탕진하는 재미를 표현하는 용어로서, 적은 금액으로 최대한의 만족을 얻기 위해 사용 가능한 돈을 모두 쓰는 경우에 느끼는 즐거움을 나타내는 개념으로 현대인들의 소비생활 패턴의 일부를 드러내고 있다. 돈 버는 일에만 몰두하기보다는 돈을 어떻게 하면 보다 현명하게 사용함으로써 돈을 벌기 위해 투자한 시간, 열정, 아이디어 등에 대한 보상책이면서도 일상생활 중에 당면하는 스트레스 등을 해소하기 위해 필요한 방안으로 볼 수도 있다.

돈에 대한 마음 다스리기

요즈음 경제적 수준이 향상된 사회에서 비교적 여유 있게 성장해 온 젊은이들은 부모 세대가 이루어 놓은 경제적 풍요 덕택에 가난의 의미와 돈의 중요성에 대한 확고한 신념을 갖기 어렵다고들 지적한다. 비교적 여유롭게 살아왔거나 가난하게 성장하며 어려움을 경험하였는가 여부를 불문하고 대부분의 젊은이들은 '돈이면 모든 것을 해결할 수 있다'는 황금 만능주의적 사고방식에 쉽게 젖어 들기 마련이고, 돈을 많이 벌 수 있는 직업이 보장되는 대학에 진학하기 위하여 모든 것을 걸고 마치 '투쟁하는 사회'를 연출하는 것처럼 보인다. 자본주의 사회라는 특성을 무시할 수 없지만 유별나게 돈을 잘 벌 수 있는 직업을 선호하고 그러한 기회를 보장해 주는 대학에 진학하기 위하여 준비하는 일에 몰입하면서 돈과 행복 간의 높은 상관을 상정하고 그를 맹목적으로 추구하며 '행복하게 살기 위해서는 돈이 필요하다'는 태도를 획일적으로 공유하고 있는 것이 우리 사회의 단면이다.

이처럼 황금 만능주의적 사고방식을 가진 많은 젊은이들이 돈에 대하여 어떤 태도를 가지고 있는가를 추정하기는 어렵지 않고 나아가 돈과 행복 간의 높은 수준의 상관관계를 전제로 한 그들의 행복관을 짐작하는 것도 어렵지 않을 것이다. 이러한 사회적 상황에서 우리 젊은이들에게 돈과 관련한 삶의 태도와 가치관, 특히 바람직한 행복관을 함양하기를 기대하는 것은 매우 난감하다는 관점에서 출발할 필요가 있다. 그러기에 사회에 진출하기 위하여 준비하는 청소년들을 대상으로 진로지도에 보다 많은 관심과 격려를 보내는 제도적이고 정책적인 배려가 요청된다는 차원에서 보면, 젊은이들이 주축이 되어 선진국을 건설해 나가기 위해서는 그들이 선진국 시민다운 세계관을 가지고 건전한 직업관을 구축하는 데 중점을 두어야 할 것이다. 이러한 노력을 기반으로 새로운 직장인으로서 사회화되면서 사회적으로나 개인적으로 건전한 행복관을 가지고 행복한 인생을 누릴 수 있어야 한다는 당위성을 인정한다면, 궁극적으로는 그들에 대한 '자신에게 적합한 행복한 삶을 설계하고 실현할 수 있도록 지도하고 돕는 행복 교육'이 절실하다는 점에 기성세대가 동의하고 그를 실현하기 위한 지원을 아껴서는 안 될 것이다.

돈에 대한 확고한 태도를 정립하는 것이 경제생활에도 도움이 되고 행복을 추구하는 데도 영향을 미친다는 것은 동서양을 막론하고 공통적인 현상이라는 것이 다각적으로 파악되고 있다. 스토아 철학자 에픽테토스에 의하면, "사람은 많은 것을 소유함으로써 부유해지는 것이 아니라 품위 있는 절제를 통해 부유해진다"라고 말하며 부(돈)를 절제 있게 사용해야만 행복을 누릴 수 있다고 강조하고 있다. 이를 지지하며 영국의 리즈 호가드는 경제생활과 행복에 관하여 분명한 입장을 밝히고 있어 주목할 만하다. 즉, "행복은 돈으로 살 수 없다. 그러나 돈이 없이는 행복하게 살기 어렵다 …(중략)… 부는 건강과 같이 없으면 불행하지만 부를 가지고 있다고 모두가 행복하지는 않다. 의도하는 만큼 돈을 벌어도(돈벼락을 맞아도) 행복은 잠시 뿐이다. 남과 비교할수록 불행만 커진다"라고 주장하는 호가드는 추가적으로 최근에 나온 연구 결과에 입각하여 자신의 주장을 펴고 있다. 즉 호가드는, "아동의 정신적 행복을 결정짓는 핵심요소는 부모와 또래 집단과의 관계이지 가족의 소득수준이 아니었다. 무엇보다도 부富를 우선시하는 사람은 행복을 덜 느낀다는 연구 결과도 있다. 자신보다 사회적으로 성공한 사람, 돈 많은 사람과 비교하면 불행해지기 마련이다. 하지만 우리보다 상대적으로 덜 성공한 사람을 보면 우리가 받은 축복을 헤아릴 만한 여유가 생긴다"라고 주장하며 '부와 행복 간의 관계'에 대한 견해를 제시하고 있다.

이와 더불어 지구촌이라는 거시적인 관점에서 보면, 유럽 국가들을 비롯한 프로테스탄티즘 배경을 지닌 국가 국민들의 행복지수가 상대적으로 높다는 점에 주목할 필요가 있는데, 이는 비교적 장기간 민주주의와 자본주의경제 논리를 기반으로 국가 경제가 발전해 왔고, 사회적으로 경제정의가 정착되어 있으며 국민 개개인들이 건전하고 바람직한 경제관에 입각한 청부淸富 사상을 가지고 있기 때문인 것으로 추정할 수 있다. 이와는 달리 한국을 포함한 개발도상 국가들의 경우에는 민주제도와 자본주의 경제 논리가 비교적 단기간 내에 정착되었기에 국민들이 자본주의 시장경제 논리에 만족스럽게 적응하지 못해 경제정의를 구현하는 데 애로를 겪고 있어 경제적 부정부패가 지속적으로 발생하고 경제 사기범이 감소하지 않고 있는 것으로 추정해 볼 수 있다. 그러한 사회적 맥락에서 성장한 젊은이들은 가시적인 '돈의 위력'을 실감하고 돈을 쉽게, 편하게, 그리고 기회가 주어진다면 불법적인 방법을 동원해서라도 많이 벌 수 있기를 바라는 비정상적인 경제관을 가지고 있는 개인들이 적지 않다고 파악되고 있다. 더군다나 경제발전이 진행 중이어서 빈부 차이가 심화되고 양극화현상이 발생하는 등 개인들의 소비생활 면에서 불평등이나 불공정성을 피부로 경험하게 되고 불만이 누적되어 서민들의 행복지수는 실질적인 경제 수준에 비하여 현저하게 낮은 것이 당연하게 여겨지고 있는 것으로 알려져 있다.

따라서 젊은이들이 사회에 진입하여 경제생활을 하게 되면 자본주의적 시장경제 체제에 적합한 올바른 경제관을 함양하기 어렵게 되어 바람직하지 못한 소비생활 습관을 가지게 될 가능성이 높다는 점에 유념하고 그에 대응할 필요가 있다. 특히 소비생활과 관련하여 사회적 동조현상이 빈발하고, 사회적 유행과 모방 논리에 휩쓸려 과소비를 하고, 낭비벽을 갖게 되는 등의 바람직하지 못한 경제관에 자신도 모르게 습관화될 가능성이 높다는 점에 주목할 필요가 있다. 이에 대응하는 국가사회적 차원에서 경제교육을 통하여 국민들이 올바른 경제관을 가지고 건전한 직업윤리를 함양하며 소비생활과 관련한 자기 관리 능력을 키워나갈 수 있도록 하는 행복 추구 정책이 절실히 요구된다고 주장할 수 있다. 돈이 많으면 무조건 행복이 보장될 것이라는 잘못된 쾌락적응에 빠져들지 않도록 예방 및 경고 중심의 교육활동을 전개하며, 가계 지출이 수입 한도 내에서 이루어지도록 관리하는 소비생활을 습관화하고 돈의 가치를 최대화하는 방향의 경제활동의 원칙을 습관화할 필요가 있고 이를 사회적으로 지원하고 격려하는 풍토를 조성하고 유도하고 권면하는 정책적 노력도 필요한 것이다.

말하자면, 특히 소냐 류보머스키를 비롯한 사회심리학자나 행복경제학자들에 의해 밝혀진, 다음과 같은 '행복을 위한 경제생활 관련 지침'에 경청하고 그를 습관화하기 위한 노력이 요구된다고 지적할 수 있다. 구체적으로 그 방향을 지적하자면, ① '빌려준 자의 노예가 되지 마라'라는 표어를 내세우며 빚을 줄이거나 없애는 일로 부정적인 경험을 감소시켜 긍정적인 경험을 창조하는 방향으로 돈을 사용하라, ② 돈을 물건을 사는 데 소비하는 사람들에 비하여 체험이나 경험에 소비하는 사람들이 보다 더 행복감을 느낀다, ③ 몇 번의 커다란 즐거움보다 여러 번의 작은 즐거움을 위해 돈을 써라, ④ 가진 것을 최대한 활용하거나, 새로운 방식으로 사용하며 절약 습관을 강조한다, ⑤ 자신보다 경제 수준이 상대적으로 높은 사람들을 모방하고 그들과 어울리는 것 보다는 자신과 유사하거나 낮은 경제 수준의 사람들과 어울리는 것이 보다 행복감을 느낄 수 있다든지 등… 행복과 경제 관련 연구 결과를 초보 사회인을 대상으로 한 경제생활에서 적극적으로 참고하도록 교육하고 안내하는 것은 국민 행복지수를 제고시키는 데 도움이 될 것이라고 믿기 때문이다. 그리고 특히 경제적 차이가 만연되어 있는 자본주의사회에서 자신의 경제 수준을 주위 사람들과 상대적으로 비교하려는 태도를 지니고 살아가는 자들은 "그대보다 행복한 자 때문에 괴로워하는 한 그대는 결코 행복해질 수 없다"라는 세네카(로마 스토아 철학자)의 명언에 귀 기울여야 한다.

보다 구체적으로는, 당장에는 돈이 자신의 행복에 영향을 미치는 것으로 느낄 수 있으나 어느 수준에 도달하면 돈은 결코 행복에 의미 있게 영향을 미치지 못한다는 것은 세계적으로 파악되고 있는 공통 현상이라는 것이 확인된 바 있다. 이는 소득이 행복과 비례하지 않는 현상을 의미하는바, 1974년 리처드 이스털린(R. Easterlin)이 30여 개 국가를 대상으로 한 '행복도와 국민소득 간의 관계'를 조사한 결과에서 밝혀진 내용을 말한다. 즉 소득이 일정 수준에 도달하고 기본적인 욕구가 충족되면 소득이 증가해도 행복에는 큰 영향을 미치지 않는다는 현상을 의미하는 것이다. 이를 계기로 '이스털린의 역설(Easterlin's Paradox)'이라는 경제용어가 새롭게 등장하여 지금까지 널리 사용되고 있는데, 소득이 높아져도 꼭 행복으로 연결되지 않는 것은 소득이 증가하면 그만큼 욕심도 증가하기 때문이라는 사실이 밝혀졌기 때문이다. 말하자면, 이는 사회심리학자들이 사용하고 있는 개념, 돈으로 인하여 유발되는 '쾌락의 쳇바퀴 현상(Hedonic treadmill phenomenon)'과도 유사한 의미로 사용되고 있고, 나아가 심리학에서 사용되는 '쾌락적응 현상(Hedonic adjustment)'과도 동일한 맥락에서 사용되고 있다. 이와 같은 현상에 대해서 경제생활에 관한 자기 관리 차원에서 특별히 유념해야 할 것은, 돈으로 행복을 살 수 있다는 생각이나 돈만 많이 벌면 무조건 행복해질 것이라거나 지금보다 돈을 더 벌면 더 행복해질 것이라는 미신과 같은 생각에서 벗어나야만 진정한 행복을 추구할 수 있다는 점에 특별히 유념해야 한다.

이와 더불어, 비교적 최근에 영국 런던대학교 정경대(LSE)의 리 레이야드 교수(경제학)가 발표한 논문이 우리에게 던진 시사점에 특별한 관심을 가질 필요가 있다고 본다. 레이야드 교수는 미국, 독일, 영국 등 4개국에서 표집한 20만 명을 대상으로 조사 연구한 결과를 발표하여 주목을 받았는데, 그 수된 내용은 "행복은 돈이 아니라 건강과 관계에 달려있다"와 "대부분의 불행은 돈 문제나 빈곤보다는 사회적 관계의 문제와 신체적/정신적 건강 문제 탓일 수 있다"라는 결론에 도달하고 있다(사이언스타임즈, 2016, 12, 13)는 점이다. 이는 돈이면 모든 문제를 해결할 수 있다는 황금만능주의적 인식이 유럽 사회뿐만 아니라 대부분의 자본주의 체제를 적용하고 있는 사회에 만연되어 있을 것으로 추정할 수 있으나 내실은 그렇지 않으며, 오히려 예상과는 다른 건강 문제와 인간관계 문제가 우리의 행복과 더욱 밀접하게 관련되어 있는 행복 결정 요인이라는 점을 말해 주고 있다. 또한 레이야드 교수의 연구 결과의 내용은 최근에 발표된 행복경제학 관련 연구 결과들과 동일한 것으로 자본주의사회의 문제점과 지향점을 제시해 주고 있다고 볼 수 있다.

다른 한편, 이와 같은 현상에 대해서 경제생활에 관한 자기 관리 차원에서 특별히 유념해야 할 것은, 돈으로 행복을 살 수 있다는 생각이나, 돈만 많이 벌면 무조건 행복해질 것이라거나, 현재에 비하여 돈을 더 벌면 미래에는 더욱 행복해질 것이라는 비합리적인 생각에서 벗어나야만 진정한 행복을 추구할 수 있다는 것이다. 또한 현대를 살고 있는 한국인들, 특히 젊은이들은 같은 돈이라도 언제 어떻게 사용해야만 보다 큰 만족을 얻고 행복을 누릴 수 있는가에 관하여 보다 지혜로운 소비생활 패턴을 습득하는 데 보다 더 관심을 기울여야 할 필요가 있다. 끝으로, 자본주의 시장경제 체제를 도입하고 있는 우리나라에서 돈의 위력은 그 어느 때보다 강력해지고 있는 상황에서도 현명하게 경제생활을 영위하고 있는 많은 시민 개개인의 입장을 이해하고 수용하면서, 돈에 정복당하지 않고 오히려 돈을 합리적으로 정복하기 위해서는, 먼저 자신의 돈에 관한 마음을 다스릴 수 있도록 노력해야 한다는 것이다. 다시 말해서 돈에 대한 자신의 마음을 효율적으로 다스리기 위하여 노력할 필요가 있다는 점을 '진실로 인간다운 것은 돈의 노예가 되는 것이 아니라 돈을 지배하는 것이다'라는 유대인의 격언을 인용하여 거듭 강조해 두고자 한다. 특히 요즈음 우리 사회에서도 돈에 눈이 어두워, 돈만을 추구하며 이성을 잃고 엄청난 비행이나 범죄를 저지르는 사람들을 보면서 돈의 노예가 되어가는 사람들이 적지 않다는 것을 실감하기 때문이다.

마지막으로, 경제적 생활을 중심으로 남들과 비교하는 습관은 행복을 누리기 위해서는 결코 삼가야 할 것임을 명심하고, 다음과 같은 세 가지 비교로부터 탈피하고 자신을 해방해야 할 것임을 역설하고 있는, 를로르의 저서 〈꾸뻬 씨의 행복 여행〉의 내용을 참고할 필요가 있다. 말하자면, 우리가 결코 비교를 통하여 확인하는 세 가지의 "차이"가 우리를 불행으로 몰고 갈 가능성이 높다는 점에 특별히 주목해야 한다는 것으로, 말하자면, ① 현재의 당신의 삶과 당신이 원하는 삶 간의 차이, ② 현재의 삶과 과거에 최고로 좋았던 시기의 삶 간의 차이, ③ 다른 사람들이 갖고 있는 것과 당신이 갖고 있는 것 간의 차이 등을 특별히 유념할 필요가 있다. 그리고 이러한 경고성 지적을 이해하고 수용하면서, 돈은 단순히 물질적 재화를 획득하는 수단 이상의 의미를 지닌다는 결론을 맺으며, 우리 사회가 여유를 가지고, "돈은 우리에게 욕구의 해소, 여행, 독립적인 생활을 허락해 준다. 이 모든 것이 돈을 그 자체의 목적이 아니라 우리 삶을 편하게 만들어 주고 더 나아가 때로는 우리의 가장 뿌리 깊은 갈망을 실현시켜 주는 수단으로서 욕망하게 하는 충분한 이유가 된다"라는 프랑스 철학자 프레데릭 르누아르의 의미심장한 언급에 특별히 경청할 필요가 있다.

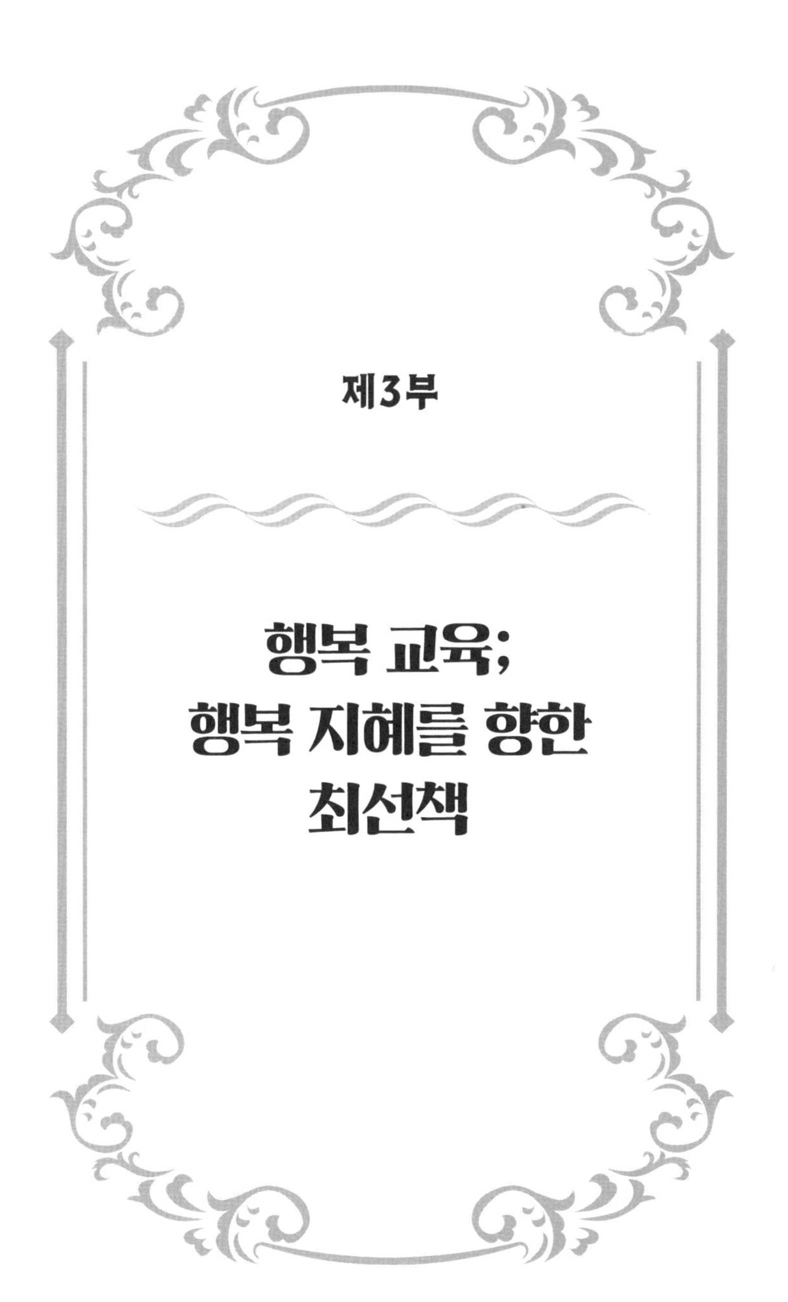

제3부

행복 교육;
행복 지혜를 향한
최선책

제 8 장

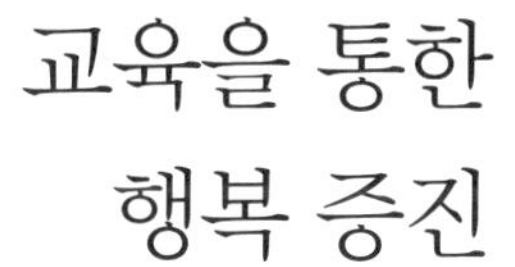

교육을 통한 행복 증진

행복 교육은 우리 사회의 시대적 요구

얼마 전까지만 해도 우리의 자녀들이 학교생활을 충실하게 하고 좋은 성적을 거두게 되거나 원하는 상급학교에 진학하게 되면, 적절한 직장에 취직하게 될 것이며 대체로 원만하게 행복한 인생을 누릴 수 있을 것이라고 믿었다. 그러던 것이 21세기에 들어서 학교 교육 자체에 대하여 더욱 불신하게 되고 자녀들의 미래 삶에 관해서 불안해하는 학부모들이 지속적으로 증가해 왔다. 자녀들의 행복한 인생을 확신하지 못하게 된 대부분의 학부모들은 정상적인 공교육을 신뢰하지 못하고 남들처럼 무리를 해서라도 자녀를 조기 유학을 보내거나 대안학교에 보내는 것이, 또는 최소한 사교육에 의존하며 원하는 학교에 진학시키는 데 매진하는 것이 부모로서 도리를 다하는 것으로 인식하게 된 것이다.

더군다나 개인이 원하는 직장에 취직하기에 유리하다고 믿는 상급학교에 진학하는 것이 일종의 최대 목표인 것처럼 인식하게 되었으며, 이러한 사회적 분위기에서 대부분의 중고교는 입시 위주의 교육에 몰입하게 되었고 그 후로 현재까지 악순환은 지속되고 있는 실정이다. 그로 인하여 학교에서는 진학에만 초점을 두는 지식 위주의 교육에 치중하며, 교과 지식만 제대로 이해하면 전인교육의 목표는 자연스럽게 달성될 것이며 졸업생들은 대체로 행복하게 살아갈 것이라는 막연한 기대감을 가지고 교과교육에만 치중하는 아주 소극적이며 무사안일식의 교육패턴이 형성되어 오늘의 학교문화로 고착되어 온 것으로 추정된다.

한편, 사회적으로는 자본주의 자유시장 경제 체제 하에서 급속도로 경제발전이 이루어지면서 빈부격차가 심해지고, 실업률과 자살률의 증가와 더불어 사회 전반에 걸친 상호불신과 불평불만이 누적되는 현상을 경험하게 되었고, 그로 인하여 국민들의 삶의 만족도는 점차 저하되어 왔다. 특히 경제성장과 사회변화를 배경으로 한 국민의식 수준의 변화를 무시하고 지나치게 장기적으로 변화와 혁신을 기피하며 정체된 교육 체제를 고수하는 데 급급해 왔기에 선진사회 건설에 적합한 미래지향적인 인재 양성에 실패할 수밖에 없었다고 볼 수 있다. 다수의 학생들에게 학교선택권이 주어지지 않은 폐쇄적인 학교 교육을 받아 온 청소년들은 자신도 모르게 정체성 없는 이기주의적 개인주의 물결에 휘말려 들어 정신적으로 국적 없는 인재로 성장하여 행복을 추구하기 위한 인생관(특히 행복관)마저 정립하지 못한 채 학교를 졸업하고 있는 실정이다.

게다가 상당수의 청소년들은 사회 진출 성공 여부와 관계없이 무조건 기성세대와 사회에 대한 불신감을 갖게 되며 스스로 삶 자체에 대하여 꿈과 비전을 가지고 행복을 추구하기 어려운 실정에 놓여 있는 것으로 파악되고 있다. 더 나아가, 내키지 않는 일이나 하기 힘든 일은 환경이나 기성세대 탓으로 책임을 전가하며 과도한 경쟁의식과 체면 의식에 갇혀 물질적 풍요와 편안함을 추구하면서, 무조건 타인들을 모방하는 삶의 방식에 감염되고 시행착오를 일삼고 있는 경향을 보이는 것이 대다수 청소년들의 현실이다. 이러한 현상은 세계인들이 주목할 정도로 한국 학생들의 '삶의 만족도'가 OECD회원국가 중에서 최하위권에 처하게 된 사실(2017년도 72개국 중 71위; 2017년 4월 20일, 조선, 동아, 중앙 등의 기사)이나, 한국의 어린이 행복지수와 청소년 행복지수가 최하위라는 내용, 그리고 아동청소년들의 삶의 질적 수준이 최하위(2014년도 OECD; 35개국 중 35위)인 동시에 가장 높은 결핍지수를 보여주고 있다는 사실들을 통하여 고스란히 드러나고 있다. 2013년 후반(현재)에도 별다른 변화가 없이 이러한 열악한 교육여건이나 사회환경에 처한 학생들에게 행복한 학교생활을 기대하는 것 자체가 어려울 뿐만 아니라 다음 세대가 행복한 인생을 설계하고 준비하기에 장애가 되는 다양한 문제들이 산재해 있다는 점을 인정하지 않을 수 없게 된 것이다.

그러기에 기성세대는 다음 세대가 자신들에 비하여 경제적으로나 문화적으로 더 좋은 세상에 태어나서, 더 많은 학교 교육을 받으면서 살고 있는데도 불구하고 기대하는 만큼 행복하기는커녕 보다 더 만족하지 못하는 삶을 살아가고 있고, 앞으로도 행복 수준이 더 낮아지는 사회에 살게 될 것으로 예상되는 현실에 대해 매우 우려하며 당황스러워하고 있다. 이에 성인들은 자녀들이 자신들에 비하여 최소한 더 불행한 사회에 살지 않도록 사전에 예방하기 위해서 보다 더 잘사는 복지국가를 건설하고 교육여건을 향상시켜야 하는 동시에, 사회문화적으로도 보다 향상되어야 한다는 등 가능한 모든 수단 방법을 강구해야만 한다는 도덕적 책무를 은연중에 공유하게 된 것이 최근 우리 사회뿐만 아니라 지구촌 전반에 걸쳐 드러난 추세로 보인다.

우리와 유사한 사회적 현상을 이미 경험하였던 여러 선진국들에서는 일찍이 행복 교육의 중요성을 인식하고 그 필요성을 강조하였으며, 행복은 교육을 통하여 창출하고 유지할 수 있는 동시에, 확대할 수 있고 향상시킬 수도 있다고 믿는 풍토가 조성되고 있다. 20세기 말에 새롭게 등장한 긍정심리학이 행복을 위한 긍정 정서의 중요성을 강조하고 체계적인 교육을 통하여 긍정적 태도를 함양시킬 수 있고, 그와 관련하여 긍정 정서를 생활화하면 보다 많은 행복감을 느낄 수 있나는 논리를 내세우며 행복에 관하여 다양한 연구 결과를 발표하고 있어 선진국에서 각광을 받고 있다. 이와 함께, 동서양을 막론하여 행복전도사로 활동하고 있는 달라이 라마도 "미래 사회에서는 사랑, 자비, 정의, 용서 등의 내면적 가치인 도덕성을 강조하는 인성교육이 학교 교육에서도 강조되어야 한다"고 행복 교육의 필요성을 주장하고 있다. 이와 같이 지구촌 사회가 전례 없이 웰빙을 포함한 행복한 삶에 관하여 진지하게 접근하면서, '행복을 위한 최선의 기회는 교육이다'라는 표어를 수용하며 행복 교육의 필요성에 관하여 동조하는 경향을 보이고 있고, 한국 사회도 그 예외가 될 수 없다. 특히 경제를 포함하여 사회문화적으로나 교육 수준에 걸맞지 않게 너무도 낮은 국가행복지수(유엔의 세계행복보고서 2023년도 137개국 중 57위, 2022년도 59위)는 유난히도 한국이 국민의 행복을 위한 행복 교육이 절실히 요구되는 사회라는 것을 지적하고 그에 대응할 만한 적절한 조치를 취할 것을 공개적으로 요구하고 있는 것으로 해석해야 한다(다음 장, '사회적 행복'에 관한 내용 참조).

이는 우리가 앞으로 추구해야 할 보다 행복한 선진형 복지국가 비전을 정립하고 그를 실현하기 위한 행복 교육이 우리 사회에게 주어진 절대 절명의 시대적 요구라고 인정하는 국민적 합의가 우선적으로 필요하다는 점을 말해주기도 한다. 그러기 위해서는 지구촌 사회에서의 한국의 위상에 맞는, 수준 높은 국민 의식의 제고에 중점을 둔 행복 교육을 하루속히 시행하여 정착시키는 데 국가사회 전반에 걸친 각별한 관심과 지원을 아끼지 말아야 한다는 주장과 더불어, 차세대 국민의 행복 수준 향상을 위하여 한국 교육계가 선두에 나서서 그 주도적인 역할을 수행해야 한다는 주장에 경청할 필요가 있다.

행복을 위한 최선의 기회,
'행복 교육'

우리 사회의 많은 청소년들이 상급학교 진학에만 매달리도록 강요하는 교육 체제로 인하여 성장 과정에서 욕구불만이 누적되어 왔기에, 다수가 우울증을 비롯한 스트레스성 질환에 시달리게 되고 사회를 원망의 대상으로 삼고 있다는 지적이 있어 왔다. 또한 다수의 청소년들이 삶에 대한 의욕과 동기 수준이 낮고 목표 의식과 비전이 제대로 정립되어 있지 못하며, 당면한 문제들을 헤쳐 나가기보다는 회피하거나 삶을 포기하고 자살에 이르는 사례가 적지 않다는 보도도 지속되어 왔다. 이와 동시에 사회적 경제발전 면에서는 한국이 잘 사는 나라로 국제사회에서 경외의 대상이 되고 있는 데 반해, 청소년들의 삶의 만족도는 OECD 국가 중 최하위권에 속하며 자살률도 가장 높은 편이고, 심각한 결핍상태를 보이고 있으며 실업률도 아주 높은 편이라는 것도 잘 알려져 있다. 그래서 청소년들은 자신들이 행복한 사회에서 살고 있다고 인식하지 않고 있어 독특한 사회라고 세계인의 주목을 받고 있다.

이를 방증하기라도 하듯이 외국에서는 최근 한국 사회에 관하여 보도하기를, 남들과 경쟁에서 이기고 남들이 부러워하는 위치에 서야만 행복할 것이라는 생각이 지배하는 사회라고 단정하거나, 일방적인 지식 전달 교육의 영향으로 인하여 경쟁에서 이기고 원하는 직업만을 얻게 되면 저절로 행복을 만끽할 수 있다는 인식에서 벗어나지 못하는 사회라고 평가하고 있다. 또한 행복한 사람이 되기 위해서는 현재를 중시하지 않고 무조건 미래를 준비하며 경쟁에서 이겨야만 한다는 '행복을 유보하는 인식'이 만연된 독특한 사회로 지목하고 있으며, 부모는 자녀의 행복을 위해서 헌신적으로 봉사하고 고난을 견뎌내야만 한다는 고정관념에서 벗어나지 못하고 있는 국가라고 인식하고 있는 실정이다.

회상해 보면, 대다수의 기성세대들이 과거에 보다 어렵게 살아오는 과정에서도 선대로부터 삶의 지혜를 전수받는 전통이 유지되어서 비교적 행복한 인생을 준비하는 데 도움을 받았다고 생각된다. 그럼에도 불구하고 수많은 시행착오를 저질렀고 조금만 더 지혜로웠더라면 이보다 더 행복한 삶을 누릴 수 있었다고 반성하거나 회고해보지 않는 사람은 매우 드물 것으로 본다. 그런데 오늘의 청소년들은 산업화와 도시화가 진행되는 과정에 지역 공동체 사회가 붕괴된, 핵가족 중심의 아파트 위주의 주거문화 등으로 인하여 기성세대로부터 삶의 지혜를 전수받기 매우 어려운 상태에서 성장할 수밖에 없다. 그러기에 기성세대가 청소년들에게 행복한 삶을 준비하도록 체계적이고 합리적인 도움을 줄 필요가 더욱 절실한 것으로 파악되고 있다. 말하자면, 청소년들이 방황하는 시기에 약간만이라도 관심과 조언을 제공해 준다면 그들은 우리가 경험하였던 시행착오를 범하지 않을 가능성이 높고, 우리 세대에 비하여 보다 행복하게 살아갈 가능성도 높아질 것이라는 점에 깨어있는 다수의 사회인들이 동의하고 있는 것이다. 기성세대의 경험과 지혜를 전수하면 후세대들이 보다 행복한 삶을 살아갈 개연성이 많아지는 동시에, 그 지혜가 지속적으로 누적된다면 그들이 살아갈 사회도 보다 행복한 사회, 즉 보다 살기 좋은 사회로 개선되어 갈 것이라는 점을 확신하는 선견지명이 우리 사회에서도 확산되고 있기 때문이다.

최근 여러 선진국에서는 행복 교육의 중요성을 인식하며 그 필요성을 점차 강조하고 있으며, 행복은 교육을 통하여 창출하고 유지할 수 있는 동시에, 확대할 수 있고 향상시킬 수도 있다고 믿는 풍토가 조성되고 있다. 이는 새롭게 등장한 긍정심리학이 행복을 위한 긍정 정서의 중요성을 강조하고 체계적인 교육을 통하여 긍정적 태도를 함양시킬 수 있고, 그와 관련하여 긍정 정서를 생활화하면 보다 많은 행복감을 느낄 수 있다는 확신을 갖게 된 후로부터라고 볼 수 있다. 긍정심리학자들은 긍정적 태도 함양과 더불어 웰빙을 위한 교육의 효과를 확신하고 다양한 웰빙 교육프로그램을 개발하여 그 효과를 검증하는 것만으로 그치지 않고 다양한 여건의 학교에 긍정 교육과 웰빙 교육을 위한 프로그램들을 전파하고 있다. 그들이 '행복을 위한 최선의 기회는 교육이다'라는 표어를 내세우고 웰빙 교육프로그램을 개발하고 그를 전파하는 데 힘쓰는 이유는, 한 마디로, 행복을 위한 교육이 중요하고 그 성과가 높다고 믿기 때문인 동시에, 체계적인 교육을 통하여 개인이 보다 행복한 인생을 준비할 수 있다고 확신하기 때문이다.

이러한 확신을 기반으로 우리의 청소년들이 지혜롭게 살아가기 위해서는 자기를 발견하고, 타고난 재능을 개발하여 꿈과 비전을 실현시키는 데 집중하며, 자신만의 독특한 삶의 방식을 설계하고 그를 실천하는 데 몰두하는 즐거움을 누릴 수 있어야 한다고 믿는다. 청소년의 입장에서는 타고난 능력을 최대한 활용하며 살아가는 것 자체가 최고의 행복이라는 생각으로부터 출발하되, 지혜로운 자기 관리는 타고난 능력을 개발하고 가치롭고 의미 있게 활용할 수 있는 능력의 함양, 곧 교육을 중시하여 잠재 능력을 개발하는 방향으로 자신을 관리하는 능력을 습득하고 훈련하는 일에 관심을 두어야 할 필요가 있다는 것이다.

보다 선진화된 미래 사회를 구현하기 위해서는 개인들의 행복도 개인에게만 맡기고 방치하기보다는 함께 준비하고 노력해야만 성취 가능하게 되고, 삶에 대한 만족감도 높아지며 사회적으로 기대하는 보다 수준 높은 행복을 향해 전진해 나갈 수 있는 원동력을 얻을 수 있다고 보는 견해가 확산되고 있다. 말하자면, "지혜는 배우려는 자의 것이다; 행복한 마음은 근육과 같아서 자주 사용할수록 더욱 강해진다", "행복으로 가는 지름길은 없다"라는 등의 주장은, 행복은 천부적으로 주어지는 것이 아닌 것처럼 쉽게 습득할 수 있는 것도 아니며, 다만 그를 추구하려는 노력을 기울이는 자에게만 주어지는 것이라는 점을 시사하며, '교육을 통하여 행복으로 가는 지혜를 습득해 나가야 할 필요성'을 강조하고 있다. 다시 말해서, 우리의 학교 교육이나 사회교육에서도 자신을 총체적으로 관리할 수 있어야만 진정한 행복을 누릴 수 있다는 전제하에서 자기 자신을 지혜롭게 다스리는 능력을 함양하고 신장시키기 위한 행복 교육의 필요성을 인정하고 이를 적극적으로 실천해 나가는 데 범국민적 관심과 참여가 필요하다고 본다. 그리고 이러한 관심과 참여는 결국에는 우리 사회를 행복지수가 높은, 앞서나가는 선진사회로 바꾸어 나가는 데 크게 기여할 수 있는 원동력이 될 것이라는 사회적 확신이 우선적으로 요구된다는 점을 지적해 둔다.

총괄적으로 정리하자면, "자연은 우리 모두에게 행복의 기회를 주었다. 단, 우리는 그 기회를 사용하는 법을 알아야 한다"라는 명언을 우리 사회가 흔쾌히 수용한다면, 그동안 우리 주위에서 자주 접했던 '누구나 행복의 씨앗을 가지고 태어난다', 그리고 '누구나 행복할 수 있는 자질과 능력을 가지고 태어난다'는 말에도 이의를 제기하기 어려울 것이라고 확신한다. 이에, 우리 모두가 가지고 있는 행복의 기회, 행복의 씨앗, 행복할 수 있는 자질과 능력에 대해서, 과거 우리 사회가 보여 주었던 입장에서 과감하게 탈피하여, 선진국 국민의 입장에서 보다 진지하게 미래지향적인 자세로 비전을 가지고 긍정적이며 적극적으로 대응할 필요가 있다고 본다. 말하자면, 앞으로는 우리 국민이 소유하고 있는 국가적 잠재력과 국부를 총동원하여 우리 사회에 태어난 청소년 모두를 대상으로 행복한 삶을 누릴 수 있도록 기회를 제공하고, 최선의 지도와 후원을 아끼지 않는 입장을 취하는 것이 너무도 당연하면서도 자연스러운 일이라고 보아야 한다. 그러므로 우리 사회가 경험해 보지 못했던 새로운 각오와 희망을 총집결하여 미래 사회의 주인공들이 행복한 사회를 이루며 행복한 삶을 누릴 수 있도록 학교 중심의 행복 교육을 하루속히 시행해야 할 것이며, 동시에 성인들을 위한 사회교육 차원의 행복 교육에도 보다 진지한 관심을 가지고 더욱 실질적이고 효율적인 지원과 투자를 아끼지 말아야 할 것이다.

행복 교육의 방향과 비전

뜻있는 교육계 인사를 비롯한 사회적 명사들은 우리네 학교는 사회적 기대 수준에 크게 미치지 못할 정도로 매우 빈약한 교육력과 부실한 교육성과만을 보여주었고, 학교의 기본 책무인 인성교육마저 제대로 실천하지 못했을 뿐만 아니라 미래 사회가 요구하는 인재 양성이라는 기대에도 부응하지 못하였기에 국민들로부터 크게 신뢰를 상실한 상태에 처해 있다고 지적해 왔다. 또한 학생들의 학교생활 만족도 수준은 계속해서 추락하고 있는 동시에, 격심한 경쟁을 거쳐 사회에 진출한다고 해도 또 다른 경쟁사회에서 행복한 삶을 추구하기 매우 어렵다는 점을 사회생활을 통하여 실감하고 있는 것이 우리의 현실이라는 점을 지속적으로 표명해 왔다.

일반적으로 행복이란 매우 주관적인 속성을 지니고 있기에 개인들이 자신만의 '행복한 삶을 추구하는 데 필요한 태도와 가치관(행복관)'을 정립하고 자기 자신에게 적합한 행복을 스스로 추구해 나갈 수 있는 방향으로 인성교육도 이루어질 필요가 있다. 그러나 그동안의 학교에서의 인성교육은 구호에만 그친 경우가 허다했기에 사회에 진출한 개인들이 살아가는 데 별다른 도움을 주지 못했다는 점을 반성하고 그를 새로운 인성교육의 출발점으로 삼아야 한다.

더군다나 인성교육만으로는 해결할 수 없는 개인 고유의 행복관의 정립과 그 실현을 위하여 보다 실질적으로 도움이 될 수 있도록 품위 있고 인간다운 삶을 위해서 필수적으로 요구되는 판단 능력(분별력, 통찰력, 문제해결능력 등)의 함양에 초점을 두고 행복을 누릴 수 있는 가치관과 역량을 길러 나가야 할 필요가 있다. 다시 말해서 미래 사회의 주역인 청소년들에게는 "지혜가 없는 곳에는 행복도 없다", "자율능력을 획득한 자, 자신 안에서 자신의 행복과 평화를 발견하는 자만이 행복을 누릴 수 있다", "행복은 주어지는 것이 아니라 쟁취, 성취, 정복해야 하는 것이다"라는 명언들을 바탕으로, 행복은 천부적으로 주어지는 것이 아니며, 다만 그를 추구하려는 노력을 기울이는 자에게만 주어지는 것이라는 점을 우선 일깨워줄 필요가 있다. 이와 더불어, '교육을 통하여 행복을 누릴 수 있는 지혜를 습득'해 나가도록 청소년들을 진지하게 안내해 줄 학교 교육과 함께 사회적 프로그램들이 절실하게 요구되는 것이다.

우리 사회에서 요구하는 행복 교육이 지향할 비전을 정립하기 위해서는 먼저 일찍이 우리와 유사한 경험을 했던 선진국들이 국민 개개인이 행복을 추구할 수 있는 능력을 길러주고 각자가 원하는 행복을 추구하는 데 필요한 내면적인 기본 틀이라고 할 수 있는, 개인 고유의 '행복관'을 함양할 수 있고 웰빙(Well-being: 좋은 삶)을 누릴 수 있도록 국민들을 교육해야 한다는 취지로 행복 교육에 집중해 왔다는 점을 참고할 필요가 있다. 즉 개인의 관점에서 일생 동안 행복을 누리는 데 중점을 두는 행복 교육은 대체로 미성숙한 시기에 학교 교육을 통해서 이루어져야 효과적이라고 믿게 된 것은 세계적인 추세라고 볼 수 있다. 선진국에서는 '행복한 사회의 구성원'을 기본 전제로 한 개인의 행복을 추구하기 위해서는 학교 교육 차원에서부터 체계적인 행복 교육이 절실히 필요하다는 점을 강조하고 실제로 국가마다 적절한 행복 교육을 시행해 오고 있는 실정이다. 그러기에 '행복한 사회'를 비전으로 삼고 지속적으로 추진해 나가야 할 행복 교육을 어떻게 시행해야 할 것인가를 결정하는 문제는 해당 사회의 미래를 크게 좌우하는 역할을 하기 때문에 가능한 한 행복 교육의 내용과 방향에 대한 사회적 합의를 끌어내려는 노력이 우선적으로 요구되는 동시에 그에 관한 활발한 논의와 숙고가 선행될 필요가 있다.

이에 부응하기 위하여, 학교 중심의 행복 교육에서는 먼저 즉각적이고 가시적인 성과만을 중시하던 지식교육 위주의 교육 관행으로부터 과감하게 탈피하여, 모든 교과가 과제수행에 중점을 두며 직면하는 문제를 해결해 나갈 수 있는 고차적 사고능력에 기반을 두면서, 학생들이 자신을 발견하고 깨달음을 경험할 수 있도록 지도하는 방향으로 변화해야 한다. 말하자면 지식을 진학 준비의 도구로만 여기는 교과교육 중심의 교육 패턴으로부터 환골탈태하여 학생 각자가 향후 사회에 진출하여 살아가는 데 필요한 지식을 유용하게 활용할 수 있도록 지도함으로써 생활에 필요한 삶의 지혜를 습득하도록 지도하는 학교 교육으로 전환할 필요가 있는 것이다. 또한 학교 성적이나 실적에 급급하기보다는 자신의 가치관이나 태도를 정립하고 그를 실제 생활에 지혜롭게 적용해 나갈 수 있도록, 다양한 체험활동을 통하여 자기 자신을 다스려 나갈 수 있는 능력을 키워나가는 방향으로 인성교육을 주도할 필요가 있다. 이와 더불어 인생 전반에 걸쳐 사용할 행복관의 정립을 위하여 우리의 전통적인 오복(五福) 중심의 행복관과 서구사회의 긍정심리학에 근거한 웰빙에 관한 연구 결과(제1장, '행복 지혜의 흐름' 내용 참조)를 적극적으로 활용해야 한다.

나아가 개인들이 자신의 여건이나 배경, 적성, 경험, 잠재력, 희망과 꿈 등을 스스로 파악하고 자신에게 적합한 자아실현 계획을 수립하고 그를 실천하기 위한 동기, 의지, 추진력, 인내력 등을 길러내는 데 중점을 두는 프로그램들이 요구된다. 그리고 보다 선진화된 미래사회를 구현하기 위해서는 개인들의 행복도 개인에게만 맡기고 방치하기 보다는 사전에 준비하고 노력해야만 성취 가능하게 되고, 삶에 대한 만족감도 높아지며 사회적으로 기대하는 보다 수준 높은 행복을 누릴 수 있게 될 것이라는 비전을 중요시하며 행복 교육을 설계하고 시행해야 한다. 그뿐만 아니라 실패와 좌절을 극복할 수 있는 회복탄력성을 길러나가도록 노력하며 현실에서 자신을 지혜롭게 다스릴 수 있는 통찰력과 판단력에 기반을 둔, 삶의 지혜를 터득할 수 있도록 지도하는 다양한 활동들이 필요하다. 이를 기반으로 삼아 모든 학생들이 깨달음을 경험할 수 있는 기회를 제공하고 자기 관리 능력을 습득할 수 있도록, 다양한 체험을 통하여 세상 물정을 파악하고 자아 정체감을 정립하며 바람직한 인간관계를 형성해 나가면서, 자아실현을 위한 꿈과 비전을 키워나가는 과정에서 즐겁고 만족한 학교생활을 보내는 데 중점을 두는 방향으로 행복 교육이 추진되어야 할 것이다.

학교에서의 행복 교육, '목표와 전망'

사회적으로 영향력이 있는 다수의 지식인들이 최근에 들어 헌법 제10조에 표명하고 있는 '국민의 행복 추구권'을 충실하게 구현시키기 위해서는 국가 차원이나 지방정부 차원의 다양한 정책적 노력이 우선적으로 요구된다고들 주장해 왔다. 그러나 국민의 행복을 위해 추진해 온 대부분의 정책적 배려는 국민 개개인의 행복에 대한 처방이라기보다는 행복 추구에 필요한 기본 여건을 조성하거나 기회를 부여하는 데 그칠 수밖에 없었다는 한계를 절감하게 된 것이다. 그래서 최근 선진국으로부터 국민 개개인이 행복을 추구할 수 있는 능력을 길러주고 각자가 원하는 행복을 추구하는 데 필요한 내면적인 기본 틀이라고 할 수 있는 개인 고유의 '행복관'을 함양할 수 있도록 국민들을 교육해야 한다는 행복 교육의 필요성을 주장하기에 이르렀다. 특히 최근에 티벳의 정신적 지주인 달라이 라마가 "미래 사회에서는 사랑, 자비, 정의, 용서 등의 내면적 가치인 도덕성을 강조하는 인성교육이 학교 교육에서도 강조되어야 한다"고 주장하고 있어 특별히 주목을 받고 있다. 그는 세상의 변화는 한 사람의 마음과 가슴에서 시작한다는 전제하에서, "갈수록 문제가 많은 세상에서 행복을 찾기 위해서는 긍정적인 감정인 희망, 낙관주의, 회복력과 함께 신뢰, 신념, 자신감을 강조해 나가야 한다"고 주장하며 행복한 사회를 추구하기 위해서는 행복 교육이 절실하다는 점을 강조하고 있다.

그러한 연유로 선진국들은 일찍이 학교에서 행복 교육을 정규교과과정으로 편입하여 행복 교육을 실시해 오고 있는 사례가 적지 않다. 그들 중 선두 주자로 꼽히는 국가들은 독일과 미국이고 그로부터 영향을 받은 영국, 호주, 오스트리아 등이 있으며, 최근에 들어서는 이들로부터 자극을 받아 여러 국가들이 학교에서 정규교과로 행복 교육을 준비하고 있다고 알려지고 있다. 국가마다 행복 교육의 목표가 다른 것으로 파악되었지만 거시적 관점으로 분석해 보면 대체로 공통 요인을 내포하고 있고, 그 공통점으로부터 교육목표를 추론해 낸다고 해도 별로 문제가 되지 않을 것으로 판단된다.

먼저, 독일의 경우에는, 2007/2008년에 바덴-뷔르템베르크 주에 있는 빌리-헬파흐 학교(Willy-Hellpach Schule)에서 행복 과목을 개설하기 시작하였고 그 여파로 대부분의 고등학교에서 행복 교과(행복 수업)를 개설하여 운영하게 된 것으로 알려져 있다. 행복 교과의 주목적은 개인적인 만족감, 자신감, 자기 책임성, 사회적 책임감을 키워주는 것이고, 크게 보아서 두 가지 중심 내용으로 구성되어 있다. 그 중 첫째는 삶에서 기쁨을 발견하는 방법, 행복한 식생활과 신체적인 만족감, 건전한 활동, 신체적인 자기표현 등이고, 둘째는 정신적 만족감과 행복의 순간, 일상생활 속에서의 모험, 사회인을 위한 문명과 문화, 자아와 사회적 책임 등이 그것들이다.

미국의 경우에는, 긍정심리학의 활성화로부터 영향을 받아 학교 중심의 웰빙교육 프로그램을 개발하게 된 계기로 인하여 정규 교육

과정으로 출발하게 되었는데, 개인마다의 고유성/개별성 중시, 개인의 강점 이해/확인/발전, 긍정적 정서 함양, 긍정적 의사소통과 관계맺기, 학습 능력 함양, 회복력 개발, 독립심 함양이라는 목표를 내세우고 있고, 주요 내용 요소로는 웰빙 교육에 초점을 둔, 긍정적 정서, 몰입, 의미, 긍정적 관계, 긍정적 성취 등이 포함되어 있다. 특히, 긍정적 정서, 관계, 성취, 몰입, 의미 등을 추구할 수 있는 여건과 기회를 제공하는 데 중점을 두고 있다.

영국의 경우에는, 세계적인 1인 가족 비중 증가 현상에 초점을 두고, 무연사회에서 일어나는 고독사 문제(무연고 사망자 수 증가 추세)를 해결하기 위하여 세계 최초로 2018년부터 외로움부(Minister of Loneliness; 고독부)를 신설하면서, 유대감, 소통, 배려, 나눔 등이 점차 절실해지는 세상에서, 지역 공동체를 활용하여 유대감과 관계망을 설정하고 운영함으로써 외로움, 단절감/고립감/소외감, 무연고 등의 문제를 해소하는데 중점을 두고, 그에 적합한 공간과 기회를 마련할 필요성이 절실하여 학교에서의 행복 교육교과목을 설치하였다고 볼 수 있다. 행복 교과는 한 마디로, 학생의 웰빙(Wellbeing)에 주목적을 두고 있는데, 주요 교과 내용으로는 회복탄력성(회복력; Resilience), 개인적 책임감(Personal responsibility), 성장 지향 사고방식(Growth mindsets, 성장 발전적 태도), 마음챙김(Mindfulness, 자아 성찰) 등으로 구성되어 있다.

호주의 경우에는, 긍정심리학적 배경에 따른 긍정 교육의 힘을 실증적으로 확인하고 교육과정을 통한 체계적인 교육의 필요성을 절감하게 된 것이 직접적인 계기가 되었다고 추정된다. 행복 교육과정에서는 학생들을 좋은 인생, 의미 있는 인생, 참여하는 인생을 염두에 두고 살도록 교육한다는 목표를 내세우며, 감정, 감사, 창의력, 인내, 자기옹호, 회복탄력성, 마음챙김 등 일곱 가지 주제를 중시하고 있다.

그리고, 오스트리아에서는 미국이나 독일의 영향을 받아 2009년부터 슈타이어마르크 주에서 행복 과목을 도입하게 되었다. 행복 과목에서는 사회심리적인 건강, 영양 섭취, 운동, 표현 수단으로서의 육체 분야를 포괄하며, 혼자 행복해지는 능력을 길러줄 뿐만 아니라, 다른 사람들과 함께 공동의 행복에 도달할 수 있는 방법을 가르치는 데 주목적을 두는 교육과정을 운영하고 있다.

행복을 누리기 위해서는 각자가 행복을 추구하려는 목적의식과 더불어 동기와 의지, 그를 실천하고 행동하는 추진력이 필요하다고들 말하고 있으며, 주된 행복 교육은 대체로 학교 교육을 통해서 이루어진다고 믿는 것이 통념이다. 그래서 행복한 개인을 기본 전제로 한 행복한 사회를 추구하기 위해서는 학교 교육 차원에서의 행복 교육이 절실히 요구된다고 역설하는 현자들이 적지 않다. 그러기에 행복한 사회를 비전으로 삼고 추진해 나가야 할 행복 교육이 어떻게 추진되어야 할 것인가를 결정하는 문제는 우리 사회의 미래를 크게 좌우하는 성격을 지니고 있기 때문에 가능한 한 행복 교육의 내용과 방향에 대한 범국민적 합의를 도출할 필요가 있다.

우선적으로 학교 중심의 행복 교육에서는 즉각적이고 가시적인 성과만을 중시하던 지식교육 위주의 학교 교육으로부터 미래지향적이며 관계지향적인 태도를 중시하며, 과제수행에 중점을 두며 살아가는 과정이나 순간을 중시하는 인성교육을 강조하는 방향으로 전환되어야 한다. 지식교육 위주의 접근방법으로부터 과감하게 탈피하여 학생 각자가 일상적인 학교생활을 포함한 사회생활 과정에서 가능한 행복감을 추구하고 순간순간 만족해하면서 자신만의 행복관을 확립해 나가는, 결과에 비하여 '과정過程에 초점을 둔' 학교 교육에 중점을 두어야 한다는 것이다.

보다 구체적으로는, 먼저 성공해야만 행복하게 살아갈 수 있게 된다는 식의 '선先 성공, 후後 행복'의 고정관념으로부터 탈피하여, 우선 행복한 생활이 가능하도록 지원해야만 성공을 맞이하게 된다는 '선 행복, 후 성공' 접근으로의 전환이 필요하다는 것이다. 한마디로, 가시적인 성과나 결과와는 별개로 당장의 학교생활에서 만족하고 즐겁고 의미 있는 체험을 하며, 자아 성찰하고 자신의 꿈과 희망을 키워나가며, 학생 개개인이 자신만의 행복관을 정립해 나갈 수 있도록, 자기 자신을 다스려 나갈 수 있는 능력을 키워나가는 방향으로 학교의 인성교육이 변화될 필요가 있다는 것이다. 이는 "성공이 행복의 열쇠가 아니라 행복이 성공의 열쇠다(알베르트 슈바이처)"라는 발언이 시사하는 바를 향후 학교 교육의 방향이나 인성교육의 비전으로 삼아야 할 것임을 말해 준다.

한편 행복의 조건으로 인식되는 여러 요인들 중에서 기성세대의 관점을 중심으로 특정 요인의 영향력만을 특별히 강조하는 관행에 구속되어 그 요인만을 강조하는 것이 행복 교육이라는 편견으로부터 벗어나 개인의 인생 전반을 고려한 보다 통합적인 관점에서 접근할 필요가 있다. 요즈음 크게 유행하고 있는 긍정 정서, 사랑, 인간관계, 감사하기 등과 같은 특정한 행복 관련 요인이나 주제만을 강조하면 자동적으로 행복을 이루게 될 것이라는 신앙(?)과 같은 편협한 신념이나 포퓰리즘적 주장을 가지고 행복 교육에 임하는 것을 삼갈 필요가 있다는 것이다. 말하자면, 우선적으로 그리고 기본적으로, 학생 개인으로 하여금 자신이 처한 환경 여건과 발달 단계를 고려하여 직면하는 문제를 해결하며 자신을 다스려 나갈 수 있는 종합적인 능력을 키워나가면서 그를 습관화하고 생활화하도록 안내하고 지원하는 데 중점을 두는 인성교육이 요구된다는 것이다.

또한 학생이 아무리 모든 교과목에서 우수한 성적으로 학교를 졸업했다고 해도 자기 자신을 관리할 수 있는 행복관을 제대로 함양하지 못한 채 사회에 진입하게 되면 그는 결코 행복한 삶을 누리기 어렵고 사회생활 과정에서 그러한 행복관을 터득할 수 있기까지는 엄청난 시행착오를 경험하고 예상치 못한 애로를 겪어야 할 가능성이 매우 크다는 점에 유의해야 한다. 모든 학생들이 자아 성찰할 수 있는 기회를 제공하고 자기 관리 능력을 습득할 수 있도록 다양한 체험을 통하여 세상 물정을 파악하고 자아 정체감을 정립하며 바람직한 인간관계를 형성해 나가면서 자아실현을 위한 꿈과 비전을 키워나가는 과정에서 즐겁고 만족한 학교생활을 보내는 데 중점을 두는 방향으로 행복 교육이 이루어져야 할 필요가 있다.

그리고 개인마다 자신의 여건이나 배경, 잠재력이나 희망과 꿈, 경험 등을 스스로 파악하고 자신에게 적합한 자아실현 계획을 수립하고 그를 실천하기 위한 동기, 추진력, 의지력, 인내력 등과 함께 회복탄력성을 지혜롭게 다스릴 수 있는 종합적인 판단 능력에 기반을 둔, 자기 관리 능력과 삶의 지혜를 키워나갈 수 있는 다양한 교육프로그램이 요구된다. 그리고 학교에서의 행복 교육은 개인의 행복에만 치우치는 접근으로부터 탈피하여 '행복한 사회를 전제로 한 개인의 행복'을 중시하는 방향으로 전환이 절실하다. 다시 말해서 개인주의적이며 집단이기주의적인 사고에 치우쳐 개인의 행복만을 강조하는 행복 교육의 문제점을 파악하고 그에 대응할 필요가 있다는 것이다. 개인이 소속하고 있는 사회의 행복 정도가 구성원들의 생활에 미치는 영향이 지대하다는 관점에서 구성원 모두를 고려하는, 타인들과 원만한 관계를 맺고 그들과 소통하며 서로 배려하고 나눌 수 있는 공동체적 가치를 중시하는 행복관을 함양시키는 동시에, 통합적인 삶의 지혜에 기초한 행복 지혜를 고취하는 방향으로 행복 교육이 추진되어야 한다.

앞에서 언급한 바와 같이 선진국들(독일, 미국, 영국, 호주, 오스트리아)이 학교에서 행복 교육을 정규 교육과정으로 운영해 오고 있어 우리나라에게 주는 시사점도 적지 않다고 본다. 이에 한국도 수년 전에 법제화한 인성교육 프로그램을 기반 삼아 정규 교육과정으로 행복 교육을 운영함으로써 국민들의 행복의 질적 수준을 향상시키는 동시에, 국가적 차원의 행복지수를 끌어 올리는 데 직접적으로 기여할 수 있도록 추진할 필요가 있다. 이에 따라 학교에서 행복 교육을 성공적으로 운영하는 국가들을 참고삼아 우리의 학교에서의 행복 교육을 다음과 같은 목표를 달성하는 데 중점을 두고 실행할 것을 적극적으로 권장하며, 후속되는 내용(제2장부터 제10장까지의 내용 참조; 강령을 비롯하여 행복 지혜의 생활화까지의 내용을 포괄)을 주된 교육과정으로 다루기를 적극 희망하는 동시에, 향후 장기적으로는 자연스럽게 그런 방향으로 전개될 것으로 전망한다.

행복 교육의 주요 목표

1. 개인마다 자아실현과 행복한 삶을 위한 계획을 수립하고, 그를 실천하기 위한 동기, 추진력, 의지력, 인내력 등을 함양할 수

있도록 지도하며, 지속적으로 자아 성찰할 수 있는 기회를 제공하며, 성장지향 사고방식과 함께 책임감을 길러 소속한 사회에서 주어진 역할을 수행할 수 있는 종합적인 판단 능력에 기반을 둔 행복 지혜를 습득해 나갈 수 있도록 지도하는 데 주목적을 둔다.

2. 신체적 건강과 정신적 안녕을 기할 수 있는 자기 관리 능력을 함양하고 자아실현을 위한 미래지향적인 꿈과 비전을 정립하면서 자신만의 행복한 삶을 설계하고 추구해 나갈 수 있고, 당면한 실패와 좌절을 극복할 수 있는 회복탄력성을 길러나가도록 지도하는 동시에, 현실에서 자신을 지혜롭게 다스릴 수 있는 통찰력과 분별력에 기반을 둔, 긍정적 사고능력과 마인드세트를 구비하고 삶의 지혜를 습득하며, 합리적인 경제생활 주체로서 책임감 있게 삶을 운영할 수 있는 능력을 함양하도록 안내하는 데 중점을 둔다.

3. 가정, 지역 공동체, 직장(일터), 사회를 포함한 구성원들과 원활하게 소통하며 서로 만나서 다양한 관계를 맺는, 책임감 있는 사회적 존재로서 구성원들과 공동의 행복을 누릴 수 있도록 지도하는 동시에, 공동체 구성원들에 대한 친절을 베풀며, 공동체 안에서 공감하고 상호협력하며 그에 기반을 두고 배려하고 나누는 태도를 습관화하고, 유대감과 관계망을 설정하고 운영함으로써, 외로움, 우울감, 단절감, 고립감, 소외감 등의 문제를 해소하는데 필요한, 사회적 행복을 추구하기 위한 건전한 공동체적 생활 태도를 함양하도록 지원하는 데 중점을 둔다.

4. 자율적으로 자기 자신을 주도하고 제어할 수 있으며, 추구하는 행복한 삶을 달성하는 데 필요한 가치를 성취하고, 당면한 문제를 해결하기 위하여 요구되는 '통합적으로 자기 자신을 관리하는 능력'을 습득하도록 지도하는 동시에, 자신의 '몸과 감정을 다스리기(강녕)', '인간관계 다스리기(소통과 만남)', '사랑의 베풂 다스리기(배려와 나눔)', '마음 다스리기(자아 성찰과 자율)', '자아실현과 자기 자신을 다스리기' 등을 위한 지혜를 터득하고, 그를 행복을 성취하기 위하여 활용할 수 있도록 행복 지혜를 함양하고 생활화하도록 안내하는 데 주목적을 둔다.

행복 교육을 위한 기본 전략

현재 우리 사회에는 학교에서 교과교육에만 충실하면 인성교육이나 전인교육의 목적을 무난하게 달성할 수 있다는 생각이 지배적이다. 지난 수십 년 동안 이러한 생각이 만연하여 교과교육에 중점을 두어왔던 우리의 학교 교육은 상급학교 진학에만 몰두하는 입시 위주의 교육에 치중하면서 오늘과 같은 부실화된 교육을 초래하였고, 더 나아가 황폐화된 학교에 대하여 신뢰하지 못하고 사교육에 의존하는 병폐가 사회적으로 깊숙이 자리 잡아 왔다. 이에 대응하기 위하여 새롭게 인성교육진흥법을 제정하여 시행하게 되었기에 앞으로는 학교에서 인성교육이 정상적으로 이루어질 것이라고 희망을 가질 수 있게 되었고, 나아가 미래 사회에서 요구하는 방향에 따라 인성교육에 기반을 둔 행복 교육이 학교 교육에 접목될 수 있을 것이라는 기대감을 가질 수 있게 되었다. 따라서 우리 학교 체제에서 행복 교육을 커다란 충격 없이 정착시키기 위해서는 우선 교과교육 중심의 교육과정 운영 패턴에서 과감하게 탈피하는 것을 그 출발점으로 삼아야 한다.

우선적으로 초보적인 단계로서 요구되는 활동은, 기존의 교과교육 중심의 학교 운영 패턴에서 벗어나 당장에 시행 가능한 방법을 모색하는 것이 순리라고 생각된다. 즉 현행과 같은 교과교육 중심의 교육과정 운영체계를 크게 변화시키지 않은 상태에서 교과교육과 행복 교육을 접목시키는 방안을 강구하는 것이 우선적으로 요구된다고 할 수 있다. 현재의 학교 입장에서는 이 방법이 가장 소극적이며 보수적인 접근이나 상대적으로 실현 가능성이 높은 접근방법으로 간주하여 교원들이 어렵지 않게 수용할 것으로 예상할 수 있다. 다시 말해서 현행과 같은 교과 교육활동 내에서 교과별 특성을 고려하여 인성교육 내용 요소를 선택적으로 가미한 형태를 추구하는 것으로서, 교과교육 내용을 최대한 활용하면서 최소한의 필요한 행복교육 목적을 달성할 수 있다고 예상할 수 있기 때문이다.

이 방안은 교과교육을 적극 활용하여 학생들로 하여금 행복을 추구할 수 있는 이성적 판단 능력을 길러낼 수 있도록 지도하는 데 초점을 둔 인지행동적 접근이라고 볼 수 있다. 이는 고대 그리스 스토아학파의 주장을 기반으로 바람직한 행복관을 제시하고 학생 각자가 자신의 생각의 틀, 즉 인지적 구조에 접목시켜 학습한 지식을 자신의 삶의 과정에 지혜롭게 적용할 수 있는 이성적 판단력(삶의 지혜)을 길러 습관화하고 생활화하는 데 중점을 두는 교육방안이라고 말할 수 있다. 교과 담당 교사들의 관점에서는 교과 내용을 학생들의 미래 삶을 기준으로 적용하여 행복을 누릴 수 있도록 고차적 사고능력, 즉 분별력, 통찰력, 문제해결력 등을 길러 그를 기반으로 지혜를 습득하도록 유도하는 동시에, 개별화된 행복에 관한 태도와 가치관을 함양하도록 지도하면 소기의 목적을 달성할 수 있다고 보는 것이다.

이 접근방안을 성공적으로 정착하기 위해서는 우선 현행의 교과

교육 내용을 대폭 축소 조정할 필요가 있는데, 교과교육 목표 중 핵심적인 목표와 내용 요소를 선정하여 과제수행 중심 학습활동을 강조하면서 수행평가를 중시하는 교수학습활동을 강화할 필요가 있다. 이 경우에는 학생과의 상호작용을 활성화하며 과제수행능력과 문제해결능력을 제고하는 데 중점을 두며, 가능한 한 학생 개인별로 맞춤형 개별화 지도를 강화해 개인별로 잠재 능력을 탐색하고 자아개념을 정립하며 사회적으로 바람직한 인성을 완성시켜 나가도록 지도한다. 그리고 개인마다의 인성을 바탕으로 앞으로 살아갈 인생에 대한 바람직한 태도(인생관)를 정립하고 어떻게 사는 것이 바람직한 삶이며 행복을 누릴 수 있겠는가에 관하여 고민하고 숙고하면서 각자의 행복관을 정립할 수 있도록 안내하며 그를 실제 생활에 적용해 보는 다양한 기회를 제공하는 데 중점을 두어야 한다. 다시 말해서, 즐겁고 행복한 학교생활을 교실 수업 활동과 학교행사를 통하여 체험하게 하며, 교과 공통적이며 핵심적인 내용을 실제 사회생활과 연계시켜 행복을 누릴 수 있는 지혜를 터득할 수 있고 그를 개별적으로 구조화시켜 습관화하는 지도 활동에 역점을 두어야 한다. 구체적으로는 학교 실정에 맞는 다양한 행사와 체험활동들을 구안하여 정례화하되, 다양한 통합교과적 내용과 연계시켜 행복 교육 목적에 적절하게 체계화시켜 학교 교육과정 활동으로 정착시키는 방안이라고 볼 수 있다.

보다 중장기적 관점에서 보면, 이와 같은 초보적 단계를 기반으로 보다 본격적인 단계로 전환할 필요가 있고 이러한 접근이 행복 교육의 핵심이 되어야 한다고 본다. 이는 향후 미래 사회에서는 행복 교육에 초점을 둔 새로운 교과목을 정규 교과목으로 추가 설정하여 운영함으로써 보다 체계적이고 진지하게 모든 학생들로 하여금 행복한 인생을 살아가기 위한 준비를 시키는 데 중점을 두는 방안이 요구되기 때문이다. 독일, 미국, 영국, 호주, 오스트리아 등과 같이 국가적 차원의 요구에 따라 새로운 교과목을 개설하고 새로운 교과용 도서를 개발하여 행복한 국민을 양성하는 데 중점을 두고 접근하는 방안으로서, 적극적으로 인성교육과 결부된 행복 교육활동을 체계화하고 강화함으로써 학교에게 주어지는 인성교육 목적을 달성하는 동시에 평범한 시민으로서 행복한 삶을 누리는 데 필요한 행복관을 정립시키고 그를 생활화할 수 있게 지도하는 접근이 절실하게 요구된다. 특히 새로운 교과목인 '행복 교과'에서는 자아 성찰 과정과 사회화 과정에서 웰빙을 추구할 수 있는 다양한 사례를 통하여 행복한 삶에 관한 확실한 비전과 꿈을 강조하며, 개인마다 인생관의 핵심으로 고유한 행복관을 정립하고, 그에 입각한 삶의 태도를 정착시키며 실제 생활에 접목시키는 데 필요한 다양한 사례와 행사 활동들을 적극적으로 활용하는 데 중점을 둔다.

그리고 행복 교과의 운영에서는 학교와 지역사회가 협동으로 개발한 프로그램을 실시함으로써 지역사회를 교육의 현장으로 적극적으로 활용할 필요가 있다. 학교행사를 확대하고 다양화하되 지역사회와 연계시킨 활동을 중점적으로 활용하여 학교와 지역사회가 공동으로 운영하는 행복 교육프로그램을 적극 권장할 만하다. 교과교육의 인지적 활동을 지역사회의 실제 삶과 통합하여 삶의 지혜를 깨닫게 하는 데 중점을 두며, 예비 사회인으로서 역할을 강조하는 내용을 다루는 다양한 기회를 갖도록 하고, 자신의 행복에 관한 생각이나 태도에 입각하여 행복한 인생을 살아갈 준비를 하도록 인생 선배들의 사례를 적극적으로 활용할 수 있는 기회를 제공하는 데 초점을 두고 풍부한 행사프로그램들을 지역사회와 협동하여 구안할 필요가 있다. 특히 유명 인사를 포함한 지역사회 인사들의 행복 관련 강연을 정기적으로 실시하고 행복한 삶을 누리고 있는 학부모들을 초청하여 좌담회 형식으로 학생들이 인생과 사회를 접촉하는 기회를 제공하는 행사 활동들도 필요하다. 구체적으로는 다양한 경험의 학부모들을 활용한 재능기부활동과 자원봉사형 지역사회 인사를 활용하는 방법 등이 이에 해당될 수 있다. 이와 더불어, 범국민운동 차원에서 행복한 사회 구현을 위한 '행복사회실천운동(가칭)'과 같은 국민운동이 필요한 동시에 방송과 신문들이 체계적이며 조직적으로 행복한 사회를 구현하는 데 실질적으로 참여하고 주도해 나가는 노력도 요구된다고 본다. 그리고 경우에 따라서는 학교 사정에 맞게 사회적으로 인증 받은 우수한 인성교육 프로그램(또는 행복 교육프로그램)을 아웃소싱하여 활용하는 일도 가능하며, 지역사회 또는, 교육청마다 사회적으로 바람직한 행복 교육프로그램들을 연구 개발하고 그를 학교 교육과정과 연계시켜 운영하도록 지원할 필요가 있다.

행복 교육을 정착시키기 위한 조건

최근 학교에서 인성교육이 제대로 시행되지 않은 주요 원인으로 '입시 위주의 교육'을 가장 빈번하게 거론하고 있다. 상급학교 진학 지도에서 학부모들의 요구를 만족시키며 좋은 성적을 내기 위해서 인성교육이 진학 준비에 별로 도움이 되지 않는다는 명분을 내세우며 인성교육을 푸대접해 왔기 때문인 것으로 지탄 받고 있는 것이다. 그러다 보니까 학교는 기본적이며 핵심적인 책무마저 경시하게 된 것이 고스란히 드러났고 대부분의 학교에 진학 준비 위주의 교과 교육에만 치중해 오는 관행이 자리 잡아 오늘에 이르게 된 것이다.

세계적으로 인정받을 만한 '높은 수준의 자녀 교육열'로 인하여 유발된 진학 준비 중심의 교육 현상은 과거 70여 년 동안 일종의 '필요악'으로 간주되면서 지속되어 왔다. 그러나 오늘의 인성교육 부실의 탓을 모두 입시 위주의 교육의 탓으로만 돌리는 것은 그렇게 설득력이 있는 처사로 보기 어렵다는 지적도 있다. 해방 이후 40여 년 동안 우리의 학교 교육은 6.25 전쟁의 상처를 극복하며 경제발전과 민주화의 주역을 양성해내는 놀라운 성과를 거둔 것으로 인정받았고 그 당시 '군사부일체君師父一體'라는 정신으로 추진했던 교원들의 인성교육 노력도 상당 정도 인정받아 왔기 때문이다.

1980년대 후반 이래 경제발전과 민주화가 가시적으로 이루어져 세계적으로 인정받기 시작하면서 국민들의 생활 수준과 의식 수준이 전반적으로 향상되었고, 중산층이 증가하면서 국민들의 교육에 대한 요구도 향상되었다. 그러나 당국은 평준화교육 정책을 고수하면서 사회적 요구에 제대로 부응하지 못하였기에, 상대적으로 교육 발전이 정체되면서 학교 교육이 부실화되었고 그에 대한 불만도가 높아진 다수의 학부모들은 불가피하게 사교육에 의존하게 되었던 것이다. 게다가 민주화 물결에 편승하여 설립된 교원노동조합인 전교조가 학교 교육의 부실화를 비판하며 학교에 뿌리를 내린 이래, 교원을 노동자로 간주하기 시작했고 학생 지도는 하나의 노동 행위에 불과한 것으로 인식되기에 이르렀다. 더군다나 전교조가 자신들의 주요 실적으로 내세우고 있는 '학생 인권선언'이 발효된 이후 교원들이 학생에 대한 인성교육 차원에서 시행해 오던 전통적인 학생 지도 활동마저 규제받아 왔기에, 제대로 학생을 지도하려는 학내 활동 자체를 더 이상 유지할 수 없게 된 것도 주된 원인으로 지적되고 있다.

그동안 학교 교육의 부실화와 더불어 인성교육 실종 상태를 경험하면서 대부분의 국민들은 어찌 되었든 간에 학교 교육을 근본적으로 개혁해야 한다는 데 합의해 왔다. 그렇다면 학교 교육이 어떤 방향으로 어떻게 변화해 나가야 국가 선진화가 가능하고 국민들이 인간답고 품위 있는 삶을 추구할 수 있겠는가에 초점을 두는 개혁 방향과 정책을 수립할 필요가 있다. 그래서 학교가 부실화 문제를 해결하며 시대적 변화 요구에 부응하며 국민행복 수준을 향상시키기 위해서는 우선적으로 학교 교육 실상을 정확히 파악하고 그로부터 탈피하는 과감한 교육개혁을 추진할 필요가 있다는 것이 국민적 요구라는 것을 겸허하게 인정해야 한다. 그러기 위해서는 교육계 인사들이 하나같이 강조해 왔던 인성교육이 왜 제대로 시행되지 못하였고 그 현상이 왜 오늘까지 지속되고 있는가를 분석하고, 그 원인에 대한 근원적 처방을 내리지 않고는 앞으로 추진해야 할 인성교육에 기반을 둔 행복 교육도 유명무실하게 될 수도 있다는 점을 유념해야 한다.

학교의 교육력을 회복시키며 교원들로 하여금 진정성 있게 학생 지도에 임할 수 있도록 교육 문제들을 근원적으로 해결할 수 있는 체계적이고 근본적인 대책을 강구하지 않고는, 2016년 7월 21일부터 시행하고 있는 '인성교육진흥법'이 우리 학교문화에 인성교육을 제대로 뿌리내릴 수 있게 할 것이라고 기대하기는 매우 어렵다고 보아야 한다. 다시 말해서 교원들이 당국의 눈을 피하며 여전히 진학 준비에만 열중하며 형식적으로만 인성교육 활동을 전개하게 될 가능성도 없지 않으며, 교원들이 자발적이며 적극적으로 인성교육의 진흥에 참여할 수 있는 기회와 여건을 제공할 수 있는 학교문화와 풍토를 조성하기 어렵다고 보기 때문이다. 만약에 그렇게 된다면 앞으로 시행될 인성교육이나 행복 교육도 학생들에게 별다른 영향을 미치지 못할 것이며, 학교와 교원에 대한 학부모와 국민들의 신뢰는 더욱 추락할 것이고 붕괴된 학교를 회복하기는 더욱 어려워질 것이라는 점을 지적하지 않을 수 없다.

이와 더불어 오랫동안 지속된 평준화 정책의 영향을 받고 있는 부실화된 학교에서 무사안일식 근무태도를 가진 노동자(?)로 행세하는 교원들로는 학생들에게 영향을 미치는 인성교육 자체를 기대하는 만큼 수행할 수 없을 것이고, 학생들은 그러한 교원들로부터 별다른 영향이나 감동을 받을 수 없을 것이라는 점을 주목해야 한다. 그러나 아무리 행복 교육(인성교육에 기반을 두고 행복 추구 능력의 함양에 중점을 두는 교육활동)을 강조하는 조치를 취한들 소기의 목적을 달성하기가 용이하지 않을 것이라는 점과 더불어 여전히 교원들 앞에는 다양한 장애물들이 존재한다는 점을 인식할 필요가 있다. 말하자면 최근 40여 년 동안 우리 학교 체제가 학생을 교육하고 지도하는 기본적 직무를 소신껏 수행할 수 없도록 방해했을 뿐만 아니라 교원들이 사회적 책무로서 요구되는 학생에 대한 인성교육을 소명 의식을 가지고 수행하기 어렵게 만드는 사회적 제약 조건들이 존재했다는 점도 이해하고 그에 대응해야 한다.

먼저 지난 50여 년 동안 유지되어 온 평준화교육 정책으로 인한 무사안일주의적 교육 패턴을 타파하지 않고는 새로운 교육을 기대하기 어렵다는 지적을 인정한다면, 평준화 정책을 전면적으로 폐지하거나 상향평준화 정책으로 개혁해 나갈 수 있도록 선진화 사회에 걸맞은 새로운 미래지향적 교육정책을 구안할 필요가 있다. 다음으로는 학교의 핵심적인 기능인 인성교육을 정상화하기 위하여 학생인권선언으로 인하여 위축되었던 교원의 인권과 더불어 인성교육을 위한 권한과 책무를 강화하는 '교원인권선언(가칭)'을 신속히 제도화해야 한다. 이와 더불어 전교조가 관련 법률을 무시하고 학교를 자신들의 정치적 활동 근거지로 삼거나 학교 교육행정에 관여하는 일이 더 이상 발생하지 않도록 보다 강력하게 대응할 필요가 있다. 그래야만 점차 학교 교육을 통하여 시대적 사회적 발전과 변화에 적극적으로 부응할 수 있는 인재를 양성할 수 있고 그러한 인재들이 바람직한 행복관을 가지고 사회생활에 임해야만 우리 사회가 점차 행복한 사회로 발전해 나갈 수 있다는 희망을 갖게 되기 때문이다.

그에 앞서 교원들로 하여금 자율적 책무성에 입각하여 보다 높은 수준의 전문성과 도덕성을 바탕으로 학생들이 사회에 진출하여 행복한 삶을 누릴 수 있도록 안내하고 지도하는 것이 지식 위주의 교과교육에만 치중하는 것에 비하여 보다 더 중요한 의미와 가치가 있다는 점을 인식하고 즐거운 마음으로 실천에 임할 수 있는 기회와 여건을 제공해야 한다. 즉 학교와 교원은 인성교육과 결부된 행복교육활동을 새로운 부담으로 여겨서도 안 되며 마땅히 수행해야 할 기본 책무라고 인식해야 하며, 그 책무를 통하여 부실했던 학교가 교육력을 회복하고 교원들이 학생들로부터 신뢰받고 존경받을 수 있을 뿐만 아니라 특별한 보람을 느낄 수 있다는 기대감을 가지고 행복 교육에 적극적으로 참여하는 것이 우선적으로 요구된다.

행복 교육의 성패는 교원이 좌우한다

학생을 학교의 주인으로 대우하기 위해서는 근본적으로 '교원이 학교의 중심이 되어야 한다'라는 원칙은 동서고금을 통하여 꾸준히 전래되어 왔고, 현대식 학교 교육에서도 지속적으로 추구해 온 핵심적 강령과 같은 것이다. 그러나 안타깝게도 우리 학교 사회에서는 1990년대 이래 전교조가 중심이 되어 과도하게 학생 인권만을 우선시하면서부터 그 전통적 강령은 약화되거나 파괴되고 있다. 이러한 판단은 학교 붕괴 현상을 경험하면서 교원과 학생들의 행복한 학교생활이 실종되기 시작하였고 그로 인하여 학생들의 학교생활 만족도 수준이 세계적으로 주목받을 정도로 추락해 왔기 때문에 가능한 것이다.

거시적으로는, 우리가 경험하고 있는 교실 붕괴 현상과 저조한 학교생활 만족도의 직접적인 원인으로 규제 중심의 교육행정제도와 경직된 평준화 교육문화에 함몰된 교원들이 제대로 주어진 교육 기능을 수행하지 못하였기 때문이라고 지적할 수 있다. 그러나 좀 더 근원적으로는 교원들로 하여금 제대로 학생을 지도할 수 없도록 방해하는 요인들이 작동하였으며, 그로 인하여 학교가 제 역할을 수행하지 못하게 되었고 지금도 그 현상은 지속되고 있기 때문이라고 보아야 한다. 한마디로, 학교가 주어진 역할을 제대로 수행하기 위해서는 바른 인성을 갖춘 학생을 길러내는 데 중점을 두고 교육과정이나 교육법에 입각하여 교원과 학생 간의 관계를 체계적으로 재정립해야만 했었으나, 그러한 요구에 부응하지 못한데다가 여러 사회적인 요인들이 그럴 수밖에 없도록 끈질기게 유도하고 방해해 왔기 때문이라는 점에 관심을 두어야 한다.

우선적으로 지적하고자 하는 것은 학생 인권만을 강조하며 교원들을 노동자로 인식하기 시작한 학교 풍토는 결코 전인교육의 목표달성을 위해서 바람직하지 못하며, 실제로 교사와 학생 간의 원만한 관계를 유지하는 데도 결코 도움을 주지 못한다는 점이다. 이를 바탕으로 교원은 '교과 중심 지식 전달'이라는 단순노동(?)을 하기 위해서 학교에 존재하는 것이 아니라는 점을 기본 전제로 하고 반성한다면, 교원이 모든 학교생활의 중심이 되어 학생들의 전인적 성장과 발달에 총력을 기울여야 할 당위성을 점차 상실해 왔기 때문이라고 말할 수 있다. 이에 관하여 종합하자면, 교원이 학교에서 학생 지도에 임하는 경우, 교원이 본래의 역할을 제대로 수행하면서 학생과의 진정한 '인간적인 상호작용'이 이루어질 때에만 학생에 대한 교원의 영향력이 제대로 발휘될 것이고 원천적으로 인성교육이나 행복 교육도 가능할 것이라는 점을 지적해 두고 싶다.

따라서 우리의 전통적인 학교에서 중시해 왔던 교원과 학생 간의 돈독한 인간관계를 중시하는 가치를 회복해야만 학생 개인들에게나 사회적으로 바람직한 결과, 즉 교육의 순기능으로서 교원이 교원답게 역할을 수행함으로써 학교생활을 통하여 학생들이 행복한 삶을 준비하고 설계할 수 있게 될 것이라고 기대할 수 있다. 말하자면 학교가 주어진 역할을 원활하게 수행한다면, 청소년들이 실질적으로 가장 많은 시간을 보내는 학교를 중심으로 상호작용하며 기성세대를 대표하는 교원으로부터 다각적으로 영향을 받게 된다면, 현재와 같이 학교를 통하여 양산되는 부적응 및 비행 학생들이 크게 감소하게 될 것이다. 이와 더불어 그러한 학교의 교육적인 작용이 청소년들에게 긍정적으로 영향을 미치게 된다면 학생을 대상으로 한 교원들의 행복 교육이 진정성 있게 작동할 것이라고 예상해 볼 수 있게 된다.

또한 교원들이 학교에서 학생을 지도하는 과정에서 진정한 상호작용을 통하여 감동을 주는 경우에는 인간적으로 훈훈한 분위기가 형성되고 그로 인하여 감동 받은 학생들은 정서적 흥분상태를 경험하게 되고, 그게 누적되면 잊지 못할 정도로 빈번하게 감동을 주는 교사에 대한 정서는 단순히 '좋아하는 수준'을 넘어서 '존경하는 수준'에 도달할 수 있을 것이라는 점은 경험을 통하여 확인할 수 있다. 그러나 최근 교육 현장에서는 지식 전달만으로는 학생들에게 감동을 주기 어렵다는 점에 관하여 너무도 잘 알고 있는 반면에, 학생 개인들에게 감동을 줌으로써 영향을 미치고 존경을 얻을 수 있다는 사실을 제대로 인지하고 있거나 실제 경험하고 있는 교사들은 그리 많지 않다는 점도 중시해야 한다. 보다 구체적으로는, 특정 지식이나 학습 과제 또는 학습 목표만을 이해하기 쉽고 완전 학습이 가능하도록 전달하는 것만으로는 학생들에게 감동을 주기 어렵다는 점을 명심해야 하는바, 학습지도 과정에서 보다 진정성 있게, 정성을 다하는 자세로, 최선을 다하는 열성적인 태도 등이 뒷받침되지 않고는 교사와 학생 간 '가슴과 가슴이 서로 만나서 공감대를 형성'하기 어렵다는 점을 중시할 필요가 있다. 또한 학생들의 공감을 얻고 그를 기반으로 학생들을 감동시키기 위해서는 교사가 매우 인간적인 자세로, 양심에 따라, 공정한 태도로, 학생들을 인격적으로 대우하며 학생의 입장을 고려하면서 지도 활동 자체에 몰입하는 태도를 보일 필요가 있다는 점을 지적하지 않을 수 없다.

성장 과정에 있는 청소년들은 미성숙한 상태에서 외부 자극에 매우 민감한 상태로 노출되어 있다고 보기 때문에, 기성세대들의 환경 여건이나 성인들의 언행을 포함하여 주위로부터의 정보와 자극들을 정밀한 여과장치 없이 무조건 흡수하도록 되어 있다고 볼 수 있다. 외부 자극이나 환경에 과민하게 작용하는 청소년들에게 부모의 영향력은 이루 말할 수 없을 정도이나 더욱 성장하고 성숙해지기 위해서 교육을 받는 학교생활 과정에서도 모든 것을 마치 스펀지처럼 흡수하게 되어 있다고 보아야 한다. 그러기 때문에, 전통적으로 한 아이가 사회 구성원으로 성장해 나가기 위해서는 그가 살고 있는 가정을 포함한 지역 공동체가 모두 나서야 한다는, '아이를 키우는 것은 부모가 아니라 마을(공동체 사회)이다'라는 속담이 내려오고 있고, 그 의미는 현재에는 도시화로 인하여 크게 변질되었다고 보나, 상당 정도는 여전히 적용되고 있다고 보거나 본질적으로는 제대로 작동될 필요가 있다.

특히 청소년들이 성장하는 과정에서 중점을 두어야 하는 사춘기에는 마치 폭풍우가 몰아치는 것처럼 아주 열정을 가지고 외부 세계와 상호작용하면서 자아 정체감을 정립하기 위한 몸부림을 치는 듯한, 거대한 변화와 성장을 경험하며 성인으로 거듭나기 위한 과도기라고 할 수 있기에 더욱 특별한 관심과 배려가 요구된다. 말하자면 학교생활 과정에서는 교원들의 언행은 청소년들에게 매우 민감한 자극으로 수용될 것이라는 점을 감안하여 항시 학생들의 입장을 고려한 상태에서 조심스럽게 그러나 합리적이며 지속적으로 그들의 입장에 적절한 맞춤형 개별화 지도를 위해 노력하는 태도로 접근해야만, 그리고 학교가 책임을 지고 학생 개개인의 행복관 형성을 위해 노력할 것이라는 일관성 있는 태도를 견지해야만, 학생들의 신뢰를 얻게 되고 결과적으로 교원이 의미 있게 영향을 미치는 역할을 수행하게 될 것이다. 이는 학교에서의 교원의 행복 여부는 결국 학생에게 의도하고 기대하는 만큼 영향을 미쳐 그들로 하여금 학교생활에 만족하고 사회에 나가 행복하게 살아갈 수 있는 인생관(한마디로 행복관이라고 칭할 수 있음)을 정립할 수 있도록 충실하고 진정성 있게 지도하고 배려하느냐에 좌우된다는 점을 말해 준다.

한편, 학교생활 전반에 걸쳐 교원들의 언행일치가 학생들에게 적지 않은 지지를 받고 학생들과의 약속을 충실하게 준수하며 학생들에게 발언한 내용은 항시 실천하려는 태도를 보임으로써 학생들로부터 은근한 신뢰감을 얻지 못하는 상태에서는 교원들이 아무리 교과 관련 실력이 우수하고 열심히 지도한다고 해도 학생들을 감동시키기 어렵게 될 것이라는 점은 말할 나위가 없다. 이는 학생들과 상호작용하는 도중에 가볍게 한 말이나 사소한 행동까지도 포함하여 매우 단순한 학교생활의 기본 정서를 구성하는 것이기에 이에 해당되는 것들을 경시하고 지키지 못할 약속을 함부로 남발하거나 약속을 어기게 되면 학생들의 신뢰를 얻기가 매우 어렵다는 점을 망각해서는 안 된다.

또한 청소년은 성장통을 겪으며 자기 자신을 발견하고 통찰력과 분별력에 기반을 두고 삶의 지혜를 습득하고, 나아가 자신만의 행복 지혜를 터득할 수 있게 된다. 자신이 우주 자연의 일부라는 생각을 기본으로 삼아 자기 자신을 발견하고 잠재 능력을 개발하여 자아

정체성을 길러나가는 노력 자체가 자아 성찰이며 자기 자신의 행복 씨앗을 뿌리는 일임을 깨닫게 하는 것이 교원들의 책무이며, 이러한 특별한 책무를 수행하는 과정에서 여타 직종에서는 경험하기 어려운, 교직에서만 경험할 수 있는 '특별한 행복감'을 만끽할 수 있다. 이는 우리 사회에서 오래전부터 전해져 온 '교직은 성직聖職이다'라는 말이 내포하고 있는 의미에서 찾아볼 수 있다.

정리하자면, 학생들에게 감동을 주지 않는 학습지도는 그 성과가 제한적일 수밖에 없고 학생들의 변화를 기대하기 어렵게 되며, 나아가 학생들로부터 지지를 얻기 어려울 뿐만 아니라 학생들이 학습활동이나 학교생활에 대한 기대감을 갖기 어렵게 만들 것이다. 그리고 학생들의 행복한 학교생활은 교원에 의해 크게 좌우된다는 주장은 종래의 학교문화에서는 당연하다고 여겼지만, 요즈음에는 상당 정도 변질되고 있다고 보고, 앞으로 학교문화가 개선되어 기대하는 바와 같이 교원이 학생들에게 '행복전도사'로서 역할을 하게 되면 학생 못지않게 교원 자신들도 행복을 누릴 수 있게 된다는 점에도 유념해야 할 것이다. 어찌 되었든 행복한 학교생활은 교원과 학생 간의 상호작용과 더불어 친밀하고 돈독한 관계에 그 뿌리를 내리고 있기에, 교원에게는 학교가 '행복한 직장'이 되고 학생들에게는 교원들과 상호작용하며 성장하고 성숙해지는 '행복한 삶의 광장'이 되어야만 한다. 이러한 전제하에서 교원의 행복감이나 만족감은 알게 모르게 학생들에게 전염된다는 사실은 이제 '행복학'이나 '뇌 과학' 연구 결과를 통하여 검증되고 있어 일종의 상식으로 인정받고 있는 실정이다. 학생을 대상으로 한 교수활동 과정에서 지식 전달에만 치우치지 않고 삶의 경험에 입각한 지혜를 전수하는 데 중점을 두어 행복감이 묻어나는 상호작용이 이루어질 때, 교원의 행복감은 학생들에게 은

근하게 또는 직접적으로 전파될 것이다. 그리고 교원이 교원답게 대우받고 존경받으며 학생 개개인들로 하여금 미래의 행복한 삶을 설계하고 운영하는 데 필요한 지혜(행복 지혜)를 습득할 수 있도록 진정성 있게 노력하는 태도를 보이고 학교에 그러한 분위기가 조성될 때에만, 학생들은 학교생활이 즐겁고도 만족스러운 것으로 인식될 것이며, 대다수의 학생들에게 학교는 '가고 싶고 머물고 싶은 곳'이며, 선생님과 친구들을 만나는 '행복한 삶의 현장'으로 인식될 것이라고 확신해도 좋을 것이다.

제 9 장

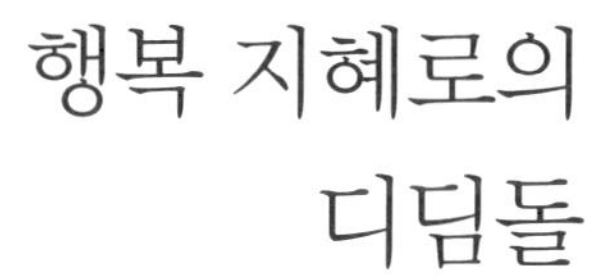

행복 지혜로의 디딤돌

삶의 지혜와 행복의 추구

삶의 지혜; 개관

우리가 일상생활에서 비교적 자주 사용하는 단어인 '지혜智慧 wisdom'라는 개념을 정확하게 알지 못하는 경우에 우선적으로 의존하는 용어사전들 중에서 비교적 신뢰할 만한 〈옥스퍼드 영어사전〉에 의하면, 지혜란 '삶과 처세에 관련된 문제에서 올바르게 판단하는 능력, 수단과 목적의 선택에서 나타나는 건전한 판단, 때때로 덜 엄격하게는 특히 실제적인 문제에서 나타나는 건전한 분별력(건전한 판단을 내릴 능력; 훌륭한 분별력과 세심함)' 등으로 정의하고 있다. 또한 뇌신경과학에 관한 전문가로 인정받고 있는 심리학자 로버트 스턴버그는 지혜란 '절차적이며 방법적인 지식'이라고 전제하며 '암묵적인 지식에 기초한 것'으로서 '자신의 목적 달성을 위해 직접 체험을 통하여 얻는 것'이라고 주장하고 있다. 또한 노인학 창시자인 제임스 비렌은 지혜란 개인이나 사회 수준에서 훌륭한 결정을 내리는 데 필요한 경험, 인지능력, 정서의 통합이라고 강조하고 있다. 그리고, "우리의 지혜는 우리가 마침내 세상을 바라보게 된 관점이다"라는 프랑스 작가 마르셀 프루스트의 언급은, '세상을 살아가기 위하여 체득하는 요령(삶의 운용술)'이 곧 지혜라는 의미를 내포하고 있다.

이를 기반으로 삶의 현장에서 우리가 경험해 온 상식 차원에서 보면, 지식(知識) 자체는 지혜(智慧)가 아니며 다만 지혜를 얻기 위한 도구이며 필요조건일 뿐이라는 입장에서 지식 및 정보를 문제해결에 적극적으로 활용하고 지식을 변형시키는 능력을 우선적으로 지혜의 한 측면으로 볼 수 있다. 로마 시대 철학자 키케로는 지식과 지혜를 구분하여 사용할 것을 주장하였는데, 그에 의하면 "지식은 세상 이치에 대한 학습된 정보이고, 지혜는 통찰력, 관대함, 분별력을 의미한다"는 것이다. 이들의 견해를 기반으로 지혜란 특정 사물들 간의 관계를 파악하고 그를 활용하여 예견할 수 있으며, 지식의 활용이나 체험을 통하여 당면 문제해결의 핵심 방법이나 요령을 체득하고, 사물에 대한 분별력이나 통찰력(또는 직관력)을 갖게 되며, 그를 기반으로 삶에 대한 관점이나 세계관의 변화를 가져오게 하는 '높은 수준의 판단력'을 의미한다고 잠정적으로 정리할 수 있다.

한편 미국의 심리학자 폴 발테스는 지혜를 '삶의 근본 운용술에 대한 전문지식 체계'라고 정의하면서, '삶의 진행과 변화, 역동성과 갈등에 대한 높은 수준의 지식을 응용하는 능력이 곧 지혜'라고 볼 수 있다는 견해를 밝히고 있다. 이와 함께 지혜를 삶의 중요한 문제들에 대하여 훌륭한 판단을 내리는 능력 또는 삶의 근본 운용술과 관련된 영역에서 발휘되는 전문지식을 포함하는 노년 지능의 전문화된 형태로 정의하고 있는 폴 발테스는 지혜를 "삶의 근본 운용술이라는 영역에서 발휘되는 훌륭한 판단과 조언 등의 전문 능력"이라고 정의하고 있다. 즉 개인이 삶의 과정에서 자신만의 메커니즘(인생관, 삶의 방식 등)을 구축하고 자신만의 목적이나 목표를 추구하며 자신을 운용(다스리고, 관리하고, 조절하는 방안과 절차적 지식)해 나가는 고도의 지식응용력 및 수행 능력이라고 볼 수 있다. 보다 구체적으로 폴 발테스는 지혜를 '삶의 의미, 실천과 관련된 근본적인 문제를 다루는 데 필요한 뛰어난 가치이자 전문적인 기술'이라고 정의하고, 그에 입각하여 지혜로운 사람은 매우 사실적이며 절차적인 지식, 관점, 인내, 불확실성의 수용과 같은 지혜의 측면에 반응하는 사람들이며, 그들은 덜 자기중심적이며 즐겁고 안락한 삶을 추구하는 것에 대한 관심이 적은 속성을 지닌다고 하면서, 개인의 성장과 성찰, 환경보호, 사회참여, 친구들과 행복과 같은 타자 중심적 가치에 초점을 두는 지혜의 가치를 강조했다. 또한 긍정심리학자 조지 베일런트는 말이 아니라 행동을 반조해 보는 성숙한 방어기제들은 지혜를 측정하는 최선의 방법이라고 지적하며, 유머, 승화, 이타적 행동과 같은 성숙한 방어는 자신과 타인들에게 행복을 주기 쉬운 반면, 불만의 표출, 병에 대한 염려증, 수동적이고 공격적인 행동과 같은 미성숙한 방어는 슬픔의 원인이 되기 쉽다고 설명하며 수준 높은 방어기제를 습득하려고 노력하는 것은 곧 지혜로운 삶의 태도라고 주장하고 있다.

이와 더불어 오래전부터 내려온 지혜에 관한 명언들을 기반으로 한 연구 결과를 종합적으로 정리하면, 지혜를 다음과 같이 여러 각도(복합적인 의미)에서 정의할 수 있다. 즉,

① 지혜란 지식의 응용과 활용에 관한 높은 수준의 판단력이다.
② 지혜란 사물의 본질을 파악하고 그를 삶의 문제를 해결하는 데 적극적으로 활용할 수 있는 통찰력과 문제해결능력이다.
③ 지혜란 보이지 않게 사물들 사이에서 작용하고 있는 법칙이나

원리, 특히 사물들 간의 인과관계를 포함한 관련성을 파악할 수 있고 그를 바탕으로 예측할 수 있는 예견력과 통찰력이다.

④ 지혜란 세상사와 사물의 옳고 그름을 분별할 수 있는 분별력이다 등등

지혜로운 사람의 행복 추구

위와 같은 네 가지 정의 방식을 수용하고 그에 관한 적용 사례 또는 그와 관련된 경우들을 제시하면 비교적 포괄적인 개념인 '지혜'라는 개념을 어렵지 않게 이해할 수 있을 것이다. 따라서 우리들의 삶의 현장에서 관찰할 수 있는 사례를 중심으로, 전형적으로 지혜로운 사람으로 인정할 수 있는 사람들이 보여주는 속성이나 행동 특성 등을 중심으로 지혜를 이해하려고 접근하는 것도 지혜의 본질을 이해하는 데 도움이 될 것으로 기대할 수 있다.

먼저, 로버트 스턴버그에 의하면 지혜로운 사람은 '추론 능력과 뛰어난 지능을 소유하며, 양호한 실제적 판단 능력과 성찰 능력을 지닌 자로서 과거의 실수로부터 교훈을 얻을 줄 아는 사람인 동시에, 어떤 문제나 상황을 보고 그것을 해결하는 독특한 능력을 지닌 사람'이라는 것이다. 또한, 심리학자 엘더퍼 클레이턴은 지혜로운 사람은 "공감할 줄 알고 이해심이 깊으며 친절하고 평화로운 사람이며 유능함, 능숙한 대인관계, 사회적 관심사에 대한 판단과 소통의 기술을 발휘할 줄 안다"고 제시하며 지혜로운 사람의 특성을 설명하고 있다.

한편, 자기계발 전문가인 스티브 첸들러는 지혜로운 사람들이 보

여주는 전형적인 특성을 다섯 가지 요인으로 종합하여 제시하고 있는데, “지혜로운 사람은 비범한 이해력, 판단 및 소통의 기술, 전반적인 능력, 대인 기술, 신중한 처신 능력을 지닌다”는 것이다. 그중에서도 지혜로운 사람은 평범한 사람들과 대조적인 “비범한 이해력과 높은 수준의 판단 및 소통 기술”을 보여준다고 강조하고 있다. 여기서, “비범한 이해력”이란 상식을 사용하며, 경험으로부터 학습하고, 더 큰 맥락에서 사물을 바라볼 줄 알고, 관찰력과 통찰력을 가지며, 자기 자신을 잘 이해하고, 개방적이라는 특징을 보인다는 것이다. 그리고 “판단 및 소통의 기술”이란 타인에 대한 이해심이 많고, 인생을 이해하며, 귀 기울일 만한, 상황이 허용하는 모든 대안을 고려하고, 결정을 내리기 전에 신중히 생각하며, 모든 관점을 이해하고 고려한다는 것이며, 한마디로, 삶의 문제들에 대한 훌륭한 판단과 조언을 포함하는 전문지식을 소유하고 있다는 것이다.

정리하자면, 상기한 바와 같이 다각적인 관점에서의 지혜에 대한 정의 방식을 고려하여 자신이 처한 상황에 적합하게 지혜를 강구한 판단과 결정(및 선택)을 내릴 필요가 있다고 보는데, 모든 개인에게 가능한 보다 통합적인 관점에서 자신을 보다 지혜롭게 다스리고 관리하기 위한 방향으로 지혜를 활용하려는 노력에 중점을 두어야 한다. 이러한 관점에서 보다 진지하게 적용할 만한 지혜의 개념은 다음과 같은 경우에 간명하게 표현되고 있다. 예를 들자면 “하나님, 제게 바꿀 수 없는 것을 받아들이는 평온과 바꿀 수 있는 것을 바꾸는 용기와 이 둘을 구별할 수 있는 지혜를 주소서”라고 기도하는 라인홀트 니부어 박사(뉴욕 유니온 신학교)는 분별력으로서 지혜를 말하고 있다. 이와 함께 소포클레스(안티고네)는 “행복의 첫째 조건은 분별력이 있는 것이다”라고 분별력으로서 지혜의 중요성을 강조하고 있다.

그리고 유교문화권에서 4단 7정 사상 중 4단에 해당되는 인, 의, 예, 지(仁, 義, 禮, 智) 중에서 '지(智)'는 곧 시비지심(是非之心)의 의미를 지닌다고 밝히고 있어, '지혜는 곧 옳고 그름을 분별할 수 있는 안목'을 의미하는 것으로 오랫동안 인식되어 왔으며, 이와 유사하게 그리스 극작가인 소포클레스도 지혜를 분별력과 공통점을 지닌 것으로 파악하고 있다. 종합하자면, 분별력은, 넓고 높은 수준의 판단력으로서, 지혜의 중심 개념으로 비교적 널리 인식되고 사용되어 왔는데, 자신을 다스리는 다양한 경우에 과연 자신의 판단과 선택이 어느 정도 시의적절하고 적합한 것이며 타당한 것이었는가를 판단(또는 반성)하면서 다양한 상황에서 분별력, 통찰력(직관력), 응용력, 예견력 등에 뿌리를 두며, 지혜를 키워나가며 자연스럽게 삶의 운용 방법이나 요령(절차적 전문지식)을 깨닫게 된다고 말할 수 있다.

자신 안에 존재해 온 행복을 저절로 누릴 수 있는 것이 아니라 다양한 삶의 과정에서 온갖 고통을 겪고 주어진 문제를 해결하려고 노력하는 동안 자아 성찰을 통하여 인간 삶의 본질을 깨닫게 되는 과정을 거쳐, 삶의 과정에서 숨어서 작용하고 있는 사물의 옳고 그름을 분별할 수 있게 되거나 잠재되어 있는 법칙이나 도리를 깨닫게 되어 지혜를 얻게 되면 행복을 누릴 수 있게 된다고 정리할 수 있다. 이를 〈행복의 가설〉이라는 책의 저자 조너던 헤이트는 "지혜로운 삶의 주인에게 행복이 찾아온다"라는 말로 간략하게 설명하고 있다. 말하자면 지혜를 동원하여 행복을 추구하기 위한 목적으로 자기 자신을 조절하고 관리해 나가는 경험을 쌓아 가면 마침내 행복 지혜를 터득하게 되고 자신만의 고유한 행복을 얻게 된다는 의미로 수용할 수 있다.

일반인들은 일상생활 경험에 입각하여 성숙해지면 자신에게 행복을 가져다주는 데 도움이 되는지 여부, 행복을 창출하고 유지하는 데 도움이 되는지 여부 등을 분별할 수 있는 능력을 어렵지 않게 습득하게 된다. 또한 이처럼 분별 능력과 더불어 자신의 행복 창출이나 유지에 필요한 지식을 적절하게 활용하는 능력을 갖게 되는데 일반인들은 이들 능력을 습득한 사람을 지혜로운 사람이라고 인정하기를 주저하지 않게 된다. 우리가 살아가는 과정에서 당면하는 문제를 지혜롭게 해결해야만 의도하는 바를 얻을 수 있고 원하는 행복을 누릴 수 있다는 것을 경험하게 되면서, 분별력을 습득하거나 필요한 지식을 적절하게 응용하는 능력을 갖는 지혜로운 사람이 되기 위하여 노력할 필요성을 느끼게 된다. 이와 함께 그 분별력과 더불어, 지식응용능력 및 문제해결능력을 습득한 개인이 있다면, 그 개인을 평범한 사람들에 비하여 보다 지혜롭게 살아가는 사람으로 인정하고 그가 지닌 지혜를 부러워하기도 한다. 한마디로, 지혜를 터득한 사람이 행복을 추구하기 위하여 자신의 지혜를 발휘하거나 활용하게 되는 경우에 그는 일반인에 비하여 보다 용이하게 행복한 삶을 살아갈 것으로 기대하는 것은 매우 당연하다는 것이다. 이처럼 행복을 추구하기 위하여 지혜를 응용하는 능력을 습득한 경우에는 행복 지혜를 터득한 것으로 인정할 수 있는 동시에, 일상생활 중 누구나 추구하는 행복을 얻기 위하여 지혜롭게 대처할 경우에 그는 행복 지혜를 습득하였기에 비교적 용이하게 행복을 누릴 수 있을 것이라고 기대하게 된다. 즉 자신에게 직면한 문제를 지혜롭게 해결하기 위하여 자신이 알고 있는 지식을 당면한 상황에 적절하게 활용하여 분별력 있게 판단하고 결정하는 개인들은 행복 지혜를 얻은 것으로 인정할 수 있고 나아가, 우리의 일상사에서 행복 지혜를 터득한 것으로 보이는 개인들은 행복한 삶을 누릴 가능성이 일반인에 비하여 매우 높다고 기대하는 것은 매우 자연스러운 것이라고 판단된다. 그러기에 살아가면서 그리스 철학자 소포클레스의 명언, "지혜가 없는 곳에는 행복도 없다"라는 말을 새삼스럽게 그리고 자주 되새겨볼 필요가 있다.

* * *

전반적으로 보아, 행복의 지혜는 삶의 지혜의 일부분이라고 볼 수 있고, 경우에 따라서는 행복 지혜나 삶의 지혜가 동일하게 인식되고 활용될 수도 있다. 우리가 상식적으로 보아, 대체로 지혜로우면 행복을 누리기 용이할 것이라고 추정하는 것은 이 때문이다. 구체적으로 지혜와 행복 지혜가 동일한 경우들은 적지 않을 것이나, 개인들의 경우에 따라서, 또는 여건에 따라서 지혜가 있다면 그 자체가 행복 지혜로서 기능을 하고 그 결과가 행복하다고 인정할 경우에는 이 둘을 동일시하게 될 수도 있다. 그러나 지혜로우면 무조건 행복할 것인가라는 질문에 대해서는, 항상 그렇지는 않을 것이라고 답변할 수 있다. 특정 지혜를 '절도' 없이, 즉 원칙, 도리, 사회적 규범 등을 무시한 채, 편향적으로 인식하고, 악의적으로 활용하거나 비사회적인 의도(비도덕적 또는, 비윤리적, 비인도적)로 사용하는 경우에는, 완전한 행복을 누리기 어렵고, 장기적으로나 결과적으로 진정한 행복을 누린 것으로 인정하기 어렵기 때문이다.

불교에서는 행복을 '열반의 경지', 그리스 철학이나 스토아 철학에서는 '최고의 선' 상태, 이슬람교에서는 '신과의 합일 상태', 그리고 기독교에서는 '신의 구원을 얻은 상태(곧, 성령의 은총을 받은 상태)'라고 정의해 오고 있기에, 획일적으로 지혜가 많다고 해서 무조건 행복을 누릴 수 있다고 보기에는 문제가 많다고 본다, 이 경우에는 영악스럽고 꾀가 많아(특히 경제 사범, 사기꾼 등의 경우) 자신만의 이익을 도모하는 동시에 타인들을 불행에 빠뜨리는 경우도 있기 때문에 지혜가 많다고 보이는 사람이 꼭 행복한 사람이라고 보기 어려운 것이다. 말하자면, 지혜로운 사람과 행복한 사람은 동일한가라는 질문에 답변하기 위해서, 세상의 지혜를 부정적인 목적, 악의적 목적, 또는 반사회적이거나 비인간적인 목적으로 활용하는 경우에는, 우리가 말하는 일반적인 행복을 누릴 수 있다고 보거나 우리가 추구하는 경지의 행복을 누린다고 인정하기 어렵기 때문에, 이런 경우에는 지혜와 행복 지혜를 동일시하기 어렵다는 것이다. 결론적으로, 지혜로운 사람을 반드시 행복한 사람이라고 보기 어려운 경우가 있으나 행복한 사람은 지혜로운 사람이라고 보는 것은 무난하다고 본다. 한편, 행복 지혜와 지혜를 무조건적으로 동일시할 수 없는 또 다른 이유로는, 행복을 추구하는 과정에서 지혜를 동원하고, 응용하거나 활용하는 경우에, 행복을 누리기 위한 수단으로서만 지혜를 취급하기 때문이다. 이는 일상사에서 행복과는 무관한 상태에서 지혜가 필요한 경우에 그를 추구하기 위하여 행복 지혜를 막무가내로 부적절하게 수단시할 수는 없기 때문이다.

다른 한편, 행복을 창출하고 누리기 위하여 지식이나 정보를 활용하며 자신의 경험을 활용하는 경우에, 지혜를 획득할 수도 있고 그렇지 못할 수도 있다고 보아, 지혜와 행복 지혜를 동일 개념으로 보기에는 문제가 있다고 보아야 할 것이다. 이는 지혜를 터득하기 위하여 필요한 문제해결력을 포함하여, 통찰력이나 분별력 등을 활용하거나 그 능력들이 발현되고 작동되는 경우에도 당연하게 행복 지혜를 터득하거나 습득할 수 있다고 단언할 수 있는가라는 질문을 던져 볼 수 있다. 말하자면, 일반인들이 행복을 삶의 궁극적인 목적으로 삼고서 고차적 정신 기능을 구비한 개인들이 지혜를 활용하여 행복 지혜를 습득하는 것은 용이하고 자연스럽다고 보나, 행복한 인생을 추구하기 위하여 부단하고 지속적으로 수준 높은 지혜를 탐색함으로써 남과 다른 경지에 오르게 되면. 그 보상으로서 행복을 누리기 용이하고 그들 행복 지혜를 습득한 사로 인정하기 쉽겠지만 그 반대의 경우는 쉽게 찾아보기 어렵다고 생각되기 때문이다. 즉 행복 지혜를 얻은 후에 용이하게 행복을 누리면서 의도적으로 제3의 지혜를 추구한다는 것은 그 사례를 찾기가 용이하지 않을 것이라고 보는데, 이는 대부분의 개인들이 행복한 삶을 목적으로 삼고 추구해 왔고, 목적을 달성하여 행복을 맛보며 행복한 삶을 누리는 경우에는, 구태여, 행복과는 관련성이 없어 보이는 여타의 지혜만을 추구하거나 무조건적으로 지혜를 목적시하며 추구할 필요가 없다고 보기 때문이다.

삶의 지혜를 통한 행복의 추구

앞에서 수 차례 강조한 바와 같이 개인들이 행복을 추구하면서 가장 중시해야 할 것이 자기 자신을 다스리는 일인데, 부단한 학습을 통하여 자신을 지혜롭게 다스릴 수 있게 되면 행복을 얻는 데 필요한 지혜를 깨닫기 쉽고 행복을 보다 용이하게 누릴 수 있기 때문이다. 그러므로 개인들이 일상생활 과정에서 지혜롭게 자기 자신을 다스리기 위해서 노력하고 그를 습관화시키는 일이 곧 행복의 길에 들어서는 것이라고 말할 수 있다.

스페인의 철학자인 발타자르 그라시안은 그의 저서 〈지혜의 기술〉에서 우리가 삶의 지혜를 얻기 위해서 중요시해야 할 지혜의 기술을 네 가지로 분류하여 제시하고 있는데, 그것들은 ① 세상을 사는 지혜의 기술, ② 도전과 성공을 위한 지혜의 기술, ③ 관계를 위한 지혜의 기술, ④ 자신의 가치를 높이는 지혜의 기술 등이다. 주된 내용으로는, 지혜롭게 자기 자신을 다스리기 위해서는 분별력과 인내심을 중시한 삶의 지혜를 비롯하여 목표 의식을 가지고 준비된 마음으로 성실하게 도전할 필요성을 강조하는 한편…(중략)… 상대방을 파악하고 그를 존중하는 대인관계의 중요성, 그리고 열정을 가지고 언행일치하며 감정을 조절할 수 있도록 노력하는 등의 기술을 권장하고 있어 그라시안의 언명에 경청할 필요가 있다.

우리가 일상생활 중에 대하게 되는 행복 관련 명언(속담, 격언, 금언, 경구 등)들이 일반적인 연구논문 결과 못지않게 우리들의 행복에 관하여 진솔하고 타당하게 표현하고 있다는 것을 새삼 느끼는 경우가 적지 않다. 순간순간 보고 느끼고 확인하는 가운데 성현들의 말이 새삼 가슴에 와닿고 그들이 경험한 것을 우리도 간접적으로 경험하면서 어쩌면 그렇게 제대로 표현했을까 감탄해 마지않는 경우가 적지 않다. 성현들이 경험했던 지혜로운 삶의 경험들이 우리에게도 곧 행복으로의 길이며 절도(節度) 있는 생활의 일부로서, 지혜를 포함한 자신만의 행복을 추구하는 방법론을 각자 나름으로 정립하여 습관화하고 실천해 나가는 원칙이 필요하다는 점을 안내해 주고 있다. 여기서 '절도 있는 삶'이란, 이성에 따르며 인간다운 도리를 준수하며, 진리에 충실하려는 노력을 하는 자세로 살아가는 모습이나 그러한 삶 그 자체를 말한다. 한 마디로, 지혜롭게 자신을 다스리기 위해서는 자신만의 원칙이, 즉 인생관 및 삶의 방식 등과 통하는 '절도 있는 삶'이 기본이 되어야 한다는 점을 강조하고 안내해 주고 있다고 볼 수 있기 때문이다. 다시 말해서 이처럼 지혜로운 삶, 개인마다의 절도 있는 삶에 관한, 성현들이 언급한 바와 같이, 지혜를 습득함으로써 행복을 얻었다는 그들의 경험에 바탕을 둔 지적은 인류의 삶이 지속되는 한, 인류가 행복을 추구하는 한, 우리들에게 비전을 제시해 주고 안내하는 역할을 수행하며 지속적으로 영향을 미칠 것으로 판단하기 때문이다.

그중에서 먼저 떠오르는 말씀, "지혜의 지배를 받아야 행복(유데모니아)에 도달할 수 있다"라는 아리스토텔레스의 말은 행복한 삶을 구현하려면 지혜를 깨닫도록 노력해야한다는 점을 강조하며, 결코 지혜를 깨닫지 않은 상태에서는 지혜롭게 자기 자신을 관리하기 어렵다는 점을 말해 준다. 그리고 아리스토텔레스는 그의 저서 〈니코마코스 윤리학〉에서 "행복의 문제를 다루면서 보편적 진리에 관하여 명상하는 것이 인간이 완전한 행복에 가장 가깝게 이르는 길이다"라고 언명하며, "자신의 이성을 갈고 닦은 사람은 가장 훌륭한 마음 상태에 있고 신들에게 가장 사랑스런 사람인 듯하다…(중략)… 그리고 이런 사람은 아마도 가장 행복한 사람이기도 할 것이다. 그러므로 철학자는 다른 사람보다도 더 행복할 것이다"라고 정리하고 있다.

이와 유사한 맥락에서 소포클레스는 그의 작품 〈안티고네〉에서 "지혜는 행복의 절정이다… 즐거움보다 더 좋고 더 바람직하다. … 영혼이 꾀하는 또는 견디는 모든 것은 지혜의 인도를 받으면 행복으로 끝을 맺는다"라고 진술하고 있는가 하면, 스토아 철학자들은 "지혜의 추구에서 생기는 행복에 비할 것은 아무것도 없다"라고 지혜를 추구하는 일의 가치를 강조하고 있다. 이와 같이 행복을 누리기 위해서는 지혜를 얻어야만 하고, 지혜는 곧 행복 지혜의 기본을 제공해 주며, 행복으로 인도하고 있다는 점을 상식적인 차원으로 유추해 봄으로써 성현들의 주장은 지금 이 사회에서 지혜의 중요성을 망각하고 살아가고 있는 우리들에게 절실한 의미로 생생하게 다가온다. 그럼에도 현재의 우리의 여건에서 지혜의 본질을 파악하기 위한 연구가 충분히 이루어지지 않은 실정이라고 지적할 수 있으며, 그러한 상태를 인정한다면 더욱 지혜를 터득한 행복한 사람들의 속성을 파악하고 그를 행복 교육의 핵심 목표나 내용으로 추구할 만한 가치가 있다고 생각하게 된다.

'절도 있는 삶의 지혜'는 행복을 보장

우리 사회의 일각에서는 사람들로 하여금 마치 행복을 크게 노력하지 않고도 어렵지 않게 얻을 수 있고 누릴 수 있는 것이라는 잘못된 신념을 갖도록 유도하는 분위기가 조성되고 있다. 그로 인하여 상당수의 사람들은 누군가의 도움으로 행복을 쉽게 얻을 수도 있고, 별다른 노력을 기울이지 않고도 용이하게 행복을 누릴 수 있다고 오해하기도 한다. 따라서 자신이 행복한가 여부는 자신이 해결해야 할 문제가 아니고, 자신을 낳아서 기르거나 자신을 보호해주는 이들이 해결해주어야 할 것으로 잘못 생각하게 되는 경우가 허다하다는 것이다. 그러기에 어려움을 경험하지 않고 좋은 환경에서 자라는 청소년들일수록 행복한 삶을 누릴 수 있는 준비에 소홀하고 자율적으로 자신을 다스리거나 관리하는 능력을 기르기 위한 노력도 기울이지 않는 실정이다. 이에 행복한 삶을 원하고 그를 누리기 위해서 어떤 노력을 경주해야 하는가에 관해서 관심이 없고, 절도 있는 삶을 추구하며 자신을 지혜롭게 관리하기 위한 준비가 필요하다는 원칙도 제대로 인식하지 못하는 청소년들이 적지 않다는 실정을 인식할 필요가 있다.

이에 청소년기를 거치면서 장기간 자신을 파악하고 자기다운 신념과 가치체계를 정립하며 자신의 몸과 신체를 다스릴 수 있게 되면, 어느 정도 지혜를 깨닫게 되며 자신도 남처럼 또는 남보다 잘 살기 위해서 자신을 지혜롭게 다스리며 관리해 나갈 수 있도록, 자기 나름의 행복 기술을 키워나가기 위해 지속적인 노력을 경주할 필요가 있다는 것을 인식하게 된다. 이처럼 꾸준히 노력하고 실천할 수 있는 개인은 성장하여 하나의 성인으로서 자신을 지혜롭게 다스리고 관리해 나가는 능력을 용이하게 체득할 수 있게 되고 그 대가로 남과 다른 행복을 누릴 수 있는 경지에 도달하게 된다고 볼 수 있다. 스페인 철학자인 그라시안은 자신의 저서 〈지혜의 기술〉에서 "지혜를 인생의 주춧돌로 삼아라, 지혜를 인생의 길잡이로 삼아라"고 주장하며 지혜를 터득하기 위한 노력을 적극 권장하고 있다. 그는 보다 구체적으로 "지혜를 인간관계에서 윤활유로 삼아라, 지혜로 성공을 도모하라, 지나친 욕심을 자제할 줄 아는 지혜를 갖춰라" 등과 같은 교훈적인 안내를 통하여 성공적인 인생을 위해 지혜가 중요하다는 점을 강조하고 있다. 또한 심리치료사 브라이언 로빈슨은 자기 다스리기를 위한 지혜를 습득하기 위해서는, "항상 옳은 것은 없다, 다른 사람의 입장이 되어보라, 용서는 결국 나를 위한 선택이다, 걱정으로 해결되는 일은 없다, 인내심이 없다면 목표를 갖지 마라"라고 강조하면서 '조화로운 삶'을 위해서 '분명한 선을 그어라, 마음을 다스려라, 넓게 보라, 좋아하는 것에 몰입하라, 논리적 판단에 속지

마라' 등을 권장하고 있어, 조화로운 삶을 추구하는 자체가 자기 자신을 지혜롭게 다스리는 일이 될 수 있다는 것을 암시하고 있다.

프랑스 사상가 몽테뉴는 〈수상록〉에서 행복을 추구하기 위해서는 즐겁고 소박하며 천성에 합당한 지혜의 길을 연마할 것을 주장하고 있다. 그는 "삶보다 더 소중한 것은 없으며 행복해지기 위해서는 삶을 사랑하고 이를 적절하고 유연하게 자신의 고유한 천성에 따라 향유하면 된다"고 주장하며, 우리의 삶이 너무 소중하기 때문에 우리는 삶 아닌 다른 어떤 것(죽음)도 생각할 여지가 없다는 것이다. 그러기에, "자신의 손이 닿을 만한 곳에 있는 지혜, 자신의 역량으로 감당할 수 있는 지혜를 추구하는 자신만의 독창적이며 심오한 접근 논리라고 볼 수 있는 자신만의 행복관을 정립할 필요가 있다"고 주장한다.

한편 개인이 행복하게 살아가기 위해 필요한 '행복 기술'을 익힐 필요가 있다고 권장하고 있는 심리치료사 브라이언 로빈슨은, "선택은 내게 달려있다, 역경이 오면 인간답게 행동하라, 폭발하려는 감정을 다스려라, 자신이 가진 것에 감사하라, 생각은 육체를 지배한다, 칭찬한 뒤 비판하라, 나쁜 습관이 불행을 부른다, 타인의 단점을 사랑하라, 또 다른 자아를 발견하라" 등을 행복 기술의 핵심 요인으로 내세우고 있다. 이와 함께 로빈슨은 행복의 기술로서 '자기 관리를 위한 지혜'를 습득할 것을 권하고 있는데, "지혜는 배우려는 자의 것이다. 행복한 마음은 근육과 같아서 자주 사용할수록 더욱 강해진다. 일만 아는 존재가 되지 말라, 마음을 다스려라"라고 주장하며 행복 추구를 위한 자신만의 지혜를 습득할 것을 권면하고 있어 특기할 만하다.

철학자 알렌은 그의 저서 〈행복의 연금술〉에서 행복 지혜의 습득

노력을 정당화하는 주장을 펴고 있는바, "행복해지는 방법을 모르는 사람은 아무리 다른 지식이 많아도 무지한 것이나 마찬가지입니다. 삶의 진리는 진정한 행복을 얻는 과정을 통해서만 배우기 때문입니다…(중략)… 그 어떤 불행한 상태에서도 마음의 주인은 언제나 당신입니다. 다만 그때는 스스로를 잘못 다스리는 '어리석은' 주인에 지나지 않겠지요. 하지만 자신이 살아온 인생을 깊이 성찰하여 인생의 근본 원칙을 깨닫고 그것과 조화를 이루는 삶을 시작할 때면 비로소 당신은 '지혜로운 주인'이 되어 진정한 행복을 느끼게 될 것입니다"라고 자아 성찰을 통한 지혜의 습득이 진정한 행복으로의 길임을 강력하게 암시해 주고 있다.

한편 힌두교의 경전인 〈바가바드 기타〉에서는 "깨달음 상태에 도달해야 행복을 누릴 수 있다; 자율능력을 획득한 자, 자신 안에서 자신의 행복과 평화를 발견하는 자만이 행복을 누릴 수 있다"고 하며 행복을 추구하기 위하여 지혜를 깨닫고 자신을 다스려야 한다는 비전을 제시해 주고 있다. 이와 같은 맥락에서, 영국의 수학자이며 철학자인 버트란드 러셀도 "자신을 지혜롭게 관리할 수 있는 능력을 구비해야만 행복의 주인공 역할을 해낼 수 있다"라고 주장하고 있다. 또한 미국 역사가이며 철학자인 제니퍼 헥트는 "지혜에서 오는 행복"을 특히 강조하면서 그를 위해 "너 자신을 알아라, 욕망을 다스려라, 원하는 것을 하라, 죽음을 기억하라"고 조언하고 있다. 이와 더불어 "자신을 제어하는 것은 행복으로 향하는 문이다. 지혜는 자아의식을 제어해준다"라는 철학자 제임스 알렌의 주장과 "행복은 마법 같은 요행이 아니다. 행복은 삶의 이치를 받아들임으로써 얻는 궁극적이고 이상적인 결실이다"라는 헬렌 켈러의 주장도 모두 행복을 추구하기 위해서 지혜가 필요하다는 점에 역점을 두고 자기 자신을 통합적인 관점을 고려하며 지혜롭게 다스릴, 자신만의 절도와 원칙에 따른 지혜가 필요하다는 점을 강조하고 있다.

그리고 우리가 살아가는 현실, 즉 구체적인 상황에서 지혜를 통합적인 관점에서 다루어야만 행복에 이르게 된다는 전제를 수용한다면, 행복을 가져다준다고 인정받고 있는, 또는 행복을 유지해주는 데 도움이 된다고 인지하는 지식을 활용하는 능력과 더불어, 그러한 지식을 삶의 문제를 해결하는 데 적절하게 적용할 수 있는 판단 능력, 즉 판단 능력으로서 분별력을 가지는 것 자체가 행복 지혜의 핵심이라고 보는 것이다. 이에 따라서 행복을 누리는 데 핵심적으로 작용하는 지혜이면서, 삶의 원리를 중요시하는 '절도 있으며 통합적인 삶의 태도'라고 수용할 수 있는 행복 지혜의 관점에서, 행복 관련 명언들에 기반을 두고, 우리가 행복을 창출하고 유지하는데 직접적이면서 실용적으로 활용할 수 있는 지혜의 대상 내용(조건)을 종합하고 간추리고 선별하여 다음과 같이 다섯 가지로 정리할 수 있다. 이와 같은 과정을 거쳐 최종적으로 얻어낸 삶의 지혜라고 할 수 있는 것은 비교적 널리 알려져 있는 지혜에 관한 정의를 기반으로 행복에 이르게 하거나 그를 유지하려는 데 필요한 삶의 지혜들을 총칭하는 바, 그를 개괄적으로 분류하면, ① 강녕을 위한 지혜, ② 자아 성찰을 위한 지혜, ③ 소통과 만남을 위한 지혜, ④ 배려와 나눔을 위한 지혜, ⑤ 자아실현과 자기 관리를 위한 지혜 등이라고 새로운 개념체계를 제시할 수 있다(다음 10장에 연계됨).

행복 관련 두 가지 일화

다음에 소개하는 두 가지 일화는 비교적 널리 알려진 행복 관련 내용의 것들이다. 첫 번째 것은 중국의 '고사성어故事成語'에 포함된 것으로서 한국에서도 잘 알려진 내용이나, 두 번째 내용은 서양문화 배경에서 전개되는 이야기라서 우리에게는 약간 낯 설은 것으로 보인다. 이들 사례는 모두, 우리 앞에 전개되는 세상만사는 변화가 많아 아무도 미래를 예측하기 매우 어려워 주어진 운명대로 전개되고 있다거나, 개인들의 요구와는 다르게 이야기 속의 인과관계에 따라서 반전反轉이 일어나듯이, 우리 앞에 직면할 수 있는 전화위복이 마치 운명처럼 인식될 수 있다는 점에 주목할 필요가 있다.

가. "인생만사 새옹지마 人生萬事 塞翁之馬"

중국의 변방(국경근처) 마을에 사는 한 노인이 말을 키우며 살고 있었는데, 어느 날 키우던 말 중에서 한 마리가 달아나 버렸습니다. 이 소식을 들은 동네 사람들은 상실감이 큰 노인을 위로해 주었으나, 노인은, "세상일을 어떻게 알겠습니까, 이 일이 혹시 복이 될런지…"라고 답변했습니다, 그 후 며칠이 지난 후 집을 나갔던 말이 돌아왔는데 혼자서 오지 않고 다른 말과 함께 돌아온 것입니다. 이 소식을 들은 동네 사람들이 노인이 했던 말을 회상하고 감탄하면서 축하해 주었습니다. 이에 대하여 노인은 무표정하게, "어떻게 알겠습니까, 이번 일이 화를 불러올런지"라고 답변했습니다. 그런데 말을 타던 외아들이 낙마해서 다리를 크게 다치는 일이 일어났습니다. 이 소식을 들은 동네 사람들이 몰려와 노인을 위로해 주었습니다만, 노인은 무뚝뚝하게도, "이번 일로 우리 집에 좋은 일이 생길런지 누가 알겠습니까…"라고 답변했습니다. 그 일이 일어난 후 얼마가 지나, 나라에 오랑캐가 쳐들어와 국가가 위기에 처하게 되자, 많은 남자들이 징집당해 전쟁터로 보내졌고, 온 마을이 혼란에 빠지게 되었습니다, 그중 많은 사람들이 전쟁에서 죽거나 부상을 당했기 때문이죠. 그러나 그 노인의 아들은 부상당한 다리로 인하여 전쟁에 징집되지 않아 무사하게 살아 남았습니다.

나. "좋을지 나쁠지 누가 알겠습니까?"

유럽의 한 왕이 사냥을 하다가 손가락을 다쳤다. 왕은 사냥을 나갈 때면 언제나 자신을 수행하던 의사를 불렀다. 의사는 왕의 상처에 붕대를 감았다. 왕이 물었다. '아무 일 없겠는가?' 의사가 대답하였다. '좋을지 나쁠지 누가 알겠습니까?'
왕과 일행은 사냥을 계속했다. 왕궁으로 돌아오고 나서 상처가 덧나자 왕은 그 의사를 다시 불렀다. 의사는 상처를 소독하고 조심스럽게 연고를 바르고 붕대를 감았다. 왕이 걱정되어 물었다. '확실히 괜찮겠는가?' 의사는 또다시 답했다. '좋을지 나쁠지 누가 알겠습니까?'
왕과 일행은 사냥을 계속했다. 왕궁으로 돌아오고 나서 상처가 덧나자 왕은 그 의사를 다시 불렀다. 의사는 상처를 소독하고 조심스럽게 연고를 바르고 붕대를 감았다. 왕이

걱정되어 물었다. '확실히 괜찮겠는가?' 의사는 또다시 답했다. '좋을지 나쁠지 누가 알겠습니까?'
왕은 불안해졌다. 왕의 예감은 들어맞았다. 며칠 만에 왕의 손가락은 너무 심하게 곪아서, 결국 의사는 왕의 손가락을 잘라야 했다. 무능한 의사 때문에 머리끝까지 화가 난 왕은 직접 의사를 지하 감옥으로 끌고 가 감방에 처넣었다. '감방에 갇히니까 기분이 어떤가, 이 돌팔이야!' 의사는 어깨를 움츠리면서 대답했다. '폐하, 감옥에 갇힌 게 좋을지 나쁠지 누가 알겠습니까요', '무능한 게 아니라 제정신이 아니로구나!' 왕은 그렇게 말하고서 자리를 떠났다.
몇 주 후, 상처가 아물자 왕은 다시 사냥을 하러 궁 밖으로 나갔다. 동물을 쫓다가 일행으로부터 멀어지게 된 왕은 숲에서 길을 잃었다. 길을 헤매던 왕은 숲 속 토인들에게 잡히고 말았다. 그날은 마침 토인들의 축제 날이었는데, 그들로서는 밀림의 신에게 바칠 재물이 생긴 셈이었다. 토인들이 왕을 큰 나무에 묶어놓고 제물을 잡기 위해 칼을 가는 사이 무당은 주문을 와우면서 춤을 추기 시작했다. 무당이 날카롭게 긴 칼로 왕의 목을 치려다가 소리쳤다. '가만! 이 사람은 손가락이 아홉 개밖에 없다. 신께 바칠 제물로는 불경스럽다. 풀어줘라'
풀려난 왕은 며칠 만에 왕궁으로 돌아가는 길을 찾았고, 곧바로 지하 감옥으로 가서 그 지혜로운 의사에게 말했다. '좋을지 나쁠지 누가 알겠느냐고 소릴 할 때는 멍청이라고 생각했는데 이제보니 그대가 옳았네. 손가락을 잃어버린 게 좋았던 거야. 하지만 그대를 감옥에 가둔 것은 내가 나빴던 것이네. 미안하이'. '폐하, 무슨 말씀이십니까? 제가 감옥에 갇힌 게 나빴다니요? 저를 감옥에 가두신 건 아주 좋은 일이었습니다. 아니면 저는 그 사냥에 폐하를 따라나섰을 테고 제가 잡혔다면 제물이 되었을 것입니다. 저는 열 손가락을 다 가지고 있지 않습니까!'

'가'의 경우에는 주인공의 별다른 행위 없이 외부의 관여와 사회적 변화에 따라 반전이 일어났고, 결과적으로는 주인공에게 복을 가져다주었다는 전화위복의 사례라고 볼 수 있는 한편, '나'의 경우에는 주인공의 무리한 사냥이 원인이 되어 손가락을 다치고 잘라내는 사건이 빌미가 되어 사경에 직면하지만 결국에는 커다란 반전이 일어나 목숨을 건지는 전화위복의 사례라고 정리해 볼 수 있다. 말하자면, 두 가지 전화위복 간에는 다른 인과관계因果關係가 작동한 것으로 파악할 수 있는데, '가'의 경우에는 본인이 직접 관여하지 않았음에도 키우는 말로 인하여 유발된 사건(새로운 말 등장, 아들의 낙마)이 외부 사회의 관여(전쟁 발발)로 인하여 중첩되어 작용한 결과로 그야말로 불행한 사건(낙마)이 우연한 행운(전쟁 불참)으로 반전되었다는 전화위복의 경우라고 볼 수 있다. 그와는 달리 '나'의 경우는 주인공인 왕이 사냥에 과도하게 몰두한 것(손가락 상처, 토인집단에 재물로 잡힘)이 분명한 원인으로 작용했으나 결국에는 잘린 손가락(불행)으로 말미암아 목숨을 구하게 되는 행운을 얻게 되는 전화위복이라고 볼 수 있다. 두 가지 반전에는 성격이 다른 요인들이 작동한 것으로 파악되는바, '가'의 경우에는 본인이 아닌 새로운 말, 자녀의 낙마, 전쟁 등이 복합적으로 작용하였으나 '나'의 경우에는 본인의 무차별한 사냥 행위가 원인이 되었다는 점이라고 대비시킬 수 있다. 그래서 '가'의 경우에는 여러 요인이 작용하여 인과관계가 분명하지 않기에 마치 주인공의 운명이라고 설명할 수도 있으나 '나'의 경우에는 인과관계가 분명하여 본인의 불찰이 불러온 불행이었지만 결과적으로는 행운으로 종료되었다고 설명할 수 있다.

우리 인생사에서는 대체로 개인이 처한 사회적 환경 안에서, 사회적 힘이나 외부의 세력에 의한 변화로 인하여 문제에 당면하거나 불행에 처할 수 있으나, 실제로는 발생할 확률은 크지 않다고 본다. 대부분의 경우에 개인적인 삶의 과정에서 당면하는 문제들, 특히 갑자기 사건이 발생하였다거나, 자신이나 가족들에게 병고가 발생하였다거나, 의도하는 바가 예상과는 다르게 진행되었다거나, 부주의나 실수로 사고가 발생하게 된 사례 등과 같이, 개인적인 당면 문제로 인하여 예상치 않은 고난(고통)을 당하거나 역경에 처하는 것이 우리들의 인생의 단면이라고 볼 수 있다. 이러한 경우에 개인적으로 어떻게 대처하고 대응하느냐에 따라서 문제를 용이하게 해결하거나 어려움에 처하거나 또는 해결하지 못하는 경우가 많지만, 보이지 않는 모종의 세력이나 힘에 의존하여, 행운으로, 문제를 해결하여 행복을 얻게 되는 경우는 그리 많지 않다고 보아야 한다. 실제로는 자신의 경험과 지식에 의해서, 자신의 마음의 힘으로 반진이 일이니 의도한 결과를 얻게 되는 경우가 많다고 보는데, 환경을 바꾸거나 외부의 힘을 이용하지 않고 대체로 자신이 지혜를 발휘하거나 슬기롭게 자신의 생각을 바꾸게 되면 해결되는 경우가 많다는 것이 우리의 현실이다.

한 마디로, 결과가 행복이든 불행이든 관계없이 정해진 운명이니까 별수 없이 순응하는 것이 우리의 행복일 수도 있다는 식의 생각에서 탈피하여, 개인들의 운명은 개인에 의해 좌우된다는 식의 논리를 바탕으로 결국 나의 행복과 불행은 나의 노력과 대응 노력에 따라 달라진다는 것, 즉 내가 노력하고 대응하여 작동한 인과관계에 따라 기대하는 변화를 예상할 수도, 또는 예상할 수 없기도 하나, 대부분의 개인들은 예상할 수 있길 바라며 적극적으로 대응할 필요가 있다고 생각하는 것이 당연한 것이다, 그리고 대체로 당면 문제를 해결하기 위하여 외부 환경을 변화시키거나 그로부터 탈피하기 위해 친지들을 동원하거나 무리하게 시도하기보다는 그에 대응하는 자신의 마음을 변화시켜, 생각을 바꾸면 세상이 바뀔 수 있다는 논리로 대응하여 불행으로부터 벗어나는 것이 지혜이고 행복 지혜에 근접하는 것이라고 볼 수 있다. 이처럼 각자의 대응 노력에 따라서 그 개인의 행복과 불행이 좌우될 수 있다는 확신을 가지는 것이 현대 사회에서는 보다 자연스럽게 느껴지게 된 것임을 인식할 필요가 있는 것이다. 그러기에. 각자 나름의 대응에 직접 또는 간접적으로 영향을 미칠 수 있는 삶의 지혜가 요구되며, 좀 더 수준 높은 삶의 지혜를 바탕으로 보다 향상된 행복을 추구하기 위하여 '행복 지혜'를 향하여 나가기 위한 디딤돌을 준비하는 노력이 더욱 요구된다'는 주장을 자연스럽게 수용할 필요가 있다.

이와 같은 관점에서 보다 바람직한 행복관을 명쾌하게 정리해서 우리가 나갈 방향의 길잡이 역할을 해 줄 수 있는 명언 중의 하나를 소개하자면 다음과 같은바, 유전학자인 미국 스탠포드 대학교수인 루카 카발리 스포르자의 말을 인용한다.

> **"행복이란 저절로 찾아오는 것이 아니다. 그것은 행운이 우리에게 베푸는 은총도 아니오, 역경이 우리에게서 빼앗아갈 수 있는 은총도 아니다. 행복은 오직 우리 자신에게 달려있다. 우리는 하룻밤 사이에 행복해질 수 없으며 나날의 끈질긴 노력을 통해서만 행복해질 수 있다. 행복은 만들어지는 것이기에 노력과 시간을 필요로 한다. 행복해지기 위해서는 자신을 변화시킬 줄 알아야 한다"**

이러한 명언을 적극적으로 수용하는 입장에서 출발하는 것이 우리들의 행복한 삶을 위하여 필요하다는 것이다. 즉, 이 명언을 우리의 일상생활 과정에서 항상 진지한 마음으로 대응하고 수용할 필요가 있다는 점을 새삼스럽게 강조하고 싶다. 이 명언의 명료한 입장을 이해한다면, 다음에 전개되는 보다 수준 높은 행복을 추구하는 과정에서 '원하는 행복 지혜를 습득하기 위한 디딤돌'과 같은 역할을 수행할 것으로 기대되는 내용을 진지하게 이해하고 수용할 필요가 있다.

앞에서 소개한 스포르자 교수의 명언을 상기하면서, 우리가 살아가는 과정에서 비교적 어렵지 않게, 간편하게 그리고 시간을 절약하여 자신이 의도하는 행복을 추구할 수 있게 해주는 행복 지혜를 터득하기 위해서는 우선적으로 성공한 사람들의 성공사례를 교훈으로 삼아 간접적 경험을 통하여 미리 실수를 예방하거나 방지하려는 지혜, 그 자체가 행복을 불러오는 행복 지혜를 터득해 가는 과정 중의 하나라고 볼 수 있다. 그러기 위해서는 선배나 조상들의 경험, 특히 성공사례를 중시하고 그를 자기 것으로 수용하는 과정이 요구되는데, 이를 위해서 가장 권장할 만한 것은 고전을 독파하는 일, 그다음에는 성현들이 남긴 압축적인 의미를 지닌 명언들을 참고하는 방법도 권장할 만하다. 그러나 그 보다 더욱 권장하고 싶은 것은 종교 활동을 통하여 종교적인 핵심 논리들을 체득함으로써 명상하고 성찰하는 과정을 경험함으로써, 진리를 습득하고 지혜를 터득해 가는 방안들을 활용할 수도 있다. 그리고 이들 방법을 포함하여 권장할 만한 방안을 제시하자면 다음과 같이 네 가지로 정리할 수 있다. 즉,

① 주요 종교들의 행복과 관련된 종교적 논리와 핵심적 교리를 통하여 인생에 관한 진리를 깨닫고 그로부터 자아 성찰의 지혜를 습득하는 것도 권장할 만하며, 실제로 종교마다 특성을 반영한 종교교육 내용들은 우리가 삶의 진리를 이해하는 데 도움이 되고 있다. 여기서는 일반인들이 지혜를 깨닫는 데 도움이 되어 온 주요 종교적 교리를 제시하고 있는데, 이는 실제 생활에서 행복 지혜를 얻는 데 큰 도움을 주고 있다고 판단하기 때문이다.

② 인류 역사의 흐름을 따라 등장해 온 사상가나 철학자들이 주장하고 거론했던 이론들은 면면히 흘러오면서 누적되며 인류의 정신세계를 좌우하는 기능을 발휘했으며, 일반인들은 지속적으로 이들의 영향을 받아 보다 지혜롭게 살기 위하여 노력하였고, 실제로 많은 사람들이 행복을 추구하는 데 필요한 길잡이로 사용해 왔다고 본다. 또한, 동서고금을 막론하고 인류사회 전반적으로 보편성을 인정받고 있는 고전 작품들을 통하여 인류의 행복 관련 이성과 감성이 발달해 왔고 그에 따른 문화가 생성되기도 하였다. 이에 인류의 지혜에 관한 작품, 특히 우리에게 큰 영향을 미친 것으로 인정되는 고전을 중심으로 적절한 인사들을 선정하고 그들의 작품에 담긴 행복 관련 명언들을 학습하는 노력도 필요하다.

③ 동서고금을 통하여 불행을 피하려는 노력과 실패를 예방하기 위한 삶의 지혜를 개발하여 제시함으로써, 지역과 문화권이나 시대마다의 진지한 노력들이 이루어져 오면서 일반인들이 보다 지혜롭게 살도록, 행복한 삶을 추구하는 데 길잡이 역할을 수행했다고 보는 핵심 내용이나 아이디어들을 간략하게 소개하였다.

④ 최근에 등장한 긍정심리학을 비롯한 행복 과학의 연구 결과를 적극적으로 활용함으로써 일반인들의 삶의 지혜 습득에 도움이 될 뿐만 아니라 실제 생활에서 행복을 추구하는 데 실용적이며 유용한 도움이 될 것으로 예상되는바, 과거에 살다 간 현자들의 명언을 보다 실증적으로 규명하여 보완하는 효과가 있을 것으로 기대되기 때문이다. 말하자면, 현대인들을 대상으로 얻어진 연구 결과는 우리의 행복 지혜를 습득하고 활용하는 데 보다 현대 사회에서 살고 있는

현대인들의 생활에 초점을 두고 이루어진 까닭에 고전적 명언과는 다른 측면에서 효과를 볼 수 있다는 것이다. 이와 동시에, 기존에 우리에게 영향력이 있었던 명언들을 보다 적절하면서 유익하고 실용적인 근거 자료에 입각하여 활용할 수 있도록 안내할 수 있는 장점이 있다는 것이다. 이러한 관점에서, '행복 과학(행복학)이라는 명목하에 행복에 초점을 두고 수행된 연구 결과'에도 관심을 둘 것을 권장한다.

이와 같은 방안들을 개인마다의 상황과 여건, 취향이나 목적 등에 부합되도록 활용하게 되면 각자가 추구하는 행복을 누리는 데 크게 도움을 받을 수 있을 것으로 예상하면서, 개인마다 당면하는 문제나 여건에 따라 적절한 방법들을 선택적으로 활용하려는 보다 진지하고 지속적인 노력을 경주하는 일을 우선적으로 권유한다. 이들 네 가지 방안들을 자신의 상황과 여건에 맞게 종합적으로 활용하는 노력이 필요하고, 이를 행복 교육이라는 보다 체계적이며 통합적인 수단과 방법을 적극적으로 활용해서, 우리 삶에 직접적이며 간접적으로 관련된 진리를 깨닫고 그를 기반으로 지혜로운 삶의 지혜를 터득하려고 노력한다면, 어렵지 않게 행복 지혜를 습득하고 활용하여 결국에는 행복한 삶을 누릴 수 있을 것으로 기대한다.

전통적인 종교 논리의 활용

불교

애초에는 동양 사회 중심으로 불교문화가 꽃을 피웠고 정신적 고통(번민)으로부터 탈피할 수 있는 지혜를 얻도록 교훈을 주었는데, 현대에 들어서는 서양 사회에서도 불교의 교리가 확산 전파되어 정신적 안녕을 포함한 자기 자신을 다스리기 위한 방법론으로서 직접적이고 실용적인 아이디어를 제공해 주고 있다. 근대 이후 불교가 서양 사회에 영향을 미친 것은 철학이나 심리학 분야에서 직접적으로 기본 논리를 수용하고 활용해 왔기 때문이며, 최근에는 동서양을 막론하고 정신적 안녕을 기하기 위하여 일상생활 과정에서 널리 활용하고 있다. 특히, 교리 중에서도 4성제(고苦제, 집集제, 멸滅제, 도道제)와 8정도(정견, 정사, 정어, 정업, 정명, 정정진, 정념, 정정)의 핵심 내용은 '자아 성찰 방법 논리'로 환영받고 있고, 자비를 통한 자리이타自利利他 정신과 명상법(선禪) 등이 실생활에 보급되고 전파되고 있는 실정이다. 구체적으로는, 4성제는 고통의 소멸에 이르는 길을 의미하는데 이는 행복의 길로 간주하고 있으며, 8정도란 바른 말, 바른 행동,

바른생활을 실천함으로써 윤리적인 사람이 되고 바른 정진, 바른 생각, 바른 정신통일에 의해 정신적으로 강건한 인간으로 거듭날 수 있는 일련의 행동규범을 말하고 있는데, 이를 준수함으로써 탐, 진, 치(貪慾, 瞋恚, 愚癡)라는 근본 번뇌를 제거할 수 있다는 일종의 수행법이 실제 생활에서 활용되고 있는바, 한마디로 수행을 통하여 행복에 이르게 된다는 점을 핵심으로 삼고 있다. 강녕, 자아 성찰, 배려와 나눔(베풂기), 자기 관리 등의 영역에서 명상 수련을 통하여 얻게 되는 깨달음이 곧 행복 지혜의 터득에 의미 있게 영향을 미쳐 왔을 뿐만 아니라, 오늘날에는 긍정심리학의 탄생에도 중요한 영향을 미친 것으로 인정하고 있다.

유교와 도교

동양의 유교문화를 대표하는 〈논어〉(공자)와 〈맹자〉는 인간관계를 중시하면서 삶의 지혜를 자극하고 안내하는 교과서와 같은 역할을 수행해 왔고, 이웃과의 소통과 만남, 이웃에 대한 배려와 나눔 등을 중시하며 사회적 안정을 위한 인간관계를 중시하는 논리로서 널리 활용되어 왔다고 볼 수 있다. 그중에서도 인仁과 예禮라는 덕목이 인간관계 중심의 사회적 안녕 및 행복을 위한 논리로 활용되었고 그 덕목들은 사회 전반적으로 생활 규범으로서 준수할 것을 요구되어 왔다. 또한, 지속적인 자기 관리와 함께 사회 안에서의 좋은 관계를 유지하기 위하여 부단히 학습할 것을 강조한 유교(유가)의 논리는 동서양을 막론하고 자아실현과 사회적 행복을 추구하기 위한 실천 덕목으로 적용되었다.

구체적으로 들여다보면, 개인적으로 자아 완성하여 성인, 즉 군자君子에 이르기 위해서 덕德을 쌓을 것을 강조하고 있는바, 여기서 덕이란 사물을 통찰할 수 있게 하는 지혜를 말하는데, 개인들은 군자로서 지혜의 습득과 실천에 매진해야 행복을 누릴 수 있다는 것이다. 이에 따라 군자가 덕의 힘으로써 이웃을 교화하고 이웃의 행복실현을 위해 노력해야 하며, 나아가 진리가 실현되는 세상을 달성하면 이상사회가 완성된다고 주장하고 있다. 이 과정을 한 마디로, 자아실현 완성하고 가정을 다스리게 되면 국가사회적 행복 창출에 기여할 수 있고 나아가 세계적 평화 유지에 참여할 수 있다(수신修身 제가齊家 치국治國 평천하平天下)는 말로 표현할 수 있다. 이와 함께, 진리의 실현은 중용의 실현인데, 군자는 중용의 길을 따라야 하며 중용의 길이 '인'의 실천이라고 하는 동시에, 만물과 소통하고 조화를 이루기 위해서 '예'를 중시해야 한다고 주장하고 있다.

여기서 중시할 사항은 개인적 차원의 사물을 통찰할 수 있는 지혜를 터득하는 것, 덕의 힘으로 이웃을 교화하여 행복을 누릴 수 있도록 인도하는 것, 그리고 그를 위해서 구체적인 실천 덕목으로 인과 예를 강조하고 있다는 점이다. 특히 개인의 행복 추구와 이웃의 행복 추구를 강조함으로써 사회적 안녕을 기하며 사회적 행복을 누릴 수 있다는 핵심 논리에 주목할 필요가 있다.

특히 공자는 〈논어論語〉에서 "학이시습지(學而時習之) 불역열호(不亦說乎)"라는 말을 남겨 지금까지 널리 회자되고 있다. 이는 부단한 학습을 통하여 삶의 지혜의 신장과 확장을 기하려는 태도를 갖는 것이 군자의 길이라는 핵심적인 의미를 표현한 내용이다. 그리고 공자는 학습의 중요성과 더불어 타인들과의 원만한 관계를 위해 자기 관리의 원칙이나 규칙으로서 '인'과 '예'라는 덕목 자체를 지속적으로 향상시켜 나갈 필요가 있다는 것을 강조하고 있어, 향후 사람들과의 행복한 관계를 중시하며 행복을 추구하기 위하여 요구되는 사회적 존재로서 개인의 보편적 덕목으로 수용하고 준수할 필요가 있다.

이와 더불어 동양 사회에서는 도교(도가)의 행복론도 불교, 유교와 함께 중요한 흐름으로 이어 오고 있으며 대중에게 영향을 미쳐왔다고 볼 수 있고, 노자, 장자를 포함한 도가(노장철학)에서 '행복의 본질을 추구하기 위하여 세상과 사회를 바꾸려고 하기보다는 스스로를 알고 스스로가 변화하는 것이 더 중요하다'고 믿으며, 지복(至福, 최고의 행복) 상태를 추구하는 자연 속의 인간의 참모습을 중요시하고 있다. 말하자면, '삶보다 더 소중한 것은 없으며 행복해지기 위해서는 삶을 사랑하고 이를 적절하고 유연하게 자신의 고유한 천성에 따라 향유하면 된다는 것'이다. 즉, 자신의 손이 닿을 만한 곳에 있는 지혜, 자신의 역량으로 감당할 수 있는 지혜를 추구해야 하는바, '각 개인은 스스로 자신의 삶의 방식이나 성격, 감성, 신체적 조건, 장단점, 열망과 꿈 등에 따라 자연과의 깊은 조화를 이루며 자신에게 맞는 적절한 행복의 길을 찾아야 한다'고 주장하고 있다. 실제로 노장철학의 대표격인 〈도덕경〉의 내용은 강녕과 자아 성찰에 중점을 두고 있으며 그 방법론인 도교적 명상법이 동서양에 걸쳐 오랫동안 영향을 미쳐 왔다는 점에 주목할 필요가 있다.

기독교

고대로부터 중세에 이르기까지 서양 문화에 지대한 영향을 미친 기독교는 일반인들로 하여금 신의 구원을 받아 천국(지복 상태)에 가는 것을 가장 중요시하는 생활을 요구했다. "인간은 자신의 운명을 완수하고 과거의 천국과 미래의 구원자를 위해 신으로부터 구원을 받아야 한다"는 논리에 따라, 구원 자체가 가장 큰 행복이라는 행복관을 강조해 왔으며 그리스도를 맞이하여 영적 합일 경험을 하여 하나님과 함께 살아가는 것을 중요시한 '영원한 행복'을 추구할 수 있다는 신념으로 살았다.

특히, 토마스 아퀴나스는, "지상에서 인간의 정신이 성취 가능한 지식과 동일한 행복, 그 행복 너머에 아직 또 다른 행복, 즉 우리가 미래에 기대하는 행복이 존재한다"고 주장하며 '두 겹의 행복'을 내세우고 있다. 아퀴나스는 "있는 그대로의 하나님을 보는 행복. 즉. 불완전한 행복과 완전한 행복 차이를 중시해야 한다"고 주장하면서 "충만하고 충족한 행복이 모든 악을 배제하고 모든 욕망을 충족시킨다"라고 가정하며, "지구상에서 완전한 행복이란 영원히 누릴 수 없고 저세상에서 신으로부터 구원받아야만 가능하다"라고 주장한다. 말하자면, 구원과 일치된 충만한 행복은 삶을 넘어선 곳에만 존재하기에, 구원 사상의 힘은 신이 곁에 있을 때 말로 표현할 수 없는 황홀경을 이루는 힘이며, 신의 도움이 없이 행복이 지상에 정착될 수 있다는 것은 생각할 수조차 없다는 것이다.

이와 함께, 에덴동산에서의 '타락'을 환생으로 변화시키는 신의 은총에 감사해야 한다는 주장, 즉, "에덴의 단순한 쾌락은 이제 힘든 노동과 땀으로 바뀌었을지 모르나 그것은 영원한 기쁨을 얻기 위한 공정한 대가로 인정해야 하며, 행복에 이르는 길은 욕망을 자제하고 겸손하게 사는 것일 뿐이다"라고 주장하며 검소한 금욕생활을 요구하는 수도회의 삶은 기독교 정신을 극명하게 드러내는 대표적인 사례라고 볼 수 있다.

그리고, 기독교 교리는 인간의 본성과 삶의 모습에 대한 통찰을 얻을 수 있게 하는 다양한 삶을 조명할 수 있게 하고, 사랑을 실천하는 삶을 통하여 이웃들과의 관계를 중요시하며, 부활의 정신을 활용한 거듭나기는 회복력 향상을 위해서 활용되고 있다고 말할 수 있다. 그리고 기부하고 봉사하며 선행을 베푸는 사랑의 실천을 중시하는 교리는 지혜를 습득하도록 인도한 것으로 인정하고 있으며, 이웃을 사랑하고 용서하는 정신을 강조하며 자신을 구원하기 위한 기도 등은 여전히 종교 생활의 중요한 부분을 차지하고 있다.

동서고금 현자들의 행복 관련 명언

그동안 인류가 남긴 세계적인 유명인들의 작품(기록물 포함)이나 여러 분야의 학문분야에서 수행되어 온 연구 결과들 중에서, 우리의 행복에 관한 내용들을 발췌하여 사용함으로써 일반인들의 행복 관련 지식과 지혜를 습득하는 데 도움이 될 것으로 예상하는 것은 매우 당연한 것이다. 특히 과거에 살다간 철학자들, 사상가들, 종교인들, 예술가들(현존하는 인물도 포함)의 삶의 경험에 기반을 둔 기록물이나 발언들은 우리에게 행복에 관련된 귀중한 가치와 의미를 제공하는 기능을 수행해 왔다고 인정하고, 그중에서도 행복 관련 지식과 지혜를 습득하는 데 직접적으로 또는 간접적으로 영향을 미칠 것으로 주목받는 것들을 선정하여 소위 '행복 관련 명언'으로 칭하고 집필 목적에 맞게 활용하고자 한다. 여기에서는 일반 개인들이 행복 지혜를 터득하는 데 보다 효과적으로 적용할 수 있는 명언을 남긴 인물 15인을 동서고금을 막론하여 선정하였고, 인물 별로 간략하게나마 행복 관련 명언을 소개하였다. 선정하여 소개하고자 하는 인물들을 시대를 중심으로 열거하면 다음과 같은바, 먼저, 그리스와 로마 시대의 철학자들, 플라톤과 아리스토텔레스 등을 비롯하여, 스토아 철학자들, 에피쿠로스, 세네카, 에픽테토스, 아우렐리우스 등이 있다. 이와 더불어, 르네상스 전후의 계몽주의자들, 몽테뉴, 스피노자, 볼테르 등이 있으며, 근현대 인물로는, 쇼펜하우어, 밀, 톨스토이, 렌 켈러, 빅터 프랭클, 달라이 라마 등을 선정하였다.

플라톤(BC 428?~347)

그리스 철학자; "철학자가 왕이 되거나, 현재의 왕이 철학자가 되지 않고는 사회나 개인이 진정한 행복을 얻을 수 없다", '이상 국가'는 철학자들이 지혜를 발휘하여 나머지 사람들을 위해 법률을 제정하고 모든 계층이 나름대로 행복을 누릴 수 있는 국가를 의미한다. 최고의 삶은 그 자체로서 바람직하고 그 자체로서 우리를 충분히 만족시킬 수 있다. 행복은 객관적 판단기준을 갖고 있고 행복하게 느끼는 것만으로는 충분치 않다. '지혜를 사랑하는 자'로서 철학자만이 쾌락과 최고의 삶을 인식할 수 있다, 그러려면 사물을 전체적으로 올바르게 보는 능력이 필요하고 선의 이데아를 추구해야 한다고 주장한다. 또한, 행복은 인간적 노력의 최고 목표이다. 행복의 길로서 인성 형성에 있어서 목표 자체보다 덕을 위한 인간 노력을 더 중시해야 한다고 주장한다.

아리스토텔레스(BC 384~322)

그리스 철학자; 인간의 목표는 행복을 이루는 것이며 최고의 행복은 여가를 가치 있고 고상하게 쓰는 것이라고 저서인 〈니코마코스 윤리학〉에서 주장하고 있다. 선은 행복의 조건이며 행복은 탁월함이나 미덕과 조화되는 영혼의 활동이고 좋은 삶이란 나의 강점을 개발하고 잠재력을 실현하며 타고난 본성을 구현하는 삶이라고 주장한다. 그에 의하면 '덕을 쌓는 것이 우리를 행복하게 하리라'라고 언명하며, 선과 미덕에 도달하기 위해서는 철학적 명상이 요구되고 명상을 하기 위해서는 최소한의 육체적 만족과 물질적 안락이 필요하다고 주장한다.

스스로를 이겨내는 의지력과 외부적 상황을 능동적으로 수용할 수 있는 힘을 행복이라고 정의하고, 행복은 항상 기뻐하고 만족하는 상태가 아니며, 행복의 의미 속에는 슬픔과 그리움 등의 감정도 포함되어 있으며, 행복은 인간이기에 소유할 수 있는 여러 가능성을 현실화하는 것이라고 주장한다. 그리고 행복의 핵심은 부귀영화가 아니라 자유롭게 자신의 능력을 발휘할 수 있는 능동적인 태도와 좋은 사람들과 우정을 나눌 수 있는 겸허하고 진실한 사람됨이라고 주장한다. 여기서, 자유란 우리가 본능적으로 원하는 것을 할 수 있는 힘뿐만 아니라 본능적인 충동을 이겨내고 이성을 사용하여 현명하게 선택할 수 있는 힘을 의미한다고 언급하며, 특히 친구를 귀중하게 여길 줄 아는 사람은 자신 또한 귀중하게 여길 수 있다고 말하며. 행복은 손을 뻗으면 닿을 곳에 있기에, 행복을 맛볼 수 있는지 여부는 바로 우리 자신의 마음가짐과 태도에 달려있다고 강조한다.

그 외에 "행복은 스스로 만족해하는 사람의 것이다", "자신의 욕망을 극복하는 사람이 강한 적을 물리친 사람보다 위대하다", "행복하고 싶거든 덕에 의한 생활을 하라. 덕은 지知와 의지意志와 인내忍耐로 구성되고, 덕은 중용中庸을 지키는 데 있다. 덕을 실천하는 사람, 덕을 생활 속에 베푸는 사람, 그런 사람에게 행복이 따른다", "행복한 삶이란 아무런 방해를 받지 않고 유능함을 펼칠 수 있는 삶이다" 등의 명언을 남기고 있다.

에피쿠로스(BC 340~270?)

아테네 철학자, 스토아 철학자; 에피쿠로스학파는 세상의 무에 무관심하고 검소하게 삶을 유지하면서, 평화, 고요, 평정 등을 추구하는 정원의 철학으로 불리우는, 동료들의 공동체이다. 절제된 쾌락을 추구하면서, "쾌락이 행복한 삶의 종국이자 원리이다, 우리가 최초로 자연과 공유하는 선이라 인식한 것이 바로 쾌락이며, 행복이 미덕 자체를 의미하고 행복은 미덕 안에 존재한다고 주장하였다". 그는 쾌락은 행복한 삶의 시작이자 끝이라고 보고, 관능적 쾌락이 아니라 고통과 불안이 없는 상태를 추구하는 데 중점을 두었다. 최고의 쾌락은 육체적 고통과 정신적 불안에서 해방된 평온한 상태라고 정의하며, "행복하게 해 주는 것에 대하여 명상해 보아야 한다. 행복이 있으면 우리는 모든 것을 가진 것이며, 행복이 없으면 우리는 그것을 갖기 위해 모든 것을 해야 하기 때문이다"라고 주장하였다.

루키우스 세네카(BC 4~AD 65)

로마 제정 시대 정치가, 스토아 철학자; "행복한 인간은 올바른 판단력을 소유한 사람을 의미한다. 현재에 만족하는 사람, 그것이 무엇이건 간에 고유한 자신만의 선을 벗으로 삼는 사람이다. 결국 이성이 모든 상황을 증명하고 충고하는 사람이다", "만일 당신이 현재 소유하고 있는 것에 만족하지 못한다면, 온 세상을 소유하더라도 행복해질 수 없을 것이다", 그리고, "행복한 삶은 자연과 조화를 이루는 삶이다. 우리는 무엇보다도 성스러운 영혼을 소유할 때, 신성한 상태를 유지할 때 행복을 얻을 수 있다. 육체와 육체가 불러일으킬 수 있는 것들을 남용하지 않고 시대와의 조화 속에서 일어나는 온갖 소란스러움에 영혼이 놀라지 않고 조심스레 주의를 기울일 때 행복을 소유할 수 있다", "어느 항구로 가야 할지 모르는 자에게는 좋은 바람이란 있을 수 없다", "그대보다 행복한 자 때문에 괴로워하는 한 그대는 결코 행복해질 수 없다" 등의 명언을 남겼다.

에픽테투스(AD 50~135)

로마, 스토아 철학자; "자기 자신의 주인이 아니면 아무도 자유롭지 못하다", "정신을 수양하고 사물에 대해 바른 표상을 가짐으로써 자유로워지는 것이 가능하다", "행복하게 해 주는 것에 대하여 명상해 보아야 한다. 행복이 있으면 우리는 모든 것을 가진 것이며, 행복이 없으면 우리는 그것을 갖기 위해 모든 것을 해야 하기 때문이다."그는, "① 우리가 견뎌내는 시련은 우리가 강하다는 사실을 깨닫게 하며 또 그래야 한다, ② 시련은 여과장치다; 역경의 경험을 통해 진정한 친구를 구별할 수 있게 한다, ③ 우선순위를 바뀌게 하고 현재와 다른 사람을 바라보는 시선을 변화시킨다"라고 언명하며. 행복으로의 길을 안내하고 있다. 그 외로, "사람은 많은 것을 소유함으로써 부유해지는 것이 아니라 품위 있는 절제를 통해 부유해진다" 등의 명언을 남기고 있다.

마르쿠스 아우렐리우스(AD 121~180)

로마 16대 황제, 스토아 철학자; "가장 고귀한 삶을 선택해서 살아라. 그런 삶이 너의 몸에 습관이 되면 아주 달콤한 삶이 된다". "인간으로서 내가 가진 가치, 내가 맺은 소중한 관계, 나의 마음 혹은 내면의 자유를 계속 들여다보고 키워 가라. 이것이야말로 행복해지기 위한 열쇠다". "개개인을 자유와 자율로 이끌어 간다면, 모든 욕망의 충족을 통해서가 아니라 자기제어, 집착에서 벗어남 등을 통해서이다. 오늘날 실제로 욕망의 자유는 도달하기 어려우나 행동의 영원한 규범으로서의 지혜를 추구하는 길잡이 역할이 가능하다", "행복한 사람은 스스로 행복을 창조하고 느끼는 사람이다"등의 명언이 있다.

또한, "법이 만인에게 공통이라면 우리는 모두 동등한 시민이며 하나의 공동체를 이루는 평등한 구성원들이다. 그렇다면 이 우주는 하나의 국가나 마찬가지이다. 우주가 아니라면 인간이라는 종의 전체는 과연 어느 곳의 시민이겠는가?", 2000년 전 범세계주의 주창한 것은 우리 시대에 만연한 자기도취적 개인주의에 대항하는 가장 효과적인 방패 중의 하나라고 볼 수 있다. 그리고, "욕망의 제거, 합리적 의지로 전환시켜야 마음의 평온이 가능(행복, 내적 평화)하다"는 주장은 역시 실천하고 생활화하기에 멀고 어려운 길이라고 좌시하기에는 너무도 중요한 문제라고 생각해 본다.

미셸 드 몽테뉴(AD 1533~1592)

프랑스 철학자, 법관, 작가; "삶보다 더 소중한 것은 없으며 행복해지기 위해서는 삶을 사랑하고 이를 적절하고 유연하게 자신의 고유한 천성에 따라 향유하면 된다", "각 개인은 스스로 자신의 삶의 방식이나 성격, 감성, 신체적 조건, 장단점, 열망과 꿈 등에 따라 자신에게 맞는 적절한 행복의 길을 찾아야 한다"고 주장하였고, "우리는 끊임없이 외적, 물질적 세계 속에 우리를 투사함으로써 행복을 추구하는데, 행복이란 우리 안에서만, 내부분 돈이라고는 한 푼도 들지 않는 생활 속 소박한 쾌락에서 나오는 깊은 만족감 속에서만 찾을 수 있다"고 강조하였다.

"기쁨을 증폭하고 슬픔을 완화하기 위해서, 첫째로, 스스로를 아는 법을 배워야하고, 둘째로, 남에게 해를 끼치지 않으면서 자신에게 더 나은 것을 구별해 내기 위해 판단력을 사용할 수 있어야 한다"고 역설한다. 또한 우리 자신의 감각, 경험, 관찰에서 시작해서 느끼고 생각하는 법을 새롭게 배우라고 권유하고 있다. 그리고, 삶이 주는 쾌락을 음미하는 것 못지않게 당면하는 고통을 피하려고 노력하되, 타인을 도와주는 것은 좋으나 그 때문에 자신이 어려움을 당할 정도가 되어서는 안 된다고 경고하고 있다.

즐겁고 소박하며 천성에 합당한 지혜의 길을 연마할 것을 주장하고, 소크라테스 등 스토아 철학을 존경하나 그를 추종할 수 없다고 고백했다. 자신의 손이 닿을 만한 곳에 있는 지혜, 자신의 역량으로 감당할 수 있는 지혜를 추구할 것을 권장하는 것은 독창적이며 심오한 접근 논리라고 볼 수 있다.

바뤼흐 스피노자(AD 1632~1677)

포르투갈 상인 출신 유대인, 네덜란드 암스텔담의 유대교회에서 파문당함; 이 세상에서 이성의 노력만으로 진정한 행복과 지고의 자유를 얻는 법(구원)을 추구하였다고 말할 수 있으며, 지혜로서의 윤리학을 다루었고, 인간을 지복과 완전한 자유로 이끄는 것을 목표로 하는 합리적인 길을 정립하려고 노력하였다. 인간이라는 존재는 본질적으로 감정에 의해 움직이고, 자유롭게 태어나는 것이 아니라 점점 자유로워지는 속성을 지닌다고 주장한다. 말하자면, 자유는 우리의 생각과는 달리 우리의 의지 안에 있지 않고 항상 외부적인 원인에 크게 영향을 받기에, 보편적인 인과에 복종하는 인간은 반드시 이성의 도움을 통해서, 오래도록 자기 자신을 알기 위해 노력하여 감정이나 부적절한 생각에 무의식적으로 휘둘리지 않게 된 연유에야 비로소 내적인 예속상태를 벗어날 수 있다는 것이다. 그래야만 자유와 행복으로의 여정을 시작할 수 있다고 주장한다.

또한 "각자는 자신을 행복하게 하거나 불행하게 만드는 것, 자신에게 적합한 것이나 그렇지 않은 것, 자신의 기쁨을 증폭하고 슬픔을 감소시키는 것이 무엇인지를 발견하기 위하여 자신을 알아가는 법을 익혀야 한다"고 강조하고 있다. '우리를 성장시키며 우리의 본성에 어울리고, 우리를 행복하고 흥겹게 만들어 주는 방향으로 이끌어가고자 노력하는, 이성적이며 단호한 존재 양태를 '좋은 것'이라고 보는 반면에, 무질서하고 비이성적이며 나약해서 우리의 본성을 거스르는 사물 또는 사람과 어울리게 하여 우리의 역량을 감소시키고 결국 우리를 슬픔과 불행 속에 잠기게 하는 것은 '나쁜 것'이라고 규정하면서, 개인의 개별적인 행복 추구 또는 이성의 산물로, 이성만이 개인을 자신의 역량에 따라 자신에게 좋은 것과 나쁜 것을 발견하고 판단할 수 있도록 돕는다고 설명하고 있다.

우리의 정념은 더 이상 기독교 신학 이론이나 고전윤리학에서 말하는 원죄나 해악으로 비난받지 않게 된다는 것이며, 이성을 통해서 인간을 내적 예속상태에서 해방시켜 주기 위하여 윤리학이 필요하다고 주장한다. 사회적으로 이성에 따라 행동하는 모든 시민이 복종할 수 있는 정당한 법, 즉 인간에게 가해지는 모든 종류의 신체적 정신적 폭력을 지탄하는 법의 필요성을 역설하며 이러한 법은 개인의 개별적인 행복 추구와 배치될 수 없다는 점을 역설하고 있다. 그리고, "각자는 자신을 행복하게 하거나 불행하게 만드는 것, 자신에게 적합한 것이나 그렇지 않은 것, 자신의 기쁨을 증폭하고 슬픔을 감소시키는 것이 무엇인지를 발견하기 위하여 자신을 알아가는 법을 익혀야 한다"고 주장하며, "개인의 개별적인 행복 추구 또는 이성의 산물로, 이성만이 개인을 자신의 역량에 따라 자신에게 좋은 것과 나쁜 것을 발견할 수 있도록 돕는다"라고 강조한다. "지복 상태는 높은 단계의 자유 상태이며, 자연과 자신이 하나가 되는 단계"라고 주장한다. 그의 자유와 이성 관련 사상은 긍정심리학의 뿌리라고 볼 수 있다.

볼테르(AD 1694~1778)

프랑스 작가, 계몽사상가; "인간의 삶이 영원하지 못한 것이고, 인간은 눈앞의 욕구를 해소하고 만족시키는데 집착하는 존재이기에 궁극적인 행복을 경험하는 것은 불가능한 것"이라고 단정하고 있다. 또한 "인간은 행복을 추구하는 존재이지 행복을 소유할 수 없는 존재이다"라는 명언을 남겼으며, 모든 욕구를 만족시킨다 해도 결코 행복해질 수 없는 것이다. 말하자면, 일시적인 만족감 뒤에 오는 지루함을 이기지 못해서 다시 무언가를 추구하는 일을 반복하게 된다는 점을 인간의 속성으로 지적하고 있다. 그리고 "나는 행복해지기로 결심했다. 왜냐하면, 그것이 건강에 좋기 때문이다", "인간의 삶이 영원하지 못한 것, 인간은 눈앞의 욕구를 해소하고 만족시키는데 집착하는 존재이기에 궁극적인 행복을 경험하는 것은 불가능한 것", "우리는 행복을 존중하지만, 이성을 그보다 더 존중한다" 등의 명언을 남기고 있다.

아르투어 쇼펜하우어(AD 1788-1860)

독일의 철학자; 우리의 행복이란 우리가 어떤 사람인가에 달려있다, 즉 타고난 기질이나 본성이 핵심적으로 작용한다. 그러므로 우리가 할 수 있는 유일한 일은 우리 자신을 잘 알아서 최대한 본성에 어울리는 삶을 사는 것이다. 행복은 있는 그대로의 우리 모습에, 우리가 어떤 사람인지에 좌우된다고 보는바, 즉 우리가 느끼고 이해하고 원하는 모든 것이 어우러져 빚어낸 결과인 내적 만족감에 달려있기에, 행복은 본질적으로 개인의 감성과 인격의 문제임을 강조한다. 그러나 각자의 노력으로, 삶의 지혜를 얻어 감성을 변화시킬 수 있다는 신념이 필요하다고 역설하고 있다. 그러기에 "각 개인은 똑같은 환경에 속해 있더라도 각기 다른 세상에 있다", 고로 행복은 삶을 대하는 우리의 자세라고도 할 수 있다. 어쩌면 행복은 항상 그 자리에 존재하고 있지만 우리가 볼 수 없는 것이 아닐까 자문해 보아야 한다고 강조하고 있다. 한마디로, "행복은 자신의 바깥에 있는 것이 아니라 마음속에 있음을 알아야 한다"는 것이다. "인생이란 시계추처럼 오른쪽에서 왼쪽으로, 고통에서 권태로 왔다 갔다 한다", "그 어떠한 기대도 한 번 충족되었다고 해서 지속적이고 변함없는 만족을 주지는 못한다… 우리의 의식이 의지로 가득 차 있는 한, 우리가 욕망의 충동, 희망, 그리고 그에 따르는 지속적인 두려움에 복종하는 한, 우리가 의지에 좌우되는 한, 우리에게는 지속적인 행복도 휴식도 있을 수 없다"(내세에서의 영원한 행복도 믿지 않았다고 과격한 염세주의적 입장 취한 것으로 유명함). 그리고 "건강이 행복의 가장 중요한 요인이다", "행복은 건강이라는 나무에서 피어나는 꽃이다. 건강한 몸과 마음을 유지하기 위해 스스로를 단련하라", "건강은 행복의 기본 전제조건이다", "우리 행복의 적어도 10분의 9는 오로지 건강에 달려 있다", "건강이 행복의 가장 중요한 요인이다", "건강한 거지도 병든 왕보다 훨씬 더 행복하다" 등의 명언을 남겼다.

존 스튜어트 밀(AD 1806~1873)

영국 경제학자; 공리주의자 벤담의 후계자로서, "행복 속에 있다 할지라도 스스로에게 지금 행복하냐고 묻는다면 당장 자신은 불행한 사람이라고 느낄 것이다", "어떤 행동의 선악은 그 행동이 가져오는 쾌락과 고통의 양에 비례한다(공리주의 원칙)", "만족한 바보보다는 불만족한 소크라테스가 되는 편이 낫다" 등을 비롯하여, "성공은 행복을 가져오지 않는다. 하지만 행복은 성공의 지름길이다. 행복은 외부에서 오지 않고 내부에서 찾아야 한다(행복이 외부에서 찾아오는 것이라고 할지라도 그것의 진정한 근원은 우리의 마음속에 있다. 세상은 성공이 행복을 줄 것처럼 우리를 부추긴다, 결국 행복은 어떤 조건이 아니라 삶을 바라보는 우리의 자세다. 바로 내 안에 행복이 있는데도 다른 것을 쫓느라 바빠서 그것을 깨닫지 못하는 것이다", "삶을 향한 맹목적인 의지는 자신을 채찍질하여 앞으로 나아가게 하고 자신을 통제하게 된다. 이런 의지는 삶의 평안함과 조화로움을 경험할 수 있는 가능성마저 빼앗으며 오직 일시적인 만족만을 요구한다", "평범한 삶에서 만족할 수 있는 길을 발견하는 것이 하나의 대안이다", "행복한 돼지보다는 불행한 인간으로 사는 것이 더 낫다. 행복에도 각각 정도의 차이가 있다… 갈증, 기아, 성욕 같은 기본적인 욕망은 동물들과 차이가 없지만 인간은 이와 다른 좀 더 고차원적인 결핍을 느낀다… 각기 다른 차원의 욕망을 가지고 이를 충족시키려고 평생 노력하며 지내야 한다" 등 다수의 명언을 남기고 있다.

레프 톨스토이(AD 1828~1910)

러시아 소설가, 사상가: "자기 힘으로 이룰 수 없는 것을 행복이라고 생각하는 사람은 언제나 불행하다. 행복은 언제나 당신의 힘에 미치는 곳에 있음을 기억하라", "행복은 우리가 자신을 만나는 방법이다. 우리는 여러 가지 다른 상황 속에서 사고하고 선택을 내리며 이에 따른 결과를 수용할 수 있어야 한다. 내 삶의 주인공은 바로 나라는 사실을 잊지 말자", "당신은 타인의 손에 의해 움직이는 한 조각의 벽돌인가. 아니면 스스로 벽돌 조각을 움직이는 존재인가? 있는 그대로의 나를 받아들여라", "행복한 가정은 서로 닮았지만, 불행한 가정은 모두 저마다의 이유로 불행하다", "행복의 조건은 노동이다; ① 자신이 좋아하는 자유로운 일이고, ② 깊은 단잠을 선사하는 육체노동이며, 사랑에서 우러나오는 노동은 영혼의 양식이다", "용서하며 친절하게 대하는 것은 인간이 할 수 있는 최고의 행동이다", "인간이라는 존재에게는 행복은 사랑하는 사람과 이웃에게 봉사함으로써 얻어진다", "행복은 당신 안에, 우리가 원하는 행복은 이미 모두 주어졌다는 사실을 기억하라… 지혜는 자신을 아는 것이다. 이것은 가장 어려운 일이기도 하다. 둘째 미덕은 작은 것에 행복을 느끼는 것인데 이것 또한 어렵다… 자신만을 사랑한다면 진정으로 행복할 수 없다, 남들을 위하여 살라, 그러면 진정한 행복을 발견할 것이다", 그리고, "남들을 위하여 살라, 그러면 진정한 행복을 발견할 수 있다"라고 말하며, 행복해지기 위해서는 "다른 사람을 사랑하라 그러면 끝없는 축복과 행복을 얻을 것이다. 모든 생명체와 살게 되면 고통과 고난의 삶이 순식간에 행복과 축복의 삶으로 바뀌게 된다"라고 사랑이 곧 우리를 행복 지혜의 길로 안내하고 있다는 것을 강조하고 있다.

헬렌 켈러(AD 1880~1968)

미국 작가, 사회사업가: "행복의 한쪽 문이 닫히면 다른 쪽 문이 열린다. 그러나 흔히 우리는 닫힌 문을 오랫동안 보기 때문에 우리를 위해 열려있는 다른 문을 보지 못한다". "우리의 삶은 타인과의 관계를 바탕으로 이뤄진다. 우리는 타인과의 관계 속에서 자신을 이해한다. 인간은 사물과 사람들과의 관계 속에서 존재적 의미를 가진다 (타인의 행복에 대한 질투심에 빠지게 되면 불행할 수도 있고… 자신의 행복에

너 많은 관심을 두어야 한다)", "인격은 편안하고 조용하게 발달할 수 없다. 시련과 고통의 경험을 통해서만 영혼이 강해지고 비전이 분명해지고 꿈을 꾸게 되고 성공할 수 있다", "현실을 이해한다는 것은 우리의 잠재력, 한계, 인간성을 있는 그대로 받아들이는 것… 고통이 우리 삶의 일부이며 지혜와 동정심을 배우게 한다고 생각하면 좀 더 달갑게 받아들일 수 있다.

실제로 슬픔과 불행을 불가피한 것으로 받아들일 때 고통이 줄어든다. 고통은 우리의 면역체계를 강화시켜 주는 역할을 하며 기회를 제공해 준다" 등과 함께, "두 다리가 없는 남자를 만나기 전까지는 나는 신발이 없다고 불평했다(긍정적인 전환점을 이끌어 내라)", "행복은 마법 같은 요행이 아니다… 순리를 따르는 것보다 더 행복의 길에 가까워질 수 있는 방법은 없다", "진정한 행복의 조건이 무엇인지 오해하는 사람들이 많다. 진정한 행복은 자기만족을 통해서가 아니라 가치 있는 목적에 헌신할 때 찾아온다"등의 명언들을 남겼으며, 우리가 빠지기 쉬운 함정들로 질투심, 지루함 등을 지적하고 그에 대비할 것을 경고하고 있다.

빅터 프랭클(AD 1905~1997)

오스트리아 정신과 의사; 심리치료를 위한 로고세라피(의미치료법) 창안, "인간의 삶과 세상은 우리의 해석을 통해 현실이 되는 것이다. 현실에 대해 통제력을 적용할 수 있는 자유는 인간의 중요한 자원이다", "인간은 주변 상황에 의해 완벽한 제약을 받을 수 없다. 어떤 상황에서도 자신의 반응과 태도를 스스로 결정할 수 있는 자유가 있다"라고 주장하며, "인간에게 실제로 필요한 것은 긴장이 없는 상태가 아니라 자신에게 가치가 있는 목표를 위해 노력하고 투쟁하는 것이다. 인간에게 필요한 것은 어떻게든 긴장에서 벗어나는 것이 아니라 그 자신이 실현할 수 있는 잠재적 의미이다"를 천명하고 있다. 그에 의하면, 현재를 이끄는 긍정적인 감정, 특히 즐거움, 만족감 등은 행복을 위해 필요하나 충분조건은 아니다. 우리의 삶의 의미는 행복한 인생의 자양분이며, 목적의식은 삶의 의미부여(자기 자신에게 의미가 있는 자발적인 목적-소명 의식)를 부여해 준다는 점과 더불어, 불행한 현실에서도 우리 자신에게 자유를 줄 수 있다는 태도를 지니고 살아간다면, 행복을 스스로 창조해 낼 수 있다는 점을 역설하고 있다. "좋은 삶을 살려면 주변 상황과 관계없이 자신의 삶에 권위와 통제력을 행사할 수 있어야 한다. 이를 위해서는 먼저 스스로 할 수 있는 일과 할 수 없는 일을 객관적으로 구분해야 한다"라고 주장하고 있다. 그리고 의미 있는 삶의 목표 추구가 행복과 높은 상관이 있다는 것을 역설하며, 행복을 누리기 위해서는 의미 있는 일을 추구하고 그 결과로써 보람을 얻음으로써 행복감을 누릴 수 있다는 것을 강조하고 있다. 그 외 명언으로는, "불행한 현실에서도 자유를 줄 수 있다는 태도를 지니고 살아간다면, 행복을 스스로 창조해 낼 수 있다", "인간은 근본적으로 의미에 따라 움직인다. 행복은 우리가 택한 길(목표)을 가는 동안 얻는 것이다. 그 목적지가 우리 존재의 가장 간절한 열망에 부합할수록 우리의 여정은 행복하다" 등이 있다.

달라이 라마(텐진 갸초; AD 1935~현재)

티베트의 정신적 지도자; 현재 14대 달라이 라마로서 중국으로부터 독립하기 위하여 세계적으로 활동하며. 불교 논리에 기반을 두고 개인들의 고통으로부터 탈피를 위한 수행을 강조하고 있으며, 특히 세계인들을 이타주의적 이기심(自利利他)에 뿌리를 둔 행복을 누리기 위한 행복 지혜를 강조하고 있다. 그가 남긴 명언으로는, "어떤 순간에 행복이나 불행을 느끼는 것은 우리가 상황을 어떻게 받아들이며 자신이 가진 것에 얼마나 만족하는가에 달려있다", "마음의 수행이란 긍정적인 생각을 키우고, 부정적인 생각들을 물리치는 일이다. 이 과정을 통해 진정한 내면의 변화와 행복이 찾아온다", "우리가 사는 목적은 행복해지는 것이다", "타인들도 나와 똑같이 고통받고 있고, 똑같이 행복을 원하고 있다.

이러한 사실을 이해하는 것이 진정한 인간관계의 시작이다", "부정적인 생각들은 우리 마음의 본질이 아니라, 마음의 자연스런 상태를 막는 일시적인 장애물이다. 따라서 긍정적인 마음이란 교정 수단을 이용해 부정적인 마음을 바로잡을 수 있다", "분노와 마음의 파괴적인 영향으로부터 보호받고 피난처를 얻을 수 있는 유일한 길은 타인에 대해 인내심과 관대한 마음을 갖는 것이다", "탐욕의 반대는 무욕이 아니라 만족이다. 당신이 큰 만족감을 갖고 있다면, 어떤 것을 소유하는가는 문제가 안 된다. 어떤 경우에도 당신은 변함없이 만족할 수 있다", "자비와 연민은 종교만의 전유물이 아니다. 이유 있는 사람만이 가질 수 있는 것도 아니다. 마음의 평온과 인정을 위해서 없어서는 안 될, 살아가는 데 꼭 필요한 것이다", "자신의 마음을 다스리고 정복하여 번뇌로부터 자유를 얻는 일이 곧 행복이다", 그리고 “자기 자신과 화해하기 전에는 외부 세계에서 평화를 얻을 수 없다” 등이 있다.

불행 회피 및 예방을 위한 지혜

우리가 인간이기에 태생적으로 우리를 괴롭히는 욕구(욕망), 번민(고민), 고통 등은 불행을 불러오고 있어 그로부터 회피하고 예방하기 위한 노력은 개인이 성장하고 성숙해지며 성찰하는 과정에서 해결해야 할 가장 큰 문제라는 것은 이제 상식으로 간주되고 있다. 그러나 무지하고 경험이 없는 상태에서 욕구만 왕성해져 인간들이 불가피하게 고통을 겪고 불행한 삶을 살아왔다는 점을 일찍이 깨달은 성현들은 종교적 논리를 내세우며 이 문제를 해결하려고 노력해 왔고, 이러한 노력은 궁극적으로는 우리의 행복한 삶을 약속하거나 예견할 수 있도록 인도하는 희망을 주었기에 현재까지 종교활동이 지속되어 온 것으로 볼 수도 있다. 이와 같은 맥락에서 인류가 추구해왔던 종교나 철학을 우리가 행복을 추구하는 데 도움이 될 만한 지혜를 인도하고 안내해 주는 역할을 중심으로 분류해 보자면, 크게 세 가지로 나누어 볼 수 있다(프랑스 철학자 프레데릭 르누아르의 견해), 즉, 우리가 행복을 추구하는 과정에서 우리를 괴롭히는 불행의 원인으로 상정하고 명명해 온, 욕구(욕망), 번민(고민), 고통 등에 대하여 어떠한 방법이나 논리로 대응하느냐에 따라서, 첫째, 불행의 원인을 통제하고 변환시키려는 접근법, 둘째, 불행의 원인에 대하여 정면으로 대응하지 않고 자연 상태의 삶을 중요시하는 접근법, 셋째, 현실적인 자아로부터 탈피하여 자신이 믿고 있는 절대자의 구원을 받기 위하여 노력하는 접근법 등으로 분류해 볼 수 있다.

우선적으로 독자들의 입장에서 행복 관련 철학적 논리나 종교적 교리의 입장을 중심으로 행복 관련 접근 논리를 거시적 관점에서 이해하기 용이하도록, 프랑스 철학자 르누아르가 주장하는 세 가지 접근법을 간략하게 소개하고자 한다. 즉, 우리를 불행에 빠뜨리는 주된 원인으로 간주하는 욕망이나 욕구, 고통에 대응하는 첫 번째 논리로,

① '욕망의 변환'으로 명명할 수 있는데, 불교, 스토아 철학, 긍정심리학 등이 직접 관련된 영역이며, 핵심적인 내용은 이성의 힘으로 갈등, 집착, 욕구 등을 버리거나 마음을 변환시키는 데 중점을 두고 있고, 한 마디로 '내 뜻대로'라는 말로 정리할 수 있다. 그러므로 자신의 행복은 신이나 자연의 작용 결과라기보다는 '나의 책무이며 나의 권한대로 달성되는 것'이라고 판단할 수 있다는 것이다.

② '삶과의 유연한 동행'은 도교, 유교 등의 핵심논리와 직접 관련되며, 한 마디로, '무위자연 상태에의 적응'에 중점을 두고 있다고 정리할 수 있으며, '자연의 뜻대로'라는 표어(기치)로 표현할 수 있다고 본다. 한 개인의 행복은 결국 동행하고 있는 자연의 뜻에 따라, 그 자연에의 순응 정도로 좌우된다고 보는 입장을 취하고 있다는 것이다.

③ '자아로부터 해방'은 중세 기독교, 힌두교, 이슬람교 등과 직접 또는 간접적으로 관련되는 논리로서, 신의 구원을 받기 위한 현실적인 자아로부터 해탈에 중점을 두는 관점에서 자아로부터 진정한 해방을 달성하기 위하여 '신의 뜻대로'로 살아가는 태도를 취해야 하며, 자신의 행복은 현실적인 것으로부터 벗어난 신의 뜻을 정확하게 파악하고 그를 실천하는 삶이야말로 진정한 행복을 영원히 누릴 수 있다는 입장을 취한다고 정리할 수 있다.

이 책에서는 그동안 인류가 추구해 온 지혜의 힘을 빌어 행복 지혜를 추구하기 위하여 명언을 실용적으로 활용하는 접근법을 사용하고 있는데, 이는 상기한 세 가지 접근법과는 외형적으로는 약간 거리가 있는 것처럼 보일 것이다. 하지만 저자가 사용하고 있는 명언 중심 접근법은 르누아르가 제시한 분류와는 전혀 다른 방법은 아니지만 세 가지 접근법을 포괄적으로 보면, '인류가 추구하는 행복에 관하여 숙고하고 연구한 경험이 있는 자로서 행복에 관련된 명언을 남긴 자'라면 모두가 이 테두리 안에 포함될 수도 있다고 믿고 있다. 다시 말해서, 세 가지 접근법 중에서 어느 접근법에 해당된다 해도 이 책에서, 행복과 관련된 인간사에 해당되는 명언을 남긴 것으로 인정된다면 개의치 않고, 해당되는 명언이 우리가 일상생활 중에 지혜를 습득하고 행복 지혜를 얻는 데 도움이 될 수 있는 길잡이 또는 지침으로서 역할을 수행할 수 있다고 판단하고 그 명언을 유용하게 활용하는 입장을 취하였다는 것이다.

이성의 힘으로 불행의 씨앗을 제거(소멸)하거나 불행을 변환(전환) 시키기 위한 다양한 방안들을 총괄적으로 이해할 필요가 있다

먼저, ① 참선법을 활용한 명상을 통하여 자신의 번민(욕구, 고민 등)을 제거 및 소멸하거나 해결하려는 노력(불교적 교리에 의한 방법의 선택적 적용), ② 합리적 판단에 따라 불행의 원인을 최소화하거나 제거하려고 노력하거나 당면한 현실이나 문제를 인내하고 극복하거나 해결하려고 노력하는 방안(스토아 철학적 논리에 입각한 다양한 방법), ③ 이성의 힘에 따라 부정적인 태도나 정서를 긍정적으로 전환시켜 환경이나 타인의 생각이 아닌 자신의 마음을 바꾸고, 태도를 변경시키거나, 객관적 입장에서 조망해 보는 등 불행을 회피하거나 예방해보려고 노력하는 다양한 논리 및 방법(긍정심리학적 방법과 행복 과학적 논리 포함) 등, 상기한 바와 같은 방안들은 본서에서 활용하는 명언들의 소스(넓은 의미로서 원천, 뿌리의 역할)를 제공하는 역할을 수행하고 있다고 보고, 또한 실제로도 유용한 명언들을 제공해 주고 있기 때문에 포괄적으로 취급할 필요가 있다고 판단한 것이다.

합리적으로 예견되는 불행 또는 그 원인을 회피하거나 예방하는 데 필요한 지혜를 습득하는 데 보다 유용한 근거를 제공하는 방법론을 추구하는 데 중점을 두고 있다

인류가 추구해 왔던 행복 지혜 추구 방법을 활용하는 인지행동적 접근 논리를 포함하여, 주로 지혜를 추구한 선현들의 경험과 명언을 활용하고자 하는바, 그들의 명언을 중시하고 명언이 안내하고 인도하는 바를 참고하여 간접적으로 경험을 하거나, 적질한 명언을 신정하여 그를 삶의 길잡이(TIP, 깃대, 지표 등)로 삼는 것을 권장한다는 것이다. 말하자면 직접 경험하고 실천해 보거나 간접적으로 경험해봄으로써 지혜를 습득하고 행복 지혜를 터득하는 방법으로서, 불교의 교리, 스토아 철학 논리, 긍정심리학적 방법 논리 등을 수용하는 동시에, 그 외 제2, 제3의 논리들이 반영되는 명언들을 활용하는 것도 중요시하겠다는 것이다. 특히 일상사를 중심으로 한 행복 관련 요인(우리가 행복을 느끼거나 경험할 가능성이 많은 상황이나 일상사 등을 중심으로 하여)과 관련성이 높은 명언들을 활용하는 방안으로서, 이 책에서 중요시하는 강녕, 자아 성찰, 소통과 만남, 배려와 나눔, 자아실현 및 자기 관리 등과 같은 행복과 매우 깊은 관련성이 있는 우리의 삶의 과정으로서 일상사들에 관한, 다양하면서도 적절한 명언들을 선정하여 그를 통하여 삶의 지혜와 행복 지혜를 습득하고 터득하는 데 중점을 두고자 하는 것이 주된 특징이 될 수 있다는 것이다. 다시 말해서, 일반인들이 일상생활 중에 당면한 상황이나 문제에 관련된 명언을 선정하고 그를 통하여 간접 경험을 하거나 그로부터 얻을 수 있는 함의를 파악하고 그에 관하여 인지적으로 판단하고, 선별적으로 적용하거나, 활용하는 데 중점을 둔다는 것이다. 그렇게 함으로써 자신의 문제를 해결하거나 당면한 상황에 적절하게 대응함으로써 불행을 피하거나 최소화하고 행복을 창출하고 누릴 수 있도록 돕고 안내하는 역할을 중요시하는 관점을 취하고 있다는 점을 이해할 필요가 있다.

그러나, 긍정심리학의 이론이나 방법론, 또는 불교의 교리나 스토아 철학의 핵심 논리를 상황에 맞게 적용하고 활용한다는 것은 평범한 일반인들에게는 결코 용이하지 않고 복잡하고 번거로운 문제이기에 실제로 적용하기가 어려운 점이 없지 않다고 본다. 그러기에 과거 3천 년 이상 인류가 행복을 추구하기 위하여 노력한 경험을 바탕으로 하여 주위 사람들이나 자손들에게 남긴 명언들을 행복 관련 문제를 해결하기 위하여 적용한다는 것은 비교적 용이하면서도 상당 정도 적응되어 있어 매우 유용하고 적절한 방법이라고 판단되어, 이 책에서 취하고 있는 방안이라고 이해할 필요가 있으며 바로 이 점이 이 책의 특징 중의 하나라고 말할 수 있다,

이러한 관점에서 보면, 역사적으로 불행을 피하고 예방해야만 행복을 누릴 수 있다는 지혜를 후대에게 전하려고 노력한 것은 우리의 배달국(과 고조선) 시대로부터 그 뿌리를 내리기 시작했다고 본다. 구체적으로, 오복을 누리기 위해서는 육극을 인지하고 그를 회피하고 예방해야 한다는 교화 내용이 일종의 행복을 얻기 위한 지혜라고 판단되고 그 생각이 근원(뿌리)이 되어 시간이 지남에 따라 행복을 누리기 위해서는 불행을 예방하고 회피해야 한다는 근본 논리가 보다 체계화되면서 변화되었다고 볼 수 있다. 나아가 후발 종교에도 영향을 주고 철학적으로도 논의 대상이 되었고, 나아가 점차 그 생각이 다양한 사회문화적 영향을 받으면서 그 형태나 내용이 변모하여 오늘에 이르게 되었다고 추론해 볼 수 있다. 특히, 유라시아 대륙에 근거를 두고 발아된 인도의 힌두교 철학과 불교 논리, 중국의 유교 및 도가 철학, 서양의 스토아 철학 등이 이에 해당된다고 볼 수 있다. 그리고 사회문화적 배경하에서 종교 및 사상적 흐름의 영향을 받아 점진적으로 삶의 기술이나 지혜로 변모하면서 행복을 추구하는 보다 구체적인 수준의 다양한 이론이나 기술(긍정심리학, 행복 과학 등을 포함하여 20세기 후반부터 최근에 이르기까지 여러 가지 접근방법들이 등장해 왔다고 본다)을 배태시켜 오며 오늘에 이르게 된 것으로 파악할 수도 있다.

오복을 누리기 위해서 피해야 할 '육극'

기원전 3천 5백여 년 전 고대 문화의 초반부터 우리 생활에 크게 영향을 미쳐왔던 오복사상은 수천 년을 살아오면서 우리의 지혜를 자극하고 유도해 왔다고 보며, 보다 지혜로운 선택을 하여 복을 누리는 삶을 추구해 온 생활문화는 현재까지도 우리에게 영향을 미쳐왔다고 본다. 그러나 배달국 및 고조선 시대부터 활용해 온 '오복'에 관해서는 널리 알려져 왔으나 '육극'에 관해서는 별로 알려지지 않았기에 향후 생활에서 특별히 관심을 두고 유념해 두면 지혜롭게 살아가는 데 도움이 될 것으로 예상되는바, 특별히 행복을 누리는 데 적지 않은 도움이 될 것으로 기대해 본다.

오복과 결부시켜 교화해 온 '육극六極'이란, 널리 알려지지 않았지만 오복을 효율적으로 추구하도록 보조하고 보완하는 수단적 개념으로서, 일반인들의 일상생활 중 발생하기 쉽고 당면할 가능성이 있는 불행한 사건이나 어려운 상황(재앙을 포함)을 의미하는 것으로 알려져 있다. 복을 누리며 인간다운 삶을 위해서는 특별히 일상생활 중에 당면할 가능성이 있는 '육극(흉단절凶短折, 질疾, 우憂, 빈貧, 악惡, 약弱)'과 같은 불행한 사태나 재앙을 미리 예방하고 피하도록 경고하기 위한 목적으로 백성들의 지혜로운 생활을 위해서 체계적으로 교화해 온 내용이라고 보아야 한다.

구체적으로 고찰하자면, 이들 육극이라는 불행한 사태 중에서, 1) 흉단절은 비명횡사, 변사, 요절을 말하고, 2) 질疾은 고질병으로 고생하는 일을 의미하며, 3) 우憂란 집안/가정에 근심걱정이 그치지 않는 상태, 4) 빈貧은 가난으로 고생을 면치 못하는 상황, 5) 악惡은 악한 일을 저지르거나 추한 모습으로 생활하는 상태, 그리고 6) 약弱이란 몸이나 정신이 너무 유약하여 생활에 지장을 가져오는 상태를 의미한다. 여기서 특기할 만한 것은, 흉단절, 질, 우, 약 등의 항목은 오복 중 '강녕' 및 '장수'라는 덕목과 직접 관련된 내용으로서, 신체적인 건강과 정신적 안녕, 장수를 추구하기 위해서 특별히 예방하고 경계해야 할 사항을 경고 삼아 교화시킨 내용인데, 이는 '강녕'이라는 덕목을 일반인들의 삶에서 매우 중요시했다는 의미로 해석할 수도 있다. 그리고 빈貧을 피하기 위해서는 '부富를 추구' 해야 한다는 점과 악惡을 피하기 위해서는 '강녕(특히 정신적 안녕)'과 '유호덕(이웃에게 덕을 베풀기)'을 중요시해야 한다는 점을 강조하고 있는 것은, 그 당시 일반 백성들을 대상으로 한 행복 교육이 비교적 체계적이었다고 해석할 수 있는 것이다.

이처럼 백성을 교화하는 내용에 '오복'만을 강조하지 않고 백성들로 하여금 불행에 빠지지 않도록 사전에 예방하고 피할 수 있도록 교육했던 점은 선견지명이 있는 매우 지혜로운 접근방법이라고 해석할 수 있는데, 맹목적으로 복을 추구하는 과정에서 예상할 수 있는 잠재적인 불행의 요인(원인)들을 사전에 인지하고 대비하며 예방하도록 백성들에게 교육했다는 것은 어느 문화권에서도 찾아보기 어려운, 매우 희귀한 사례라고 보아, 매우 수준 높은 지혜를 권유하고 강조하려는 지배층의 의도가 개입된 것으로 파악된다. 이들 '육극'의 내용을 분석해 보면, 현대를 사는 우리의 공동체 생활이나 가정생활에서도 충분히 발생할 수 있는 잠재적 불행 요인으로 볼 수 있어, 조상들의 현명한 교화 노력을 새삼 높게 평가할 수 있다고 볼 수 있다. 이처럼 행복과 불행을 대비시켜 실제로 일반 백성들로 하여금 행복을 추구하는 동시에, 불행을 회피하고 예방할 수 있는 지혜를 습득할 수 있도록 기획한, 행복 교육에 기반을 둔 수준 높은 대

국민 정치를 추구했던 것이 아니었던가 추정해 볼 수도 있다고 해석할 수 있어, 국가사회적 차원의 국민 대상의 행복 차원에서 특히 참고할 만하며, 보다 심층적으로 연구할 가치가 있다.

고통과 불행 예방을 위한 종교와 철학의 활용

역사적으로 고찰해보면, 인도철학(힌두교 등)과 중국의 불교와 도교, 그리고 스토아 철학에서는 어떻게 행복을 얻을 것인가가 아니라 어떻게 불행이나 고통을 피할 것인가에 중점을 두었다고 정리할 수 있다. 즉, 그 당시 선진문화를 누렸던 배달국과 고조선의 오복 추구를 중시하는 노력은 널리 유라시아 전역에 영향을 미치게 되었고, 급기야는 고통의 부침에서 벗어나야만 열반과 해탈의 경지에 도달할 수 있다는 종교적 교리나 사상적 논리를 중시한 일련의 흐름이 생성되어 인도 및 중국 사회로부터 번져나가 중세를 거치면서 계몽주의 물결의 영향을 받아 세계적으로 확산되어 현대에까지 영향을 미쳐 왔다고 추론할 수 있다. 서양에서는 그리스 철학의 영향을 받은 스토아 철학은 중세를 거쳐 근현대에 이르기까지 욕망과 감정을 이성의 힘으로 조절할 수 있어야 하고, 이성의 힘을 강화함으로써 자기 자신을 다스릴 수 있게 되면 행복을 누릴 수 있다는 논리가 결국에는 긍정심리학의 출현에 크게 기여하게 되었다고 볼 수 있다.

① 인도철학의 행복론

자아로부터 해방(해탈)과 더불어 현실세계에의 적응을 중시하며, 노예 입장에서 충실한 복종으로서 만족과 행복을 추구할 수 있다고 강조하였다. 윤회의 세상에서 자아가 경험하는 관능적 기쁨(희열과 쾌락의 감각)에 관심을 두는 세속적 행복은 일시적이고 덧없는 것이고 오히려 일시적 만족감(쾌락)을 통해 더 많은 고통을 유발할 뿐이라고 지적하고 있다. 그러나 사회적으로는 개인들이 일상생활 중에 육체적 쾌락과 물질적 부를 추구하고자 하는 합리적 목표를 인정하고 성공과 만족이라는 행복 추구를 허용하는, 세속적 행복과 정신적 행복을 구별하고 있는 특징이 있다. 말하자면, 인도철학과 종교에서는 일신론적 관점에서 신의 영혼을 흡수하여 함께 존재하는 동시에, 세속적으로 행복을 얻기 위해서는 개인의 역할을 갖고 헌신적으로 봉사함으로써 가능하다고 주장한다. 한 마디로, 인도에서는 세속적 쾌락과 열반을 동시에 추구하여, 자아로부터 해방하려고 노력함으로써 지복至福과 극락極樂을 달성할 수 있다는 전제하에서, '어떻게 행복을 얻을 것인가'가 아니라 '어떻게 불행이나 고통을 피할 것인가'에 중점을 두고 누구나 경험하는 '고통의 부침'으로부터 벗어남을 추구한다고 말할 수 있다. 그래서, 브라만 자체가 지복(해탈)이며 영혼 속에 내재되어 있다고 보며, 그를 달성하기 위해서는 세속적으로 지혜롭게 생활해야 하기에, 인도 브라만의 법전인 '마누법전'에는 먹는 법, 기도하는 법, 생활하는 법, 사람들과 교류하는 법을 가르쳐 왔다.

② 중국철학의 행복론

불교 철학; 인도의 전통적인 카스트제도를 부정하여 인도와 힌두교로부터 배척당하여 중국에서 정착하고 본격적으로 표교해 왔으며, 기본적으로 수행을 통하여 탐욕과 집착을 버리고 깨달음에 이르러 지혜를 얻는 돈오頓悟(마음이 흐트러지지 않아야 한다, 마음을 비워야 한다, 생각에 사로잡히지 않아야 한다 등의 깨달음)를 강조한다. 이와 더불어, 인생은 苦(고통과 번민)라는 전제하에서, 고통이 발생하는 원인으로 4성제(고苦, 집集, 멸滅, 도道)를 개념화하고 그 원인을 소멸하게 되면 행복에 이르게 된다는 점과 더불어, 세 가지 번뇌(탐, 진, 치; 貪慾, 瞋恚, 愚癡)의 원인을 제거하기 위한 팔정도를 열반에 이르는 길로 여기고, 팔정도를 번뇌를 제거하기 위한 수행법으로 활용하여 열반(행복)에 이르게 되며 마음을 정화할 수 있다는 점이 교리의 핵심이라고 볼 수 있다.

한편, 우리는 안정적인 정체성인 영원한 자아라는 환상을 가진다, 불교 수행을 통하여 그 환상에서 벗어나도록, 자아를 버리도록 하여 정신의 지고한 본질(완전한 깨달음)에 도달하도록 이끈다. …상은 그 자체로 고통이 아니다. 우리 자신의 무지 때문에 삼사(자아, 집착, 현실의 왜곡된 지각) 속에 갇혀 산다(자아로 인하여 발생하는 고통과 욕망에 구속되어)… 사물의 진정한 본질을 깨닫게 되면 잘못된 지각과 부정적인 정서로부터 해방되어 안정적이고 항구적인 행복(Sukha, 수카)에 도달할 수 있다. 그리고 집착을 낳는 욕망의 제거에 그치는 것이 아니라, 스스로 나아지려는 고귀한 욕망, 측은지심 속에서 정진하려는 욕망, 선을 향한 욕망 등을 장려하고 있다.

도가 철학; 무위 철학이라고도 칭하며, 세상을 맞아들이기, 수용, 체념, 유연한 흐름, 무의지를 강조하며, 물의 이치 활용한 수영, 말의 움직임에 몸을 맡기는 승마 등이나, 물을 비유한 약한 것이 강한 것보다 우월하다는 비유를 내세우고 있다. 삶을 사랑하며 열린 마음으로 삶을 맞이하는 법을 배운 자들을 고양시키는 진정한 기쁨은 무위에서 나온다고 언급한다. 도와 생명의 흐름 속에 녹아들어 하나가 됨으로써 자연과 깊은 조화를 이루며 자신의 본성대로 살아가는 데서 나온다. 자아를 버림으로써 현자는 온전히 자기 자신이 되며 충만한 사람이 된다고 표현하기도 한다. 그리고 삶과의 유연한 동행을 통하여 자연의 일부로서 무위를 통한 자기다움을 추구하는 철학이라고도 설명하기도 한다.

도가 철학의 대표주자인 노자와 장자는 만족으로서의 행복을 강조했으며, 특히 중국 춘추전국시대의 '노자'는 만족할 줄 아는 미덕을 주장하였다. 말하자면, 지금 가진 것에 만족할 줄 아는 미덕이 행복을 불러온다고 언명하며, 만족과 욕망, 불만, 탐욕을 대조하면서 "과욕보다 더 큰 죄악은 없다, 불만보다 더 큰 불행은 없다, 탐욕보다 더 큰 결점은 없다"라고 언명하였다. 특히 〈도덕경〉으로 대표되는 인물인 노자(기원전 5~6세기경 공자와 동시대 인물로 추정)와 장자(기원전 4세기경 송나라 실존 인물)는 세상과 사회를 바꾸려고 하기보다는 스스로를 알고 스스로가 변화하는 것이 더 중요하다고 믿는다. 공자와는 다르게 속세의 일에서 떠나 자연을 관찰하고 자신의 천성에 따라 살면서 개인적인 완성을 추구하는 길을 권유하고 있으며, 유동적이면서 유연한 지혜, 동적이며 자발적인 지혜를 제안하고 있다, 부동의 우주적 질서와 조화를 이루기보다는 삶과의 조화를 추구, 문화와 관습이라는 인위적 기교에서 해방되어 자신의 본성이 지닌 자발성에 충실한 인물, 자신의 존재 깊은 곳에서 들려오는 녹자적인 음성을 경청하며, 설명할 수 없고 늘 변하는 자연과 조화를 이루어 살기를 열망한 인물들이라고 평가할 수 있다.

③ 스토아 철학의 행복론

로마 시대에 스토아 철학이 신본위적 철학이나 신정神政에 큰 걸림돌이라고 인식한 기독교는 '철학은 신학의 시녀'에 불과하다는 표어를 내세우고 의도적으로 평가절하하고 탄압하였으나, 마침내 중세를 거치면서 인본주의, 계몽주의 영향을 받아 기독교의 끈질긴 음모를 극복하면서 근대 이후의 서양철학의 큰 줄기로서 역할을 제대로 수행해 왔으며, 최근에는 긍정심리학의 근원(배경 논리)으로 작용한 것으로 인정받고 있다. 이 학파에는 스토아 철학의 창시자, 제논(BC 334~262)과 더불어, 그리스인 에픽테토스(AD 50~135)를 비롯하여 로마 시대의 세네카(BC 4~AD 65), 마르쿠스 아우렐리우스(AD 121~180) 황제 등이 포함된다. 그리고 넓은 의미로는 에피쿠로스학파도 스토아학파에 포함된다고 볼 수 있고, 에피쿠로스(BC 340~270?)도 그 당시 영향력이 적지 않았던 것으로 기록되고 있다.

그리스 귀족주의적 삶에서 탈피하여 자연에 순응하는 삶을 추구하였으며, "인간의 행복은 결국 존재를 받아들이는 데서, 우주의 질서와 하나가 되려는 태도에서 찾을 수 있으며, 행복은 최고의 선最高善이지만 행복으로의 길이 쾌락이 아니라 이성을 통해 이루어진다"는 점을 특별히 주장하였다. 이에 따라 "생각을 바꾸면 강렬한 감정도 통제할 수 있다"라는 명언으로 표현하고 있듯이, 누구나 노력하면 긍정적으로 전환하거나 통제할 수 있는 경지에 도달 가능하다는 것이 스콜라철학의 기본 입장이다. 즉, 현대 사회에서는 개인들이 긍정적으로 생각하는 것이 가능하고, 자기 관리 및 감정 조절 능력의 함양과 제고가 절실하다는 점을 주장하고 있으며, 노력한다면 지혜로운 자기 관리가 얼마든지 가능하다는 입장을 내세우고 있다. 또한, 고통은 정신의 동요, 심란함 등에 기인한다고 보고, 진정한 행복을 얻기 위해서는 깊이 있고 즐거운 내면의 평화, 평온함, 정신의 휴식, 개인에게 내면적인 노력과 깨달음을 통하여 스스로 변화하고, 극단적인 선택 사이에서 균형을 강조함으로써 바르게 행동하기를 권유하고 있다. 또한, 정서와 감정(정념)을 조절하고 정신의 예리함과 절제력을 키우며, 더 이상 표상의 노리개가 되지 않도록 여러 영성수련법을 사용하기를 제안한다. 또한 인간의 진정한 본질을 구성하는 우주적 차원의 존재로서 인간의 본질을 강조하고, 만물이 보편적인 인과법칙에서 기인하는 필연성에 의해 나타난다고 믿기에, 개인이 스스로 정신을 수양하고 사물에 대해 바른 표상을 가짐으로써 자유로워지는 것이 가능하다고 믿는다.

한편, 모든 개인은 노력 여하나 정도에 따라 타고난 재능을 상당 정도 개발하고 발전 및 향상시킬 수 있고 보통 사람들이 부러워할 정도의 높은 수준의 경지에까지도 이를 수 있다는 점을 인정한다면, 각 개인들이 합리적인 판단과 노력을 통하여 자신을 진보 또는 진화시킬 수 있고 자신의 감정이나 정서를 바람직한 상태(행복)로 조절하고 전환시킬 수 있다는 주장에 동의할 수 있다. 고로 개인들이 이성적 자기 절제력을 자신의 노력에 따라 함양하고 습득시켜 나갈 수 있다는 결론에 도달할 수 있으며 스콜라 철학자들이 주장하는 경지에도 누구나 도달할 수 있다는 결론도 가능하게 된다. 특히 그러한 노력은 결코 신의 주관 하에 이루어지지 않고 개인들의 이성(생각)에 의한 노력에 따라 이루어진다는 점도 수용해야 한다고 주장한다. 지혜를 체득한 자기 관리, 자기 다스리기가 가능하게 되고 그러한 자기 관리를 통하여 긍정 정서로의 전환을 포함한 통합적 자기 관리가 가능하게 되고 그로 인한 행복을 창출하고 유지할 수 있다는 결론도 가능하게 된다.

의미의 내용은 개인마다 다를 수 있지만, 그 내용이 어떠하든, 우리는 저마다 자신의 삶을 구축하기 위해서는 그 삶에 방향성과 목표를 설정하며 그것에 중요성을 부여하는 과정이 반드시 필요하다. 그러기에, "행복하다는 것은 선택하는 법을 학습하는 것"이라고 주장하며: "적절한 쾌감, 자신의 길, 직업, 사랑하는 방식이나 여가를 보내는 방법, 친구 등, 삶의 토대로 삼을 가치를 선택해야 한다", "잘 산다는 것은 모든 유혹에 화답하지 않고 우선순위를 정하는 법을 익히는 것"을 의미한다. 우리는 이성을 단련하여 우리가 추구하는 가치나 목표에 따라 일관성 있게 삶을 이끌어 나갈 수 있다. 어떤 쾌감은 만족시키려 하고 다른 어떤 쾌감은 단념하는데, 이는 우리가 우리 삶에 특정한 의미를 부여하기 때문이다.

그리고 쾌락지향적인 본능적 욕망은 행복으로 이끄는 명철하고 이성적인 의지를 위해서 제거되어야 하며, 단련된 의지는 덕스러운 선한 행위이고, 영혼의 평온을 추구하는 목표를 추구하는 데 집중하며, 자아의 완벽한 제어(관리)를 요구하는 방향으로 영적 훈련을 중요시한다. 이와 더불어 영적 훈련을 중시함으로써 내적 감정 발발 시 주의를 기울여 적절한 태도를 취하는 것과 함께 현재를 충실하게 살기 위한 마음 돌보기를 중시한다. 특히 두려움, 불안, 분노, 슬픔, 욕망에 끌려가기보다 순간에 집중하며 자신의 의지를 통하여 예상해 보고 가장 적절한 태도를 취할 수 있도록 준비하기 위하여 지속적으로 진전하고 명상하기를 중요시하는 삶을 살아야 한다고 주장한다. 이와 같은 스토아 철학자들의 주장들을 종합 정리해 보면, 네 가지 덕목, 즉 지혜, 절제(훈련), 정의, 용기라는 주요 덕목으로 요약해 볼 수 있다. 말하자면, 그리스시대로부터 로마 시대에 이르기까지 이들 덕목은 스토아 철학을 삶의 철학으로 신봉했던 철학자들이 비교적 공통적으로 강조해 왔던 덕목이라고 볼 수 있는 한편, 최근에 새롭게 부활한 '신스토아 철학'에서도 행복에 이르기 위해서 중요시해야 할, 삶의 철학으로 지속적으로 강조해 오고 있는 핵심 가치인 것이다.

불행 피하고 예방하기 기술의 활용

상기한 바와 같이, 불행을 피하고 예방하기 위한 종교적이며 철학적인 노력은 행복을 추구해 온 현대의 지구촌 사람들로 하여금 자신들의 삶의 현장에서 보다 구체적인 수준의 행복을 누리기 위한 목적으로 근원적으로 불행의 씨앗을 사전에 근절시키고 예방하려는 지혜를 습득하도록 요구하였고, 그 일환으로 불행을 회피하고 예방하기 위한 기술들을 비교적 이론적 근거를 바탕으로 하며 실증적 근거를 배경삼아 삶의 기술 또는 행복한 삶을 위한 지혜를 갈망하도록 권유해 왔기에, 여기서는 그동안의 다양한 노력들 중에서 일상생활과 가까운 사례를 간략하게 소개하고자 한다.

말하자면, 〈불행 피하기 기술〉이라는 책의 저자인 롤프 도벨리는 '불행을 피하면 좋은 삶은 저절로 온다'라는 기치를 내세우면서, '무엇을 하려고 노력하는 것보다 하지 말아야 할 것들을 안 하는 것이 더 어려울 때가 있다'는 전세하에서, 일상 중에서 우리가 빠지기 쉬운 오류들을 잘 피해가는 '생각의 도구(방법)'를 이용하여 불행을 피해 갈 수 있다고 주장하고 있다. 그가 주장하는 행복을 위하여 피해야 할 것을 피할 수 있도록 도와주는 52가지 방법들 중에서 특기할 만한 것 열 가지만 선정하여 간략하게 소개하면 다음과 같다.

가) '영리한 사람은 문제를 해결하고, 지혜로운 사람은 문제를 피해간다'라는 아인슈타인의 말을 인용하여, 어려움을 해결하는 것보다는 피해가는 것이 더 간단하다는 것을 깨달은 사람은 '예방하는 것이 바로 지혜'임을 이해한 것이다.

나) 자신만의 정신적 요새를 만들어라. 이는 긍정심리학의 뿌리인 스토아학파의 행복론에 근거한 것으로서 불행과 상실과 실패를 스스로 해석하는 자기만의 방식을 가져야 할 필요가 있다고 주장하는 바, 이를 통하여 누구도 무너뜨릴 수 없는 자유를 얻을 수 있기 때문이다.

다) '아무와도 비교하지 말라'라는 방법은 시기 질투에서 자유롭지 않은 사람은 행복할 수 없기 때문이다.

라) '가난의 최저 한계선을 벗어난 경우에는 돈은 해석의 문제일 뿐이다'라는 말은 돈이 당신을 행복하게 할지 안 할지는 오직 당신 손에 달려있다고 보기 때문이다.

마) '사람들의 평판으로부터 자유로워져라'라는 말은 다른 사람들은

못마땅해하지만 정작 나는 내가 하는 일을 좋아할 때 행복한 반면에, 다른 사람들은 나를 칭찬하지만 나는 내가 하는 일에 만족감이 없을 때 불행하다는 점을 지적해 준다.

바) 당신의 재능이 어디에 있는지 알아야 한다. 능력의 범위 밖에서 행복을 추구하면 성공할 수 없다. 능력의 범위 안에서 들이는 매 시간은 범위를 벗어나서 들이는 시간보다 천 배는 더 가치가 있다고 보기 때문이다.

사) 의외로 대다수의 사람들에게 행복과 불행을 좌우하는 것은 돈이 아니고, 목표를 달성했는지 여부다. 행복해지고 싶다면 현실적인 목표를 세우고 달성하라.

아) 세상일은 대부분 우연적이고 운명적이다. 세상은 특정한 인과관계 하에 움직이지 않는다. 개인들이 자기위주편향(Self-serving bias)에 빠져 자기 위주의 스토리를 '편향적 인과 논리'에 입각하여 스토리를 만들어내기를 좋아한다는 점을 중시해야 한다.

자) 즐거움과 의미는 양립 가능한가? 모든 경험의 순간은 쾌락의 요소와 의미의 요소를 동시에 지닌다. 의미 있는 활동과 즐거운 활동(쾌락)을 균형 있게 추구(Trade off)할 필요가 있고, 또한 그러할 능력을 함양할 필요가 있다.

차) 갈등 없는 삶을 살 수 없다는 점을 중시하고, '품위의 범위'를 갖는 노력은 성숙해지는 과정이다. 고로 상처와 고민을 감수하는

값을 지불할 수 있어야 보다 성숙해지고 그러한 판단(선택, 결정)을 할 수 있게 된다는 점을 이해해야 한다.

미련 없이 버려야 할 사소한 것들

통합적인 삶의 지혜라고 할 수 있는 행복 지혜를 추구하는 것은 그리 간단하거나 쉽지 않다는 점에 동의할 필요가 있다. 평범한 개인이라면 누구나 일생 동안을 지속적으로 지혜를 깨닫는 과정으로 인식하고 부단하게 노력해야 할 것이며, 행복을 좌우하는 중요한 조건에 관한 질문들에 대하여 자기성찰을 기반으로 삼아 지혜롭게 자기 자신을 관리하기 위하여 우선적으로 노력할 필요가 있다는 것이다. 그러기 위해서 미련 없이 버리는 것도 행복을 얻는 데 도움이 되는 경우가 있다는 점에 유의하여, 사소한 것들을 버려야 할 필요가 있다는 점을 지적해 둔다. 아래에 제시하는 15가지의 사소한 것들은 리차드 칼슨이 그의 저서 〈행복에 목숨 걸지 마라〉에서 '미련 없이 버림으로써 행복해질 수 있는 것들(39가지 중)'이라고 제안하고 있는 내용이다.

- 나는 불행하다는 마음을 버려라; 행복은 내 마음속에 있다
- 재난에 굴복하려는 마음을 버려라; 갑자기 닥쳐온 재난도 행복의 소중함을 깨닫게 한다
- 내 마음 속의 고통을 버려라; 나의 무지함을 알고 그 안으로 들어간다
- 그대 마음껏 슬퍼해도 괜찮다; 그리고 그 슬픔을 버려라

- 상대를 의심하는 마음을 버려라; 가장 고통스런 생각도 처음에는 작게 시작한다

- 그대를 사로잡는 두려움을 버려라; 두려움이 밖으로 드러날 때 기회의 순간은 온다

- 제멋대로의 생각을 버려라; 부정적 생각이 나를 해칠 수는 없다

- 우울하게 만드는 불완전함을 버려라; 생각 속에서 길을 잃지 않는다

- 명상의 힘으로 실제보다 더 많이 깨닫는다; 혼돈으로 이끄는 파괴적인 마음을 버려라

- 마음의 상처를 버려라; 천천히 어루만져 상처를 치유한다

- 과거의 아픔을 버려라; 덜 집착할수록 더 밝은 미래가 온다

- 마음의 스트레스를 버려라; 새로운 단계로 나아가는 신호이다

- 외면하고 싶은 마음을 버려라; 내 도움이 필요한 사람을 외면하지 않는다

- 느닷없이 치밀어 오르는 화를 버려라; 순간의 기분을 다스려야 큰일을 할 수 있다

- 늙음에 대한 불안을 버려라; 초연한 마음으로 나이 들어감을 즐긴다 등등

행복 과학과 긍정심리학의 활용

긍정심리학이라는 새로운 연구 분야가 등장한 20세기 후반 이후 일반인들의 행복에 관한 관심도가 크게 증가했다고 보고되고 있다. 그리스 시대와 로마 시대에 일반인들에게 적지 않은 영향을 미쳤던 스토아 철학은 기독교인들을 포함한 일반인들의 삶에 줄기차게 영향을 미쳐왔다고 볼 수 있고, 그 흐름은 현재까지도 이어진다고 볼 수 있는데, 급기야는 긍정심리학이라는 새로운 독립된 연구 분야에 흡수되고 녹아들어 오늘에 이르렀다고 볼 수 있다. 그러한 연유로, 긍정심리학자들의 저서 집필이나 연구 논문에 스토아 철학에서 다루어 왔던 내용을 여전히 중요시하고 있다는 점을 확인할 수 있다.

긍정심리학에 영향을 미친 스토아 철학에서는 다른 사람들과의 긍정적 관계를 위한 전제로서의 자기긍정은 인간의 자연적 성향이며 이성의 행위로서 파악된다고 한다. 본성에 상응하는 삶을 주장하는데 이는 이성에 상응하는 삶을 의미하고, 특히 판단력의 자유에 가치를 부여하고 있으며 당연히 세계에서 모든 것이 로고스를 통해 최상으로 배열되었다는 것을 믿는 자만이 내적으로 자유롭고 외적 상태에 동의한다고 주장한다. 한 마디로, 스토아 철학은 이성적 자기 관리 능력의 함양에 중점을 두었고, 이성의 힘을 활용하여 부정적 정서들을 긍정 정서로 전환하는 능력을 길러나가는 문제를 실제 경험을 중시하며 다루었고, 이는 현대 사회에서 긍정심리학자들의 이론과 다양한 프로그램, 특별히 웰빙 프로그램이나 행복 교육프로그램 등으로 구현되고 있어 일반인들의 주목을 끌고 있다.

긍정심리학자들은 대상의 행동이나 마음을 바꾸기 어려울 때 자신이 노력하여 생각을 바꾸기만 하면 불행이 행복이 될 수도 있다고 주장하고 있는바, 긍정 정서로의 전환(변환)이 초래할 변화에 중점을 두고 생각(이성)이 감정을 결정한다는 의미를 강조하며, '생각을 바꾸면 세상이 변한다'라는 매우 함축적인 명언을 내세우고 있고, 이에 따라 '행복은 먼 곳에 있지 않다, 누구나 잡을 수 있는 곳에 있다'와 더불어, '행복을 일상에서 실천하라, 행복을 멀리서 찾지 말아라'라는 내용의 주장을 통하여 세상에 대한 긍정적 사고를 고취하며 격려하고 있다.

긍정심리학이 집중하는 세 가지 요인은 ① 긍정적 경험, ② 자기조직화/자기방향성/적응 능력, ③ 공동체 관련 긍정적 경험이라고 정리할 수 있는데, '행복을 불러오는 생활방식과 사고방식은 결국 내가 노력하기에 달려 있다'고 강조하는 '자기결정이론'을 근거로 삼아 자율성과 잠재 능력 극대화를 특별히 강조하고 있다. 또한, 그들에 의하면, 자아 성찰을 통하여 '근육을 강화하듯이' 미덕을 쌓을 수 있는 동시에, 자기 관리 능력이나 인내심 등도 길러 나갈 수 있다고 주장하고 있어 세상의 주목을 받고 있다. 이와 더불어, "행복은 내 마음속에 있다, 누구라도 더욱 행복해지고 감사하게 되는 방법을 배울 수 있다, 사람들이 너무 분주하게 행복을 좇고 있어, 만약 그들이 속도를 줄인다면 행복이 그들을 따라잡을 수 있다"라는 명언을 남기고 있어 동서양 행복 관련 연구자들의 주목을 받고 있다.

그리고 일상생활 현장을 중심으로 효과가 검증된 긍정심리학의 8가지 행복증진 방안(체험 중심), 즉 일기 쓰기, 감사 표현하기, 운동하기, 자원봉사와 이타적인 행동, 행복한 기억 음미하기, 용서하기, 대표 강점 발휘하기, 명상하기 등을 자신의 삶의 현실에 적극적으로 적용하려는 노력이 필요하다는 점도 유념해야 할 것이다. 긍정심리학과 더불어 최근에 등장한 행복 과학(뇌 과학, 행복 경제학 등)의 연구 결과들은 우리가 행복을 추구하는 데 직접적이거나 간접적인 기여를 하고 있다고 보는바, 과학적 연구 결과는 우리의 행복을 추구하는 삶을 위하여 실용적이며 구체적인 안내자이며 코치 역할을 수행해 주고 있다고 볼 수 있다.

제10장

삶과 연계된 행복 지혜의 함양

생활 속의 지혜와 행복

들어가며

동서고금을 통하여 다양한 의미로 사용되어 온 지혜라는 개념을 앞 장에서 다룬 바와 같이, 자신의 고유한 천성과 삶의 기본 원리에 기반을 두고, 인생관이나 삶의 방식과 연계되며 일치하는 방향으로 통합되는 관점에서, 지혜와 행복 지혜의 관련성을 이해하고 수용할 필요가 있다. 말하자면 이 책의 집필 목표의 달성에 주안점을 두고, 일상에서 사용하는 지혜와 관련하여 인생의 기본 원리와 개인별 삶의 방식 및 가치관 등과 부합되며 일치하는 '절도 있게 통합적인 관점의 지혜'라는 개념에 기반을 두고 행복 지혜를 다음과 같이 조작적으로 정의할 필요가 있다는 것이다. 즉, 차후에 언급되는 '행복 지혜를 깨달아야만 행복을 누릴 수 있게 된다'라는 말에서 의미하는 행복 지혜라는 개념은 대체로 이러한 조작적 정의 하에서 이해할 필요가 있기 때문이다. 이는 또한 현재까지 지혜와 행복 간의 관계, 행복 지혜의 본질 등에 관하여 일반인들이 납득하기 쉬운 보편적인 정의(연구 결과에 입각한 결론)에 도달하기 매우 어려워, 앞으로 보다 심도 있고 진지한 연구들이 이루어지길 희망하면서, 임의적으로 불가피하게 복합적인 관점의 정의를 내리고 그에 입각하여 사용할 수밖에 없었기 때문이다.

우선적으로, 일반인들의 상식적인 판단을 지원하면서 적절하고 이해하기 쉽게 행복 지혜라는 개념을 설명하자면, 간단하게 말해서,

일상사 중에서 "행복을 느끼고, 맛보고, 누리기 위하여 활용하는 삶의 지혜를 행복 지혜(행복의 지혜)"라고 정의할 수 있다. 이를 보다 구체적으로 정리해 보면, 다음과 같이 세 가지로 정리해 볼 수 있다.

첫째로, '우리가 살아가는 과정에서 당면한 문제를 해결하거나 의도하는 바를 달성하기 위하여 그동안 습득한 삶의 지혜를 활용하여 문제를 해결하거나 의도하는 바를 달성하여 행복감을 느끼고, 맛보거나, 행복을 얻어 누리는 경우에, 그 지혜를 행복 지혜'라고 정의할 수 있다.

둘째로, 삶의 지혜를 활용한 현명한 자기 관리 방법의 일환으로서, '행복을 누리기 위하여 지혜롭게 자기 자신을 다스리는 능력을 행복 지혜'라고 정의할 수 있다.

셋째로, 일상생활에서 깨닫고 습득하게 되는 삶의 지혜의 중요한 부분으로서, '사물들 간의 인과적 관련성을 파악하고, 자신이 처해 있는 환경 여건에 적합하게 자기 자신을 조절하고 관리하며, 자신이 추구하는 의미와 가치에 적합하도록 당면 문제를 해결하며(문제를 해

결한 후에 느끼는 행복감을 포함하여) 행복을 창출하고 유지할 수 있는 능력을 행복 지혜'라고 규정할 수 있다.

이들 정의를 종합하자면, 행복 지혜란,

① 자신의 마음을 지혜롭게 다스려 행복감을 느끼고 행복을 누릴 수 있는 능력,

② 행복한 삶을 누리기 위하여 요구되는 정신적이며 정서적인 신념과 가치관에 입각한 합리적 판단 및 결정을 내릴 수 있는 통찰력이며 분별력에 근거한 판단 능력,

③ 삶의 과정에서 작동하는 인과관계를 파악하여 자신의 선택 및 결정에 적절하게 활용할 수 있는 판단력(통찰력, 직관력, 분별력, 예견력, 문제해결력 등을 통합하고 포괄하는 능력)을 동원하고 활용하는, '절도 있으며 통합적인 지혜'라고 정의할 수 있다.

* * *

이와 같은 정의에 입각하여 행복을 추구하는 데 보다 지혜로운 방법이라고 볼 수 있는, 인류가 경험하고 현자들이 탐구하여 쌓아온 지혜를 종합하여 추론해 낸 결과물(동서고금의 행복 관련 명언들을 종합적으로 분석한 결과에 입각한 분류)로서, 보다 핵심적인 지혜의 내용 또는 조건이나 영역을 크게 다섯 가지로 분류할 수 있고, 이에 근거를 두고 행복 교육에 초점을 둔 교육 현장에서 개인들이 추구하는 행복한 삶의 여러 양상과 연계시켜 의사소통하고 설명할 수 있다고 볼 수 있다. 이러한 분류는 행복 교육에 초점을 두고 교육과정 구성 면

에서 인간의 보편적인 삶의 양상과 특성을 중시하면서 행복 지혜를 함양하고 고취하기 위한 체계적인 활동들을 기획하며 정립할 수 있게 지원할 수 있다고 보는 것이다. 즉, 탄생 이후의 성장 발달 단계를 중시하는 동시에 단계별(소년기, 청년기, 중년기, 노년기 등) 속성과 직접적 또는 간접적으로 관련된, 사회적 존재로서 정체성을 정립하고 사회생활 과정에서 타인들과 소통하고 만남을 갖게 되며, 다양한 인간관계 하에서 추구하는 삶의 과정(일, 과업, 직업)에서 행복을 느끼고 맛보며, 유지하고 누리는 활동을 총괄적인 관점에서 고려할 필요가 있다는 것이다. 그리고 행복 지혜란 여러 형태의 행복한 삶을 추구하는 데 요긴하게 적용할 수 있는 '절도 있으며 통합적인 지혜'라고 말할 수 있고, 그를 얼마나 지혜롭게 사용하느냐에 따라서 행복의 진면목을 성취하고 달성할 수 있느냐 여부와 정도가 크게 좌우된다고 보는 것이다.

따라서 행복의 결정 요인이며 전제조건이라고 볼 수 있는 주요 영역이나 요인들은 행복 지혜를 구성하는 핵심 요인으로 작용한다고 볼 수 있는데, 그 요인들을 행복의 근원(조건, 출처, 대상, 주제, 내용)에 따라 분류해 볼 수 있고, 근원의 속성이나 내용에 따라 필요한 삶의 지혜도 다음과 같이 다섯 개 영역으로 대별할 수 있다고 본다. 그러나 거시적으로 보면, 이들 구분(분류)은 임의적이기에 그 쓸모가 제한적일 경우가 적지 않다고 예상되는바, 이는 행복의 근원으로 분류된 내용(조건, 대상 등)은 실제 삶에서는 융합적이며 통합되어 특정 행동이나 생각으로 표현되고, 상호작용하여 구분하기 어렵게 발현되면서, 우리 삶의 모습이나 양상으로 구성되고 언행으로 구현되어 드러나기 때문이다. 그러나 어떤 조건이나 요인이 우리들의 삶에서 보다 행복에 영향을 미치며 행복을 어느 정도 좌우하는가, 그리고 행복이 드러나고 행복이라고 인정할 수 있는 내용이나 대상과 깊게 관련되어 있는가 등을 기술하고 설명하기에 유용하고 편리하다고 판단하기 때문에 사용하는 분류 방안임을 이해할 필요가 있다.

다시 말해서, 우리의 일상생활 전반에 걸쳐 행복과 가장 깊게, 그리고 크게 관련되어 있어서, 우리의 행복에 매우 의미 있게 관여하고 영향을 미치는 조건이며 요인인 동시에 출처나 대상이 될 수 있다. 즉 무엇이 우리를 행복하게 하는가? 어떻게 하면 행복을 맛볼 수 있을까? 등을, 과거 현자들의 행복 관련 명언들을 참고로 삼아, 크게 다섯 가지 영역으로 분류한 것임을 재삼 강조해 둔다. 이에 우리가 살아가면서 보다 의미 있게 활용할 수 있고 영향을 미칠 수 있는 삶의 지혜이자 행복 지혜를 다섯 가지 영역별로 정리하여 제시했던 것이다. 그 구체적인 내용인즉슨,

① 강녕을 위한 지혜 → 제2장 내용,"강녕은 행복의 근간" 참고
② 자아 성찰을 위한 지혜 → 제3장 내용, "자아 성찰의 길; 마음 다스리기" 참고
③ 소통과 만남을 위한 지혜 → 제5장, "소통과 만남을 통한 사회적 자아 성찰" 중에서 제3절의 내용, "소통과 만남의 지혜; 관계와 공감은 사회적 행복의 씨앗" 참고
④ 배려와 나눔을 위한 지혜 → 제6장, "사랑의 실천; 사회적 자기 관리" 중에서 제1절 내용, "배려와 나눔과 사회적 행복" 참고
⑤ 자아실현 및 자기 관리를 위한 지혜 → 제4장 내용, "자기 관리와 자아실현의 길" 참고

그리고 이들 지혜의 적용 대상에 따라 작동하는 주요 활동 영역들

은 실제 생활 속, 즉 삶의 과정에서 우리가 수시로 느끼고 경험하는 행복을 표현하고 나타내는 역할을 하며, 이들 활동을 통하여 행복에 매우 중요한 영향을 미치는 것으로 오래전부터 인식되어 왔다고 보며, 현자들도 비교적 공통적으로 경험해 온 것들이라고 합리적으로 추정할 수 있기 때문이다. 이들 활동을 통합하고 조화롭게 활용할 수 있도록 앞에서 다루어 온 지혜(현자들의 명언 중심의 5개 영역을 활용하여, 자신을 다스리는 능력을 함양해 나가는 데 지속적으로 노력한다면, 행복 지혜를 터득하고 습득하여 습관화 및 생활화하는 데 매우 효율적일 것이고 이를 우리의 실제 생활에서 보편적으로 활용하기도 매우 유용할 것으로 예상할 수 있다.

강녕을 위한 지혜

가) 건강한 육체에 건강한 정신이 깃든다는 말은 짧은 문장이지만 행복한 상태를 완벽하게 표현하고 있다. 또한 뿌리가 튼튼하지 못한 나무는 제대로 꽃과 열매를 맺지 못할 것이라는 말로 건강의 중요성을 강조하고 있는데, 이는 건강은 마치 나무의 뿌리와 같은 역할을 하는 동시에 '행복의 기본 인프라'와 같은 역할을 수행하고 있음을 말해 준다.

"우리 인생에서 가장 중요한 재산은 돈이나 명예가 아니고 건강이다"
"복 중에서도 가장 큰 복은 건강이다"
"건강한 거지도 병든 왕보다 훨씬 더 행복하다"

"행복은 건강이라는 나무에서 피어나는 꽃이다"

나) 일반적으로, 행복한 삶을 위해서는 "잘 먹고, 더 움직이고, 잘 자라"라는 표어를 명심하고 실천하는 생활을 습관화해야 하며, '음식으로 행복을 증진시킬 수 있다'라는 명언과 함께, '뇌 과학/뇌 화학' 관련 연구 결과에 바탕을 두고 적절한 수면 및 운동과 함께 식습관은 전반적인 건강 상태에 중요한 영향을 미칠 뿐만 아니라 행복에도 기여한다는 점을 상기시켜 준다.

규칙적인 운동은 최고의 보약이며, 운동이 스트레스를 완화시키고 좋은 기분을 느끼도록 화학반응을 일으킨다는 점을 활용하여, 운동을 통하여 긍정적인 정서 상태를 조성하고 유지하도록 함으로써 자신의 몸을 다스릴 수 있어야 한다는 점과 더불어, 오래전부터 숙면을 취하는 것은 보약과도 비교할 수 없는 매우 값진 것이라는 격언을 바탕으로 숙면을 취하고 충분한 수면을 취할 수 있도록 생활 습관을 갖는 것은 일종의 '복 받은 삶'을 누리기 위한 기본 인프라와 같다.

"강녕하지 못한 상태로서는 결코 '장수' 하지도 못하고, 부자가 되기도 어렵고, 나아가 '유호덕' 하거나 '고종명' 하기도 어렵기에 결국 행복한 인생을 누리기 어렵다"

"바람직한 식생활 습관, 규칙적인 운동, 숙면의 생활화를 중심으로 한 건전한 생활 습관 조성 및 유지에 중점을 두면서 쾌적한 주거 환경을 조성하는 일에도 지속적인 관심을 가질 필요가 있다"

"건강한 신체는 긍정적 마음을 갖도록 지원하는 동시에, 긍정적 마음은 신체적 건강 유지에 크게 도움이 된다"

“자신의 마음을 이성적으로나 감성적으로 다스릴 수 있기 위해서는 우선적으로 자신의 신체적인 특성을 파악하고 그에 적절하게 맞춤형 패턴을 습관화하여 자신의 몸을 다스릴 수 있어야 한다”

“신체적인 건강 상태를 유지하지 않으면 감정 조절이나 욕구 조절에도 문제가 발생할 가능성이 높고 나아가 전반적인 행복을 기대하기 어렵다”

다) 자신의 욕망을 추구하며 욕구를 해소하기 위한 균형 잡힌 삶의 패턴을 형성할 수 있도록 노력하는 일이 곧 자신을 지혜롭게 다스리는 능력을 갖게 해준다는 의미와 함께, 자신의 마음을 다스리게 되면 정서적으로 안정되고 그로 인하여 집중력이나 업무수행능력의 향상을 가져올 뿐만 아니라, 원만한 대인관계가 가능하기 때문에 행복한 삶을 누릴 가능성이 높아지게 될 것이라는 점도 수용할 필요가 있다.

자기 자신의 욕구나 감정을 스스로의 이성에 따라 다스리는 방안을 갖도록 다양한 상황에 대응하면서 경험하는 성공과 실패의 과정을 통하여, 자기 자신에게 맞는 보다 적절한 방안을 갖게 될 때에 자신도 모르게 얻은 정신적 안정감이나 편안함이 곧 정신적 건강을 보장하고 행복감을 누릴 수 있게 한다. 평소에 자신의 신체적 건강을 스스로 보살피며 자신의 감정과 욕구를 조절하는 자신만의 방법을 강구하는 노력을 기울이고, 나이가 들어도 건강 유지에 문제가 없도록 사전에 노력하는 습관을 형성할 뿐만 아니라, 건강을 기본으로 자신만의 고유한 생활 습관과 삶의 방식을 구축하는 일이 우리 모두에게 필요하다.

"자신의 욕망을 제대로 다스리지 못하면 오히려 스스로 구속을 받게 된다"
"욕망을 다스리게 되면 자유로울 수 있다"

라) 자신의 마음을 훈련하는 데 중점을 두고 지속적인 명상을 통하여 사랑, 자비, 정의, 용서 등의 내면적 가치를 학습해 나가 지혜를 깨닫기를 권장하고 있다.

현대 사회에 살고 있는 시민이라면 생리학, 의학, 보건학, 뇌과학 등을 포괄하는 '행복 과학(행복학)'의 관점에서 건강을 보장하는 식생활과 운동의 생활화가 면역체계를 정상적으로 작동시키고, '행복 물질'이라는 베타 엔도르핀, 세로토닌, 옥시토신 등을 생성시키는 기능을 수행하는 일종의 '행복의 기본 인프라'와 같은 역할을 수행하고 있다는 점을 인식해야 한다.

'건강 없이는 행복을 얻기 어렵다'라는 격언에도 새삼 경청함으로써 지혜로운 생활을 구가할 수 있다는 점을 유의해야 한다. 그리고 학생들을 대상으로 행복에 대한 과학적 접근의 실제와 전망, 예상되는 문제점 등을 보다 진지하고 정확하게 이해시키는 동시에, 발생 가능한 문제에 미리 지혜롭게 대처할 수 있는 예방교육을 포함하여 과학적 연구 결과를 긍정적으로 활용하여 보다 수준 높은 행복을 누릴 수 있는 지혜를 습득할 수 있도록 안내하고 후원하는 행복 교육도 필요하다.

육체적 건강과 정신적 안녕을 유지하고 향상시키는 것이 소년기로부터 노년기에 이르기까지 인생 전반에 걸쳐 추구하는 삶의 행복에 지대한 영향을 미칠 수 있다. 특히, 청소년기 전후에 쉽사리 유혹에 빠져 술 담배를 배우고, 점차 마약에 빠져들거나 도박에 빠져들지 않고, 정복당하거나 먹히지 않도록 가정교육과 학교 교육을 통하여 모든 개인들이 청소년기부터 노년기까지 건강을 유지하는 나름의 방안을 강구하고 습관화하고 생활화해 나갈 필요가 있다.

우리 사회가 지식 위주의 교육으로부터 과감하게 탈피하여, 예술분야, 문학 분야, 윤리도덕 분야 등과 관련한, 건강한 정신 함양에 요구되는 다양한 교육활동을 전개하여 학창 시절부터 선진사회를 주도할 시민에 걸맞은 국민 정서를 함양하고 선진국 수준에 적합한 교양을 갖춘, 신체적으로나 정신적으로 건강하고 품위 있고 예의 바른 국민을 길러나갈 수 있도록 교육과정을 개혁해 나갈 필요가 있다.

"자신의 욕망을 극복하는 사람이 강한 적을 물리친 사람보다 위대하다"

"행복하고 싶거든 덕에 의한 생활을 하라. 덕은 지식, 의지, 인내(知, 意志, 忍耐)로 구성되고, 덕은 중용(中庸)을 지키는 데 있다. 덕을 실천하는 사람, 덕을 생활 속에 베푸는 사람, 그런 사람에게 행복이 따른다"

"우리가 경험하는 끝없는 마음의 고통 상태는 '무지(無智)', '욕망(慾望, 탐욕)', 그리고 '분노(忿怒, 미움)'라는 세 가지 독약에 그 뿌리를 두고 있기 때문에 그 고통을 해소해야만 행복한 마음을 누릴 수 있다"

자아 성찰을 위한 지혜

가) 모든 청소년들이 성장하는 과정에서 시련을 통하여 자신을 발견하는 체험을 해야만 어른이 될 수 있으며, 이렇게 권면하는 것은

우리 사회의 매우 자연스러운 조언이며 경고와 같은 역할을 수행하는, 동서양의 보편적 가치를 반영하는 교훈적인 기능을 중시하고 있다. 젊은이들이 실패와 좌절을 두려워하지 않고 인내력을 가지고 집중적으로 자기 자신의 참모습을 발견하며 자기를 극복하려는 진지한 노력 없이는, 진정으로 성장하고 성숙하기 어려울 뿐만 아니라 자신의 삶의 목적을 성공적으로 달성하기 어렵다는 점을 깨달아야 한다.

개인이 온갖 고난을 경험하는 과정을 거치면서 자신을 발견하게 되고, 자신을 되돌아보며 자신만의 삶의 의미를 발견하려고 노력해야 하는, 매우 인간적인 과정이라고 볼 수 있는 성찰(깨달음)을 통해서만 인간다워진다고 볼 수 있다. 자아 성찰적 노력을 통해서만 인간답게 성숙해지고 인간으로서 누릴 수 있는 행복을 제대로 누릴 수 있다.

"젊어서는 고생을 사서라도 해야 한다"

"자신을 발견하고 스스로 깨달음에 도달하기 위하여 자아 성찰하지 않고, '철'이 들지 않고 스스로 깨닫지 못한 상태에서는, 세상의 행복으로 가는 지혜들을 아무리 접해도 그들을 자기 것으로 소화하지 못할 것이다"

나) 자신을 변화시키려는 자아 성찰 노력이 없이는 결코 한 인간으로 성숙하기 어렵고 인간으로서 누릴 수 있는 행복을 제대로 맛볼 수 없고, 자아 성찰 노력을 거치면서 철이 들어 자기 분수를 깨닫고 인생관을 정립하고 자기 나름의 삶의 방식을 습득하기 전까지는 진정한 행복을 누리기 어렵다.

자아 성찰을 통하여 자아 정체감과 주인의식의 함양이 가능하게 되고, 자신에 대하여 마스터하게 되는 경지, 적정한 수준의 세상 경험과 경륜, 좌절과 실패를 극복해 낼 수 있는 회복탄력성을 함양하게 될 때, 진정성 있는 자기조절과 자기 관리가 가능하게 되고 마침내 삶의 지혜를 터득할 수 있게 된다. 자신을 되돌아보고 자신이 어떠한 입장에 처해 있으며 어떤 의지를 가지고 있는가 등을 비교적 객관적으로 파악해보려는 마음챙김을 시도하지 않은 상태에서 성찰이 이루어지기 어렵다는 점을 이해할 필요가 있다. 이는 계획에 따라서 최선을 다하여 자신의 잠재 능력을 개발하고 자신의 성품이나 인격을 향상시키는 수신과정이 필요하며, 항상 노력하는 삶의 태도를 습관화하면서, 자신이 추구하는 목적이나 꿈을 실현하기 위하여 스스로 만족하는 경지에까지 도달하도록 노력하는 자아 성찰 과정이 절실히 요구된다.

다) 삶의 과정에서 항시 행복만 누릴 수 없기에 시련을 탈피하기 위하여 행복을 지속적으로 추구할 수밖에 없는 인생의 본질을 이해할 필요가 있다. 행복은 불행이 없는 상태가 아니라 불행을 기반으로 얻어지는 보다 진화된 삶이고 거듭나는 삶의 일부이기 때문이다.

"나는 어떻게 행동하며 살아야 되는가에 대한 실마리를 찾게 되고, 자기다운 삶을 살기 위해서는 어떻게 사는 것이 바람직한가, 어떻게 살아야 사람답게 사는 것인가, 그러한 상황에서는 어떻게 행동하는 것이 적절한 것인가 등과 같은 고민을 헤아릴 수 없이 경험하고, 깊이 생각하면서 자신을 찾아가는 과정 즉 자아정체성을 확립해 가며 세상을 보는 안목을 길러 나가야 된다. 이처럼, 자아 성찰 노력이야말로 우리로 하여금 행복으로 접근해 갈 수 있도록 안내하는 역할을 수행한다"

"인간의 삶이 영원하지 못한 것이며…(중략)… 인간은 눈앞의 욕구를 해소하고 만족시키는데 집착하는 존재이기에 궁극적인 행복을 경험하는 것은 불가능하다"

"인간은 행복을 추구하는 존재이지 행복을 소유할 수 없는 존재다. 행복은 손에 쥐고 있을 때는 작아 보이지만 손에서 놓는 순간 그것이 얼마나 크고 소중했는지 깨닫게 된다"

라) 누구나 역경을 극복하는 경험 없이는 자신을 이해하고 자신을 발견하며 깨닫기 어려울 뿐만 아니라, 자신을 다스리기 어렵고 삶의 참모습을 발견할 수 없으며, 결국 행복한 삶을 영위할 지혜와 능력을 습득하기 어렵기 때문이라는 점은 우리 조상들이 오랜 경험을 통하여 비로소 삶의 지혜를 깨닫게 된 것으로 수용해야 한다.

평범한 학생들이 자신의 꿈과 비전을 실현시키기 위해서는 마땅히 고생을 감수해야 하며, 젊어서는 고생을 사서라도 해야 한다는 기백과 도전의식을 가지고 자신의 운명을 스스로 개척해 나가는 마음가짐(용기, 투지, 열정 등)을 가지고 사회에 진출할 수 있도록 노력해야 한다.

실수, 좌절, 고통 등과 같은 시련을 통하여 얻은 경험과 자극은 자신이 새롭게 태어나는 원동력과 자원으로 작용하는 동시에, 자신을 변화하도록 자극하는 귀중한 자극제 역할을 한다는 점도 인정해야 한다.

누구나 성장하면서 청소년기를 거치게 되고 그 기간 동안 수많은 시행착오와 좌절을 겪으면서 성찰의 과정을 거치고, 자신의 참모습을 발견하고 마음챙김 과정을 거치면서 거듭나는 일종의 성장통(成長痛)을 겪지 않고는 정상적인 인격체로서 성숙해가기 어렵다. 다양한 체험을 바탕으로 강한 의지력과 인내심을 가지고 자기를 다스리고 관리해 나가는 능력을 함양하고 신장시켜 나가기 위해서는 실패나 좌절을 두려워하지 않고 새롭게 도전하며 자기를 극복하며 거듭날 수 있는 부단한 노력이 필수적이라는 점도 인지해야 한다.

"인생을 살아가는 과정에서 경험하는 실패, 불쾌, 고통, 역경 등은 삶을 위해 모두 의미가 있는 것이라는 점과 더불어, 행복의 씨앗으로 작용한다는 점을 중시해야 한다"

"행복한 삶은 고난이 없는 삶이 아니라 고난을 이겨내는 삶이다 …(중략)… 행복해지려면 이성을 길러서 자신의 의지와 정신력을 일깨워야 하는 것이며, 많은 사람들이 불행을 경험하고 나서야 행복을 간절하게 추구하게 된다"

마) 진정한 회복탄력성이란 자신이 처해 있는 현실을 냉철하게 직시하고, 자신이 지켜온 가치들에 비추어 인생을 살아가는 데 의미가 있다는 확고한 신념을 바탕으로, 즉흥적으로 대처할 수 있는 능력을 갖추어야만 가능한 것이기에, 자신의 문제나 어려움을 스스로 해결하고 치유할 수 있도록 마음을 다스릴 수 있는 능력을 키워주는 방향으로 지원하고 주관적인 웰빙 상태를 스스로 추구해 나가며 지속적으로 거듭나는 능력을 키워 나갈 필요가 있다.

실패는 시작이고 끝이 아니며 재기의 문은 항상 열려있다는 생각을 바탕으로, 자신의 감정을 이해하고 스스로 자신을 다스리기 위한 노력이 회복력을 함양하는 중요한 단계가 될 수 있다는 점을 이해할 필요가 있다.

좌절이나 불행을 극복하고 회복하는 경험을 통하여 자신의 마음을 스스로 다스리기 위한 노력이 없이는, 보다 수준 높은 행복을 추구할 수 없다는 것을 이해하고 그를 기반으로, 사춘기 시절의 성장과 성숙 과정에서 청소년들이 겪고 있는 좌절과 실패, 두려움, 수치심, 불안감, 우울감 등을 누구나 겪어야 할 성장 과정이며 성인이 되기 위해서는 경험해야 할 일종의 통과의례로 이해하고 수용하는 자세를 갖도록 지도하는 데 사회적인 관심과 더불어 기성세대의 관용과 인내가 요구된다.

"행복한 삶은 고난이 없는 삶이 아니라 고난을 이겨내는 삶이다. 행복해지려면 이성을 길러서 자신의 의지와 정신력을 일깨워야 한다"

바) 적정한 수준의 경험과 시련을 통하여 과일이 익어가듯이 자신을 발견하고 세상과 원만하게 관계를 유지하면서 자신을 조절하고 제어할 수 있는 능력을 갖추고, 그에 입각한 안목과 비전에 따라 자율적으로 선택 및 결정할 수 있게 되는 시기를 의미한다. 따라서 자아실현을 이루기 위해서는 자아 성찰하는 과정을 거쳐 자신을 발견하고 자신의 길을 선택하고 결정함으로써 자신의 마음 안에 씨앗을 뿌리게 되고 그를 가꾸게 된다는 말의 의미를 파악할 수 있어야 한다. 이는 마음의 씨앗이 어떠한 성찰을 거친 것인지에 따라 자신의 인생의 성격이나 방향이 달라질 수 있고 향후 자신의 행복도 좌우되기 때문이다.

“부단한 성찰을 거치면서 행복을 행복으로 느끼고 창출할 수 있는 그 시기가 도래한다”

“내가 내 정신의 주인이며 나의 감정을 스스로 통제할 수 있다고 끊임없이 마음속에 되새겨야 한다”

“나는 선택할 수 있고, 온전히 나의 것인 현재의 순간들을 즐길 수 있다”

사) 때가 되어야 자기를 조절 및 관리할 수 있는 능력을 함양하게 된다는 상식적 견해로부터 출발하면, 누구나 자신의 행복은 결국에는 자신에 의해 좌우된다는 점을 인식하게 되고, 나아가 자기성찰과 자기조절 능력에 의해서 크게 좌우된다는 것을 깨닫게 된다. 자아 성찰을 통해서 자기다운 신념과 가치관을 정립하고 자신의 비전과 목적을 갖게 되며 꿈과 희망을 가지고 자기 나름의 삶의 방식에 의해 살아갈 수 있게 된다는 신념을 가질 필요가 있다.

지혜로운 선택과 판단이 가능하도록 삶의 습관을 형성해 가는 노력, 곧 자아 성찰을 통하여 지혜롭게 판단하고 선택할 수 있는 능력을 갖도록 노력하는 과정에서 자신에게 적합한 삶의 습관을 형성하고 그를 지혜롭게 관리해 나가는 삶의 양식을 습득하게 되면 삶의 지혜를 깨닫게 되는 경지에 이르렀다고 말할 수 있다.

“자기가 하는 일을 사랑하는 것이 곧 행복이다”

아) 자아 성찰에 기반을 둔 행복관에 따라 자신을 지혜롭게 관리해 나가야만 행복을 누릴 수 있게 된다. 자신이 살아온 인생을 깊이 성찰하여 인생의 근본원칙을 깨닫고 그것과 조화를 이루는 삶을 시

작할 때면 비로소 자신의 '지혜로운 주인'이 되어 진정한 행복을 느끼게 될 것이다.

"개인들은 스스로 자신의 삶의 방식이나 성격, 감성, 신체적 조건, 장단점, 열망과 꿈 등에 따라 자신에게 맞는 적절한 행복의 길을 찾아야 한다"

자) 행복한 삶을 살아가기 위해서는 지혜롭게 생각하고 그를 최선을 다하여 실천하는 노력이 기본적으로 요구되는 조건이라고 생각하고 그러한 마음은 저절로 생긴 것이 아니라 개인마다 크고 작은 깨달음을 경험하였기에 가능해 진 것으로 추론하는 것은 매우 합리적이다.

자신에게 어떤 선택이 보다 유리한가를 결정하는 과정에서 성찰하고 깨닫는 과정을 경험하고서 자신을 지혜롭게 다스리고 관리할 수 있다면 행복을 누릴 수 있게 된다는 의미를 말해 주는 동시에, 행복은 저절로 주어지지 않는 것이며 자신이 어떠한 성찰 과정을 겪으면서 자신을 되돌아보며 당면하는 문제해결에 적절한 '선택과 결정'을 위하여 '어떠한 마음으로, 어떻게 노력/행동했느냐'를 되새기며 의미 있는 것으로 판단하도록 요구한다.

"행복은 선택의 문제이다"

"인생에서 올바른 선택을 하려면 당신의 영혼과 만나야 한다. 이를 위해서는 고독을 경험해야 한다. 고요 속에서 진리가 들리고 해답이 보이기 때문이다"

소통과 만남을 위한 지혜

가) 한 개인이 사회적 존재로서 살아가는 과정에서 영향을 주고받는 사회적 환경으로 인하여 유발된 긍정적인 감정을 포함하여, 사회구성원들과의 원만하고 돈독한 관계를 유지하며 서로를 배려하고 구성원들 간에 양질의 관계를 맺고 상호신뢰하는 분위기에서 느끼는 정서 상태, 즉 안정감, 안락감, 상호신뢰감, 공동체 의식, 인성감 등이 살기 좋은 동네라는 의식과 결부된 행복감을 유발하는 사회적 행복을 구성하는 요인들이다. 행복은 개인들 간에 상호 간 영향을 미치기도 하면서 사회구성원의 한 개인으로부터 많은 구성원들에게 전염되며 확산되는 속성이 있다는 점을 수용해야 한다. 그러기 위하여 공동체 구성원들이 모두 가슴을 열고, 마음을 열어 소통하려고 노력하는 자세를 가지고, ONLINE이나, OFFLINE 모두를 통하여 진정성 있고 자유로운 접속과 접촉이 가능하도록 하는 여건을 조성해야 한다.

나) 세계적으로 최저수준의 출생율과 더불어 기대 이하로 낮은 국민 행복지수로 세계인의 주목을 받고 있는 우리만의 독특한 현상은 우리 사회에서의 사회적 행복에 대한 정책을 대폭적이며 체계적으로 개혁할 필요성을 요구하고 있다. '행복한 사회'를 추구하기 위한 핵심적 조건을 상식적인 차원에서 종합해 보면, ① 주민들이 상대방을 배려하는 마음을 중시하며 이웃에게 민폐를 끼치지 않겠다는 자세(태도)를 가진다. ② 상대방의 입장을 이해하고 존중하며 예절을 지키며 상호작용하는 태도를 지닌다. ③ 주민들 간에 사회적 연대감이나 유대감을 가지고 있고, 상호신뢰감과 공동체 의식을 포함한 건

강한 사회의식을 가지고 있다.

다) 사회적 행복의 기본이 되어야 할, '건강하고 행복한 삶을 위한 관계의 법칙'들은, 가) 이웃과 공동체를 이루며 살아라, 나) 서로의 사회적 감정을 나누는 관계를 만들어라. 다) 다양한 사람들과 얼굴을 마주하라. 라) 자신의 환경에 맞는 관계를 맺어라. 마) 아이들에게 상호교류가 왜 중요한지 일깨워줘라. 바) 혼자인 시간을 줄이고 의미 있는 접촉을 늘려가라 등으로 정리할 수 있다. 이 중에서도, 공동체에서 함께 살고 있는 구성원들에 대한 배려와 역지사지(易地思之)의 정신에 입각한 인간관계를 중요시하는 것이 행복한 사회로 가는 출발점이다.

라) 물리적 여건상 얼마나 쾌적하고 편리한 환경하에 위치하는가를 고려하면서 깨끗한 공기와 물, 쾌적한 거주지 환경, 편리한 교통환경, 소음 및 먼지, 물류 유통이나 정보 교환에 관련된 환경 여건(시장, 우체국, 행정기관) 등의 접근성 등을 고려하는 동시에, 그 동네에 거주하는 사람들과 원만하고 편안한 소통과 만남이 무난하게 이루어져 정신적이며 정서적으로 편안하고 안정된 분위기나 풍토가 조성되어 있느냐 등을 고려해야 한다. 특히, "이웃이 사촌보다 낫다", "먼 사촌보다 가까운 이웃이 낫다", "팔백금으로 집을 사고 천금으로 이웃을 산다" 등의 격언들은 이웃이 공동체 사회에서 얼마나 중요한 역할(조건)을 수행하고 있는가를 극명하게 말해 주고 있다.

마) 살기 좋은 동네를 기대한다면 주민들이 편안한 마음으로 서로 소통하고 이해하며 공감을 가지고 연대감이나 유대감을 가질 수 있

는 만남이 이루어져야 한다. 그러한 소통과 만남이 가능하게 되면, 서로 배려하며 양보하기도하고, 나아가 나누며 베풀고 서로 돕고 협력하며 사는 사회가 비교적 행복한 사회라는 점에 합의할 필요가 있다. 한 개인이 거주하는 사회에서 살아가며 만나서 교류하는 사람들과 원활하고 명쾌하게 소통하고 서로 공감을 느끼며 유대감이나 연대감을 갖게 되면, 대체로 성공적으로 소통하고 진정한 만남이 이루어졌다고 인정하거나 의도하는 좋은 관계가 이루어졌다고 말할 수 있는 동시에, 보다 더 좋은 관계로 발전하거나 전환할 것으로 기대할 수 있다. 그러기 위해서는 예수와 석가모니의 명언을 참고할 만하다는 것을 인정해야 하는바, "남의 눈 속에 있는 티는 보면서 네 눈 속에 있는 들보는 깨닫지 못하느냐… 위선자야, 먼저 네 눈에서 들보를 빼내어라. 그래야 그때에 눈이 잘 보여서 남의 눈에서 티를 빼 줄 수 있을 것이다"와 함께, "남의 잘못을 보기는 쉽지만 나의 잘못을 보기는 어렵다. 인간은 남의 잘못은 바람에 까불리는 쭉정이처럼 잘 끄집어내면서도 자신의 잘못은 마치 교활한 노름꾼이 자기 패를 숨기듯 속에 감추어 둔다"는 명언들에 경청해야 한다.

바) 사회적으로 부과하는 책무를 수행하는 한편 개인들이 자신만의 사회생활을 자유롭게 영위하도록 허용하고 지원하는 자유와 권리 의식에 입각하여 그들이 각자의 인생관에 따라 자아실현해 나가는 사회 체제를 구축해 나가는 노력이 없이는 사회적 신뢰감을 창출하기 어렵고 자신이 살고 있는 공동체 사회에서 행복한 생활을 누리기 어려울 것이다. 사람들 사이를 연결하는 사랑과 일이 그 결정적인 역할을 수행한다는 의미로, 어떤 개인이라도 사회구성원의 하나로서 일을 하면서 사람들과 사랑을 포함한 우정, 동료 의식을 나누

면서 살아가는 것이 자연스럽고 당연한 일이다.

사) 개인들 간의 관계가 끈끈하고 사회적 연대 의식이 강하면 자살률이 낮다는 점에 착안하여, 행복한 사회를 추구하기 위해서는 개인들 간의 활발한 접촉과 격의 없는 인간관계를 중시할 필요가 있다. 건강한 배우자 관계와 친밀한 사람들과의 교류는 옥시토신 분비를 촉진하여 혈관과 심장의 건강을 보장할 뿐만 아니라 자신과 더불어 사회 전체가 변화할 가능성을 높여 준다. 가장 중요한 행복의 조건으로 인간관계, 그중에서도 부부관계를 꼽으며, 장기간 그리고 노년기에는 특히 부부관계를 중심으로 한 가족관계가 행복을 완성시키는 중요한 역할을 수행한다.

행복의 핵심은 부와 향락이 아니라 자신의 능력을 자유롭게 펼칠 수 있는 행위에 있다는 전제하에서 우정과 선한 삶이 행복의 핵심이다. "관계의 힘이 행복의 근원이고 삶의 질은 관계의 질이다", "행복의 발단은 우선 자기 자신과의 관계에서 오고 그다음에 우정, 사랑 같은 다른 사람과의 관계에서 오는 거죠. 혼자서 일을 아무리 잘 한다 한들 그 일이 얼마나 즐거울 수 있을까요.", "친밀한 관계는 좋은 시간을 더 좋게 하고 힘든 시간은 덜 힘들게 한다. 기쁨을 나누면 기쁨을 두 배가 되지만, 문제점을 나누면 그 문제점은 반으로 줄어든다"

아) "인간관계가 시작되는 가정은 행복이 시작되는 곳이다", "행복의 90%는 인간관계에 달려있다", "타인들도 나와 똑같이 고통을 받고 있고 행복을 원하고 있다는 사실을 이해하는 것이 진정한 인간관계의 시작이다", "나 혼자서는 따로 행복해질 수 없다. 원하든 원하

지 않든 우리는 서로 연결되어 있기 때문이다"와 함께, "남에게 대접을 받고자 하는 대로 너희도 남을 대접하라"(마태7:12)는 황금률을 강조하고 있다.

"사람은 사람을 필요로 한다"
"인간은 사회라는 옷을 입어야 한다. 그렇지 않으면 우리는 아마도 추위와 가난을 느끼게 될 것이다"

공동체 안에서의 인간관계를 중시한 접촉이 사회적 치유 효과가 있다.
"행복이나 불행 모두 인간관계 안에서 유발된다"는 명언에 경청하고 행복감이 전염될 수 있는 일터를 창출하기 위한 노력을 기울이는 것이 곧 행복한 직장생활의 첩경이다. 또한, "생각이 사람을 바꾼다"라는 말은, "생각을 바꾸면 행동이 바뀐다, 행동이 바뀌면 생활이 바뀌고, 생활(습관)이 바뀌면 성격이 바뀐다. 결국에는 운명이 바뀐다"라는 말에 경청해야 할 것이다.

자) 과도한 개인주의로 인한 인간들의 고독함이나 외로움으로 인하여 야기되는 사회 문제들을 해결하기 위해서는 끈끈한 인간관계를 중시하는 공동체적 가치를 강조하는 유교문화가 중요한 해결책이 될 것이라는 미래학자들의 주장을 참고하며, 동양 사회에서 개인들이 지닌 관계 의식은 고도로 발달한 상태로 대인관계를 중심으로 한 사회생활 전반에서 크게 영향을 미치고 있고, 그로 인한 사회문화도 특이하다.
전통적인 문화적 뿌리에 서양식 자유민주주의적 관계논리를 접목시켜 보다 수준 높은 대인관계 논리를 꽃피워야 할 필요성이 있다. 그렇게 노력함으로써 개인이 사회생활 과정에서 만나는 타인들과 효과적으로 소통하고 대응하며 바람직한 관계를 형성하며 기대하는 수준의 공감과 연대감을 갖도록 유도하고 권면하는 사회풍토를 조성할 수 있게 될 것이다. 이를 위해서, 사회심리학자들이 지적하는 '공감의 힘'을 참고해야 하는데, "남이 즐거워하면 우리 뇌도 이에 동조해 즐거워진다. 표정을 통해 그 사람의 감정을 읽어낸 뇌가 '공감회로'를 작동시켜 같은 감정을 갖게 만든다"는 '거울신경세포' 이론에 따라 누구나 공감회로는 기본적으로 갖추고 있기에 명상을 통해서 훈련하고 단련할 수 있다는 점에 유의해야 한다.

차) 자유주의적 개인주의와 자본주의를 중시하는 문화로 인하여 개인의 소외감, 고독감, 스트레스 등이 팽창하고 그로 인하여 개인적이며 사회적인 불행이 유발되는 경향이 뚜렷하게 나타났기에 그에 대한 반작용으로 20세기 이후에 인간관계와 공동체적 가치를 중시하기 시작한 것이다. 소통이 원활한 지역사회에서의 긴밀한 인간관계가 행복한 삶의 요건이 된다는 점을 실증적으로 입증한 '로제토 효과'와 같은 사례도 참고할 필요가 있다.

배려와 나눔을 위한 지혜

가) 모든 구성원들이 상대방을 배려하는 마음을 습관화하여 행동으로 표현함으로써 구성원들 간의 감정적인 교류가 활발하게 이루어지는 동시에, 다양한 인간관계가 파생되어 서로 신뢰하며 자신의

업무 수행에 몰두할 수 있다고 확신할 때, '세상과 나 자신이 연결되는 경험'을 하게 되어 일종의 행복감(근무만족감, 공동체 소속감 등)을 경험하게 된다. 그러나 이기주의적 관점에서 '자기만 행복하면 된다'는 삶의 방식으로는 온전한 행복이나 심오한 행복을 완벽하게 누릴 수 없다는 점을 간과해서는 안 된다는 시각에서 보면, 개인적 행복만을 추구하는 것은 근본적으로 보다 수준 높고 온전한 행복에 도달하기 어렵다.

"행복하고 싶거든 덕에 의한 생활을 하라. 덕은 지知와 의지意志와 인내忍耐로 구성되고, 덕은 중용中庸을 지키는 데 있다. 덕을 실천하는 사람, 덕을 생활 속에 베푸는 사람, 그런 사람에게 행복이 따른다"
"자신만을 사랑한다면 진정으로 행복할 수 없다, 남들을 위하여 살라, 그러면 진정한 행복을 발견할 수 있다"

나) 사랑이 곧 우리를 행복 지혜의 길로 안내하고 있다, 즉 '저리이타自利利他' 정신을 이해하고 실천할 필요가 있다. 자비심의 출발점은 '지혜로운 이기심'이라는 점을 수용할 필요가 있고 자비로운 마음을 배우고 키우면 궁극적으로는 자신도 행복해진다는 것을 통찰할 필요가 있다.

대부분의 종교에서 이웃을 위한 배려와 베풀기를 중요한 덕목으로 강조하는 이유도 결국 공동체적 행복과 개인의 행복을 연결시키려는 의도에서 찾아볼 수 있다. 상대편의 입장에서 평등하게 대하는 것, 즉 상대를 배려하고 베풀면 나도 그렇게 대우받을 수 있다는 기본적인 지혜의 근원을 오래전부터 깨닫고 실천해 오고 있어 사회적 행복의 모범 사례로 인정받고 있다. 이는 오래전부터 공동체 중심으로 인간관계를 중시하여 주위 사람들에게 덕을 베푸는 것이 하나의 행복이라고 권장해 온 것은, 개인들이 사회적으로 보살필 필요가 있는 사람들을 대상으로 선행하고 기부하거나 봉사하는 등의 덕을 베푸는 활동을 통하여 한 개인이 행복해질 수 있다고 믿었고, 그를 전통적인 사회적 기능으로 도입하여 활용하면 기대하는 효과적인 결과를 얻을 수 있을 것이라는 기대감이 크게 작용했기 때문이다.

"다른 사람을 사랑하라 그러면 끝없는 축복과 행복을 얻을 것이다. 모든 생명체와 살게 되면 고통과 고난의 삶이 순식간에 행복과 축복의 삶으로 바뀌게 된다"
"이타적 사랑을 실천하고 자비심을 키우면 궁극적인 행복에 이르게 됩니다. 남을 도울 때 가장 먼저 덕을 보는 것은 자기 자신이고 최고의 행복을 얻는 것도 자기 자신입니다. 그러므로 행복한 삶으로 가는 최선의 길은 남을 돕는 것입니다. 이것이 진정한 지혜이지요"

다) 나눔과 베풀기를 실천함으로써 행복을 보상받을 수 있다는 점을 가치롭게 여길 줄 알아야 한다.

"보답을 바라지 않고 베풀 줄 아는 사람, 받은 것을 잊지 않는 사람은 모두 축복받은 이들이다"
"인간은 다른 점보다는 공통점을 많이 가지고 있다. 가급적 많이 베풀려고 노력하라. 당신과 비슷해 보이지 않는 사람에게도 말이다. 당신은 세상 사람들의 일부이고 세상 사람들은 당신의 일부이다."
"친절은 많은 것을 이룰 수 있다. 태양이 얼음을 녹이듯 오해와 불신과 적대감을 날려버린다"

"인생의 목적은 봉사하는 것, 그리고 동정심과 다른 사람들을 도우려는 의지를 내보이는 것에 있다. 바로 그때에야 우리는 비로소 참된 인간이 된다"

"행복은 사랑하는 사람과 이웃에게 봉사함으로써 얻어진다"

"타인을 정신적 존재로서 존중하는 사람만이 남에게도 의미 있는 존재가 될 수 있다"

라) 타인들과 어울려 살아가기 위해서는 타인에 대한 배려와 베풂기가 근원적으로 인간의 삶의 방식으로 자리 잡았다는 행복 과학적 관점에서 보면, 이러한 진리를 사회적 행복을 위한 복지 활동에 적극적으로 적용할 필요가 있다. 또한, 우리 인간들이 더불어 사는 타인들에 대하여 연민, 친절, 봉사 등과 관련한 다양한 체험을 통하여 인생의 변화를 경험하며 행복감을 느끼게 된다는 인간의 본질에 관하여 제대로 이해하고 실천하는 것도 삶의 지혜를 깨닫게 해준다.

나와 공존하고 있는 타인에 대한 배려가 자신을 발견하게 하고 사회화를 도우며 사회에 대한 책무를 이행하는 출발점이 되는 동시에, 보상을 받게 되어 품위 있는 개인과 성숙한 사회 구현에 도움이 되고, 나아가 심리적으로는 기쁜 마음과 즐거운 마음, 또는 흐뭇한 마음과 보람찬 마음을 경험할 수 있게 해준다.

"사랑과 친절이 옥시토신(신경전달물질)의 분비를 촉진하여 혈관과 심장의 건강을 보장한다는 과학적 사실을 제시하며, 친절, 공감, 감사, 용서 등의 마음을 담은 말과 행동이 우리 몸을 건강하게 유지하는 것은 인류의 DNA 유전자에 입력되어 작용하고 있기 때문이다"

마) 신뢰할 수 있는 사회를 유지하기 위해서 베풀고 나누는 활동과 조화를 이루며 사회적으로 균형 있게 용서하는 일도 절실히 요구된다. 특별히, “악(惡)을 덕(德)으로, 고통, 불행을 쾌락과 행복으로 변환시키는 마음의 비밀은, 용서하기, 깨달음 상태에 도달하는 데 있다”고 주장하는 신비주의 수피즘의 입장에도 관심을 두어야 한다.

“용서는 사랑의 가장 존귀하고 아름다운 형태다. 당신은 그 대가로 엄청난 평화와 행복을 얻을 것이다”

“용서하라, 용서하지 못해 자신의 하루를 망치지 마라, 용서는 자신에게 주는 최고의 선물이다”

“용서하며 친절하게 대하는 것은 인간이 할 수 있는 최고의 행동이다”

바) 바람직한 사회생활을 통하여 자아실현하기 위해서는 도덕지능(도덕성)을 함양할 수 있는 생활 태도를 가지고 자신에게 요구되는 덕목을 습관화할 수 있도록 지속적으로 노력해야 할 필요가 있다.

“상대방에 대한 공감을 바탕으로 한 배려와 친절, 존중하고 관용하는 태도를 갖추는 것 자체가 자신의 웰빙을 보장해 준다는 확신을 가질 필요가 있다”

‘사랑이 행복의 기본 조건’이라는 입장에서 “상대방의 입장을 이해하고 그 입장에서 생각해 주고 이해하는 것(易地思之)이 사랑의 출발점이며 종착점이다”

“사랑은 받기보다 주는 것이 본질(받을 생각이 너무 강하여 실패하는 경우가 다반사)”이라는 기본 전제를 ‘황금률(Golden Rule)’에 입각하여 설정하고, "사랑은 능력이 아니라 하나의 기술이다, 고로 지속적으로 훈련할 필요가 있다"

사) "감사하는 마음은 영적인 성장으로 향한 문을 열어 준다, 감사하는 마음은 주는 마음과 용서하는 마음으로 이끌어 정신적인 성장에 이르게 한다, 불평이 아니라 감사하는 마음이 다른 사람들을 당신에게 끌어들인다. 감사하는 태도는 축복을 만든다, 감사하면 할수록 감사할 일이 더 많이 생긴다"

"스스로 감사할 줄 아는 마음을 가져라. 그러면 삶은 더 크고 긍정적인 차원으로 옮겨갈 것이다"

"감사하는 마음, 인정하는 마음으로 자신을 표현하는 일은 신께 사랑을 보내는 일, 우주 밖으로 사랑을 보내는 일과 같다. 감사는 마음을 여는 일이다"

"감사하는 법을 배워라. 지금 가진 것에 행복을 느끼지 못한다면 더 많은 것을 누려도 행복할 수 없을 것이다"

"우리를 행복하게 만들어 주는 사람들에게 감사해야 한다. 왜냐하면 그들은 우리의 영혼을 꽃피우게 하는 정원사들이기 때문이다"

자기 관리를 위한 지혜

가) '몸 다스리기, 감정 다스리기, 관계 다스리기, 사랑 다스리기, 마음 다스리기'라는 말로 표현하듯이, 살아가면서 실제로 당면하는 바를 중심으로 자신을 관리할 수 있어야만 행복을 맞이할 준비가 된다. 자신이 당면하고 경험하고 있는 문제들에 관하여 어떻게 판단

하고 결정하느냐에 따라서, 그리고 삶의 조건을 어느 정도 적절하게 조절하고 관리하느냐에 따라서 의도하는 행복을 어느 정도 누릴 수 있느냐가 좌우된다.

"당신을 행복하거나 불행하게 만들 수 있는 이는 오직 당신뿐이다"

"스스로를 다스려라"라는 말과 더불어, 불교에서 마음을 정화하여 열반에 이르기 위해서 '탐욕, 분노, 무지(貪, 瞋, 癡)'를 다스릴 것을 강조하는 것은 자기 자신을 관리하는 일이 행복을 누리기 위해 필요한 일이기 때문이다.

"스스로를 이겨내는 의지력과 외부적 상황을 능동적으로 수용할 수 있는 힘을 자기 관리 능력이라고 보며, 행복을 창조하는 것은 신이 아니라 자기 자신이다"
"자신을 통제 및 관리할 수 있어야만 자신만의 행복을 추구할 수 있게 된다"
"자신을 관리하고 절제할 수 있는 자는 지혜로운 자이다"
"자신을 조절하거나 절제할 수 없는 자는 스스로 행복을 창출할 수 없다"

나) '최선을 다하는 자기 관리 접근'만이 진정한 행복의 길을 찾아갈 수 있도록 안내하기 때문에 보다 거시적이며 종합적인 안목을 가지고, 자신의 존재 깊은 곳에서 들려오는 독자적인 음성에 경청하며, 설명할 수 없이 늘 변하는 자연과 조화를 이루어 살기를 열망할

필요가 있다.

행복의 구성 요인을 만족스럽게 구비할 수 있고 원하는 대로 행복을 누릴 수 있다는 '이상이나 환상'에 빠져 완벽한 자기 관리를 꿈꾸는 일은 우리가 미완성인 존재이기에 사실상 불가능하다는 것이며, 자신을 솔직하게 인정하고 이해하려는 노력과 더불어 자신을 사랑하는 마음가짐으로 완벽을 넘어 최적주의자가 되는 것이 행복을 추구하는 바람직한 자세이다.

"갈등 상황에 직면해서 어느 가치를 합리적으로 판단하고 이성적으로 실천할 것인가를 결정하는 일이 바로 자기 관리의 핵심 역할이고 그 판단 및 결정이 자신의 운명을 좌우할 수도 있고 나아가 행복과 불행을 크게 좌우할 수 있다"

"세상과 사회를 바꾸려고 하기보다는 스스로를 알고 스스로가 변화하는 것이 더 중요하다"

"가로막는 우리 안의 장애물을 제거하기 위한 내면의 수련이 절실한 바, 자아에 대한 인식, 충동 조절, 마음을 동요시키는 감정이나 왜곡된 심상을 다스리는 일에 자신을 수련해 나갈 필요가 있다"

"행복의 조건들을 올바로 정렬하고 기다려야 한다. 그 조건들 중 일부는 내 안에 있다. 내 성격의 각 부분과 차원 사이에 올바른 관계를 정립하는 것이다. 다른 조건들은 내 밖에 있다. 나와 다른 사람, 나 자신과 나의 일, 나 자신과 자신보다 더 큰 어떤 것 사이에 올바른 관계를 정립하도록 노력하면 행복은 자연스럽게 뒤따를 것이다"

다) "행복은 선택의 자유와 책임에 관한 문제다. 선택의 자유와 책임감이 함께 할 때 행복이 찾아온다. 운명이나 행운보다 자신의 능

력과 노력을 강하게 믿을 때 더 행복하다. 고로 젊은이들이 자신의 선택을 믿고 결과를 책임질 수 있도록 지도할 필요가 있다"

자유는 타고난 육체적, 심리적, 사회적 조건으로부터 자유로운 사람이 없기에, 완전한 자유를 추구하기 어렵다고 보고, 후자의 '선택할 자유'에 초점을 두어야만 행복을 성취할 수 있다. 자신의 문제를 스스로 해결하고 그에 대하여 책임을 질 줄 아는 과정을 직접 경험하며 자율성을 함양하기 위해서는 기본적으로 자유가 보장되어야 하는 데, 자유롭게 선택하고 결정해 보기, 자유롭게 문제를 해결해 보며 경험을 쌓기, 주위 인물들과 자유롭게 교류하기 등과 같은 자율성 함양 노력이 요구된다.

"인간은 선택하고 결정할 수 있는 자유의지를 지니고 있으며, 자유의지를 올바르게 사용하는 과정에서 자기 존재의 정당성과 가치를 맛볼 수 있는데 그 정당성과 가치가 바로 행복의 진수이다"

"자신을 통제하고, 마음을 통제하며, 의식을 통제하십시오, 모든 행동의 책임은 오직 자신에게만 있습니다. 다른 사람에게 책임을 전가하는 것은 옳지 못합니다… 자신을 제어하는 것은 행복으로 향하는 문입니다. 지혜는 자아의식을 제어해줍니다"

"행복은 주어지는 것이 아니라 쟁취, 성취, 정복해야 하는 것이다. 행복이란 우리의 능력이 최대한 발휘되고 우리가 사는 세상이 최대한 실현되는 것과 함께 한다"

"인간은 자유로운 행동 속에서 행복을 느낀다. 즉 인간은 스스로 부여한 규율 속에서만 행복한 것이다. 여기서 개인의 자유의지와 결부된 책임과 스스로 설정한 규율이 결부되어 개인의 자율능력이 함양된나"

라) '소극적인 자유'는 일반인들을 대상으로 특별히 금지하거나 방해하지 않는 측면을 말하는 데 반하여, '적극적인 자유'란 간섭받지 않을 자유를 보호하고, 각자 개인적이고 정신적인 성취를 추구할 자유를 존중해야 한다는 주장을 수용하고 있는 입장을 취하고 있다는 섬을 이해하며, 개인이 방해를 받지 않거나 방해요인들을 거부하거나 극복하며 '하고 싶지 않은 일'을 하지 않을 수 있다는 점과 더불어, '자유롭고 자율적으로' 자신이 추구하는 바를 추구하지 않으면 진정한 행복을 추구할 수 없다는 점을 중시해야 한다.

'적극적인 자유'를 기반으로 삼아, 자기 관리 능력을 성숙한 수준으로 신장시켜 기대하는 만큼 원활하게 작동할 수 있도록 하기 위해서는, 일반적으로, 자아 정체감을 가지고 자아 성찰한 상태에서 자아 실현에 적합한 목적과 비전을 자율적으로 설정하고 선정하는 일과 그 실천 과정에서의 관련된 가치와 의미를 추구하는 판단 능력을 중시해야 한다.

"자유롭다는 것은 우리가 자신의 주인이 되는 것이다. 자유롭다는 것은 정신을 지배하여 흐려놓는 번뇌의 속박으로부터 해방되는 것이다. 자유로워진다는 것은 내적 변화의 길을 걷는 능력을 갖추는 것이다"

"어떤 종류의 것이든 자신의 탁월함을 '아무런 방해를 받지 않고' 발휘할 수 있는 것이 본질적인 행복이다"

"좋은 삶을 살려면 주변 상황과 관계없이 자신의 삶에 권위와 통제력을 행사할 수 있어야 한다. 이를 위해서는 먼저 스스로 할 수 있는 일과 할 수 없는 일을 객관적으로 구분해야 한다. 인간은 단순히 존재하는 것이 아니라, 항상 자신이 어떻게 될 것인지, 매 순간 자신이 무엇이 될 것인지를 결정하는 존재임을 자각하고 자율성을 중시한 자기 관리 능력을 키워나갈 것을 명심할 필요가 있다"

마) 소명 의식을 가지고 하는 일은 그 자체가 목적이며 자신에게 의미와 즐거움을 줄 수 있다는 입장을 취하고 있어 자신이 목적하는 바를 소명감을 가지고 임하게 되면 행복이라는 보상을 받을 수 있다.

새로운 습관이 장기적으로는 자신의 성격 형성에 영향을 미치게 되며, 성격은 결국 자신의 운명을 좌우하는 영향력을 발휘하게 된다는 점을 실제 생활에서 적용해야 한다. '자신의 몸과 마음을 다스릴 수 있는 능력이 태어날 때부터 주어졌다'라는 신념을 가지고 자신을 조절하고 관리해 나가는 능력을 함양하기 위한 진지한 노력이 필요하다.

"당신의 믿음이 당신의 생각으로 변하고, 당신의 생각이 당신의 말이 되며, 당신의 말이 당신의 행동으로 표현되고, 당신의 행동이 당신의 습관으로 발전하고 당신의 습관이 당신의 가치관이 되며, 당신의 가치관이 당신의 운명이 된다"

"남보다 뛰어나려는 것보다는 남과 다르게, 자기답게, 가치롭고 의미 있게 살기 위한 준비에 중점을 두고 자율능력을 함양하고 그를 기반으로 자기 자신만의 가치와 의미를 추구하며 행복을 누릴 수 있도록 노력할 필요가 있다"

"자아실현을 위한 목적의식은 삶의 의미를 부여해 주고 행복한 인생의 자양분 역할을 하게 된다"

“자기 자신에게 의미가 있는 목적을 자발적으로 설정하는 일은 곧 소명 의식을 유발시킨다”

바) 의미 있는 삶의 목표 추구는 행복과 높은 상관을 보이며, 삶의 목적을 일깨우고, 일상에 체계와 의미를 부여하고, 문제와 역경에 대처할 수 있도록 도와주며, 타인과 관계를 강화해 준다.

“좋은 환경을 수동적으로 받아들이기보다 가치 있는 활동에 적극 참여하고 목표를 향해 갈 때 더욱 행복해진다”
“첫째로 자신의 성장 발전과 기여와 관련된 목표, 둘째로 흥미를 느끼는 목표, 개인적으로 중요하게 생각하는 목표에 초점을 맞추어 나가는 것이 바람직하다”
“목적이 이끄는 삶이 행복하다”

사) 자신의 삶의 방향과 목표에 부합된 의미 있는 판단을 내릴 수 있기 위한 지속적인 노력, 즉 보다 수준 높은 선택과 결정을 위한 학습 노력 없이는 행복을 누리기 어렵다. 자신이 행복 관련 조건들을 자신의 목적의식과 가치관 및 정서에 입각하여 선택하고 결정 또는 판단함에 따라 감정과 언행으로 표현하며 살아가는 과정에서 얻어지는 행복을 추구한다는 관점에서 보면, 개별적인 조건에 좌우되는 부분 보다는 그들 조건들을 통합적으로 조절 및 관리하여 일종의 예술작품과 같은 독특한 행복감을 생산해 내는, 마치 오케스트라를 지휘하여 하나의 교향곡을 연주해 내는 것과 유사한 역할을 수행하는 것이 자기 관리 능력이라고 정리할 수 있다.
“의외로 대다수의 사람들에게 행복과 불행을 좌우하는 것은 돈이 아니다. 목표를 달성했는지 여부다. 행복해지고 싶다면 현실적인 목표를 세우고 달성하라"

"개인이 자신에게 의미 있고 가치가 있다고 믿는 바를 목표로 삼고 그를 스스로 검증하고 진지하게 실천해 나갈 수 있도록 하는 방향을 제시하고 그에 따라 개인들이 자율적으로 행동하고 습관화할 수 있도록 보조하고 지원하는 데 중점을 두는 보다 체계적인 노력이 필요하다"

아) 지혜로운 자기 관리는 곧 행복 지혜의 습득을 위한 기본이라는 관점에서 보면, 개인이 현명하게 자기를 관리하기 위해서 긍정적 태도나 긍정 마인드를 가지고 문제에 직면하는 지혜도 필요한 동시에, 자신의 정서 지능 수준에서 최적의 정서 상태를 상정하고 긍정 정서를 함양하는 일을 중시하며, 특히 웰빙을 추구하는 정서 상태를 적극 실천하고 습관화하려는 노력이 필요하다.

행복의 조건에 관한 자기 관리를 통하여 지혜롭게 자기를 관리해 나갈 수 있게 하는 '삶의 지혜'가 발달하고 성숙하게 되면 자연스럽게 '행복 지혜'를 터득할 수 있게 되고, 그를 기반으로 개인마다의 고유한 '행복한 삶'을 추구할 수 있다.

"살아가는 과정에서 경험할 수 있는 크고 작은 행복감은 삶의 목적인 동시에 다음 목적 달성에 필요한 수단으로 작용한다"

"삶의 과정에서 작은 행복이라도 수시로 느끼고 만끽하려고 노력하는 태도가 행복을 추구하는 인간의 자연스러운 모습이다"

삶의 지혜 25;
행복 지혜의 재료이며 원동력

우리들의 일상생활과 관련된 지혜들을 총괄적으로 조정하고 관리할 수 있는, 보다 높은 차원의 자기 자신을 다스리는 지혜를 인정하고 그를 기본 전제로 삼아, 자신을 지혜롭게 다스리는 일은 행복을 창출하고 유지할 수 있는 보다 수준 높은 지혜라고 볼 수 있다. 지혜롭게 자신을 관리하는 것은 앞에서 다룬 강녕, 자아 성찰, 소통과 만남, 나눔과 배려, 자기 관리와 자아실현 등과 관련된 지혜를 통합적으로 운용하고 관리해야만 가능한 '행복으로 가는 사통팔달 도로망이며 항공로'와 같은 통합적인 개념이라고 볼 수 있기 때문이다. 다양한 삶의 지혜를 통합하여 자기 자신을 다스릴 수 있는 수준 높은 지혜가 있어야 행복을 누릴 수 있다는 관점에서 보면, 자신을 이해하고 사랑하는 일 자체가 자신을 현명하게 다스리고 관리할 수 있게 하는 출발점이라고 보아야 할 것이다. 이는 아리스토텔레스가 주장했던 "자신을 아는 것이 모든 지혜의 출발점이다"라는 말과 깊이 있게 상통하기 때문이다.

앞에서 수차례 강조한 바와 같이 개인들이 행복을 추구하면서 가장 중시해야 할 것이 자신을 다스리는 일인데, 부단한 학습을 통하여 자신을 지혜롭게 다스릴 수 있게 되면 행복을 얻는 데 필요한 지혜, 즉 행복 지혜를 깨닫기 쉽고 행복을 보다 용이하게 누릴 수 있기 때문이다. 그러므로 개인들이 일상생활 과정에서 지혜롭게 자기 자신을 다스리기 위해서 노력하고 그를 습관화시키는 일이 곧 행복의 길에 나서는 것이라고 말할 수 있다. 일상생활 중에 우리가 당면하는 다음과 같은 간단명료한 표현이나 어귀, 즉 세상을 살아가는 데 필요한 지혜(삶의 지혜)들은 마치 행복이라는 나무가 싹을 피우게 하거나 줄기나 잎이 자라게 하는 재료나 영양분 노릇을 할 뿐만 아니라, 나무의 꽃을 피우게 하거나 열매를 맺게 하는 밑거름이나 원동력과 같은 역할도 수행할 것이라고 말할 수 있다. 또한 아래에 수집해 놓은 25개 항목의 다양한 내용의 표현이나 어귀들은, 동서양을 막론하고 시대를 가리지 않고 사람들의 일상생활 중에서 순간적으로나마 행복감을 느끼게 하거나, 행복한 순간을 즐기고 행복한 시간을 누릴 수 있도록 자극을 주거나 방향을 제시하며 힌트를 제공하는 '이정표 역할'을 해 온 중요한 삶의 지혜라고 확신할 수 있다(보다 구체적으로 삶의 지혜와 행복 지혜 간의 관련성을 제9장 제1절 '삶의 지혜와 행복의 추구'에서 다루었으니 그를 참고하기 바랍니다).

순간이나마 크고 작은 행복을 경험한 사람들의 일상사에서 자연스럽게 언급되고 있는 '행복을 위하여 필요한 언행, 삶의 태도 및 자세 등'을 평범한 일상 언어로 표현해 온 명언들은, 즉 속담이나 금언, 격언, 경구 등과 유사한 수준의 귀중한 말씀이라고 인정할 수도 있다. 이들 명언들은 복잡하거나 어려운 내용이 아닌 평범한 언어로 구사되어 온 황금과 같은 가치가 있는 '행복을 위한 지침'이며, '지혜로운 삶을 표현하기 위한 것'들인 동시에, 행복을 경험한 바에 따라, '행복을 추구하기 위하여 요구되는 생각, 느낌, 기분 등을 바탕으로 주위 사람들이나 후예들에게 전달하는 데 사용되는 내용들'이라고 볼 수도 있다. 이와 같은 지혜의 여러 측면을 바탕으로 한 행복 지혜의 여러 모습들을 우리들의 일상사를 중심으로 적용할 수 있다고 보고, 다음과 같은 25가지 원칙들을 제시하고자 하는데, 이들은 행복을 위하여 필요한 자아 성찰과 자기 관리에 도움이 될 만한 것인 동시에, 삶의 지혜를 키워나가는 데 지침이 될 만한, '삶의 지혜 그 자체'라고 판단하기 때문이다. 이들 내용들은 행복에 관하여 숙고해온 경험을 가진 사람이라면 누구나 어렵지 않게 접했던 내용들로서, 행복을 추구하는 과정에서 활용할 만한 아이디어나 생각의 일부들이라고 판단할 수 있고, 결과적으로는 발타르 그라시안이 제시한 〈지혜의 기술〉에서 언급한 '삶의 기술'이라는 말로 포괄할 수 있는 내용들이라고도 볼 수 있으며, 결과적으로는 행복 지혜의 습득이나 터득에도 직접 또는 간접적으로 영향을 주고 연계될 수 있다고 추정할 수 있다.

◆ '세상에는 공짜가 없다'와 '하늘은 스스로 돕는 자를 돕는다' 라는 기본적인 삶의 지혜를 수용하고 실천해야만 행복 지혜를 얻을 수 있다.

◆ 스스로 행복하기를 바라고 노력하지 않는다면 결코 행복해질 수 없다.

◆ 누구에게나 영원한 행복은 존재하지 않는다.

◆ 타인들과의 관계 맺기와 일(직업)을 통하여 세상과 만나야만

행복의 관문이 열린다.

✦ 자기 자신을 다스릴 수 있는 지혜가 있어야 행복을 누릴 수 있다.

✦ 자신이 노력한 만큼 얻는 행복이야말로 진정한 행복이다.

✦ 마약, 도박, 절도 등으로 얻는 순간적인 즐거움이나 쾌락만을 행복으로 인식하고 그에 몰입하고 그로부터 탈피하거나 회복하려고 노력하지 않는다면 결코 행복한 삶을 누리기 어렵다.

✦ 행복의 조건이 충족되면 마땅히 행복을 얻게 될 것이라는 상식적인 기대도 중요하지만, 그렇지 않을 가능성도 상존한다는 점을 중시하고, 그 실패로부터 회복하고 거듭나기 위한 노력도 필요하다.

✦ 행복으로 가는 간편하고 쉬운 지름길은 존재하지 않는다.

✦ 자주 사소한 행복을 놓치면 진정한 행복을 얻기 어렵다.

✦ 매사에 남들에 비하여 보다 더 행복해야만 진정한 행복이라고 생각하는 비교 의식에 매이면 참된 행복을 누리기 어렵다.

✦ 자신의 욕구나 분노를 조절하지 못할 뿐만 아니라 감정과 정서를 다스리지 못하면서 진정한 행복을 맛볼 수는 없다.

✦ 가정을 포함하여 자신이 속한 사회를 행복하게 만드는 데 기여하지 않고서 만족스럽게 진정한 행복을 누리기 어렵다.

✦ 삶의 지혜와 행복 지혜를 단기간 내에 쉽게 습득하기가 어렵다는 것을 깨닫고, 평생의 과업으로 삼아 지속적으로 학습해야만 원하는 행복을 누릴 수 있게 된다.

✦ 삶의 현장에서 당면 문제를 해결하며 다양한 삶의 체험을 통하여 자신의 마음을 다스릴 수 있고, 긍정적으로 사고/판단/선택/결정해야만 지혜롭게 행복한 삶을 누릴 수 있다.

✦ 나의 삶을 남에게 의존해서는 진정한 행복을 얻을 수도 없고 누릴 수도 없다.

✦ 행복은 일상적이고 사소한 데 숨어 있으며, 행복의 씨앗은 내 주위나 내 안에 항상 존재한다는 것을 잊지 말아야만 꾸준히 행복한 삶을 추구할 수 있다.

✦ 어느 정도 삶의 경험을 쌓고 성숙한 경지에 도달하거나 그 수준을 넘어서야만 진정한 의미의 행복을 맛볼 수 있고 행복하게 살아갈 수 있는 행복 지혜를 얻을 수 있다.

✦ 원하는 바를 추구하면서 과도한 욕심에 빠지거나 지나치게 소유하는 데만 관심을 두면, 자기 자신을 다스리기 어렵게 되어 진정한 만족감이나 행복감을 누리기 어렵게 된다.

- 인간 사회에서 오랫동안 지속되어 온 '돈이 많을수록 더욱 행복해질 것'이라는 환상은 결코 장기간 지속하기 어렵고, 우리에게 존재하는 그 환상은 어느 경지에 도달하면 결국 깨질 수밖에 없다는 점을 명심해야 한다.

- 간접 경험으로는 얻기 어려우면서 자신이 직접 체험해야만 얻을 수 있는 행복감이 존재하는 한편, 타인의 경험을 통하여 간접적으로 행복감을 느낄 수도 있다.

- 타인을 이용하거나 타인들에게 해를 끼침으로써 얻어지는 행복은 진정한 행복이라고 볼 수 없다.

- 누구에게나 고통은 삶의 일부이므로 자신이 당면한 고통이 현실임을 인정하고 이 고통이 자신만이 겪는 것이 아니라 인류 공통의 것임을 상기하면서, 사람들은 대체로 고통을 경험하고 참아내면서 지혜를 얻고 행복을 누릴 수 있다는 점을 수용할 필요가 있다.

- 주위 사람들이 달라져야 하고 환경을 변화시켜야만 내가 행복을 누리게 될 것이라고 생각하는 것보다 나 자신의 마음과 생각을 현명하게 바꾸게 되면 더 쉽게 행복을 얻을 수 있다는 점을 깨닫는 것도 행복 지혜를 얻는 일이다.

- 자신은 다른 사람과 다르게 태어났기에 남과 다르게 살면서 다르게 행복을 추구하는 것은 매우 자연스러운 일이므로, 한

개인이 남과 다른 것이 얼마나 축복받을 일인가를 깨달아야 한다.

종합하자면, 상기한 바와 같은 근거자료 특히 명언들을 바탕으로 삶의 지혜를 깨닫기 위해 노력한다면 평범한 개인들도 인생을 지혜롭게 살아가는 데 도움을 얻을 것이고, 행복을 추구하는 개인들이 행복 지혜를 습득하는 데 의미 있게 도움이 될 것이다. 여기서 행복 지혜라는 개념은 그동안 일반인들이 접해 온 '행복 기술', '행복 기예(기술과 예술)', '행복 능력', '행복 연금술, ' '지혜로운 삶의 기술' 등과 전반적으로 유사한 개념이다. 그러나 보다 면밀하게 들여다보면, 개인이 자기다움에 입각하여 삶의 목적과 방향 감각을 가지고 자기 자신을 슬기롭고 현명하게 관리하고 지속적으로 향상 및 변화시켜 나가, 행복을 성취 및 쟁취하고 누리는 데 필요한, 분별력, 통찰력, 이해력, 예견력 등에 입각한 삶의 지혜를 활용하여 습득하고 터득하는 능력에 초점을 두고 있음을 이해할 필요가 있다. 이러한 취지에서 앞에서 다룬 '자기 자신을 지혜롭게 주도하며 다스리고 관리하는 통합적인 능력'의 역할을 새삼 깨닫고 그를 향상시키는 데 중점을 두고 있음을 이해할 필요가 있다는 것이다. 즉, 개인들이 지혜롭게 자기 자신을 관리하는 능력을 키워 나가는 데 도움을 줄 것으로 기대하며, 결국에는 개인마다 행복 지혜를 터득하는 데 도움이 될 만한 밑거름(자양분)인 동시에 기본원칙(방향)이라고 볼 수 있는, 그동안 살다 간 현자들의 지혜로 가득한 명언들을 꾸준한 독서를 통하여 적극적이고 긍정적으로 활용함으로써 자신의 행복 지혜를 더욱 심화 확대시키는 동시에, 보다 수준 높고 보다 정교화할 수 있을 것으로 기대하는 것이 바람직하다.

행복 지혜의 생활화

일반적으로 행복한 삶을 누릴 수 있도록 자신의 가치를 높이면서 수준 높은 삶의 태도를 함양하기 위해서는 행복 지혜를 추구하는 명분, 목표, 이유를 재삼 확인하고 그에 따라 진지하고 지속적으로 노력하는 삶의 자세가 필요하다. 또한, 타인을 의식하지 않고 내면세계를 풍부하게 가꾸며, 고도의 안목과 식견을 구비하려고 노력하며, 비전을 지닌 건강한 삶의 습관을 지향해 나가는, 삶의 질적 수준 향상 및 개선에 관심을 두어야 할 필요가 절실한 것이다. 한 마디로, 그라시안이 말하는 "자신의 가치를 높이는 지혜의 기술"을 추구해 나가는 노력은 곧 행복 지혜를 터득하는 첩경이 될 것으로 확신해 본다. 그러한 목표를 실현하기 위해서는 실제로 꾸준하고 지속적인 독서 활동, 학습 활동, 자기표현 활동, 자신에 대한 성찰과 마음챙김 활동, 원만한 인간관계 유지 활동 등이 필요하다고 정리할 수 있는바,

"행복해지는 방법을 모르는 사람은 아무리 다른 지식이 많아도 무지한 것이나 마찬가지입니다. 삶의 진리는 진정한 행복을 얻는 과정

을 통해서만 배우기 때문입니다"

"행복한 삶은 고난이 없는 삶이 아니라 고난을 이겨내는 삶이다. 행복해지려면 이성을 길러서 자신의 의지와 정신력을 일깨워야 한다"

"지혜롭게 자신을 관리하는 것은 행복으로 가는 지름길이다."라는 명언을 새삼 되새겨 볼 필요가 있다.

더 나아가, 행복을 추구하기 위하여 자신을 지혜롭게 다스리며 살아가는 태도를 습관화하기 위하여 근검절약하며 절제하는 생활 태도와 더불어, 자기 수련 및 단련 활동, 그리고 꿈과 희망 없이는 살 수 없다는 자세로 부단하게 자아실현을 위한 도전이 필요하다. 이는 행복 추구가 평생 지속되는 진리탐구 활동과도 밀접하게 관련되어 있다는 점을 여러 전문가들의 지적과 조언으로 확인할 수 있다. 즉,

"앞으로 나아가는 동안에는 고통도 있으리라! 행복도 있으리라! 어떠한 경우에도 인생에 완전한 만족이란 없다. 자기가 인정한 것을 힘차게 찾아 헤매는 하루하루가 인생인 것이다"

"너는 자꾸 멀리만 가려느냐. 보라, 좋은 것이란 가까이 있다. 다만 네가 잡을 줄을 알면 행복은 언제나 거기에 있나니"

— 괴테

"행복은 삶의 목표가 아니라 수단이다. 우리는 행복해지기 위해 혹은 오로지 행복을 위해 사는 것이 아니라 이따금이라도 '행복해질 수 있기 때문에 사는 것이다. 행복이 없다면 삶은 고통과 실망만 이어지다

가 가차 없이 끝장나버리는 끔찍한 것이 되고 말 것이다"

— 폴 클로텔

"노력 없이 마음을 바꾸지는 못합니다. 기본이 갖추어지지 않으면 높은 레벨로 올라가지 못합니다. 참을성 있게 또 마음으로 느끼면서 경험하지 않으면 참된 지식과 지혜는 자기 것이 되지 않습니다"

— 제임스 알렌

정리하자면, 일상생활 중에 직면하게 되는 크고 작은 고통과 고난(불행)을 최소화하도록 자기 관리 능력을 갖춘, 자신을 지혜롭게 다스릴 수 있는 행복한 건강인이며 교양인으로서, 지혜로운 삶의 습관을 추구하는 개인이 되길 바란다면, 자신의 신체, 정신, 영혼을 다스리는 데 집중하며 자신의 마음을 지혜롭게 관리해 나가야만 원하는 행복을 누릴 수 있다는 점을 중시해야 한다. 이와 함께, 다양한 고난과 역경으로부터 벗어나고 정상으로 회복하고 복원하는 능력(회복탄력성)을 고도의 판단력(분별력, 통찰력, 예견력 등)과 함께 갖추어 나가는 일 또한 행복 창출 능력의 일부라고 보아야 한다. 이와 동시에 세상을 바꾸려고 노력하기보다는 자신의 마음을 지혜롭게 바꾸려는 태도와 더불어 세상사를 가능한 긍정적으로 수용하려는 마음가짐을 가져야 하는 동시에, 당면 문제나 고난(역경)을 해결하기 위한 삶의 지혜, 즉 인내심, 절제 의식, 도전 의식, 문제해결능력 등이 요구된다는 점을 지적해 둔다.

마지막으로, 우리가 평범한 일상생활 과정에서 행복 지혜 습득에 필요하고 유익할 것으로 추정되는, 보통 사람들의 삶의 대부분을 차지하는 활동으로서, 핵심적이며 중요한 세 종류의 삶의 지혜 관련 요소 활동을 조감적이며 통합적인 관점에서 '건실한 나무'에 비유하자면, ① 굳건한 뿌리와 같은 역할을 수행하는 '강녕(건강)과 자아 성찰 분야', ② 든든한 버팀목으로서 줄기와 잎과 같은 기능을 주관하는 '소통과 만남&배려와 나눔 분야', ③ 꽃과 열매와 같은 역할을 담당하는 '자기 관리&자아실현 분야'로 나누어 다음과 같이 간략하게 정리해 볼 수 있다.

강녕 유지와 부단한 자아 성찰

우리가 살아가면서 평생 동안 건강하게 살아가려는 노력 없이는 행복을 운운하기 어렵다는 것은 아주 평범한 상식에 불과하다는 견해에 동의하지 않을 사람들은 없을 것으로 판단된다. 이에 동의하면서, "자신의 건강을 관리하지 못한 '강녕하지 못한 상태'로서는 결코 '장수' 하지도 못하고, '부자'가 되기도 어렵고, 나아가 '유호덕' 하거나 '고종명' 하기도 어렵기에 결국 행복한 인생을 누리기 어렵다"라는 명언을, 새삼스럽게, 결론적으로 소개하는 것은 인간의 본질에 충실하려고 노력할 필요가 있기 때문이다. 또한 이에 동조하고 있는 서양의 철학자 쇼펜하우어의 명언들은 우리의 전통적인 관점에서 '강녕'을 강조하는 바와 매우 일치하고 있고, 그 주장이 인류 보편적인 속성임을 확인시켜주는 것이라고 확신하기 때문이다.

즉, 평생을 건강하게 살면서 행복을 추구하기 위해서는,

"건강이 행복의 가장 중요한 요인이다"
"건강한 거지도 병든 왕보다 훨씬 더 행복하다"

"행복은 건강이라는 나무에서 피어나는 꽃이다. 건강한 몸과 마음을 유지하기 위해 스스로를 단련하라" 등을 절실하게 새겨둘 필요가 있다.

이와 함께, 인간으로 태어난 이상, 인간답게 살기 위해서는 이성에 따라 생각하고 행동하기 위해서 간단없이 자아 성찰하는 노력이 필수적으로 요구된다는 것은 동서고금의 수많은 명언들에서 확인할 수 있다. 그중에서 우리의 세계적 민요인 '아리랑'의 내용이 "참된 나를 찾고 다스려야만 불행에 빠지지 않는다(아리랑, 아리랑, 아라리오… 나를 버리고 가시는 임은 십리도 못가서 발병이 난다')"라는 '명언 중의 명언'에 관심을 두어야할 필요가 있다. 이성을 잃고 감성에 따르면서 깨닫고 마음챙김하는 노력이 없이는 행복을 기대할 수 없고 다만 불행만이 우리를 기다린다는 의미심장한 가사내용은 불교 논리나 그리스 철학자들의 명언, 그를 이은 스토아 철학자들의 주장과도 상통하고 있으며, 나아가 인간답게 살기 위한 부단한 깨달음과 자아 성찰만이 행복한 인생을 약속해 준다는 사실을 '인간에게 주어진 하늘의 특명'으로 수용해야 할 것으로 판단된다. 한 마디로, 평생 강녕을 유지하지 못하고 성찰하지 않는다면 자신의 꿈과 목적을 달성하기 어렵다는 점, 특히 건강하지 못한 사람은 추구하는 목적을 만족스럽게 달성하기 어려울 뿐만 아니라, 위대한 업적을 남기기 어렵다는 점을 명심하고 매일 같이 자신의 신체적 건강을 가꾸고 관리하는 데 소홀하지 않은 생활 습관을 유지해야 할 것이다. 이와 동시에 정신적 건강을 유지하고 이성적 판단 능력을 향상시켜 나가기 위하여 꾸준히 독서하고 학습하는 습관을 통하여 부단하게 성찰하며 새롭게 변화하고 개선해 나가는 노력을 기울이지 않으면, 치매를 포함한 무서운 질병들로부터 자유롭지 못할 것이며 신정으로 행복한 삶을 누리기 어렵다는 점을 명심해야 할 것이다.

사회적 존재로서 타인들과 부단히 관계 맺고 유지하기

우리는 하나의 사회적 존재로서 주위의 타인들과 원만한 관계를 맺고 서로 소통하고 만남으로서 인간다워지며 사회인으로서 역할을 수행하고 주어진 과업을 수행하며 살아가고 있다. 또한 우리는 타인들과의 다양한 관계 하에서 자신의 적성과 소질을 발휘할 수 있고, 그를 통하여 사회적 행복을 누리면서 행복한 삶을 추구할 수 있다는 것은, 인간 사회 안에서 벗어나기 어려운 매우 자연스럽고 인류 보편적인 인간다운 속성이라고 볼 수 있다. 이처럼 사회생활에서 인간관계의 중요성을 오래전부터 인식했기에 "행복이나 불행 모두 인간관계 안에서 유발된다"라는 명언이 전해지고 있는 것이다. 이러한 관점에서 사회적 행복과 관련하여 돈독한 인간관계를 유지하면서 인간답게 살아가는, 자신만의 행복한 삶을 누리기 위한 행복 지혜가 절실하게 요구된다고 본다. 한 마디로, 앞장에서 그라시안이 언급한 바와 같은, "관계를 위한 지혜의 기술"을 추구하는 것은 곧 행복 지혜를 습득하기 위해서 필수적으로 요구되는 삶의 기술이라고 이해할 필요가 있다.

구체적으로 사회적 행복의 핵심으로 작용하고 있는 것으로 추정되는, '소통과 만남'과 관련된 지혜와 '배려와 나눔'과 관련된 지혜들은 삶의 지혜의 중심 부분인 동시에, 행복 지혜의 핵심을 차지하는 가장 중요한 역할을 수행하고 있다고 인정된다. 그러므로 우리가 하나의 사회적 존재로서 살아가는 동안 가정을 비롯하여 직장, 지역사회 등 사회생활 전반에 걸쳐 원만하고 평화로우면서 신뢰할 수 있는 인간관계를 유지하기 위해서는 개인마다의 '관계를 위한 삶의 기술'을 습득할 필요가 있다는 것은 상식에 불과한 것이다. 이와 동시에, 개인이 삶의 터전이 되는 가정과 공동체 사회를 중심으로, 가족, 특히 배우자와 친구들, 구성원들과 친밀한 관계를 맺고 상호신뢰하며, 살아가는 동안 안정되고 평안하며 건강을 유지하는 행복한 나날을 위하여 삶의 질적 수준을 지속적으로 유지하고 향상시켜 나가야 하는데, 이 과정에서 촘촘하게 연결되어 작동하는 인간관계들 사이에서 원활하게 작동하는 핵심적 원리를 정확하게 파악하고, 그에 적절하게 대응하는 삶의 지혜이며, 행복의 지혜를 습득하고 터득하여 활용하는 것은 우리의 중요한 일상사이며 하나의 사회적 존재로서 책무인 동시에 권리에 해당된다는 점을 인식할 필요가 있다.

다른 한편, "남과 다르게 태어난 것은 축복이다"라는 명언은 개인마다의 타고난 독특성과 잠재력을 중시한 행복 추구를 위하여 결국 행복 지혜가 요구된다는 관점에서 출발해야 한다. 타인들과 관계를 유지하며 조화롭게 살면서 자칫하면 타인들과 비교하는 습관을 항시 잘 다스려야만 불행에 처하지 않는다는 관점에서, 함부로 남들과의 비교에 빠지지 않도록 지혜롭게 대처할 필요가 있다는 것이다. 특히 지혜로운 비교가 절실한 것은 경제 및 업적 관련 문제인데, 대부분의 사람들이 '비교의 늪'에 빠져 스스로 불행에 빠지는 경우가 적지 않다는 점을 유의하면서 살아가야 한다, 남들과 다르게 태어난 것은 누구에게나 공평무사하게 해당되는 하늘의 오묘하며 신비한

뜻으로 수용해야 하며, 남과의 무조건적 비교, 이성을 무시한 감정적 비교를 포함하여 무조건 남들에게 지지 않으려는 비교적 대응 습관으로부터 탈피하려고 노력해야 한다는 것이다. 그뿐만 아니라, 비교 상황에서 지혜롭게 대처할 수 있기 위해서는 자신을 지혜롭게 다스리기 위한 행복 지혜 습득을 위하여 꾸준하고 진지하게 노력하지 않고는, '비교의 늪'에서 헤어나기 어렵고 그로 인하여 스스로 불행의 씨앗을 키우는 것과 같은 결과에 직면한다는 점에 유의해야 한다.

사회적 행복과 관련하여, 한 마디로, 사회생활 중에 덕망 있는 생활인을 추구하는 차원에서 이타주의적 이기심으로 이웃들을 대상으로 관심과 배려를 아끼지 않고, 대인관계를 중요시하고 주위 사람들에게 덕을 베푸는 시민의식으로 무장하고, 행복 지혜를 실천할 수 있는 현명하며 교양 있고 덕망 있는 사회적 존재로 살아갈 수 있는 노력이 필요하다고 종합할 수 있다. 이는 아리스토텔레스의 덕을 쌓고 베푸는 생활과 더불어, 우리의 전통적인 오복의 '유호덕攸好德'과 함께 유교적 논리에 입각하여 인, 의, 예, 지를 중시하는 선비 정신, 이웃을 사랑하는 기독교 정신 등에 그 뿌리로 볼 수 있다. 또한, "타인들을 이롭게 하는 선행(친절, 봉사, 배려, 기부 등)을 베푸는 일은 결국 나를 위한 것이다"라는 달라이 라마의 자리이타自利利他 정신은 현대 사회에서 살아가기 위한 중요한 행복의 지혜이며 주요 덕목으로 인정되고 있다는 점에도 관심을 갖는 일이 절실하다. 그리고 인간관계를 중요시하는 것이 평범한 행복 지혜를 습득하고 실천하는 길이라는 관점에서 보면, 예로부터 우리 주위에서 많이 들었던, '받는 것보다 주는 것이 훨씬 더 행복하다'라는 금언을 수용하고, 자신으로부터 주위 사람들에게 도움이 될 수 있는 방향으로 공감하며 배려하고 베풀려는 자세에 적합한 마음가짐을 가지고 상황에 따라 지혜롭게 생각을 바꿀 수 있도록 판단하고 행동하는 태도가 우선적으로 요구된다.

자아실현 및 자기 관리를 위한 지속적인 학습과 과업 수행하기

개인마다 양육 받고 성장하며 교육받아 온 독특한 배경과 타고난 성격과 잠재 능력, 취향과 희망 등을 고려하여 지혜롭게 판단하고 선택할 수 있는 능력을 함양하는 데 초점을 두고, 자유롭게 생각하고, 이성적으로 사유해서, 자율적으로 판단하고 결정할 수 있는 삶을 누릴 수 있다는 확신을 갖도록 노력할 필요가 있다. 그리고 자신만의 고유한 행복 지혜를 추구하겠다는 비전, 목적의식, 희망과 함께 그 실천을 위한 자기와의 약속, 사명감, 역할수행 의지, 자율성 등이 필요하다는 점을 강조하고 싶다. 이에 따라 누구나 자유를 누리며 합리적인 판단과 결정을 통하여 자율적인 삶을 누릴 수 있게 되면, 결국에는 만족스럽게 자기 자신을 관리하게 되고 성공적으로 자아실현하게 되며, 거시적으로 보아 자신의 본분과 목적, 책임과 의무를 떳떳하고 충실하게 완수할 수 있게 되는 '고종명考終命'이라는 오복을 만족스럽게 누릴 수 있는 경지에 이르게 된다고 말할 수 있다.

"인간은 선택하고 결정할 수 있는 자유의지를 지니고 있으며, 자유의지를 올바르게 사용하는 과정에서 자기 존재의 정당성과 가치를 맛볼 수 있는데 그 정당성과 가치가 바로 행복의 진수"라는 명언에 관심을 둘 필요가 있다. 이와 더불어, "행복과 자유를 보장받은 '에덴동산'으로부터 추방됨으로써 원죄 의식을 갖게 됨과 동시에 원래의 에덴동산(행복)을 그리워하며 추구하는 본성을 가지게 되었으며, 모든 개인이 에덴동산을 그리워하는 것처럼 행복을 자유롭게 추구할 수 있다는 의미는 신으로부터 자유의지와 책임감을 동시에 부여받았기에 개인이 자유롭게 행복을 추구할 수 있으나 그 결과는 자신이 책임을 지는 운명을 지게 된 것이다"라는 철학자들의 명언에 경청할 필요가 있다. 특히 철학자 제임스 알렌은 행복으로 가는 법칙은 '원인과 결과의 법칙'이며 우리를 구원하는 법칙이라고 주장하며, "자신을 제어하고, 마음을 규율하며, 의식을 통제하십시오, 모든 행동의 책임은 오직 자신에게만 있습니다. 다른 사람에게 책임을 전가하는 것은 옳지 못합니다, 자신을 제어하는 것은 행복으로 향하는 문입니다. 지혜는 자아의식을 제어해 줍니다"라고 말하며 지혜롭게 자아를 관리하고 제어하는 데 특별한 관심을 가질 것을 주장하고 있다.

이와 함께 '당신을 행복하거나 불행하게 만들 수 있는 이는 오직 당신뿐이다', '스스로를 다스려라'라는 말과 더불어, 불교에서 마음을 정화하여 열반(행복)에 이르기 위해서 '탐욕, 분노, 무지'를 다스릴 것을 강조하는 것은 자기 자신을 관리하는 일이 행복을 누리기 위해 가장 필요한 일이기 때문이다. 다시 말해서, 지혜로운 판단에 입각한 자기 관리가 행복을 보장해 준다는 결론에 도달할 수 있다는 주장으로서, 보다 구체적으로, 자신이 당면하고 경험하는 문제들에 관하여 어떻게 판단하고 결정하느냐에 따라서, 그리고 삶의 조건을 어느 정도 적절하게 조절하고 관리하느냐에 따라서 자아실현의 성공 여부와 의도하는 행복을 어느 정도 누릴 수 있느냐가 좌우된다는 점을 인식해야 한다.

이에 따라 마음을 바꾸어 먹고 변화에 적극적으로 대응하는 태도의 활용은 예상되는 고난과 역경에 대응하며, 불행을 관리하는 능력, 곧 행복 지혜가 요구되는데. 이는 '마음을 바꾸면 세상이 바뀐다'는 명언을 적극적으로 수용함으로써 작동하기 시작한다고 볼 수 있다. 당면하는 불행을 다스리기 위해서 기본적으로 요구되는 평범하기 짝이 없는 명언은, '행복은 마음먹기에 달려있다'와 '행복은 행동하기에 달려있다'라는 말인데, 이는 우리 사회에서 너무도 널리 알려져 있으나 그 깊은 뜻을 헤아려보려고 관심을 두지 않은 사람들도 많다는 점에서 재삼 언급할 필요가 있다.

먼저, '행복은 마음먹기에 달려있다'는 긍정적 사고를 강조하는 긍정심리학이 직접적인 뿌리라고 볼 수 있고, 그 계보를 일별해 보면, 불교의 교리, 스토아 철학, 철학자 스피노자 등으로 간략하게 정리할 수 있다. 이에 상응하는 말로는, '긍정적으로 생각하기와 더불어 마음 바꾸어 먹기, 생각 바꾸기, 관점과 태도 바꾸기, 마음 비우기' 등이 있고, 이들은 자신의 행복은 자신의 마음먹기에 달려있다는 말을 대체하면서 그동안 지구촌 사람들에게 널리 통용되어 왔다고 본다. 이와 관련한 명언으로는 다음과 같다.

"무슨 일이 일어나느냐가 아니라 일어난 일을 놓고 어떻게 반응하느냐에 따라 행복해질 수도 불행해질 수도 있다"

— 앤드류 메튜스, 미국 작가, 예술가

"세상에는 전적으로 좋은 것도 없고 전적으로 나쁜 것도 없다. 생각이 그렇게 만들 뿐이다"

— 셰익스피어, 영국의 극작가

한편, '행복은 행동하기에 달려있다'라는 말은 아리스토텔레스, 스토아 철학, 기독교 교리, 긍정심리학 등에 그 뿌리를 두고 있다고 볼 수 있다. 대체로 행동하기 전에 생각하고 그에 따라 마음을 정하고, 선택하고 결정해야 하기에, '행복은 행동하기에 달려있다'는 말은 '행복은 마음먹기에 달려있다'라는 말과 매우 깊은 관련성이 있다고 본다. 어떻게 마음먹고(판단/결정) 행동하느냐(실천/생활화)는 서로 밀접하게 상호작용하는 것으로 추정할 수 있기에, 우선적으로 높은 수준의 판단 능력을 지향하기 위한 노력이 요구되고 지속적으로 교양을 쌓는 일과 학습하는 태도가 중시된다고 정리할 수 있다. 행동을 보고 그 인간됨을 추정할 수 있고 그와 관련한 행복 여부를 판단하는 것이 일반 상식이라고 보기 때문에, 세상의 변화에 슬기롭게 대응할 수 있고, 현명하게 마음을 조정하고 변화시켜 격동하는 세상에 성공적으로 대응할 수 있는 삶의 지혜가 요구된다는 점을 이해해야 한다, 이러한 맥락에서 발타자르 그라시안이 세상을 살기 위한 지혜로서 "도전과 성공을 위한 지혜의 기술(행동 중심)"도 필요하다는 주장에 경청할 필요가 있다는 것이다.

이와 더불어 덕을 쌓고 베풀며 이웃들에 대한 친절, 보살핌, 배려, 봉사, 선행 등과 더불어 감사하기, 용서하기 등을 몸소 실천하는 행동도 중시해야 한다는 의미에서 '자신의 행복은 자신이 행동하기/노력하기에 달려있다'는 말이 적용되고 있다고 본다. 좌우간 이 모든 노력이 의도하는 대로 원활하게 이루어져 행복한 삶을 누리기 위해서는 행복 지혜를 습득하고 터득하여 진지하게 생각하고 판단한 결과에 따라 마음을 다지고, 추구해 온 목표와 자아실현 목적에 적절하게 방향을 조절하며 우선적으로 강조하고 집중해야 할 사항들에 따라, 신중하게 행동하고 절도 있게 실천하며 자율적 절제를 습관화할 필요가 있다는 점을 강조하는 명언들을 인정하고 수용해야 한다.

이는 명언들을 완벽하게 이해하고 그를 모두 실천하라는 주장이라기보다는, 명언들 중에서 자신의 행복관, 즉 인생관, 태도, 신념, 필요에 보다 적합한 소수의 명언들을 선정하고 그를 행동의 지침, 또는 길잡이나 좌우명으로 삼고 실천함으로써 생활화가 제대로 이루어질 것이라는 의미로 이해할 필요가 있다. 이는 행복의 지혜를 일깨우는 아무리 좋은 명언들이라고 해도 행동으로 실천하지 않고 자신의 삶에 접목시키려는 노력 없이는 저절로 행복을 얻고 누릴 수 없기 때문이다. 또한 적극적인 수용과 내면화를 통하여 생활화함으로써 실제로 행복으로 나가고, 수시로 행복감을 느끼며, 행복한 일상생활을 체험하고, 그 연속선상에서 행복한 삶을 누릴 가능성이 높아진다는 점을 깨닫는 그 자체도 커다란 행복 지혜를 터득한 것으로 인정할 수 있기 때문이다.

나가며 |

종합적으로 정리하자면, 상기한 바와 같은 세 가지 부류의 주요 활동들이 일반적으로 우리 삶의 대부분을 차지한다고 볼 수 있는 동시에, 행복을 추구하는 과정에서 보다 관심을 둘 필요가 있는 핵심부분을 차지한다고 볼 수 있어, 이들 활동들을 습관화하고 생활화할 필요가 있다고 판단하였다. 이는 우리의 행복은 일상사를 중심으로 평범하게 살아가는 과정에서 누구나 용이하게 그리고 자연스럽게 경험한다는 입장에서, 앞에서 언급한 세 가지 활동들이 밀접하게 상호작용하고 융합되어 지속되고 반복되는 현실이 우리들의 평범한 삶의 참모습이라고 판단하기 때문이다.

이와 함께 우리가 추구하는 행복 지혜도 궁극적으로는 이러한 평범한 삶의 과정에서 요구되며 작동하는 것으로 판단되는데, 여기서 보다 깊은 관심을 두어야 할 것은, 누구나 평범한 나날을 살아가는 과정에서, 가족을 위시로 한 다양한 사람들과 원만하고 행복한 관계를 유지하기 위하여 사람에 따라 제각기 적절한 역할을 지혜롭게 수행할 필요가 있기에 행복 지혜가 요구된다는 점이다. 또한, 개인마다 담당하고 수행하고 있는 업무(일, 직업) 수행으로 말미암아 경험하는 갖가지 상황들이 역동적으로 상호작용하여 삶의 순간들을 엮어 내면서 간간히 행복 지혜를 적용하여 행복을 맛보게 되는 것이 평범한 인생의 모습이라는 점이다. 이와 더불어, 누구나 살아가면서 고난이나 역경을 겪는 불행한 상황에 직면하기도 하고, 그로부터 탈피하기도 하며 회복하는 동시에, 어느 정도는 감내하고 견디며 살아가는 과정에서 지혜를 활용하여 행복감을 느끼게 되는 것이 보편적인 삶의 양상이라는 점도 수긍해야 할 것이다. 그리고 이들 중 어느 경우를 막론하고 우리는 부단히 비전과 희망을 가지고 행복을 추구해 나갈 수 있도록 행복 지혜를 습득해 나가며, 그를 적절하게 활용하고 자신을 지혜롭게 다스리며 보다 의미 있고 가치롭게 살아가는 것이 또 다른 삶의 진면목이라는 점을 겸허하게 인정해야 할 것이다.

이처럼 우리들의 삶의 모습을 바탕으로 귀중한 삶을 지속적으로 관리해 나가기 위하여, 스토아 철학의 창시자인 제논이 남긴 말 중에서, "최고의 삶을 살기 위해서는 세상을 떠난 사람들과 부단한 대화를 나누어야 한다"라는 말씀(그리스 아테네의 신전에서 제논이 얻은 신탁 내용)을 되새겨 볼 필요가 있다고 본다. 평범한 사람들이 나름대로 '최고의 삶'이라고 생각되는 목표를 추구하며 살아가는 것이 삶의 본질이라고 보기에, 자신의 평범함을 자인하면서도 그를 타개하고 지속적으로 발전해 나가려고 노력할 필요가 있다는 점도 인식해야 할 것이다. 그러기 위해서는, 우리보다 먼저 세상을 살다 간 현자들로부터 인생을 지혜롭고 행복하게 살기 위한 아이디어(행복 지혜를 습득하는 데 도움을 주는 명언들을 포함)를 얻고 그들의 삶의 체험으로부터 간접 경험을 얻는 노력, 즉 부단하게 고전을 독서하는 활동과 학습하고 성찰하는 일이 절실하게 요구된다는 점도 또한 인정할 필요가 있다.

따라서, 필자는 행복을 추구하는 삶의 본질에 따라 현자들이 남긴 수많은 명언들을 접하면서 나름대로 지혜를 얻으려고 노력하였고, 나와 유사한 요구를 가진 사람들에게도 도움이 될 만한 행복 지혜에 이르는 길을 탐색하고 안내해야겠다는 소명 의식을 가지고 달려왔기에, 결과적으로 보면 행복 지혜를 습득하는 방법이나 방향을 상당 정도 파악하고 실천해 보는 소득을 얻었다고 자평해 본다. 그러기에 어느 정도 안목을 가지고 행복 지혜를 얻기 위하여 노력하는 과정에서 필요한 길잡이와 같은 역할을 수행한다고 믿는, 행복에 관하여 보다 정확한 이해와 올바른 태도를 갖도록 도움을 줄 것으로 예상되는 명언들(열 가지)을 추가적으로 제시하고자 한다. 즉,

"만일 현재 소유하고 있는 것에 만족하지 못한다면 온 세상을 모두 소유하더라도 행복해질 수 없을 것이다"

— 세네카, 로마 스토아 철학자

"사람들은 행복을 찾아 세상을 헤매지만 정작 행복은 누구의 손에든지 잡힐 만한 곳에 있다. 그러나 마음속에 만족을 얻지 못하면 행복은 얻을 수 없다"

— 루소, 프랑스 사상가

"인간은 행복을 추구하는 존재이지 행복을 소유할 수 없는 존재이다"

— 볼테르, 프랑스 사상가

"신이 우리에게 행복을 내려주기를 바라고만 있지 말고 스스로 행복을 얻기 위해 노력해야 한다. ...행복을 얻기 위해서는 어떤 일을 할 것,

어떤 사람을 사랑할 것, 어떤 일에서든 희망을 가질 것"

— 칸트, 독일 철학자

"자기 힘으로 이룰 수 없는 것을 행복이라고 생각하는 사람은 언제나 불행하다. 행복은 언제나 당신의 힘에 미치는 곳에 있음을 기억하라"

— 톨스토이, 러시아 작가

"행복은 우리가 택한 길(목표)을 가는 동안 얻는 것이다. 그 목적지가 우리 존재의 가장 간절한 열망에 부합할수록 우리의 여정은 행복하다"

— 빅터 프랭클, 오스트리아 정신과 의사

"행복은 마법 같은 요행이 아니다… 순리를 따르는 것보다 더 행복의 길에 가까워질 수 있는 방법은 없다"

— 헬렌 켈러, 미국의 사상가

"자신을 통제 및 관리할 수 있어야만 자신만의 행복을 추구할 수 있게 된다"

— 버트란드 러셀, 영국 수학자 및 철학자

"모든 행복은 의지와 자기 극복의 산물이다"

— 알랭, 철학자

"남을 도울 때 가장 먼저 덕을 보는 것은 자기 자신이고 최고의 행복을 얻는 것도 자기 자신입니다. 그러므로 행복한 삶으로 가는 최선의 길은 남을 돕는 것입니다. 이것이 진정한 지혜이지요" — 달라이 라마

마지막으로, 도교 철학자인 노자는 인간 수양의 근본을 '물(水)이 가진 일곱 가지의 덕목(노자의 水有7德)'에서 찾아야 한다고 제언했다는 점에 주목할 필요가 있다. 모든 인간이 태어나기 전 태아에서 자랄 때부터 물과 함께 살아왔고, 인간을 포함한 모든 생물이 물이 없이는 생명을 유지하기 어렵다는 점에 초점을 맞춘다면, 물과 관련된 인간의 보편적인 삶의 모습을 통하여 삶의 지혜를 깨닫고 그로부터 행복을 누릴 수 있는 행복 지혜를 터득하려는 노력을, 물이 중단 없이 흐르듯이 살아가면서 지속적으로 기울이는 것은 매우 자연스럽고 인간적이기 짝이 없는 모습이라고 볼 수 있기 때문이다. 또한, 물이 가진 덕목들은 스토아 철학에서 강조하는 주요 덕목이며 핵심 가치(4主德)인 '지혜, 절제(겸손/인내력), 정의(대의), 용기(포용력)' 등과 공통점을 지니고 있다는 점에서 특별한 관심을 둘 필요가 있다. 이에, 노자가 강조하는 바와 같이 물이 지니고 있는 덕을 소개하자면,

① 낮은 곳을 찾아 흐르는 겸손(謙遜)
② 막히면 돌아갈 줄 아는 지혜(智慧)
③ 더러운 물도 받아주는 포용력(包容力)
④ 어떤 그릇에나 담기는 융통성(融通性)
⑤ 바위도 뚫는 끈기와 인내력(忍耐力)
⑥ 장엄한 폭포처럼 투신하는 용기(勇氣)
⑦ 유유히 흘러 바다를 이루는 대의(大義) 등으로 요약 정리할 수 있다.

그리고 노자에 의하면, 가장 아름다운 인생은 물처럼 사는 것, 즉 '상선약수上善若水'라고 하였으니, 우리도 물과 같은 내공(덕목)에 근

거하여 항상 자신을 다스리며 학습하고 성찰하는 삶의 과정에서, 아름다운 선(최고의 善), 즉 행복의 경지에 이르도록 노력하는 것이 삶의 지혜이자 행복의 지혜를 얻기 위해서 필요하다는 점을 새삼스럽게 인정해야 할 것이다.

참고문헌 |

가드너, 하워드&데이비스, 케이티(이수경 역)(2014), 앱 제너레이션, 와이즈베리.

가댓, 모(강주현 역)(2017), 행복을 풀다, 한국경제신문.

간디 해설(이현주 역)(2006), 바가바드 기타, 당대.

강신주(2006), 공자와 맹자; 유학의 변신은 무죄, 김영사.

강영계(2010), 행복학 강의, 새문사.

거머, 크리스토퍼&시걸, 로널드(서광스님, 김나연 역)(2014), 심리치료에서 지혜와 자비의 역할, 학지사.

길버트, 대니얼(서은국, 최인철, 김미정 역)(2006), 행복에 걸려 비틀거리다, 김영사.

김용남(2013), "유교의 행복론", 조태연 외 6인, 행복의 인문학, 석탑출판, 129-186.

김 하 편역(2010), 탈무드 잠언집, 토파즈.

김현곤(2017), 인생 르네상스 행복한 100세, 행복에너지.

갤러거, 위니프레드(이한이 역)(2010), 몰입, 생각의 재발견, 오늘의 책.

갤스터, 조지 C(임업 역)(2023), 우리가 만드는 동네, 우리를 만드는 동네, 한울.

권석만(2011), 긍정심리학; 행복의 과학적 탐구, 학지사.

그랜트, 앤서니&리, 앨리슨(정지현 역)(2013), 행복은 어디에서 오는가, 비즈니스북스.

그라시안, 발타자르(임정재 역)(2017), 사람을 얻는 지혜, 타커스.

그라시안, 발타자르(신동운 역)(2016), 그라시안의 101가지 지혜, 스마트북.
그라시안, 발타자르(김영근 역)(2016), 용기있는 지혜, 경영자료사.
그라시안, 발타자르(노희직 역)(2015), 세상을 보는 지혜, 더클래식.
그라시안, 발타자르(남영우 역)(2012), 비판자, 지식을 만드는 지식.
그라시안, 발타자르(차재호 역)(2008), 지혜의 기술, 서교출판사.
글렌, 제롬, 테드 고든&박영숙(2015), 유엔 미래보고서 2045, 서울 교보문고.
글뤼크, 유디트(이은미 역)(2020), 지혜를 읽는 시간, 해의 시간.
기시미 이치로(전경아 역)(2014), 미움받을 용기, 인플루엔셜.
기시미 이치로(이용택 역)(2015), 행복해질 용기, 더 좋은 책.
기시미 이치로(전경아 역)(2015), 아들러에게 인생을 묻다, 한스미디어.
김선욱(2014), 행복과 인간적 삶의 조건, 커뮤니케이션북스.
김세중 편저(2016), 지혜경; 인문고전에서 찾은 2500년의 지혜, 스마트북.
김철수(2018), 네덜란드에 묻다, 행복의 조건, 스토리존.
나가야 세이지(한진아 역)(2016), 아들러가 전하는 행복을 위한 77가지 교훈, 경향BP.
나이로, 프리카시, 로니 짐머 닥터리&엘모어(유명희 역)(2023), 내일 학교, 창비교육.
네틀, 다니엘(김상우 역)(2019), 행복의 심리학, 와이즈북.
네틀, 다니엘(김상우 역)(2011), 행복한 사람의 DNA는 어떻게 다른가, 와이즈북.
노직, 로버트(김한영 역)(2014), 무엇이 가치있는 삶인가: 소크라테스의 질문, 김영사.
놀랜드, 셔윈(임기영 역)(2010), 사람은 어떻게 나이 드는가, 세종서적.
다이, 패티(박유정 역)(2008), 37일 동안; 행복을 부르는 37가지 변화, 이숲.
다이어, 웨인(오현정 역)(2006), 행복한 이기주의자, 21세기북스.
다이어, 웨인(유영일 역)(2006), 마음의 습관, 이레.
달라이 라마(주민황 역)(2021), 행복한 삶 그리고 고요한 죽음, 하루헌.
달라이 라마(최로덴 역)(2020), 달라이 라마의 지혜 명상, 모과나무.
달라이 라마 외(이창신 역)(2019), 보살핌의 인문학, 김영사.
달라이 라마 외(구미화 역)(2019), 보살핌의 경제학, 나무의 마음.

달라이 라마(이종복 역)(2017), 달라이 라마, 명상을 말하다, 담엔 북스.
달라이 라마(텐진 갸초)(공경희 역)(2010), 마음을 비우면 세상이 보인다, 문이당.
달라이 라마(제프리 홉킨스 편, 우충환 역)(2013), 달라이 라마의 행복찾기, 도서출판이치.
달라이 라마&커틀러, 하워드(류시화 역)(2011), 달라이 라마의 행복론, 김영사.
달라이 라마&커틀러, 하워드(류시화 역)(2012), 당신은 행복한가, 문학의 숲.
달라이 라마&빅터 챈(진우기 역)(2014), 달라이 라마 행복의 지혜, 반니.
담마난다 편(홍종욱 역)(2004), 행복을 여는 지혜, 지혜의 나무.
더피, 바비(이영래 역)(2022), 세대감각, 어크로스.
데스테노, 데이비드(박세연 역)(2019), 신뢰의 법칙, 웅진지식하우스.
데이비스, 윌리암(황성원 역)(2015), 행복산업, 동녘.
도드, 레이(강주헌 역)(2007), 행복공장: 꿈을 실현하는 행복의 기술, 동아일보사.
도벨리, 롤프(유영미 역)(2018), 불행 피하기 기술, 인플루엔셜.
도킨스, 리처드 외(이한음 역)(2016), 궁극의 생명, 와이즈베리.
돌런, 폴(이영아 역)(2015), 행복은 어떻게 설계되는가, 외이즈베리.
두히그, 찰스(강주헌 역)(2012), 습관의 힘, 갤리온.
드워킨, 로널드 W(박한산&이수인 역)(2014), 행복의 역습, 아로파.
들라쿠르, 그레구아르(이선민 역)(2015), 행복만을 보았다, 문학테라피.
디너, 로버트 비스워스(러닝 익스피어리언스 그룹 역)(2017), 긍정심리학, 블룸컴퍼니.
디너, 로버트 비스워스&벤 딘(서희연 역)(2009), 긍정심리학 코칭, 아시아코치센터.
라이언스, 조너선(김한영 역)(2013), 지혜의 집, 글빛.
라튜스, 세르주(양상모 역)(2015), 탈성장사회, 오래된생각.
랜더스, 요르겐(김태훈 역)(2013), 더 나은 미래는 쉽게 오지 않는다, 생각연구소.
러셀, 버트런드(이순희 역)(2010), 행복의 정복, 사회평론.
러셀, 버트란드(안인희 역)(2010), 러셀의 교육론, 서광사.
러시코프, 더글러스(김상현 역)(2011), 통제하거나 통제되거나, 민음사.
레이어드, 리차드(정은아 역)(2011), 행복의 함정, 서울: 북하이브.

레스, 톰&하터, 짐(유영만 역)(2010). 무엇이 우리를 행복하게 하는가. 위너스북.
레온시스, 테드(황혜숙 역)(2012), 행복수업, 황소북스.
로빈슨, 브라이언(이은희 역)(2000), 행복의 기술, 현대미디어.
로스, 엘리자베스 퀴블러&케슬러, 데이비드 (류시화 역)(2006), 인생수업, 이레.
로트쉐이퍼, 로널드(정동섭, 윤귀남 역)(2010), 만족과 행복의 심리학, 창지사.
로페즈, 세인(권석만, 정지헌 역)(2011), 인간의 강점 발견하기 1, 학지사.
로페즈, 세인(권석만, 임선영, 김기환 역)(2011), 정서적 경험 활용하기 2, 학지사.
로페즈, 세인(권석만, 박선영, 하현주 역)(2011), 역경을 통해 성장하기 3, 학지사.
로페즈, 세인(권석만, 임영진, 신우승 역)(2011), 인간의 번영 추구하기 4, 학지사.
루빈, 그레첸(전행선 역)(2009), 무조건 행복할 것, 21세기북스.
루카스, 엘리자베스(이지혜 역)(2010), 행복의 연금술, 21세기북스.
루트번스타인, 로버트&루트번스타인, 미셸(박종성 역)(2007), 생각의 탄생, 에코의 서재.
류보머스키, 쇼냐(이지연 역)(2013), 행복의 신화, 지식노마드.
류보머스키, 쇼냐(오혜경 역)(2010), 행복도 연습이 필요하다, 지식노마드.
류보머스키, 쇼냐&제임 커츠(박정효, 송단비 역)(2017), 행복의 정석, 블룸컴퍼니.
류시화(2019), 좋은지 나쁜지 누가 아는가, 더숲.
류시화(2019), 신이 쉼표를 넣은 곳에 마침표를 찍지 말라, 더숲.
류시화(2020), 인생우화, 연금술사.
류시화(2020). 새는 날아가면서 뒤돌아보지 않는다. 더숲.
류창강(정은지 역)(2021), 행복시크릿, 리드리드출판.
리포베츠키, 질(정미애 역)(2009), 행복의 역설, 알마.
를로르, 프랑수아(오유란 역)(2013), 꾸뻬씨의 행복여행, 오래된미래.
멜로, 안소니 드(이현주 역)(2012), 행복하기란 얼마나 쉬운가, 샨티.

로빈슨, 켄(정미나 역)(2015), 아이의 미래를 바꾸는 학교혁명, 21세기북스.
르누아르, 프레데릭(양영란 역)(2014), 행복을 철학하다, 책담.
리카르, 마티외(백선희 역)(2012), 행복, 하다, 현대문학.
리처슨, 피터 J,&보이드 로버트(김준홍 역)(2009), 유전자만이 아니다. 이음.
린포체, 욘게이 밍규르(이현 역)(2012), 티베트 린포체의 세상을 보는 지혜, 문학의 숲.
마이어스, 데이비드 G(김영곤, 오강남, 이동렬, 이연섭 역)(2008), 마이어스의 주머니 속의 행복, 시그마북스.
마든, 오리슨 스웨트(박정숙 역)(2015), 행복, 힐링21.
마티외 리카르 편(임희근 역)(2018), 티베트 지혜의 서, 담앤 북스.
매크리드, 슈트어트(편)(김석희 역)(2002), 행복에 대한 거의 모든 것들, 휴머니스트.
맥마흔, 대린(윤인숙 역)(2008), 행복의 역사, 살림.
문용린(2014). 행복 교육, 리더스북.
문용린&최인철(2011), 행복 교과서, 월드김영사.
매슬로우, 아브라함, H(이혜성 역)(1985), 존재의 심리학, 이대출판부.
매튜스, 앤드류(이주혜 역)(2007), 지금 행복하라, RHK.
매튜스, 앤드류(강현숙 역)(2007), 10대여 행복하라, RHK.
매튜스, 앤드류(양영철, 안미경 역)(2009), 그럼에도 행복하라, 좋은책만들기.
맥마흔, 대린(윤인숙 역)(2008), 행복의 역사, 살림.
맥어스킬, 윌리엄(전미영 역)(2017), 냉정한 이타주의자, 부키.
메르클레, 롤프&볼프, 도리스(유영미 역)(2010), 감정사용설명서, 생각의 날개.
몽고메리, 찰스(윤태경 역)(2014), 우리는 도시에서 행복한가, 미디어윌.
무천강(정은지 역)(2021), 하버드 지혜 수업, 리드리드출판.
미자레스, 샤론(김명식/최정윤/이재갑 역)(2006), 현대심리학과 고대의 지혜, 시그마프레스.
미치오 카쿠(박병철 역)(2013), 마음의 미래, 김영사.
밀, 존 스튜어드(정미화)(2018), 타인의 행복, 이소노미아.
밀러, 캐롤라인 A&프리슈, 마이클(우문식&박신령 역)(2015), 나는 이제 행복하게 살고 싶다, 물푸레.
바이만, 요하임, 안드레스 크나베&로니 쉽(강희진 역)(2013), 당신이 행복하지 않은 이유, 미래의 창.
바스 카스트(정인희 역)(2012), 선택의 조건; 사람은 무엇으로 행복을 얻는가, 한경신문.
박 석(2014), 인문학, 동서양을 꿰뚫다, 들녘.
박성숙(2010), 꼴찌도 행복한 교실 독일교육 이야기, 21세기북스.
박영숙, 제롬 글렌(2016), 유엔 미래보고서 2050, 교보문고.
박영숙, 제롬 글렌(2015), 유엔 미래보고서 2045, 교보문고.
발테스, 폴&스미스, 재키(2010), "지혜의 세계와 그 해석". 로버트 스턴버그 외(최호영 역), 지혜의 탄생, 137-177, 21세기북스.
버넷, 딘(임수미 역)(2019), 행복할 때 뇌 속에서 일어나는 모든 것, 생각정거장.
버크먼, 올리버(김민주&송희령 역)(2011), 행복중독자, 생각연구소.
버크먼, 올리버(정지언 역)(2013), 합리적 행복, 생각연구소.
번스, 그레고리(김정미 역)(2016), 상식파괴자, 비지니스맵.
번스, 그레고리(권준수 역)(2005), 만족: 뇌과학이 밝혀낸 욕망의 심리학, 북섬.
범일(2015), 여시아독 수트라, 김영사.
법정 스님(2020), 스스로 행복하라, 샘터.
베른센, 마루쿠스&오연호 편역(2020), 삶을 위한 수업, 오마이북.
베인스, 거넥(이미소 역)(2017), 컬처 DNA, 시그마북스.
베일런트, 조지(김진영, 고영건 역)(2013), 행복의 지도, 학지사.
베일런트, 조지(최원석 역)(2013), 행복의 비밀, 21세기북스.
베일런트, 조지(김한영 역)(2011), 행복의 완성, 흐름출판.
베일런트, 조지(이덕남 역)(2010), 행복의 조건, 프런티어.
벡, 하노&알로이스 프린츠(배명자 역)(2018), 내 안에서 행복을 만드는 것들, 다실초당.
보만스, 레오(편)(노지암 역)(2012), 세상 모든 행복, 흐름출판.
보바, 미셸(한혜진 역)(2004), 도덕지능, 한언.
보웬, 윌(이종인 역)(2013), 행복하다 행복하다 행복하다, 세종서적.

뵈세마이어, 우베(박미화 역)(2011), 행복이 낯선 당신에게, 서돌.
부크홀츠, 토드(장석훈 역)(2012), 러쉬: 우리는 왜 도전과 경쟁을 즐기는가, 청림출판.
브룩스, 데이비드(이경식 역)(2011), 소셜 애니멀, 흐름출판.
브링크만, 스벤(강경이 역)(2019), 철학이 필요한 순간, 다실초당.
블랙, 타라(김선주, 김정호 역)(2012), 받아들임, 불광출판사.
블랙번, 엘리자베스&에펠, 엘리사(2018)(이한음 역), 늙지 않는 비밀, RHK.
비렌, 제임스&피셔, 로렐(2010), "지혜를 이루는 몇 가지 요소들", 로버트 스턴버그 외(최호영 역), 지혜의 탄생, 449-472, 21세기북스.
비에리, 페터(문항심 역)(2015), 자기결정, 은행나무.
비킹, 마이크(정여진 역)(2016), 휘게 라이프; 덴마크 행복의 원천, 위즈덤하우스.
빈센트, 폴(김무겸 역)(2007), 우울증을 없애는 행복의 기술 50가지, 물병자리
사이니어 편저(김정자 역)(2011), 탈무드: 5000년 유대인의 지혜와 처세, 베이직북스.
사이언티픽 아메리칸 편집부 편(김지선 역)(2017), 의식의 비밀, 한림출판사.
사이언티픽 아메리칸 편집부 편(강윤재 역)(2017), 인간의 탄생, 한림출판사.
사이토 도시아&오하라 미치요(홍성민 역)(2013), 행복한 나라 부탄의 지혜, 공명.
살베리, 파시(이은진 역)(2016), 핀란드의 끝없는 도전, 푸른숲.
샤피라, 하임(정지현 역)(2012), 행복이란 무엇인가, 21세기북스.
샨티데바(김영로 역)(2007), 샨티데바의 행복수업, 불광출판부.
샌델, 마이클(안기순 역)(2012), 돈으로 살 수 없는 것들; 무엇이 가치를 결정하는가, 와이즈베리.
샌델, 마이클(안진환, 이수경 역)(2010), 왜 도덕인가?, 한국경제신문.
샌델, 마이클(이창신 역)(2010), 정의란 무엇인가?, 김영사.
샌드버그, 세릴&애덤 그랜트(안기순 역)(2017), 옵션 B, 와이즈베리.
서은국(2014), 행복의 기원, 21세기북스.
세네카(천병희 역)(2015), 세네카의 행복론, 도서출판 숲.

세팔라, 에마(이수경 역)(2016), 해피니스트랙, 한국경제신문.
셰어, 숀 크리스토퍼(이순희 역)(2006), 당신은 지금 행복한가, 프라임.
셀리그만, 마틴(우문식, 윤상운 역)(2011), 플로리시; 행복에 대한 새로운 이해, 물푸레.
셀리그만, 마틴(김인자 역)(2006), 마틴 셀리그만의 긍정심리학, 물푸레.
소영일(2010), 행복의 탄생, 지구문화.
소영일(2010), 행복의 열쇠, 지구문화.
소영일(2010), 위험한 행복, 지구문화.
송현(2010), 행복의 발견, 아이엠북.
쇼펜하우어, 아르투어(홍성광 역)(2013), 쇼펜하우어의 행복론과 인생론, 을유문화사.
쇼펜하우어, 아르투어(임류란 역)(2016), 오늘 행복하기로 결심했다, 문이당.
쇼펜하우어, 아르투어(도모다 편, 이혁재 역)(2011), 쇼펜하우어의 행복콘서트, 예인.
숄츠, 안톤(2022), 한국인들의 이상한 행복, 문학수첩.
슈나벨, 울리히(김희상 역)(2011), 행복의 중심, 휴식, 걷는 나무.
슈미트, 발터(문항심 역)(2020), 공간의 심리학, 반니.
슈타이너, 루돌프(양억관&다카하시 이와오 역)(2016), 신지학, 물병자리.
슈타이너, 루돌프(최혜경 역)(2007), 자유의 철학, 밝은 누리.
슈타이너, 루돌프(최혜경 역)(2012), 인간에 대한 보편적인 앎, 밝은 누리.
슈타이너, 루돌프(최혜경 역)(2012), 인간과 인류의 정신적 인도, 밝은 누리.
슈타이너, 루돌프(최혜경 역)(2013), 젊은이여, 앎을 삶이 되도록 일깨우라, 밝은 누리.
슈타이너, 루돌프(김경식 역)(2013), 고차세계의 인식으로 가는 길, 밝은 누리.
슈워츠, 데이비드(서민수 역)(2008), 크게 생각할수록 크게 이룬다, 도서출판 나라.
쉴트함머, 게오르크(최성욱 역)(2014), 행복, 이론과 실천.
스미스, 마누엘(박미경 역)(2012), 내가 행복해지는 거절의 힘, 이다미디어.
버러스 프레더릭 스키너&마거릿 E 본(이시형 역)(2020), 50 이후, 인생 결정하는 힘, 더퀘스트.
스턴버그, 로버트 외 (최호영 역)(2010), 지혜의 탄생, 21세기북스.
스틸, 숀(박수철 역)(2018), 지식은 과거지만 지혜는 미래다, 이룸북.
스펜서, 에이미(박상은 역)(2012), 행복인 줄도 모르고 놓쳐버린 것들, 예담.
스코시, 리처드(정경란 역)(2013), 행복의 비밀, 문예출판사.
스티븐슨, 로버트 루이스(김미역)(2007), 행복수업, 황금비늘.
시모프, 마시&캐럴 클라인(안진환 역 역)(2016), 이유없이 행복하라, 민음인.
신남식 편(2011), 달라이 라마 지혜를 말한다, 휘닉스.
신정근&이기동(2015), 공자: 인, 세상을 구원할 따뜻한 사랑, 21세기북스.
쑤린(권용중 역)(2015), 유대인 생각공부, 마일스톤.
아리스토텔레스(천병희 역)(2013), 니코마코스 윤리학, 도서출판 숲.
아메드, 사라(정정혜, 이경란 역)(2019), 행복의 약속; 불행한 자들을 위한, 후마니타스.
아우구스티누스(박주영 역)(2010), 행복론, 누멘.
아처, 숀(박슬라 역)(2014), 행복을 선택한 사람들, 청림출판.
아처, 숀(박세연 역)(2012), 행복의 특권, 청림출판.
아키라, 우에니시(송수영 역)(2014), 어떻게 살면 행복해질까, 이아소.
안양규(2013), "불교에서 본 행복", 조태연 외 6인, 행복의 인문학, 석탑출판, 81-128.
알렌, 제임스(김은희 역)(2004), 행복의 연금술, 동서문화사.
알렌, 제임스(안희탁 역)(2003), 원인과 결과의 법칙, 지식여행.
알랭(에밀 샤르티에)(방곤 역)(2008), 행복론/인간론/말의 예지, 동서문화사.
알랭(에밀 샤르티에)(이화승 역)(2010), 알랭의 행복론, 빅북.
알렉산더, 제시카 조엘(고병현 역)(2019), 행복을 배우는 덴마크 학교 이야기, 생각정원.
알루보물레 스마나사라(한성례 역)(2009), 붓다의 행복론, 민족사.
알콘, 랜디(윤종석 역)(2017), 행복: 그리스도인의 억압된 열망, 행복의 추구, 디모데.
알트만, 도날드(송단비 외 2인 역)(2018), 긍정마음챙김, 블룸컴퍼니.

앙드레, 크리스토프(정기헌 역)(2012), 괜찮아, 마음먹기에 달렸어; 마음의 평정을 찾기 위한 25가지 조언, 다른세상.
앨런, 제임스(공경희 고명선 공역)(2015), 제임스 앨런의 생각의 지혜, 물푸레.
야마시타 히데코(박전열 역)(2009), 버림의 행복론, 행복한 책장.
야마구치 슈(김윤경 역)(2018), 철학은 어떻게 삶의 무기가 되는가, 다실초당.
에런라이크, 바버라(전미영 역)(2011), 긍정의 배신, 부키.
에릭센, 토마스 휠란(손화수 역)(2015), 만약 우리가 천국에 산다면 행복할 수 있을까? 책읽는 수요일.
에번스, 줄스(서영조 역)(2018), 삶을 사랑하는 기술, 더 퀘스트.
에어, 린다&리처드(문채원 역)(2004), 자연에서 배우는 행복의 기술, 흐름출판.
에커만, 요한 페터(곽복록 역)(2011), 괴테와의 대화, 동서문화사.
에픽테토스(아리아노스 편, 강분석 역)(2021), 자유와 행복에 이르는 기술, 사람과 책.
엘리스, 앨버트&하퍼, 로버트 A.(이은희 역)(2008), 마음을 변화시키는 긍정의 심리학, 황금비늘,
오스틴, 조엘(정성묵 역)(2005), 긍정의 힘: 믿는 대로 된다, 두란노.
오스틴, 조엘(이은진 역)(2012), 행복의 힘, 생각연구소.
오쇼(최재훈 역)(2017), 행복이란 무엇인가, 젠토피아.
오쇼(이연화 역)(2011), 탄트라I, 태일출판사.
오쇼라즈니쉬(임영선 역)(2019), 내부로부터의 행복, 지성문화사.
오쇼라즈니쉬 외(황승우 역)(2006), 높이 나는 새가 멀리 본다, 토파즈.
오연호(2014), 우리도 행복할 수 있을까, 오마이북.
오클레르, 마르셀(이희정 역)(2014), 어떻게 하면 행복한가, 엑스오북스.
올콧, 윌리암 A.(김진언 역)(2009), 삶의 지혜, 나래북.
요게브, 세라(노지양 역)(2015), 행복한 은퇴, 이름북.
와일더, 짐 외(윤종석 역)(2015), 기쁨은 여기서 시작된다, 두란노.
와일러, 에릭(김승욱 역)(2008), 행복의 지도, 웅진지식하우스.
왓슨, 리처드&프리먼, 올리버(고영태 역)(2014), 미래를 위한 선택, 청림출판.
왓슨, 피터(남경태 역)(2009), 생각의 역사I; 불에서 프로이드까지, 들녘.

왓슨, 피터(이광일 역)(2009), 생각의 역사II; 20세기 지성사, 들녘.
외버렝겟, 에이나(손화수 역)(2009), 행복은 철학이다(에니나 외버렝겟의 행복론), 꽃삽.
우문식(2012), 긍정심리학의 행복, 도서출판 물푸레.
울프, 베란(박광순 역)(2012), 어떻게 행복해질 수 있을까, 매일경제신문사.
윌딩거, 로버크&슐츠(박선령 역)(2023), 세상에서 가장 긴 행복보고서, 비즈니스 북스.
윈프리, 오프라(노혜숙 역)(2019), 위즈덤, 다실 책방.
월턴, 스튜어트(이희재 역)(2012), 인간다움의 조건, 사이언스북스.
유키 소노마(정은희 역)(2015), 하버드 행복수업, 매일경제신문사.
윤지원 편(2006), 행복으로 나를 이끄는 명언 여행, 아름다운사람들.
이건, 그렉(김상훈 역)(2022), 내가 행복한 이유, 허블.
이기석(역해)(1990), 채근담, 홍신문화사.
이명권(2013), 베다, 한길사.
이민규(2012), 행복도 선택이다, 더난출판.
이상철/이해옥(2011), 행복의 메신저, 일지사.
이시형(2012), 행복도 배워야 합니다, 특별한 서재.
이준석, 이정호, 김율, 최도빈, 현영종&정진범(2021). 행복에 이르는 지혜, 방통대출판부.
이진남(2014), 나는 긍정심리학을 긍정할 수 없다, 커뮤니케이션북스.
이철우(2011), 행복을 훈련하라, 살림.
이희영(2004), 솔로몬 탈무드, 동서문화사.
이희영(2009), 카발라 탈무드, 동서문화사.
이희영(2009), 바빌론 탈무드, 동서문화사.
임동근(역)(2012), 우파니샤드, 을유문화사.
임채영(2011), 행복 더하기, 나무그늘.
윤지원 편(2006), 명언 여행; 행복으로 나를 이끄는, 아름다운 사람들.
자키, 자밀(정지인 역)(2021), 공감은 지능이다, 심심.
장스완(2016), 생각을 키우는 동양철학이야기, 유아이북스.

조, 레이먼드(2014), 관계의 힘, 한국경제신문.
조성택, 미산 스님&김홍근(2015), 부처: 마음을 깨닫는 자가 곧 부처다, 21세기북스.
조태연 외 6인(2013), 행복의 인문학, 석탑출판.
졸리앙, 알렉산드르 외 2인(송태미 역)(2016), 상처받지 않는 삶, 율리시즈.
잭슨, 애덤(장연 역)(2007), 행복의 비밀, 씽크탱크.
전성수(2014), 부모라면 유대인처럼 하브루타로 교육하라, 예담.
전성수&양동일(2014), 질문하는 공부법 하브루타, 라이온북스.
정현아(2019), 정의와 지혜와 행복의 철학, 지식과 감성.
채징호(2013), "임상현장에서의 한국인의 행복", 조태연 외, 행복의 인문학, 석탑출판.
첸들러, 마이클&홀리데이, 스티븐(2010), "지혜의 다차원적 모습", 로버트 스턴버그 외(최호영 역)(2010), 지혜의 탄생, 178-208, 21세기북스.
초프라, 디팩(도솔 역)(2003), 마음의 기적, 황금부엉이.
초프라, 디팩(구승준 역)(2005), 완전한 삶, 한문화.
초프라, 디팩&탄지, 루돌프(김보은 역)(2017), 슈퍼유전자, 한문화.
쵸츠, 폴커(송휘재 역)(2010), 카마수트라, 인생에 답하다, 라이프 맵.
최경규(2016), 내 안의 행복을 깨워라, 박영사.
최윤식(2016), 2030 대담한 도전, 지식노마드.
최윤식(2015), 2030 대담한 미래2, 지식노마드.
칙센트미하이, 미하이(이희재 역)(2005), 몰입의 즐거움, 해냄.
카, 니콜라스(최지향 역)(2011), 생각하지 않는 사람들, 청림출판.
카, 니콜라스(이진원 역)(2014), 생각을 통제하는 거대한 힘 유리감옥, 한국경제신문
카너먼, 대니엘 외(존 브록만 편; 강주헌 역)(2015), 생각의 해부, 와이즈베리.
카너먼, 대니얼(이진원 역)(2012), 생각에 관한 생각, 김영사.
카네기, 데일(최영순 역)(2011), 카네기 행복론, 씨앗을 뿌리는 사람.
카네기, 데일(최영순 역)(2009, 1936), 카네기 인간관계론, 씨앗을 뿌리는 사람.
카렌케이지(현경미 역)(2014), 365일 명언을 읽으면 행복해진다, 지성문화사,

칼슨, 리차드(이창식 역)(2006), 행복 수업, 창해.
칼슨, 리차드(이창식 역)(2010), 행복에 목숨 걸지마라, 한국경제신문.
캔필드, 잭 외(고도원, 안종설 역)(2020), 행운은 인연으로 온다, 흐름출판.
켈러, 헬렌(안기순 역)(2012), 행복해지는 가장 간단한 방법, 공존.
코벌리스, 마이클(김미선 역)(2013), 뇌, 인간을 읽다, 반니.
코비, 스티븐(LDS클럽 역)(2012), 스티븐 코비의 성공적인 인간관계론, 바운티플.
코이케 류노스케(양영철 역)(2011), 그 행복이 깊다: 부처의 말, 21세기북스.
코이케 류노스케(박현미 역)(2012), 행복하게 일하는 연습, RHK.
콘필드, 잭(이재석 역)(2020), 마음이 아플 땐 불교심리학, 불광출판사.
퀴스텐마허, 베르너 티키(남기철 역)(2013), 다섯 손가락의 행복, 이숲.
/퀴스텐마허, 베르너 티키(한윤진 역)(2015), 림비; 뇌에 숨겨진 행복의 열쇠, 엘도라도.
들런, 에너(공경희 역)(2007), 어느날 문득 발견한 행복, 뜨인돌.
크리스태키스, 니컬리스&파울러, 제임스(이충호 역)(2010), 행복은 전염된다, 김영사.
크리츨로우, 한나(김성훈 역)(2020), 운명의 과학, 브론스테인.
클레이턴, V.&비렌, J, E, (1980, 스턴버그(2010)에서 재인용), "전 생애에 걸친 지혜의 발달; 오래된 주제의 재검토", 스턴버그 외(최호영 역), 지혜의 탄생, 21세기북스.
퀵, 짐(김미정 역)(2021), 마지막 몰입, 비즈니스북스.
탁닛한(손명희 역)(2020), 최상의 행복에 이르는 지혜, 싱긋.
탁석산(2013), 행복스트레스, 창비.
탈벤-샤하르(왕옌밍 엮음, 김정자 역)(2014), 행복이란 무엇인가, 느낌이 있는 책.
탈벤-사하르(권오열 역)(2013), 행복을 미루지 마라, 와이즈베리.
탈벤-사하르(서윤정 역)(2010), 하버드대 52주 행복연습, 위즈덤하우스.
탈벤-사하르(노혜숙 역)(2009), 완벽의 추구, 서울: 위즈덤하우스.
탈벤-사하르(노혜숙 역)(2007), 해피어; 하버드대 행복학 강의, 위즈덤하우스.

템플턴, 존(권성희 역)(2006), 존 템플턴의 행복론, 굿모닝북스.
토케이어, 마빈(강영희 역)(2011), 천년동안 이어져 온 지혜의 바다 탈무드, 브라운 힐.
토케이어, 마빈&홍자성(휘닉스기획실 편)(2011), 탈무드 채근담, 휘닉스.
퇴르블룸, 미아(윤영상 역)(2011), 자기긍정파워, 북섬.
톨스토이, 레프(이상원 역)(2005), 살아갈 날들을 위한 공부, 조화로운 삶.
티베, 장필립/베르메, 제롬/콩보, 안리즈(이나무 역)(2021), 필로코믹스; 행복의 비결, 이숲.
파렐리, 엘리자베스(박여진 역)(2012), 행복의 경고, 베이직북스.
파프, 바티스트 드(문신원 역)(2014), 마음의 힘, 토네이도.
페르낭데, 이지드로(배영란 역)(2007), 마음을 다스리는 기술, 토네이도.
페어뱅크스, 더글라스(이지선 역)(2012), 행복형 인간, 문파랑.
페리, 필립파(정미나 역)(2013), 인생학교; 정신, 온전한 정신으로 사는 법, 쌤엔파커스.
펠만, F.(최성환 역)(2012), 행복의 철학사, 시와 진실.
포쉐, 미셸(조재룡 역)(2007), 행복의 역사, 열린터.
포스켓, 제임스(김아림 역)(2023), 과학의 반쪽사, 블랙피쉬.
포터, 로이(최파일 역)(2020), 근대세계의 창조; 영국 계몽주의의 숨겨진 이야기, 교유서가.
폴, 스티븐(김태훈 역)(2017), 리씽크, 쌤엔파커스.
폴리, 마이클(김병화 역)(2011), 행복할 권리, 어크로스.
풀턴, 신(조성식 역)(2005), 행복에 이르는 길, 해누리.
프라이, 부르노/스터처, 알로이스(김민주/정나영 역)(2008), 경제학, 행복을 말하다, 예문.
프랭클, 빅터(김충선 역)(1984), 죽음의 수용소에서, 청아출판사.
프랭클, 빅터(이시형 역)(2005), 삶의 의미를 찾아서, 청아출판사.
프랭클린, 벤자민(이혜경 역)(2010), 성공을 부르는 지혜, 청년정신.
프레슬리, 미리암(유혜자 역)(1994), 행복이 찾아오면 의자를 내주세요, 사계절.
프렌스키, 마크(허성심 역)(2018), 미래의 교육을 설계한다, 한문화.

프리츠-슈베어트, 에언스트(김태희 역)(2010), 행복부터 가르쳐라, 베가북스.
프롬, 에릭(황문수 역)(1956, 2000), 사랑의 기술, 문예출판사.
프라이, 브루노 S.(유정식, 홍훈, 박종현 역)(2015), 행복, 경제학의 혁명, 부키.
피어스, 린다 브린(박인기 역)(2013), 평범한 삶이 주는 특별한 행복, 단한권의책.
피터슨, 크리스토퍼(김고명 역)(2015), 그래도 살 만한 인생, 중앙북스.
핀커, 수전(우진하 역)(2015), 빌리지 이펙트, 21세기북스.
필레이, 스리니바산 S.(김명주 역)(2011), 두려움: 행복을 방해하는 뇌의 나쁜 습관, 웅진지식하우스.
핑거, 스티븐 외15인(이한음 역)(2015), 마음의 과학, 와이즈베리.
하라리, 유발(김명주 역)(2017), 호모데우스; 미래의 역사, 김영사.
하라리, 유발(조현욱 역)(2015), 사피엔스, 김영사.
하비, 데이비드(최병두 역)(2005), 신제국주의, 한울.
하원규&최남희(2015), 제4산업혁명, 콘텐츠하다.
한국행동과학연구소 편저(2016), 한국 사회의 발전과 행복, 학지사.
한비(김원중 역)(2014), 한비자, 글항아리.
할리데이, 라이언&핸슬먼, 스티븐(조율리 역)(2021), 스토아수업, 다산북스.
해리스, 댄(정경호 역)(2014), 10% 행복플러스, 이지북.
해밀턴, 데이비드(임효진 역)(2012), 행복의 과학, 인카운터.
핸슨, 릭, 리처드 멘디우스(장현갑, 장주영 공역)(2010), 붓다 브레인, 불광출판사.
핸슨, 릭, 포러스트 핸슨(홍경탁 역)(2019), 회복탄력성; 12가지 행복의 법칙, 윈너스 북.
허성준(2015), 행복에 이르는 길, 분도출판사.
헤이, 루이스(구승준 역)(2018), 행복한 생각, 한문화.
헤이, 루이스(김정우 역)(2015), 긍정의 생각 한줄, 경성라인.
헤이트, 조너던(권오열 역)(2010), 행복의 가설, 물푸레.
헥트, 제니퍼 마이클(김운한 역)(2012), 행복이란 무엇인가, 공존.
헬리웰, 존 외 5(우성대 외 6인 역)(2017), 행복의 정치경제학, 간디서원.
헷세, 헤르만(박환덕 역)(2017), 행복론, 범우사.
핸슨, 릭(김미옥 역)(2015), 행복 뇌 접속, 담앤북스.

호가드, 리즈(이경아 역)(2006), 영국BBC 다큐멘터리 행복, 예담.
호우, 데이비드(이진경 역)(2013), 공감의 힘, 지식의 숲.
호리이 케이(심교준 역)(2019), 행복코드를 세팅하라, 한언.
호지, 헬레나 노르베리(김영욱, 홍승아 역)(2012), 행복의 경제학, 중앙Books.
홀, 캐린(신솔잎 역)(2020), 민감한 사람을 위한 감정수업, 빌리버튼.
후퍼, 제니(우문식 외 2인 역)(2013), 아이의 행복플로리시, 물푸레.
히로후미, 우자와(차경숙 역)(2014), 경제학이 사람을 행복하게 할 수 있을까? 파라북스.
히르슈하우젠, 에카르트 폰(박교호 역)(2011), 행복은 혼자 오지 않는다, 은행나무.
힐티, 카알(박현석 역)(2007), 행복론, 예림미디어.